Barbara Wendelken

IHR EINZIGES KIND

Kriminalroman

PIPER
München Berlin Zürich

Von Barbara Wendelken liegen im Piper Verlag vor:
Das Dorf der Lügen
Die stille Braut
Ihr einziges Kind

Alle Personen in diesem Roman sind frei erfunden.
Auch den Ort Martinsfehn werden Sie vergeblich auf der Landkarte suchen.
Er existiert nur in meiner Fantasie.

FSC
www.fsc.org
MIX
Papier aus verantwortungsvollen Quellen
FSC® C083411

Originalausgabe
November 2016

Umschlaggestaltung: Hauptmann & Kompanie Werbeagentur, Zürich
Umschlagabbildung: Hauptmann & Kompanie Werbeagentur, Zürich
Satz: Uhl + Massopust, Aalen
Gesetzt aus der Rotis Serif
Druck und Bindung: CPI books GmbH, Leck
Printed in Germany ISBN 978-3-492-31012-3

PROLOG

»Ich will dir was zeigen«, hat Dustin in der Schule gesagt. »Nix für Babys. Und wehe, du hältst nicht den Mund. Dann bist du tot.«

Dann bist du tot. Dustin sagt andauernd solche Sachen, und Philipp zweifelt keine Sekunde daran, dass sein Freund es ernst meint. Gruselig fühlt sich das an und gleichzeitig schrecklich schön, so wie Eis, das an den Zähnen pikst und trotzdem himmlisch schmeckt.

Philipp hat zu Hause gelogen, ohne schlechtes Gewissen, weil ihm nichts so wichtig ist wie die Freundschaft mit Dustin. »Ich will zu Ole«, hat er behauptet. Seine Mutter mag Ole und findet es gut, wenn sie zusammen spielen, also hat sie genickt und nicht mal gefragt, ob Oles Eltern Bescheid wissen.

In Wahrheit ist er mit Dustin verabredet, an der blauen Bude, die früher mal ein Kiosk war und die jetzt schon ewig leer steht. Sie ketten ihre Räder aneinander, mit Philipps Fahrradschloss, Dustin besitzt so etwas nicht. Seine Mutter ist überzeugt, dass niemand Dustins alte Kiste klauen würde.

Sie laufen zu Fuß weiter, die Straße runter, bis keine Häuser mehr kommen, vorbei an dem alten Betonwerk, wo keiner mehr arbeitet und das mit einem hohen Metallzaun und riesigen Vorhängeschlössern gesichert ist. Von dort an dürfen sie nicht mehr die Straße benutzen, sondern müssen sich seitlich in die Büsche schlagen. Niemand darf sie sehen.

Philipp weiß nicht genau, ob das ein Spiel ist oder Ernst, aber er macht mit und versucht, nicht daran zu denken, was seine Mutter zu den schmutzigen Turnschuhen sagen wird, denn hinter den Büschen ist der Boden ganz weich und matschig, und einmal sinkt er bis zu den Knöcheln ein.

Es kommt ihm vor, als wäre er noch nie so glücklich gewesen. Dustin hat ihn zum Freund erwählt, dabei ist er schon neun und Philipp gerade erst acht geworden, ein Baby, wie sein großer Bruder Moritz immer behauptet.

Plötzlich bleibt Dustin stehen, er biegt ein paar Zweige beiseite und zeigt auf die Straße. Philipp sieht zuerst ein Verkehrsschild, dann eine tote Katze, schwarz mit weißen Flecken und ganz platt, als wären schon hundert Autos darübergefahren.

»Ein Euro, wenn du sie anfasst. Ohne Handschuhe.«

»Lieber nicht«, flüstert Philipp. Allein der Gedanke, das Tier zu berühren, macht ihm Angst. Vielleicht hält Dustin ihn jetzt für einen Feigling, aber er bringt das nicht fertig.

»War nur ein Witz. Wir dürfen uns nicht auf der Straße sehen lassen«, erklärt Dustin zu Philipps Erleichterung und stapft mit großen Schritten weiter. »Da vorn ist es.« Seine Hand deutet auf ein Haus, das man vor lauter Bäumen und Büschen kaum erkennen kann. »Pst, die dürfen uns nicht hören.« Er hält den Zeigefinger vor seinen Mund.

Wer sind die?, hätte Philipp gern gefragt, aber er muss ja den Mund halten, also nickt er nur und tut so, als würde er alles kapieren. Das ist sowieso am besten, immer so tun, als wüsste man Bescheid.

Sie kämpfen sich durch das Gestrüpp, bemüht um absolute Lautlosigkeit, und wenn doch ein Ast unter ihren Füßen knackt, zischt Dustin: »Idiot.« Auch dann, wenn er selbst das Geräusch verursacht hat.

Als sie näher kommen, sieht Philipp, dass aus dem Dach des Hauses ein Baum wächst. In seinem Lieblingsbilderbuch gibt es auch so ein Haus mit einem Baum auf dem Dach, aber dort sind die Blätter rosa gefärbt. Man könnte denken, dass sie mitten in einem Märchen gelandet sind, in einer fremden, abenteuerlichen Welt, von deren Existenz niemand etwas ahnt, nur er selbst und Dustin, sein allerbester Freund.

Dustin stößt ihn in die Seite und zeigt auf einen dunklen Wagen, der seitlich neben dem Haus parkt. Anders als das Gebäude sieht er nagelneu aus. Daneben steht ein zweites Auto, gelb und klein. In dem großen Auto bewegt sich etwas. Philipp erkennt zwei Menschen, einen Mann und eine Frau. Was sie da machen, versteht er nicht, aber das ganze Auto wackelt. Dustin grinst, formt mit Daumen und Zeigefinger der linken Hand einen Ring, in den er mit dem rechten Zeigefinger hineinstößt. Dabei nickt er.

Philipp kapiert überhaupt nichts. Was machen die beiden da, was will Dustin ihm mit dieser komischen Geste mitteilen? Er weiß nur, dass er kein Baby sein will, also nickt er ebenfalls mit wichtiger Miene und sagt: »Cool.«

Irgendwann wird die Autotür aufgestoßen. Die Frau klettert heraus, sie hat auf dem Schoß des Mannes gesessen, was Philipp sehr seltsam findet. Seine Mutter setzt sich nie auf den Schoß seines Vaters, so etwas machen doch nur Kinder bei ihren Eltern. Außerdem ist die Frau nackt. Dabei ist es so kalt, dass Philipp eine Windjacke trägt und trotzdem an den Händen friert. Komisch sieht die Frau aus, ihre Arme und Beine sind ganz dünn, ihr Bauch dagegen ist kugelrund, richtig dick. Der Mann steigt jetzt ebenfalls aus, er macht seine Hose zu, beugt sich herunter und streift einen dunklen Pullover über den Kopf, den er vom Rücksitz geholt hat. Die Frau zerrt ihre Anzieh-

sachen aus dem Auto und wirft sie mit Schwung über die Motorhaube, wie jemand, der sehr, sehr wütend ist. Dabei schreit sie: »Ich halt das nicht mehr aus!«

Jetzt zanken die beiden sich und ziehen sich gleichzeitig an. Die Frau kreischt so wie seine Mutter, wenn sie vor Wut beinahe platzt. Sie will nicht länger lügen, der Mann brüllt, dass sie sich zusammenreißen soll und dass es nicht anders geht, und sie schreit: »Aber ich liebe dich nun mal!«, und das gleich dreimal hintereinander, und dann noch: »Er ist mir scheißegal!« Am Ende springt sie in das gelbe Auto und braust davon. Der Mann schaut ihr hinterher, setzt sich in den schwarzen Wagen und fährt ebenfalls fort, aber ganz sachte, als hätte er Angst, sein neues Auto schmutzig zu machen.

»Die treffen sich jeden Dienstag«, sagt Dustin. »Zum Ficken. Hast du das schon mal gesehen?«

Gesehen nicht, aber gehört. Ficken, das ist eins dieser Wörter, die alle benutzen, obwohl es verboten ist. Man muss so tun, als wüsste man, worum es geht, auch wenn man nicht die leiseste Ahnung hat. Erwachsene machen so was, das weiß Philipp, und auch, dass man keinen dabei zugucken lässt. Sicher treffen der Mann und die Frau sich deshalb heimlich an diesem Ort, wo Bäume durch das Dach wachsen und tote Katzen auf der Straße liegen.

»Alle Erwachsenen ficken«, erklärt Dustin, und er grinst wie einer, der das schon tausendmal gesehen hat. »So macht man nämlich Babys. Deine Eltern haben es auch gemacht, sonst wärest du nicht auf der Welt.«

Das muss wohl stimmen. Aber Philipp mag sich so etwas von seinen Eltern nicht vorstellen. Bestimmt haben sie es nur zweimal gemacht, einmal haben sie danach Moritz, seinen großen Bruder, bekommen und beim zweiten Mal ihn. Mehr Kinder gibt es bei ihnen nicht, und er ist irgendwie erleichtert darüber.

Auf dem Rückweg nehmen sie die Straße, weil es jetzt egal ist, ob jemand sie sieht. Um den Katzenkadaver machen sie einen großen Bogen. Philipp kann nicht erklären, warum, aber er ist froh, als sie die Häuser erreichen. An der blauen Bude löst er die Räder voneinander.

»Und?«, fragt Dustin. Er grinst von einem Ohr zum anderen. »War doch klasse, oder?«

Philipp nickt ehrfürchtig, weil ihm kein Wort einfällt, das groß genug scheint für eine Antwort.

»Wenn du irgendwem davon erzählst, bist du tot.«

DIENSTAG, 28. MAI

In diesem Jahr war der Mai ungewöhnlich warm und trocken, ein früher Sommer, der dafür gesorgt hatte, dass die rote Bauernpfingstrose bereits in voller Blüte stand, zwei Wochen vor der Zeit. Jedes Mal, wenn Renke daran vorbeiging und der schwere Duft ihm in die Nase stieg, erinnerte er sich an seine Großmutter, an die Nachmittage in ihrem Garten, wo akkurat geschnittene Buchsbaumhecken die üppige Blütenpracht im Zaum hielten. Zwanzig Jahre nach ihrem Tod war wenig von der Pracht übrig geblieben, nur die Pfingstrose, die Schneeglöckchen, die Ende Februar einen weißen Teppich bildeten, und ein purpurroter Phlox, der sich Jahr für Jahr durch das kniehohe Unkraut kämpfte, um triumphierend ein paar Blütenstängel in die Höhe zu strecken. Ansonsten hatten nur noch die Obstbäume überlebt, drei uralte Apfelsorten, deren Namen er nicht kannte, eine Birne und zwei Pflaumen. Die Kirschbäume, deren Früchte er als Junge so geliebt hatte, waren eingegangen. Vielleicht würde er nächstes Jahr neue setzen.

Hauptkommissar Renke Nordmann, Leiter des Polizeireviers Martinsfehn, sperrte den Wohnwagen ab, in dem er seit ein paar Wochen lebte. Das Schloss würde keinem ernsthaften Einbruchsversuch standhalten, doch in dem Wagen befand sich nichts, das einen Diebstahl lohnte. Er freute sich auf den ersten Kaffee im Revier.

Zwei Stunden später hatte er noch immer keine Zeit

für einen Morgenkaffee gefunden. Dreimal hatte es in den frühen Morgenstunden bereits geknallt, ein Auffahrunfall direkt vor dem Schulzentrum, ein Crash auf dem Parkplatz am Rathaus, und gerade kam er zurück vom Marktplatz, wo jemand vor der Bäckerei dem Postauto die Vorfahrt genommen hatte. Zum Glück gab es nur verbeultes Blech, aufgeheizte Gemüter und einen uneinsichtigen Achtzigjährigen, der den Postboten unflätig beschimpfte, wobei *hirnloser Trottel* noch das Harmloseste war. Renke warf seine Dienstmütze auf den Schreibtisch und steuerte die kleine Teeküche an, als das Telefon erneut klingelte.

»Polizeirevier Martinsfehn, Hauptkommissar Nordmann.«

»Renke? Hier ist Cord. Cord Cassjen. Bei uns zu Hause ist vielleicht etwas Schlimmes passiert. Kannst du bitte vorbeikommen? Allein? Und schnell?« Er legte einfach auf.

Vielleicht etwas Schlimmes, das klang ziemlich schräg und konnte alles Mögliche bedeuten. Auf jeden Fall hatte Cord Cassjen, inzwischen Dr. Cord Cassjen, gehetzt geklungen, womöglich sogar verzweifelt. Renke versuchte, sich einen verzweifelten Cord vorzustellen, es wollte ihm aber nicht so recht gelingen, in seiner Erinnerung war Cord vor allem arrogant, selbstgefällig und sehr auf seine Außenwirkung bedacht. Kurz entschlossen rief er die gespeicherte Nummer wieder an.

»Renke hier, könntest du etwas konkreter werden?«

»Komm einfach.« Erneut ertönte das Freizeichen.

Das passte schon eher zu dem Cord, den er kannte. Für einen Moment zog Renke in Erwägung, den Anruf zu ignorieren oder einen Kollegen zu schicken. *Komm einfach*, was sollte das bitte sehr heißen? Er war schließlich nicht Cords Angestellter. Doch die Neugierde siegte. Wenn Cord in Schwierigkeiten steckte, und so ließ sich der

Anruf durchaus interpretieren, wollte er das gern live miterleben. Es passte zu Cord, dass er es nicht einmal für nötig befand, seine Adresse anzugeben, als wäre es Renkes Pflicht, zu wissen, wo jeder Einwohner von Martinsfehn wohnte. Bei Cord wusste er es natürlich, sein nagelneues Protzhaus stand in der sogenannten Blumensiedlung. Geranie, Sonnenblume, Heckenrose, Dahlie, Primel, sie alle hatte die Gemeinde Martinsfehn mit einer Straße bedacht. Wenn er sich nicht sehr täuschte, wohnte Cord in der Dahlienstraße.

Kurz schaute Renke sich in der Revierstube um. Jens Stiller tippte einen Bericht, David Strehlitz und Sandra Weiß nahmen im Nebenzimmer mehrere Zeugenaussagen zu einer Discoschlägerei auf, was sich, der Lautstärke der Stimmen nach zu urteilen, chaotisch gestaltete, und Lorenz Bäumer war unterwegs.

»Das war Dr. Cassjen, er hat ein Problem, das er am Telefon nicht besprechen möchte. Bis gleich.« Im Vorübergehen setzte Renke seine Dienstmütze auf. Unterwegs überlegte er, wann er zum letzten Mal mit Cord gesprochen hatte, ernsthaft gesprochen. Man sah sich dann und wann auf der Straße, hob grüßend die Hand, rief sich auch mal ein *Moin* zu, aber das war es auch. Das letzte Mal, dass sie wirklich miteinander geredet hatten, musste Jahre zurückliegen, und Renke konnte sich beim besten Willen nicht an den Inhalt des Gesprächs erinnern. Vermutlich hatte es auf einem Klassentreffen stattgefunden, in einer Zeit, in der seine Frau Britta schon so krank war, dass kaum jemand wagte, ihn auf sein Privatleben anzusprechen.

Renke und Cord Cassjen kannten sich aus der Schule, waren aber alles andere als Freunde gewesen. Cord, der einzige Sohn des Spirituosenfabrikanten Cassjen, ließ keine

Gelegenheit aus, mit dem Geld seines Vaters zu protzen. Pünktlich zum achtzehnten Geburtstag bekam er ein eigenes Auto vor die Tür gestellt, einen fabrikneuen VW-Golf mit Sonderlackierung, während der Sohn des Postboten in den Ferien jobben musste, damit er sich einen gebrauchten Renault leisten konnte. Ihre Freundeskreise berührten sich nicht, und sie hatten einander wenig zu sagen. Nachdem sich abzeichnete, dass Cord das Abitur nicht schaffen würde, wiederholte er die letzte Klasse auf einer Privatschule in der Nähe von Osnabrück, wo er die Reifeprüfung im zweiten Versuch ablegte, und das offenbar mit so einem guten Notenschnitt, dass er anschließend Medizin studieren konnte, was sowohl die Lehrer als auch seine ehemaligen Mitschüler überraschte. Irgendwann in dieser Zeit starb Cords Vater. Es hieß, er hätte sich totgesoffen, was irgendwie passend erschien für einen Spirituosenfabrikanten.

Cords Haus, ein zweieinhalbstöckiger, blendend weißer Klotz mit einem dunkelgrünen Pultdach, wirkte genauso selbstgefällig wie sein Besitzer. Renke erinnerte sich an eine heftige Debatte im Gemeinderat, weil viele meinten, so ein Haus würde nicht in die Siedlung passen, in der man ansonsten nur rote Klinker und rote oder graue Ziegeldächer sah, so wie es sich für ein typisch ostfriesisches Fehndorf gehörte. Aber wenn einer wie Cord Cassjen baute, musste es was Besonderes sein. Natürlich hatte er seinen Bauantrag durchgesetzt, denn der Lebensgefährte seiner Mutter, Erich Loening, hatte als Landrat überall seine Finger drin und konnte Dinge auf den Weg bringen, die den Normalsterblichen verwehrt blieben.

Bevor Renke klingeln konnte, wurde die Tür von innen aufgerissen. Cord sah aus, als stünde er kurz vor einem Herzinfarkt. Sein rundliches Gesicht glänzte verschwitzt, das dunkle Haar, dessen Ansatz deutlich zurückwich, was Renke mit heimlicher Schadenfreude erfüllte, stand wirr vom Kopf ab, und unter den Armen seines weißen Polohemdes zeichneten sich riesige Schweißflecke ab.

»Gott sei Dank. Komm rein.« Er warf einen gehetzten Blick über Renkes Schulter. »Muss der Wagen da stehen?« Dann fiel ihm wohl auf, wie dumm diese Frage war, schließlich hatte er selbst die Polizei gerufen, und die fuhr nun einmal im Dienstwagen vor. »Ist ja auch egal.« Es klang resigniert.

Drinnen sah es genauso aus, wie man es erwarten durfte. Bodenfliesen mit teuer aussehenden Einlegearbeiten, weiß gekalkte Wände, eine freitragende Treppe aus dunklem Holz, die ins Obergeschoss führte und deren Stufen keinen Laut von sich gaben, wenn man den Fuß darauf setzte. Der erste Stock bestand aus einem einzigen riesigen Raum. Wenige, vermutlich exklusive Möbel, darunter eine riesige Wohnlandschaft aus dunkelrotem Leder, große Gestecke aus künstlichen Blumen und Licht, sehr viel Licht. Vor einem der Fenster stand ein weißer Ruhesessel, ebenfalls aus Leder, mit passendem Fußhocker. Dort saß eine Frau, vermutlich Cords Gattin, die auf den ersten Blick unglaublich jung wirkte, geradezu erschreckend jung, wenn man bedachte, dass Cord neununddreißig sein musste, genau wie Renke, vielleicht auch schon vierzig. Schulterlanges blondes Haar und ein schmales Gesicht mit auffällig hohen Wangenknochen. Eine gut aussehende junge Frau, wenn sie nicht so stumpfsinnig ins Leere gestarrt hätte. Das einzig Lebendige an ihr schien das leuchtende Blau ihres Kleides zu sein, ansonsten wirkte sie wie versteinert. Ihre Hände hielt sie auf dem Schoß gefaltet, als wäre sie in ein stilles Gebet vertieft. Sie schaute nicht auf, als Renke sie mit dem obligatorischen *Moin* begrüßte.

Neben ihr stand ein blassgrüner Kinderwagen, das Kissen mit dem blau-grün karierten Bezug hing über dem Griff. Ein flüchtiger Blick verriet, dass kein Baby in dem Wagen lag.

»Setz dich«, sagte Cord und deutete auf eine Essgruppe aus dunklem Holz, die mitten im Raum stand, unter einer avantgardistischen Leuchte, die aussah wie ein weißer Kelch, aus dem auf grauen, biegsamen Metallstielen blaue und dunkelrote Glasblüten wuchsen, mit jeweils einer LED-Birne in der Mitte. Die Lampe hätte Renke gern mal am Abend gesehen.

»Ich will es kurz machen. Wir haben einen Sohn, Caspar, er ist sieben Tage alt. Und verschwunden.«

»Er wurde entführt?«

»Ich glaube nicht.« Im selben Moment fiel Cord wohl selbst auf, wie verrückt seine Antwort sich anhörte. »Silvana sagt, sie hätte ihn weggebracht, weiß aber nicht mehr, wohin.« Seine Stimme wurde laut und aggressiv. »Das hast du doch gesagt, Silvana! Dass du ihn nicht mehr wiederfindest!«

Im Zeitlupentempo hob die junge Frau den Kopf. »Er hat ihn geholt.« Sie streckte die linke Hand aus und schaukelte den Wagen, als müsste sie ein schreiendes Baby beruhigen.

»Wer hat ihn geholt?«, fragte Renke mit sanfter Stimme.

»Er…«, hauchte sie und schaute sich verstohlen um, als wäre es verboten, den Namen laut auszusprechen.

»Sie ist krank«, flüsterte Cord heiser. »Das merkst du doch, oder? Seit der Geburt ist sie völlig irre im Kopf.« Mit der linken Hand machte er kreisende Bewegungen vor seiner Stirn. »Postpartale Psychose nennt man das.«

Die Art, wie er das sagte, gefiel Renke nicht. So abwertend äußerte man sich nicht über seine Ehefrau, nicht mal, wenn man Dr. Cord Cassjen hieß und die Frau offensichtlich psychisch gestört war. Renkes Blick wanderte zwischen Cord, der jetzt aussah wie ein trotziger Junge, der am liebsten mit dem Fuß aufstampfen würde, und seiner Frau hin und her. Keiner der beiden wirkte glaubwürdig. Das mit dem Kind stimmte jedoch, die riesige Geburtsanzeige in der Zeitung war ihm am Samstag aufgefallen. *Unser Glück ist vollkommen*, oder irgend so ein klischeehafter Quatsch. Und jetzt war das vollkommene Glück verschwunden, Frau Cassjen hatte es verkramt.

»Also, noch mal zum Mitschreiben. Euer Sohn ist verschwunden. Und das steht fest. Du hast überall nachgeschaut.«

Mit beiden Händen fuhr Cord durch sein schütteres Haar, dann verknotete er die Finger im Nacken, hob den Kopf und starrte zur Zimmerdecke. »Ja, verdammt. Ich habe das ganze Haus durchsucht, auch die Garage. Caspar ist nicht da.«

»Er hat ihn geholt.« Silvana Cassjen stand auf und durchquerte mit merkwürdig steifen Schritten den Raum.

Renke fühlte sich an einen schreitenden Vogel erinnert, einen Marabu oder einen Storch. Jetzt erst konnte man sehen, wie schmal sie gebaut war. Umso deutlicher fiel ihr immer noch stark vorgewölbter Bauch auf, beinahe konnte man denken, dass sich noch ein weiteres Kind darin befand. Sieben Tage nach der Geburt war das vermutlich normal.

»Bleib stehen, das macht mich verrückt. Und halt um Himmels willen die Klappe!«, brüllte Cord. Erschrocken hielt er inne. »Entschuldige, Renke, aber das ist ein bisschen viel für mich. Meine Nerven flattern.« Er schniefte, und Renke fragte sich, ob er gleich losheulen würde, so wie früher in der Grundschule, wenn er nicht ein noch aus gewusst hatte, weil die anderen Jungs ihre derben Späße mit ihm trieben. Heutzutage nannte man das Mobbing. »Caspar ist noch so klein, gerade erst geboren. Der braucht seine regelmäßigen Mahlzeiten. Was mach ich bloß?«

»Nichts. Du hast die Polizei gerufen, und das war richtig. Wir werden Haus und Grundstück durchsuchen, die Nachbarn befragen und vor allem deine Frau. Am besten ziehen wir einen Therapeuten hinzu. Der kriegt vielleicht mehr aus ihr raus.« Er griff nach dem Handy.

»Halt. Warte. Lass uns erst noch einmal nachsehen, bevor die ganze Artillerie hier aufmarschiert. Gestern Abend hat sie ihn im Kleiderschrank versteckt.« Mit zwei Fingern tippte Cord rhythmisch gegen seine Schläfe. Ein weiterer Ausdruck dafür, dass er seine Frau für durchgeknallt hielt. »Aber dort ist er nicht, da hab ich zuerst nachgeschaut.« Als Renke zögerte, fasste er mit beiden Händen nach seinem Unterarm. »Bitte, Renke, lass uns noch einmal zusammen suchen.«

Warum er einwilligte, wusste Renke selbst nicht. Vielleicht, weil die Frau ihm leidtat, die jetzt mit einem harschen »Und du bleibst solange hier sitzen!« zurechtgewiesen wurde.

Im ganzen Haus fand sich keine Spur von Caspar Cornelius Cassjen. Renke forderte um dreizehn Uhr fünfzig die Kollegen von der Kripo Leer an.

Nola van Heerden, Oberkommissarin bei der Kripo in Leer, saß total verkrampft hinter dem Steuer des Dienstwagens, ihre Hände waren feucht und gleichzeitig eiskalt, und ihr Magen fühlte sich an, als hätte jemand flüssigen Beton eingefüllt, der jetzt zu einem harten, schweren Klumpen trocknete, der beim Atmen gegen die Bauchdecke stieß. *Ein verschwundener Säugling*, hatte Renke am Telefon gesagt. Säuglinge verschwanden nicht einfach so, schließlich konnten sie sich nicht selbstständig fortbewegen, und leider Gottes sprachen alle Statistiken dafür, dass Vater oder Mutter oder, schlimmer noch, beide ihrem Baby etwas angetan hatten, was sie jetzt zu vertuschen suchten, indem sie eine abstruse Räuberpistole erfanden wie eine Entführung, nur dass der Entführer sich niemals melden würde. Unentwegt musste sie an einen ähnlich gelagerten Fall denken, den sie vor zwei Jahren in Hannover erlebt hatte. Vor laufenden Kameras hatte die junge Mutter den vermeintlichen Entführer angefleht, das Kind zurückzugeben. Drei Tage später stellte sich heraus, dass sie den Kleinen zu Tode misshandelt und dann in der Sporttasche ihres Mannes im Garten vergraben hatte. Eine furchtbare Geschichte, die die ermittelnden Beamten noch lange beschäftigte. Der verschwundene Säugling in Martinsfehn war erst wenige Tage alt, und Nola grauste es vor dem, was sie herausfinden würde.

Neben ihr versuchte Conrad Landau, ihr Partner, vergeblich den Reißverschluss seines Parkas zu schließen, dessen ursprüngliches Dunkelblau sich über die Jahre in einen fahlen, undefinierbaren Farbton verwandelt hatte, den Nola am ehesten als dreckiges Blaugrau beschreiben würde.

»Kaputt? Prima. Dann kannst du das versiffte Teil ja endlich wegschmeißen und was Vernünftiges kaufen. In der Jacke siehst du aus wie der letzte Penner! Das hab ich dir schon tausendmal gesagt. Was sollen die Leute denken, wenn du so auftauchst?«

»Spinnst du? Die Jacke ist noch tadellos«, maulte Conrad. Nolas Partner trank seit Jahren mehr, als ihm guttat, und wie viele Trinker legte er wenig Wert auf sein Äußeres. Schon mehr als einmal hatte Nola sich geschämt, mit einem derart abgerissenen Kollegen in der Öffentlichkeit aufzutauchen.

Conrad konnte stundenlang vor sich hin schweigen und ihr dann mit einer einzigen boshaften Bemerkung den ganzen Tag verderben. In seinen Augen war sie übermotiviert, krankhaft ehrgeizig und geltungssüchtig, also sein genaues Gegenteil. Kein Wunder, dass es dauernd zwischen ihnen krachte.

»Wieso trägst du überhaupt noch deine Winterjacke?«, fragte sie schließlich, weil seine hektische Fummelei an dem Zipper des Reißverschlusses, begleitet von leisen Flüchen, sie nervte.

»Blöde Frage. Mir ist kalt.«

»Kalt?«, lachte Nola ungläubig. Der Himmel erstrahlte in leuchtendem Sommerblau, und das Außenthermometer des Dienstwagens zeigte dreiundzwanzig Grad. Für Nola hatte der Sommer begonnen, und für die meisten anderen Menschen auch. In der Stadt stellten die Wirte Tische und Stühle raus, und vor der Eisdiele bildete sich um die Mittagszeit eine Schlange.

»Sie haben Ihr Ziel auf der linken Straßenseite erreicht«, quäkte die monotone Frauenstimme des Navigationsgerätes, sie hatte sogar einen Namen, der allerdings nicht zu ihr passte. Susi. Immerhin beendete Susi ihren Disput.

Das Haus in der Dahlienstraße, in dem das Kind verschwunden sein sollte, überragte alle anderen Gebäude in der Neubausiedlung um ein halbes Stockwerk. Für Nola sah es aus wie ein aufrecht stehender Legostein mit einem schiefen grünen Dach, auch wenn es sich aller Wahrscheinlichkeit nach um ein Architektenhaus der oberen Preisklasse handelte.

»Typisch. In den dicksten Häusern wohnen die größten Schweine. Da musst du mal drauf achten.« Conrad hatte seine Reparaturversuche inzwischen aufgegeben. Er strich seine grauen Haare mit gespreizten Fingern zurück, dann kratzte er sich ausgiebig an Wange und seinem schlecht rasierten Kinn und räusperte sich mehrmals hintereinander. Er war nervös, genau wie sie selbst. »Mach dir bloß keine Hoffnungen«, stieß er hervor. »Der Kleine ist längst tot.«

»Das wissen wir doch noch gar nicht«, hielt Nola trotzig dagegen, obwohl sie insgeheim dasselbe befürchtete.

»Nola! Sei doch nicht so verdammt naiv. Die Geschichte stinkt zum Himmel. Säuglinge verschwinden nicht einfach spurlos!«

So schlau war sie selbst. Dennoch war sie nicht bereit, schon im Vorfeld alle Hoffnung aufzugeben. »Lieber naiv als so ein ewiger Schwarzseher wie du! Und jetzt komm.« Sie schob die Ärmel ihrer grün gemusterten Strickjacke hoch, die so locker saß, dass ihre Dienstwaffe nicht gleich auffiel, und marschierte los, ohne sich noch einmal nach Conrad umzudrehen.

Ein Mann öffnete die Tür. Gewohnheitsmäßig scannte sie seine Erscheinung. Mittelgroß, dunkles Haar, das bereits dünner wurde, ein harmloses Kindergesicht mit vollen Lippen, leichter Bauchansatz, unvorteilhaft betont durch ein zu eng sitzendes Poloshirt. Dazu eine weiße Hose, wie Ärzte sie während der Arbeit tragen, und teure italienische Schuhe, die vorn spitz zuliefen. Total verschwitzt. Sie war froh, dass er nicht auf die Idee kam, ihr seine feuchte Hand zu reichen.

»Dr. Cassjen«, stellte er sich vor. Ihre Dienstausweise schaute er nicht an. »Kommen Sie herein, Renke ist schon da.«

Aus dem Eingangsbereich ging es über eine freitragende Treppe nach oben ins Wohnzimmer, das das gesamte Stockwerk einzunehmen schien, jedenfalls konnte Nola keine Tür entdecken, nur die Treppe, die in den zweiten Stock weiterführte. An den Außenwänden des nahezu quadratischen Wohnraums gab es jeweils drei schmale, bis zum Boden reichende Fenster. Statt Gardinen waren weiße Plisseejalousien angebracht, die sich nach Belieben rauf- und runterziehen ließen. Jetzt waren sie hochgezogen und gaben den Blick frei auf einen Balkon, der rund um das Haus verlief. Das Geländer aus grün gestrichenem Metall erinnerte Nola an ein Baugerüst. Eine Stahltreppe führte hinunter in den Garten, der aus einer leuchtend grünen, fast schon künstlich wirkenden Rasenfläche, ein paar ebenso grünen Büschen und einem hohen Sichtschutzzaun bestand, weiß mit grünen Pfosten, auf denen dicke weiße Holzkugeln thronten. Nichts Blühendes.

Renke saß mit dem Rücken zu Nola am Esszimmertisch, und gleich legte ihr Herz einen Trommelwirbel ein. Ihm gegenüber kauerte eine blonde Frau auf einem Stuhl, der einen halben Meter vom Tisch entfernt stand, so, als würde man sie nicht am Tisch dulden. Sie war sehr jung, beinahe noch ein Mädchen, vermutlich handelte es sich um die Mutter. Als hätte er ihren Blick gespürt, drehte Renke den Kopf und schaute ihr entgegen. Für einen Moment war Nola abgelenkt, doch sie rief sich sofort zur Ordnung. Sie war nicht hier, um über Renke Nordmann nachzudenken, über das unglaublich intensive Blau seiner Augen, über die Art, wie er sie anschaute, oder ob sein kühles Lächeln mit dem verschwundenen Baby zu tun hatte oder mit ihr.

»Moin. Das hier sind Dr. Cassjen und seine Frau. Ihr sieben Tage alter Sohn ist spurlos verschwunden.«

Okay, den neutralen Dienstton hatte sie auch drauf. Sie griff nach ihrem Notizbuch und zückte den Stift. »Wie lange schon?«

Die Antwort gab der Hausherr. »Heute gegen neun bin ich in meine Praxis gefahren, da war er noch da. Ich bin Arzt, Urologe«, fügte er an. »Meine Praxis liegt in Leer. Um halb elf hat meine Frau mich angerufen und gesagt, dass sie Caspar nicht mehr finden kann. Meine Frau …«

Mit einer Handbewegung brachte Renke ihn zum Schweigen. Dann nickte er Frau Cassjen auffordernd zu.

Weil sie nichts sagte, ergriff Nola das Wort. »Frau Cassjen, vielleicht könnten Sie uns erzählen, was passiert ist.«

»Er war hier, er hat ihn geholt.« Die Stimme klang unerwartet dunkel, ein bisschen heiser und völlig emotionslos. So, als stünde sie unter dem Einfluss starker Beruhigungsmittel, was noch zu klären war.

»Wer?«

Nolas Frage schien die Frau zu verwirren. Hatte sie ihre eigenen Worte schon wieder vergessen? Sie grübelte und sagte dann: »Weiß ich nicht mehr. Erich?« Es klang wie eine Frage.

»Wer ist Erich?«

»Der Lebensgefährte meiner Mutter«, erklärte Dr. Cassjen, es klang ungeduldig. »Silvana, das ist doch Blödsinn. Warum sollte Erich denn Caspar abholen?«

Keine Antwort. Frau Cassjen zupfte ein paar Ponysträhnen in ihre Stirn, dann schob sie den Stuhl noch weiter zurück, schlug die Beine übereinander und ließ den rechten Fuß kreisen. Sie trug keine Schuhe, und aus einem Loch in ihrer Strumpfhose ragte der große Zeh heraus. Irgendwie war klar, dass ihr das unter normalen Umständen peinlich gewesen wäre, niemand, der so ein Haus bewohnte, lief derart schludrig herum, doch jetzt schien sie es gar nicht wahrzunehmen. Überhaupt machte die junge Frau einen eher ungepflegten Eindruck, das Haar war am Ansatz fettig und nicht gekämmt, und in ihren

Augenwinkeln klebte helles Sekret. Sie sah aus, als käme sie direkt aus dem Bett und hätte noch keinen Blick in den Spiegel geworfen. »Er hat ihn geholt«, wiederholte sie unbeirrt.

»Vielleicht könnten Sie diesen Erich anrufen?«, schlug Nola vor. Erstaunlich, dass noch niemand darauf gekommen war.

»Das ist doch völliger Unsinn.« Beifall heischend schaute Dr. Cassjen sich um. Als niemand ihm beipflichten wollte, fingerte er, begleitet von einem resignierten Seufzen, ein Smartphone aus seiner Hosentasche und gab eine Nummer ein. »Mama? Hier ist Cord. Sag mal, war Erich heute Morgen hier? Nicht? Gestern vielleicht? Auch nicht. Das kann ich jetzt nicht erklären, wir haben ein Problem, ich melde mich später… nein, jetzt geht es nicht.« Er legte auf. »Er war nicht hier.«

Nola ging neben Frau Cassjen in die Hocke, damit sie ihr ins Gesicht schauen konnte, und nahm dabei einen leicht säuerlichen Körpergeruch wahr. »Haben Sie gehört? Erich war weder gestern noch heute zu Besuch.«

»Er kommt überall rein. Ich glaube, er kann durch Wände gehen.« Sie kicherte und schlug sich dabei mit der Hand auf den Mund, so heftig, dass die Zähne aufeinanderklackten.

»Und heute Morgen war er hier?« Nola wusste selbst nicht, warum sie das fragte. Natürlich konnte dieser Mann nicht durch Wände gehen. Wer das behauptete, sagte vermutlich auch sonst nicht die Wahrheit.

Die Frau nickte zögernd. »Er hat mein Baby geholt.«

»Wer?«, wiederholte Nola sanft.

»Er. Den Namen darf ich nicht verraten.« Sie legte die Hand seitlich gegen ihren Mund, als wären die nächsten Worte nur für Nola bestimmt, vergaß aber, die Stimme zu senken, sodass jeder im Raum mithören konnte. »Er ist nämlich Caspars Vater, aber das darf niemand wissen.«

Das war entschieden zu viel für Dr. Cassjen. »Jetzt ist aber Schluss! Bist du völlig übergeschnappt? Was redest du denn da für einen Blödsinn?« Hilfe suchend schaute er sich um. Sein Blick blieb an Nola hängen. »Sie ist total durchgeknallt, das merken Sie ja wohl selbst. Eine ausgewachsene Wochenbettpsychose. Verdammt noch mal, Silvana, was hast du mit unserem Kind gemacht?« Für einen Moment sah es aus, als ob er sich auf seine Frau stürzen wollte.

Conrad, der bislang noch kein Wort gesagt hatte, hielt ihn zurück, indem er sich einfach nur in den Weg stellte und die Arme ganz leicht anhob. »Nun mal ganz langsam.«

Auch Renke war mit einem Satz auf den Beinen und stellte sich schützend vor den Stuhl mit der jungen Frau. »Beruhige dich bitte, Cord. Du sagst doch selbst, dass sie krank ist.« Seine nächsten Worte galten Nola. »Ich hab zusammen mit Dr. Cassjen das gesamte Haus und die Garage durchsucht. Ergebnislos.«

Alles entwickelte sich genauso wie erwartet, vielleicht sogar noch schlimmer. Die Frau war ganz offensichtlich nicht zurechnungsfähig, und Nola mochte sich gar nicht vorstellen, was mit ihrem Sohn passiert war. »Ich bestelle zuerst die Hunde. Und dann brauchen wir einen Arzt für Frau Cassjen. Gut möglich, dass eine stationäre Einweisung notwendig ist.« *Wenn wir Glück haben, bringt man sie dort zum Reden.* Mühsam unterdrückte Nola den Drang, die junge Frau durchzuschütteln, sie aus ihrer Lethargie zu reißen. Der Gedanke, dass die Rettung des Babys von einer geistig verwirrten Frau abhing, machte sie schier wahnsinnig, und sie fragte sich, wie Renke so ruhig bleiben konnte, als hätten sie alle Zeit der Welt.

Ein harmonischer Dreiklang erfüllte den Raum.

»Es klingelt«, sagte Dr. Cassjen überflüssigerweise. »Ich schau nach.«

Nola zog sich einen Stuhl heran und setzte sich direkt neben die Mutter des vermissten Kindes, so nah, dass ihre Knie sich berührten. Sie griff nach der leblosen Hand, die eiskalt war, und streichelte behutsam mit dem Daumen darüber. »Frau Cassjen«, sagte sie eindringlich. »Wann haben Sie Caspar denn zuletzt gesehen? Können Sie sich daran erinnern?«

Eifriges Kopfnicken. »Ich hab ihn gestillt. Er ist dabei eingeschlafen, und ich hab ihn in den Wagen gelegt. Dann bin ich hoch ins Schlafzimmer. Ich bin immer so müde.« Sie legte den Kopf schief und lächelte Nola an. »Am liebsten würde ich den ganzen Tag schlafen. So ein Baby ist anstrengend.«

»Das glaube ich gern. Haben Sie den Kinderwagen rausgestellt? Vielleicht auf den Balkon?«

»Nein!«, rief sie erschrocken. »Caspar darf nur raus, wenn die Sonne scheint. Sonst ist es zu kalt für ihn.« Es klang wie auswendig gelernt.

Nola vermied einen Hinweis auf den strahlend blauen Himmel und die frühsommerliche Wärme. »Und wie war das Wetter heute Morgen?«, fragte sie stattdessen.

Man sah, dass die Frau angestrengt überlegte, dann schüttelte sie resigniert den Kopf. »Weiß ich nicht mehr.«

»Das kann ja mal passieren«, sagte Nola freundlich. Ruhe bewahren war jetzt wichtig, sie durfte die Frau weder verschrecken noch gegen sich aufbringen. »Sie haben sich also noch mal hingelegt. Oben. Und Caspar war hier im Kinderwagen?«

Die Antwort bestand aus einem hilflosen Lächeln. Als Nächstes hob Silvana Cassjen den Kopf und schaute über

Nolas Schulter. Ihre Augen weiteten sich, und sie begann zu weinen, zuerst nur leise, dann immer heftiger, bis ihr ganzer Körper von heftigen Schluchzern geschüttelt wurde. Sie ballte die rechte Hand zur Faust, führte sie zum Mund und biss auf die Fingerknöchel, um die Laute, die aus ihrer Kehle drangen, zu ersticken.

Vorbei, sie würde nichts mehr sagen, Mist. Nola drehte sich um. Gemeinsam mit Cord Cassjen hatte ein Ehepaar in mittleren Jahren den Raum betreten. Die Frau, die Nola für seine Mutter hielt, war klein und dünn, fast schon mager. Ihre übertriebene Gesichtsbräune verriet die eifrige Sonnenanbeterin. Glattes, in der Mitte gescheiteltes Haar fiel ihr auf die Schultern, es war schwarz und ganz offensichtlich gefärbt. Ihr signalrotes Strickkleid endete eine Handbreit über den Knien, und sie trug geschnürte Stiefeletten, deren hohe Absätze unangenehm laut auf die Fliesen knallten. Obwohl der Mann, den Nola für ihren Lebensgefährten hielt, sie um mehr als Haupteslänge überragte, war sofort klar, wer in dieser Beziehung das Sagen hatte.

»Margit Cassjen.« Schiefergraue Augen, eingerahmt von dicken Balken aus schwarzem Kajal, musterten die drei anwesenden Polizisten, bei Renkes Anblick nickte sie flüchtig. »Moin, Renke, lange nicht gesehen. Was ist hier passiert?«

Anstatt zu antworten, wies Renke mit der Hand auf Nola. »Darf ich vorstellen: Kriminaloberkommissarin van Heerden von der Kripo Leer. Und das ist Kriminaloberkommissar Landau.«

Ein Zucken im rechten Mundwinkel verriet, dass Frau Cassjen lieber mit Renke gesprochen hätte, sicher, weil sie ihn kannte und wie selbstverständlich duzte. »Also? Was ist vorgefallen?«

Nola beschloss, gleich die Fronten zu klären. Und dazu

gehörte es, klarzustellen, wer hier die Fragen stellte. »Sie sind die Mutter von Herrn Cassjen? Und das ist…?«

»Mein Lebensgefährte.« So wie sie das betonte, schien es ihr wichtig zu sein, dass sie nicht mit ihrem Begleiter verheiratet war. »Und ich möchte gern wissen…«

Ungerührt schnitt Nola ihr das Wort ab. »War einer von Ihnen heute Morgen hier im Haus?«

»Nein«, erwiderte die Dame in Rot ungeduldig. »Und jetzt wüsste ich wirklich gern, warum die Polizei hier ist, Renke.«

Nun schaltete sich ihr Lebensgefährte in das Gespräch ein. »Margit, du hörst doch, die Kommissarin aus Leer ist zuständig.« Seine dunkle, angenehme Stimme klang beruhigend, doch seine Lebensgefährtin war nicht bereit, sich beschwichtigen lassen.

»Ich kenne Renke seit seiner Kindheit«, fuhr sie ihn an. »Und er ist Polizist hier bei uns in Martinsfehn, oder etwa nicht? Warum soll ich nicht mit ihm reden?«

Der Mann errötete, und Nola fragte sich, ob es daran lag, dass seine Lebensgefährtin ihn vor allen Leuten zurechtwies, oder ob es ihm peinlich war, wie sie sich aufführte. An seiner Stelle wäre ihr beides unangenehm gewesen. So unauffällig wie möglich musterte sie ihn. Graues Haar, nach hinten gekämmt und ein bisschen länger als für einen Mann seines Alters üblich, ein sorgfältig gestutzter Vollbart, ein hellgrauer Anzug, der perfekt saß über einem blendend weißen Hemd, keine Krawatte und die beiden obersten Hemdknöpfe offen. Ein auffälliger Ring auf dem kleinen Finger der linken Hand. Sie speicherte ihn ab als jemand, der auf seine Außenwirkung bedacht war.

Unterdessen versuchte Dr. Cassjen, die Aufmerksamkeit seiner Mutter auf sich ziehen, indem er sie anstarrte und, als das keine Wirkung zeigte, ansprach. »Caspar ist verschwunden.« Offensichtlich fiel es ihm schwer, für das, was hier passiert war, die richtigen Worte zu finden. »Silvana kann sich nicht erinnern, wo er ist. Ich bin sofort nach Hause gekommen und …«

Mit einem Blick brachte Frau Cassjen ihn zum Schweigen. »Caspar ist verschwunden? Das ist doch nicht möglich.« Sie fuhr auf dem Absatz herum und schaute ihre Schwiegertochter fragend an. »Silvana, erklär uns das bitte.«

Die Antwort der jungen Frau bestand aus einem lang gezogenen Klagelaut, aus dem tiefste Verzweiflung sprach.

Margit Cassjen nahm das zum Anlass, sich neben den Stuhl ihrer Schwiegertochter zu stellen und ihr mit den Fingerspitzen flüchtig über das Haar zu fahren. Das Rot ihrer Fingernägel harmonierte perfekt mit ihrem Kleid. »Ist ja gut«, murmelte sie. »Das wird sich alles gleich aufklären. Konzentrier dich bitte. Das ist jetzt wichtig, immerhin geht es um *dein Baby.*« In der Art, wie sie die letzten beiden Worte betonte, lag ein deutlicher Vorwurf.

»Ihre Schwiegertochter ist offenbar psychisch angeschlagen. Sie kann sich nicht erinnern«, erklärte Nola, ohne die junge Frau aus den Augen zu lassen, die leise vor sich hin wimmerte.

»Was soll das denn bitte heißen?« Mit einer heftigen Bewegung stieß Margit Cassjen ihrer Schwiegertochter gegen die Schulter, die daraufhin erschrocken zusammenfuhr und die Augen aufriss. »Wie kann ein Baby verschwinden? Das ist doch Blödsinn. Silvana, jetzt sag endlich was. Wo ist Caspar?« Sie wirkte eher wütend als besorgt, und Nola fragte sich, ob diese Frau wirklich nicht erkannte, dass die Mutter des Säuglings zu keiner logischen Antwort fähig war.

Als ihre Schwiegertochter nicht reagierte, hob sie den

Kopf und fixierte nacheinander alle anwesenden Polizisten, bevor sie angriffslustig fragte: »Was wurde bis jetzt unternommen?«

Ehe Nola antworten konnte, blaffte Conrad: »Alles, was nötig ist. Oder dachten Sie, wir treffen uns hier zur Kaffeepause?«

Zu Nolas Überraschung reagierte Frau Cassjen nicht auf Conrads Angriff, als Ansprechpartner schien sie ihn nicht in Betracht zu ziehen. Ihr nächster Satz war an Nola adressiert. »Hören Sie mal, hier geht es nicht um irgendein Kind, hier geht es um *meinen* Enkelsohn. Und ich verlange, dass alles, wirklich alles getan wird.« Ihre Hand schnellte vor, als wollte sie Nola am Arm packen, sie hielt aber mitten in der Bewegung inne, vielleicht weil Renke einen Schritt nach vorn machte oder weil ihr Begleiter »mäßige dich bitte« murmelte.

»Wir werden alles tun, was nötig ist.« Nola merkte, wie lahm das klang, doch sie war inzwischen sauer und hatte keine Lust, auf das Wohlbefinden der Angehörigen Rücksicht zu nehmen.

Im Augenwinkel registrierte sie, dass Frau Cassjen ihren Lebensgefährten unsanft anstieß, der daraufhin hilflos die Schultern hob. »Lass die Leute doch ihre Arbeit tun, Margit.«

Genau das schien sie nicht vorzuhaben. »Offenbar wissen Sie gar nicht, wen Sie vor sich haben, junge Frau. Mein Lebensgefährte war bis vor Kurzem der Landrat des Kreises Leer. Erich Loening, der Name dürfte Ihnen ja wohl ein Begriff sein. Wir haben Verbindungen bis ganz nach oben.«

»Ganz oben? Meinen Sie den da?« Mit ihrem Zeigefinger deutete Nola hoch zur Zimmerdecke und freute sich über das entrüstete Schnauben von Frau Cassjen, der es für einen Moment die Sprache verschlagen hatte, während ihr Lebensgefährte schmunzelte. »Schön für Sie. Und jetzt würden wir gern unsere Arbeit erledigen.« Sie wandte sich nun direkt an den Landrat a. D. »Herr Loening, kann jemand bezeugen, wo Sie sich von heute Morgen acht Uhr bis zu diesem Zeitpunkt aufgehalten haben? Nur der Form halber, weil die Mutter des vermissten Säuglings Sie beschuldigt, den Kleinen mitgenommen zu haben.«

Ganz Politiker, ließ er sich nicht so leicht aus der Fassung bringen. »Mich?« Sein rechter Mundwinkel zuckte, dann lächelte er säuerlich. »Das ist wohl ein Scherz.«

»Aber ein schlechter«, sekundierte seine Lebensgefährtin. »Wie Sie uns gerade erklärt haben, ist Silvana nicht mehr bei Verstand. Warum nehmen Sie ihre Äußerungen überhaupt ernst?«

»Ich sprach davon, dass sie psychisch angeschlagen ist, was durchaus an dem Schock liegen kann.« Sehr bewusst richtete Nola die nächsten Worte wieder an den ehemaligen Landrat. »Ich wiederhole meine Frage: Kann jemand bezeugen, wo Sie den Vormittag verbracht haben?«

Er lachte ungläubig. »Sie glauben ernsthaft, dass ich ... also wirklich. Aber gut. Solche Fragen gehören zu Ihrer Arbeit, das sehe ich selbstverständlich ein. Meine Lebensgefährtin kann bezeugen, dass ich zu Hause war.«

»So ist es.« Margit Cassjen rammte ihre Hände mit Schwung in die Seitentaschen ihres Kleides, sie wippte nach vorn und stellte sich auf die Zehenspitzen. »Wir haben von acht bis Viertel vor neun gemeinsam gefrühstückt, wie jeden Morgen. Danach bin ich rüber in den Betrieb gegangen. Um neun ist unsere Putzfrau gekommen. Danuta wird bestätigen, dass Erich zu Hause war. Und falls Sie mich ebenfalls verdächtigen: Meine Mitarbeiter wissen, dass ich von kurz vor neun bis gerade eben im Büro war. Am besten fragen Sie meine Nichte, Tineke Veenstra. Sie ist meine rechte Hand und kennt jeden meiner Schritte.« Beim Sprechen drehte sie den Kopf hin und her, wohl um deutlich zu machen, dass ihre Worte für alle Anwesenden bestimmt waren.

»Moment, ich muss mir eben die Namen notieren.« Nicht, dass Nola den Landrat a. D. oder seine Lebensgefährtin ernsthaft der Kindesentführung verdächtigte, sie ärgerte sich einfach über das selbstherrliche Gebaren der beiden, vor allem die Frau benahm sich unmöglich, und die Empörung in ihrem Gesicht bereitete Nola ein heimliches Vergnügen. »Veenstra? Würden Sie das bitte buchstabieren? Danke.« Sie klappte ihr Notizbuch wieder zu. »Als Erstes werde ich Suchhunde anfordern.« Es klang weitaus optimistischer, als Nola sich fühlte.

Bei uns ist das Glück eingezogen
Wir freuen uns über die Geburt eines gesunden Kindes
Caspar Cornelius Cassjen
24. Mai 2013
Silvana und Dr. Cord Cassjen

Die Samstagszeitung lag immer noch auf dem Tisch, Gesa schaffte es einfach nicht, sie zusammenzuknüllen und dorthin zu befördern, wo schlechte Nachrichten hingehörten – in den Mülleimer. Stattdessen starrte sie wieder und wieder auf die Anzeige, bis die Buchstaben vor ihren Augen verschwammen. Ihr Hals fühlte sich an wie zugeschwollen, und ihr Gesicht brannte, als hätte sie die Haut mit Schmirgelpapier bearbeitet. *Wir freuen uns über die Geburt eines gesunden Kindes.*

Gab es denn keinen Gott, niemanden, der von oben auf die Menschheit herabschaute und wenigstens dann und wann eingriff, um für ein wenig Gerechtigkeit zu sorgen?

Seufzend zog Gesa den Teller mit dem Kartoffelbrei ein Stück näher heran. »Dein Vater ist ein Idiot. Ein Idiot. Ein Idiot.« Jedes Mal, wenn sie das Wort *Idiot* aussprach, landete der Löffel in Christophers Mund, oder besser davor, denn er presste die Lippen trotzig zusammen.

In solchen Momenten war Geduld gefragt, mit Schimpfen ließ sich bei ihrem Sohn nichts erreichen. Christopher war sehr sensibel, er spürte genau, wenn es seiner Mutter nicht gut ging, und heute fühlte sie sich furchtbar.

»Komm, iss. Bitte. Christopher, mein Engel, wir sind doch gleich fertig«, bettelte sie. »Einmal noch den Mund aufmachen, ein Löffel für Mama. Ein Löffel für Oma, einen für den lieben Opa, der so schöne Lieder pfeifen kann.« Doch es war zwecklos. Resigniert gab sie auf.

Vorgestern war sie mit Christopher im Dorf gewesen, der reinste Spießrutenlauf, Gesa war immer noch wütend, wenn sie daran dachte. Monika hatte mitleidig über die Hecke gelächelt, im Bäckerladen war Sybille um den Tresen herumgekommen, um Christopher über den Kopf zu streicheln, und Herr Giese, der Leiter der Sparkasse, war extra stehen geblieben, um ein paar belanglose Worte loszuwerden. »Bei dem schönen Wetter ist man gern draußen, was? Und der Christopher sieht richtig zufrieden aus.« *Obwohl er jetzt einen Halbbruder hat*, das hatte er nicht gesagt, nur gedacht, alle dachten es, wenn sie Gesa trafen, sie konnte es in den überfreundlichen Gesichtern lesen.

»Hauptsache, er zahlt weiter für den Jungen«, hatte ihre Mutter vorhin am Telefon gemeint, und dann noch: »Männer sind nun mal so. Da brauchen wir uns gar keine Illusionen zu machen.«

Ob alle Männer so bedenkenlos ihre Vergangenheit hinter sich ließen, wusste Gesa nicht, doch auf Cord trafen die Worte ihrer Mutter zu, er hatte alles hinter sich gelassen und noch mal ganz von vorn angefangen. Ein schönes neues Leben mit einer anderen Frau. Warum nur tat das so weh? Sie beneidete ihre Nachfolgerin ja gar nicht, Cord war ein schrecklicher Mensch, ein schrecklicher Ehemann und ein schrecklicher Vater, das würde die andere bald schon merken, falls sie es nicht längst wusste. Vielleicht lag Gesas Unbehagen daran, dass diese Silvana so unbeschwert wirkte, so jung und siegessicher und irgendwie unverletzlich, ganz anders als sie selbst.

Ja, sie hatte es nicht ausgehalten und das Haus heimlich angeschaut, diese Villa in der Dahlienstraße, obwohl ihr schon vorher klar war, dass es schmerzen würde. Seine Neue hatte sie bei der Gelegenheit auch gesehen, eine billige Blondine in einer gelben Plüschjacke und hautengen Lederleggins, die ständig ihre Sonnenbrille hochschob, weil sie glaubte, dass das interessant wirkte, und die beim Gehen übertrieben mit dem Hintern wackelte. Vom Alter her passte sie überhaupt nicht zu Cord, sie hätte beinahe seine Tochter sein können. *Ein Flittchen*, hatte sie sofort gedacht, *ein billiges Flittchen*. In der folgenden Nacht hatte Gesa geträumt, dass die Neue in einem dieser Hähnchenmastställe, die man immer im Fernsehen sah, auf dem Boden hockte und mit diabolischem Grinsen einem Küken nach dem anderen den Hals umdrehte, es knackte jedes Mal ganz laut. Neben ihr stand ein Eimer mit blutigen, kopflosen Küken. Im nächsten Moment saß sie an einer altmodischen Nähmaschine, eine von der Sorte, die man noch mit dem Fuß antreiben musste, und nähte die gelben Küken, die jetzt wieder lebendig waren und jämmerlich piepsten, zu einer Jacke zusammen. Bis heute konnte Gesa diesen Traum nicht vergessen, dabei war das Ganze schon mehr als ein Jahr her.

»Nicht traurig sein, mein Liebling, du bist auch sein

Sohn, genau wie dieser Caspar.« Sie schnaubte verächtlich. »Caspar. Ein blöderer Name ist denen wohl nicht eingefallen. Kasperle, Suppenkasper! Auslachen werden sie ihn später in der Schule!«

Gesa beschloss, das schöne Wetter zu nutzen und einen Spaziergang zu machen. Es hatte doch keinen Sinn, sich hier drinnen zu verstecken. Die frische Luft würde ihr guttun. Sie zog ihren Sohn an und freute sich über sein Gebrabbel, das in gellendes Kreischen überging, als sie ihm die Mütze aufsetzte. »Das muss sein, Schatz, es ist es heute sehr windig.«

Als sie in ihre Schuhe schlüpfte, hörte sie Stimmen auf der Straße, die Nachbarn, offenbar fuhr Monika die Jungs zum Fußball. Gesa wollte niemandem begegnen, schon gar nicht Monika, also wartete sie, bis der Motor aufheulte und ihre Nachbarin, wie üblich mit viel zu viel Gas, auf die Straße preschte. Erst dann öffnete sie die Haustür.

Caspar Cornelius Cassjen lag wohlbehalten in den Armen seines Vaters, der gar nicht aufhören konnte, das winzige Gesicht zu streicheln und mit Küssen zu bedecken. Seine Großmutter saß mit unbewegter Miene daneben. Von Zeit zu Zeit beugte sie sich nach links und zupfte an dem himmelblauen Strampelanzug herum, der noch ein gutes Stück zu groß war, sodass die Füße des Kleinen sich nicht am richtigen Platz befanden. Die Suchhunde hatten den Säugling im Gartenhaus der Nachbarn entdeckt, einem Rentnerpaar, das um halb sechs Uhr morgens aufgebrochen war, um an einer Kaffeefahrt nach Bremen teilzunehmen.

Nachdem der Kleine aufgewacht war und lautstark nach Nahrung verlangt hatte, musste die junge Frau Cassjen ihn vor aller Augen stillen, was ihr sichtlich unangenehm war, zumal er sich mehrfach verschluckte, was ihren Mann jedes Mal zu einem ungeduldigen »Nun pass doch auf!« veranlasste. Anschließend erschien der Hausarzt, der eine Einweisung in die Psychiatrie nahelegte. Erstaunlicherweise war die Familie sich einig, dass das nicht vonnöten wäre. Silvana Cassjen starrte teilnahmslos vor sich hin. Sie umklammerte mit einer Hand den Griff des Kinderwagens, in dem der kleine Caspar schlief, der rhythmisch an einem blauen Schnuller saugte, und sang leise:

»Der Mond ist aufgegangen
Die gold'nen Sternlein prangen
Am Himmel hell und klar…«

Der Arzt hakte sie unter und führte die immer noch singende Frau die Treppe hoch ins Schlafzimmer, um ihr ein Medikament zu spritzen, etwas zur Beruhigung, wie er auf Nachfrage der Schwiegermutter erklärte. Merkwürdig fand Nola das, auf sie wirkte die junge Frau mehr als ruhig, geradezu lethargisch, aber gut, ihre medizinischen Kenntnisse waren die eines Laien. Als das Singen verstummte, mitten im Lied, lief Nola eine Gänsehaut über den Rücken. Zum Abschied betonte der Arzt noch einmal, dass seiner Ansicht nach ein Aufenthalt in der Psychiatrie angezeigt wäre, auch im Interesse des Babys.

Der Ehemann nickte und begleitete ihn zur Tür, er wirkte ein bisschen ungeduldig, als könnte er gar nicht abwarten, den Kollegen loszuwerden. Anschließend setzte er die Anwesenden davon in Kenntnis, dass seine Frau zu Hause bleiben würde, für solche Zustände gebe es Medikamente.

Allein das Wort *Zustände* verursachte bei Nola eine Gänsehaut, es klang so herablassend, als wäre die Frau einfach nur hysterisch. Dabei sollte jeder hier glücklich sein, dass die Sache so glimpflich ausgegangen war. Sie selbst jedenfalls hätte in dem Moment, als der Hundeführer den Fund des höchst lebendigen Säuglings meldete, am liebsten einen Purzelbaum geschlagen, und Conrad, sie konnte es immer noch nicht fassen, hatte sie spontan umarmt, ihr einen Kuss auf ihr Haar gedrückt und gebrummelt: »Mensch, Nola, Schwein gehabt.«

Wenigstens kündigte Dr. Cassjen an, mit seiner Frau am späten Nachmittag einen Psychiater aufzusuchen, den er persönlich kannte. »Unter Kollegen ist das kein Problem. Als Normalsterblicher kriegt man so kurzfristig keinen Termin.«

Nola fragte sich, wen er mit dieser Aussage beeindrucken wollte. Renke schien der Name des Facharztes bekannt zu sein, er nickte zustimmend, was sie ein bisschen beruhigte. Die Polizisten verabschiedeten sich.

Der Landrat a. D. brachte sie zum Ausgang, er rang sich ein: »Vielen Dank für Ihr schnelles Handeln, wir sind sehr erleichtert, dass Sie den Kleinen so rasch gefunden haben«, ab, wobei er einzig Renke direkt in die Augen schaute. Anschließend schloss er nachdrücklich die Haustür.

Conrad zündete sich sofort eine Zigarette an, er nahm einen tiefen Zug und wischte mit dem Knöchel des linken Zeigefingers über sein Auge, bevor er mit großen Schritten zum Bürgersteig marschierte, wo er sich mit dem Rücken gegen den Wagen lehnte und gierig rauchte. Die Geschichte hatte ihn ziemlich mitgenommen, was ihm ein paar Pluspunkte bei Nola einbrachte.

Nola fühlte sich, als hätte man sie durch die Mangel gedreht. Einerseits war sie euphorisch, hätte am liebsten die ganze Welt umarmt oder wenigstens Renke, der neben ihr stand und leise vor sich hin lächelte, andererseits bohrte sich in ihre Erleichterung ein Unbehagen, das sie nicht ausschalten konnte.

Renke ließ seinen Blick an der Fassade des Hauses

emporgleiten. »Irgendwie unheimlich, oder? Ich glaube, diese Frau fühlt sich bedroht, sich und das Baby. Vermutlich wollte sie ihn in Sicherheit bringen, vor wem auch immer.«

»Ja, ziemlich gruselig.« Obwohl die Sonne eine angenehme Wärme ausstrahlte, fröstelte Nola. »Auf mich hat sie total verängstigt gewirkt. Wie ein Reh, das aus Versehen mitten in einem Wolfsrudel gelandet ist. Ehrlich gesagt tut sie mir ein bisschen leid.«

»Kann ich verstehen. Du musst allerdings bedenken, dass sie krank ist. Weiß der Himmel, wie sie sich benimmt, wenn sie gesund ist. Vielleicht ist sie 'ne richtige Zicke, die ihrer Schwiegermutter mit Leichtigkeit Paroli bieten kann.«

Das konnte Nola sich kaum vorstellen, sie musste aber einsehen, dass Renke nicht unrecht hatte. Sie kannte die Frau überhaupt nicht. »Findest du es nicht auch seltsam, dass er als Mediziner seine psychisch angeschlagene Frau mit dem Säugling allein gelassen hat?«

»Ja.« Renke riss seinen Blick von der Hausfassade los und schaute stattdessen Nola an, ein bisschen ungeduldig, wie sie fand, so, als wollte er sagen: *Nun gib doch endlich Ruhe.* »Cord Cassjen *ist* seltsam, das ist dir ja sicher aufgefallen, total abhängig von seinen Eltern, oder besser seiner Mutter, genau wie früher. Wir sind mal in eine Klasse gegangen.«

»Wir waren hier nicht zum letzten Mal.« Nola wusste selbst nicht, warum sie so sicher war, dass sie sehr bald schon wieder vor dieser Haustür stehen würde.

Renkes Miene wurde ernster. »Du glaubst, dass Silvana Cassjen dem Kleinen etwas antun könnte?«

Wenn sie das nur so genau wüsste. »Ich glaube, dass hier etwas brodelt, das demnächst explodiert. Frag mich nicht, was das sein wird, keine Ahnung. Mir wäre entschieden wohler, wenn man die Frau in eine Klinik bringen würde.«

»Verständlich. Aber du hast ja gemerkt, dass die Familie Cassjen sich nicht reinreden lässt. Die ziehen ihr eigenes Ding durch, am liebsten hinter verschlossenen Türen.« Nachdenklich drehte er die Dienstmütze in seinen Händen, dann sagte er entschieden: »Nein, ich denke, wir müssen uns keine Sorgen machen. Cord wird heute noch mit seiner Frau einen Facharzt konsultieren, und der dürfte ihr etwas Wirksames verschreiben oder auf einer Einweisung bestehen, hoffentlich Letzteres.« Er setzte die Mütze auf. »Dass er an dem Jungen hängt, war eindeutig. Er hat vor Erleichterung geheult, als er wieder da war. Ich bin sicher, dass er seinen Sohn künftig besser schützen wird.«

»Was macht eigentlich dein Herz?«

Bei einem gemeinsamen Einsatz vor vier Monaten hatte eine in die Enge getriebene Täterin Renke mit einem Elektroschocker traktiert. Es war zu dem gefürchteten Kammerflimmern mit Herzstillstand gekommen. Zum Glück hatte Nola zu diesem Zeitpunkt bereits den Notarzt angefordert, der Renke dank eines Defibrillators zurück ins Leben rufen konnte.

»Mein Herz?« Er legte seine linke Hand auf seinen Brustkorb. »Schlägt, wenn mich nicht alles täuscht.«

»Keine Folgeschäden?«

»Nein, alles bestens. Der Kardiologe ist zufrieden. Hab ich mich eigentlich schon bedankt, dass du mich gerettet hast?«

»Du schienst nicht sehr glücklich darüber zu sein.« Im Gegenteil, bei ihrem Besuch in der Klinik hatte er nur davon gesprochen, dass er seine verstorbene Frau und seine ebenfalls tote Tochter gesehen hatte, ganz deutlich, und dass sie irgendwo auf ihn warten würden. Dabei hatte ein freudvoller Ausdruck auf seinem Gesicht gelegen. Nola war sich vorgekommen, als hätte sie eine glücklich vereinte Familie wieder auseinandergerissen.

»Das, was ich da von mir gegeben habe, darfst du nicht überbewerten. Eine chemische Reaktion des Gehirns, die auf Sauerstoffmangel beruht. Glaub mir, ich bin sehr froh, dass ich noch lebe. Wie war es eigentlich auf den Malediven?«

Erstaunt schaute sie Renke an. Nachdem sie ihn im Krankenhaus besucht hatte, war sie mit ihrer Nachbarin Liliane in den Süden geflogen. Interessierte ihn das wirklich? »Sehr warm.«

Er grinste. »Bist du allein geflogen?«

»Nein. Da waren noch geschätzte hundertachtzig andere Passagiere an Bord.«

»Okay, konkret gefragt: War dein Doktor auch darunter?«

»*Mein* Doktor? Wer sollte das sein?« Natürlich war ihr klar, worauf Renkes Frage zielte, er wollte wissen, ob sie mit Valentin Steffen, dem schnuckeligen Rechtsmediziner, ihren Urlaub verbracht hatte, und ja, es gefiel ihr, dass er das wissen wollte. »Ich war mit meiner Nachbarin unterwegs. Und jetzt muss ich los, Conrad wird schon ungeduldig.«

»Dann eben nicht.« Ocko Tammen zuckte gleichmütig mit den Schultern. Margit und ihr Landrat waren an ihm vorbei ins Haus gestürzt, beide ziemlich blass um die Nase und ohne ein Wort zu sagen. Was da wohl passiert war? Egal. Irgendwann würde Margit schon damit rausrücken. Er kniff die Augen zusammen und betrachtete die Rose neben der Garage, die genau wie im letzten Jahr vor sich hin mickerte. Eine von diesen englischen Sorten, die Margit so liebte, den Namen hatte er vergessen. Ocko hasste englische Rosen, weil sie ständig unter Sternrußtau litten. Die gelbe war eine der Schlimmsten. Die Rosenblüte hatte gerade erst angefangen, und schon bildeten sich auf den Blättern wieder diese braunen Flecken, als Nächstes würde das Laub sich gelb färben und abfallen. Nee, so konnte das nicht bleiben, das sah ja richtig erbärmlich aus. Seufzend zog er die Rosenschere aus seiner Jackentasche. Er würde den Busch komplett runterschneiden, das ganze kranke Zeug musste weg. Früher hätte man so etwas gleich verbrannt, aber heutzutage war das verboten, die Gemeinde genehmigte nur noch zwei Brenntage im Jahr, lächerlich. Demnächst würden die auch noch vorschreiben, wie oft am Tag man die Toilette benutzen durfte.

Das Bücken fiel ihm nicht mehr so leicht, was vor allem an seinem Alter lag, siebzig, andere genossen da längst ihre Rente. Aber Ocko hatte nie richtig gearbeitet, höchstens mal Gelegenheitsjobs angenommen, unter der Hand, während er offiziell von Sozialhilfe lebte. Entsprechend schmal fiel seine Altersversorgung aus. Er musste was dazuverdienen, um über die Runden zu kommen, egal, was sein steifer Rücken davon hielt. Früher, als sein bester Freund Cornelius noch gelebt hatte, war Geld kein Problem gewesen. Cornelius hatte immer was zu tun gehabt für ihn, den Garten, die Autos, dann und wann hatte er auch in der Fabrik ausgeholfen, aber das war nicht sein Ding, er hielt sich am liebsten an der frischen Luft auf, und Cornelius hatte das gewusst.

Dank Margits Geschäftstüchtigkeit war Cornelius Cassjen ein reicher Mann geworden, einer, der sich alles leisten konnte. Dennoch war er nicht knauserig gewesen, und seine alten Freunde hatte er auch nicht vergessen. Wie oft hatten sie abends zusammengesessen und ihr Leben gefeiert, im Sommer auf der Terrasse und im Winter drinnen in der Jägerstube, Cornelius, Margit und Ocko. Einmal waren Cornelius und Ocko zusammen nach Paris gefahren, sie hatten von morgens bis abends gesoffen und auch sonst gut gelebt. Seither wusste Ocko, dass französische Nutten für Geld fast alles machten, dass die Franzosen perverse Sachen aßen, lauter so ekliges Muschelzeugs, aber kein Bier brauen konnten. Nee, wirklich nicht, heute noch schüttelte es ihn, wenn er an die dünne Plörre dachte. Für Ocko ging nichts über ein gepflegtes Pils, Jever am besten, und dazu einen *Fehnbrand* oder besser gleich eine halbe Flasche. Verdammt, er mochte das Zeug, vielleicht war er sogar süchtig danach. Auf das ganze Gedöns mit dem Anzünden und Ablöschen der Flamme konnte Ocko gut verzichten, war doch schade um den Alkohol, der dabei verbrannte. Für Ocko musste der Schnaps auf der Zunge brennen, danach noch mal in der Kehle und am Schluss im Magen, so war es richtig. Wenn ihm der Sinn nach etwas Mildem stand, trank er Tee mit Kluntjes.

Manchmal konnte er kaum glauben, dass Cornelius tot war, inzwischen schon zwanzig Jahre. Als der Leberkrebs ihn damals so richtig in der Zange hatte und alle wussten, dass das Ende bevorstand, hatte er Ocko gebeten, ein Auge auf Margit zu haben, und daran hielt er sich bis heute. Margit war ’ne richtige Hexe, trotzdem konnte er sie gut leiden. Sie hatte Cornelius nämlich geliebt, wirklich und wahrhaftig geliebt, und das musste man ihr hoch anrechnen. Auf Leute, die seinen alten Freund nicht kannten, mochte Cornelius wie ein alter, bösartiger Säufer gewirkt haben, der alle Arbeit auf seine junge Frau abwälzte. Aber Ocko und Margit wussten es besser. Cornelius war ein ganz besonderer Mensch gewesen.

Vor dreizehn Jahren hatte Margit einen neuen Mann in ihr Leben gelassen, einen von der Sorte, die keinen Schimmer hatte, wie man eine Glühbirne auswechselt oder einen kaputten Auspuff flickt. Einen Landrat. Ocko konnte schon verstehen, dass eine schöne Frau wie Margit nicht allein leben wollte, dafür ging sie viel zu gern aus, aber so ein Tintenkleckser hätte es ja nicht sein müssen. Vermutlich war ihre Wahl auf Erich gefallen, weil es ohnehin keinen gab, der Cornelius das Wasser reichen konnte.

So ganz genau wusste Ocko nicht, was ein Landrat eigentlich machte, sonderlich viel konnte es aber nicht sein, wenn er sich Erich so anschaute. Wahrscheinlich hatte er die meiste Zeit nur Akten gewälzt und alle paar Monate mal eine Rede gehalten, die keinen interessierte. In jedem Fall stand ein Landrat oft in der Zeitung, das hatte Margit gefallen, genau wie die vielen Anlässe, zu denen sie ihn begleiten durfte, immer schick angezogen, so etwas machte ihr Spaß, sie glänzte gern.

Seit Erich hier eingezogen war, gab es für Ocko keine gemütlichen Abende mehr auf der Terrasse und schon gar keine Männerreisen nach Paris. Für den Landrat war er nur ein Hilfsarbeiter, mit dem man sich nicht an einen Tisch setzte. Dann und wann holte Margit ihn noch mal ins Haus und schenkte einen *Fehnbrand* ein. Dann hockten sie in der Küche, auf dem Tisch die Flasche, schwelgten in Erinnerungen und versicherten sich gegenseitig, wie schön die Zeit gewesen war. Neuerdings passierte es sogar, dass Margit bei solchen Gelegenheiten in Tränen ausbrach. Nein, sie hatte Cornelius nicht vergessen, genauso wenig wie er selbst.

Glücklich war Margit nicht in ihrer neuen Beziehung, das wusste Ocko, auch ohne dass sie es aussprach, er sah es ihr an, und er konnte sie verstehen. Zwölf Jahre lebten die beiden schon zusammen, in wilder Ehe, wie seine Mutter das nennen würde, und er fragte sich, wie man einen Mann ernst nehmen sollte, der es nach all der Zeit nicht fertigkriegte, die Frau an seiner Seite zu heiraten. Margit hatte was Besseres verdient als einen, der nach Tinte und Papier roch und nicht nach ehrlicher Arbeit, doch es gab nun mal keinen zweiten Cornelius auf der Welt.

Cord, dieser Versager, der ganz nach seiner schwermütigen Mutter kam, die sich in jungen Jahren aufgeknüpft hatte, war Margit auch keine große Stütze, weder in der Firma noch im Privatleben. Da konnte sie sich schon eher auf die kleine Tineke verlassen, ein nettes unscheinbares Ding, das seine Tante vergötterte, was Ocko nicht so richtig verstand, denn zu ihr war Margit manchmal sehr hässlich.

Oh ja, Ocko kannte sie alle, die ganze Sippschaft. Bei Cord und Silvana hielt er den Garten in Schuss, der Junge wusste wahrscheinlich nicht mal, wie man den Rasenmäher anließ, und Ocko bezweifelte, dass er Stauden von Unkraut unterscheiden konnte. Silvana hatte davon auch keine Ahnung. Er mochte sie trotzdem. Sie behandelte ihn freundlich, schenkte mal einen Schnaps aus, und sie wurde nicht rot, wenn er einen derben Witz erzählte. Ein bisschen erinnerte sie ihn an Margit in jungen Jahren. Aber Ocko war klug genug, das für sich zu behalten. Zwei Königinnen in einem Bienenstock, so etwas ging nie gut.

Die kleine Tineke war ganz anders, ein stilles Blümchen-rühr-mich-nicht-an. Sie wohnte auf dem Gelände der alten Brennerei, die jetzt nur noch die Verwaltung beherbergte. Ganz früher war das Gebäude eine Molkerei gewesen, die Margit zuerst gepachtet und dann gekauft hatte. Knapp drei Jahre war es jetzt her, dass sie den ursprünglichen Wagenschuppen zu einer Wohnung für ihre Nichte hatte umbauen lassen.

Einen Garten gab es bei Tineke nicht zu pflegen, nur ein paar Topfpflanzen auf der kleinen Terrasse, die sie aber selbst versorgte. Dafür kümmerte Ocko sich um ihr Auto, einen Golf, und erst neulich hatte er ihren Flur gestrichen, weiß, was nun wirklich die langweiligste aller Farben war. Tineke hatte ihm mit leuchtenden Augen eine Flasche Bier auf den Tisch gestellt, voller Stolz, dass sie daran gedacht hatte, und später noch eine, mehr hatte sie nicht besorgt. Danach gab es nur noch Tee aus Tassen, deren Porzellan so hauchdünn war, dass er fürchtete, sie mit seinen Pranken zu zerdrücken.

Ocko wunderte sich, dass Tineke sich nachts nicht fürchtete, so ganz allein auf dem Gelände. Ihr komischer Freund besuchte sie ja nur am Wochenende. Dabei war es doch gar nicht so weit von Oldenburg nach Martinsfehn, nicht mal eine Stunde mit dem Auto, so viel Zeit musste man doch wohl erübrigen können für seine Liebste. Tineke schien das nicht zu stören, vielleicht war sie ihrer Tante viel ähnlicher, als die Leute dachten. Trotzdem würde er sich an ihrer Stelle einen großen Hund anschaffen, das hatte er schon mehr als einmal vorgeschlagen. Sie hatte mit ernster Miene erklärt, dass ihre Zeit nicht ausreichen würde, um ein Haustier angemessen zu versorgen. Der arme Hund wäre den ganzen Tag allein, hatte sie gemeint, und das könnte sie nicht verantworten.

Ocko wusste nicht, ob Alleinsein schlimm war für einen Hund, seinen Schweinen machte das nichts aus, und wenn es ihnen was ausmachen würde, wäre es ihm auch egal. Seit wann war das Wohlbefinden eines Tieres wichtiger als das eines Menschen?

Wenn es nach Hannelore Stockmeyer gegangen wäre, hätte der Junge keine eigene Wohnung beziehen dürfen. Aber Walter hatte ihn unterstützt, und gegen zwei Männer war sie nicht angekommen. *Männer*, ach was, genau betrachtet war Thomas mit seinen zweiundzwanzig Jahren immer noch ein dummer Junge, der sich in Schwierigkeiten brachte, wenn sie nicht auf ihn aufpasste.

Heute Nachmittag war Thomas nicht zu Hause gewesen, und an das Handy hatte sie ihn auch nicht bekommen, er hatte sie einfach weggedrückt, zweimal hintereinander. Das war so unverschämt, dass Hannelores Kopfhaut prickelte, wenn sie nur daran dachte. Nach allem, was sie für ihn getan hatte, wagte ihr Sohn es, sie aus der Leitung zu schubsen.

Und jetzt zeigte die Uhr zehn nach fünf, um fünf begann seine Arbeitszeit, und Thomas war immer noch nicht aufgetaucht. Vor lauter Nervosität hatte Hannelore sich die Trittleiter geschnappt, um die Lampen über dem Tresen abzuwischen, das war längst überfällig. Manchmal hasste sie das Lokal, die Enge, die Dunkelheit, die abgenutzte Möblierung und den Staub, der überall klebte. Am liebsten würde sie die *Deichstube* für drei Wochen schließen und gründlich renovieren. Ja, das sollten sie wirklich tun. Wenn hier alles hell und freundlich wäre, würden auch andere Gäste kommen, junge, fröhliche Menschen, mit denen man lachen konnte, und keine einsamen, vom Leben enttäuschten Rentner, die leicht zufriedenzustellen waren, weil sie sich überall wohler fühlten als zu Hause.

Als junge Frau hatte sie von einem Bahnhofslokal geträumt, Menschen, die kamen und gingen, Reisende, die nur kurz innehielten, bevor sie ihren Weg fortsetzten. Auf Bahnhöfen herrschte eine ganz eigene Stimmung, alles war in Bewegung, die Menschen rauschten vorbei wie die

Züge und ließen nichts zurück. *So viel Leben*, dachte sie immer, wenn sie mit der Bahn nach Osnabrück fuhr, um ihre Schwester zu besuchen. *Da muss man sich doch auch selbst lebendig fühlen.*

Für Walter kam ein Bahnhofslokal nicht in Betracht. Walter hasste Veränderungen jeder Art, er wollte hierbleiben, in seiner Küche die ewig gleichen Gerichte für die ewig gleichen Gäste zubereiten. Jeden Dienstag Gulasch, jeden Mittwoch Kartoffelsalat und Schnitzel, jeden Donnerstag Putensteak und Kroketten, jeden Freitag Erbsensuppe mit Kochwurst und einem Schälchen Schokopudding, immer für 5,99 Euro. Ihre Vorschläge, wie man die Gaststube schöner gestalten könnte, stießen bei ihm auf taube Ohren. *Der Mensch ist ein Gewohnheitstier,* wie oft sie sich das anhören musste. Und dass neue Möbel auch neue Gäste bedeuteten. Und neue Gäste eine neue Speisekarte. Spätestens an diesem Punkt winkte er müde ab. »Viel zu viel Unruhe, Hannelore. Die paar Jahre bis zur Rente, das lohnt nicht mehr. Sei zufrieden, dass der Laden einigermaßen läuft.«

Die paar Jahre waren immerhin noch acht, für Hannelore eine Ewigkeit. In acht Jahren wollte Walter den Laden abgeben und sein Rentnerleben auf der *Hansebraut* genießen, ihrer kleinen Segeljacht, die ihnen seit Jahren gehörte, aber aus Zeitmangel kaum einmal genutzt wurde, nur drei Wochen im Sommer, wenn sie Betriebsferien machten. Ansonsten lag das Boot in Westeraccumersiel, und allein schon das kostete ein Vermögen.

»Ich freue mich schon auf den Urlaub«, sagte Walter das ganze Jahr über, und er tat so, als wüsste er nicht, dass sie sich vor dem Wasser fürchtete. Sie konnte nicht schwimmen und hatte panische Angst zu ertrinken. Hannelore musste jedes Mal Baldriantropfen schlucken, bevor ihr

Urlaub begann, und nachts brauchte sie Schlaftabletten auf dem schwankenden Kahn. Immer wieder träumte sie davon, hilflos im Wasser zu treiben und zu wissen, dass sie sterben musste. Haifische kamen in diesen Träumen auch vor, wahre Bestien mit aufgerissenen Mäulern, gespickt mit messerscharfen Zähnen, die um sie kreisten und dabei immer näher kamen, schrecklich. Nein, auf das Rentnerdasein konnte sie sich nicht freuen, nicht, wenn Walter mit ihr segeln wollte.

Vielleicht überlegte er es sich ja noch anders, viele Gastronomen arbeiteten, bis sie tot umfielen. Ein Nachfolger für die *Deichstube* war ohnehin nicht in Sicht. Die beiden älteren Söhne machten beruflich etwas anderes, einer fuhr zur See, der andere verdiente sein Geld als Maler und Tapezierer. Über Thomas brauchten sie in diesem Zusammenhang gar nicht erst nachzudenken, er war nicht in der Lage, den Betrieb alleinverantwortlich zu führen. Wenn jemand sich nach ihm erkundigte, bezeichnete sie ihn natürlich als Koch, wie sah das sonst aus? Ging doch keinen etwas an, dass er die Prüfung damals nicht angetreten und später auch nicht nachgeholt hatte, alles wegen dieser blöden Sache. Wenigstens galt Thomas nicht als vorbestraft, und niemand brauchte den Grund zu erfahren, aus dem ihr Sohn streng genommen gar nichts war, nicht mal Beikoch, nur eine Aushilfe, total überbezahlt, damit er sich eine winzige Wohnung und ein Auto leisten konnte.

»Er ist unser Sohn«, hatte Walter im letzten Jahr gemeint, als Thomas den Mietvertrag unterzeichnete. »Und er muss endlich auf eigenen Füßen stehen. Du sollst sehen, das tut ihm gut. Wenn wir nicht an ihn glauben, wer dann?«

Hannelore wusste nicht, ob Walter tatsächlich an Thomas glaubte, selbst schaffte sie es jedenfalls nicht. Im Gegenteil, die Zukunft kam ihr vor wie ein Fass, das eine schwarze, widerliche Suppe enthielt. Sie wollte gar nicht wissen, was alles darin herumschwamm. Was sollte aus Thomas werden, wenn sie eines Tages die *Deichstube* aufgaben? Kein anderer Betrieb würde Thomas so viel bezahlen, als hätte er eine abgeschlossene Berufsausbildung. Und wenn sie ihn fragte, ob er die Prüfung nicht endlich nachholen wollte, lachte er nur und meinte: *Wozu, es geht mir doch gut?*

Die Hintertür quietschte, obwohl jemand sich Mühe gab, sie lautlos zu öffnen. Das war allerdings noch keinem gelungen, schon gar nicht Thomas. Hannelore kletterte so hastig von der Leiter, dass sie mit dem rechten Fuß die unterste Stufe verfehlte und heftig auf dem Boden aufkam. Ein kurzer, brennender Schmerz zuckte hoch bis in die Wade, hoffentlich war nichts verstaucht, das würde ihr gerade noch fehlen.

»Thomas?«

»Keine Zeit, bin spät dran.« Seine Stimme klang eine halbe Oktave zu hoch und atemlos, ein schlechtes Zeichen.

Bitte nicht. Hannelore setzte sich auf den nächstbesten Stuhl, winkelte das Bein an und massierte vorsichtig ihren Knöchel. Es war nicht angenehm, doch der Schmerz ließ sich aushalten. Warum sollte sie nicht auch mal Glück haben? Sie zwang sich, tief durchzuatmen, es hatte keinen Zweck, jetzt wie eine Furie in die Küche zu stürzen und den Jungen in Grund und Boden zu brüllen, obwohl ihr weiß Gott danach zumute war.

Christina, ihre Servicekraft, die oft genug ihre Wutanfälle aushalten musste, war nicht zur Stelle, damit sie sich abreagieren konnte. Also musste sie sich selbst beruhigen. Einatmen, ausatmen und jedes Mal bis acht zählen. Nach fünf Minuten, ihr war bereits ein bisschen schummrig im Kopf von dem ganzen Sauerstoff, erhob sie sich. Aua, das Auftreten bereitete ihr Schmerzen, wie war sie nur darauf gekommen, an so etwas wie Glück zu glauben?

Seit diese Geburtsanzeige in der Zeitung gestanden hatte, passierte etwas mit Thomas. Sie wünschte, sie hätte das Käseblatt verschwinden lassen, bevor er einen Blick darauf werfen konnte. So war es aber nicht gewesen, er hatte die Anzeige entdeckt und danach eine ganze Weile vor sich hin gestarrt, blass und mit weit aufgerissenen Augen, die sich langsam mit Tränen füllten, und als sie nach seiner Hand greifen wollte, hatte er *Lass mich* gezischt.

Konnte dieses Weibsstück ihn nicht endlich in Ruhe lassen? Hannelore hatte solche Angst, dass es wieder losging. Am liebsten hätte sie Thomas einen Peilsender angeklebt, damit sie jederzeit überprüfen konnte, wo er sich aufhielt. *Mach dich nicht verrückt*, dachte sie. *Silvana ist jetzt verheiratet, die hat gar keine Zeit für Thomas, erst recht nicht so kurz nach der Geburt.* Aber es half nichts, die Angst hatte sich bereits eingenistet in ihrem Kopf.

Inzwischen war Thomas umgekleidet. Er sah gut aus in seiner Kochkluft, richtig erwachsen, erwachsen und zuverlässig. Walter stand am Spülbecken und rauchte, dabei wusste er genau, dass sie das nicht leiden konnte.

»Warum rauchst du nicht draußen?«, fuhr sie ihn an, und ein paar Gemeinheiten rutschten hinterher, die sie eigentlich gar nicht so meinte. Es war die Angst, die bei ihr immer in Zorn umschlug, und sie schaffte es nur ganz selten, sich hinterher zu entschuldigen. Diesmal gelang es ihr auch nicht.

Wortlos stapfte ihr Ehemann aus der Küche, und Thomas, der nicht rauchte und darum bleiben musste, zog den Kopf ein, als würde er Schläge erwarten. Gott, der Junge war zwei Meter groß, sie nicht mal ein Meter siebzig, wie sollte sie das wohl anstellen? Vielleicht hatte er sich darum so entwickelt, weil er ihren Erziehungsmaßnahmen davongewachsen war, weil sein Kopf so hoch über den Wolken schwebte, unerreichbar für Hannelore und ihre guten Ratschläge.

»Warum hast du mein Telefongespräch nicht angenommen?« Sie war erstaunt, wie ruhig das klang, dabei rauschte das Blut wie ein entfesselter Wildbach durch ihren Körper, sie konnte es fast schon hören, dieses wütende Tosen und Brausen.

»Ich hatte keine Zeit.« Er versuchte, sie zu ignorieren, indem er einen Kopf Eisbergsalat aus dem Kühlschrank holte und das Zellophan umständlich herunterfummelte. Ihr Blick fiel auf sein linkes Handgelenk, auf die wunde Stelle, so groß wie ein Eurostück, die in der Mitte schon ein wenig nässte.

»Fängt das schon wieder an? Mit so einem Arm kannst du nicht in der Küche arbeiten. Wenn das die Gäste sehen.«

»Ich kann ja wieder gehen.«

Werd nicht frech, hätte sie am liebsten geschrien, aber so wie er sie jetzt anschaute, als würde er nur darauf warten, damit er alles hinwerfen und davonrennen konnte, verzichtete sie darauf. »Ich hole Verbandszeug.« Sie drehte sich um.

In der Pubertät hatte es begonnen. Sobald Thomas Stress bekam, fing er an, auf seinem linken Handgelenk herumzukauen, wie ein Hund, der an einem Knochen nagte. Zuerst rötete sich die Haut nur, dann entstanden kleine Wunden, die sich immer weiter ausdehnten, bis alles offen war und entzündet. Einmal hatte Thomas kurz vor einer Hauttransplantation gestanden, aber dank einer neuen antibiotischen Salbe und dicken Verbänden hatten sie es doch noch hingekriegt.

Zwei Jahre lang war alles gut gewesen, jetzt ging es wieder los, und sie wusste genau, wem sie das zu verdanken hatten. Silvana. Allein ihr Name in der Zeitung reichte aus, um Thomas aus dem Gleichgewicht zu kippen.

Umständlich riss sie die Verpackung von dem Verbandsmaterial auf, dann konzentrierte sie sich auf die Wunde. Wenn Hannelore ehrlich war, ekelte sie sich vor dem Anblick, und selbst hätte sie niemals in einem Lokal speisen wollen, wo ein Koch mit solch einer Verletzung arbeitete. Sie achtete streng darauf, dass kein Gast Thomas' Arm zu sehen bekam, jedenfalls nicht ohne Verband. Wenigstens hielt der Junge still, als sie die kaputte Stelle mit einer sterilen Wundauflage abdeckte, die sie mit Pflaster und einer elastischen Binde fixierte.

»Pass auf, dass kein Wasser drankommt.«

»Okay.«

Sie gestand ihm zwei Minuten Ruhe zu, die er nutzte, um den Salatkopf endgültig aus der durchsichtigen Hülle zu befreien, die Blätter zu lösen und in kaltes Wasser zu tauchen. Dann hielt sie es nicht mehr aus. »Was hast du heute Nachmittag gemacht, Thomas?«

Sie hatte nicht bemerkt, dass Walter zurückgekommen war. Er hievte mit Schwung einen Eimer mit Kartoffeln, die geschält und gekocht werden mussten, auf die Arbeitsfläche. »Lass den Jungen in Ruhe, Hannelore. Er ist kein Kind mehr, und es geht dich nichts an, wie er seine Freizeit verbringt.«

Oh doch, es geht mich etwas an. Hast du am Samstag nicht in die Zeitung geschaut? Silvana hat ein Baby bekommen, unsere Silvana, Thomas' angebetete Silvana. Merkst du nicht, wie der Junge sich wieder verliert? Macht dir das keine Angst? »Ich mein ja nur, ist doch komisch, wenn er mich zweimal hintereinander aus der Leitung wirft«, sagte sie lahm.

Doch Walter dachte nicht daran, ihr beizupflichten. Vermutlich war er immer noch sauer, weil sie ihn mitsamt seiner Zigarette vor die Tür geschickt hatte, und suchte nach einer Möglichkeit, ihr das heimzuzahlen. Dabei wollte sie doch nur, dass es hier ordentlich zuging.

»Du weißt, wie ich darüber denke«, erklärte er kühl, während er eine Kartoffel nach der anderen mithilfe des Sparschälers in völlig gleich geformte, gelbliche Ovale verwandelte, die er ins kalte Wasser plumpsen ließ. Jedes Mal spritzte eine wütende Fontäne auf. »Diese Scheißhandys nehmen den Menschen jegliche Privatsphäre. Ich wüsste nicht, warum ein erwachsener Mann jederzeit für seine Mutter erreichbar sein muss.«

Sie wollte den Konflikt nicht eskalieren lassen, nicht jetzt, sie hatte gelernt zu warten. Als junges Mädchen musste Hannelore die Hühner ausnehmen, die ihr Vater geschlachtet hatte. Dabei war es wichtig, ganz behutsam vorzugehen, sich vorsichtig in der Bauchhöhle voranzutasten, um nur ja nicht die Gallenblase zu verletzen. Wenn das passierte und die dunkelgrüne Masse austrat, war alles verdorben und das Huhn nicht mehr zu genießen. Genauso verhielt es sich mit Thomas. Bei allem, was vorfiel, musste man darauf achten, nicht die Blase zu berühren, in der das Schlechte ruhte, nur durch eine hauchdünne Haut getrennt von ihrer aller Leben.

Hannelore beschloss, die Männer ihre Arbeit tun zu lassen, so wie immer. Sie würde in der Gaststube weiterputzen, bis Christina kam, die ihr seit vier Monaten im Service half und ihr genauso unfähig vorkam wie Thomas. Die beiden würden ein schönes Paar abgeben. Ach, was waren das für alberne Gedanken. Einer wie Thomas würde nie eine Frau bekommen.

»Ist ja auch egal«, sagte sie müde und nahm sich vor, heute Abend mit Walter zu reden, ernsthaft, falls er überhaupt bereit war, ihr zuzuhören. In letzter Zeit führte sein erster Weg in der Wohnung zum Fernsehapparat, bis spät in die Nacht schaute er sich jeden Mist an, alles schien besser zu sein, als mit ihr zu reden, selbst irgendwelche politischen Diskussionen, die ihm früher viel zu langweilig gewesen wären, zog er einem Gespräch vor. Sie gestand sich ein, dass es in ihrer Ehe genauso dunkel und abgenutzt ausschaute wie in ihrem Lokal, beides bot keinen Grund zur Freude.

»Wie oft haben Sie heute schon an Ihre tote Frau gedacht?« Die Frage schwebte schon eine ganze Weile zwischen ihnen, und es war klar, dass er sie irgendwann beantworten musste.

Renke zuckte müde mit den Schultern. »Keine Ahnung, ich denke an Britta, wenn ich herkomme. Deshalb bin ich ja hier.« Um den Therapeuten nicht ansehen zu müssen, ließ er seinen Blick durch den Raum gleiten, er mochte ihn nicht, hatte ihn von Anfang an nicht gemocht, sich eingebildet, dass es in der Praxis nach menschlichem Leid und ungeweinten Tränen roch. Albern. Und doch hätte er diesen Geruch jederzeit beschreiben können, herb und schwer und irgendwie staubig. Die Wände waren weiß getüncht, und es gab keine Bilder, vermutlich damit man sich nicht ablenken konnte, und die wenigen Möbelstücke erschienen ihm noch hässlicher als das Mobiliar in seiner Dienststelle.

Der Therapeut, den Eva, die Frau seines Freundes Robert, empfohlen hatte, legte die Fingerspitzen aneinander, sehr langsam und bedächtig, Finger für Finger. Wie bei den letzten Malen trug er eine graue Strickjacke, deren Farbe dem ungesunden Ton seiner Haut glich. Die Jacke sah aus, als wäre sie im Laufe vieler Jahre zu einem Teil von ihm geworden. Renke hielt ihn für schwer krank, dazu passten auch die ständigen Hustenattacken und die Tatsache, dass sein Termin schon zweimal kurzfristig ausgefallen war. »Und gestern?«

»Da hab ich auch an Britta gedacht. Ein Kollege ist wegen Grippe ausgefallen, und ich musste mir überlegen, wie ich den Dienstplan ändere, damit ich pünktlich hier sein kann.«

Die Zeigefinger tippten gegeneinander, und weil es so still war, konnte man das sogar hören, ganz leise, ein trockenes Pochen. »Und außerhalb unserer Gespräche, wie oft denken Sie da an Ihre tote Frau?«

Zu oft, viel zu oft. »Keine Ahnung.«

»Versuchen wir es mal anders. Ihr Vater ist vor sieben Jahren gestorben. Wie oft denken Sie an Ihren Vater?«

»Selten. Wie das so ist. Sieben Jahre sind eine lange Zeit.«

Seine Antwort schien den Therapeuten zu erfreuen. »Ja, Herr Nordmann, wie das so ist. Wir lernen, mit dem Verlust zu leben, das ist völlig normal. Wie sollte das Leben sonst auch weitergehen? Ihre Mutter liegt seit zwei Jahren im Pflegeheim. Sie mussten Ihr Elternhaus verkaufen, um die Kosten zu tragen. Quält Sie das? Fühlen Sie Ihrem Vater gegenüber ein schlechtes Gewissen? Ich gehe mal davon aus, dass ihm diese Lösung nicht unbedingt gefallen hätte.«

Er musste sich zwingen, die Worte nicht als persönlichen Angriff zu werten. »Mag sein. Leider gibt es keine Alternative. Ich bin sicher, mein Vater hätte das verstanden. Er konnte sehr pragmatisch sein.«

»Ihr Vater ist nicht mehr da, Sie mussten diese Entscheidung ohne ihn treffen und sind überzeugt, dass es die richtige war.« Der Therapeut löste die Finger, lehnte sich zurück, führte eine Hand zum Mund und hustete unterdrückt. Bevor er weitersprechen konnte, musste er sich mehrfach räuspern. »In diesem Fall haben Sie realisiert, dass alles, was nach dem Tod Ihres Vaters passiert, in Ihre Verantwortung fällt. Weil die Lebensumstände sich geändert haben.« Er fasste sich an den Hals, räusperte sich ein weiteres Mal und schluckte. »Um ein normales Leben zu führen, ist es wichtig, dass wir uns unseren Toten nicht verpflichtet fühlen. Wir können nichts mehr tun für einen Menschen, der nicht mehr da ist.«

Mein Gott, wie einfach sich das anhörte. »Ich denke, wir sollten wenigstens versuchen, unsere Versprechen einzuhalten.« *Ich versuche es jedenfalls.*

»Ein Versprechen, das wir in einer Ausnahmesituation gegeben haben, damit ein sterbender Mensch leichter gehen kann. Meinen Sie wirklich, dass so ein Versprechen bindend ist für den Rest Ihrer Tage? Das ganze Leben ist Veränderung. Wir müssen ständig reagieren. Vor fünf Jahren haben Sie sich vielleicht einen BMW gekauft und gemeint, das ist die einzig wahre Automarke. Und jetzt fahren Sie …« Er stand auf, war mit drei großen Sätzen am Fenster und schaute runter auf den Parkplatz. »Jetzt fahren Sie einen Audi. Ohne schlechtes Gewissen, nehme ich an, egal welches Auto Sie früher mal präferiert haben. Das Leben geht weiter, und wir tun gut daran, mitzugehen.«

»Ja, aber was hat das mit meinem Problem zu tun?« Eine zugegeben blöde Frage, die Antwort lag auf der Hand, doch Renke wollte sie nicht wahrhaben.

»Ihr Problem ist, dass Sie das Leben anhalten wollen. Ihre Frau ist vor dreieinhalb Jahren gestorben. Sehr jung.

Das ist schrecklich. Vor sechs Monaten haben Sie auch noch Ihre Tochter verloren. Doppelt schlimm. Sie reden sich ein, dass Sie nicht gut genug aufgepasst haben, obwohl Sie Ihrer Frau versprochen haben, gut auf Aleena zu achten. Sie fühlen sich schuldig, dabei sollte gerade Ihnen als Polizist klar sein, dass das Unsinn ist. Die Schuld liegt bei der Täterin, das wissen Sie im Grunde ja auch.« Als Renke etwas erwidern wollte, hob er die Hand. »Sie haben sich verliebt und fühlen sich schlecht dabei. Als würden Sie Ihre Frau betrügen. Aber Ihre Frau ist tot, und Tote kann man nicht betrügen.«

Alles, was der Therapeut ihm sagte, war Renke tief in seinem Inneren längst klar. Leider konnte er mit seinem Wissen nichts anfangen, und nach sechs Therapiestunden hatte er das Gefühl, kein Stück vorangekommen zu sein. Vielleicht war er zu ungeduldig, doch er hatte sich noch nie dafür begeistern können, die Umstände seines Lebens vor anderen Menschen auszubreiten, zu diskutieren. Am Ende schien körperliche Arbeit immer noch die beste Therapie für ihn zu sein. Die Kernsanierung des Hauses seiner längst verstorbenen Großmutter nahm ihn neuerdings so in Anspruch, dass kaum noch Zeit blieb für schwarze Gedanken oder Träume von Nola van Heerden. »Ich denk drüber nach. Nächste Woche kann ich nicht.«

»Gut, dann sehen wir uns in zwei Wochen. Eins möchte ich Ihnen noch mit auf den Weg geben. Das, was Ihre Frau vor Ihrem Tod gesagt hat, ist einer emotional sehr schwierigen Situation entsprungen. Unter anderen Umständen würde sie das möglicherweise völlig anders sehen. Wie schon gesagt, das Leben bleibt nicht stehen. Der Tod macht uns Angst, und Angst trübt unseren klaren Menschenverstand, lässt uns eindimensional denken. Entschuldigung.« Er drehte sich zur Seite. Erneut schüttelte ihn ein Hustenanfall, diesmal sehr viel heftiger, und Renke begriff, dass er gerade von sich selbst gesprochen hatte. »Noch etwas, Herr Nordmann. Zum Herbst werde ich die Praxis an meine Tochter übergeben, aus gesundheitlichen Gründen. Ein bisschen übereilt, ich dachte, dieses verflixte Schalentier lässt mir mehr Zeit, aber so ist es leider nicht. Meine Tochter ist eine fähige Therapeutin, die bis jetzt in einer stationären Einrichtung gearbeitet hat. Sie wird Ihnen genauso gut helfen können wie ich.«

Also gar nicht. »Wir sehen uns in vierzehn Tagen.«

Der Therapeut war ein kluger Mann, er spürte, dass Renke darüber nachdachte, nicht mehr wiederzukommen, und wollte ihm noch einen Denkanstoß mit auf den Weg geben. »Was Ihre Kollegin angeht, von der Sie beim letzten Mal gesprochen haben. Ich kann Ihnen zurzeit nur von einer Beziehung abraten. Solange Sie Ihre Frau nicht loslassen können, wird das nicht funktionieren. Stellen Sie sich eine Kegelbahn vor. Wenn Sie die Kugel gleich zu Anfang schräg aufsetzen, wird sie niemals die Ideallinie finden und alle Neune abräumen. Geben Sie sich Zeit, bevor sie etwas Neues anfangen. Arbeiten Sie an Ihren Schuldgefühlen.«

FREITAG, 31. MAI

Seit drei Tagen drehte sich Margits Leben beinahe ausschließlich um ihren Enkelsohn. Vormittags nahm sie den Kinderwagen mit ins Büro, um dort das Nötigste zu erledigen, nachmittags machte sie frei, um *Caspar zu genießen*, wie sie das nannte. Ein Innenarchitekt war bestellt, der im Obergeschoss ein Kinderzimmer einrichten sollte, direkt neben Margits Schlafzimmer, und soeben hatte der Paketwagen einen riesigen Karton mit exklusiver englischer Babymode geliefert, die sie für ein Heidengeld im Internet bestellt hatte. Für Cornelius' Enkelsohn war ihr nichts zu teuer.

Das ungewöhnlich ernste Gesicht und die rabenschwarzen Haare ließen Caspar wie eine Miniaturausgabe seines verstorbenen Großvaters aussehen, was sie immer wieder mit Staunen erfüllte. Mit Säuglingen kannte Margit sich nicht aus, doch sie war überzeugt, dass Caspar sehr viel aufmerksamer in die Welt schaute als alle anderen Babys seines Alters, eine kleine Persönlichkeit, die man bereits ernst nehmen musste, ein Mensch, der seinen vorgezeichneten Weg gehen würde. Ganz besonders liebte sie es, die winzigen Hände zwischen Daumen und Zeigefinger zu nehmen und zu betrachten, selbst die Finger glichen denen von Cornelius. Eines Tages würden das Männerhände sein, die fest zupacken konnten.

Margit war jetzt achtundfünfzig, sie war ungewöhnlich spät in die Wechseljahre gekommen und litt immer noch an den typischen Beschwerden. Sie verachtete ihren Körper für das, was er ihr antat, nächtliche Hitzewallungen, die sie um den Schlaf brachten, und überfallartige Schweißausbrüche zu jeder Tages- und Nachtzeit. In den letzten Wochen hatte sie sich furchtbar gefühlt, fast schon depressiv. In den schlaflosen Nächten quälte sie die Frage, ob es jetzt nur noch bergab gehen würde. Manchmal schaute sie morgens in den Spiegel und dachte, *vorbei, du befindest dich auf dem letzten Wegstück zum Grab. Da kommt nichts mehr, du wirst nur noch älter, jeden Tag ein bisschen älter.* Mit tiefem Seufzen registrierte sie die Falten, die sich nicht mehr verleugnen ließen, die schlaffe Haut an den Unterarmen und am Hals, das wabbelige Gewebe am Bauch. Geradezu zwanghaft suchte sie ihren Körper nach neuen Scheußlichkeiten ab, nach weiteren Zeichen des äußeren Verfalls.

Doch mit Caspar waren all die düsteren Gedanken verflogen, er ließ ihre Tage wieder leuchten. Vergessen war das lähmende Gefühl, dass alles dem Ende zustrebte, das hier war ein neuer, unglaublich aufregender Anfang, der Beginn einer neuen Zeit.

Als Cords Mutter hatte sie sich ständig überfordert gefühlt, vermutlich war sie mit achtzehn einfach zu jung gewesen für diese Aufgabe, doch sein Sohn kam genau zum richtigen Zeitpunkt in ihr Leben, und zum ersten Mal begriff sie, wie es sich anfühlte, ein Kind aufrichtig zu lieben. Wenn es stimmte, was sie vorhin im Internet gelesen hatte, standen Silvanas Chancen auf eine vollständige Genesung nicht gut, und Cord, davon war sie fest überzeugt, würde der Doppelbelastung als Mediziner mit eigener Praxis und alleinerziehender Vater nicht lange gewachsen sein. So etwas schafften nur Frauen. Sehr bald schon würde Caspar ihr allein gehören.

Margit fühlte sich keineswegs zu alt, um ein Kind aufzuziehen. Heutzutage ließen sich sogar noch sechzigjährige Frauen befruchtete Eier implantieren, alles eine Frage des Geldes. Das Schicksal hatte ihr diesen mühsamen Weg erspart, sie hatte Cornelius' Enkel einfach geschenkt bekommen. Und warum sollten sie und Erich nicht als späte Eltern durchgehen?

Vorsichtig beugte Margit sich über den dunkelblauen Kinderwagen, den sie vor zwei Tagen gekauft hatte, weil ihr das ständige Hin und Her mit Caspars Sachen auf die Nerven fiel. Sie brauchte nichts von Cord, sie konnte es sich leisten, ihren Enkelsohn ganz nach ihrem eigenen Geschmack auszustaffieren. Der Kleine schlief selig unter der Decke mit dem blau-weiß gestreiften Bezug, gefüttert und frisch gewickelt. Sein Mund zuckte, und sie hätte zu gern gewusst, ob so ein kleiner Mensch schon träumte, und wenn ja, wovon.

Es klingelte, und Erich stürzte förmlich zur Tür. Manchmal kam es ihr so vor, als hielte er es kaum aus in einem Raum mit dem Baby, aber daran würde er sich gewöhnen müssen.

»Hallo, Erich, ich brauche ein paar Unterschriften von Margit«, hörte sie und erkannte die Stimme sofort.

Tineke stand vor der Tür, ihre Nichte und wichtigste Mitarbeiterin. Tineke hätte hübsch sein können, eine junge Frau, nach der die Männer sich auf der Straße umdrehten, doch es schien ihr nicht wichtig zu sein. Sonst hätte sie wohl kaum ihr langes Haar ganz kurz schneiden lassen. Auf Margit wirkten Frauen mit Kurzhaarfrisuren spröde und betont intellektuell, als fühlten sie sich dem Rest der Welt überlegen. Selbst wäre sie im Leben nicht auf die Idee gekommen, sich von ihren langen Haaren zu trennen, nicht mal jetzt mit ihren achtundfünfzig Jahren. Sie bemerkte durchaus, dass die neue Frisur Tinekes ebenmäßige Züge betonte, doch langes Haar war seit Urzeiten der Inbegriff von Weiblichkeit, und sie glaubte nicht eine Sekunde, dass es irgendwo auf der Welt einen Mann gab, der das anders sah. Zudem hätten ihrer Nichte ein paar weibliche Rundungen gutgetan, sie war so schlank, dass sie aus der Ferne ohne Weiteres als junger Mann durchging.

Tineke, unter deren rechtem Arm ein grauer Ordner klemmte, zwängte sich an Erich vorbei in den Raum. Ihr Blick fiel sofort auf den Karton.

»Sind die Sachen schon da? Darf ich gucken?« Sie wusste von der Bestellung, hatte sogar ein paar Teile mit ausgesucht.

Jedes einzelne Stück wurde überschwänglich und mit lautem Jubel kommentiert. Margit konnte die Begeisterung verstehen, es war unglaublich, was für herzige Babysachen es heutzutage zu kaufen gab. Sie konnte den Kleinen jetzt mit winzigen Jeans, Pullovern und Kapuzenjacken ausstaffieren, als müsste er nächste Woche schon zur Schule. Sogar Babyschühchen, die wie Markenturnschuhe aussahen, gehörten zu der Ausstattung.

»Ist das nicht etwas übertrieben?«, fragte Erich spöttisch. Den ganzen Nachmittag blätterte er schon in einem dicken Bildband über die Toskana, den er gestern aus Oldenburg mitgebracht hatte. Ein Fingerzeig, dass er sich die Zeit nach seiner Pensionierung anders vorgestellt hatte.

»Du hast doch überhaupt keine Ahnung, wie oft man einen Säugling umziehen muss«, platzte es aus ihr heraus, weil sie seine ewige Besserwisserei unerträglich fand. »Schließlich hat er keine Mutter, die für ihn sorgen kann.«

Ihr Ausbruch ließ ihn kalt, wie immer. »Nein«, sagte er überfreundlich, und sein Mund verzog sich zu einem unangenehmen Lächeln. »Aber einen sehr bemühten Vater.«

»Einen völlig unfähigen Vater«, gab sie verärgert zurück.

»Findest du? Cord gibt sich doch wirklich alle Mühe. Und es ist nicht leicht für ihn.« Jetzt musste Tineke sich auch noch einmischen! »Die Arbeit in der Praxis, eine kranke Frau und ein Baby.«

»Bist du nicht hergekommen, weil du ein paar Unterschriften brauchst?«, wurde sie sofort in ihre Schranken verwiesen.

»Ja. Natürlich, du hast recht.« Mit hochrotem Kopf schlug Tineke die Unterschriftenmappe auf und blätterte verschreckt darin herum. Sie trug mal wieder Jeans. Wie oft sollte Margit noch darauf hinweisen, dass eine Frau in Tinekes Position sich formeller zu kleiden hatte. Jeans gehörten in die Freizeit und nicht in die Chefetage. Aber was konnte man von Tineke schon erwarten, das Mädchen hatte keinen Stil, kein Wunder bei dem Elternhaus.

Gerade als Margit die Kappe von ihrem Füllhalter ziehen wollte, um die Briefe zu unterzeichnen, meldete sich Caspar. »Lass die Papiere hier, ich rufe an, wenn ich fertig bin. Die Auszubildende kann sie holen.« Sie würde den Kleinen nicht weinen lassen, das war nicht gut für ein Baby.

Mit angesäuerter Miene legte Erich den Bildband beiseite. »Wie lange soll das eigentlich so weitergehen? Meinst du nicht, dass wir uns langsam nach einer anderen Betreuungsmöglichkeit für Caspar umsehen sollten? Du hast genug im Betrieb zu tun, und ich fühle mich durch die ständige Anwesenheit eines Säuglings überfordert!«

Sie war ihm beinahe dankbar für diese Worte. Seit Tagen wartete sie auf die richtige Gelegenheit, ihren Lebensgefährten von ihrem Entschluss in Kenntnis zu setzen. »Ich habe entschieden, dass Caspar hier aufwachsen wird, in diesem Haus. Eine psychisch kranke Mutter und einen Vater wie Cord, der sich nur durchs Leben jammert, kann man dem Kleinen nicht zumuten. Und von fremden Leuten wird er ganz gewiss nicht erzogen. Ich weiß überhaupt nicht, wie du auf so einen absurden Vorschlag kommst. Wir reden hier von *Cornelius' Enkelsohn.*« Erich erblasste. Er konnte es nicht ausstehen, wenn sie den Namen ihres verstorbenen Mannes in seiner Gegenwart aussprach, aber darauf konnte sie jetzt keine Rücksicht nehmen. »Hier ist er am besten aufgehoben und kann gleich auf seine späteren Aufgaben vorbereitet werden«, fuhr sie ungerührt fort und ließ ihren Blick dabei wie zufällig zu Tineke wandern. »Silvana mag ein schlichtes Gemüt sein, und der Himmel weiß, was Cord an ihr findet, aber wir haben ihr einiges zu verdanken. Sie hat uns den Firmenerben geboren.«

Ein Paukenschlag, mit dem keiner der beiden gerechnet hatte. Jeder in der Familie war davon überzeugt, dass Margit die Fabrik eines Tages an Tineke übergeben würde. Wer außer ihrer Nichte kam denn sonst in Betracht? Cord bestimmt nicht, der schaffte es ja kaum, seine Praxis so zu führen, dass am Ende des Quartals etwas übrig blieb. Tatsächlich hatte Margit mit dem Gedanken gespielt, doch sie konnte sich Tineke einfach nicht als Chefin vorstellen. Ihre Nichte mochte ein kluges Mädchen sein, fleißig und sehr bemüht, eine gute Sekretärin, die hervorragend organisiert war und nie den Überblick verlor, doch für die großen Entscheidungen, von denen die Zukunft eines Unternehmens abhing, fehlte es ihr an Mut und vor allem an Visionen. So etwas, davon war Margit überzeugt, konnte man auch nicht lernen. Es musste einem im Blut liegen. Welch ein Glück, dass sie gar nicht mehr darüber nachdenken musste. Denn jetzt hatte das Schicksal ihr Caspar geschenkt, Cornelius' Enkelsohn. Er und niemand sonst war der legitime Erbe.

»Caspar wird die Firma übernehmen? Das weißt du heute schon?« Erichs Lachen hörte sich gekünstelt an. Er griff nach einer Pfeife, legte sie aber zurück. Vermutlich weil ihm eingefallen war, dass in Anwesenheit des Säuglings nicht geraucht werden durfte. »Wenn du dich da mal nicht irrst.« Wie immer, wenn er nach den richtigen Worten suchte, hüstelte er leise, eine Angewohnheit, die ihr zunehmend auf die Nerven ging. »In jedem Fall sollten wir alle beten, dass er nicht nach seiner Mutter kommt. Dann sehe ich schwarz, wenn er das Unternehmen leitet.«

Margit war bewusst, dass Erich ihre Nichte sehr schätzte, was sie insgeheim ärgerte. Erst neulich hatte er behauptet, Tineke hätte so ein glasklares Gesicht. Margit begriff nicht mal, was er damit sagen wollte. Ihrer Ansicht nach war Tineke vom Aussehen her nichts Besonderes, höchstens ihre Jugend konnte man als Pluspunkt betrachten, jedenfalls wenn man so alt war wie Erich. Männer seines Alters erwärmten sich ja gern für junge Frauen. Vielleicht reizte ihn auch Tinekes Intelligenz, selbst hielt er sich ja ebenfalls für oberschlau. In der Schule war sie als hochbegabt eingestuft worden und hatte eine Klasse übersprungen. Bis heute verstand Margit nicht, wie ausgerechnet ihre hirnlose Schwägerin Foline und ihr ebenso schlichter Ehemann Henk zu so einer klugen Tochter gekommen waren, während Cord sein Abitur nur mithilfe einer teuren Privatschule geschafft hatte. Margit hätte zu gern gewusst, was das Schicksal sich dabei gedacht hatte, ausgerechnet Tineke mit so viel Verstand auszustatten. Doch egal, welche Noten auf den Zeugnissen ihrer Nichte gestanden hatten, sie war und blieb die Tochter des örtlichen Schrotthändlers, und Margit sorgte dafür, dass sie das niemals vergaß.

»Wieso?«, fragte sie provokativ. »Für eine Hauptschülerin ohne abgeschlossene Berufsausbildung hat Silvana es doch weit gebracht. Ich denke, sie hat ein Händchen dafür, ihren persönlichen Vorteil zu nutzen. Eine wie Silvana wird immer auf die Füße fallen. Im Geschäftsleben ist diese Gabe von großem Vorteil.« Insgeheim musste sie Erich zustimmen, Silvana war habgierig und dumm, und sie konnte nur hoffen, dass der Kleine nicht nach ihr kam. Aber das lag für Margit außerhalb jeglicher Vorstellungskraft. Cornelius' Blut war stärker, das wusste sie einfach, seine Gene würden sich durchsetzen. »Habt ihr mal auf

Caspars Augen geachtet, wie wach und neugierig er in die Welt blickt, als wollte er sagen: *Hey, hier bin ich, es kann losgehen!* Die Ähnlichkeit mit Cornelius ist unglaublich, es kommt mir vor, als würde er selbst mich anschauen. Ich erkenne sein Blut«, flüsterte Margit und presste den Kleinen an sich, so ungestüm, dass er aufschrie. »Entschuldige, mein kleiner Liebling«, säuselte sie, aber da war er schon wieder still. Cornelius' Enkel war keine Memme, genauso wenig wie sein Großvater. Sie herzte ihn erneut, diesmal etwas sanfter.

»Wir werden sehen«, sagte Erich, es klang gelangweilt. Er zog seinen Fotoband wieder näher heran, ein deutlicher Hinweis, dass er keine Lust verspürte, die Diskussion fortzusetzen.

Tineke verabschiedete sich eilig, sie vergaß sogar zu lächeln.

SONNTAG, 2. JUNI

Bestimmt war es unfair, Silvana konnte nichts für ihre Krankheit, und es musste schrecklich für sie sein, ihr Baby tagsüber nicht mehr um sich zu haben. Dennoch freute Tineke sich schon auf Montag, auf den kleinen Caspar, er war so süß, er roch so gut, und seine Haut war so unbeschreiblich zart. Wie ein kleiner Kullerpfirsich fühlte er sich an, prall und fest und trotzdem weich wie Samt. Tineke hätte selbst gern ein Baby, auch wenn alle glaubten, dass sie unbedingt Karriere machen wollte, eines Tages die Firma übernehmen. In Wahrheit würde sie viel lieber schwanger werden und ein paar Jahre zu Hause bleiben. Ihr war allerdings klar, dass zu einem Mann wie Alexander kein Heimchen am Herd passte, deshalb behielt sie diesen Wunsch für sich. Sie waren erst seit vierzehn Monaten ein Paar und wohnten noch nicht mal zusammen.

Alexander lag neben ihr, die Augen noch geschlossen, aber sie wusste, dass er wach war, weil er nicht mehr so tief und gleichmäßig atmete. Außerdem zog sein Zeigefinger behutsame Kreise auf ihrer Hüfte.

»Guten Morgen«, flüsterte sie.

Er hob den Kopf und hauchte einen typischen Alexander-Kuss auf ihre Wange, kurz und ein bisschen trocken. »Guten Morgen, meine Schöne. Wie wollen wir diesen Sonntag verbringen?«

Ihre Wochenenden waren kostbar, weil sie Zeit füreinander hatten, von morgens bis abends. Die Woche über sahen sie sich nur selten, meist musste ein Telefonat am Abend reichen und ein paar liebevolle SMS, verteilt über den Tag.

»Lass mich nachdenken.« Sie drehte sich auf die andere Seite und schmiegte sich an seinen Körper.

Für Tineke war Alexander der perfekteste Mann im ganzen Universum, kein sturer Macho wie ihr Vater, auch kein desillusionierter Jasager wie Erich, der Lebensgefährte ihrer Tante, und schon gar kein weinerlicher Jammerlappen wie Cord, ihr Cousin. Hätte sie Alexanders Charakter beschreiben sollen, wären ihr zuerst die Worte liebevoll, höflich und intelligent in den Sinn gekommen. Bevor er den Mund öffnete, dachte er erst einmal nach, ganz anders als ihr Vater, der ständig irgendwelche peinlichen Stammtischparolen herausposaunte, besonders wenn er getrunken hatte, was praktisch immer der Fall war. Alexander war ein richtiger Nachrichtenjunkie, bestens informiert über alle wichtigen Themen, der in Diskussionen nie unsachlich wurde und gut zuhören konnte – das mochte sie ganz besonders. Optisch gefiel er ihr ebenfalls, groß und breitschultrig, eisblaue Augen und hellblondes Haar, das er vor vier Monaten ganz kurz hatte schneiden lassen. Zu diesem Zeitpunkt war er als Juniorpartner in die Kanzlei seines Vaters eingetreten, und ein Anwalt musste nun einmal seriös aussehen. Tineke hatte es sehr bedauert, dass sein wunderschönes Haar der Schere zum Opfer gefallen war, ihm selbst war es auch nicht leichtgefallen, sich von seinem Studentenlook zu verabschieden, deshalb hatte sie ihre eigenen Haare ebenfalls abschneiden lassen, quasi aus Solidarität.

»Weißt du, was Margit am Freitag gesagt hat?« Sie berichtete von ihrem Besuch im Haus ihrer Tante und erkannte bestürzt, wie enttäuscht sie klang. Aber wo sollte sie ihre Gefühle zulassen, wenn nicht bei Alexander? Dabei hatte sie sich inzwischen an den Gedanken gewöhnt, nicht die künftige Unternehmenserbin zu sein, anders als alle Welt, allen voran ihre Eltern, es ihr einreden wollten. »Margit bewacht ihn wie ein Schießhund. Ich durfte ihn nur einmal ganz kurz auf den Arm nehmen. Angeblich sieht er aus wie Onkel Cornelius. Und in seinen Adern fließt das richtige Blut, Unternehmerblut.«

»Ach Bienchen.« Er nannte sie immer Bienchen, Arbeitsbienchen, weil er davon ausging, dass sie, genau wie er selbst, nur ihre Arbeit im Kopf hatte, was gar nicht stimmte. »Der ist doch erst ein paar Tage alt. Woher will deine verrückte Tante denn heute schon wissen, dass in ihm das Zeug zu einem Unternehmer schlummert?« Seine Hand zog sie näher an seinen Körper, ihre Stirn landete an seiner Brust, und sie konnte seinen Herzschlag spüren, gleichmäßig und sehr beruhigend. »Vielleicht kommt er ja nach seinem Vater.«

Alexander und Cord konnten einander nicht ausstehen, was nicht weiter verwunderlich schien. Da prallten zwei

Welten aufeinander. Cord, der sich intellektuell nicht mit Tinekes Freund messen konnte und deshalb jedes ernsthafte Gespräch vermied, machte sich mit zunehmendem Alkoholpegel gern darüber lustig, dass Alexander so gut wie nichts trank. *Das musst du noch lernen, wenn du zur Familie gehören willst*, hieß es dann, oder: *Du säufst nur heimlich, was?* Alexander kommentierte die gehässigen Bemerkungen meist nur mit einem säuerlichen Lächeln. Schlimmstenfalls drehte er sich um und ließ den geifernden Cord einfach stehen. Nie wäre es ihm in den Sinn gekommen, den Spieß umzudrehen und Cord auf sein unkontrolliertes Trinkverhalten anzusprechen oder ihn durch gezielte Fragen zum Tagesgeschehen bloßzustellen.

Sie spürte Alexanders Hand in ihrem Nacken, und ihre Haut begann zu prickeln. »Deine Tante wird schon noch erkennen, was sie an dir hat. Du bist doch die Einzige aus der Familie, die das Zeug hat, die Firma zu leiten. Und die Hübscheste.«

Tineke mochte es, wenn er solche Dinge sagte, dass sie hübsch war und vor allem klug, auch Arbeitsbienchen klang irgendwie nett, aber sie wollte nicht, dass er es so hinstellte, als wäre sie vor allem scharf darauf, die Firma zu übernehmen. Jeder, der das hörte, würde Tineke für habgierig halten oder berechnend, und das war sie nicht. »Sag das nicht immer.«

»Warum denn nicht, es stimmt doch. Außerdem sind wir unter uns, oder glaubst du, dass Margit die Wohnung verwanzt hat?« Er lachte unbekümmert. »Wie geht es Cord und Silvana?«

»Weiß ich nicht. Vielleicht sollten wir mal vorbeischauen. Was denkst du?«

Alexanders linkes Augenlid, das er gern als sein Stressbarometer bezeichnete, begann unkontrolliert zu zucken.

Jedes Mal, wenn der Name von Cords Frau fiel, reagierte sein Körper auf diese Weise, und eigentlich war das Antwort genug. Alexander konnte absolut nicht verstehen, was Cord an Silvana fand. Er hielt sie für schlicht gestrickt und ziemlich gewöhnlich, und die wenigen Male, bei denen sie aufeinandergetroffen waren, hatte er kaum ein Wort mit ihr gewechselt. Tineke konnte seine Vorbehalte durchaus nachvollziehen, dennoch mochte sie die junge Frau, und sie fand, dass Silvana ein wenig Unterstützung innerhalb der Familie verdiente. Das Leben an der Seite ihres Cousins war mit Sicherheit nicht leicht zu ertragen. Tineke verspürte Mitleid, wenn sie an die junge Frau dachte, der man jetzt auch noch untersagt hatte, sich um ihr Baby zu kümmern.

»Komm, das ist jetzt nicht dein Ernst, Bienchen. Lass uns lieber irgendwo nett frühstücken und danach noch mal ins Bett gehen.« Er hob den Kopf, pustete vorsichtig in ihr Ohr und flüsterte: »Aber nicht zum Schlafen.«

Tineke gestand sich ein, dass sie sehr viel mehr Lust darauf hatte, mit Alexander allein zu sein, als darauf, ihren Cousin und seine kranke Frau zu besuchen. So, wie sie Cord einschätzte, würde er die ganze Zeit nur über Silvana herziehen, Alexander würde schweigen, und sie selbst wäre wie immer krampfhaft darum bemüht, für gute Stimmung zu sorgen.

»Hm, klingt verlockend. Wir könnten nach Leer fahren, am Hafen fallen mir gleich mehrere Lokale ein, in denen man gemütlich sitzen kann, mit Blick aufs Wasser.«

»Später«, murmelte Alexander. »Lass uns den Teil mit dem Bett vorziehen.« Seine Lippen knabberten voller Zärtlichkeit an der empfindlichen Haut in ihrem Nacken, und Tineke dachte, dass sie die glücklichste Frau auf der ganzen Welt war.

Vor vierzehn Monaten, gerade als der Wahlkampf begann, hatte Erich ein schwerer Herzinfarkt aus der Bahn gekegelt. Nie würde er diesen Moment vergessen, den entsetzlichen Schmerz, dieses wütende Brennen in seiner Brust, das Gefühl zu ersticken, die Todesangst. Auf dem Weg in die Klinik hatte er bereits mit dem Leben abgeschlossen, doch das Schicksal war gnädig gestimmt und hatte ihn den Infarkt überleben lassen. Zwei Stents sorgten jetzt dafür, dass seine Gefäße genügend Blut transportierten. Ein schrecklicher Gedanke, dass sein Weiterleben von zwei winzigen Röhrchen aus Edelstahl abhing, die in seinem Körper steckten, in unmittelbarer Nähe des Herzens, und die er manchmal, wenn er still im Bett lag, zu spüren glaubte. Zusätzlich zu den Betablockern, die er seit Jahren schluckte, musste Erich jetzt blutverdünnende Medikamente einnehmen und ständig auf seinen Blutdruck achten.

Auf Anraten des Kardiologen hatte er auf eine erneute Kandidatur verzichtet. *Jetzt müssen Jüngere ran,* hatte er vollmundig erklärt und seinem Nachfolger, einem blassen Mittvierziger ohne jedes Charisma, aufmunternd auf die Schulter geklopft. Er bezog jetzt ein reduziertes Gehalt von nicht unbeträchtlicher Höhe, das Land sorgte ganz anständig für seine Politiker, und man hatte Erich gerade erst nahegelegt, im nächsten Jahr als Präsident der Ostfriesischen Landschaft zu kandidieren. Eine Aufgabe, die ihn überhaupt nicht reizte, er hatte ganz andere Pläne. Am liebsten würde Erich einen Großteil des Jahres in dem kleinen Haus in der Toskana verbringen, das er vor einiger Zeit von einem Onkel geerbt hatte und wo es ihm wirklich gut gefiel. Castagneto Carducci hieß das Dorf, eine deutsche Enklave in Italien, interessante Menschen, viele von ihnen Künstler, und herrliches Wetter, genau so hatte er sich das Leben nach der Pensionierung erträumt. Leider konnte Margit dieser Vorstellung nichts abgewinnen. Wenn er sie darauf ansprach, erklärte sie jedes Mal, dass sie noch mitten im Berufsleben stände. Für sie war es unvorstellbar, die Firma zu verkaufen oder wenigstens Tineke als Geschäftsführerin einzusetzen, damit sie Zeit in Italien verbringen konnten. Und die Nachbarn in dem Dorf hielt sie samt und sonders für Spinner.

Und jetzt hatte seine Lebensgefährtin beschlossen, ihr Enkelkind aufziehen, natürlich ohne das vorher mit ihm abzusprechen. Er hatte sich zu fügen, wie immer. Margits Firma, Margits Vermögen, Margits Haus, Margits Enkelsohn.

MONTAG, 3. JUNI

Polizeikommissar Jens Stiller stand vor dem Haus und tippte irgendwas in sein Handy ein. Erich Loening wanderte an der Straße auf und ab wie einer, der nicht wusste, wohin, und sich deshalb auf diese Weise abreagieren musste. Er nickte Nola flüchtig zu, blieb aber nicht stehen. In einem schwarzen Mercedes, der auf der Auffahrt parkte, saß mit versteinerter Miene Margit Cassjen, die Hände über dem Lenkrad verkreuzt. Sie schaute nicht auf, als Nola an dem Wagen vorbeieilte. Vermutlich stand sie unter Schock.

Mit einer Begrüßung hielt Nola sich gar nicht erst auf. »Wo?«

»Im ersten Stock. Renke erwartet euch drinnen«, sagte Jens mit gepresster Stimme.

Sie nickte und zog sterile Einmalhandschuhe aus ihrer Tasche, ein Paar für sich selbst und ein weiteres für Hilke, die sie begleitete, weil Conrad sich, wie so häufig am Montagmorgen, krankgemeldet hatte.

Renke lehnte am Treppengeländer und stieß sich mit der Hüfte ab, um ihr entgegenzukommen. Er sah ziemlich mitgenommen aus, vermutlich fühlte er sich genauso mies wie sie selbst. Warum musste das passieren, warum hatte sich niemand für diese Frau zuständig gefühlt und rechtzeitig eingegriffen?

»Hallo, Nola. Oben im Wohnzimmer.« Für Hilke hatte er nur ein kurzes Kopfnicken übrig.

Nola holte tief Luft, bevor sie einen Fuß auf die unterste Stufe setzte. Es kam ihr vor, als spüre sie die Anwesenheit des Todes bereits hier unten, schwer, dunkel und bedrückend. Sie musste sich zwingen, weiterzugehen.

Der Tote hing auf einem weißen Ledersessel, der vor einem der drei Fenster stand, durch die man in den Garten herunterschauen konnte. Jemand hatte ihm in den Oberkörper geschossen, einmal, jedenfalls konnte Nola nur eine Einschusswunde entdecken. Es sah so aus, als wäre Dr. Cassjen auf der Stelle tot oder wenigstens handlungsunfähig gewesen, denn es gab keinerlei Spuren, die dafür sprachen, dass er sich von der Stelle bewegt hätte. Allem Anschein nach war er einfach nur zur Seite gesackt. Er trug einen Bademantel aus kastanienbraunem Frottee, der sich geöffnet hatte, und nichts darunter. Sein blasser, fleischiger Leib bildete einen starken Kontrast zu dem dunklen Stoff, und Nola fiel das Wort *käsebleich* ein. Bei all der Dramatik seines Todes bot der Arzt zugleich einen lächerlichen Anblick, jedenfalls, wenn man es schaffte, die hässliche Wunde in seiner Brust und das daraus ausgetretene Blut auszublenden. Dr. Cassjen trug Kopfhörer, die völlig überdimensioniert wirkten und ihm das Aussehen eines Außerirdischen verliehen. Die Anlage lief noch, und als Nola sich herunterbeugte, vernahm sie laut wummernde Beats.

Sie drehte sich zu Renke um. »Was hört er da?«

Er zuckte die Achseln und drehte den Regler am Verstärker auf, dumpfe Bässe füllten den Raum, darüber hatte man den Sound einer malträtierten Gitarre gelegt. Eine verzerrt klingende Männerstimme, deren Gesang Nola eher als Grunzen beschreiben würde, spuckte ein paar wütende Worte aus, die *God is dead* heißen konnten, aber sie war sich nicht sicher.

»Vader«, erkannte Hilke sofort. »Dass der alte Sack noch solche Mucke gehört hat. Der ist doch bestimmt schon vierzig.« Es klang überrascht, fast schon bewundernd, und Nola konnte ihrer jungen Kollegin nur beipflichten. Nie im Leben hätte sie geglaubt, dass Dr. Cassjen sich abends mit hartem Death Metal Rock entspannte. So, wie sie sich an ihn erinnerte, hätten deutsche Schlager zu ihm gepasst, Helene Fischer vielleicht oder auch etwas Klassisches. Wie man sich irren konnte.

Auf einem runden Beistelltisch mit dunkelgrauer Rauchglasplatte, dessen Fuß aus schwarzem Metall eine nackte Frau darstellte, die sich unterwürfig bückte – was Nola erschaudern ließ –, befand sich ein Glas mit einer goldbraunen Flüssigkeit, *Metaxa* mit zwölf Sternen, wie das Etikett der Flasche verriet, die verschämt neben der Frau auf dem Boden stand, zusammen mit einer Flasche *Fehnbrand*, die zu drei Vierteln geleert war.

»Die Frau ist verschwunden«, sagte Renke hinter ihrem Rücken, und Nola war sofort klar, was das bedeutete.

Über Wochenbettpsychosen hatte sie sich in der Zwischenzeit informiert. Im schlimmsten Fall verloren die betroffenen Frauen jeglichen Bezug zur Realität. Sie entwickelten Wahnvorstellungen, die in Einzelfällen zu Gewalttaten wie dieser führen konnten.

Sie schloss die Augen und versuchte sich vorzustellen, was sich hier abgespielt hatte. Vor seinem Tod hatte Dr. Cassjen es sich bequem gemacht auf einem extra dafür konzipierten Sessel, der sich stufenlos verstellen ließ bis hin zu der annähernd liegenden Position, für die er sich entschieden hatte. Seine nackten Füße, deren gelbliche Nägel reichlich lang waren für einen Mann, was sie ein wenig ekelte, ruhten auf dem dazugehörigen Fußhocker. Der Lautstärkeregler der Anlage war so weit aufgedreht, dass er neben der Musik nichts anderes hatte wahrnehmen können. Seine spärliche Bekleidung legte nahe, dass er gebadet oder geduscht und danach keine Lust verspürt hatte, sich noch mal anzukleiden. Auf dem Tisch stand nur ein Glas, demnach war er allein gewesen und hatte auch niemanden erwartet. Die Position seines Körpers deutete darauf hin, dass er in die Lektüre der Fachzeitschrift vertieft gewesen war, die aufgeschlagen auf dem Fußboden lag, die Seiten inzwischen durchnässt von dem Blut aus der Wunde in seinem Oberkörper. Auf dem Boden entdeckte Nola Blutspritzer, jemand wie Stefan Bruhns, der die Spurensicherung leitete, würde aus dem Muster die richtigen Schlüsse ziehen.

In diesem Szenarium gab es keinen Platz für eine Frau, die sich mit ihm unterhalten wollte, auch nicht für das Baby, dessen Schreien er unter den Kopfhörern wohl kaum wahrgenommen hätte. Allem Anschein nach hatte der Arzt sich weder bedroht gefühlt noch um den Kleinen gesorgt, der sich im Obergeschoss allein mit seiner psychisch kranken Mutter befand. Vermutlich war er davon ausgegangen, dass beide schliefen. Eine vage Hoffnung ließ sie innehalten. »Was ist mit dem Säugling?«

Renkes Antwort machte ihre Hoffnung auf einen Schlag wieder zunichte. »Weg, genau wie die Mutter. Was das heißt, ist wohl klar. Einbruchspuren haben wir jedenfalls nicht gefunden.«

»Scheiße.« Sie dachte an Silvana Cassjen, die so lethargisch gewirkt hatte, als könnte sie kaum einen Fuß vor den anderen setzen, und die jetzt verschwunden war, zusammen mit dem Säugling. Ein perfekt gesetzter Schuss, der Eintrittswunde nach zu urteilen, aus nächster Entfernung abgegeben, die Frau hatte ihren Mann regelrecht hingerichtet. Das sprach nicht für eine panische Angstreaktion, bei der der Täter eher kopflos vorging. Hier war nichts eskaliert, hier hatte jemand ein inneres Drehbuch befolgt und sehr gezielt gehandelt. Nola fiel es schwer, sich die Frau des Toten in dieser Rolle vorzustellen.

Im gleichen Moment wurde ihr bewusst, wie ungewöhnlich die Situation war. Normalerweise lernte sie die Opfer erst im Nachhinein kennen. In diesem Fall kannte sie sowohl den Toten als auch die mutmaßliche Täterin von ihrem letzten Besuch, und in ihrem Kopf existierte ein klares Bild von beiden. Mit Unbehagen erinnerte sie sich daran, wie herablassend Dr. Cassjen sich über seine kranke Ehefrau geäußert hatte, ohne jede Empathie, und sie fragte sich, wie er wohl ohne Zeugen mit ihr umgegangen war. Und dann seine Eltern, vor allem die Mutter, die auch kein gutes Wort über die Schwiegertochter erübrigen konnte. Ein ungesundes Familiengefüge, mühsam zusammengehalten von Arroganz und dem Hinweis auf die gesellschaftliche Stellung der einzelnen Familienmitglieder, war mit einer schrecklichen Gewalttat auseinandergeflogen.

Renke, der mit verschränkten Armen neben ihr stand, verzog das Gesicht und seufzte. »Ich möchte mal wissen, welcher Arzt dafür verantwortlich ist, dass die Frau nicht in die Klinik eingewiesen wurde.«

»Das wüsste ich auch gern.« Mit schlechtem Gewissen

fiel Nola ein, dass sie nicht allein gekommen war. Hilke arbeitete schon ein paar Monate im ersten Kommissariat, bislang hatte sie sich aber überwiegend mit dem Zusammentragen von Informationen beschäftigt, vor allem am PC war sie ein Ass. Da konnten weder Nola noch Conrad mithalten. Dieses Mal allerdings gehörte Hilke zum Team am Tatort. Rasch drehte Nola sich um zu ihrer jungen Kollegin. »Was denkst du? Was fällt dir hier auf?«

»Ich denke, dass mir gleich das Frühstück hochkommt. Ich geh mal runter an die frische Luft. Dieser Anblick und dann der Geruch …« Hilke schluckte schwer. »Ich bilde mir schon ein, dass ich das Blut auf meiner Zunge schmecken kann. Bäh.«

Nola nickte geistesabwesend. Selbst nahm sie den metallischen Blutgeruch kaum wahr, sie hatte gelernt, alle störenden Eindrücke komplett auszublenden, um sich ganz auf das Wesentliche zu konzentrieren. Was sagte der Tatort aus? Was hatte der Täter, in diesem Fall die Täterin, ihr hinterlassen? Wut, kalte, blanke Wut. Die Täterin hatte eine Schusswaffe bei sich geführt und war mit dem Vorsatz ins Zimmer gekommen, ihren Mann zu erschießen. Vermutlich hatte sie sich langsam bewegt, um nicht seine Aufmerksamkeit zu erregen, und es war anzunehmen, dass sie sich die Zeit genommen hatte, sorgfältig zu zielen. Nur ein Schuss. Es wollte Nola nicht gelingen, dieses Bild einer kaltblütig agierenden Mörderin in Einklang zu bringen mit der Frau, an die sie sich erinnerte, doch ihr war auch bewusst, dass es sich bei ihrer kurzen Begegnung mit Silvana Cassjen lediglich um eine Momentaufnahme handelte, mehr nicht. Sie durfte sich nicht anmaßen zu glauben, dass sie die Frau wirklich kannte und richtig einschätzen konnte. Vielleicht hatte Silvana Cassjens Psyche sich dank der richtigen Medikamente wieder stabilisiert.

Inzwischen drangen Männerstimmen aus dem Untergeschoss nach oben, Stefan Bruhns und sein Team waren eingetroffen. Wenige Minuten später nahmen die Männer der Spurensicherung in weißen Kapuzenoveralls den Raum in Beschlag.

»Es wäre mir sehr recht, wenn ihr den Raum verlasst«, moserte Stefan. Ähnlich wie Nola hatte der Leiter der Spurensicherung den Tatort gern für sich allein. In der Hand die große 3-D-Kamera, die er am liebsten selbst bediente, ließ er seinen Blick durch das Zimmer schweifen. Sein geübtes Auge scannte die Umgebung nach offensichtlichen Spuren ab, die sofort mit weißen, durchnummerierten Schildern markiert wurden. Auch Stefan suchte den Tathergang zu rekapitulieren, wobei er sich vor allem auf das wissenschaftlich Beweisbare fokussierte, das die Spurenlage hergab. Es würde eine Weile dauern, bis er und seine Leute den Tatort dokumentiert und alle Spuren gesichert hatten.

Nola beschloss, die Zeit für ein erstes Gespräch mit den Angehörigen zu nutzen. Der ehemalige Landrat stand neben Jens und redete leise auf ihn ein, seine Wangen zeigten bereits wieder etwas Farbe. Seine Lebensgefährtin saß immer noch im Auto, ihre Hände umklammerten das Lenkrad, ihr Blick war starr nach vorn gerichtet. Wenn es nach Nola ging, sollte sie ruhig dort sitzen bleiben. Erich Loening genügte ihr völlig als erster Gesprächspartner. Angehörige am Tatort empfand sie als unangenehm, wie Sand im Getriebe, der die Räder langsamer laufen ließ. Und diesmal musste sie sich auch noch zusammenreißen, um ihre Wut auf die Leute nicht durchklingen zu lassen. *Selbst schuld*, hätte sie am liebsten gebrüllt. *Das habt ihr jetzt davon.*

»Wir kennen uns ja schon. Mein Beileid.« Sie zählte in

Gedanken bis fünfzehn, dann redete sie weiter. »Wann haben Sie ihn gefunden?«

»Um kurz vor halb neun, ich weiß es nicht ganz genau. Ich…« Der ehemalige Landrat wischte mit dem Handrücken über seine feuchte Stirn. »Ich bin total kopflos. Wer stellt sich denn vor, dass er so etwas mal selbst erleben muss?« Er wandte sich ab und legte beide Hände auf das Autodach. »Margit ist völlig geschockt. Ich würde sie gern nach Hause bringen.«

»Gleich«, versprach Nola. »Ich habe nur ein paar Fragen.« Damit, dass Herr Loening ganz brav nickte, hatte sie überhaupt nicht gerechnet. »Warum sind Sie hergekommen? Ist etwas Ungewöhnliches passiert?«

»Ja. Er hat den Jungen nicht zu uns gebracht. Seit der Sache mit dem Nachbarschuppen hat meine Lebensgefährtin den Kleinen tagsüber betreut. Wir konnten ihn ja schlecht bei seiner kranken Mutter lassen.«

»Und Silvana?«

»Die war hier. Sie hat Medikamente bekommen und kam ganz gut zurecht. Natürlich konnten wir sie trotzdem nicht allein lassen mit dem Kind. Als Cord heute früh nicht wie üblich erschien und auch nicht ans Telefon ging, dachten wir, dass was mit Silvana passiert ist. Ein erneuter Zusammenbruch…«

»Besitzen Sie einen Haustürschlüssel?«

Sein Blick sprach Bände. Offensichtlich fand er die Frage überflüssig. »Natürlich. Meine Lebensgefährtin verwahrt den Schlüssel, schließlich ist sie seine Mutter.«

»Sie sind also mit dem Schlüssel hergefahren. Und dann?«

»Wir haben geklingelt und, als sich nichts im Haus geregt hat, aufgeschlossen und laut gerufen. Zuerst haben wir unten nachgesehen, dann im ersten Stock. Dort lag er dann ja.« Sein Blick wurde glasig, und er schluckte ein paarmal schwer. »Das ganze Blut. So etwas Furchtbares habe ich noch nie gesehen. Ich weiß nicht, wie ich dieses Bild je wieder loswerden soll.«

»Haben Sie ihn angefasst? Seine Lage verändert?«

»Um Himmels willen, nein. Die Lage haben wir nicht verändert. Meine Lebensgefährtin hat ihn kurz berührt, am Hals, glaube ich. Margit dachte ... sie hat gehofft ...« Er brach ab.

»Sie hat gehofft, dass er noch lebt«, beendete Nola den Satz, und er nickte dankbar.

»Ich hab gleich erkannt, dass da nichts mehr zu machen ist. Das ganze Blut. Und dann seine Hautfarbe ...«

»Was passierte dann?«

»Ich hab nach Silvana gerufen. Sie hat nicht geantwortet, also bin ich hoch in den zweiten Stock und dort in alle Zimmer. Nichts. Ich hab Margit dann ins Auto gebracht und gesagt, dass sie dort warten soll. Als Nächstes bin ich in die Garage gegangen und hab gesehen, dass Silvanas Wagen fehlt. Dabei ist mir aufgefallen, dass die Hintertür nicht abgeschlossen war. Dann hab ich die 110 angerufen und mich zu Margit ins Auto gesetzt.«

»Was für einen Wagen fährt Frau Cassjen?«

»Einen gelben Toyota Yaris, Kennzeichen LER-SC 239.«

Die meisten Leute konnten in so einer Situation nicht mehr klar denken, hatten weder Uhrzeiten noch Geburtsdaten oder Telefonnummern parat, mitunter fiel ihnen nicht mal mehr die eigene Hausnummer ein. Dass Herr Loening das Autokennzeichen seiner Schwiegertochter auswendig kannte, fand Nola ein wenig seltsam. Auf der anderen Seite gab es Menschen, die über die Fähigkeit verfügten, sich ellenlange Zahlenkolonnen einzuprägen, die sich aber keine Gesichter merken konnten. Vielleicht gehörte der ehemalige Landrat dazu.

»Wann haben Sie Dr. Cassjen und seine Frau zuletzt gesehen?«

»Am Samstag. Wir waren kurz hier und haben nach dem Rechten geschaut. Alles wirkte normal, falls man das unter diesen Umständen sagen kann.«

»Gut. Ich möchte Sie und Ihre Lebensgefährtin noch um einen kurzen Besuch im Dienstfahrzeug unserer Spurensicherung bitten. Reine Routine. Wir untersuchen das gesamte Haus auf forensische Spuren und benötigen zu Vergleichszwecken die Fingerabdrücke und eine freiwillige DNA-Probe von allen, die hier wohnen oder regelmäßig zu Besuch sind. Anschließend können Sie nach Hause fahren. Sobald hier alles geregelt ist, werden wir dort das Gespräch fortsetzen. Ich schicke sofort einen Kollegen raus. Sie können ja solange in Ihrem Auto warten.« Kaum ausgesprochen, überlegte Nola es sich aber anders. »Das heißt, eine Sache müssten wir noch klären. Und ich denke, es ist Ihnen nur recht, wenn das nicht in Gegenwart Ihrer Lebensgefährtin passiert.« Täuschte sie sich, oder blitzte da so etwas wie Angst in den dunkelgrauen Augen auf? »Bei unserem letzten Besuch hat Silvana Cassjen angedeutet, dass jemand anderes als ihr Mann der Vater des Kleinen ist, und in diesem Zusammenhang ist Ihr Name gefallen.« Während sie das sagte, ließ sie Erich Loening nicht aus den Augen, damit ihr keine seiner Reaktionen entging.

In Verlegenheit brachten ihre Worte ihn nicht, ganz im Gegenteil. Zuerst kräuselte er die Lippen, was wohl Verachtung für die vermisste Frau ausdrücken sollte, dann wischte er mit dem Zeigefinger unter der Nase entlang. »Das ist lächerlich. Ich lebe in einer sehr glücklichen Beziehung. Da können Sie fragen, wen Sie wollen. Weshalb sollte ich Margit betrügen?«

Nola versuchte, die Erinnerung an ihre erste Begegnung

heraufzubeschwören. Hatten der ehemalige Landrat und seine Lebensgefährtin wie ein glückliches Paar gewirkt? Nein, eher nicht. Aber woran machte sie das eigentlich fest? Daran, dass die Frau so dominant aufgetreten war? Manchen Männern gefiel so etwas, die bezahlten sogar Geld dafür.

Als hätte der Landrat ihre Gedanken gelesen, sprach er weiter. »Um es mal deutlich zu sagen, eine Frau wie Silvana entspricht nicht so ganz meinem Niveau. Klingt vielleicht böse, gerade in dieser Situation, ist jedoch eine Tatsache. Weder meine Lebensgefährtin noch ich selbst waren sonderlich erbaut von Cords Wahl. Silvana hat nicht zu uns gepasst. Mehr möchte ich dazu nicht sagen.«

Als Herr Loening in seinen Wagen, einen schwarzen Mercedes der Oberklasse, einstieg, hielt auf der gegenüberliegenden Straßenseite ein hellblauer BMW Z4 mit Berliner Kennzeichen, der Rechtsmediziner war eingetroffen. Lässiges schwarzes Shirt, verwaschene Jeans und Sneakers von Diesel. Dr. Valentin Steffen war eine Leihgabe des Rechtsmedizinischen Institutes an der Charité in Berlin, weil die leitende Rechtsmedizinerin in Oldenburg wegen einer Hüftoperation für längere Zeit ausfiel. Er war der einzige Rechtsmediziner, den Nola kannte, der sein Haar zu einem Pferdeschwanz zusammenband und eine Tätowierung trug, einen winzigen Kolibri in seinem Nacken, den sie schon mal aus nächster Nähe gesehen hatte. Valentin war nämlich auch der einzige Rechtsmediziner, der schon mal versucht hatte, mit ihr ins Bett zu gehen. Und hätte sein Handy nicht zum falschen, im Nachhinein vielleicht auch richtigen Zeitpunkt geklingelt, wäre es wohl dazu gekommen.

»Hallo, Nola, lange nicht gesehen.«

Ehe sie etwas erwidern konnte, schaltete Renke sich ein,

und sie fragte sich, ob er die ganze Zeit schon in der offenen Haustür gestanden und ihr Gespräch mit dem Landrat mitverfolgt hatte. »Der Tote liegt im ersten Stock.«

Valentin zwinkerte Nola zu, bevor er sich leichtfüßig nach oben bewegte. Er wusste, dass Renke ihn nicht leiden konnte, und die offene Antipathie schien ihn zu amüsieren.

Nola wartete, bis er ihrem Blickfeld entschwunden war, dann sagte sie zu Renke: »Wir schauen uns jetzt im Haus um. Vielleicht gibt es irgendwo einen Hinweis, wo wir mit der Suche nach Silvana Cassjen ansetzen können.«

Bei näherem Betrachten bot das Haus weit weniger Wohnfläche, als es von außen den Anschein erweckte, und Nola fragte sich, was das über das Ehepaar Cassjen aussagte. Wahrscheinlich nichts. Im Untergeschoss lagen die penibel aufgeräumte Küche mit dunkelroten Hochglanzfronten, außerdem ein Gäste-WC, in dem es nach billiger Seife roch, und ein Hauswirtschaftsraum mit einer riesigen Gefriertruhe, die eine bunte Auswahl an Fertiggerichten enthielt, alle vom Discounter, was Nola in Anbetracht des protzigen Hauses verwunderte. Daneben standen eine Waschmaschine, ein Hightechtrockner, der nagelneu aussah, und mehrere Wäscheständer, auf denen nur ein einsamer weißer Strampelanzug hing. Die Waschmaschine war gefüllt und durchgelaufen, die Wäsche darin bereits kalt. Sie roch muffig, und Nola rümpfte die Nase. »Drei Tage, mindestens.«

Offensichtlich hatte Frau Cassjen andere Dinge im Kopf gehabt als ihre Wäsche. Von dem Raum führte eine Tür nach draußen, das musste die Hintertür sein, von der Herr Loening gesprochen hatte. Der Schlüssel steckte von innen. Wenn die Frau in Panik geflohen war, hatte sie sicher nicht darauf geachtet, hinter sich die Tür abzuschließen. In der Garage parkte ein VW-Touran, dunkelgrau und ziemlich neu. Das doppelte C im Kennzeichen ließ auf den Besitzer schließen, Cord Cassjen. In dem anschließenden Geräteraum standen zwei Fahrräder, die völlig unbenutzt wirkten, ein Rasenmäher und eine Schubkarre.

»Ziemlich aufgeräumt«, sagte sie. »Die haben nicht gern im Garten gearbeitet. Oder gekocht.«

»Oder Fahrradtouren gemacht«, pflichtete Renke ihr bei. »Aber was fängst du mit dieser Erkenntnis an?«

»Weiß ich noch nicht. Lass uns den Rest des Hauses anschauen.«

Den gesamten ersten Stock nahm das Wohnzimmer ein, aus dem Stefan sie sofort wieder verscheuchte, im zweiten Stock gab es ein Badezimmer, ganz futuristisch in Schwarz und Gold gehalten, und daneben ein überraschend kleines Schlafzimmer, das gerade Platz genug bot für ein Doppelbett, zwei Nachttische und einen Hochschrank mit fünf Türen, von denen die mittleren drei komplett verspiegelt waren. Die Cassjens schliefen in einem dieser Boxspringbetten, die jetzt so angesagt waren. Sie hatten sich für ein burgunderrotes Modell mit geschwungenem Kopfteil entschieden, das ziemlich schwülstig wirkte, was auch daran liegen konnte, dass an der Zimmerdecke über dem Bett ein großer goldgerahmter Spiegel angebracht war. Das Ehepaar Cassjen schaute sich offenbar gern selbst beim Sex zu.

»Auch mal 'ne Idee«, grinste Renke mit Blick auf den Spiegel. »Ich hätte allerdings Angst, dass das Ding zum unpassenden Zeitpunkt runterkommt.«

Nola zuckte mit den Achseln. »Darauf werden sie schon geachtet haben. Was Dr. Stelter wohl gedacht hat, als er ihr neulich diese Spritze gesetzt hat?«

»Dasselbe wie wir, nehme ich an. Dass die beiden offenbar ein reges Sexleben praktizieren, was ja für die Ehe spricht.«

In der Nachttischschublade der vermissten Frau fanden

sie mehrere angebrochene Medikamentenpackungen, deren Namen Nola noch nie gehört hatte. Laut Beipackzetteln handelte es sich um Psychopharmaka, die bei starken Angstzuständen, Schizophrenie und Wahnvorstellungen verordnet wurden, vornehmlich im Rahmen eines Klinikaufenthaltes unter ständiger ärztlicher Kontrolle. Auf zwei von vier Beipackzetteln wurde unter dem Punkt Nebenwirkungen auf erhöhte Suizidgefahr hingewiesen. Sie beschloss, so rasch wie möglich mit dem behandelnden Psychiater zu reden, laut Renke genoss er einen sehr guten Ruf. Vielleicht gab er Auskunft, in welchem Zustand Frau Cassjen sich zuletzt befunden hatte.

»Immerhin hat sie die Dinger nicht mitgenommen«, murmelte sie. »Hier steht, dass die Verkehrstüchtigkeit nach Einnahme der Präparate stark eingeschränkt ist. Nicht, dass wir doch noch einen Unfall reinbekommen.«

Renke wies darauf hin, dass auf dem Beipackzettel vor einem Absetzen der Medikamente ohne ärztlichen Beistand gewarnt wurde. Ganz hinten in der Schublade entdeckten sie noch eine Bibel mit dunkelblauem Ledereinband, die so wirkte, als würde jemand häufig darin lesen. Vorn stand in sorgfältig gemalten Druckbuchstaben: *Für Silvana, damit Du immer den richtigen Weg findest, Deine Oma, 14. Mai 2005.* Zwischen den Seiten steckte ein Foto, auf dem ein blondes Mädchen, unverkennbar Frau Cassjen, mit viel zu langen Beinen auf dem Schoß einer älteren Frau saß. Obwohl der Kleinen oben zwei Zähne fehlten, grinste sie breit in die Kamera.

»Da ist sie sechs oder sieben«, murmelte Renke, der Nola über die Schulter schaute. »In diesem Alter verlieren sie die ersten Milchzähne.«

Seit zehn Jahren begleitete diese Bibel Silvana Cassjen durch ihr Leben, und jetzt hatte sie sie zurückgelassen.

Der Tote hatte in seinem Nachtschrank Papiertaschentücher, einen Stapel Heftchenromane aus der Perry-Rhodan-Reihe und eine Creme gegen Hornhaut an den Füßen aufbewahrt. Kein Sexspielzeug, was Nola in Anbetracht des Spiegels über dem Bett verwunderte. Scheinbar brauchten sie keine Hilfsmittel.

Gegenüber vom Schlafzimmer entdeckten sie einen ganz in Hellblau eingerichteten Raum für den Säugling und ein weiteres, komplett leeres Zimmer, weder tapeziert noch mit Teppich ausgelegt, möglicherweise hatten die Eheleute für die Zukunft ein weiteres Kind geplant.

Das Babyzimmer machte den Anschein, als hätte jemand Hals über Kopf Sachen zusammengerafft. Die Schubladen der Wickelkommode standen halb offen, ein paar Strampler hingen über dem Rand der obersten Lade, einer lag auf dem Boden. Der Windeleimer verströmte einen unangenehmen, stechenden Geruch, er war so voll, dass der Deckel sich nicht mehr richtig schließen ließ. Nola konnte nirgends ein Paket mit Windeln entdecken, was vermuten ließ, dass Frau Cassjen es mitgenommen hatte, genau wie die Decke aus dem Gitterbett. Sie bückte sich und hob den Strampelanzug auf. Er war hellblau, wie beinahe alles hier, mit einer bunten Eisenbahn bestickt und so winzig, dass sie schlucken musste.

»Mein Gott«, murmelte sie. »Wie klein so ein Baby ist.« Sie presste den Anzug gegen ihr Gesicht und schnupperte daran. Er roch frisch gewaschen. »Warum hat sie Caspar nicht einfach hiergelassen? Sie muss doch gewusst haben, dass die Schwiegereltern über kurz oder lang auf der Matte stehen.«

»Weil sie seine Mutter ist«, sagte Renke, ohne groß darüber nachzudenken. »Weshalb sollte sie ihn zurücklassen? Ist doch normal, dass eine Mutter ihr Baby bei sich haben will. Sie will ihn beschützen, vor wem auch immer. Deshalb hat sie ihn neulich versteckt. Wenn du mich fragst, haben wir da auch das Tatmotiv. Sie wird sich eingebildet haben, dass ihr Mann dem Kleinen was Böses will.«

Richtig, Silvana Cassjen hatte geglaubt, dass jemand ihren Sohn bedrohte. Trotz der Medikamente schien ihre Angstpsychose sich verschlimmert zu haben. Geendet hatte sie in einer schrecklichen Gewalttat. Und jetzt befand sich die Frau mit dem Baby auf der Flucht, und niemand konnte ermessen, was sie mit ihrem Sohn vorhatte. Vielleicht versteckte sie ihn erneut und vergaß hinterher, wo, sodass er jämmerlich verhungern musste, wenn niemand ihn rechtzeitig entdeckte. Vielleicht hatte sie ihn längst erstickt – mit der fehlenden Bettdecke.

Nola schniefte, wollte diesen schrecklichen Gedanken nicht zulassen. »Lach mich nicht aus, aber der verschwundene Säugling ist für mich schlimmer als der Tod dieses Doktors.«

Renke, der neben ihr stand, streckte die rechte Hand nach dem Mobile aus, das über der Wickelkommode angebracht war. Mit den Fingern tippte er gegen eines der vier bunten Autos aus dünnem Sperrholz, woraufhin alle Fahrzeuge hektisch herumzappelten. »Kann ich nachvollziehen. Geht mir ganz ähnlich.«

»Ich mag gar nicht daran denken, dass diese Frau mit einem hilflosen Baby unterwegs ist. Das schafft die doch nie.«

»Wickeln und stillen, das kriegt sie schon auf die Reihe. Die ersten Tage hat sie ihn doch auch allein versorgt.«

»Da hat sie auch noch keine Medikamente genommen!« Nola verstand überhaupt nicht, wie Renke so ruhig bleiben konnte.

»Du glaubst, dass sie weiterhin brav ihre Tabletten

schluckt?« Unwillig runzelte Renke die Stirn. »Das kann ich mir nicht vorstellen.«

»Ich schon ... oder doch nicht ... nein. Ach, ich weiß es auch nicht.« Nola holte tief Luft und presste den Strampler erneut an sich. »Woher soll ich denn wissen, wie so eine Frau tickt? Zuerst hat sie den Kleinen im Kleiderschrank versteckt, dann im Gartenhaus der Nachbarn! Wer weiß, was ihr diesmal eingefallen ist. Wo sollen wir suchen? Kannst du mir das verraten? Die kann doch überall sein!«

»Komm, beruhig dich. Lass uns annehmen, dass sie sehr viel klarer im Kopf ist, als wir uns das vorstellen. Anscheinend hat sie ja die richtigen Sachen eingepackt, und sie war auch noch in der Lage, ein Auto zu bedienen. Ein Unfall ist jedenfalls nicht gemeldet. Vergiss nicht, dass sie zwischenzeitlich einen Facharzt aufgesucht hat. Vielleicht helfen ihr die Medikamente, wenigstens das Nötigste zu bewältigen.«

»Ich fordere noch mal die Hunde an.« Auf gar keinen Fall war Nola bereit, die Hoffnung, dass alles erneut so glimpflich für den Kleinen ausgehen könnte wie beim letzten Mal, jetzt schon aufzugeben. Nach dem Anruf, der ihr das Gefühl gab, wenigstens etwas für den Kleinen getan und damit Bewegung in die Suche gebracht zu haben, ging sie wieder ins Schlafzimmer, wo Renke gerade unter einen der Nachtschränke schaute und die Staubflusen bemängelte, die sich dort gesammelt hatten. Typisch Ostfriese, vielleicht auch nur typisch Renke. Nola konzentrierte sich lieber auf die wichtigen Dinge. Auf einer Seite war das Bettzeug aus schwarz-rot gestreiftem Satin unberührt, auf der anderen zerwühlt. Dort schien Silvana Cassjen zu schlafen, jedenfalls lag ein angebrochenes Paket mit Stilleinlagen auf dem Nachttisch, außerdem einer dieser übertrieben witzigen Frauenromane mit schreiend buntem Cover, der allerdings nicht so aussah, als hätte jemand darin gelesen, und ein Stapel Frauenzeitschriften, in denen es vor allem um Diäten, Work-outs und Styling ging. Vor dem Bett entdeckte sie ein achtlos auf den Boden geworfenes Nachthemd aus roter Kunstseide, der v-förmige Ausschnitt war mit schwarzer Spitze eingefasst.

»Sie hat hier gelegen, vor oder nach dem Mord«, sagte Renke.

»Danach bestimmt nicht. Da hatte sie es eilig, sich anzuziehen und von hier zu verschwinden.« Inzwischen hatte Nola die Türen des Kleiderschrankes geöffnet. In den Fächern herrschte ein heilloses Durcheinander. In Gedanken sah sie Silvana Cassjen vor sich, die wahllos irgendwelche Klamotten aus dem Schrank riss und in eine Tasche stopfte. Nola war schönen Sachen auch nicht abgeneigt, doch der Inhalt ihres eigenen Schrankes machte nicht mal die Hälfte von Silvana Cassjens Klamotten aus, wahrscheinlich nicht mal ein Drittel.

Der appetitliche Rechtsmediziner, inzwischen neutral verpackt in einen grünen Einmaloverall, kniete neben dem Toten und schaute auf, als er Nola bemerkte. »Ich sehe nur eine Schussverletzung, keine Austrittswunde. Habt ihr die Tatwaffe gefunden?«

»Nee.« So, wie Stefan das sagte, ärgerte er sich darüber. »Das Grundstück haben wir aber noch nicht abgesucht.«

»Kann mal jemand nachschauen, ob es hier eine Nachtabsenkung der Heizung gibt und auf wie viel Grad die eingestellt ist?« Ohne eine Antwort abzuwarten, begann Valentin damit, den Toten zu entkleiden. »Die Totenstarre ist vollständig ausgeprägt. Die Totenflecke lassen sich noch gut wegdrücken.« Er suchte das Thermometer aus seinem Aluminiumkoffer, um Dr. Cassjens Körpertemperatur zu ermitteln.

»Siebzehn Grad von dreiundzwanzig Uhr bis fünf Uhr dreißig«, trompetete der Kollege, der die Heizung im Keller ausfindig gemacht hatte. »Ansonsten ist die Anlage auf einundzwanzig Grad eingestellt.«

»Okay.« Mit geschlossenen Augen begann Valentin zu rechnen, wobei er die Lippen bewegte, aber keinen Ton von sich gab. »Ich sag mal, er ist zwölf Stunden tot, vermutlicher Todeszeitpunkt gestern Abend zwischen zweiundzwanzig Uhr und Mitternacht. Nur ungefähr, ist ja klar. Der Leichnam hat die ganze Nacht hier gelegen und wurde offensichtlich nicht mehr bewegt. Schaut so aus, als hätte der Täter ihn einfach stumpf abgeknallt. Das Opfer hat möglicherweise gar nichts davon mitgekriegt. Ist zur Seite gesackt und in dieser Stellung verblieben. Tja, das Hören von lauter Musik kann tödlich enden.« Er grinste flüchtig.

»Demnach war der Schuss unmittelbar tödlich, oder?«, fragte Nola, die ihre erste Vermutung bestätigt sah.

»In jedem Fall hat er ihn so schwer verletzt, dass er nicht mehr in der Lage war, sich zu bewegen oder gar zu wehren.« Valentin erhob sich, streifte die Handschuhe ab und knüllte sie zusammen. »Alles Weitere sehen wir, wenn er im Institut liegt. Obduktion morgen früh um acht, schaffst du das?«

Sie nickte und rechnete bereits aus, dass sie um spätestens halb sieben aufstehen musste, besser noch ein bisschen eher.

»Folgendes…« Stefan, der aufmerksam zugehört hatte, stemmte die Hände in die Seiten. »Wir haben Blutspuren auf Treppe und Schlafzimmerteppich gefunden. Keine kompletten Fußabdrücke, aber jemand hat neben der Leiche gestanden und ist danach ins obere Stockwerk gegangen. Die entsprechenden Schuhe konnten wir nicht finden, vermutlich hat der Täter sie anbehalten. Ich an deiner

Stelle«, er schaute Nola direkt an, »würde davon ausgehen, dass Frau Cassjen ihren Mann erschossen hat und anschließend mit dem Baby getürmt ist.«

Ja, genau so musste man die Spurenlage deuten. Eine Frau, gefangen in einer schweren Psychose, besessen von der Idee, dass ihr Kind sich in Gefahr befand, gab eine gute Täterin ab. Aber woher stammte die Waffe? Nola hatte weder einen Safe noch einen Waffenschrank entdeckt, auch keine Patronenschachtel.

»Hier hab ich noch was für dich.« Mit einer angedeuteten Verbeugung hielt Stefan ihr zwei Plastiktüten unter die Nase. »Smartphones«, erläuterte er. »Ich nehme an, eines gehörte ihm und das andere der Frau. Sind beide passwortgeschützt.«

»Vielleicht ist ihr bekannt, dass wir sie über ihr Handy jederzeit orten können«, sagte Nola leise.

Stefan nickte und zwinkerte ihr zu. »Ich sehe, wir verstehen uns. Sie war noch in der Lage, sehr logisch und planvoll zu handeln. So durchgeknallt kann sie also gar nicht sein.«

Gut für den Kleinen, dachte Nola, war aber nicht wirklich beruhigt.

Der Tote befand sich auf dem Weg in die Rechtsmedizin. Es gab Videoaufnahmen von jedem Raum in dem Haus, sämtliche Flächen waren auf Fingerabdrücke und DNA-Spuren abgesucht, und die Spurensicherung fuhr gerade zurück ins Präsidium, von wo aus die asservierten Proben nach Hannover zum LKA geschickt werden sollten. Den gelben Yaris hatte Nola zur Fahndung ausschreiben lassen, und die Kollegen, darunter auch Renke, gingen von Haustür zu Haustür, um die Nachbarn zu befragen.

Die Hundestaffel war inzwischen eingetroffen, und die

Reaktion der Tiere ließ nur den Schluss zu, dass Frau Cassjen und der Säugling mit dem Wagen verschwunden waren. Ein Hubschrauber kreiste über Martinsfehn und hielt Ausschau nach dem gelben Yaris oder einer Frau, die irgendwo mit einem Säugling über das Land lief.

Nola suchte die Eltern des Toten auf. Sie bewohnten ein imposantes Landhaus, reetgedeckt mit weiß verputzten Außenwänden und dunkelblau gestrichenen Fensterläden. In den Fenstern standen mehrarmige Kerzenständer aus Silber und Töpfe mit kranzförmig aufgebundenem Efeu. Die breite, mit Blaubasaltsteinen gepflasterte Auffahrt, die Außenanlage, die die Hand eines Gärtners verriet, und der schmiedeeiserne Zaun mit den vergoldeten Spitzen und einem doppelflügeligen Tor zur Straße sowie der schwarze Mercedes der Oberklasse mit dem Kennzeichen LER-EL 111 zeugten von Wohlstand, genau wie das rote Cabriolet in der offenen Garage, das Nola sofort der Hausherrin zuordnete. Auf dem Grundstück nebenan stand ein rotes Backsteingebäude mit dem altmodisch verschnörkelten Schriftzug *Spirituosenwerk Cornelius C. Cassjen.*

Es klingelte. Für einen kurzen Moment kam Erich der schreckliche Gedanke, dass vor der Tür eine wilde Schar von Reportern lauern könnte, um ihn mit grellen Blitzlichtern und plumpen Fragen zu überfallen, sobald er öffnete. Unsinn, vermutlich hatte er zu viele amerikanische Filme gesehen. Woher hätte die Presse so schnell von der Tragödie erfahren sollen? Hier in Ostfriesland tickten die Uhren immer noch ein wenig langsamer als anderswo.

Sein Blick streifte Margit, die reglos vor sich hin starrte, als hätte sie nichts gehört.

»Bleib sitzen«, sagte er, als es zum dritten Mal klingelte.

Draußen stand die Kommissarin, und ihm wurde bewusst, dass er kein Jackett mehr trug und die Ärmel seines weißen Hemdes aufgekrempelt hatte, zu lässig für diese Situation. Erich hasste es, nicht angemessen gekleidet zu sein, es machte ihn unsicher. »Kommen Sie bitte herein.«

Jeder, der den dunkel gefliesten Flur betrat, war gezwungen, zuerst auf eine Glasvitrine zu schauen, die genau gegenüber der Eingangstür in die Wand eingelassen war. Ein ausgestopfter Fasan, ein Dachs, ein Fuchs und ein Steinmarder glotzten die Besucher aus toten Glasaugen an. Zudem hingen mehrere Geweihe und der plumpe, unglaublich riesige Kopf eines Wildschweines an den Wänden. Es handelte sich um Hinterlassenschaften von Margits verstorbenem Mann, die Erich absolut geschmacklos fand, geradezu widerwärtig. Doch das Haus gehörte ihr, und sie dachte nicht daran, sich von diesen Monstrositäten zu trennen. Die Kommissarin hob erstaunt die Augenbrauen, offenbar hatte sie nichts Derartiges in dem Haus erwartet, das von außen so stilvoll und gediegen wirkte.

»Der verstorbene Ehemann meiner Lebensgefährtin war passionierter Jäger«, murmelte er abwehrend, wie immer in solchen Fällen, um jegliche Verantwortung für diese protzige Zurschaustellung von Jagderfolgen von sich zu weisen, und es war ihm bewusst, was der jungen Frau jetzt durch den Kopf gehen musste, nämlich dass Cornelius C. Cassjen dieses Haus auch nach seinem Tod nicht wirklich verlassen hatte. »Wir sitzen in der Jägerstube.« Schwungvoll öffnete er die Tür auf der rechten Seite und sagte laut: »Die Polizei ist gekommen.«

Mein Gott, wie er diese verfluchte Jägerstube verabscheute, dieses Relikt aus Margits Ehe, die seit zwanzig Jahren beendet war. Ein sechseckiger Tisch, sechs Stühle mit rot karierten Kissen und eingesägten Herzen in der Rückenlehne, Regale mit Zinnbechern und künstlichen

Blumengestecken, ein kaffeebraun gefliester Boden und ein wuchtiger Kamin, der nicht mal richtig zog, sodass sie ihn nicht nutzen konnten. An den olivgrün tapezierten Wänden hingen weitere Jagdtrophäen sowie zahlreiche goldgerahmte Bilder, die immer denselben dunkelhaarigen Mann in Jägermontur zeigten, manchmal nur mit dem Gewehr in der Hand, manchmal auch mit der Waffe quer über dem Knie und einem Fuß auf seiner Beute. Cornelius C. Cassjen. Erich fand, dass etwas Verschlagenes, geradezu Gemeines in seinem Blick lauerte, bei einer persönlichen Begegnung hätte er seinem Vorgänger nicht ohne Weiteres über den Weg getraut.

Mit einer Handbewegung forderte er die Polizistin auf, sich an den Tisch zu setzen, selbst blieb er stehen und stützte seine Hände auf die Lehne des Stuhls, der dem gegenüberstand, auf dem die junge Frau Platz genommen hatte. Er vermied es, ihr in die Augen zu sehen, und richtete seine Aufmerksamkeit stattdessen auf den Tisch. Auf einem Holztablett hatte Margit eine Sammlung goldglänzender Kerzenleuchter arrangiert, nie zuvor war ihm aufgefallen, wie verblasst die dunkelbraunen Wachskerzen waren, kein Wunder, sie mussten hier seit Jahren stehen, die Dochte immer noch unversehrt. Heimelige Abende in flackerndem Kerzenschein passten nicht zu einer Frau wie ihr.

Die rothaarige Polizistin schaute sich ungeniert um, und er fragte sich, warum ihm das so unangenehm war. Dann fiel es ihm ein, die Kommissarin würde ihn jetzt für einen Waschlappen halten, für einen Versager. Er lebte seit zwölf Jahren in diesem Haus, und es war ihm nicht gelungen, die Geister der Vergangenheit zu vertreiben. Im Grunde wohnten sie hier zu dritt – Erich, Margit und Cornelius.

Die ganze Zeit verharrte Margit auf ihrem Lieblingsplatz, dem Schaukelstuhl vor dem Kamin. Ihre Hände umklammerten die Lehnen so fest, dass die Adern auf den Handrücken deutlich hervortraten. Sie blickte kurz auf, blieb aber stumm. Gleich nach ihrer Ankunft war sie in ihrem Schlafzimmer verschwunden, um sich etwas Schwarzes überzuziehen. Mit dem Kleid, ihren dunklen Haaren und den tiefschwarz umrandeten Augen erinnerte sie jetzt an ein arabisches Klageweib, fehlte nur noch, dass sie in lauten Jammergesang ausbrach, aber so weit würde seine Lebensgefährtin sich nie gehen lassen. Er konnte sich nicht erinnern, dass Margit jemals geweint hatte.

Erich löste die Finger von der Stuhllehne, machte ein paar Schritte rückwärts und stellte sich vor das Fenster, abwartend, die Hände in den Hosentaschen versenkt. Er fühlte sich unbehaglich und hätte am liebsten den Raum verlassen, doch so eine Flucht passte nicht zu dem Bild, das er von sich selbst hatte. In seinem Berufsleben musste er so manche Krise überstehen, und er würde auch das hier schaffen.

Nach einem kurzen Räuspern sprach die rothaarige Polizistin ihr Beileid aus, was bei Margit keinerlei Reaktion auslöste, nicht mal ein höfliches Danke. Sichtlich irritiert über die beinahe feindliche Stille, kam die Beamtin zum Grund Ihres Besuches. »Wie ging es Ihrer Schwiegertochter in den letzten Tagen? Wenn ich das richtig verstehe, war der Kleine tagsüber hier und seine Mutter allein zu Hause. Kam sie damit klar?«

Erich meinte, aus ihren Worten einen leisen Vorwurf herauszuhören, und musste sich eingestehen, dass die junge Frau nicht unrecht hatte. Besonders rücksichtsvoll waren sie mit Silvana nicht umgegangen.

Margit zögerte keine Sekunde mit der Antwort, und ihre Stimme klang erstaunlich kühl. »Ich habe keine Ahnung, ob das schlimm war für Silvana. Ich denke nicht. Wenn man so starke Psychopharmaka nimmt, verändert sich das Verhalten eines Menschen. Silvana war sehr still, sie hat stundenlang geschlafen, auch tagsüber, und sich kaum um Caspar gekümmert. Das musste alles mein Sohn übernehmen, neben seiner Arbeit in der Praxis. Nachts hat Silvana geschlafen wie ein Stein. Sie hat nicht mal mitbekommen, wenn Caspar sich gemeldet hat.« Vielleicht merkte sie selbst, wie lieblos das klang, denn sie beeilte sich zu versichern, dass Silvana selbstverständlich nichts für ihre Krankheit könne. »Sie *musste* diese starken Medikamente nehmen, das ist uns allen klar. Bitte glauben Sie mir, wir alle waren sehr bemüht, die Mutter-Kind-Bindung aufrechtzuerhalten. Nicht wahr?«

Auffordernd schaute sie Erich an, und er nickte brav, wenn auch nicht sonderlich enthusiastisch, weil er sich gerade fragte, was die Polizistin wohl über Margit denken mochte. Eine wirklich furchtbare Tragödie, und bei der Mutter des Toten floss keine einzige Träne, so viel Selbstbeherrschung erlebte sie bestimmt nicht oft. In Gedanken ersetzte er das Wort *Selbstbeherrschung* durch *Gefühlskälte*.

Mein Gott, merkte sie denn nicht, wie kalt und unsympathisch sie gerade rüberkam? Erich erhob seine Stimme, um die Aufmerksamkeit der Polizistin auf sich zu lenken. »Am Samstag, als wir zuletzt dort waren, hat Silvana ihn gefüttert.«

»Mit der Flasche«, grätschte Margit ihm ins Wort. »Stillen durfte sie ja nicht mehr, wegen der starken Medikamente. Hat sowieso nicht richtig geklappt.«

Wie verächtlich das wieder klang. Margit machte sich wirklich keine Gedanken über ihre Außenwirkung.

Die Rothaarige kritzelte in ihr Notizbuch. Ihre Miene

verriet nicht, was in ihr vorging. »Ich wüsste gern etwas mehr über Ihre Schwiegertochter. Hat sie Familie in der Nähe? Was ist mit ihren Eltern? Hat sie eine gute Freundin?«

»Silvana stammt aus dem Osten, Dresden, soweit ich weiß. Über den Vater wissen wir nichts, zur Mutter besteht kein Kontakt mehr. Silvana hat sie nicht mal zur Hochzeit eingeladen. Es gibt eine Schwester, soweit mir bekannt ist, die beiden sind ebenfalls zerstritten.« Margit steckte zwei Finger in den Ausschnitt ihrer Bluse und zerrte ihn nach vorn, als bekäme sie keine Luft mehr. »Über ihre Kindheit hat sie nicht viel erzählt. Nur, dass sie oft und gern bei ihrer Großmutter war, die lebt aber nicht mehr.«

»Vielleicht ist in ihrer Kindheit etwas vorgefallen, über das man nicht gern spricht«, sagte Erich vorsichtig.

»Haben Sie nie danach gefragt?« Natürlich fand die Polizistin das seltsam. Er verstand jetzt auch nicht mehr, weshalb sie nie über Silvanas Vergangenheit gesprochen hatten. Nach außen boten sie wahrlich nicht das Bild einer heilen Familie.

Bevor er antworten konnte, riss Margit das Gespräch erneut an sich. »Nein. So nah standen wir uns nicht. Ich weiß auch gar nicht, wie mein Lebensgefährte darauf kommt.« Sie bedachte ihn mit einem missbilligenden Blick. »Es gibt keinerlei Anhaltspunkte dafür. Silvana war einfach ein verschlossener Mensch. So etwas gibt es doch.«

Die Beamtin schaute überrascht hoch. »Sie kennen weder die Familie, noch haben Sie mit Ihrer Schwiegertochter über ihre Kindheit und Jugend gesprochen. Merkwürdig.«

»Für Sie vielleicht. Andere finden das normal«, erklärte Margit beleidigt. »Jede Familie ist anders.«

Darauf ging die Kommissarin nicht ein. »Wir haben eine

Bibel gefunden, mit einer Widmung ihrer Großmutter. Es sieht aus, als hätte Ihre Schwiegertochter oft darin gelesen.«

»Eine Bibel?« Hoffentlich bildete Erich sich nur ein, dass Margit sich mühsam das Lachen verkniff. »War dir bekannt, dass Silvana in der Bibel liest?« Die Frage war rein rhetorischer Natur, sie ließ ihm nicht mal die Zeit, zu antworten. »Nein«, sagte sie gedehnt. »Das ist mir völlig neu. Sie war allerdings mal Mitglied im Kirchenchor Martinsfehn. Aber nicht lange und ganz bestimmt nicht aus religiösen Gründen. Sie hat einfach gern gesungen, war aber schnell gelangweilt.«

»Wirkte sie in den letzten Tagen…« Die Polizistin zögerte, sprach es dann aber doch aus. »Aggressiv? Könnten Sie sich vorstellen, dass Ihre Schwiegertochter wütend war auf Ihren Sohn, weil man ihr den Kleinen entzogen hat?«

»Entzogen? Na, hören Sie mal, Silvana war nicht in der Lage, sich verlässlich um ihr Kind zu kümmern. Sie waren doch selbst dabei, als sie Caspar im Schuppen der Nachbarn versteckt hat«, empörte sich Margit. Sie begann, wild mit dem Stuhl vor- und zurückzuschaukeln, offenbar brauchte sie ein Ventil für ihren aufgeflammten Zorn. »Er hätte dort verhungern können!«, zeterte sie und holte noch mehr Schwung. »Wir reden hier von einem hilflosen Säugling!« Das quietschende Geräusch, das beim Schaukeln entstand, untermalte jedes ihrer Worte.

Die Polizistin ließ sich nicht aus der Ruhe bringen. »Das sagt nichts aus über die Gedanken Ihrer Schwiegertochter, was sie gefühlt hat, wie das Ganze bei ihr angekommen ist.«

Erich hielt es nicht mehr aus. Er stellte sich hinter den Schaukelstuhl und stoppte ihn, indem er die Rückenlehne mit beiden Händen umklammerte. »Entschuldige, Margit, aber das macht mich jetzt wahnsinnig.« Dann wandte er sich an die Kommissarin. »Nein, Silvana war nicht wütend. Absolut nicht. Sie wirkte sehr gleichgültig, ist rumgelaufen wie ferngesteuert. Ich denke, das lag an den Medikamenten.«

»Wissen Sie, ob es in dem Haus eine Waffe gibt?«

»Dazu kann ich nichts sagen. Von einer Waffe ist mir nichts bekannt. Margit?«

»Ich weiß es nicht. Als sehr junger Mann hat Cord seinen Vater auf die Jagd begleitet, aber es hat ihm nicht viel gegeben. Er war nicht dieser Typ Mann.«

Mit anderen Worten, sie hielt ihren verstorbenen Sohn für einen Schwächling. Margit hatte sehr viel übrig für Männer, die mit Waffen hantierten. Am Anfang ihrer Beziehung hatte sie Erich bestürmt, einen Waffenschein zu machen und Cornelius Jagdpacht zu übernehmen, doch er hatte sich erfolgreich dagegen gewehrt. Nichts lag ihm ferner, als seinem Vorgänger nachzueifern. Diesen Kampf konnte er nur verlieren.

»Andererseits ist Cord im Alter von achtzehn Jahren hier ausgezogen«, fuhr Margit fort. »Internat, Abitur, Studium, danach die Jahre in Celle, wo er als Assistenzarzt tätig war. Theoretisch kann er sich eine Waffe gekauft haben. Ja, warum nicht? Schießen konnte er durchaus, wenn auch nicht so gut wie sein Vater. Ich habe keine Ahnung.«

»Und Ihre Schwiegertochter? Besteht da ein Bezug zu Waffen?«

»Silvana?« Erich lachte leise, auch wenn das fehl am Platz sein mochte. »Wozu sollte eine vierundzwanzigjährige Frau, fast noch ein Mädchen, eine Waffe benötigen?«

»Wie schon gesagt, so gut kennen wir Silvana nicht«, fiel Margit ihm ins Wort. Es klang verärgert, und Erich wusste nicht so recht, ob ihr Zorn den Fragen der Kommissarin galt oder seiner Person, vermutlich beiden.

»Wie würden Sie den Zustand der Ehe bezeichnen?«

»Gut, sehr gut«, versicherte Margit sofort. »Die beiden waren gerade mal zwei Jahre verheiratet. Da ist man noch richtig verliebt. Er wenigstens. Sie hoffentlich auch.«

Erich dachte darüber nach zu widersprechen, überlegte es sich jedoch anders. Als die Polizistin ihn auffordernd anschaute, sagte er: »Ja, wirklich gut«, merkte aber, dass es wenig überzeugend klang.

»Hatte Ihr Sohn Feinde, Leute, die nicht gut auf ihn zu sprechen waren, irgendwen, den er in der Vergangenheit…«

»Ich verstehe den Sinn Ihrer Fragen nicht!« Mit einer heftigen Bewegung sprang Margit aus dem Stuhl und baute sich vor der Kommissarin auf, breitbeinig und beide Hände in die Seiten gestemmt. »Es ist doch wohl offensichtlich, dass Silvana für die Tat verantwortlich ist. Sollten Sie sich nicht darauf konzentrieren, meinen Enkelsohn zu finden? Caspar befindet sich in allerhöchster Gefahr! Er ist gerade mal dreizehn Tage alt, dreizehn Tage! Ich verlange, dass Sie alles Menschenmögliche unternehmen, um ihn aus den Fängen dieser Verrückten zu befreien!« Ihre Stimme war laut und unangenehm kreischend geworden, und als Erich sie beruhigen wollte, schlug sie seine Hand weg, was der Polizistin ein erstauntes »Huch« entlockte.

»Wir stehen noch ganz am Anfang mit unseren Ermittlungen. Ihre Schwiegertochter ist zurzeit unsere Hauptverdächtige, das ist richtig, allerdings gibt es vorerst keinen zwingenden Beweis für ihre Schuld. Wir haben weder einen Tresor noch einen Waffenschrank oder Munition im Haus gefunden, und ich kann mir kaum vorstellen, dass Ihr Sohn eine Waffe einfach in der Nachttischschublade aufbewahren würde. Deshalb müssen wir in diesem frühen Stadium der Ermittlungen alle Möglichkeiten in Betracht ziehen«, erklärte die junge Frau mit bewundernswerter Ruhe. »Also, hatte Ihr Sohn Feinde?«

»Nein«, sagte Erich schnell, bevor Margit sich ein weiteres Mal ereifern konnte. »Soweit wir wissen, nicht. Ich fürchte, wir können Ihnen nicht weiterhelfen. Für uns als Laien scheint es klar zu sein, dass Silvana für die Tat verantwortlich ist. Ich erkenne allerdings Ihr Problem mit der Waffe.«

Mit einer ärgerlichen Handbewegung brachte Margit ihn zum Schweigen. »Dieses Gerede bringt doch keinen weiter. Wir als Großeltern sorgen uns einzig um Caspar. Schließlich ist er alles, was uns von Cord geblieben ist. Ich erwarte, dass Sie sich darauf konzentrieren, meinen Enkelsohn zu finden. Weit kann Silvana ja noch nicht sein.«

»Wir tun unser Möglichstes. In diesem Zusammenhang muss ich auch die Frage stellen, wo Sie gestern Abend zwischen zweiundzwanzig Uhr und Mitternacht waren.«

Brennende Röte schoss in Margits Wangen. »Zu Hause«, zischte sie. »Wir haben ferngesehen. Sie wollen ja wohl nicht andeuten, dass wir als Täter infrage kommen.«

Reiß dich zusammen, hätte er am liebsten gesagt, *die Frau macht doch nur ihre Arbeit.* Aber dann sah er, dass die Polizistin keine Unterstützung nötig hatte.

Sie bedachte Margit mit einem Blick, in dem unverhohlene Ablehnung lag, und erklärte kühl, dass sie gar nichts andeuten wollte. »Ich mache hier nur meine Arbeit.« Wenig später verabschiedete sie sich, und Erich war klar, dass sie sich alles andere als sympathisch präsentiert hatten, und genauso klar war es ihm, dass es keinen Sinn machte, Margit darauf anzusprechen, nicht heute.

»Endlich. Müssen wir uns das gefallen lassen?« Margit war ehrlich empört. »Sie hat uns behandelt, als ob wir Schwerverbrecher wären!« Ihr Zorn schien sich auf die junge Frau zu konzentrieren, wie er erleichtert feststellte.

»Das darfst du nicht persönlich nehmen, sie macht einfach ihre Arbeit. Rein statistisch werden die meisten Gewaltverbrechen innerhalb der Familie begangen.«

»Hör auf, mich ständig zu belehren. Das ist ja widerlich«, kanzelte Margit ihn ab. »Ich brauch jetzt was Starkes. Du sicher auch.«

Etwas Starkes. Damit meinte sie ein Glas von dem Schnaps, der sie reich gemacht hatte, *Fehnbrand*. Erich selbst rührte den Kräuterlikör aus Prinzip nicht an. Das Teufelszeug brannte im Hals, und wenn er sich darüber beschwerte, wollte er keineswegs Margit ärgern, wie sie es ihm unterstellte. Nein, es war seine ehrliche Meinung. Erich bevorzugte guten französischen Cognac, etwa den *Pitaud*, den er vorgestern aus Oldenburg mitgebracht hatte. Und ja, vielleicht wollte er damit, dass er demonstrativ bei seinem geliebten Cognac blieb, auch deutlich machen, dass Welten lagen zwischen Margits Kräuterschnaps und diesem göttlichen Getränk, in dem die Aromen des Südens mit dem Wissen vieler Generationen über Jahre zu einer unvergleichlichen Geschmackskomposition herangereift waren.

»Bleib sitzen, ich hol uns was.«

Margit nickte, sie hatte nichts anderes erwartet.

Nachdem er Flaschen und Gläser geholt und eingeschenkt hatte, griff sie nach dem Glas mit dem Aufdruck *Fehnbrand* und hielt ihr brennendes Feuerzeug dagegen. Daran, dass ihre Hand zitterte, sah er, dass sie sich immer noch nicht beruhigt hatte. Blaue Flammen züngelten über die Oberfläche, die nach exakt einer Minute mit einem Kupferpfännchen, das genau auf die Öffnung des Glases passte, gelöscht werden mussten. Eine lächerliche Prozedur, für die die Firma Cassjen sogar Sanduhren anbot, die für ein paar Cent in Asien hergestellt und hier für ein Vielfaches verkauft wurden. Erich konzentrierte sich lieber auf das Glas mit dem *Pitaud*, das er sanft schwenkte, damit das Aroma sich besser entfalten konnte.

Als könnte sie seine Gedanken lesen, fauchte Margit: »Du müsstest dich mal sehen.« Dann ahmte sie seine kreisenden Handbewegungen nach, natürlich vollkommen übertrieben. Als die Minute um war, presste sie die winzige Kupferpfanne auf das Glas, um das blaue Leuchten zu ersticken. Sie holte tief Luft, als müsste sie sich zum Trinken zwingen, was gewiss nicht der Fall war, und kippte den *Fehnbrand* auf einmal runter. »Noch einen«, verlangte sie. »Ich brauche das jetzt.« Nach dem dritten Glas wurde ihre Stimme weinerlich. »Die Polizei wird sie doch finden, oder? So schwer kann das ja nicht sein. Eine Verrückte mit einem Baby in einem knallgelben Auto. Wo sollen die sich denn hier verstecken? Die fallen doch überall auf!«

»Sicher«, sagte er, ohne es ernst zu meinen. Er schenkte ihr einen weiteren Schnaps ein, besser, sie betrank sich, als dass sie in Tränen ausbrach.

Die einzigen Zeugen, die die Kollegen auftreiben konnten, hatten nichts gesehen, dafür aber etwas gehört. Es handelte sich um das Ehepaar Weber, in deren Gartenhaus Silvana Cassjen den Säugling versteckt hatte. Nach Nolas Schätzung dürften beide Mitte bis Ende sechzig sein. Sie konnte sich gut vorstellen, wie das Ehepaar in Kniebundhosen und Wanderschuhen eisern einen Berg hochstapfte, die Frau voran.

Sie deutete auf zwei freie Stühle. »Nehmen Sie doch

Platz. Mein Kollege sagt, dass Sie in der letzten Nacht etwas beobachtet haben.«

»Gehört«, verbesserte Frau Weber sofort. Sie trug ein dunkelgrünes Lodenkostüm mit Hornknöpfen, darunter eine rot karierte Bluse und bequeme Schnürschuhe, und sie hätte wunderbar in Margit Cassjens Jägerstube gepasst. »Wir haben etwas gehört, einen Knall. Peng. Um dreiundzwanzig Uhr dreißig.« Sie ließ eine kleine Pause, dann hob sie den Zeigefinger, offenbar kam jetzt etwas Wichtiges. »Ich hab das extra noch mal in der Fernsehzeitung nachgeschaut. Wir haben zuerst den *Tatort* angeschaut und danach den Mankell im Zweiten. Mein Mann wollte gerade den Fernsehapparat ausschalten, als es knallte.« Ruckartig drehte sie den Kopf zur Seite und warf ihrem Gatten einen vorwurfsvollen Blick zu. »Eine Fehlzündung, hast du gesagt.«

Sein resigniertes Nicken machte deutlich, dass er diesen Vorwurf nicht zum ersten Mal hörte. »Das hab ich ja auch geglaubt, ein Fehler, tut mir leid, wer stellt sich denn vor, dass im Nachbarhaus jemand erschossen wird?« Hilfe suchend schaute er Nola an, er hatte braune Augen, dichtes graues Haar, das zu einer militärischen Bürste geschnitten war, und schiefe, etwas gelbliche Zähne.

»Und danach haben Sie nichts mehr gehört? Ein Auto vielleicht? Frau Cassjen ist mit ihrem Wagen verschwunden.«

»Nein«, sagte die Frau, ohne zu überlegen. »Mein Mann sowieso nicht. Der schläft ja ein, sobald sein Kopf auf dem Kissen liegt. Ich brauche meist eine Weile, bis ich zur Ruhe komme. Um kurz vor halb zwei hab ich noch auf den Wecker geschaut, das weiß ich genau, weil ich mich geärgert habe, dass ich mal wieder nicht einschlafen konnte. Bis dahin ist Silvana nicht weggefahren. Das hätte ich auf jeden Fall gehört. Ihr Garagentor quietscht nämlich ganz fürchterlich beim Hochfahren. Ich habe ihr schon ein paarmal gesagt, dass sie das Tor endlich schmieren lassen soll. *Ich kümmere mich darum*, hat sie versprochen, zweimal sogar, aber passiert ist nichts.« Ihr Tonfall ließ keinen Zweifel daran, wie sie über ihre Nachbarin dachte.

Wenn es stimmte, was die Frau behauptete, hatte Silvana Cassjen es keineswegs eilig gehabt, das Haus zu verlassen. Von halb zwölf bis halb zwei waren es zwei Stunden. Das schien nicht zu dem Szenario am Tatort zu passen, wo die durchwühlten Schränke und Kommoden auf große Hektik hindeuteten.

»Können Sie mir etwas über Frau Cassjen erzählen? Was für einen Eindruck hatten Sie von der Ehe?«

Frau Weber zögerte nicht eine Sekunde mit der Antwort, als hätte sie die ganze Zeit nur auf diese Frage gewartet. »Sie haben sich oft gestritten. Wegen Geld. Außerdem war er eifersüchtig, sehr zu Recht, wenn Sie mich fragen.«

Ihr Mann nickte eifrig und mit weit aufgerissenen Augen. »Die haben sich manchmal angebrüllt, dass man bei uns jedes Wort verstehen konnte. So etwas wie Rücksicht war denen fremd.«

»Er war also eifersüchtig«, stellte Nola fest.

»Kein Wunder, die Frau läuft ja rum wie …« Herr Weber brach ab und blickte seine Frau Hilfe suchend an.

Die war nur zu gern bereit, ins Detail zu gehen. »Nicht wie eine Arztfrau, wollte mein Mann damit sagen. Röcke, die kaum den Allerwertesten bedecken, knallenge Hosen, wo sich alles, wirklich *alles* abzeichnet, und obenrum so gut wie nichts. Die hat ihn doch überall blamiert.« Frau Weber errötete, als wäre ihr gerade erst eingefallen, wo sie sich befand. »Na ja«, lenkte sie ein. »In der Schwangerschaft natürlich nicht mehr. Da musste sie ja wohl oder übel Umstandskleidung tragen.« Sie legte den Kopf schief und überlegte. »Falls man das so nennen will. Aber das ist heutzutage wohl so üblich, da wird nichts mehr kaschiert wie zu unserer Zeit, ganz im Gegenteil. Aber im Grunde kennen wir die Cassjens kaum. Und ich kann nicht behaupten, dass wir sie sonderlich mögen. Frau Doktor!« Sie lachte verächtlich. »So hat sie sich gern vorgestellt. Frau Dr. Cassjen. Er hat ja wohl studiert und nicht sie, oder?«

Nola nickte. »Wann haben Sie Frau Cassjen zuletzt gesehen?«

»Das weiß ich nicht mehr so genau, auf jeden Fall war es vor der Geburt.« Jetzt beugte sie sich vor. »Stimmt es, dass sie ihn erschossen hat? Wir fragen uns ja, ob die Frau überhaupt zurechnungsfähig ist. Ich meine, dass sie den Kleinen bei uns versteckt hat, lässt doch vermuten …«

Nola erklärte, dass sie darüber keine Auskunft geben könnte, was Frau Weber sichtlich enttäuschte.

»Der arme Kleine«, sagte die Frau zum Abschied. »Kann ja nichts dafür. Ich hoffe, dass sie ihn rechtzeitig finden.«

Rechtzeitig. Das Wort verfolgte Nola seit Stunden.

Das Telefon klingelte, und Erich gelang es, vor Margit den Apparat zu erreichen. »Loening.«

»Ach, trifft man dich auch mal zu Hause an. Ich dachte schon, du hast dich auf die Kanaren abgesetzt. Falls du den Flug noch bezahlen kannst, ohne Margit anzupumpen.« Gerhards Stimme triefte vor Sarkasmus. »Hör mal zu, Alter, hier steht die Uhr auf fünf vor zwölf. Wenn du nicht endlich mit Margit redest, werde ich das übernehmen. Und es ist mir scheißegal, ob bei euch anschließend der Haussegen schief hängt oder nicht. Wenn du nicht binnen zwei Wochen die Kohle besorgst, sind wir beide fertig. Fix und fertig, kapiert? Hier steht eine Revision an, und wenn ich die Gelder bis dahin nicht zurückgebucht habe, kann ich meinen Hut nehmen.« Gerhards trockenes Husten erinnerte Erich an eine Gewehrsalve. »Falls es wirklich dazu kommt, gehst du mit mir unter, darauf kannst du Gift nehmen. Vorteilsannahme im Amt, du kannst ja schon mal googeln, was dich erwartet. Hab von einem ähnlichen Fall im Emsland gelesen, wo anschließend die Pensionsansprüche weg waren.«

Für einen Moment meinte Erich zu spüren, dass die beiden Stents sich wie zwei nadelspitze Dolche in sein Herz bohrten. Ja, er hatte von dem korrupten Landrat gehört, dem man seine Pensionsansprüche bis auf ein Minimum zusammengestrichen hatte. Jeder hatte davon gehört, und manch einem mochte das Herz in die Hose gerutscht sein. Solch ein hohes Amt bedeutete nun einmal Macht, und seiner Meinung nach war jeder seiner Amtskollegen schon mal der Versuchung erlegen, für einen guten Bekannten Dinge möglich zu machen, die offiziell nicht möglich waren. Ein kostenloser Urlaub auf Kreta im Haus des großen Bauunternehmers gegen die Genehmigung, ein Stockwerk höher zu bauen, als die Bauordnung es zuließ.

Er griff sich an die Kehle und holte tief Luft. »Hör zu. Heute Morgen hat jemand Cord erschossen. Silvana und der Junge sind verschwunden. Die Polizei geht bei uns ein und aus. Ich kann jetzt nicht reden, aber ich verspreche dir …«

Das Letzte, was er hörte, war hysterisches Gelächter, dann legte Gerhard Giese auf.

»Gestern Abend gegen halb zwölf«, flüsterte Tineke. »Stell dir bloß mal vor, du wärst bei ihnen vorbeigelaufen und hättest alles beobachtet.«

Unwillig verzog Alexander das Gesicht. Sein linkes Augenlid begann zu zucken »Warum sollte ich dort vorbeilaufen? Das ist doch Quatsch. Außerdem war ich um diese Zeit schon wieder zurück.« Er drückte einen flüchtigen Kuss auf ihre Wange. »Aber das weißt du ja nicht, du hast ja schon tief und fest geschlafen. Leider«, fügte er noch hinzu.

Seit er im letzten Jahr am *Ossiloop* teilgenommen hatte, einer Laufveranstaltung unter dem Motto *Von Leer bis ans Meer*, hatte Alexander der Laufvirus gepackt. Als nächstes Ziel war ein Städtemarathon im Herbst anvisiert, und er trainierte dafür eisern dreimal die Woche, notfalls, so wie gestern, auch abends im Dunkeln mit Reflektoren am Trikot, damit ihn kein Autofahrer übersehen konnte.

»Ich mein ja nur. Es ist so schrecklich.« Sie warf sich in seine Arme, und er hielt sie ganz fest, genau so, wie sie es jetzt brauchte. Normalerweise arbeitete Alexander bis achtzehn Uhr, manchmal noch länger, und dann brauchte er noch fünfundvierzig Minuten für die Fahrt von Oldenburg nach Martinsfehn. Deshalb sahen sie sich unter der Woche nur selten. Als er von der Tragödie gehört hatte, war er sofort gekommen, um sie zu trösten, er hatte sogar den Besuch eines Klienten verschoben, und gleich würde er sie zu Margit und Erich begleiten, dafür war sie ihm besonders dankbar.

»Mein armes Bienchen, das muss furchtbar für dich sein. Was hat die Polizei denn rausgefunden?«

»Dass sie ihn erschossen hat und sich mit Caspar auf der Flucht befindet, in ihrem Wagen.« Sie hob den Kopf. »Das hätte ich Silvana nie zugetraut, ehrlich.«

»So gut kennst du sie doch gar nicht.« Er pustete eine Strähne aus ihrer Stirn und presste seine Lippen auf ihren Mund, geradeso, als wollte er sie am Weiterreden hindern.

»Bleibst du heute Nacht hier und hältst mich bitte einfach nur ganz fest, bis morgen früh?«

Tineke wollte nicht betteln, wirklich nicht, sie wollte eine starke Frau sein, genauso wie Margit, nur mit ein wenig mehr Herz, doch gerade wusste sie nicht, wie sie das anstellen sollte. Heute Abend fühlte sie sich schrecklich klein und verloren. Dabei hatte sie Cord nicht mal sonderlich gut leiden können, und all ihre Bemühungen, so etwas wie Normalität in ihre Beziehung zu bringen, waren an seiner sturen Borniertheit gescheitert. Cord hatte sie und vor allem ihre Eltern als Erbschleicher betrachtet, und Tineke hatte keinen Weg gefunden, ihn von dieser Meinung abzubringen.

»Ich kann nicht bleiben, Süße. Ich muss morgen vor Gericht stehen und vorher noch mal die Akten durchsehen, die zu Hause auf meinem Schreibtisch liegen. Tut mir leid, aber wenn das Treffen bei deiner Tante vorbei ist, muss ich zurückfahren.«

So ging es seit über einem Jahr, zwei junge Menschen, die viel Zeit in ihren Beruf investierten und wenig in ihr Privatleben. Alexander versuchte gerade, sich als Juniorpartner in der Anwaltskanzlei seines Vaters, einem überregional bekannten Strafverteidiger, zu bewähren, und er nahm diese Herausforderung sehr ernst. Wenn ein Gerichtstermin anstand, bereitete er sich penibel vor, und dafür, das hatte sie inzwischen gelernt, benötigte er absolute Ruhe. Zum Ausgleich für die Schreibtischarbeit hielt er sich geradezu verbissen an seinen Trainingsplan, so wie gestern, als er gegen zehn noch mal seine Laufschuhe angezogen hatte, weil er meinte, sonst nicht schlafen zu können, während sie selbst sich einen Kuschelabend im Bett gewünscht hätte. Aus lauter Enttäuschung war sie allein ins Bett gegangen und ziemlich schnell eingeschlafen, obwohl sie auf ihn warten wollte.

Am liebsten wäre sie mit ihm nach Oldenburg gefahren. Es hätte ihr schon genügt, sich still neben ihn zu setzen und ihn anzuschauen. Aber das mochte er nicht, es machte ihn nervös. *Vielleicht später*, sagte er immer, *wenn ich routinierter bin.*

»Ich schaff das«, murmelte sie. »Mach dir keine Gedanken.«

»Morgen«, versprach er. »Morgen komm ich direkt nach der Verhandlung her, und ich bleibe auch über Nacht.«

Eine leise Stimme in ihrem Hinterkopf fragte, warum er die Unterlagen nicht mitgebracht hatte, doch sie brachte sie zum Schweigen, sie wollte nicht näher darüber nachdenken. Noch mehr Kummer konnte sie heute Abend wirklich nicht ertragen.

Wie so oft vor dem Einschlafen dachte Philipp an Dustin. Dustin brauchte nicht um sieben im Bett zu liegen, er musste auch nicht jeden zweiten Abend duschen, und wenn es stimmte, was er sagte, und daran zweifelte Philipp nicht eine Sekunde, putzte sein Freund auch niemals seine Zähne. Bei Dustin zu Hause gab es Sachen zu essen, die bei Philipp streng verboten waren, Bonbons ohne Ende, zum Abendbrot Nutella oder Pommes und Cheeseburger vom Imbiss. Dustin brauchte seinen Teller nicht leer zu essen, seine Mama schaute nie seine Hausaufgaben nach, und wenn die Lehrerin traurige Gesichter in sein Schreibheft malte, schimpfte Yvonne auf die Lehrerin und nicht auf ihren Sohn. Insgeheim fand Philipp, dass Yvonne gar keine richtige Mutter war. Sie war ein Mädchen, das sich die Haare rosa färbte und den ganzen Tag laute Musik hörte. Sie räumte nie auf, und Dustin brauchte das auch nicht. Das fand Philipp, der jeden Abend sein Spielzeug in die dafür vorgesehenen Kisten sortieren musste, ganz besonders cool. Der Teppich in Dustins Zimmer war mit einer Schicht aus Legosteinen, Matchboxautos und Turtles-Figuren bedeckt. Manchmal trat er etwas kaputt, aus Versehen, dann sagte er nur: »Scheißegal«, und niemand regte sich darüber auf.

Bei Dustin zu Hause gab es keinen Vater, nur Yvonne und drei Ratten, eine schwarze, eine graue und eine gefleckte. Die schwarze hieß Dr. Snuggles, die anderen Namen konnte Philipp sich nicht merken, sie klangen für ihn chinesisch. In der Wohnung roch es komisch, nach Rattenpipi, aber das fand er nicht schlimm. Zu Hause roch es auch manchmal komisch, nach dem Zeug aus der grünen Flasche, das seine Mutter ins Wasser kippte, bevor sie die Böden wischte. Oder nach dieser Plastikbox, die man in die Steckdose stecken musste, damit es überall nach Parfüm duftete, was Philipp ziemlich eklig fand.

Noch ekliger fand er, dass der Geruch an seinen Sachen haften blieb. Einmal hatte Dustin an seinem Pullover geschnuppert und gemeint, er würde riechen wie ein Mädchen. Da hatte Philipp sich ziemlich doll geschämt.

Für ihn war Dustin der coolste Junge aus seiner Klasse, er konnte sich keinen besseren Freund vorstellen. Leider behaupteten seine Eltern, dass Dustin kein Umgang für ihn sei. Seine Mutter hatte in der Schule durchgesetzt, dass er nicht mehr neben Dustin sitzen durfte. Seit zwei Monaten war Felix sein Platznachbar. Felix, der sich die ganze Zeit am Knie kratzte oder auf seinem Lineal herumkaute, das an einem Ende schon gar keine Farbe mehr hatte. Philipp kapierte nicht, warum Felix kein schlechter Umgang war.

Er wusste nur, dass Dustin seit zwei Monaten kein Wort mehr mit ihm sprach. Er verbrachte die Pausen jetzt mit Jonas. Bestimmt hatte er ihm auch schon das Haus hinter dem alten Betonwerk gezeigt und die beiden Leute, den Mann und die Frau, die sich dort jeden Dienstag trafen.

Die Aasgeier hatten sich eingefunden. Cornelius hätte euch alle vor die Tür gesetzt, dachte Ocko und musterte die Leute, die sich um den Tisch versammelt hatten. Foline und Henk, den alle nur den Holländer nannten, saßen neben Tineke, ihrer Tochter, die ihren blassen Freund mitgebracht hatte. Daneben Anja und Ruth, Margits beste Freundinnen. Anja war ohne ihren Ehemann gekommen und Ruth lebte allein. Dann waren noch Gerhard Giese, der Sparkassenleiter, und seine ewig grinsende Frau Jutta erschienen.

Eine komische Sache war da passiert, Ocko konnte es noch gar nicht fassen. Silvana hatte Cord umgebracht, und dann war sie mit dem Kleinen abgehauen, mit Margits Goldschatz. Und jetzt waren alle am Durchdrehen. Margit brüllte neuerdings im Haus herum wie eine Irre. Der Landrat war vorhin sogar geflüchtet. Er hatte die Tür hinter sich zugeknallt wie ein echter Kerl. Peng. Inzwischen war er zurück, handzahm wie immer.

Ausnahmsweise hatte Margit in der großen Stube gedeckt. Es gab kalte Platten, die sie beim Schlachter bestellt hatte. Solche Köstlichkeiten konnte Ocko sich normalerweise nicht leisten, er freute sich schon, besonders beim Anblick der Schnittchen mit Mett und Schinken lief ihm das Wasser im Mund zusammen. Noch mehr freute er sich über die vier Flaschen *Fehnbrand,* die mitten auf dem Tisch standen, daneben Bier und für die Weicheier Sprudel. Da keiner den Anfang machte, wagte Ocko nicht, nach einem Schnittchen zu greifen, obwohl er wirklich hungrig war. Verstohlen schaute er sich um, alle anwesenden Frauen waren dunkel gekleidet, dunkel, aber nicht so vornehm, wie es sich seiner Meinung nach gehören würde. Seine Mutter hatte zu solchen Anlässen einen schwarzen Filzhut aufgesetzt und ihr Beerdigungskleid angezogen, der Stoff war ganz glatt und rauschte leise, wenn sie sich bewegte. Heutzutage waren solche Hüte aus der Mode, und Frauen in schönen Kleidern sah man auch nicht mehr.

Vor allem Foline schaute wieder unmöglich aus. Sie trug eine Hose, die schwarz war, aber schmuddelig und so lang, dass der Saum über den Boden schlurfte, dazu einen dunkelgrauen, verfilzten Pullover, der genauso gut Henk gehören konnte. Der Holländer hatte sich nicht extra in Schale geworfen, der war wenigstens ehrlich. Ocko hatte sich auch nicht umgezogen, was nicht hieß, dass er nicht um Cord trauerte. Immerhin hatte er den Jungen praktisch vom ersten Tag an gekannt, wenn auch nicht sonderlich gemocht. Der arme Cord hatte nie wirklich in diese Welt gepasst, genau wie seine Mutter, und nun war er wieder gegangen. Ein kurzer Besuch auf Erden. Keiner aus der Familie war alt geworden, weder Eske noch Cornelius und auch nicht ihr gemeinsamer Sohn. Irgendwie traurig.

Ocko fragte sich, ob hier jemand am Tisch saß, der Cord wirklich gerngehabt hatte. Margit schon mal nicht, Foline und der Holländer auch nicht, obwohl sie jetzt so taten. Tineke vielleicht, die mochte jeden, das war so ihre Art. Neben ihr saß ihr komischer Freund, dieser Anwalt aus Oldenburg. Seine Miene drückte aus, dass er sich unwohl fühlte, fehl am Platz, und damit lag er in Ockos Augen auch richtig. Einer, der seinem Mädchen keinen Ring auf den Finger steckte, gehörte gar nicht zur Familie. Genau dasselbe traf auf den Landrat zu. Dem musste man allerdings zugutehalten, dass Margit keine zweite Ehe eingehen wollte, ums Verrecken nicht. Tineke dagegen träumte wie jedes junge Mädchen von einem weißen Brautkleid, davon war Ocko überzeugt, und er kapierte nicht, weshalb der Anwalt sie zappeln ließ.

Margits Freundinnen taten so, als wären sie tief betroffen. Ruth rieb ständig an ihren Augen herum, die waren schon ganz rot davon. Alles nur Getue, davon war er überzeugt, die hatten Cord doch gar nicht richtig gekannt. Über den Sparkassenleiter und seine Grinsefrau konnte er nichts sagen, das waren Freunde vom Landrat, über die er nicht viel wusste. Aber weshalb hätten die beiden Cord mögen sollen, wo der Landrat ihn doch selbst nicht ausstehen konnte? Allerdings sah der Sparkassenleiter reichlich blass aus um die Nase. Manche Leute konnten nicht umgehen mit dem Tod, dabei gehörte er zum Leben dazu, und niemand konnte davor weglaufen.

Inzwischen hatte Margit eine Runde *Fehnbrand* ausgeschenkt, für alle, sogar für Tineke, egal, wie sie sich zierte, und Ocko fand, dass sie recht damit hatte. Das waren sie Cornelius schuldig, jetzt, da sein einziger Sohn nicht mehr war. Mit versteinerter Miene ging Margit rum und entzündete den Alkohol in den Gläsern. Ohne auf die Uhr zu schauen, löschte sie die Flammen nach exakt einer Minute mit dem dafür vorgesehenen Kupferpfännchen.

Wieder an ihrem Platz angekommen, erhob sie ihr Glas. »Auf Cornelius. Dieser Tag hätte dir nicht gefallen.« Sie leerte den Inhalt mit einem Zug und knallte das Glas so heftig auf die Tischplatte, dass der Landrat zusammenzuckte. Erneut füllte sie die Gläser, bis auf das von Tineke, die nur genippt hatte. Diesmal wurde auf den kleinen Caspar getrunken. »Die Polizei wird ihn finden. Sie müssen ihn einfach finden. Ich bin nicht bereit, etwas anderes zu glauben.« Die Art, wie sie das sagte, so felsenfest überzeugt, fand Ocko ein bisschen unheimlich, oder lag das komische Gefühl in seinem Bauch an Margits glühendem Blick? So hatte sie früher ausgesehen, wenn sie sich mit Cornelius gestritten hatte, was allerdings höchst selten vorgekommen war. Wenn Margit so aussah, ging man ihr besser aus dem Weg.

»Hoffentlich behältst du recht«, murmelte Tineke und nuckelte ein bisschen an ihrem Glas.

Mensch, Mädchen, sei doch nicht immer so zimperlich, dachte Ocko. *Du willst doch die Fabrik erben, da musst du auch mal einen Schnaps vertragen.*

Ohne lange zu fragen, schenkte Margit eine weitere Runde *Fehnbrand* aus. Dieses Mal hielt nicht nur Tineke die Hand über das Glas, sondern auch der Landrat und die Frau vom Sparkassenleiter. Tinekes Freund stellte sich nicht so an, aber Ocko hatte den Knaben durchschaut. Er würde einfach nichts mehr trinken, und in ein volles Glas passte nichts mehr rein. Anja schielte die ganze Zeit auf die Frikadellen, sie konnte es wohl nicht erwarten, sich den Bauch vollzuschlagen. Ruth interessierte sich mehr für den Landrat. Ihre schmachtenden Blicke waren Ocko schon häufiger aufgefallen, und er wunderte sich, dass Margit nichts dazu sagte. Der Landrat schien nichts davon zu merken, er bückte sich und holte eine Flasche Cognac hervor, die er sich offenbar schon zurechtgestellt hatte, und grinste geradezu selig. Auch das Gesicht des Sparkassenleiters leuchtete erfreut auf. Bevor er sich dem Cognac widmen durfte, musste er allerdings noch seinen *Fehnbrand* vernichten. Hoffentlich vertrug der überhaupt so viel Schnaps. Mit solchen Anzugträgern hatte Ocko schon einiges erlebt, und er verspürte keinerlei Lust, Herrn Giese nach Hause zu bringen.

Mit der Einigkeit war es jetzt vorbei. Tineke würde gar nichts Alkoholisches mehr trinken, ihr komischer Anwalt ebenfalls nicht, Foline und der Holländer dagegen würden reinkippen, was immer ging, weil es umsonst war, und er würde es ihnen gleichtun. Margits Freundinnen vertrugen auch einiges, das wusste Ocko, allerdings würden sie bald schon nach Prosecco rufen, die soffen das Zeug wie andere Leute Sprudelwasser, so lange, bis sie sich in kreischende Schulmädchen verwandelten, die sich über die dümmsten Witze ausschütten konnten vor Lachen. Der Landrat und sein Kumpel würden sich an den Cognac halten, und die Grinsefrau, davon war Ocko überzeugt, würde ebenfalls auf Prosecco umschwenken, falls sie nicht gleich auf Sprudel umstieg, weil sie fahren musste.

Alle waren mit sich selbst beschäftigt, als der Holländer seine Stimme erhob und feierlich erklärte, dass Cord einfach kein Glück gehabt hatte mit den Weibern. Es war ihm egal, dass Foline ihn unsanft in die Rippen stieß und Tineke zischte: »Papa, was soll das denn heißen?«

»Was das heißen soll? Dass diese Silvana ein durchtriebenes Luder ist und Gesa ’ne verkappte Lesbe.«

»Woher willst du das denn wissen?«, ereiferte sich Foline und schüttelte den Kopf so heftig, dass ihre komischen Haarflusen hin- und herflogen. »Die ist doch nie im Leben lesbisch. Die hat doch ein Kind von unserem lieben Cord, du Blödmann.«

»Höhö«, knarzte der Holländer. »Alles nur Tarnung. Das machen die verkappten Lesben so, damit keiner was merkt.«

»Dass mit dieser Silvana was nicht in Ordnung ist, hab ich gleich gewusst«, plärrte Foline. Alkohol machte ihre Stimme immer weinerlich. »Die kommt aus der DDR, und keiner weiß, aus welchen Verhältnissen. Ich wette, die wurde in einem Kommunistencamp erzogen.«

»Mama«, stöhnte Tineke. »Die DDR gibt es seit 1990 nicht mehr, da war Silvana gerade ein Jahr alt. Sie ist eine ganz normale junge Frau. Manchmal ein bisschen naiv, aber das ist doch nicht schlimm. Ich hätte ihr so etwas nicht zugetraut.«

Oho, Tineke widersprach den Erwachsenen, tapfer, tapfer. Wenn sie die Nase so kämpferisch in die Höhe reckte wie jetzt, sah sie richtig hübsch aus. Ihr Anwalt nickte zustimmend, hielt aber den Mund, was Ocko in Ordnung fand. Erst der Ring, dann durfte man auch seine Meinung äußern.

Der Landrat schaukelte mit seligem Lächeln seinen Cognac in den Schlaf, Ruth wischte wieder mit dem Taschentuch an ihren roten Augen rum, Foline zog die Flasche *Fehnbrand* rüber und schenkte sich und ihrem Henk großzügig ein. Ruth blinzelte in Richtung Landrat.

»Mein einziger Neffe, er war sooo süß, als er noch klein war.« Foline leerte das Glas auf ex und warf Margit einen angriffslustigen Blick zu. »Tja, jetzt kannst du froh sein, dass du Tineke hast. Meine Tochter! Cornelius' Nichte! So bleibt die Fabrik wenigstens in der Familie.«

Wenn sie schlau gewesen wäre, was auf Foline allerdings nicht zutraf, hätte sie Margit nicht gereizt, nicht an diesem Tag.

»Da muss ich dich enttäuschen, meine Liebe. Caspar wird die Firma übernehmen, Cornelius' Enkelsohn.«

Der Holländer prustete los, sein Gelächter hörte sich an wie ein stotternder Dieselmotor, und er schlug sich mit der Hand auf die Schenkel, als hätte Margit einen Bombenwitz erzählt. »Dafür musst du ihn aber erst mal finden!«, keuchte er zwischen seinen Lachsalven.

Foline rammte ihren Ellenbogen in seinen fetten Wanst und zischte: »Halt die Klappe, Henk.«

»Die Polizei muss ihn finden, nicht wir«, warf der Landrat ein, so leise, dass man ihn kaum hören konnte, und so war es kein Wunder, dass niemand Notiz von seinen Worten nahm, nicht mal Tineke, dabei war sie immer so höflich.

Aber Tineke war mit sich selbst beschäftigt. Sie saß da wie ein begossener Pudel und ließ sich die Hand von ihrem Anwalt streicheln. Sogar der Landrat tätschelte ihre Schulter, jedenfalls so lange, bis Margits Blick seine Hand sinken ließ. Was für ein erbärmlicher Feigling.

Irgendwann im Lauf des Abends fing Foline, die inzwischen mehr als genug getankt hatte, wieder mal die alte Leier an. Bis zu seinem Tod hatte Cornelius sie immer großzügig mit Geld unterstützt, jeder hatte davon gewusst, nur Margit nicht. Und die war schier ausgeflippt, als sie nach der Beerdigung davon erfuhr. Seither hasste sie Foline bis aufs Blut.

»Cornelius ist in dem Glauben gestorben, dass du das weiterführst, Margit, das weißt du genau. Er war mein Bruder und wollte immer, dass es mir gut geht!«

Auf diesen Moment hatte Margit nur gewartet. In ihrem Blick glitzerte etwas, das aussah wie tiefe Zufriedenheit. »Wie oft willst du mir damit eigentlich noch auf die Nerven fallen?«, fragte sie spöttisch, und Ocko war sicher, dass sie jedes Wort genoss. »Tut mir leid, Foline, wer Geld braucht, muss arbeiten gehen.« Mit boshaftem Lächeln schenkte sie sich ein weiteres Glas *Fehnbrand* ein und schob die Flasche dann rüber zu Ocko. »Drüben in der Produktion hat eine der Putzfrauen gekündigt. Du kannst den Job gern haben. Acht Euro fünfzig die Stunde.«

»So weit kommt es noch, dass ich deinen Dreck wegmache! Und du, mein Fräulein, hältst dich gefälligst raus«, kanzelte sie Tineke ab, die vergeblich versuchte, sie zu beruhigen. »Du denkst wohl, weil du studiert hast, bist du was Besseres als deine Eltern.«

Tineke senkte den Kopf. Sie schämte sich vor ihrem Anwalt, der mit hochrotem Kopf neben ihr saß. *Mädchen,* hätte Ocko gern gesagt. *Ist alles menschlich. Wenn der*

Junge es ernst mit dir meint, muss er damit klarkommen. Das ist deine Familie, hier kommst du her. Aber er hielt den Mund, kein Mensch hier interessierte sich für das, was einer wie Ocko zu sagen hatte.

Foline war inzwischen auf hundertachtzig. Mit irrem Blick schaute sie sich um und schnappte eines der Gläser, um es durch den Raum zu schleudern. Wenn sie so drauf war, fing sie an zu randalieren, der Holländer hatte schon mehr als einmal die Fenster ihrer Bruchbude vernageln müssen, weil in einer Nacht sämtliche Scheiben zerschmettert waren und sie erst auf das Geld der Versicherung warten mussten, um neue zu bestellen. Eins musste man ihm lassen, egal, wie breit er war, wenn es drauf ankam, reagierte er blitzschnell. Seine riesige Pranke schoss vor und legte sich um Folines Hand mit dem Glas.

»Das reicht für heute. Du kriegst nichts mehr zu saufen. Wir sitzen hier, weil Cord gestorben ist. Dein Neffe.«

Augenblicklich stürzte Foline sich auf ihren Ehemann. Sie titulierte ihn als Versager, Säufer und Enttäuschung ihres Lebens. Jeden im Dorf hätte sie haben können, jeden!, und sie wüsste nicht, welcher Teufel sie geritten hätte, ausgerechnet Henk Veenstra aus Winschoten zu heiraten.

Margit prustete los, und Ocko konnte sich das Grinsen ebenfalls nicht verkneifen. Foline war schon immer klein und fett gewesen, mit dünnen flusigen Haaren, einer platten Nase und einem komisch geformten Mund. Keiner außer dem Holländer hatte jemals etwas von ihr gewollt, das wusste er zufällig ganz genau. Vor ewigen Zeiten hatte Cornelius ihn gefragt, ob er nicht was mit seiner kleinen Schwester anfangen wollte, die wär doch ganz nett. Ocko hatte dankend abgelehnt und diese Entscheidung bis zum heutigen Tag nicht bereut, obwohl er keine Frau gefunden hatte und sich oft genug einsam fühlte.

Am Ende mussten Ocko und der Holländer Foline rigoros unterhaken, einer rechts und einer links, und die sich heftig wehrende Frau Richtung Flur zerren. Tineke wollte hinterherlaufen, doch ihr Anwalt hielt sie fest. »Das hat keinen Zweck«, meinte Ocko zu verstehen und dass wohl niemand ihre Mutter jetzt beruhigen könnte.

Das erste vernünftige Wort, das er von dem Jungen hörte, den Namen hatte er schon wieder vergessen. Ihm blieb nichts anderes übrig, als dem Holländer dabei zu helfen, seine tobende Frau nach Hause zu schleifen und sich danach auf den Heimweg machen. Schade, es war nicht mal neun, er hätte gern weitergetrunken, wo es doch umsonst war. Wenn er Glück hatte, schenkte Margit ihm morgen eine Flasche *Fehnbrand,* weil er sie von ihrer randalierenden Schwägerin befreit hatte. Bis zur Beerdigung würden sich alle beruhigt haben, das war immer so.

Es war beinahe Mitternacht, und Nola saß auf der Terrasse ihres Hauses, das in der Altstadt von Leer lag. Beide, sowohl das Haus als auch die überdachte Terrasse vor der Küche, waren sehr klein und damit genau passend für eine allein lebende Frau. Obwohl sie sich in eine dicke Wolldecke gewickelt hatte, war ihr kalt. Dieser Abend Anfang Juni war nicht dafür geeignet, sich draußen aufzuhalten. Auch wenn das Thermometer tagsüber auf zwanzig Grad kletterte, wurde es empfindlich kühl, sobald die Sonne verschwand. Doch Nola brauchte dringend Sauerstoff.

Mit zurückgelegtem Kopf schaute sie hinauf in den Himmel. Irgendwo unter denselben Sternen hielt sich der kleine Caspar auf, und sie konnte nur hoffen, dass es ihm gut ging, dass seine Mutter auf ihn achtete, ihn ordentlich versorgte und warm hielt. Von Babys hatte Nola keine Ahnung, Silvana Cassjen vermutlich aber auch nicht, der Kleine war ihr erstes Kind, und so krank, wie sie war, konnte man nicht davon ausgehen, dass sie alles richtig machen würde.

Seufzend nippte Nola an dem Weißwein, der heute Abend nötig war, um irgendwann doch noch schlafen zu können. Auf der Straße lachte jemand laut und fröhlich, jemand, der sich keine Sorgen um den kleinen Caspar machte, und ein langsam blinkendes Licht kreuzte über den blauschwarzen Nachthimmel, ein Flugzeug. Heute Nacht hätte Nola eine Sternschnuppe brauchen können, eine Sternschnuppe, die ihr einen Wunsch gewährte. Sie wollte, dass Caspar Cornelius Cassjen das alles überlebte, dass sie ihn fand, *rechtzeitig,* dieses Wort wurde sie einfach nicht los, genau wie *erhöhte Suizidgefahr.* Zusammengenommen ergab das eine Menge Druck.

Manchmal errichtete Nola zu Beginn einer Todesermittlung ein kleines Stillleben auf ihrem Schreibtisch, das sie an das Mordopfer erinnern sollte, an die Situation, in der es aufgefunden wurde, an das, was sie im allerersten Moment empfunden hatte. Diesen spontanen Eindruck hielt sie für wichtig, und sie versuchte immer, ihn zu bewahren. Es war Nolas Art, den Toten möglichst nahezukommen und diese Verbindung aufrechtzuerhalten. Allerdings erfuhr nicht jeder Tote so viel Aufmerksamkeit. So wäre es ihr im Leben nicht eingefallen, ein Bild von Dr. Cassjen aufzustellen oder die Musik zu spielen, die er zum Zeitpunkt seines Todes gehört hatte. Ob man ihr anmerken konnte, dass sie die Mordopfer genau wie die Verdächtigen insgeheim in sympathisch und unsympathisch einteilte? Besonders professionell war das nicht, genauso wenig wie die Tatsache, dass sie auf dem Rückweg winzige Babyschuhe aus Nickistoff und einen blauen Schnuller gekauft hatte, die nun auf ihrer Kommode lagen und zur Eile mahnten.

Vorhin hatte sie noch einmal ausführlich über psychische Störungen nach einer Geburt gegoogelt. In den weitaus meisten Fällen litten die Frauen an einer postnatalen Depression, die als eher harmlos eingestuft wurde und sich gut behandeln ließ. Manche sprachen vom Babyblues, und selbst Nola, in deren Umfeld es keine Säuglinge gab, hatte schon von solchen Heultagen kurz nach einer Geburt gehört. Die verschwundene Frau hingegen war ernsthaft psychisch erkrankt. Warum hatte Dr. Cassjen sie nicht in die Klinik gebracht? Das leuchtete Nola einfach nicht ein. Das zweite große Rätsel war die Tatwaffe. Falls es wirklich eine Pistole in dem Haus gegeben hatte, schien es doch unverantwortlich, sie in Reichweite einer psychisch kranken Frau aufzubewahren. War der Mann größenwahnsinnig gewesen, naiv, oder hatte er nichts von der Existenz einer Waffe in seinem Haus geahnt?

Die nächste Frage lautete, warum Silvana Cassjen um halb zwölf in der Nacht das Bett verlassen hatte. War sie aus dem Schlaf aufgeschreckt, oder hatte sie überhaupt nicht geschlafen? Hatte sie dort oben gelegen, verrückt vor Angst um ihr Baby oder voller Wut auf ihren Ehemann und seine Eltern, die ihr nicht mehr erlaubten, sich um das Baby zu kümmern? Oder hatte die Frau aufgrund ihrer Psychose ihren Selbstmord geplant und beschlossen, vorher ihren Mann aus dem Weg zu räumen, und dann doch nicht den Mut gefunden, ihrem eigenen Leben ein Ende zu setzen? Und wo in diesem Plan blieb Platz für den kleinen Caspar? Fragen über Fragen und keine Antworten. Nola fiel der Spiegel über dem Ehebett ein. Was sagte das über den Zustand der Ehe aus? War Cord Cassjen wirklich so eifersüchtig gewesen, und wenn ja, gab es einen Grund dafür? Hatten die beiden sich auf eine Art geliebt, die andere Menschen nicht nachvollziehen konnten? Stand er auf sexy Blondinen und sie im Gegenzug auf Männer mit Geld?

Als Nola den letzten Schluck Weißwein trinken wollte, entdeckte sie eine Motte in dem Glas. Das Insekt zuckte nur noch leicht, und sie fragte sich, wie lange es schon in dem Grauburgunder schwamm. Mit angewiderter Miene schüttete sie den Wein samt dem halb toten Nachtfalter in den Kübel mit den Margeriten, deren weiße Köpfe im Dunkeln zu leuchten schienen, und löschte das Teelicht auf dem Tisch. Als sie aufstand, um ins Haus zu gehen, blieb sie mit der Decke an einem Regal aus ungeschälten Birkenstämmen hängen. Renke hatte das Regal dort aufgestellt. Wenige Tage später hatte er ein weiteres Mal unmissverständlich klargemacht, dass es nur eine wichtige Frau in seinem Leben gab, seine tote Britta. Ganz automatisch musste Nola an den Besuch bei den Eltern des Toten denken. Auch Margit Cassjen war es nicht gelungen, sich wirklich von ihrem toten Mann zu lösen, selbst nach zwanzig Jahren schien er noch allgegenwärtig in dem Haus. Wollte sie so leben wie dieser Landrat? Um Himmels willen, nein.

Und jetzt sollte sie wirklich versuchen zu schlafen, der nächste Tag würde anstrengend werden. Im Vorbeigehen stopfte Nola die Babyschuhe und den Schnuller in die oberste Schublade ihrer Kommode, die ein Sammelsurium aus Servietten, Kerzen und Briefpapier enthielt. Vielleicht brachte es Unglück, den Kleinen wie eins ihrer Mordopfer zu behandeln. Ein Gedanke, den sie genauso lächerlich wie beängstigend fand.

DIENSTAG, 4. JUNI

Nola hatte verschlafen, vielleicht ganz gut, so blieb ihr nicht genügend Zeit, um sich auf die Begegnung mit Dr. Valentin Steffen vorzubereiten. Im Frühling hatte der smarte Rechtsmediziner sie kurzfristig ins Träumen gebracht, ein Zustand, der genauso lange angehalten hatte wie ihre Unkenntnis über seine private Situation. In Berlin lebte er in einer festen Beziehung, und er hatte auch nicht vor, etwas daran zu ändern. Valentin wollte nur ein bisschen Spaß, und Nola glaubte inzwischen, dass sie nicht die Einzige war, die er so offen anbaggerte. Es kursierten Gerüchte, dass er versucht hatte, mit einer Kollegin aus Aurich anzubändeln. Tief in ihrem Innersten war sie gekränkt, weil das Valentins Begeisterung für ihre eigene Person relativierte.

Die Tür zu seinem Büro stand offen. Als die Sekretärin Nola reinführte, stürzte er sofort auf den Flur.

»Hi, Nola, komm doch noch kurz rein.« Er nahm sie an die Hand, führte sie ins Büro und schloss nachdrücklich die Tür.

»Ich hab versucht, nicht mehr an dich zu denken. Echt, hab mir richtig Mühe gegeben. Aber seit gestern will das einfach nicht mehr klappen.« Er verzog den Mund zu einem schiefen Lächeln, das ihn noch attraktiver aussehen ließ.

Nola war überzeugt, dass er das sehr genau wusste, ohnehin fand sie ihn eine Spur zu selbstgefällig. Für einen Moment war sie versucht, ihn auf die Kollegin aus Aurich anzusprechen, doch sie verzichtete darauf, weil sie ahnte, dass er sich geschmeichelt fühlen würde. Ihr Besuch in der Rechtsmedizin war rein beruflicher Natur.

»Soll ich dir erzählen, was ich heute geträumt habe?«, raunte er, während sein Blick von ihrem Mund zu ihren Augen wanderte.

»Nein.«

Valentin lachte. »So schlimm war es nun auch wieder nicht. Egal. Ich wünsche mir nur, dass wir noch mal reden.«

»Tun wir doch gerade.«

»Privat, meine ich. Nicht hier im Institut. Und das weißt du auch, sei ehrlich. Ich lade dich zum Essen ein. Du bestimmst den Tag und das Lokal. Komm, gib dir einen Ruck.«

»Lass uns bitte anfangen, Valentin. Ich hab keine Zeit. Der Mann ist tot, erschossen. Da gibt es vermutlich keine großen Geheimnisse. Aber sein Sohn ist verschwunden, ein zwei Wochen altes Baby, unterwegs mit einer psychisch gestörten Frau, möglicherweise unserer Täterin. Ich muss den Kleinen finden, bevor ihm etwas passiert. Nichts anderes ist jetzt wichtig für mich. Kannst du das verstehen?« Sie bemühte sich, nicht allzu verzweifelt zu klingen, was nicht so recht gelang. »Möchtest du wissen, was *ich* heute Nacht geträumt habe? Dass er irgendwo verhungert, weil ich ihn nicht rechtzeitig finde.«

Seufzend ließ Valentin ihre Hand los. »Ja, ein vermisster Säugling ist der blanke Horror, klar. Lass uns anfangen.«

Neben dem Leichnam, der bereits auf dem Arbeitstisch lag, warteten Valentins Assistent und zwei Medizinstudenten, die im Rechtsmedizinischen Institut hospitierten. Somit stand fest, dass sie nur über Berufliches reden konnten, was Nola als beruhigend empfand. Wie erwartet, brachte die Obduktion keine neuen Erkenntnisse. Dr. Cord Cassjen war gestorben, weil eine Kugel in seinen Thorax eingedrungen war, direkt ins Herz, wo sie den größtmöglichen Schaden angerichtet hatte.

»Der Schuss ist aus der Nähe abgefeuert worden, höchstens dreißig Zentimeter Entfernung«, erklärte Valentin, jetzt wieder ganz der souveräne Rechtsmediziner. »Die Kugel ist in die rechte Herzkammer eingedrungen, das kann niemand überleben.« Er fasste das Projektil mit einer Zange und ließ es in eine Schale fallen, die sein Assistent bereithielt. Dann schaute er Nola direkt an. »Die ersten Blutwerte hab ich schon. Zwei Komma neun Promille, außerdem stark erhöhte Transaminasen, vor allem der Gamma-GT-Wert ist gigantisch. Daran erkennt man den schweren Alkoholiker«, fügte er erklärend hinzu. Mit beiden Händen schälte er ein Organ aus der Bauchhöhle und stieß dabei einen Pfiff aus, als wäre er ganz unerwartet auf einen Schatz gestoßen. »Deutlich vergrößerte Leber, beginnende Zirrhose, hier, diese Vernarbungen meine ich.« Die letzten Worte waren an die beiden Medizinstudenten gerichtet, die sich vorbeugten und voller Interesse Cord Cassjens Innereien inspizierten.

»Er war also zur Tatzeit abgefüllt. Kann sogar sein, dass er geschlafen hat, oder?« Erwartungsvoll blickte Nola ihn an.

Die Antwort bestand aus Schulterzucken und einem lässigen »Warum nicht?«. Es folgte die Erklärung für die Studenten, dass man so etwas nicht nachträglich feststellen könnte.

»Verrät der Schusswinkel etwas über die Größe des Täters?«, wollte einer der beiden wissen.

»Nicht wirklich.« Mit der linken Hand zupfte Valentin seinen Mundschutz herunter. »Der Tote befand sich in mehr oder weniger liegender Position auf diesem Sessel, somit musste der Täter sich in jedem Fall runterbeugen, wie weit, wissen wir nicht. Ich denke, da kann keiner eine gerichtsverwertbare Aussage zu der Körpergröße des Schützen machen. Ich jedenfalls nicht.« Er grinste gut gelaunt. »Höchstens, dass der Täter kein Liliputaner war und auch kein Kind unter zehn.«

Nola schloss die Augen und versuchte, sich die Situation vorzustellen. Cord Cassjen hatte getrunken, viel getrunken, er hing auf dem Sessel und dröhnte sich die Birne mit Death Metal von *Vader* zu. Möglicherweise hatte er gedöst oder sogar geschlafen. Ohne dass es ihm bewusst war, hatte er damit die perfekten Rahmenbedingungen für seinen eigenen Tod geschaffen. Ein Zufall? Oder verbrachte er seine Abende grundsätzlich so, eingenebelt von Alkohol und lauter Musik? Ging seine Frau immer vor ihm schlafen, enttäuscht vom Verlauf ihrer jungen Ehe? Oder aus Furcht, weil die aggressive Musik ihn streitsüchtig machte? Das würde dazu passen, dass die junge Frau so verängstigt gewirkt hatte, und auch zu der Aussage der Nachbarn, dass die beiden sich häufig zankten.

»Kannst du an den Händen Spuren erkennen, die darauf hindeuten, dass er kurz vor seinem Tod seine Frau geschlagen hat?«

»War er so einer?«

»Keine Ahnung. Nach Aussage der Nachbarn sollen sie sich häufig gestritten haben.«

»Gut, dann wollen wir mal schauen.« Valentin bat den Assistenten um ein Vergrößerungsglas und inspizierte die Hände des Toten sehr sorgfältig, konnte aber nichts entdecken. »Ein paar saftige Ohrfeigen müssen allerdings keine Spuren hinterlassen«, erklärte er dann eine Spur zu lässig für Nolas Empfinden. Als einer der beiden Studenten kicherte, warf sie ihm einen Blick zu, der den jungen Mann erröten ließ.

Vor einer Stunde hatte die Sparkasse angerufen. Jemand hatte versucht, Geld von Cord Cassjens Konto abzuheben. Alle starrten auf die Videoaufnahme der Kamera, die über dem Geldautomaten angebracht war.

Die Qualität der Aufnahme war nicht gerade berauschend, aber sie erkannten eine Frau, die eine merkwürdige Kopfbedeckung trug, so etwas Ähnliches wie einen Turban, den sie aus einem dafür nicht geeigneten Kleidungsstück gedreht hatte, einer Strickjacke, wie Nola und Hilke übereinstimmend beschlossen. Der lange, schmale Schlauch, der von der Kopfbedeckung über die linke Schulter der Frau herabhing, sah verdächtig nach einem langen Ärmel aus, und irgendwo konnte man eine Knopfleiste erkennen. Die Frau blickte sich ängstlich um, bevor sie die Karte in den Schlitz steckte, sie gab die Nummer ein, stutzte, schüttelte den Kopf, zog die Karte heraus und versuchte es erneut. Als nichts passierte, schlug sie mit der Faust gegen den Bildschirm, schaute sich um wie ertappt, hielt plötzlich eine Hand vor ihr Gesicht, als wäre ihr gerade eingefallen, dass irgendwo eine Kamera angebracht sein musste, und entschwand hastig aus der Aufnahme.

»Das ist sie«, murmelte Nola, die ein Foto von Silvana Cassjen in die Höhe hielt, damit alle einen Vergleich hatten.

Niemand widersprach.

»Dann hat die Gesuchte also am Dienstagmorgen gegen drei Uhr dreißig versucht, Geld abzuheben, in Martinsfehn, mit ihrer EC-Karte. Und als sie gemerkt hat, dass das Konto gesperrt ist, hat sie Panik bekommen.« Robert Häuser, der das Erste Kommissariat leitete und die Ermittlungen mit großem Interesse verfolgte, stand mit verschränkten Armen neben Nola. »Demnach hat sie Martinsfehn noch nicht verlassen. Verflucht, wo könnte sie sich aufhalten?«

»Gute Frage, aber nicht die wichtigste für mich. Die lautet nämlich: Wo ist das Baby? Auf dem Foto sieht man es nicht.«

»Sie wird es im Auto gelassen haben«, schlug Robert vor, und alle nickten, weil das logisch klang. Laut der Großmutter fehlte der Autokindersitz, ein Maxi-Cosy, und nur um Geld abzuheben, hätte sie den Sitz sicher nicht extra ausgebaut.

»Wie die rumläuft«, murmelte Hilke, die die Aufnahme erneut abspielen ließ. »Dieses komische Ding auf dem Kopf. Glaubt sie, dass man sie so nicht erkennt?«

»Oder ist sie total gaga?« Der Gedanke machte Nola Angst. Wenn die Frau so durchgeknallt war, dass sie nicht mehr wusste, wofür ihre Kleidungsstücke gedacht waren, vergaß sie vielleicht auch, dass ihr Sohn regelmäßig Nahrung benötigte, Wärme, frische Windeln. »Ich muss unbedingt mit diesem Psychodoktor sprechen. Vielleicht kann der uns was über den geistigen Zustand der Frau verraten. Vorher ruf ich in Martinsfehn an. Die sollen noch mal gezielt Ausschau halten nach dem gelben Yaris. Wenn sie sich noch im Ort aufhält, muss der zu finden sein. Das ist doch nur ein winziges Kuhkaff!«

Robert lachte leise. »Kuhkaff. Lass das lieber nicht Renke hören.« Und dann meinte er, dass es gerade in ländlich geprägten Orten einfach wäre, einen Wagen zu verbergen. »Lauter Scheunen und Ställe, einsame Feldwege.«

»Selbst der Hubschrauber hat den Yaris nicht entdeckt«, seufzte Nola.

Robert nickte. »Eben. Und die Kollegen aus Martinsfehn werden ihn auch nicht finden.«

Danuta putzte die beiden Küchenfenster. Ihr ganzer Körper bewegte sich im Takt der rechten Hand, die mit einem Tuch über die Scheibe fuhr, hin und wieder zurück, in einem ganz leichten Bogen, begleitet von dem Quietschen, das das feuchte Leder auf dem Glas verursachte.

In Margits Blick lag Verachtung, sie konnte die Putzfrau aus Polen nicht leiden, hatte sie aber trotzdem eingestellt, schon vor vier Jahren, und das vor allem, weil sie mit sechs Euro fünfzig Stundenlohn einverstanden war, als einzige der Bewerberinnen.

»Die könnte gut und gern zehn Kilo abnehmen, dann hätte sie immer noch genug auf den Rippen«, knurrte sie und nippte an ihrem Kaffee, den sie ohne Milch und Zucker trank, um ihr Gewicht zu halten.

Erich verzichtete darauf, ihr zu widersprechen. Selbst fand er Danuta ausgesprochen hübsch, vor allem sehr weiblich, obwohl sie auf den ersten Blick gar nichts Besonderes zu sein schien, eine Frau Ende dreißig mit dicken blonden, sorgsam aufgesteckten Haaren und sehr wohlgeformten Beinen, die immer Röcke trug, Riemchenschuhe mit Blockabsätzen und die beim Arbeiten leise vor sich hin summte. Danuta stammte aus der Nähe von Danzig, das jetzt Gdańsk hieß, und war vor acht Jahren mit ihrem Ehemann und dem gemeinsamen Kind nach Deutschland eingewandert, eine der vielen polnischen Familien, die hier Geld ansparen wollten, um irgendwann wohlhabend in ihr Heimatland zurückzukehren. Danuta putzte in mehreren Haushalten, während ihr Mann sein Geld bei der Müllabfuhr verdiente. Danutas elfjähriger Sohn besuchte das Gymnasium und war laut seiner Mutter ein guter Schüler, der sein Taschengeld durch Rasenmähen in der Nachbarschaft aufbesserte. Er wusste, dass Danuta sehr stolz war auf den Jungen, zu Recht, wie er fand. Entgegen allen Vorurteilen waren die Polen fleißige Leute, die zusammenhielten. Tugenden, die in Deutschland langsam ausstarben, wo jeder nur seinen Vorteil suchte, gar nicht zu reden von diesem Neid, der alles vergiftete.

Erich lächelte die Polin durch das geschlossene Fenster an. Sie verzog keine Miene, hielt auch nicht inne mit ihrer Arbeit, ihre Bewegungen wurden aber langsamer, fast schon sinnlich, als wäre sie sich seiner Blicke nur allzu bewusst.

»Herrgott nach mal, musst du Danuta so anglotzen?«, fauchte Margit. »Man könnte ja denken, du willst was von ihr. Hier...«, sie schob die Zeitung über den Tisch. »Hast du das gelesen?«

Natürlich, die Anzeige war ja nicht zu übersehen.

Ich habe meinen Vater verloren.
Christopher Cassjen

Für Margit war das ein Schlag ins Gesicht. Sie hatte sich sehr bewusst gegen eine Anzeige entschieden und wollte stattdessen Karten verschicken, in solchen Fällen wäre das üblich, hatte der Bestatter gemeint. Angehörige von Mordopfern, und das waren sie jetzt, mieden die Öffentlichkeit, sie wollten in Ruhe trauern, was in Anbetracht der schrecklichen Umstände jeder verstehen musste. Ein stilles Begräbnis sollte es werden. Und jetzt ließ diese Anzeige es so aussehen, als würde niemand an Cord denken, nur seine geschiedene Frau und der gemeinsame Sohn, ausgerechnet die beiden Menschen, von denen sich Cord getrennt hatte.

»Dieses verfluchte Weibsstück, wie stehe ich jetzt da?« Dass er keine Antwort gab, ihr nicht sofort beipflichtete, schien Margit noch mehr aufzuregen. Mit einem verächtlichen Schnaufen sprang sie auf und marschierte mit abgehackten Schritten um den Küchentisch. Die Schimpfwörter, die sie dabei ausstieß, hätten Leute, die sie nicht so gut kannten, vermutlich schockiert. Erich hatte sich an ihr Vokabular gewöhnt.

»Setz dich bitte wieder hin«, sagte er freundlich. »Deine Rumrennerei macht mich nervös.«

»Dich?« Wütend schüttelte sie den Kopf. »Du bist doch die Ruhe in Person, eine wandelnde Schlaftablette!« Dennoch nahm sie wieder ihren Platz ein. »Ich ahne schon, was Gesa mit der Anzeige bezweckt«, stieß sie hervor, während sie sich einen weiteren Kaffee aus der Warmhaltekanne einschenkte. »Sie möchte mich darauf aufmerksam machen, dass Cord *noch* einen Sohn hatte. Gesa hofft wohl, dass es was zu erben gibt. Bei Cord!« Ihr Lachen kratzte unangenehm in seinen Ohren. »Wenn sie wüsste, dass das Haus nicht ihm gehört, sondern mir. Die Schulden, die noch auf der Praxis liegen, kann sie allerdings gern haben.« Margit lachte erneut, diesmal zum Glück nicht ganz so laut, und begann damit, Butter auf eine Brötchenhälfte zu schmieren, so schnell und ruppig, dass es nur eine Frage der Zeit schien, bis sie sich mit dem Messer verletzte. »Geld! Erben! Darum geht es doch gar nicht.«

Er wünschte, er könnte auch so nachlässig über Geld sprechen, doch ihm stand das Wasser bis zum Hals, und niemand durfte davon wissen, schon gar nicht seine Lebensgefährtin, die gerade eine weitere Lage Butter auf das Brötchen prügelte, dabei mit dem Messer abrutschte und mit der Spitze der Klinge in den linken Daumen stach.

»Scheiße!«, brüllte sie, fegte das Messer so heftig vom Tisch, dass es über die Fliesen schlidderte und gegen den Herd knallte. »Scheiße«, wiederholte sie, diesmal etwas leiser, und tupfte mit einer Serviette das Blut ab.

Erich erkannte auf einen Blick, dass die Wunde nur oberflächlich war und winzig klein, kaum der Rede wert. »Ach du je, zeig mal her. Schlimm? Tut es weh?«

»Quatsch. Das ist nur ein Kratzer.«

Sie konnte es nicht ausstehen, wenn er sie so gleichbleibend freundlich behandelte, egal, wie rüde sie ihn auch anfuhr, und gerade deshalb legte er diese übertriebene Besorgnis in seine Stimme. Heute Morgen fand er Margit besonders unerträglich. Obwohl er Cord weiß Gott nicht gemocht hatte, verstand er nicht, wie sie so wenig um ihn trauern konnte, sie hatte ihn schließlich großgezogen.

»Wenigstens hat die Polizei sich zurückgehalten.« Ihre Bemerkung galt dem Foto von Silvana, das auf Seite drei abgedruckt war. In dem Text stand etwas von Krankheit und einer dringend notwendigen Behandlung und davon, dass die Gesuchte mit einem zwei Wochen alten Säugling unterwegs war und als Zeugin benötigt wurde. Niemand, der die Interna nicht kannte, konnte daraus entnehmen, dass Silvana als Mörderin gesucht wurde.

Gestern hatte Erich vorgeschlagen, den Innenarchitekten abzubestellen, der im Obergeschoss ein Highclass-Babyzimmer für Caspar gestalten sollte, *erst mal* hatte er schnell hinterhergeschoben, als er Margits entsetztes Gesicht bemerkte. Mit eisiger Stimme hatte sie erklärt, dass sie im Traum nicht daran denke. Der Architekt sollte kommen und seine Vorschläge unterbreiten, damit sie die entsprechenden Firmen beauftragen konnte. Caspar würde zurückkommen, etwas anderes zog sie nicht mal in Erwägung, und nach seiner Rückkehr sollte ihn ein perfektes Kinderzimmer erwarten. »Er wird hier aufwachsen, hier bei uns«, hatte sie trotzig gesagt. »Und eines Tages wird er die Firma übernehmen, die den Namen seines Großvaters trägt. Das ist seine Bestimmung.«

Danuta war fertig mit dem Fenster und wollte gerade von der Leiter steigen, als Margit unerwartet aufsprang, den Fensterflügel aufriss und lospolterte. Angeblich waren da Schlieren auf der Scheibe, außerdem hätte Danuta den Boden im Bad nicht sorgfältig genug gewischt »Da ist ein Schmierfilm auf den Fliesen, das habe ich dir schon tausendmal gesagt! Warum, verdammt noch mal, musst du immer so viel Reiniger ins Wasser kippen, dass dann alles klebt?« Ihr Kopf flog herum, und ihre Augen suchten die von Erich. »Für mein Geld kann ich wohl erwarten, dass hier vernünftig geputzt wird, oder?«

Was sollte er darauf erwidern? Dass die Scheibe seiner Ansicht nach blitzeblank war, dass er noch nie bemerkt hatte, dass der Fußboden im Bad klebte oder dass ein Stundenlohn von sechs Euro fünfzig eine armselige Bezahlung für diese Arbeit war und an Ausbeutung grenzte? Am besten hielt er den Mund, wie gewöhnlich. Mit einer Antwort schien Margit ohnehin nicht zu rechnen. Sie hatte sich wieder Danuta zugewandt, um ihre Schimpftirade fortzusetzen. »Den Altkleidersack hast du gestern auch nicht mitgenommen.« Es folgte eine Aufzählung von Danutas Verfehlungen: Spinnenweben in Cornelius' Tiermenagerie in der Diele, ein nicht ausgeleerter Aschenbecher, Haare in der Badewanne und ein angeschlagener Aschenbecher.

In Gedanken drehte er den Ton leiser, was gar nicht so einfach war. Margits Gekeife bohrte sich unter seine Schädeldecke, einfach unerträglich. Welche Mutter, die gerade ihren Sohn verloren hatte, und das unter so tragischen Umständen, jammerte über schmierige Bodenfliesen? Er räusperte sich, und als sie nicht darauf einging, erhob er sich, stieß sie an und machte beschwichtigende Bewegungen mit den Händen. Als sie noch immer nicht reagierte, legte er den Zeigefinger vor seinen Mund und schüttelte energisch den Kopf.

Endlich kam seine Botschaft an. »Im Übrigen hab ich den Kopf gerade nicht frei für solche Kinkerlitzchen. Mein Sohn ist tot und mein Enkel verschwunden.« Mit voller Wucht knallte sie das Fenster zu. »Danke, du hast recht. Ich muss mich zusammennehmen. Danuta putzt zweimal die Woche bei Dr. Stelter. Wer weiß, was sie dort über uns erzählt.« Mit beiden Händen fuhr sie über ihre Stirn, hinterließ dabei eine schmale rote Spur, weil der Schnitt im Finger immer noch blutete. »Ich weiß gar nicht, warum ich mich nicht nach einer anderen Putzfrau umsehe. Ich hasse Menschen, die ihren Aufgaben nicht gewachsen sind.« Unvermittelt drängte sie sich an ihn. »Versprich mir, dass Caspar lebt und zu uns zurückkommt.«

»Natürlich. Die rothaarige Polizistin scheint ganz clever zu sein. Eine, die weiß, was sie tut.« Daran, wie sie sich versteifte, erkannte er, dass er mal wieder das Falsche gesagt hatte. Vielleicht ließ sich ja noch was retten. »Wir dürfen den Glauben, dass alles gut ausgeht, nicht aufgeben, Margit.«

»Ja.« Sie stieß ihn von sich. »Am besten gehen wir in die Kirche und beten.«

»Das wird wohl wenig helfen.« Er hob den Zeigefinger und tippte gegen ihre Stirn. »Du hast da Blut. Vielleicht solltest du ein Pflaster auf deinen Daumen kleben, ehe du dich überall vollschmierst.«

Seit Tineke sich erinnern konnte, hatte sie sich für ihre Eltern geschämt, und das Verhalten ihrer Mutter am Vorabend bildete den vorläufigen Höhepunkt. Ihr Traum von einer romantischen Hochzeit in Weiß war gestern Abend mit einem leisen Plopp zerplatzt. Entweder musste sie heimlich heiraten, am besten im Ausland, was ihre Mutter ihr wohl nie verzeihen würde, oder gar nicht. In jedem Fall schien es unvorstellbar, Alexanders Eltern mit Foline und Henk Veenstra bekannt zu machen oder, schlimmer noch, an einen Tisch zu setzen.

Zum Abschied hatte Alexander sie gestern in den Arm genommen und gemurmelt: »Du kannst ja nichts dafür.«

Eine komische Bemerkung, die sie immer noch beschäftigte.

Als Kind hatte Tineke sich nichts sehnlicher gewünscht, als dass in Wahrheit Margit ihre Mutter wäre. In ihren Träumen zog sie um in das Haus ihrer Tante, wo es alles gab, was Tinekes kleines Mädchenherz begehrte, und sie nahm nichts mit von zu Hause, nur ihre Puppe. Bei ihren Eltern herrschte immer Mangel, dazu ein unvorstellbares Chaos, an dem sie sich schon als Schulmädchen gestört hatte. Ihr Vater sammelte mit seinem uralten Kleinlaster Schrott, den er auf dem Hof in Einzelteile zerlegte und weiterverkaufte. Das ganze Grundstück war damit zugemüllt, genau wie der Flur und manchmal auch die Küche. Ihre Mutter jammerte tagtäglich, dass die Altmetalle kein Geld einbrachten und dass sie bald alle hungern müssten. Manchmal fuhr sie mit dem Rad zu Onkel Cornelius, der ihr ein paar Scheine zusteckte, damit sie über die Runden kamen, doch das war ein großes Geheimnis. Sobald ihre Tante davon erfuhr, würde diese Geldquelle für immer versiegen.

Margit gönnt uns das Geld nicht, weil sie neidisch ist auf mich, behauptete ihre Mutter felsenfest. Eine lächerliche Behauptung, die Tineke schon früh als Lüge erkannte. Bereits als Grundschülerin war ihr klar, dass es nichts bei ihnen zu Hause gab, um das ihre Tante sie hätte beneiden können.

Ein einsames Kind war sie gewesen, die Tochter des Holländers, mit der die anderen nicht spielen wollten, weil sie angeblich dreckig war und stank, obwohl sie sehr auf ihre Sauberkeit achtete. Früh hatte sie lernen müssen, ihr Herz gegen die Gehässigkeiten der anderen Mädchen zu verschließen. Heute wusste Tineke, wie dankbar sie sein musste, dass sie äußerlich nach ihren niederländischen Verwandten kam, hellblond mit strahlend blauen Augen und einer Haut, die sich beim geringsten Sonnenstrahl bräunte. Auf dem Gymnasium hatten die Mädchen sie darum beneidet. Freundinnen hatte sie trotzdem nicht gefunden, vielleicht weil sie sich an die Einsamkeit der Außenseiterin gewöhnt hatte und keinen Weg mehr herausfand.

Da ihre Eltern sich nicht mit Margit verstanden, sah sie ihren Onkel, ihre Tante und ihren Cousin Cord nur bei den Familienfeiern, wobei Margits Geburtstag für Tineke den heimlichen Höhepunkt des Jahres darstellte. Zu Hause gab es jedes Mal großes Theater, bevor sie sich endlich auf den Weg machten, gewöhnlich eine halbe Stunde zu spät, weil ihre Mutter so unorganisiert war und nie rechtzeitig fertig wurde. Zu solchen Anlässen bekam Tineke gewöhnlich etwas Neues zum Anziehen, während ihre Mutter sich mit dem begnügte, was ihr Kleiderschrank hergab. Zur Auswahl standen zwei Sonntagskleider, ein graues mit weißen Tupfen, das so eng saß, dass ihr Bauch sich darunter überdeutlich abzeichnete, und ein schwarzes mit einer künstlichen roten Rose am Ausschnitt, bereits völlig verknittert, die einen traurigen Anblick bot, das Symbol einer längst vertrockneten Hoffnung auf bessere Zeiten. Einmal hatte Foline sich extra für diesen Tag neue Schuhe geleistet, rot mit hohen Absätzen. *Wie Margit*, hatte sie sich gefreut und übermütig mit den Füßen gewackelt. Schon auf dem Hinweg beschwerte Foline sich, dass die Schuhe drückten. Nach einer Stunde lief sie auf Strümpfen, in denen sich bald Löcher bildeten, aus denen breite Laufmaschen an ihren Beinen emporwuchsen. Für den Heimweg musste sie sich ein paar alte Gummistiefel von ihrem Bruder borgen, weil Margits Füße so klein und zierlich waren, dass ihre Schuhe Foline nicht passten. An diesem Abend hatte die kleine Tineke im Bett an das Märchen von Aschenputtel denken müssen, an die Stiefmutter und ihre gehässigen Töchter, die nicht in die Schuhe des wunderschönen Mädchens passten. Und sie hatte sich voller Verzweiflung gewünscht, so wie Margit auszusehen, klein und zart und zerbrechlich, eine vergessene Prinzessin wollte sie sein und nicht die Tochter des Holländers.

Später, als sie nicht mehr an Märchen glaubte, fand Tineke, dass ihre Tante mit den langen, tiefschwarzen Haaren und der mädchenhaften Figur an eine französische Chansonsängerin erinnerte, dunkel, etwas geheimnisvoll und sehr eigensinnig. Mit der größten Selbstverständlichkeit trug Margit Kleider, die niemand sonst in Martinsfehn anziehen würde, sie machte Dinge, die keine andere Frau sich traute, und sie bestand darauf, dass Tineke sie Margit nannte und nicht Tante Margit. Im Fremdwörterlexikon entdeckte Tineke sogar ein Wort, das eigens für ihre Tante geschaffen zu sein schien: kapriziös.

Wenn Margit ihren Geburtstag feierte, gab es jedes Mal ein rauschendes Fest. Sie begrüßte die Gäste und nahm die Geschenke entgegen, packte sie aber nicht aus, sondern stapelte sie auf einem eigens dafür aufgestellten Tisch mit einer weißen Decke aus Damast, die bis auf den Boden reichte. Im Laufe des Nachmittags wurde der Berg der bunt eingepackten Geschenke immer größer, und die kleine Tineke verstand nicht, weshalb ihre Tante keines der Pakete öffnete, so, als wäre der Inhalt ihr völlig egal.

Die hat schon alles, die braucht nichts mehr, erklärte ihre Mutter und fügte hinzu, dass das sehr unhöflich sei. *Aber die kann sich alles erlauben. Mein Bruder hat ja einen Narren an diesem Weibsstück gefressen.*

Und immer trug Margit ein Kleid, das die anwesenden Frauen tuscheln ließ. Einmal war es ein hellblaues Gebilde aus zarter Spitze, so durchsichtig, dass man sehen konnte, wie wenig sie darunter anhatte. Büstenhalter und Slip, mehr nicht. Wochenlang wurde noch darüber getratscht.

Bei diesen Feiern hockte Onkel Cornelius mit dunkelrotem Kopf am Tisch. Der Blutdruck, hieß es dann, aber sein Freund Ocko, der neben ihm saß, hatte genau dieselbe ungesunde Hautfarbe, und vor ihnen stand die Flasche Schnaps auf dem Tisch, die bald schon leer war und gegen eine neue getauscht werden musste. Nicht lange, und Tinekes Vater war der Dritte im Bund. Sie erinnerte sich, dass die drei sich immer einen Spaß daraus gemacht hatten, Cord zum Trinken zu bewegen, so lange, bis er von der Bildfläche verschwand, weil er sich nicht mehr auf den Beinen halten konnte. Während ihre eigene Mutter sich damals noch darüber aufregte und zum Aufbruch mahnte, was ihr Vater geflissentlich überhörte, lachte Margit und verkündete, dass das zum Erwachsenwerden dazugehörte. Nach dem Essen trank sie selbst, und wenn sie genug intus hatte, begann sie, selbstvergessen zu tanzen und ihrem Ehemann dabei schmachtende Blicke zuzuwerfen, eine wilde, hemmungslose, schwarzhaarige Schönheit, von der keiner der Männer den Blick lassen konnte, während sie nur Augen für ihren Ehemann hatte, den Tineke nie hatte tanzen sehen.

Kurz nach Tinekes elftem Geburtstag starb ihr Onkel. Danach gab es keine großen Feiern mehr bei Margit. Sie trauerte um ihren Ehemann, bis sie Erich kennenlernte, den sie nie so anschaute, wie sie ihren Cornelius angeschaut hatte: als würde sie vor Liebe innerlich verbrennen.

Inzwischen war Tineke zweiunddreißig, sie hatte viel erreicht, Einserabitur, BWL-Studium und jetzt den Job in der Firma ihrer Tante. Ihr Freund stammte aus einer wohlhabenden Familie, und seine Zukunft schien gesichert, wie auch die ihre.

Wer hätte gedacht, dass sie sich nach all der Zeit immer noch dasselbe wünschte wie als kleines Mädchen, nämlich dass ihre Mutter Margit hieß und nicht Foline.

Warum auch immer, es fiel Nola schwer, das Alkoholproblem des Toten in Conrads Gegenwart anzusprechen. Sie war wirklich eine Idiotin, zumal Conrad überhaupt nicht darauf reagierte, während sie selbst nicht wusste, wohin mit ihrem Blick, bis sie entschied, Hilkes T-Shirt genauer unter die Lupe zu nehmen. Drei pinkfarbene Paradiesvögel, die auf einer quietschgrünen Palme hockten, und das vor einer riesigen gelben Sonne, zusätzlich war das Shirt mit Wolken aus buntem Glitzer beklebt. Im Leben wäre es Nola nicht eingefallen, so etwas Schrilles anzuziehen, im Dienst schon gar nicht.

Die junge Kollegin legte ihren Tablet-PC auf den Tisch, wischte lässig über die Oberfläche und gab ein paar Befehle ein. »Dr. Cord Cassjen, vierzig Jahre alt, geboren in Martinsfehn, einziger Sohn von Cornelius Cassjen und seiner damaligen Ehefrau Eske. Als der Junge zwei war, starb seine Mutter. Sie war depressiv und hat sich das Leben genommen. Der Vater blieb allein mit dem Kleinkind zurück und hat ein Jahr später die gerade erst achtzehnjährige Margit Szabo geheiratet, deren Eltern in den Sechzigerjahren über Umwege aus Ungarn nach Deutschland gekommen sind. Er war fünfzehn Jahre älter als sie und hat als Elektriker bei den Nordseewerken in Emden gearbeitet. Das ist eine Werft«, fügte sie erklärend hinzu, weil sie zu Recht annahm, dass Nola als Nichtostfriesin das nicht wusste. »Keine weiteren Kinder.«

»Schau an«, murmelte Nola. »Dann ist der Tote gar nicht ihr leiblicher Sohn. Komisch, dass sie das nicht erwähnt hat.«

Hilke dachte kurz über Nolas Worte nach, entschied dann aber, ihr nicht zuzustimmen. »Wieso? Das spielt doch keine Rolle. Sie hat ihn aufgezogen, damit ist sie faktisch seine Mutter. Jedenfalls hat Cord Cassjen das Abitur erst im zweiten Anlauf geschafft. Medizinstudium in Bratislava, Slowakei. Man braucht Geld, aber keinen entsprechenden Numerus clausus, um dort zu studieren. Dr. Cassjen hat sich auf Urologie spezialisiert und nach seiner Zeit als Assistenzarzt in Celle eine eigene Praxis in Leer eröffnet. Viel los ist da nicht, er gilt nicht gerade als Koryphäe auf seinem Gebiet, aber das ist eine private Info, die von meiner Mutter stammt. Ihrer Ansicht nach geht man da besser nicht hin.« Mit dem Zeigefinger scrollte sie ihre Notizen weiter. »Zum zweiten Mal verheiratet. Der ersten Ehe entstammt ein Sohn, der jetzt neun Jahre alt sein müsste. Scheidung vor drei Jahren. Die erste Frau Cassjen lebt auch in Martinsfehn, sie arbeitet halbtags in einem Versicherungsbüro. Sie heißt Gesa und hat seinen Nachnamen behalten. Mehr weiß ich noch nicht über ihn. Siiiie…« Hilke zog das Wort in die Länge, während sie die entsprechende Datei auf ihrem Tablet suchte. »Sie ist auch nicht viel spannender. Silvana Cassjen, geborene Mauser. Vierundzwanzig Jahre alt, geboren in der Nähe von Dresden, Eltern geschieden, aufgewachsen bei der Mutter. Eine Schwester. Hauptschulabschluss, danach hat sie eine Ausbildung in der Gastronomie angefangen, aber nicht beendet. Ein Jahr arbeitslos, als Neunzehnjährige ist sie nach Bad Zwischenahn umgezogen, keine Ahnung, warum. Sie hat in einem Bistro gejobbt und so wenig verdient, dass sie aufstocken musste. Nach neun Monaten war Schluss in dem Bistro. In den nächsten elf Monaten keine geregelte Tätigkeit mehr, dann ist sie nach Leer gegangen und hat in einem Lokal bedient. Die *Deichstube*, liegt an der Bremer Straße. Nicht gerade ein kulinarisches Highlight. Auch diese Information stammt von meiner Mutter.« Grinsend hob Hilke den Kopf. »Wie und wo sie Dr. Cassjen kennengelernt hat, hab ich noch nicht rausgefunden. Auf jeden Fall waren sie gerade mal zwei Jahre verheiratet, genau genommen zwei Jahre und einen Monat, und sie hat schon vor der Schwangerschaft aufgehört zu arbeiten, hatte es wohl nicht mehr nötig. Für sie war es die erste Ehe, auch das erste Kind. Zuerst haben die beiden in Leer gewohnt, in der Nähe seiner Praxis. Vor ziemlich genau zehn Monaten haben sie dieses obercoole Haus in Martinsfehn bezogen.«

»Das ging ja schnell«, fand Nola. »Vor drei Jahren geschieden, ein Jahr später schon wieder verheiratet.«

»Stimmt. Vielleicht brauchte er jemand für die Wäsche«, schlug Hilke vor.

»Kommt, Mädels, jetzt reißt euch mal zusammen. Nicht alle Männer sind Schweine. Schließlich hat sie ihn umgebracht und nicht umgekehrt«, beschwerte sich Conrad, der mit dem Nagel des kleinen Fingers irgendwelche Speisereste zwischen seinen Zähnen suchte, natürlich ohne die andere Hand davorzuhalten, wie Nola es von ihrer Mutter gelernt hatte.

Sie wandte den Blick ab. »Die Nachbarn sagen, dass die Cassjens viel gestritten haben. Und das nach so kurzer Zeit. Spricht nicht gerade für das große Glück, auch wenn die Verwandtschaft behauptet, dass alles bei ihnen in Ordnung war. Er soll sehr eifersüchtig gewesen sein. Und sie hat sich wohl recht aufreizend gekleidet.«

»Die Verbindungsnachweise ihrer Telefone habe ich angefordert«, nahm Hilke ihren Bericht wieder auf. »Ich hoffe, die beeilen sich. Einsicht in die Konten ist ebenfalls beantragt. So wie es aussieht, hat sie aber kein eigenes Konto. Sein privater PC ist oben bei der EDV, ihr Tablet-PC ebenfalls. Vielleicht erfahren wir da noch etwas mehr über die beiden. Ich nehme doch an, dass mindestens Silvana Cassjen bei Facebook aktiv ist. Sie ist vierundzwanzig, genauso alt wie ich, da ist wohl jeder irgendwo im Netz unterwegs. Ach so, eine Waffe ist weder auf seinen noch auf ihren Namen registriert.«

»Super«, lobte Nola die junge Kollegin. »Wer könnte uns etwas über Silvana Cassjen erzählen?«

»Ihre Mutter? Ihre Schwester?«

»Da müssen wir die Kollegen aus Dresden um Amtshilfe bitten. Kannst du das übernehmen?«

»Mach ich gleich«, versprach Hilke. »Vielleicht wissen ja die ehemaligen Arbeitskollegen etwas.«

»Möglich. Erst mal abwarten, was die Verbindungsnachweise hergeben«, entschied Nola. »Zuerst müssen wir den behandelnden Arzt aufsuchen, das ist das Wichtigste. Er wird uns etwas über ihren geistigen Zustand sagen können. Von den Nachbarn hat keiner außer den Webers was mitgekriegt, das wissen wir schon. Und die haben nur den Schuss gehört, sonst nichts. Immerhin haben wir damit die genaue Tatzeit. Als Nächstes besuchen wir die beiden Lokale, in denen sie gearbeitet hat. Vielleicht kennt einer der ehemaligen Arbeitskollegen Silvana Cassjen näher und kann uns einen Tipp geben, wo sie sich aufhalten könnte. Dann müssen wir mit Dr. Cassjens geschiedener Frau reden und mit seinen Sprechstundenhilfen. Vielleicht hatte er doch irgendwelche Feinde. Wir sollten uns nicht völlig auf Silvana Cassjen fokussieren.«

Erstaunt hob Hilke den Blick. »Du glaubst ernsthaft, dass jemand anderes ihn erschossen hat?«

»Klar glaubt sie das«, brummte Conrad. »Das musst du dir merken. Für Nola ist das Offensichtliche nie gut genug.«

Die folgerichtige Antwort würde lauten, dass er nur die einfachen, geradlinigen Erklärungen suchte, für die man wenig recherchieren musste, aber diese Diskussion wollte Nola jetzt nicht führen. »Das mit der Waffe ist und bleibt rätselhaft, das müsst ihr doch zugeben!« Kaum ausgesprochen, ärgerte sie sich schon über ihre Worte und noch viel mehr über ihren aufgeregten Tonfall. Es bestand kein Anlass, sich zu verteidigen. Zählte es nicht zu den Aufgaben einer guten Ermittlerin, alle Möglichkeiten in Betracht zu ziehen, auch die, die nicht sofort ins Auge sprangen? »Also«, sagte sie sehr viel ruhiger. »Wie kommt diese Frau an eine Pistole?«

»Unwichtig«, brummte Conrad, der seine Zahnreinigung beendet hatte. »Uns interessiert nur, was sie damit angestellt hat.«

»Wenn sie die Täterin ist. Und das können wir zu diesem Zeitpunkt nicht beweisen. Conrad, wir beide fahren gleich zu diesem Psychodoktor. Vorher geh ich kurz runter zu Stefan. Vielleicht hat er was für uns. Hilke, du machst hier weiter.«

»Ich geh schon mal vor, eine rauchen.« Conrad nahm seine Jacke vom Haken, ein nagelneues Jackett aus braunem Cord.

»Hey, schick«, rutschte es Nola raus. Conrad verdrehte demonstrativ die Augen. Und doch hätte sie schwören mögen, dass er sich über ihre Aufmerksamkeit freute.

Hauptkommissar Stefan Bruhns, Leiter der Spurensicherung, saß an seinem Schreibtisch und hämmerte mit zwei Fingern auf die Tastatur ein, auch er musste alles schriftlich niederlegen, und nach seinem Gesichtsausdruck zu urteilen, gehörte das nicht zu seinen bevorzugten Tätigkeiten. Bei Nolas Anblick lächelte er erfreut, legte die Hände auf die Oberschenkel und rollte mit seinem Stuhl einen halben Meter zurück.

»Na, was willst du wissen?«

»Alles!«

»Wir haben einen unvollständigen Fußabdruck, von der Größe her ein Damenschuh, glatte Sohle, den Hersteller können wir somit nicht ermitteln, leider, außerdem Blutspuren auf Treppe, Schlafzimmerteppich und im Kinderzimmer. Sie wird in aller Hektik ein paar Klamotten zusammengesucht haben. Und dann ist sie weg, mit den kontaminierten Schuhen und in ihrem eigenen Wagen. Letzteres ist ja schon bekannt.«

»Hab ich bis gestern auch gedacht.« Nola erzählte von den akustischen Eindrücken der Nachbarn.

»Und was stimmt jetzt nicht mehr an deinen Überlegungen?«

»Dass die Nachbarn nur den Schuss gehört haben und nicht den Wagen. Sie ist also frühestens nach zwei Stunden losgefahren.«

Stefan schien das nicht zu irritieren. »Vielleicht hat der Kleine gebrüllt, und sie musste ihn erst füttern«, schlug er vor. »Wenn man mit einem Baby auf Reisen geht, ist das ohnehin der reinste Umzug. Wenn ich daran denke, wie das früher bei uns abgelaufen ist, Stress pur. Gut, dass meine Töchter inzwischen groß sind und ihren Krempel selbst zusammensuchen. Was allerdings neuen Stress bedeutet, weil sie sich nie auf einen Koffer beschränken können.« Er winkte ab. »Zurück zu unserem Fall. Ich glaube nicht an diese kopflose Hektik. Die Frau hatte doch alle Zeit der Welt.« Er stieß sich mit den Füßen ab und rollte auf Nola zu. »Außerdem hab ich noch was für dich!« Sein Strahlen verriet, dass es sich um etwas wirklich Spektakuläres handelte. »Auf der Bettwäsche befanden sich Rußpartikel, die Waffe muss dort gelegen haben, nachdem sie abgefeuert worden war. Klar, beim Packen hat die Waffe sie gestört. Gefunden haben wir die Pistole allerdings nicht, aber das weißt du ja bereits. Sie muss sie also mitgenommen haben.«

»Mist«, flüsterte Nola, und Stefan nickte.

Frau Cassjen befand sich auf der Flucht mit ihrem Sohn, sie hatte eine Waffe dabei, und niemand wusste mit Sicherheit, wie es um ihre Psyche bestellt war. Nola musste vorsichtig agieren, sehr vorsichtig, um das Leben des Säuglings nicht zu gefährden. Vor allem aber musste sie die Frau finden, und das so rasch wie möglich.

»Wir haben keinerlei Einbruchsspuren entdeckt, und die Hülse, die wir am Tatort gefunden haben, verrät uns, dass der Täter eine Standardmunition verwendet hat, neun Millimeter, das bringt uns ohne die Waffe nicht weiter. Das Projektil, das in der Rechtsmedizin entnommen wurde, ist unterwegs zum LKA.« Er verzog das Gesicht. »Ich glaube allerdings kaum, dass die Waffe schon mal für eine Gewalttat verwendet wurde. Es sei denn, die Frau entpuppt sich als gesuchte Straftäterin.«

»Mit vierundzwanzig?« Nein, das konnte Nola sich nicht vorstellen. Außerdem war die junge Frau nicht vorbestraft.

Auf dem Weg in ihr Büro begegnete ihr Robert, der sie aufforderte, ihn in sein Büro zu begleiten. Zuerst schloss er nachdrücklich die Tür, dann forderte er sie auf, sich zu setzen. Er wartete ab, bis sie sich für einen der beiden grau bezogenen Besucherstühle entschieden hatte, und nahm Platz hinter seinen Schreibtisch. Seine angespannte Körperhaltung verriet, dass er sich nicht wohlfühlte in seiner Haut. »Ich hatte gerade einen Anruf vom Oberstaatsanwalt Dr. Peters. Frau Cassjen hat sich über dich beschwert.«

»Wie bitte?« Nola traute ihren Ohren kaum.

»Frau Cassjen ist der Ansicht, dass du überflüssige Fragen stellst und an der falschen Stelle suchst. Angeblich hast du sie und ihren Lebensgefährten verdächtigt. Du weißt hoffentlich, dass Erich Loening bis vor Kurzem unser Landrat war, ein einflussreicher Mann, der sich großer Beliebtheit erfreut. Ich nehme an, er und Dr. Peters kennen sich auch persönlich.«

Zum ersten Mal fühlte Nola sich in Roberts Gegenwart unwohl. Der Leiter des Ersten Kommissariats war keiner, der den Chef raushängen ließ, aber heute fühlte es sich so an. »Ja, Frau Cassjen hat deutlich darauf hingewiesen, dass sie sich nicht zu den Normalsterblichen zählt. Was hab ich falsch gemacht?«

Robert lächelte säuerlich. »Nichts, hoffe ich. Die Frau scheint zu glauben, dass du ihre Schwiegertochter nicht für die Täterin hältst, und das findet sie merkwürdig. Ich übrigens auch, genau wie der Oberstaatsanwalt.«

»Seit wann spielt es eine Rolle, was die Angehörigen der Opfer von Gewalttaten denken?« Nola fühlte sich zu Unrecht angegriffen, und entsprechend fiel ihr Tonfall aus.

Roberts Miene verdüsterte sich. »Du hast schon verstanden, was ich dir sagen will. Gibt es konkrete Hinweise, dass zur Tatzeit eine weitere Person anwesend war?«

»Nein. Im Gegenteil, Stefan konnte nachweisen, dass die Tatwaffe auf ihrem Bett lag. Ich frage mich allerdings, woher die Waffe stammt. Und egal, wie Frau Cassjen das beurteilt, das *ist* wichtig. Und noch wichtiger ist es, die Vergangenheit der Frau zu durchleuchten, wenn ich den Säugling finden will. Rechtzeitig«, fügte sie noch an.

»Okay, alles klar. Ich möchte nur, dass du Bescheid weißt über das, was hinter deinem Rücken passiert. Dr. Peters ist ein integrer Mann, er wird dir keine Steine in den Weg legen, aber er möchte natürlich, dass die Ermittlungen möglichst bald zu einem Ergebnis kommen.«

»Wer nicht?«, murmelte Nola.

»Gut. Denk einfach daran, dass du noch so manches Mal auf das Wohlwollen der Staatsanwaltschaft angewiesen sein wirst. Also, sei nett zu den Leuten.«

»Bin ich immer.« Nola merkte selbst, dass ihr ruppiger Ton genau das Gegenteil aussagte, aber sie konnte nicht anders. »Ich hoffe, es verstößt nicht gegen die Dienstvorschriften, dass ich einen Kollegen gebeten habe, die Waffen im Haus Cassjen/Loening zu überprüfen. Nicht dass der hochgeschätzte Landrat selbst der Täter ist.«

Mit hochgezogenen Brauen schüttelte Robert den Kopf, er wirkte genervt, wahrscheinlich bereute er schon, sie in sein Büro gebeten zu haben. Ein kurzer Hinweis auf dem Flur über Frau Cassjens Beschwerde wäre ausreichend gewesen. Er hätte hinter seiner Tür verschwinden und Nola einfach stehen lassen können. Aber dafür war es jetzt zu spät, sie saßen sich gegenüber, und er musste ihre Empörung aushalten.

»Tut mir leid«, platzte Nola heraus. »Solange ich nicht klären kann, woher die Tatwaffe stammt, will ich nicht an die Täterschaft dieser Frau glauben. Jedenfalls nicht zu hundert Prozent«, schränkte sie ihre Worte vorsichtshalber ein.

»Dann streng dich an. Bislang bin ich geneigt zu denken, dass du dich gerade verrennst.«

Seit einem Schlaganfall vor fünf Jahren lag Ockos Mutter im Bett. Die rechte Seite war vollständig gelähmt, links konnte sie die Hand ein wenig bewegen, mehr aber nicht, und zu Ockos großem Kummer konnte sie nicht mehr sprechen. Morgens kam für eine halbe Stunde der Pflegedienst, der sich um ihre Körperpflege kümmerte und die Tabletten für den Tag zurechtlegte, damit er nicht durcheinanderkam. Für den Rest war Ocko zuständig.

Engeline Tammen war über neunzig, winzig klein wie ein Kind und so dünn, dass man alle Knochen sah, wenn man ihr das Nachthemd auszog. Er musste sie füttern und wickeln, und jedes Mal, wenn er den linken Arm unter ihre Kniebeugen schob und sie anhob, damit er die alte Windel entfernen und eine neue unter den Körper schieben konnte, hatte er Angst, etwas kaputt zu machen. Die Beine seiner Mutter fühlten sich an, als wären die Knochen darin nicht mehr richtig befestigt, außerdem wog sie immer weniger, dass er sich stets aufs Neue erschrak. Auch ihre Körpergröße gab ihm zu denken, wie konnte es sein, dass ein Mensch immer kleiner wurde, zusammenschrumpfte wie ein überlagerter Apfel? Und wie lange hielt dieser Prozess an? Würde sie in zehn Jahren die Größe eines Säuglings erreicht haben? Er wusste es nicht, und er traute sich auch nicht, den Arzt oder die Schwester zu fragen.

Es machte Ocko nichts aus, seine Mutter zu pflegen, all die Jahre hatte sie für ihn gesorgt, und jetzt war er dran, sich um sie zu kümmern, oder besser um das, was von ihr übrig geblieben war, eine Ansammlung loser Knochen unter papierdünner Haut, fast schon durchsichtig, und ein Gesicht, das immer ein wenig erschrocken aussah und gleichzeitig fremd, erschreckend fremd.

Er vermisste ihre Stimme. Ein Mensch, der nicht sprechen konnte, seine Wünsche nicht äußern, war nur noch ein halber Mensch. In dem Bett seiner Mutter lag eine Greisin mit trüben Augen, dünnen weißen Haaren, die die Schwester vom Pflegedienst ganz kurz geschnitten hatte, weil das für alle praktischer war, mit knochigen Fingern, die sich nicht mehr gerade biegen ließen, und einem lippenlosen Mund, der nur noch zum Schlucken gut war. Und doch, wenn er sie lange genug anschaute, erkannte er seine Mutter wieder, die Frau, mit der er seit dem Tag seiner Geburt in diesem Haus zusammenlebte, und er erinnerte sich an ihr polterndes Lachen, ihre derben Witze, an ihre Hände, die groß waren und schwielig von der Arbeit und die schnell zuschlagen konnten, aber genauso schnell auch wieder trösten. Längst hatte er kapiert, dass sie es nie böse gemeint hatte mit ihm. Manchmal kamen ihm die Tränen, und er musste seinen Kopf auf ihre Schulter legen, ganz behutsam, um ihr nicht wehzutun. Er wusste nicht, ob sie ihn noch erkannte, sich an seinen Namen erinnerte, wenigstens seine Nähe spürte, aber er sprach mit ihr, als würde sie jedes seiner Worte verstehen, und er löffelte neben den Mahlzeiten viermal täglich schwarzen Tee mit Kluntjes und Sahne in das zahnlose Loch, das mal ihr Mund gewesen war, weil sie ihr Leben lang gern Tee getrunken hatte, immer zu denselben Zeiten, und er ihr dieses Vergnügen nicht nehmen wollte.

Gerade war die Schwester vom Pflegedienst gefahren. Ihre schlechte Laune lag noch in der Luft wie ein übler Geruch, der überall haftete und es Ocko schwer machte, sich zu entspannen. »Das hier ist wirklich ein Schweinestall, Ocko«, hatte sie gemeckert und verlangt, dass er mal gründlich sauber machte.

Wenn er sich umschaute, hatte sie wohl nicht ganz unrecht. Überall hingen Spinnweben, und die Gardinen hatte er seit der Krankheit seiner Mutter noch kein einziges Mal abgenommen und gewaschen, genauso wenig wie er sich dazu durchringen konnte, die Fenster zu putzen. In der Küche, die nach Südwesten rausging, also zur Hauptwetterseite, waren sie schon halb blind von der grünlichen Schicht, die sich von außen auf das Glas gelegt hatte. Das lag an den Bäumen, daran, dass sie kein Sonnenlicht durchließen, sodass die Scheiben feucht blieben und Grünspan ansetzten. Ocko wusste das, doch er verspürte keine Lust, etwas dagegen zu unternehmen. Wenn seine Mutter das sehen könnte, wäre es etwas anderes gewesen, aber so ...

In Küche und Flur klebte der Fußboden vor Dreck, im Badezimmer ebenfalls. Mit einem leisen Seufzer gestand er sich ein, dass er wirklich mal wischen sollte. Ocko bückte sich und holte den grauen Eimer unter der Spüle hervor, den schon seine Mutter benutzt hatte. Er war voller Staubflusen, die Ocko mit der Hand zusammenklaubte und vor die Haustür brachte, wo er die Faust öffnete, damit der Wind sie davontragen konnte. Der Lappen war von genau demselben Grau wie der Eimer, und er roch nach Mäusedreck. Vielleicht sollte er besser eins der löchrigen Geschirrtücher verwenden, die seine Mutter längst aussortiert hätte und die er selbst aus reiner Gleichgültigkeit immer noch zum Abtrocknen nutzte, falls er das Geschirr nicht einfach umgedreht auf der Spüle stehen ließ, um sich diese lästige Arbeit zu ersparen.

Leise vor sich hin schimpfend, öffnete Ocko den Kühlschrank, holte die Flasche *Fehnbrand* raus, die Margit ihm vorgestern zugesteckt hatte, und schenkte sich ein Glas ein, das er auf einen Zug leerte. Er kippte sofort nach, auf einem Bein konnte man nicht stehen, zwang sich aber dann, die Flasche zurück an ihren Platz zu stellen. Es fiel ihm immer schwerer, rechtzeitig ein Ende zu finden, aber der Tag war noch jung, und die Schwester hatte nicht zum ersten Mal durchblicken lassen, dass seine Mutter besser aufgehoben wäre in einem Pflegeheim. Um Geld bräuchte er sich keine Gedanken zu machen, er hätte ja nichts. Doch Ocko war es wichtig, dass seine Mutter ihr Leben hier beenden konnte, in ihrem Haus, in ihrem eigenen Bett, bei ihrem Sohn, und wenn es sein musste, machte er dafür auch sauber, damit die Schwester zufrieden war und den Mund hielt.

Vier Stunden später kippte er schwarzes Wasser in den Ausguss. Die Küchengardinen hingen an der Wäscheleine, genau wie die Vorhänge aus dem Schlafzimmer seiner Mutter. Er hatte frische Bettwäsche aus dem Schrank geholt, seine Energie reichte allerdings nicht aus, um das Bett heute noch zu beziehen. Das verschob er auf den nächsten Tag. Beim Fensterputzen hatte er seiner Mutter was vorgesungen:

In Ostfreesland is't am besten,
over Freesland geit d'r nix.

Seine Stimme war nicht die beste, bestimmt nicht, aber er bildete sich ein, dass sie den linken Mundwinkel ein klein wenig nach oben zog. Sie hatte gern bei der Arbeit gesungen und dieses Lied ganz besonders geliebt.

In der Küche war der Boden zwar gewischt, aber immer noch nicht wirklich sauber. Er hätte wohl ein zweites Mal drübergehen sollen und vorher das Wischwasser erneuern, doch Ocko konnte sich nicht mehr überwinden. Seine Energie war erschöpft. Nach allem, was er heute geschafft hatte, würde selbst die Schwester morgen zugeben müssen, dass es sehr viel besser aussah als vorher, fast wie früher, als seine Mutter gesund war und er sich ums Putzen nicht zu kümmern brauchte.

Wenn er Geld hätte, ganz viel Geld, würde er jemand einstellen, der hier alles in Ordnung hielt und für seine Mutter sorgte. Er würde neue Gardinen anschaffen und Bettwäsche in fröhlichen Sommerfarben. Daran mangelte es hier drinnen nämlich am meisten, an Fröhlichkeit und Lachen.

Ocko hockte sich auf den Hörnstuhl am Herd und nahm den Kopf in die Hände. Auf einmal war er schrecklich müde.

»Haben Sie einen Termin?« Die Dame an der Rezeption warf Conrad einen missbilligenden Blick zu, und Nola wurde augenblicklich klar, dass sie ihn trotz des neuen Jacketts für einen potenziellen Patienten hielt, für den Suchtkranken, der er im Grunde ja auch war. Rasch zückte sie ihre Dienstmarke.

Der Facharzt für Psychiatrie und Psychotherapie, wie auf dem Schild neben der Eingangstür zu lesen war, gewährte ihnen ein paar Minuten seiner kostbaren Zeit, vergaß aber nicht, darauf hinzuweisen, dass er sich in Eile befand.

»Wie, sagten Sie, war der Name? Silvana Cassjen, Ehefrau von dem Kollegen Cassjen? Der ist doch gerade erst…« Er hüstelte. »…zu Tode gekommen. Und die Frau ist verschwunden, wie meine Mitarbeiterin mir vorhin erzählt hat. Jedenfalls stand es so in der Zeitung.« Fragend schaute er Nola an, musste aber einsehen, dass sie nichts dazu sagen würde. »Nein, da kann ich Ihnen nicht helfen. Die Dame war nie in meiner Praxis.« Um alle Zweifel auszuräumen, rief er die Arzthelferin hinzu, die beschwor, dass Dr. Cassjen weder am 28. Mai noch an einem anderen Tag um einen Termin gebeten hätte.

»Daran könnte ich mich erinnern. Frau Cassjen ist mit Sicherheit keine Patientin bei uns.«

Auf Nolas Bitte warf der Arzt noch einen Blick auf die Namen der Medikamente, die sie in Silvana Cassjens Nachttischschublade gefunden hatte. »Hm, und Sie sagen, die Frau war tagsüber allein? Das würde ich, vorsichtig formuliert, als unverantwortlich bezeichnen. Es handelt sich um hochwirksame Präparate, die man nur in Ausnahmefällen miteinander kombiniert und auch nur im Rahmen eines Klinikaufenthaltes, wo eine engmaschige Kontrolle des Patienten gewährleistet ist. Hier wurden gleichzeitig ein stark wirkendes Neuroleptikum gegen Wahnvorstellungen und Halluzinationen und ein Antidepressivum verordnet, das genau diese anticholinergen Effekte noch verstärken kann. Bei dieser Medikation dürfte sie nicht mehr Herr ihrer Sinne sein.«

»Und was passiert, wenn sie die Medikamente absetzt? Ich gehe davon aus, dass Frau Cassjen zurzeit nichts einnimmt, sie hat die Medikamente ja zurückgelassen.«

Die Vorstellung ließ seine Augenbrauen in die Höhe schnellen. »Das wäre nicht gut, überhaupt nicht gut. Gefährlich für die Frau und leider auch für das Kind in ihrer Obhut.«

Gedankenverloren spielte Nola mit den Knöpfen ihrer Jacke. Vorhin war ihr eine Idee gekommen, die sie nicht mehr losließ. »Wäre es denkbar, dass jemand eine Psychose nur vorspielt?«

»Merkwürdige Frage. Natürlich ist ein intelligenter

Mensch rein theoretisch in der Lage, psychotische Verhaltensweisen zu imitieren. Ich möchte allerdings stark bezweifeln, dass ein Facharzt das nicht durchschauen würde. Da gehört schon ein bisschen mehr dazu, als zu behaupten, dass man weiße Mäuse sieht.« Sein Blick verriet, dass er Nolas Idee als unerhörten Angriff auf seinen Berufsstand wertete. »Sie sagten doch gerade, dass die Frau Medikamente genommen hat.«

»Wir haben angefangene Packungen im Nachtschrank gefunden. Richtig. Aber damit ist nicht bewiesen, dass sie diese Medikamente tatsächlich eingenommen hat. Man könnte auch so tun, als ob, wenn man einen Plan verfolgt.«

»Wenn Sie meinen ...« Nein, diese Vorstellung gefiel dem Doktor überhaupt nicht. Er schaute Nola an, als wäre ihm soeben aufgefallen, dass sie selbst an einer Psychose litt. Sie beeilte sich mit ihrer Verabschiedung.

Auf der Rückfahrt schlug Conrad ihr vor, künftig Romane zu schreiben. »Da könntest du mit deiner abgedrehten Fantasie ein Vermögen verdienen. Du glaubst doch nicht ernsthaft, dass die Frau ihren Zustand nur vorgetäuscht hat? Wir haben sie doch beide erlebt. Nee, das war nicht gespielt, die war völlig neben der Spur. Und dann diese Aufnahme aus der Bank.«

»War doch nur so eine Idee«, murmelte Nola. Ausnahmsweise musste sie Conrad zustimmen, am 28. Mai hatte Silvana Cassjen nicht simuliert, da war sie vollkommen sicher. »Als Nächstes fahren wir in die Frauenklinik. Vielleicht können die uns etwas über die geistige Verfassung von Frau Cassjen erzählen.«

Begeistert wirkte Conrad nicht, aber ihm fiel keine passende Ausrede ein.

»So langsam sollten wir mal an unsere Altersversorgung denken«, hatte Gerhard vor drei Jahren gemeint und die Unterlagen für das von ihm anvisierte Projekt auf den Tisch gelegt. Es handelte sich um den Rohbau eines Gebäudes mit acht Läden und achtzehn Wohnungen darüber. Auf Borkum, was seiner Ansicht nach den Garant für den Erfolg bedeutete. Wenn es um den Wert von Immobilien ging, durfte man die ostfriesischen Inseln durchaus als goldenen Boden bezeichnen, Bauland war nur sehr begrenzt vorhanden und die Nachfrage immens.

Erich willigte ein, ohne groß darüber nachzudenken. Wenn der Filialleiter der Sparkasse nicht wusste, wie man Geld vermehrte, wer dann? Neben seinen Ersparnissen, die nicht unbeträchtlich waren, hatte er ein Jahr zuvor ein Haus in Italien und eine ordentliche Summe von seinem Onkel geerbt. In Anbetracht der Größe ihres Projekts musste er noch einen sechsstelligen Kredit aufnehmen, der ihm ohne Bonitätsprüfung bewilligt wurde, weil er amtierender Landrat war und außerdem mit Gerhard Giese, dem Leiter der Sparkasse, befreundet, der die Angelegenheit aus gutem Grund selbst abgewickelt hatte.

Erich stimmte zu, eine Immobiliengesellschaft zu gründen, in der jeder von ihnen zu fünfzig Prozent beteiligt war, und sorgte dafür, dass alle behördlichen Stolpersteine aus dem Weg geräumt wurden. *Wenn alles gut läuft, wiederholen wir das Ganze*, versprach Gerhard damals, und keiner von ihnen zweifelte daran, dass es gut laufen würde.

Bedauerlicherweise kam alles ganz anders, es schien, als wäre das Projekt vom Pech verfolgt. Langsam begriff Erich, weshalb der vorherige Investor mitten in der Bauphase ausgestiegen war. Der Mann musste über den berühmten siebten Sinn verfügen, der ihm und Gerhard offenbar fehlte.

Es begann damit, dass der größte Subunternehmer bankrottging und sie keinen Ersatz fanden, der bereit war, zu den gleichen, zugegeben unanständig miesen, Konditionen zu arbeiten. Der Winter fiel unerwartet heftig aus und zog sich bis weit in den März hinein, dann regnete es wochenlang wie aus Kübeln. Dreiste Diebe klauten Kupferrohre, Kabel und Regenrinnen von der Baustelle, und irgendwelche Vandalen zertrümmerten im Monat vor dem geplanten Einzug sämtliche Fensterscheiben der kleinen Ladenzeile. Weder die Baumaterialien noch die Fenster waren zu dem Zeitpunkt versichert. Am Ende verzögerte sich die Fertigstellung des Gebäudes um ein ganzes Jahr, längst schon verfügte keiner von ihnen mehr über die finanziellen Mittel, um den zweimal aufgestockten Kredit zu bedienen, und Eckart begann damit, Geld von den Konten wohlhabender Anleger der Sparkasse umzubuchen, nur vorübergehend, wie sie sich gegenseitig versicherten, bis alles vernünftig lief und die Immobilie Geld abwarf. Inzwischen waren die Wohnungen vermietet, doch die Läden machten Probleme. Es gab häufigen Mieterwechsel und monatelange Leerstände, die das Finanzierungsmodell längst aus den Angeln gehoben hatten.

Die Tatsache, dass der Gebäudekomplex nicht direkt am Wasser lag, war auch nicht gerade förderlich für den Erfolg. *Das spielt keine Rolle, Borkum ist Borkum*, hatte Gerhard seinerzeit gemeint, aber nun stellte sich heraus, dass es sehr wohl eine Rolle spielte. Für wohlhabende Mieter von außerhalb, die sich einen Zweitwohnsitz auf einer Nordseeinsel leisten konnten, und auf diese Klientel hatten sie spekuliert, kam eine Wohnung ohne direkten Meerblick nicht infrage, egal, wie luxuriös sie auch ausgestattet sein mochte. *Sehr schön, aber die Lage überzeugt uns nicht*, hieß es dann. Längst hatten sie Abschied nehmen müssen von ihren ursprünglichen Mietvorstellungen, und trotz der reduzierten Preise gestaltete es sich immer schwieriger, solvente Mieter zu finden.

Ein streitlustiger Rentner aus Offenbach prozessierte gegen die Gesellschaft, weil die Heizanlage in der Wohnung seiner Ansicht nach unzureichend dimensioniert war. Zudem würde es durch die Fenster, die sie zweimal hatten abdichten lassen, immer noch ziehen. Dafür hatte er sich einfach vierzig Prozent der Miete abgezogen und, schlimmer noch, den Nachbarn geraten, dasselbe zu tun. Zu allem Unglück war der Sohn des Mannes ein mit allen Wassern gewaschener Anwalt, dem es Spaß zu machen schien, sich immer wieder neue Winkelzüge auszudenken, um die Gegenpartei vor Gericht zu zitieren.

Mit den Ladengeschäften lief es beinahe noch schlechter. Der Einzelhandel befand sich in einer Krise, es gab kaum noch rentable Geschäftsmodelle, die so viel abwarfen, dass man die hohe Ladenmiete davon zahlen konnte, schon gar nicht im Winterhalbjahr, wenn die Touristenströme merklich nachließen. Von den acht Geschäften standen gerade wieder drei leer, was die gesamte Anlage trostlos aussehen ließ. Das vegetarische Restaurant, das ihrer Ansicht nach eine Lücke in der Borkumer Gastronomie schließen würde, musste nach fünf Monaten zumachen. Zuerst hatten sie gar keinen Nachpächter gefunden, und jetzt kämpfte ein mittelmäßiger Grieche ums Überleben. Mit der Pacht war er zwei Monate im Rückstand, doch inzwischen nahmen sie lieber wenig Geld ein als gar keines, und noch ein Leerstand würde dem Außeneindruck des Komplexes nur schaden. Auf der Insel nannte man das Gebäude bereits *Pleitebunker.*

Schon zweimal hatte Gerhard ihn angefleht, Margit um

finanzielle Unterstützung zu bitten, und er hatte sich den Mund fusselig reden müssen, um Gerhard davon abzubringen.

»Du kennst Margit nicht«, sagte er in solchen Fällen. »Die setzt sofort einen Anwalt ein, der die Unterlagen einsehen will. Können wir uns das erlauben?«

Bis jetzt war Gerhard jedes Mal eingeknickt, doch ewig würde das nicht funktionieren. Unter normalen Umständen, das war Erich bewusst, hätte die Sparkasse längst eine Zwangsversteigerung anvisiert. Dass es noch nicht dazu gekommen war, lag an Gerhards schützender Hand und seinen Veruntreuungen, mit denen er die finanziellen Löcher stopfte. Immer wieder betete Erich sich vor, dass der Filialleiter mehr zu verlieren hatte als er selbst, das versprach ihm eine gewisse Sicherheit. Doch wenn jetzt tatsächlich eine Revision der Sparkassenfiliale anstand, musste er Margit reinen Wein einschenken. Allein bei der Vorstellung wurde ihm schlecht.

Verflucht noch mal, nein, er brachte es einfach nicht fertig, sie um Geld anzubetteln. Bis dato wusste Margit nichts von seinem desaströsen Ausflug ins Immobiliengeschäft, dank getrennter Konten hatte er sein Engagement vor ihr verheimlichen können. Glücklicherweise lautete die Geschäftsadresse der Gesellschaft auf Gerhards Privatanschrift, sonst hätte Margit bei der Flut der Schreiben längst etwas bemerkt. Sie ahnte nicht, dass seine Konten bis zum Anschlag überzogen waren, und dabei sollte es auch bleiben.

Der Besuch in der Frauenklinik hatte Nola nicht weitergebracht. Nach Aussage des Stationsarztes war Silvana Cassjen etwas ängstlich gewesen, wie viele Erstgebärende, aber keineswegs psychotisch. Andererseits erfuhr sie, dass eine postpartale Psychose sich häufig erst nach Tagen oder Wochen entwickelte.

Hilke hatte recherchiert, dass im Stadtgebiet Leer noch zwei weitere Psychotherapeuten praktizierten, auch dort hatte Dr. Cassjen weder angerufen noch einen Termin vereinbart. Mit der Psychiatrie in Emden hatte er ebenfalls keinen Kontakt aufgenommen, und Dr. Stelter, der Hausarzt, erklärte auf Nachfrage, dass Frau Cassjen nicht zu seinen Patienten zählte. Er hatte sie nur einmal gesehen, an dem Tag, als sie das Baby im Nachbarschuppen gefunden hatten. »Verstehst du das?«

»Nee«, sagte Nola. »Wirklich nicht. Wir beide«, sie schaute Hilke an, »fahren noch mal ins Haus und suchen nach dem Rezept. Psychopharmaka sind doch verschreibungspflichtig. Irgendjemand muss sie verordnet haben. Richtig?« Sie wartete Hilkes Zustimmung gar nicht erst ab.

Der metallische Geruch nach Blut war immer noch im Haus wahrzunehmen, wenn auch nicht mehr so stark wie am Vortag. Trotzdem hielt Hilke sich demonstrativ die Nase zu, und Nola war versucht zu sagen, dass eine Kripobeamtin im Kommissariat für Kapitaldelikte wie Mord und Totschlag so etwas aushalten musste. Sie ließ es dann aber sein, Hilke punktete mit anderen Qualitäten. Sie durchforsteten sämtliche Schubladen, und als sie dort nicht fündig wurden, die Taschen aller Jacken, die an der Garderobe hingen. Ohne Erfolg.

»Vielleicht hat er das Rezept schon bei seiner Krankenkasse eingereicht«, schlug Hilke vor. »Als Mediziner ist er doch bestimmt privat versichert.«

Nach längerer Suche entdeckten sie einen Ordner mit persönlichen Unterlagen und dort den Namen der Krankenkasse, sogar die Durchwahl der zuständigen Sachbearbeiterin. Das Telefonat gestaltete sich schwierig, aber schließlich ließ die Frau sich überreden, in den Unterlagen nachzusehen. Es war kein entsprechendes Rezept eingegangen.

»Das hat was zu bedeuten«, murmelte Nola. »Aber was?«

Gesa Cassjen arbeitete als Schreibkraft in einer Versicherungsagentur, was perfekt zu ihr zu passen schien, genau wie das Feinstricktwinset und der enge stahlgraue Rock, der über den Knien endete. Sie war gerade erst einundvierzig geworden, das hatte Hilke recherchiert, und damit ein Jahr älter als ihr Exmann. Eine große, schlanke Frau mit schulterlangen blonden Haaren, auf den ersten Blick ein ganz ähnlicher Typ wie ihre Nachfolgerin, wenn auch nicht so hübsch. Ihre Nase erschien zu groß für ihr Gesicht und ließ es eine Spur zu streng aussehen, zudem war die Oberlippe sehr schmal, was sich durch geschicktes Schminken sicher verbergen ließe, doch so eitel schien sie nicht zu sein. In ihrem Blick lag eine große Ernsthaftigkeit. Insgesamt kam sie Nola vor wie ein Mensch, auf den man sich verlassen konnte, der sich selbst aber nicht sonderlich wichtig nahm.

In der Wohnung roch es nach Krankenhaus, was Nola sofort unangenehm auffiel. Wenn sie sich nicht täuschte, benutzte Frau Cassjen starke Desinfektionsmittel, und davon nicht zu wenig. Möglicherweise litt sie an Waschoder Putzzwang. Dafür sahen ihre Hände mit den kurz geschnittenen Nägeln allerdings zu gepflegt aus. Menschen mit Waschzwang schrubbten häufig ihre Haut blutig, davon war hier nichts zu erkennen. Die Hände wirkten makellos und frisch eingecremt.

Der Anblick von Nolas Dienstmarke überraschte Frau Cassjen nicht im Geringsten. »Es geht um Cord, nicht wahr?«

»Ja. Frau Cassjen, darf ich fragen, warum Sie sich getrennt haben?«

Die Frau war klug genug, um sofort den richtigen Schluss zu ziehen. »Sie denken, dass ich immer noch Groll gegen ihn hege?« Für einen Moment schürzte sie die Lippen, und plötzlich konnte man sich vorstellen, dass es noch eine andere Gesa Cassjen gab, eine leidenschaftliche, höchst lebendige Frau, doch der Eindruck verschwand genauso schnell, wie er gekommen war. »Nein, ganz bestimmt nicht. Ich bin aus gutem Grund vor vier Jahren ausgezogen. Und ich war es auch, die nach dem Trennungsjahr die Scheidung eingereicht hat.«

»Darf ich fragen, warum?«

»Das ist kein Geheimnis. Wir haben einen schwerstbehinderten Sohn. Damit ist Cord von Anfang an nicht klargekommen. Seine Mutter sowieso nicht, die hat ihren Enkelsohn niemals akzeptiert. Inzwischen ignoriert sie Christopher komplett. Nicht mal eine Karte zu Weihnachten oder zum Geburtstag ist er ihr noch wert. Von meiner Person gar nicht erst zu reden. Ich bin nonexistent.« Zum ersten Mal hob sie die Stimme. »Wissen Sie, man verlässt nicht ungestraft den Sohn von Cornelius C. Cassjen, und wenn man es dennoch wagt, muss man dafür büßen.« Ihre Schultern schnellten voller Empörung in die Höhe, und sie gab ein tiefes Seufzen von sich. »Gut, damit muss ich jetzt leben. Ich bin die unvollkommene Schwiegertochter, die der Familie ein krankes Kind geboren hat. Und dann habe ich es auch noch gewagt, auszuziehen und die Scheidung einzureichen. So etwas gehört sich nicht. Er hätte *mich* verlassen müssen, damit hätte Margit sich arrangieren können.« Mit einer müden Bewegung strich sie eine Haarsträhne hinter ihr Ohr, dann drehte sie mit zwei Fingern an dem winzigen Perlenstecker. »Aber das hätte er nie getan. Ein anständiger Mann lässt seine Frau nicht mit einem behinderten Kind sitzen. Es gibt ja genügend andere Wege, sich aus einer Beziehung zu stehlen.«

Nola, die zu verstehen glaubte, nickte. »Sie meinen, er hat sich anderweitig amüsiert.«

»Keine andere Frau, falls Sie das denken. Dafür ist er viel zu bequem. Die hätte schon an der Tür klingeln und nach ihm fragen müssen. Nein, Cord hat uns einfach ignoriert, neben uns gelebt, aber nicht mit uns. Ich hätte meine Haare grün färben können oder lila, es wäre ihm nicht aufgefallen. Meine Aufgabe bestand darin, den Jungen so zu versorgen, dass er nichts davon mitbekam. Wenn er abends aus der Praxis kam, sollte Christopher am liebsten schon im Bett liegen, und auf dem Tisch musste etwas Leckeres stehen, das er schweigend in sich reinschaufeln konnte. Wenn ich über meine Probleme reden wollte, wehrte er ab, er müsse sich von der Arbeit erholen. Eines Tages hab ich ihm vorgeschlagen, Essen auf Rädern zu bestellen, und bin gegangen. Immerhin zahlt er den Unterhalt pünktlich. Zu Weihnachten und zu Christophers Geburtstag lässt er sich auch mal kurz blicken. Große Geschenke, kleine Gefühle, wie er es zu Hause gelernt hat. Er bringt es kaum über sich, Christopher zu berühren. Wenn ich den Jungen füttere, schaut mein Mann weg. Er ekelt sich.«

Mein Mann, nicht mein Exmann. Interessant, dachte Nola. Ganz so egal schien er ihr doch nicht zu sein.

»Wann haben Sie Ihren Exmann zum letzten Mal gesehen?«

»Auf Christophers neuntem Geburtstag, das war am 17. März. Er hat einen riesengroßen Teddybären mitgebracht, mit dem Christopher überhaupt nichts anfangen kann. Dass er noch mal Vater wird, hat er für sich behalten. Vielleicht wollte er mir nicht den Tag verderben.« Kurz dachte sie über ihre Worte nach, dann deutete sie ein Kopfschütteln an. »Ach was, so sensibel ist mein Mann nicht. Er war wohl schlicht zu feige, mir davon zu erzählen.«

»Kennen Sie seine zweite Frau?«

»Nein. Ich habe sowohl von der Hochzeit als auch von der Geburt durch die Zeitung erfahren. Und es hat mich nicht im Geringsten berührt, falls Sie das glauben. Dr. Cord Cassjen spielt keine Rolle mehr in meinem Leben. Mein Sohn besucht eine Förderschule in Leer, und ich arbeite vormittags in einem Versicherungsbüro. Zum Glück zahlt die Krankenkasse einen Integrationshelfer, sonst wüsste ich gar nicht, wie ich das bewerkstelligen soll. Um vierzehn Uhr ist Christopher wieder zu Hause, danach kümmere ich mich allein um ihn, und glauben Sie mir, das ist ein Fulltime-Job. Ich habe gelernt, ohne meinen Mann zurechtzukommen. Das musste ich im Grunde ja von Anfang an.«

Da, schon wieder, sie hatte *Mann* gesagt und nicht *Exmann.*

Nola schaute sich um. Der blassgraue Nadelfilz hatte sicher nicht viel Geld gekostet, wirkte aber gepflegt und sauber, wie alles in der Wohnung. Und er passte perfekt zu dem dunklen Rot der Gardinen. Das Bücherregal platzte aus allen Nähten, zusätzlich hatte Frau Cassjen überall kleine Bücherstapel errichtet, auf dem Fensterbrett, auf einem Teetisch und auf dem Fußboden neben der Couch.

»Sie lesen gern«, sagte Nola automatisch.

»Ja. Ich komme ja nur selten raus. Einmal im Monat besuche ich einen Lesekreis in der örtlichen Buchhandlung, da passt meine Mutter auf Christopher auf. Aber nicht gern, sie hat immer Angst, dass was passiert.«

»Allein mit einem behinderten Kind, das stelle ich mir sehr anstrengend vor.«

Zuerst nickte Gesa Cassjen zögernd, dann holte sie mehrfach tief Luft, als müsste sie Anlauf nehmen für das, was jetzt folgte. »Christopher kam klinisch tot auf die Welt und musste reanimiert werden. Als Folge ist er spastisch gelähmt und leidet an epileptischen Anfällen. Zudem ist er beinahe blind und kann sich nicht artikulieren. Mein Junge ist rund um die Uhr auf Hilfe angewiesen.« Ganz ruhig hob sie den Blick. »So ein Kind passt nicht in die angeblich so perfekte Familie Cassjen. Aber diesmal hat er ja mehr Glück gehabt. Wir freuen uns über ein *gesundes* Kind. Ich hab es in der Zeitung gelesen. Können Sie sich vorstellen, was ich dabei empfunden habe? Und dann der Name: Caspar *Cornelius* Cassjen. Meinem Sohn hat man den *Cornelius* als Zwischennamen verweigert, weil er nicht gut genug war. Aber ich bin nicht böse darüber, auch wenn sich das jetzt so anhören mag. Im Grunde betrachte ich es als Segen, diesen Leuten entronnen zu sein. Ein derart ungesundes Familiengefüge ist kaum zu ertragen. Ständig war Cord bemüht, seine Mutter zu beeindrucken, doch es wollte ihm einfach nicht gelingen. Ich konnte es zuletzt nicht mehr aushalten, diese würdelose Kriecherei, dieses Betteln um Anerkennung, oder besser gesagt, um ihre finanzielle Unterstützung. Wussten Sie, dass die Firma Margit allein gehört? Über der Tür steht mit riesigen Lettern *Cornelius C. Cassjen,* und sie erzählt überall, dass sie und ihr geliebter erster Mann die Firma gemeinsam aufgebaut haben, dass sie ihm alles verdankt!« Sie schnaubte verächtlich. »Alles gelogen. Margit hat die Firma gegründet, und der große Cornelius Cassjen hat keinen Finger krumm gemacht. Er hat ihr lediglich seinen Namen überlassen und später auf ihre Kosten gelebt, und das nicht schlecht, wie man hört. Selbst die Geschichte, dass die Zusammensetzung des berühmten *Fehnbrand* von Cornelius' Großvater entwickelt wurde, ist frei erfunden. Margits Eltern stammen aus Ungarn, und in dem Dorf ihrer Mutter wurde diese Art von Kräuterschnaps gebrannt, jede Familie hatte ihr eigenes Rezept. Aber meine Schwiegermutter ist clever. Ihr war klar, dass die Ostfriesen ein sehr eigenes Völkchen sind und niemand hier ungarischen Schnaps kaufen würde. Deshalb hat sie sich die Geschichte mit Cornelius' Großvater ausgedacht. Mit Erfolg. Mit sehr großem Erfolg sogar. Sie prahlt gern damit, die reichste Frau in Martinsfehn zu sein, und ich denke, das stimmt auch.«

»Es gehört zu meiner Arbeit, die Alibis sämtlicher Leute zu überprüfen, die ein Motiv für diese Gewalttat hatten. Wo waren Sie am Sonntagabend?«

»Zu Hause. Ich bin immer zu Hause. Dafür gibt es allerdings keinen Zeugen. Oder doch …« Gesa Cassjen lachte kurz auf. »Ich habe einen Zeugen, meinen Jungen. Leider kann er sich nicht artikulieren. Allerdings wird jeder, der mich kennt, bestätigen, dass ich Christopher nie allein lassen würde. Er kann jederzeit einen Krampfanfall erleiden und braucht dann sofort ein bestimmtes Medikament. Wie schon gesagt, er ist rund um die Uhr auf Betreuung angewiesen, und außer meiner Mutter ist niemand bereit, das zu übernehmen.«

Sie versuchte gar nicht erst zu bestreiten, dass sie zu den Leuten gehörte, die dem Toten etwas Schwerwiegendes vorwerfen konnten, hielt nicht einmal die beliebte Erklärung für nötig, dass sie zu so einer Tat nie im Leben fähig wäre.

»Hat er viel getrunken?«

»Allerdings. Am liebsten hat er abends Musik über

Kopfhörer gehört und sich dabei volllaufen lassen. Das war ein weiterer Grund für die Trennung.«

»Glauben Sie, dass er unglücklich war?«

Frau Cassjen zog die Ärmel der schwarzen Strickjacke über ihre Hände, als würde sie plötzlich frieren. »Bestimmt. Cord hatte keine schöne Kindheit. Margit hat ihren Mann geliebt, den großen Cornelius C. Cassjen, nicht aber seinen Sohn, den hat sie nur in Kauf genommen. Eine strenge, wenig zugewandte Mutter ist sie gewesen. Keine Liebe, hat Cord immer gesagt. Und sein Vater war ein Trinker, dem weder Margit noch Cord etwas bedeutet haben, auch wenn sie das immer ganz anders darstellt. Ja«, sagte sie entschieden. »Cord war ein zutiefst unglücklicher Mensch. Aber damit war er nicht allein, oder glauben Sie, dass ich glücklich war? Ein schwer krankes Kind, keinerlei Unterstützung, eine Schwiegermutter, die mich und vor allem mein Kind abgelehnt hat, und dazu dieser erbärmlich schwache Mann. Nach der Trennung bin ich von Leer zurück nach Martinsfehn gezogen. Meine Eltern leben hier, meine Schwester, meine beste Freundin.«

»Und Ihre Schwiegermutter«, warf Nola ein.

»Ja. Und meine ehemalige Schwiegermutter. Richtig. Das hat auch eine Rolle gespielt. Ich wollte nicht zulassen, dass Margit meinen Sohn einfach aus ihrem Leben streicht wie einen Fehlversuch, ein misslungenes Experiment. Wissen Sie was?« Jetzt kicherte sie sogar. »Schräg gegenüber von ihrem Wohnhaus liegt eine Haltestelle für den Schulbus. Manchmal setze ich mich auf die Bank und stelle den Rollstuhl so, dass Christopher rüber zur anderen Straßenseite schaut. Dann stelle ich mir vor, wie Margit hinter der Gardine steht und tobt, weil sie uns nicht fortschicken kann.« Das Lächeln erstarb. »Kindisch, ich weiß.

Aber manchmal brauche ich das für mein Ego, ich muss ihr signalisieren, dass wir uns nicht in Luft auflösen werden, niemals.«

»Darum haben Sie diese Traueranzeige geschaltet«, schlussfolgerte Nola, und Frau Cassjen nickte.

»Ja. Es ist mir wichtig, dass niemand hier Christopher vergisst. Er mag sich vielleicht nicht äußern können, aber er ist da, und ich betrachte mich als seine Stimme.«

»Eine letzte Frage noch. Besaß Ihr Exmann eine Schusswaffe?«

»Cord? Nein, ganz bestimmt nicht. Er gehörte mehr zu den ängstlichen Typen, die solchen Männerspielzeugen nichts abgewinnen können. Sein Vater war ein großer Jäger, und er hat seinen Vater gehasst. Warum hätte er ihm nacheifern sollen?«

»Wenn Ihnen noch irgendetwas einfällt, hier ist meine Karte.« Nola stand schon an der Tür, als Frau Cassjen sie zurückhielt.

»Darf ich Ihnen noch Christopher vorstellen?«

Wie hätte Nola nach allem, was sie gerade gehört hatte, ablehnen können?

Der erstaunlich bunte Rollstuhl, in dem Christopher Cassjen saß, war so gedreht, dass er aus dem Fenster schauen konnte. Sein Körper war an mehreren Stellen mit breiten roten Gurten fixiert, für Nola ein erschreckender Anblick, obwohl sie begriff, dass er nicht gefesselt war, sondern einfach nur aufrecht gehalten. Sein Kopf war zur linken Seite gekippt, sein Mund stand offen, und über das Kinn lief Speichel, den Frau Cassjen beiläufig mit einem Tuch abwischte, das über einem der beiden Griffe des Rollstuhls hing. Vermutlich ließ sich gar nicht zählen, wie oft sie diese Bewegung schon ausgeführt hatte, die Art, wie sie das Tuch nahm, einmal in Schlangenlinien über das Kinn fuhr und den Lappen wieder an seinem Platz deponierte, wirkte wie ein Automatismus.

Nola beugte sich vor. »Hallo, Christopher.« Sofort fiel ihr auf, wie übertrieben freundlich sie sprach, vermutlich auch viel zu laut, aber sie wusste einfach nicht, wie sie sich verhalten sollte, zumal Frau Cassjen sie beobachtete und eine Winzigkeit in ihrer Miene jetzt deutlich machte, dass Nola die Prüfung nicht bestanden hatte.

Es war nicht zu übersehen, wie viel Mühe die Mutter sich mit der Gestaltung von Christophers Umgebung gegeben hatte. Bunte Farben, große Motive an den Wänden, ein rotes Auto, ein Teddybär, eine Eisenbahn und über dem Bett, das rundum mit Gittern gesichert war und Nola an einen Käfig erinnerte, ein Sternenhimmel. Mit schlechtem Gewissen fragte Nola sich, ob der Junge, der scheinbar nur ins Leere stierte, das alles überhaupt wahrnahm. Sie verspürte den Drang, etwas Nettes zu sagen, wusste aber nicht, was. »Ein sehr schönes Zimmer.« Mist, das klang gönnerhaft, am besten hielt sie einfach den Mund. »Ich muss jetzt leider... eine weitere Befragung.« Sogar ihr Lächeln fiel übertrieben aus, und sie war froh, dass nirgends ein Spiegel hing, in dem sie sich ansehen musste.

Nola fühlte Erleichterung, als die Tür sich hinter ihr schloss. Cord Cassjen hatte die Stunden vor seinem Tod auf eine für ihn typische Weise verbracht. Wenn Silvana Cassjen die Täterin war, konnte sie sich darauf verlassen, ihn zu später Stunde in tiefem Schlaf und damit wehrlos vorzufinden. Jeder, der ihn gut kannte, konnte das wissen. Auch seine erste Frau, die ein Leben führte, das höchste Anerkennung verdiente, Anerkennung, die sie vermutlich nicht bekam. Aber selbst wenn sie eine Waffe besaß und den Jungen doch ausnahmsweise allein gelassen hatte, wie war sie in das Haus gelangt, ohne Einbruchspuren zu hinterlassen?

Dustin war krank. Er fehlte ziemlich oft, und Philipp wusste, dass Yvonne manchmal keine Lust hatte, früh aufzustehen. Dann durfte Dustin einfach zu Hause bleiben. Aber das hier war anders. Dustin war schon gestern nicht zur Schule gekommen, und die Lehrerin hatte gesagt, dass er noch länger fehlen würde. Obwohl sie kein Wort mehr miteinander wechselten, schien der Klassenraum ohne Dustin ganz leer. Am liebsten würde er zu Dustin nach Hause fahren, an der Tür klingeln und fragen, was mit ihm los war. Aber Philipp traute sich nicht. Dustin würde ihn gar nicht erst über die Schwelle lassen. Dustin wollte nichts mehr mit ihm zu tun haben, es war ihm egal, dass Philipps Eltern und nicht er selbst die Freundschaft beendet hatten. Er nannte Philipp Verräter, Arschloch und Wichser, immer abwechselnd. Manchmal spuckte er vor ihm aus, einmal hatte er Philipps Schuh getroffen und sich halb totgelacht.

Nachdenklich schob Philipp mit dem Zeigefinger die Legosteine auf dem Fußboden hin und her. Er hatte keine Lust, etwas zu bauen. Er wollte raus in die Sonne, ein bisschen mit dem Rad durch die Gegend fahren, und seine Mutter hatte nichts dagegen. Sie war beschäftigt, weil sie das Schlafzimmer gründlich putzte. »Komm nicht zu spät!«, rief sie ihm hinterher.

Philipps Rad war ziemlich neu, ein knallrotes Mountainbike, er hatte es vor zwei Monaten zum Geburtstag bekommen, und Moritz, sein großer Bruder war ganz neidisch. Seiner Ansicht nach brauchte so ein kleiner Pimpf kein so cooles Rad, und er ließ keine Gelegenheit aus, das zu verkünden. Gestern Abend war Papa richtig böse geworden. Er hatte gemeint, dass Moritz lernen müsste, sich anständig zu benehmen, sonst würde er demnächst mal seine Playstation einkassieren. Anschließend war Moritz stinksauer auf Philipp, dabei hatte er doch gar nichts gemacht. Manchmal kam es ihm vor, als wäre die ganze Welt böse auf ihn: Dustin, Moritz, Mama sowieso, die fand immer was zum Meckern, und manchmal sogar Papa.

Das rote Rad war echt super, man konnte sich draufsetzen und sich einbilden, man wäre die Feuerwehr, auch wenn das ein Babyspiel war. Aber die anderen Leute konnten ja nicht wissen, was Philipp sich gerade vorstellte. In seinem Kopf heulte die Sirene, *tatütata*, er gab mächtig Gas und fand sich plötzlich an der blauen Bude wieder. In den letzten Monaten hatte er den Ort gemieden, aus Angst, Dustin zu begegnen. Aber Dustin war ja krank, der konnte nicht plötzlich aus dem Gebüsch springen.

Heute war Dienstag, und er musste an das Haus mit dem Baum denken. Philipp stellte sein Rad hinter die Holzbude und befestigte es mit dem Bügelschloss an einem rostigen Stück Zaun. Dann machte er sich zu Fuß auf den Weg und fragte sich schon nach wenigen Metern, warum er nicht das Fahrrad mitgenommen hatte. Es wusste keine Antwort. Hinter dem ehemaligen Betonwerk, das schon ewig leer stand und wo jetzt weiße und gelbe Blumen um die Wette blühten, schlug er sich wieder in die Büsche, weil sich plötzlich so ein komisches Gefühl in seinem Bauch ausbreitete, das sich verdächtig nach Angst anfühlte. Was, wenn Dustin doch plötzlich aus dem Gebüsch sprang und fragte, was er hier verloren hatte? Aber vielleicht war ja alles nur ein Traum gewesen. Seit wann wuchsen Bäume aus Häusern, und warum sollten zwei Leute sich hier draußen treffen, um solche Sachen zu tun?

Nein, es war kein Traum, das Haus stand wirklich dort, aus dem Dach wuchs dieser Baum, und ringsum standen noch mehr Bäume, in denen große, schwarz weiße Vögel mit langen Schwänzen krakeelten. Sein Opa sagte immer, diese Elstern gehörten abgeschossen, weil sie die Nester der Singvögel ausraubten. Philipps Herz klopfte schneller. Von jetzt an musste er sich ganz vorsichtig bewegen, damit niemand ihn bemerkte.

Kein Auto, der Mann war auch nicht da, aber die Frau, und er fragte sich, wie sie hergekommen war. Sie stand an der Straße und schaute nach rechts und links. Sicher wartete sie auf den Mann, es war ja Dienstag. Die Frau sah anders aus als beim letzten Mal. Zuerst wusste Philipp nicht, warum. Dann fiel es ihm auf, sie war nicht mehr so dick. Bestimmt hatte sie eine Diät gemacht wie Mama, die wollte auch immer dünner werden.

Die Frau sprach mit sich selbst, so leise, dass er kein Wort verstehen konnte, und sie trug etwas Komisches auf dem Kopf. Vielleicht hatte sie gerade ihre Haare gewaschen. Philipp fand, dass sie traurig wirkte, dabei konnte er ihr Gesicht aus der Entfernung gar nicht richtig erkennen. Während er noch überlegte, woran dieser Eindruck lag, kreischte sie plötzlich: »Lass dir gefälligst was einfallen! Sonst rufe ich sie an!«

Vor Schreck kippte Philipp beinahe um. Hatte sie etwa ihn gemeint? Und was sollte er sich einfallen lassen? Es dauerte ein paar Minuten, bis er begriff, dass sie telefonierte.

Voller Wut stopfte sie ihr Handy in den bunten Baumwollbeutel, der an ihrer Schulter baumelte. »Du kommst jetzt her, hörst du? Hierher! Und dann sagst du mir, was ich machen soll«, tobte sie, obwohl niemand sie mehr hören konnte, das Handy hatte sie doch gerade eingesteckt. Philipps Mutter machte das auch manchmal, mit Papa schimpfen, obwohl er im Wohnzimmer Fußball guckte und gar nichts davon mitbekam. Erwachsene waren komisch.

Die Frau stampfte mit dem Fuß auf, drehte sich um und lief Richtung Haus, dabei schaukelte sie ganz komisch hin und her. Dann blieb sie stehen, drehte sich mit einem Ruck wieder um und marschierte in die andere Richtung. Sie holte etwas aus dem bunten Beutel und hielt es hoch, bestimmt ihr Handy. Vielleicht wollte sie wieder telefonieren. Nein. Die komische Frau betrachtete das Handy von allen Seiten, hob den Kopf und schaute sich suchend um. Was, wenn sie ihn doch gesehen hatte oder gehört? Philipp wurde ganz heiß vor Angst, und er beruhigte sich erst wieder, als die Frau ihren Blick weiterwandern ließ. Sie machte ein paar kleine Trippelschritte Richtung Haus, diesmal ganz ohne Schaukeln und mit gesenktem Kopf, so, als würde sie etwas suchen. Vor einer großen Pflanze mit weißrosa Blüten blieb sie stehen und bückte sich. Was sie machte, konnte Philipp nicht erkennen, aber als sie aufstand, hielt sie nichts mehr in der Hand. Dann verschwand sie in dem kaputten Haus, und er hörte sie singen, ganz laut und schief und irgendwie schrecklich. *»Der Mond ist aufgegangen, die gold'nen Sternlein prangen…«* Immer wieder dasselbe, und es kam ihm vor, als würde Stimme bei jeder Wiederholung noch lauter werden. Richtig unheimlich war das, dabei mochte er das Lied gern. Es war auf der CD, die er manchmal hörte, wenn er nicht einschlafen konnte. Warum sang die Frau ein Kinderlied? Und warum hatte sie ihr Handy in dem Busch versteckt?

Die Frau blieb in dem Haus und hörte auf zu singen. Nach einer Weile beschloss Philipp, heimzufahren. Er war ein bisschen enttäuscht. Der Mann war nicht gekommen, die beiden hatten nicht gefickt, und die Frau war nicht mal nackt gewesen.

Ohne Dustin passierte eben nichts Großartiges. Dustin. Der wäre bestimmt näher rangeschlichen, um nachzusehen, was die Frau in dem Busch versteckt hatte. Aber Philipp hätte sich um nichts in der Welt in die Nähe der singenden Frau getraut.

Der Anrufer hatte seine Nummer unterdrückt, deshalb zögerte Tineke einen Moment, bevor sie das Gespräch annahm.

»Bist du allein?«

Beim Klang der vertrauten Stimme hätte sie vor Schreck beinahe ihr Smartphone fallen lassen. »Ja«, krächzte sie, und von all den Fragen, die ihr auf der Zunge brannten, brachte sie keine einzige heraus, nur sinnloses Gestammel.

»Ich bin mitten in der Nacht aufgewacht. Auf meinem Bett lag eine Pistole, und Cord war tot.« Silvana begann zu weinen. »Diese Tabletten, die Cord mir gegeben hat, machen mich ganz verrückt. In meinem Kopf ist nur noch Kaugummi. Als würden da oben drei Filme gleichzeitig laufen, alle in unterschiedlichen Geschwindigkeiten. Vor dem Fenster hab ich einen Löwenkopf gesehen, meine Bettdecke hat sich bewegt, die Türklingel hat sich angehört wie Kindergeschrei.« Urplötzlich wechselte Silvana die Tonlage, jetzt klang sie beinahe wie ein Schulmädchen, das ein auswendig gelerntes Gedicht runterleierte und wenig überzeugt war von dem, was sie da von sich gab. »Ich weiß nicht mehr, was wahr ist und was ich mir nur einbilde. Aber ich weiß, dass ich ihn nicht erschossen habe.« Dann sagte sie: »Du musst mir helfen.«

»Wenn du Cord nicht getötet hast, musst du zur Polizei.«

Silvanas Lachen hörte sich fremd an, irgendwie künstlich und auch ein bisschen gemein, und es gellte schmerzhaft in Tinekes Ohren. »Klar. Die glauben mir bestimmt jedes Wort. Die suchen mich doch, oder?«

»Ja. Natürlich. Wo bist du denn?«

»Das kann ich dir nicht sagen. Ich brauche Geld. Meine Karte funktioniert nicht mehr.«

»Das ist so, wenn jemand stirbt. Bevor das Erbe nicht geklärt ist, werden alle Konten eingefroren«, murmelte Tineke. »Wenn ich dir Geld bringen soll, musst du mir schon sagen, wohin.«

»Ich glaub, ich hab was Blödes gemacht. Ich war so verzweifelt, und da hab ich *ihn* angerufen. Und jetzt…«

»Stopp«, unterbrach Tineke. »Wo bist du? Wen hast du angerufen? Und wie geht es Caspar?«

»Ich soll nicht telefonieren. Du darfst niemand von diesem Anruf erzählen. Schon gar nicht Alexander. Sag ihm nichts, versprich mir das, bitte, mein Akku ist gleich leer. Ich melde mich wieder.«

Klick. Das Gespräch war zu Ende. Was hatte das zu bedeuten? Was hatte Alexander damit zu tun, warum durfte er nichts von dem Telefonat wissen?

Es war Tinekes Pflicht, umgehend die Polizei zu informieren, dass Silvana sich bei ihr gemeldet hatte. Die würden das Handy orten und Silvana finden.

Zuerst aber musste Tineke nachdenken. Konnte das, was Silvana über die Medikamente von sich gegeben hatte, überhaupt stimmen? Welcher Arzt würde Medikamente verschreiben, die Halluzinationen auslösten? Das klang doch völlig verrückt. In der Frauenklinik hatte Silvana absolut normal gewirkt, und zwei Tage später hieß es, sie wäre schwer psychotisch. Ging das wirklich so schnell? Und hörte es genauso schnell wieder auf? Gerade am Telefon hatte Silvana doch ganz vernünftig gewirkt, jedenfalls die meiste Zeit. Seltsam hatte sich doch nur das angehört, was sie über die Wirkung der Tabletten gesagt hatte. Seltsam, aber gleichzeitig so bildhaft und gut beschrieben, dass es gar nicht zu Silvana zu passen schien, der oft genug die richtigen Worte fehlten.

Es gab nur einen einzigen Menschen auf der Welt, mit dem Tineke jetzt gern reden würde, doch Silvana hatte sie beschworen, Alexander nichts zu verraten. Merkwürdig. Ohne darüber nachzudenken, tippte sie seine Nummer ein.

Guten Tag. Sie sind verbunden mit der Mailbox von Alexander Abels. Bitte sprechen Sie nach dem akustischen Zeichen.

Er hatte sein Smartphone ausgeschaltet. Das passierte eigentlich nur, wenn er vor Gericht stand. Aber heute war kein Verhandlungstermin, das wusste sie genau.

Ganz von allein begann Tinekes Hirn, die losen Gedankenenden zusammenzuknüpfen, zu einem lockeren Gespinst aus Befürchtungen und Eventualitäten. *Stopp*, wollte sie schreien, *das will ich nicht*. Vergeblich. Benahm Alexander sich nicht seltsam in letzter Zeit, so kühl, vor allem wenn die Rede auf Silvana kam? Wann hatte das angefangen? Nach Caspars Geburt oder schon davor? Und wenn jetzt Alexander und Silvana... *Nein. Nein. Nein. Ich will das nicht denken.* Aber war es nicht auffällig, wie krampfhaft er bei den wenigen Begegnungen jedes Gespräch mit Silvana vermied? Passte das überhaupt zu ihm? Silvana war gewiss nicht die Hellste, aber sie hatte nichts getan, womit sich seine ablehnende Haltung erklären ließ. Und was bedeutete das nervöse Zucken in seinem Gesicht, sobald die Rede auf Cords Frau kam? Wenn Tineke jetzt die Polizei anrief, würden die am Ende rausfinden, dass Silvana und Alexander...

Wie in Zeitlupe sackte Tineke auf ihrem Bürostuhl in sich zusammen. Die Buchstaben auf dem Monitor verschwammen vor ihren Augen zu flackernden Lichtbändern. Sie steckte den Daumen in den Mund, wie früher als Kind, und biss darauf herum, um die Tränen zurückzuhalten. Bestimmt wusste Silvana gar nicht, was sie daherredete. Sie litt an einer schweren Psychose, brachte alles durcheinander, sah Gespenster. Alles war in Ordnung, Tineke musste nur fest daran glauben. Sie musste Silvanas Gespenster in Ruhe lassen und nicht zu ihren eigenen machen.

Sosehr es ihr auch widerstrebte, sie würde die Polizei jetzt nicht informieren, unter gar keinen Umständen. Frühestens, nachdem sie mit Alexander gesprochen oder ein weiteres Mal mit Silvana telefoniert hatte. Ja, das war die Lösung. Sie würde auf einen erneuten Anruf warten. Wenn Silvana Geld brauchte, musste sie sich wieder melden. Andererseits stellte sich die berechtigte Frage, warum sie nicht Alexander um Geld bat, falls die beiden wirklich…

Beinahe hätte Tineke laut gelacht. Da hatte sie schon ihren Beweis, dass nichts dran war an ihren abgedrehten Gedanken. Alexander und Silvana, was für ein absurder Einfall! Ihr Freund nannte sie zärtlich und ein bisschen bewundernd Bienchen, Arbeitsbienchen, er mochte intelligente Frauen, die unabhängig waren und sich im Berufsleben durchsetzen konnten, und davon konnte bei Silvana nun wirklich nicht die Rede sein.

Seit Tineke sich erinnern konnte, war es ihr wichtig, die Wahrheit zu sagen, Versprechen einzuhalten, Angefangenes ordentlich zu Ende zu bringen. Es war ihre stille Rebellion gegen das Chaos, in dem sie aufgewachsen war. Aber diesmal würde sie ihre Prinzipien brechen. Sie würde die Polizei nicht informieren. Dafür hatte sie gar keine Zeit.

Sie griff nach dem nächstbesten Ordner, es war der mit

den geplanten Werbemaßnahmen in der Adventszeit, blätterte darin herum, machte ein paar Notizen und klebte signalgelbe Markierungssticker ein. In einer Viertelstunde musste sie drüben in der Produktion sein, da gab es Ärger mit einer der Maschinen, und Margit bestand darauf, dass Tineke sich die Sache selbst anschaute, bevor sie für viel Geld einen Monteur aus Süddeutschland anforderte. Gleich nach Feierabend musste sie etwas zum essen besorgen. Alexander wollte bei ihr übernachten, ausnahmsweise, und diesen geschenkten Abend würde sie sich ganz bestimmt nicht verderben lassen. Alexander und Silvana, die Vorstellung war einfach lächerlich.

Als Landrat a. D. zählte Erich Loening keineswegs zu den Armen, doch seine Bezüge reichten nicht annähernd an das Vermögen seiner Lebensgefährtin heran. Margit war alleinige Inhaberin des *Spirituosenwerkes Cornelius C. Cassjen*. Es gab wohl kaum eine Kneipe in Ostfriesland, die nicht den *Fehnbrand*, ihren Verkaufsschlager, führte. Ständig und überall schienen ihm die firmeneigenen Lkws mit dem von Margit entworfenen Logo zu begegnen, blauer Himmel, grüne Wiesen, ein Kanal, über den eine der typischen weißen Klappbrücken führte, und im Vordergrund eine Flasche *Fehnbrand – ein Stück wahres Ostfriesland*, stand darunter. Jedes Mal, wenn er einen der Lkws sah, dachte er: wieder ein paar Tausender für Margit.

Ohnehin verging kein Tag, an dem er nicht zwangsläufig an ihren Schnaps erinnert wurde. Genau neben ihrem Wohnhaus, lediglich getrennt durch eine hohe Steinmauer, überwuchert von wildem Wein, stand nämlich die ursprüngliche Fabrik, eine ehemalige Molkerei. Das dunkelrote Klinkergebäude aus dem Jahr 1923 mit dem blendend weißen Schriftzug *Spirituosenwerk Cornelius C. Cassjen* beherbergte allerdings nur noch die Verwaltung und eine kleine Ausstellung von historischen Gerätschaften, mit denen früher Schnaps gebrannt wurde. Vor fünfzehn Jahren hatte die Kapazität der Brennerei mit der veralteten Technik nicht mehr ausgereicht, um die Nachfrage zu erfüllen, und die Herstellung musste in eines der beiden Industriegebiete von Martinsfehn ausgelagert werden. Damals hatte Margit in modernste Technik investiert, und es war keine drei Jahre her, dass der Anbau einer weiteren Halle erforderlich geworden war. Die Umsätze mussten gigantisch sein. Genaue Zahlen kannte Erich nicht, weil Margit ihm keinen Einblick in Firmeninterna gewährte, was er ihr insgeheim übel nahm, doch sie galt als die reichste Frau von Martinsfehn.

In letzter Zeit fragte er sich immer häufiger, warum er vor zwölf Jahren seine schöne Stadtwohnung aufgegeben hatte, um zu Margit in dieses grässliche Cornelius-Cassjen-Museum zu ziehen, in ein Kuhkaff wie Martinsfehn auch noch, wo bis auf wenige Ausnahmen nur Menschen lebten, mit denen er nichts anzufangen wusste. Was um alles in der Welt hatte er in dieser Frau zu sehen geglaubt? Margit erzählte gern zotige Witze, sie trank zu viel, sie schaute jeden Mist im Fernsehen an, mit Vorliebe Realityshows, in denen die Leute nicht merkten, dass sie sich vor aller Welt lächerlich machten, und sie lag viel zu oft und lange in ihrem Heimsolarium. Es war ihm schleierhaft, wie sie es schaffte, so erfolgreich eine große Firma zu leiten, denn Margit war derart ungebildet, dass er sich so manches Mal für sie schämte. Selbstzweifel waren ihr fremd, im Gegenteil, sie fühlte sich ihren Mitmenschen haushoch überlegen und wollte alles und jeden kontrollieren, vor allem ihn. Das war für Erich das Schlimmste an Margit, sie gab ihm ständig das Gefühl, ihr Eigentum zu sein.

Aber alles, was ihr gehörte, war in seinen Augen zweitklassig.

Dabei hatte er sie mal geliebt, wahrhaftig und von Herzen, schier verrückt war er nach ihr gewesen. Doch weibliche Schönheit zählte zu den schnell vergänglichen Gütern, und von der stolzen, rassigen Frau mit dem prachtvollen Haar, die ihm seinerzeit nachts den Schlaf geraubt hatte, war nicht viel übrig geblieben. Margit sah jetzt hager aus, streng, fast schon männlich. Mit der solariengegerbten Haut, die mit den Jahren einen unangenehmen Gelbstich angenommen hatte, und ihren pechschwarz gefärbten Haaren, die sie nach wie vor glatt und offen auf die Schultern fallen ließ, erinnerte sie ihn zunehmend an eine alte Indianerin. Egal, welche Cremes und Pasten sie sich morgens und abends ins Gesicht schmierte, die Falten waren nicht mehr zu übersehen, vor allem in den Augenwinkeln und um den Mund herum. Auf sexueller Ebene machte seine Lebensgefährtin ihn überhaupt nicht mehr an, doch in ihrem Alter spielte das auch keine große Rolle mehr – jedenfalls hatte er Margit davon überzeugen können. Es war ihm gelungen, seine Unlust auf die Betablocker zu schieben, deren Nebenwirkungen allgemein bekannt waren. Seit einem halben Jahr schliefen sie in getrennten Zimmern, er unten, sie im Obergeschoss, eine Lösung, die ihm aus vielerlei Gründen behagte, doch auch zuvor war im Bett nichts mehr gelaufen.

Jetzt hockte sie drüben in der verfluchten Firma, und er konnte die Ruhe im Haus genießen. Er legte eine CD von Debussy auf, *Clair de lune,* interpretiert von einem russischen Pianisten, seine Lieblingsfassung des Stückes. Er liebte es, wie die Töne zunächst ganz sanft in die Stille perlten, wie sie dringlicher wurden, sich zu der Melodie vereinten, sehnsüchtig und so traurig, dass es ihn manchmal zu Tränen rührte. Erich empfand es als tröstlich, dass trotz all des Leides, den Unzulänglichkeiten, die zum menschlichen Dasein gehörten, so etwas Wunderbares existierte, das unvergänglich war. Musik. Aus tiefstem Herzen bewunderte er Menschen, die einem toten Gegenstand solche Töne entlocken konnten, so tiefe Emotionen, so viel gefühltes Leben, und er bedauerte, dass er nie die Disziplin aufgebracht hatte, das Klavierspiel zu erlernen. Für ihn war das Klavier der König aller Instrumente. Margit sah darin nur einen nutzlosen Klimperkasten, und klassische Klavierwerke bezeichnete sie als Dudelei. *Wie kannst du nur stundenlang so ein Gejammer ertragen?*

Ganz von selbst dachte er an *sie*, an den entrückten Gesichtsausdruck, wenn sie gemeinsam Beethovens Mondscheinsonate hörten, während der wenigen gestohlenen Stunden, die ihnen zur Verfügung standen. Einmal hatte sie ihm etwas vorgesungen, ein uraltes Wiegenlied, das ihn zutiefst berührte. Ihre Stimme war wie ein Streicheln seiner Seele, und er hatte sich verzweifelt gewünscht, dass es immer so sein könnte. Am liebsten wäre er jetzt in den Wagen gesprungen und zu ihr gefahren. Aber das wäre unklug. Nein, er musste sich beherrschen, so schwer es auch fiel. Er beschloss, noch einmal mit Gerhard zu reden, ihn zu beruhigen.

Im Flur stolperte er beinahe über den Sack mit den Altkleidern, den Danuta erneut vergessen hatte. Kurz entschlossen trug er ihn hinüber in die Garage, bevor Margit sich ein weiteres Mal aufregen konnte.

Ein Blick auf die Uhr verriet, dass Margit in einer Stunde Feierabend machen würde. So blieb ihm noch Zeit, im Haus nach Bargeld zu suchen, damit er sie heute Abend zum Essen ausführen konnte, nach Bad Zwischenahn in das idyllisch gelegene *Jagdhaus Eiden,* wo niemand sie gut genug kannte, um sie mit dem Mordfall in Verbindung zu bringen. Das hatte Margit sich heute früh gewünscht, und ihm war nichts anderes übrig geblieben, als einzuwilligen und Begeisterung zu heucheln. Wenn da bloß nicht sein finanzielles Problem wäre. Doch in irgendeiner von Margits unzähligen Handtaschen würde sich schon Geld finden. Er war schließlich der Mann und hatte zu bezahlen.

Nola kam einfach nicht zur Ruhe. Die Zeit lief ihr davon, es fühlte sich an, als würden die Zeiger der Uhr in ihr Hirn eindringen, winzige Kerben ritzen, für jede vertane Minute eine. Irgendwo da draußen fuhr eine Frau, die dringend in die Psychiatrie gehörte, mit einer Pistole und einem Säugling durch die Gegend. Verdammt, warum hatte niemand den Wagen gesehen, ein Yaris mit sonnengelber Sonderlackierung, der war doch gar nicht zu übersehen.

Selbstredend war es blöd, aber Nola konnte nicht anders, sie schnappte sich ihre Autoschlüssel, fuhr nach Martinsfehn und kontrollierte dort sämtliche Parkplätze. Vergebens natürlich. Dann stellte sie ihren roten Mini gegenüber von dem Haus des toten Arztes ab, stieg aus und starrte auf die dunklen Fenster. Wenn vorgestern Abend Licht in dem Wohnzimmer gebrannt hätte, hätte man von hier draußen sehen können, was sich dort abspielte. Eine Frau erschießt ihren Mann und flieht mit dem gemeinsamen Kind. Was war in dem Kopf dieser Frau vorgegangen? Nola versuchte, sich möglichst genau an ihre Worte zu erinnern. *Er hat ihn geholt. Er kommt überall rein. Ich glaube, er kann durch Wände gehen.*

Konnte es sein, dass in diesen scheinbar völlig verrückten Aussagen ein Körnchen Wahrheit steckte? Andererseits spielte es gar keine Rolle, was in Silvanas Kopf vorgegangen war. So wie es aussah, hatte sie ihren Mann erschossen. Abgesehen davon, dass niemand von einer Waffe wusste, gab es nichts, was dagegensprach, nur dieses unbehagliche Gefühl, das sich partout nicht ausschalten ließ, der vage Verdacht, dass alles ganz anders abgelaufen sein könnte. Aber wie?

Eilige Schritte, begleitet von einem rhythmischen Keuchen, rissen sie aus ihren Gedanken, ein Jogger kam näher, die reflektierenden Streifen an seiner Kleidung ließen ihn aus der Ferne wie ein zappelndes Skelett aussehen. Ohne darüber nachzudenken, stellte sie sich in den Weg.

»Polizei. Entschuldigung. Laufen Sie häufiger um diese Zeit durch diese Straße?«

»Ist das verboten?«, japste er. Der typische Freizeitläufer, kurz geschnittenes blondes Haar, teure Sportkleidung, ein rotes Halstuch zum Stirnband umfunktioniert, aus der Brusttasche führten zwei Kabel zu seinen Ohren, er hörte Musik über sein Smartphone, die er abstellte, bevor er die Ohrstöpsel herauszupfte. Weil er nicht weiterlaufen konnte, begann er, auf der Stelle zu trippeln und dabei mit den Armen zu rudern. Mit Sicherheit gehörte er zu den Menschen, die über die Straße rannten, obwohl die Ampel Rot zeigte, weil sie auf keinen Fall ihren Bewegungsablauf unterbrechen konnten.

»Nein. Aber hier ist am Sonntag gegen dreiundzwanzig Uhr dreißig ein Gewaltverbrechen geschehen.« Sie nickte mit dem Kopf in Richtung des Hauses.

»Weiß ich«, keuchte der Mann, der jetzt auf und ab hüpfte.

»Waren Sie am Sonntag auch hier unterwegs?«

»Ja. Aber nicht so spät, und mir ist nichts aufgefallen.«

»Brannte Licht in dem Haus? Stand ein Wagen auf der Auffahrt?«

»Woher soll ich das wissen? Auf so was achtet man doch nicht beim Laufen. Sorry, hab selbst schon drüber nachgedacht.«

»Vielleicht fällt Ihnen ja doch noch etwas ein. Hier ist meine Karte.«

»Okay. Aber machen Sie sich keine Hoffnungen.« Achtlos stopfte er die Karte in die Brusttasche seines Trikots, dann schnaufte er davon, und Nola stieg wieder in ihren Wagen.

Gerade, als sie sich zur Seite beugen wollte, um im Handschuhfach nach etwas Essbarem zu kramen, manchmal bewahrte sie dort Fruchtbonbons oder Müsliriegel auf, wurde es auf einen Schlag stockdunkel. Nola brauchte ein paar Minuten, um zu begreifen, dass die Straßenlaternen erloschen waren. Eine Energiesparmaßnahme der Gemeinde Martinsfehn, die ihr für einen kurzen Moment Todesangst eingejagt hatte. Als ihre Schnappatmung sich beruhigt hatte, musste sie feststellen, dass das Handschuhfach nichts hergab. Es war zwei Minuten nach elf, in Martinsfehn gingen die Lichter aus, die Nebenstraßen schienen wie ausgestorben, bis auf den Läufer, und ihr Magen bettelte um Nahrung. Jetzt kam es ihr so vor, als hätte der Mann sich seltsam verhalten. Sie ärgerte sich, dass sie ihn nicht um seine Personalien gebeten hatte. Aber das ließ sich nachholen. Sie stieg in ihren roten Mini und wendete.

Der Mann war verschwunden, wie vom Erdboden verschluckt. Seltsam. Höchstwahrscheinlich sah sie schon Gespenster. Dass ein einsamer Jogger den Mord selbst begangen hatte oder aber die Täterin schützte, erschien dann doch sehr abwegig.

Zu Hause holte sie eine Fertiglasagne aus dem Tiefkühlfach. Essen um diese Zeit war sicherlich nicht gesund, aber an Schlaf war vorläufig nicht zu denken.

MITTWOCH, 5. JUNI

Der Brief lag zwischen ihnen auf dem Küchentisch. Er hatte in einem schlichten weißen Umschlag gesteckt, ohne Anschrift und ohne Briefmarke. Als Margit die Zeitung reinholen wollte, hatte sie ihn gefunden.

500 000 Euro und das Baby ist wieder da.
Wir melden uns telefonisch.
Keine Polizei!!!

Angestrengt starrte Margit auf das Papier, als hätte sie Angst, es könnte sich auflösen, sobald sie ihm ihre Aufmerksamkeit entzog. »Glaubst du, dass der Brief echt ist?«

In ihrer Stimme lag verzweifelte Hoffnung, also sagte Erich vorsichtig: »Ich fürchte, ja.«

Sie nickte. »Das sehe ich genauso. Jeder hier weiß, dass es mir gut geht und ich zahlen kann.« Zum ersten Mal ließen ihre Blicke den Brief los. »Egal, wie du darüber denkst, keine Polizei, daran werden wir uns halten.« Er konnte heraushören, dass sie nur darauf wartete, dass er widersprach. Aber das hatte er gar nicht vor.

»Ich bin mir nicht ganz sicher, aber wahrscheinlich hast du recht. Wir sollten nichts unternehmen, was das Leben des Kleinen gefährden könnte. Wir halten das hier erst mal geheim.« Erich tippte mit zwei Fingern auf das Papier. »Ein simpler Ausdruck mit einem Laserdrucker, das bringt uns nicht weiter. Von jetzt an sollte immer einer von uns im Haus bleiben, falls der Entführer sich meldet.«

»Wieso der Entführer?«, fragte sie irritiert. »Der Brief stammt doch wohl von Silvana.«

»Wahrscheinlich. Der Entführer, die Entführerin, ist doch egal. *Wir* melden uns telefonisch, steht dort. Vor allem sollten wir schon mal überlegen, wo wir so viel Geld herbekommen, ohne dass es auffällt.«

»Glaubst du etwa, dass die Polizei unsere Konten überwacht?«

»Nein«, sagte er beschwichtigend. »Das dürfen die gar nicht so ohne Weiteres. Dafür braucht man einen richterlichen Beschluss, und der muss sehr gut begründet sein. Im Übrigen wissen die ja nichts von dem Schreiben. Für die Polizei besteht also gar kein Handlungsbedarf.«

Margit rückte ihren Stuhl so nah an seinen, dass ihre Oberschenkel sich berührten. Sie stützte den rechten Arm auf den Tisch und legte das Kinn in die Hand. Dabei rutschte ihr nachtblauer Morgenmantel von der Schulter, und sie machte keine Anstalten, ihn wieder hochzuziehen. »Ich kann überhaupt nicht mehr klar denken. Der Brief *muss* doch von Silvana stammen, oder?« Fragend schaute sie ihn an.

»Natürlich«, sagte er tonlos. »Von wem denn sonst? Ich hab ja immer gesagt, dass sie ein geldgeiles Luder ist.« Er stand auf, um sich ein Glas eiskalte Milch einzuschenken, vor allem aber, um ihrer Nähe zu entkommen. Der stechende Geruch, den sie verströmte, war ihm unangenehm. Seit Margit sich in den Wechseljahren befand, brach ihr bei der kleinsten Aufregung der Schweiß aus. Sie duschte zweimal täglich, benutzte ein sehr teures Antitranspirant aus der Apotheke, und dennoch produzierte ihr Körper weiterhin Sturzbäche von unangenehm riechendem

Schweiß, sobald sie unter Stress stand, so wie jetzt. Eigentlich war das zum Lachen, Margit, die Perfektionistin, die in ihrem Umfeld keine Schwächen oder Unzulänglichkeiten duldete, stank wie ein Bauarbeiter. In ihrer Verzweiflung benutzte sie ein sehr intensives Parfüm mit dem Ziel, den Schweißgeruch zu überdecken, was aber nicht gelang. Die Mischung aus dem strengen Moschusduft, der ihn an ein Rasierwasser erinnerte, das er als junger Mann benutzt hatte, und dem säuerlichen Geruch nach Schweiß war für Erich kaum zu ertragen. Er fühlte sich an Männerumkleidekabinen erinnert, und er wunderte sich, warum keine von Margits Freundinnen sie auf diese Geruchsdissonanz aufmerksam machte. Von ihm würde sie keine derartige Kritik annehmen, das wusste er und hielt deshalb den Mund, bemühte sich aber, Abstand zu halten, möglichst unauffällig, was ihm ganz gut gelang.

»Immerhin wissen wir jetzt, dass sie sich noch in der Nähe aufhält, der Brief ist schließlich nicht mit der Post gekommen. Vielleicht sollten wir nicht zahlen, sondern diese rothaarige Kommissarin anrufen.«

Sie stand ebenfalls auf, zupfte den Morgenrock zurecht und zog den Gürtel noch enger. Ihre Taille war immer noch so schmal wie früher, und er dachte mit Bedauern daran, wie sehr sie ihm mal gefallen hatte. Für einen Moment war er sogar versucht, sie einfach in den Arm zu nehmen. Doch alles in ihm sträubte sich dagegen. Nein, sie waren kein Liebespaar mehr.

Nachdenklich drehte er das Glas mit der Milch in seinen Händen, es fühlte sich angenehm kühl an. »Ich weiß nicht, ob wir dieses Risiko eingehen sollten. Aber die Entscheidung liegt natürlich bei dir, es geht um deinen Enkelsohn. Ja, vielleicht sollten wir die Verantwortung in die Hände der Kripo legen. Die kennen sich mit so etwas aus. Am

Ende will hier nur jemand Profit aus der Situation schlagen, ein Trittbrettfahrer oder wie man solche Leute nennt. Wir haben von so etwas doch gar keine Ahnung. Ruf am besten gleich an. Ich such die Karte von dieser Kommissarin raus. Die wirkt doch sehr kompetent.«

Die Vorstellung, dass ausgerechnet die junge Polizistin, die ihr ein Dorn im Auge war, die Verantwortung für Caspars Rückkehr übernehmen sollte, missfiel Margit. »Nein, besser nicht, dieses Wagnis dürfen wir nicht eingehen. Vielleicht werden wir beobachtet. Ich werde zahlen«, stieß sie hervor, und es klang wild entschlossen. Sie stutzte. »Müssen wir nicht zuerst einen Beweis verlangen, dass er noch lebt? Woher sollen wir wissen, dass dieser Brief wirklich von Silvana stammt?«

Erich runzelte die Stirn. »Wer soll den Brief denn sonst geschrieben haben? Du hast doch gerade selbst gesagt…«

»Ich weiß es doch auch nicht«, flüsterte sie rau und wischte mit den Fingerspitzen über ihren Mund.

»Eben«, sagte er entschieden. »Und was den Beweis angeht… denk bitte daran, dass Silvana nicht zurechnungsfähig ist. Was ist, wenn sie etwas ganz Furchtbares tut, dem Kleinen ein Ohr abschneidet oder einen Finger?«

Diese Vorstellung trieb ihr Tränen in die Augen. »Sie ist doch seine Mutter«, flüsterte sie erstickt. »Traust du ihr das wirklich zu? So etwas Grausames?«

»Unter normalen Umständen natürlich nicht. Aber sie ist vollkommen durchgedreht. Erinnere dich mal daran, wie sie zuletzt drauf war. Ich weiß nicht, ob man Silvana noch mit normalen Maßstäben messen kann. Sie ist krank. Darum sollten wir sehr vorsichtig sein.« Er nahm einen Schluck Milch, ging zurück zum Tisch, stellte das Glas ab und stützte beide Hände auf die Tischplatte. Erneut musterte er den Brief. »Außerdem wäre das kein echter Beweis.

Oder könntest du Caspars Finger von dem eines x-beliebigen Babys unterscheiden? Wohl kaum«, nahm er ihre Antwort vorweg. »Wir könnten höchstens um ein Foto von dem Kleinen bitten, zusammen mit der aktuellen Tageszeitung. So macht man das ja wohl.«

»Wir bitten nicht, wir verlangen«, verbesserte Margit, die sich wieder ein wenig beruhigt hatte. Sie stand jetzt mit dem Rücken zum Fenster. »Wir dürfen nicht zu unterwürfig erscheinen, das verschlechtert unsere Verhandlungsposition. Es muss klar sein, dass wir bereit sind, einmalig so viel Geld zu bezahlen, ohne Polizei, wie verlangt, aber nicht mehr.«

»Das sehe ich ganz ähnlich. Hoffentlich klappt das alles auch so, wie wir uns das jetzt vorstellen. Ohne Polizei. Vielleicht ist das doch ein Fehler.«

»Nein. Diese Rothaarige nimmt uns doch gar nicht ernst.« Margit durchquerte die Küche, griff nach seiner Hand, legte sie an ihre Wange und rieb sie dort hin und her. Ihm wurde bewusst, dass sie nichts unter ihrem Morgenmantel trug, und es war ihm unangenehm. »Wir ziehen das allein durch, und wir kriegen ihn zurück. Zusammen schaffen wir das.« Im nächsten Moment presste sie ihren Mund in seine Handinnenfläche, er konnte ihre Zähne spüren und dann ihre Zunge, und er musste sich beherrschen, um sie nicht fortzustoßen. Ihre säuerliche Ausdünstung stieg in seine Nase, er hielt die Luft an, um nicht zu würgen.

Behutsam löste er sich, legte seine Hände auf ihre Schultern und hielt sie auf Armeslänge von sich entfernt. »Noch was, Margit.« Er schaute ihr direkt in die Augen, um dem, was er zu sagen gedachte, Nachdruck zu verleihen. »Es ist wichtig, dass niemand von diesem Brief erfährt. Niemand, auch nicht deine Busenfreundinnen.

Denen traue ich nämlich zu, dass sie hinter unserem Rücken die Polizei informieren, vor allem Anja.«

»Meinst du?«

Es ging ihr gegen den Strich, zu schweigen, das konnte er ihr deutlich ansehen. Die drei Freundinnen hatten vermutlich keinerlei Geheimnisse voreinander, Frauen tauschten sich ja über alles aus, auch über intimste Dinge, die niemanden etwas angingen und die Männer untereinander niemals ansprechen würden. Er nahm an, dass Anja und Ruth bestens über ihre Ehe Bescheid wussten, auch darüber, dass sie getrennt schliefen.

»Ich weiß nicht«, murmelte sie unsicher. »Manchmal kann eine zusätzliche Meinung auch helfen.«

»Ich weiß es aber«, sagte er harsch und sah sich genötigt, sie ganz kurz an sich zu ziehen. »Sobald deine Freundin Anja von dem Brief erfährt, wird es in ihr arbeiten. Sie will nur dein Bestes, natürlich, aber was, wenn sie heimlich der Polizei einen Tipp gibt, selbstredend in bester Absicht? Weil sie denkt, dass wir in unserer Verzweiflung nicht die Situation überblicken.« Er verstärkte die Umarmung und schob sie dann ganz sanft von sich. »Das Wagnis dürfen wir nicht eingehen. Jemand, der problemlos einen erwachsenen Mann abknallt, hat ganz sicher keine Skrupel, ein Baby zu töten.«

»Sei still«, stöhnte sie und hielt sich die Ohren zu. »Ich will das nicht hören. Caspar lebt, und wir bekommen ihn zurück.« Sie legte den Kopf in den Nacken, hob den Blick und schaute ihn unsicher an. »Was ist mit Tineke?«

»Ich bitte dich«, sagte er unwillig. »Die darf das natürlich auch nicht erfahren. Stell dir bloß mal vor, wenn sie ihrem Alexander davon erzählt. Er als Anwalt fühlt sich garantiert verpflichtet, gesetzestreu zu handeln.«

»Das ist wohl wahr. Am Ende fragt er noch seinen

Vater um Rat. Und Hagen Abel würde sofort zur Polizei marschieren.«

Später, sie war gerade dabei, das Wasser in der Kaffeemaschine aufzufüllen, fiel ihr etwas ein, und sie stürzte zurück an den Tisch, wo er gerade die Zeitung aufgeschlagen hatte. »Was glaubst du, wo Silvana sich versteckt hält?«

»Ich hab keine Ahnung. Bestimmt nicht hier im Dorf, immerhin wird sie von der Polizei gesucht. Vermutlich braucht sie das Geld, um sich abzusetzen…«

»Dann wird sie uns den Kleinen niemals überlassen!«, rief Margit entsetzt. »Warum sollte sie?«

Er griff nach ihren Händen und drückte sie. »Ohne ihn ist sie viel besser dran. Die Polizei sucht eine Frau mit einem Säugling. Zusammen fallen sie überall auf. Immerhin muss sie sich für einen Mord verantworten. Vergiss das bitte nicht.«

»Ja, vielleicht. Ich glaube auch nicht, dass Caspar ihr viel bedeutet, so teilnahmslos, wie sie ihn zuletzt angeschaut hat. Bestimmt ist sie froh, ihn loszuwerden.« Mit gesenktem Kopf trottete sie zurück zur Arbeitsplatte. Wenige Minuten später verkündete das vertraute Blubbern, dass sie die Kaffeemaschine angestellt hatte. Endlich. Ihr nächster Weg würde unter die Dusche führen. »Es bleibt dabei«, sagte sie entschieden. »Keine Polizei, und Tineke werde ich auch nichts verraten.«

»Ruth und Anja auch nicht!« Er wartete geduldig, bis sie auch das versprach.

»Wir haben alle Termine abgesagt«, brachte die Ältere der beiden Arzthelferinnen mühsam hervor. Ihre Nase leuchtete rot, weil sie ständig mit einem Taschentuch darüberrieb. »Was soll denn nun werden? Aus der Praxis, mein ich, und aus unseren Arbeitsplätzen?«

Darauf hatte Nola keine Antwort parat. »Da bin ich leider nicht die richtige Ansprechpartnerin. Wie würden Sie Dr. Cassjen beschreiben?«

Mit dieser Frage hatten die beiden nicht gerechnet. Sie wechselten einen irritierten Blick, dann redeten beide gleichzeitig los. Die Jüngere, die bestimmt noch in der Ausbildung war, Nola schätzte sie nicht älter als achtzehn, beteuerte, dass ihr Chef nett gewesen sei, sehr nett. Die Ältere, die sich als Frau Schlötter vorgestellt hatte, ergänzte: »Ein angenehmer Chef. Einer, der nie laut wurde.«

»War er bei seinen Patienten beliebt?«

Beide verstummten gleichzeitig. Die Auszubildende schaute betreten auf ihre Hände, Frau Schlötter blätterte in dem Terminkalender und machte irgendwelche Kreuzchen. Dann sagte sie zögernd: »Er war Urologe. Beliebt bei den Patienten sind wohl eher Kinderärzte oder Hausärzte.«

Was nichts anderes hieß als *nein*. »Kannten Sie seine Frau?«

»Ja, flüchtig. Von der Weihnachtsfeier.«

»Würden Sie die Ehe als glücklich bezeichnen?«

»Das kann ich nicht beurteilen«, sagte Frau Schlötter.

»Hat er in den letzten Tagen über seine Frau gesprochen? Darüber, dass sie an psychischen Problemen litt und er den Kleinen tagsüber bei seiner Mutter unterbringen musste?«

»Furchtbar, nicht wahr?« Über dieses Thema ließ die Arzthelferin sich mit Freuden aus. Mehrfach betonte sie, dass der arme Doktor sich so gut wie irgend möglich um seinen Sohn gekümmert hätte. »Direkt ausgesprochen hat er es nicht, aber was die Frau anging, war da wohl nicht viel Hoffnung. Er hat gemeint, dass die Medikamente nicht anschlagen und es täglich schlimmer wird mit ihr. Das hat ihm große Sorgen bereitet.«

Nola zweifelte nicht an den Worten der Arzthelferin. Andererseits schien es mehr als seltsam, dass Dr. Cassjen unter diesen Umständen Frau und Kind allein im Obergeschoss gelassen hatte, während er sich mittels Alkohol und lauter Musik aus der Realität verabschiedete. Das klang nun wirklich nicht so, als hätte er sich um das Baby gesorgt.

Die Auszubildende wusste noch mehr zu erzählen. »Sie war hier mal Patientin. So haben sie sich kennengelernt, glaub ich.«

»Diagnose?«, fragte Nola sofort.

»Dürfen wir das überhaupt sagen? Brauchen Sie für solche Fragen nicht einen richterlichen Beschluss?« Der Verlauf des Gesprächs behagte Frau Schlötter überhaupt nicht, und die trotzige Entschlossenheit in ihrer Stimme machte deutlich, dass sie nichts zu diesem Thema sagen würde, obwohl sie durchaus etwas zu berichten hätte.

Nolas Neugierde war geweckt. »Nein«, behauptete sie kühn und ohne zu zögern. »In einem Mordfall dürfen wir beinahe alles. Ich denke auch nicht, dass es sehr wichtig ist. Also?« Es klang auffordernd.

»Blasenentzündung, glaube ich. Chronisch, sie war häufiger damit bei uns. Nichts Ernstes.«

»Können Sie mir die Unterlagen mal raussuchen?«

»Nicht ohne richterlichen Beschluss.« Frau Schlötters Stimme bebte vor Aufregung. Sie war ganz eindeutig der Typ Mensch, der niemals wissentlich ein Gesetz brechen würde, und es fiel ihr entsprechend schwer, sich gegen eine Kriminalbeamtin zu behaupten. Andererseits glaubte sie sich im Recht und gab sich alle Mühe, standhaft zu bleiben.

»Vielleicht sollten Sie einfach an den verschwundenen Sohn Ihres Chefs denken. Ein Säugling. Wir wissen nicht, in welchem Zustand Frau Cassjen sich befindet, glauben aber, dass jede Minute zählt. Möglicherweise steht in der Akte ein Hinweis, der uns weiterhilft.«

Wenigstens die Auszubildende ließ sich überzeugen. »Der Chef ist sowieso tot. Aber der Kleine kann noch gerettet werden.«

»Ja. Vielleicht.« Die Arzthelferin erhob sich von ihrem Schreibtischstuhl, blieb zögernd in der Tür stehen, gab sich dann aber einen Ruck und forderte Nola auf, ihr zu folgen. Genau gegenüber lag das Besprechungszimmer des toten Arztes, ein seelenloser Raum mit einem schlichten Schreibtisch und einem schwarzen Ledersessel dahinter, auf dem die Frau Platz nahm. Sie fuhr den Computer hoch, was ein paar Minuten in Anspruch nahm, und tippte etwas ein. Nola betrachtete derweil die in Arztpraxen üblichen Kalenderdrucke, die die Wände zierten. Norddeutsche Landschaften im Wechsel der Jahreszeiten, wie aufregend. Das einzig Private war ein Foto seiner Ehefrau auf dem Schreibtisch, das Porträt einer schönen, sehr jung wirkenden Frau, perfekt geschminkt und frisiert und mit einem verführerischen Lächeln auf den Lippen. Was für ein Unterschied zu der Silvana Cassjen, die Nola kennengelernt hatte.

Inzwischen war es Frau Schlötter gelungen, die Seite mit Silvana Cassjens Patientendaten aufzurufen. »Komisch. Alles, was vor der Hochzeit war, hat er gelöscht. Dabei bin ich sicher, dass sie mindestens ein Dreivierteljahr davor in Behandlung war.« Ratlos starrte sie auf den Monitor, als müsste dort jeden Moment ein geheimes Fenster aufploppen mit den Informationen, die sie vermisste.

»Sie meinen, dass der Anfang der Krankengeschichte fehlt?«, vergewisserte sich Nola, und die Frau nickte zaghaft. »Finden Sie das nicht seltsam? Oder passiert so etwas häufiger?«

»Selbstverständlich nicht. Aber in so einem Fall ... sie ist seine Frau. Vielleicht stand etwas in der Akte, das keiner erfahren soll. Aber was? Ich weiß es nicht, ehrlich.«

Oh doch, sie wusste es, würde aber den Mund halten.

»Frau Schlötter«, sagte Nola eindringlich. »Ihr Chef lebt nicht mehr. Meinen Sie nicht, dass Sie jetzt alles sagen sollten, was uns bei den Ermittlungen weiterhelfen könnte?«

Trotzig hob sie den Kopf. »Ich kann mich nicht erinnern. Was glauben Sie, wie viele Patienten wir haben? Da ist es gar nicht möglich, alle Einzelheiten im Kopf zu behalten. Dafür führen wie ja die Krankenakten.«

In der Zwischenzeit hatte sich die Auszubildende, die ihnen gefolgt war, offenbar überlegt, dass es keinen Grund mehr gab, sich solidarisch mit ihrem toten Chef zu verhalten.

»Mir ist eingefallen, dass es jemanden gibt, der sauer ist auf unseren Doktor. Ein ehemaliger Patient. Das, was er unserem Chef vorwirft, ist vor meiner Ausbildung passiert, aber ich weiß davon, weil er immer wieder in der Praxis auftaucht und nach dem Doktor fragt. Wir dürfen ihn aber nicht ins Sprechzimmer lassen. Der Mann ist an Blasenkrebs erkrankt. Seiner Meinung nach hat Dr. Cassjen das zu spät erkannt und behandelt. Der Patient trägt jetzt ein Urostoma, also einen künstlichen Harnausgang. Ist wohl nicht mehr rückgängig zu machen, leider. Er sagt, dass seine Frau ihn deshalb verlassen hat. Und arbeiten kann er auch nicht mehr. Er will Dr. Cassjen auf Schadensersatz verklagen.«

»Lara«, zischte Frau Schlötter empört. »Die Ärztekammer hat ihre Schiedsstelle eingeschaltet, und die haben von der Klage abgeraten. Dieser Mensch kommt mit seiner Krankheit nicht zurecht und sucht einen Schuldigen. Aber den gibt es nicht. Und Ihnen …«, das klang jetzt richtig drohend, »steht es überhaupt nicht zu, solche Interna weiterzugeben. Vielleicht sollten Sie noch einmal Ihren Ausbildungsvertrag durchlesen, den Absatz über Schweigepflicht.«

»Pah, wen interessiert das denn jetzt noch? Die Praxis hier schließt sowieso, und auf meinem Ausbildungsvertrag kann ich mir ja wohl ein Ei braten.« Trotzig hob Lara den Kopf und schaute Nola an. »Außerdem haben Sie der Polizei doch auch gerade gezeigt, was in der Patientendatei steht. HWG.«

»Der Eintrag ist gelöscht«, flüsterte Frau Schlötter peinlich berührt.

»HWG?«, fragte Nola, die schon ahnte, was diese drei Buchstaben bedeuteten.

»Häufig wechselnde Geschlechtspartner«, erklärte Lara lakonisch. »Solche Frauen leiden manchmal unter Blaseninfektionen. Dahinter stand allerdings ein Fragezeichen, er hat es wohl nur vermutet.«

»Stimmt das?«, wandte Nola sich an die ältere Arzthelferin.

»Ich erinnere mich nicht«, lautete die Antwort.

Lara lachte ungläubig. »Was? Sie haben mir den Eintrag doch selbst gezeigt.«

Genauso stellte Nola sich den Alltag in einer Arztpraxis vor. Kaum waren die Patienten aus der Tür, fielen die Angestellten über die Daten her. »Ist das häufiger passiert, dass Dr. Cassjen solche Sachen in die Unterlagen geschrieben hat?«

Frau Schlötter presste die Lippen krampfhaft zusammen, als wollte sie deutlich machen, dass sie kein weiteres Wort mehr sagen würde.

Die Auszubildende hingegen nickte eifrig. »Das war so

seine Art. Er hat gern über die Patienten gelästert. Alleinstehende Frauen, die mehrfach mit einer Blasenentzündung kamen, waren für ihn Schlampen.« Dass ihre Arbeitskollegin ein ärgerliches Geräusch von sich gab, entlockte ihr nur ein Schulterzucken. »Stimmt doch. Entweder hat er sie Schlampen genannt oder behauptet, dass sie es nicht so genau nehmen mit der Körperhygiene.«

Der Blick, den Frau Schlötter der Auszubildenden zuwarf, ließ den Gedanken aufkommen, dass die junge Frau von jetzt an Polizeischutz benötigte. »Das war scherzhaft gemeint, und ich bin sicher, dass keine der Patientinnen davon wusste. Er hat sie alle sehr höflich behandelt.«

»Das ist mir klar«, sagte Nola versöhnlich. »Jetzt fehlt mir nur noch der Name des betreffenden Patienten.«

»Ach so, ja. Er heißt Ferdinand Höffke und wohnt in Weener. Er wird doch nicht erfahren, von wem das kommt? Nicht, dass ich den jetzt an den Hacken habe und der mich wegen Verleumdung oder übler Nachrede verklagt.«

»Keine Sorge«, versprach Nola. »Wir werden ganz behutsam mit der Information umgehen, versprochen. Und vielen Dank, dass Sie so ehrlich waren.«

Die *Deichstube* lag an der Bremer Straße, kurz vor dem beschrankten Bahnübergang, wo es weit und breit weder einen Deich noch ein Meer und schon gar keinen gelben Sandstrand gab. Das Einzige, was hier rauschte, war der dichte Verkehr. Nola kannte das Lokal vom Vorbeifahren, wäre aber nie im Leben auf die Idee gekommen, anzuhalten und hier essen zu gehen. Dafür wirkte das Restaurant nicht einladend genug.

In dem Fenster zur Straße langweilte sich eine einsame Plastikmöwe unter einem Fischernetz, auf dem Boden lagen tote Fliegen, und eine handgeschriebene

Tafel versprach, dass in der *Deichstube* wie bei Mutter gekocht wurde, und das zu günstigen Preisen. Das Tagesgericht, Schnitzel mit selbst gemachtem Kartoffelsalat, kostete 5,99 Euro. Nola studierte in dem kleinen Schaukasten links neben der Eingangstür die recht übersichtliche Speisekarte, die schon ewig dort hängen musste. Die Tinte der handgeschriebenen Preise war jedenfalls so verblasst, dass man die Zahlen kaum noch entziffern konnte. In der *Deichstube* wurde kein einziges Fischgericht angeboten.

Auch drinnen erschloss sich nicht, weshalb die Besitzer ausgerechnet einen so maritim anmutenden Namen für ihr Lokal gewählt hatten. Verblichene Sitzpolster, deren Ursprungsfarbe, genauso wie das Muster, kaum noch auszumachen war, Polyestertischdecken in Resedagrün – Nola wunderte sich, dass ihr der Name des öden Farbtons sofort einfiel – und auf jedem Tisch eine Vase mit gelben Plastikosterglocken, und das im Juni. Gleich auf den ersten Blick fühlte sie sich in ihre Kindheit zurückversetzt, in die *Altstadtklause* um die Ecke, wo sie jeden Donnerstag mit ihrer Mutter zum Schnitzelessen gegangen war, beinahe konnte sie noch die Fleischfasern der zähen Schnitzel zwischen den Zähnen spüren. Das Lokal war nahezu identisch möbliert gewesen, allerdings lag das mehr als zwanzig Jahre zurück, und schon damals hatte sie die Einrichtung als altmodisch und miefig empfunden.

Bis auf einen Tisch waren alle besetzt, keiner der Gäste schien unter sechzig zu sein, offenbar galt das Lokal zur Mittagzeit als Geheimtipp für Rentner. Sie beobachtete eine ältere Frau, die mit ihrer Serviette zuerst den Tisch, dann das Besteck ihres Mannes und zuletzt ihr eigenes mit großer Sorgfalt abwischte. Während sie noch mit hochgezogenen Brauen ihre Gabel polierte, aß ihr Mann bereits. Ungerührt griff sie nach einer weiteren Serviette, faltete sie auseinander, legte sie auf ihren Schoß, klemmte einen Zipfel in ihren Rockbund und sagte feierlich: »Lass es dir schmecken.«

Der Mann grummelte mit vollem Mund etwas Unverständliches, was ihr ein liebenswürdiges Lächeln entlockte.

Die Besitzerin hieß Hannelore, einer der Gäste nannte sie beim Namen, als er ein Pils orderte. Eine kleine dralle Frau mit grauen, unordentlich zusammengesteckten Haaren, die sich in schwarzen Birkenstocksandalen leicht humpelnd von einem Tisch zum anderen bewegte, und gleichzeitig eine weitere Bedienung, ein junges Mädchen mit rotem, verschwitztem Gesicht und einer etwas zu engen Hose, herumkommandierte. Beim Namen Silvana Cassjen verdüsterte sich ihr bis dahin freundliches Gesicht. Von dem Tod des Arztes hatte sie gehört, auch davon, dass Silvana und der Kleine verschwunden waren.

»Stand ja groß und breit in der Zeitung. Unsere Gäste haben Silvana gleich wiedererkannt. Hat sie es denn getan?«

»Würden Sie ihr das zutrauen?«

»Tja. Gute Frage. Möglich ist alles.« Sie beschrieb Silvana Cassjen als wenig motivierte Angestellte, die ihr viel Ärger gemacht hatte. »Die war andauernd krank. Irgendwas mit der Blase, da hat sie ja wohl auch ihren Doktor kennengelernt. Ratzfatz wurde geheiratet, und danach wollte sie nur noch eins, schwanger werden.«

»Kannten Sie ihren Mann?«

»Sicher. Nachdem es ernst wurde zwischen den beiden, und das ging ja ziemlich flott, hing er andauernd hier rum. Entschuldigung. Christiiina!«, brüllte sie. »Das Pils ist für Herrn Möller, Tisch sieben.« Sie entschuldigte sich erneut. »Man muss ständig aufpassen. Die Mädchen heutzutage sind so was von schusselig, immer mit dem Kopf in den Wolken. Silvana war genauso. Wenn ich nicht so hinterher wäre, würden die jungen Dinger nur vor der Theke rumhängen und die ganz Zeit auf ihr Handy starren. Aber da bin ich eisern. Bei mir ist das ein Kündigungsgrund. Privatgespräche während der Arbeitszeit, wo gibt es denn so was? Christiiina! Tisch fünf!« Sie senkte die Stimme. »Wo hat die bloß ihre Augen, frag ich Sie.«

»Dr. Cassjen«, erinnerte Nola an den Grund ihres Besuches. Christina sah aus, als würde sie gleich in Tränen ausbrechen.

»Genau. Silvanas Doktor. Der war eifersüchtig, wenn Sie mich fragen. Und das nicht zu Unrecht. Silvana hielt sich nämlich für unwiderstehlich. Wie die sich immer aufgetakelt hat. Einmal hab ich sie wieder nach Hause geschickt. *Entweder du ziehst dich vernünftig an, oder du brauchst nicht wiederkommen*, hab ich gesagt. *Wir sind hier nicht auf der Reeperbahn, mein Fräulein.* Komisch, dass alle Männer auf diesen Typ Frau reinfallen. Lange blonde Haare, ein Schmollmund und ordentlich was in der Bluse, da rutscht den Kerlen das Hirn in die Hose.« Sie wurde rot. »Gott, was müssen Sie von mir denken. Aber so war Silvana nun mal, ständig auf Männerfang. *Kennen Sie den, Frau Stockmeyer? Ist der verheiratet? Was macht der beruflich? Meinen Sie, dass der viel Geld verdient?* Ansonsten konnte sie sich stundenlang über roten Nagellack auslassen oder darüber, welche Übungen man machen muss, damit der Bauch flach bleibt.« Automatisch legten ihre Hände sich über ihren Leib. »Als ob ich für so einen Quatsch Zeit hätte.«

Es irritierte Nola, dass Frau Stockmeyer ihr während des Gesprächs nicht ein einziges Mal direkt in die Augen schaute, weil ihr Blick ununterbrochen der armen Christina folgte, die in diesem Moment ein weiteres Mal zusammengestaucht wurde.

»Christiiina! Herrgott! Man serviert von rechts!«

Ein Schnitzel, das aus der Ferne reichlich scharf gebraten aussah, dazu ein Klecks Kartoffelsalat, welche Rolle konnte es spielen, ob der lieblos hergerichtete Teller von rechts oder links vor den Gast gestellt wurde?

»Dieses Mädchen, total unfähig.« Hannelore Stockmeyer schnaufte erschöpft, schaffte es aber, nahtlos an ihre Rede anzuknüpfen. »Eine Weile hab ich gedacht, dass Silvana es auf unseren Jungen abgesehen hat. Die waren auch mal was trinken zusammen. *Thomas*, hab ich gesagt, das *willst du deiner Mutter ja wohl nicht antun*. Ich war richtig erleichtert, als das mit diesem Urologen anfing. Die als Schwiegertochter? Nee danke.«

Aha, dachte Nola. »Könnte ich auch mit Ihrem Sohn reden?«

»Der kommt erst in einer Stunde. Aber was soll Thomas Ihnen erzählen? Die beiden haben keinen Kontakt mehr, zum Glück, möchte ich sagen.«

Ferdinand Höffke, der Patient, der Dr. Cassjen verklagen wollte, lag seit vier Wochen in der Klinik, und wie es aussah, würde er sie nicht mehr lebend verlassen. Als Täter kam er nicht infrage. »Hilke, wie weit bist du mit den Handyverbindungen von Silvana Cassjen gekommen?«

»Ziemlich weit, was daran liegt, dass die Liste erstaunlich übersichtlich ist. Sehr ungewöhnlich in der heutigen Zeit.« Hilke betrachtete ihre Aufzeichnungen und krauste dabei die Nase. »Sie hat mehrfach täglich mit ihrem Mann telefoniert, außerdem mit ihrem Frauenarzt, der Hebamme, mit einem Babymarkt, wahrscheinlich wollte sie dort was kaufen, dann und wann auch mit den Schwiegereltern.

Aber nur über den normalen Hausanschluss, was nicht unbedingt für eine Affäre mit dem Landrat spricht. Überhaupt habe ich bislang nichts ausfindig machen können, das auf einen Lover hindeutet. Nicht mal eine Freundin hab ich gefunden. Auch keine Anrufe nach Dresden. Mit einer Tineke Veenstra hat sie dann und wann mal telefoniert.«

»Das ist Margit Cassjens Nichte, also die Cousine des toten Doktors«, klärte Nola sie auf. »Sie arbeitet in dieser Spritfabrik. Vielleicht waren die beiden befreundet. Mach weiter. Irgendwas muss es doch geben.«

»Sollte man annehmen.«

Der PC, den Silvana Cassjen nutzte, war in etwa so alt wie ihre Ehe, also fünfundzwanzig Monate. Es existierte nur eine Mailadresse. Außer den üblichen Werbemails fanden sich keinerlei gelöschte Nachrichten, und bei dem, was sich in dem Posteingangsordner angesammelt hatte, handelte es sich neben Spam hauptsächlich um Bestätigungen von Onlinebestellungen. Bettwäsche, ein Kaffeegeschirr, Schuhe, jede Menge Damenkleidung und Babysachen, immer in der gehobenen Preisklasse und immer auf Rechnung, die der Gatte begleichen musste, denn Onlinebanking hatte sie von dem PC aus nicht betrieben. Die Internetseiten, die Silvana aufgerufen hatte, verrieten nicht viel Neues. Sie hatte sich sehr für ihr Äußeres interessiert, für Kosmetika, schicke Kleidung, für Schwangerschaft und Geburt, und gern Mah-Jongg gespielt, manchmal war sie stundenlang auf einer Seite eingeloggt, wo man online spielen konnte, und sie hatte häufig Musikclips aufgerufen. Ihr Musikgeschmack unterschied sich ganz erheblich von dem ihres Mannes, sie mochte die gängigen Discohits, die sie auf YouTube anschaute. Keinerlei Aktivitäten bei Facebook oder einem der anderen sozialen Netzwerke.

»Der PC ist klinisch rein«, seufzte Hilke. »Genau wie ihr Handy. Als hätte sie gewusst, dass wir uns irgendwann die Inhalte anschauen.«

Sie wirkte enttäuscht, was Nola gut nachvollziehen konnte, auch sie hatte sich mehr von der Auswertung von Smartphone und PC versprochen. Offenbar gehörte die vermisste Frau nicht zu den Menschen, die ihre Freundschaften im Netz auslebten, so etwas sollte es ja immer noch geben. »Vielleicht war der Tote nicht nur eifersüchtig, sondern auch ein Kontrollfreak, und sie hat alles, was ihn stören könnte, gelöscht.«

»Selbst wenn sie ihre Anruflisten gelöscht hätte, würden sie auf dem Einzelverbindungsnachweis auftauchen. Nee, sie hat nicht heimlich telefoniert.« Nachdenklich schaute Hilke ein weiteres Mal ihre Aufzeichnungen an, dann zuckte sie mit den Schultern. »Da war nichts. Auch keine gelöschten Mails, die hätten die Kollegen von der EDV-Fahndung wieder sichtbar gemacht. So wie es aussieht, lebt Silvana Cassjen in einer Art Vakuum, nur sie und ihr Mann und dessen Verwandte, wirklich seltsam. Legt das nicht den Verdacht nahe, dass sie schon immer ein bisschen gestört war? Passt doch zu der Psychose.«

»Ihre Schwiegermutter hat sie als verschlossen beschrieben. Laut ihrer ehemaligen Chefin aus der *Deichstube* war sie aber keineswegs zurückhaltend, eher das Gegenteil. Nach ihrer Schilderung war Silvana auf der Suche nach einem Mann mit Geld, und den hat sie in Cord Cassjen gefunden.« Deprimiert betrachtete Nola den erstaunlich kleinen Zettelberg auf ihrem Schreibtisch, der dafür sprach, dass sie bislang mehr oder weniger ideenlos war. »Diese Frau ist mir ein Rätsel.«

»Nola wieder mit ihrem Überkreuzdenken! Wo bitte siehst du ein Rätsel? Die Frau ist schlicht und ergreifend durchgeknallt und hat im Wahn ihren Alten erschossen.« Conrad formte mit den Fingern eine Pistole und drückte ab. »Piffpaff. Dafür gibt es keine logische Erklärung, da kannst du lange suchen. Hinterher ist sie mit dem Kleinen abgezischt. Vor mittlerweile drei Tagen. Schau endlich mal der Realität ins Gesicht. Wir suchen ein totes Baby, das wir wahrscheinlich niemals finden werden. Und die Frau…« Theatralisch griff er sich an die Kehle. »Soll mich nicht wundern, wenn die sich längst irgendwo aufgeknüpft hat. Erhöhte Selbstmordgefahr, hast du doch selbst gesagt. Keine Familie, keine Freunde, Geld hat sie auch nicht, wie soll sie da überleben? Glaub mir, wir suchen zwei Tote.«

Am liebsten wäre Nola aufgesprungen, um Conrad den Mund zuzuhalten. Es machte sie wahnsinnig, dass er mit seiner schnoddrigen Art ihre schlimmsten Befürchtungen aussprach, ohne dass es ihn zu berühren schien. Da ihr keine Erwiderung einfiel, sprang sie auf und griff nach ihrer Jacke.

»Ich geh mal an die frische Luft, nachdenken.«

Hilke zog die Schultern hoch und schaute Nola mitleidig hinterher, Conrad tippte sich gegen die Schläfe. Doch keiner von beiden konnte Nola von ihrer Überzeugung abbringen: Sie waren noch meilenweit von der Aufklärung des Falls entfernt.

Walter, der Feigling, stand draußen auf dem Hinterhof und rauchte.

Und Thomas hatte ihr gerade wortreich erklärt, dass er ein paar Tage für sich selbst brauchen würde. »Ich will auf dem Schiff wohnen und keine Menschenseele sehen.« Sein Handgelenk sah wirklich schlimm aus, gestern war ihr beim Verbandswechsel richtig schlecht geworden. Die Wunde wurde ständig größer, und für Hannelore roch sie inzwischen nach verfaultem Fleisch. Sie hatte Thomas vorgeschlagen, einen Arzt aufzusuchen, doch er hatte nur mit den Schultern gezuckt, so, als wäre es ihm einerlei, was mit ihm passierte.

»Du brauchst Urlaub? In acht Wochen haben wir Betriebsferien. So lange wirst du es ja wohl aushalten. Wir müssen das auch.«

»In zwei Monaten machen wir Betriebsferien. Richtig. Aber dann seid ihr auf dem Boot. Jetzt ist es leer, und ich möchte eine Weile allein sein, nachdenken.«

Worüber willst du denn wohl nachdenken, wollte sie sagen. *Darüber, dass du mein ganzes Leben zerstört hast?* Aber sie kam nicht dazu, weil die Kartoffeln überkochten und er zum Herd sprinten musste, um das Gas runterzuregeln. Aus dem würde nie ein richtiger Koch werden. Sie hätten auf die Frau vom Arbeitsamt hören sollen, die hatte gemeint, dass Thomas in die Altenpflege passen würde oder in einen Kindergarten. Aber die hatte ja auch nichts von seinen kranken Neigungen gewusst.

»Zwei Wochen«, sagte Thomas, ohne den Kopf zu drehen. »Papa ist einverstanden. Er sagt, dass ich den Kahn schon mal auf Vordermann bringen soll, dann muss er das nicht machen, und ihr könnt im August gleich losfahren.«

»Nein!« Sie wollte gar nicht so laut schreien, doch ihre Ablehnung war so stark, dass sie nicht anders konnte. »Du bleibst hier und machst deine Arbeit, genau wie wir.« Mit drei Schritten durchquerte sie die Küche, bis sie neben ihm stand. Ihr Knöchel tat immer noch weh, aber sie hatte sich schon an den Schmerz gewöhnt, und es fiel kaum auf, dass sie den Fuß nicht voll belasten konnte. »Nein, Thomas. Du bleibst hier. Und es geht mir überhaupt nicht darum, dass dein Vater die Arbeit nicht ohne deine Hilfe schaffen könnte. Ich werde nicht tatenlos zusehen, wie diese Frau ein zweites Mal Besitz von dir ergreift.« Sie tippte mit zwei Fingern gegen seine Stirn. »Da oben dreht sich schon wieder alles um Silvana, glaubst du, ich merke das nicht? Du musst dich ablenken, hat der Psychologe damals gesagt. Du brauchst regelmäßige Beschäftigung. Und aus diesem Grund kriegst du jetzt keinen Urlaub. Geh lieber zum Arzt, die Wunde sieht nicht gut aus. Das hab ich dir schon gestern gesagt.«

Sie erschrak, als er nach einem Salatkopf griff und ihn mit bösem Lächeln zu grünlichem Brei zerquetschte. »Langsam solltest du mal begreifen, dass ich erwachsen bin. Ich frage dich überhaupt nicht um Erlaubnis, ich sage dir nur Bescheid. Ich bin zwei Wochen nicht da. Um fünfzehn Uhr fängt mein Urlaub an, das hab ich mit Papa geklärt, egal, was du dir vorstellst. Ich bin zweiundzwanzig und kann für mich selbst entscheiden. Wenn ich an Silvana denken will, dann tu ich das. Und für andere Dinge gilt das genauso. Vierzehn Tage, Papa ist einverstanden. Und er ist ja wohl derjenige, den es betrifft.«

Und dann wagte er es, sie einfach stehen zu lassen, und als sie ihm nachrief: »Warte, ich bin noch nicht fertig!«, drehte er sich nicht mal mehr um.

Hannelore rannte ihm hinterher, doch sie schaffte es nicht, ihn einzuholen. Als sie die Gaststube erreichte, fiel die Außentür bereits ins Schloss. Er war weg. Für einen Moment erwog sie, mit dem Arm sämtliche Biergläser aus dem Regal zu fegen oder in die Küche zurückzustürzen und einen Stapel Teller auf dem Boden zerschellen zu lassen. Richtig laut knallen sollte es, sodass man den Lärm noch auf der Straße hörte. Genauso gut könnte sie auch ein Heidengeld für frische Blumen auf den Tischen ausgeben, auch wenn Walter das für Verschwendung hielt, oder gerade deshalb. Sie könnte auch alles stehen und liegen lassen und ihre Schwester in Osnabrück besuchen, am besten für die ganzen zwei Wochen, in denen ihr Sohn nicht zur Arbeit erscheinen würde. Sollte Walter ruhig mal merken, was er an ihr hatte. Für einen Moment stellte sie sich vor, wie Walter und Christina gemeinsam im Chaos versanken, und sie begann zu kichern. Ja, das hätten sie verdient, Walter, Thomas und die senilen Gäste, die von nichts eine Ahnung hatten und Christina ständig mit ihren mitleidigen Blicken trösten wollten, so als wäre Hannelore ein Unmensch und Christina, dieses unfähige Trampeltier, ihr armes Opfer.

Vorhin hatte sie das Mädchen zum Weinen gebracht, zum ersten Mal. Dabei hatte die Kleine gar nichts Besonderes angestellt. Sie war nun einmal nicht die Schnellste, und daran würde sich auch nichts mehr ändern. Herr Möller von Tisch sieben hatte gemeint, sie solle Christina endlich mal in Ruhe lassen, sie gebe sich doch alle Mühe. Am liebsten hätte sie den alten Knacker in seiner lächerlichen Kunstlederjacke mit den roten Rallyestreifen vor die Tür gesetzt. Was der sich einbildete. Keine Ahnung, wie schwer es heutzutage war, junge Leute auszubilden, aber dumme Bemerkungen machen. Hannelore hatte ihre Wut tapfer runtergelächelt und geschwiegen. Auf Gäste waren sie nun einmal angewiesen. Der alte Möller kam seit vier Jahren täglich zum Essen. Wenn er ging, würden andere ihm folgen, allen voran die aufgetakelte Schnepfe von Tisch vier, die nach dem Essen grundsätzlich einen Magenbitter trank, nur *Fernet Branca.* Seit über einem Jahr versuchte sie, Herrn Möller mit schmachtenden Blicken auf sich aufmerksam zu machen. Hannelore hoffte, niemals so wie diese Frau zu enden.

Sie musste mit Walter reden. Sofort. Es war seine Aufgabe als Vater, Thomas zur Vernunft zu bringen.

Mit Schwung riss Hannelore die Tür zur Küche auf, wo Walter inzwischen wieder an seinem Platz stand. Er war damit beschäftigt, Zutaten für den gemischten Salat zu schneiden. In seinem Mundwinkel glimmte eine Zigarette. Er blickte nicht mal auf, als sie hereinkam. Ihre Vorwürfe nahm er gelassen hin.

»Jeder hat ein Recht auf Urlaub, Hannelore, das ist sogar gesetzlich vorgeschrieben. Du setzt dem Jungen viel zu sehr zu. Lass ihn doch mal in Ruhe erwachsen werden. Der geht schon seinen Weg. Ich weiß, was dich stört. Silvana wird vermisst, das stand ja groß und breit in der Zeitung. Willst du ernsthaft behaupten, dass Thomas weiß, wo sie sich aufhält?« Er lachte böse, und sie traute sich nicht zu nicken.

Ja, wenn Silvana nicht mehr ein noch aus wusste, würde sie vielleicht Thomas anrufen. Der war ja bereit, den Boden abzulecken, über den sie schritt. Verrückt war er nach ihr, so verrückt, wie kein Mann nach einer Frau sein sollte, schon gar nicht nach einer Frau, die ihn nicht wollte. Das war ungesund.

»Hörst du mir nicht zu?«, fuhr sie ihn an. »Er kriegt jetzt keinen Urlaub. Ruf ihn an und sag, dass du es dir anders überlegt hast.«

»Ich denke nicht dran. Lass den Jungen in Ruhe. Der braucht mal ein paar Tage zum Nachdenken. Hier läuft alles, wie du siehst.« Er nahm die Zigarette aus dem Mund und drückte sie im Aschenbecher aus. »Heute Mittag hat Christina sich beschwert. Wenn du so weitermachst, Hannelore, stehst du demnächst mal wieder allein da. Die Kleine macht das nicht mehr lange mit, und für Thomas seh ich auch schwarz. Wenn du deinen Sohn endgültig vergraulen willst, fahr hin. Klingel an der Tür, nimm ihn ins Kreuzverhör, schnüffle in seinem Leben rum, du lässt dir ja sowieso nichts verbieten.« Seine rechte Hand schoss nach vorn, als wollte er ihren Oberarm packen, doch er hielt rechtzeitig inne. »Eins will ich dir sagen: Eine Mutter, die ihren erwachsenen Sohn auf Schritt und Tritt kontrolliert, ist ein Albtraum. Vielleicht sollte nicht Thomas zur Therapie gehen, sondern du. Schon mal darüber nachgedacht?«

Fassungslos starrte sie ihn an. Ungerührt erwiderte er ihren Blick, fingerte eine neue Zigarette aus der Packung, klemmte sie zwischen die Lippen und steckte sie an, als wollte er sie unbedingt provozieren. »Alles hat seine Ursachen, Hannelore, jede Verhaltensstörung, jede Anomalie, jede noch so kleine Macke, und meist liegen sie in der Kindheit. Darüber solltest du dir mal ernsthaft Gedanken machen. Ob Thomas sich unter anderen Umständen auch so entwickelt hätte.«

Sie konnte spüren, wie die Wut ihr die Speiseröhre hochkroch, heiß wie glühende Lava. Ihr Knöchel tat weh, immer noch, jeden Abend musste sie das Bein hoch lagern und den Knöchel mit essigsaurer Tonerde kühlen, und trotzdem rannte sie sich im Lokal die Hacken ab, damit alles funktionierte und die Gäste zufrieden waren. Wenn hier einer urlaubsreif war, dann ja wohl sie, aber sie konnte sich nicht mal einen freien Tag erlauben.

»Du trägst die Verantwortung, wenn etwas passiert«, sagte sie dumpf. »Ich habe dich gewarnt.«

Hilke strahlte. »Ich hab mir Cord Cassjens PC vorgenommen und etwas höchst Interessantes entdeckt. Fünf Tage vor seinem Tod hat er abends unter *Scheidung von psychisch krankem Partner* gegoogelt, ziemlich ausführlich. Außerdem hat er sich im Internet informiert, unter welchen Voraussetzungen man als Mediziner im Ausland arbeiten kann. Skandinavien schien ihn dabei besonders zu reizen, vor allem Schweden. Unter anderem hat er nach Möglichkeiten der Kinderbetreuung gesucht. Er hat sogar einen Brief angefangen, in dem er sich als alleinerziehender Vater eines Säuglings ausgibt. Seine Frau erwähnt er mit keinem Wort.«

»Vielleicht hat sie das gelesen«, mutmaßte Nola. »Und sich gefragt, wo sie in dem Plan vorkommt.« Ja, dieser angefangene Brief taugte durchaus als Motiv. Eine unglückliche Ehe mit einem Alkoholiker, der seine Frau loswerden will, um mit dem gerade erst geborenen Sohn nach Schweden auszuwandern, allein. »Stell dir vor, du hast so einen Mann geheiratet. Und findest diesen Brief. Was machst du dann?«

Grinsend hob Conrad die rechte Hand. »Piffpaff.«

»Gut möglich«, musste Nola zugeben. »Aber woher stammt die Waffe?« Conrads genervtes Stöhnen überhörte sie einfach. »Sie kam gerade erst aus der Frauenklinik, hat frisch entbunden und lag nach Aussage ihrer Schwiegereltern überwiegend im Bett. Glaubt ihr, dass sie überhaupt schon mal das Haus verlassen hatte? Und selbst wenn, wie, verdammt noch mal, ist sie an die Pistole gelangt?«

»Ist doch scheißegal«, grummelte Conrad. »Wenn wir sie finden, kannst du sie ja fragen.«

»Im Übrigen hat er mehrfach nach Wochenbettdepressionen gegoogelt«, fiel Hilke ein. »Schon zwei Tage nach der Geburt.«

Das fand Nola nicht weiter verwunderlich. Selbst informierte sie sich auch über jedes Zipperlein im Internet, bevor sie einen Mediziner aufsuchte. »Darf ich?« Sie angelte sich einen Keks aus der Packung, die vor Hilke auf dem Schreibtisch lag. Hafercookies mit dicker Schokoladenschicht, köstlich.

Am Wochenende wollte Nola nach Hannover fahren, ihre ehemals beste Schulfreundin hatte sie zur Hochzeit eingeladen. Es war ihre zweite Ehe. *Keine kirchliche Trauung, nichts Romantisches,* hatte sie am Telefon gemeint. *Romantik dient doch nur dazu, den Blick auf die Wirklichkeit zu vernebeln. Du weißt ja, wovon ich rede.* Sie spielte auf Nolas Scheidung an. Rob van Heerden, ihr wunderschöner blonder Ehemann, Typ Surferboy, hatte sie mit seiner Spielsucht beinahe ruiniert. Seither wusste Nola, dass Liebe viel aushalten konnte, viel zu viel, wie sie sich im Nachhinein eingestehen musste, dass es aber einen Punkt gab, wo auf einen Schlag alle Gefühle erloschen. Auf der Flucht vor ihrer Vergangenheit war Nola in Leer gestrandet, der kleinen ostfriesischen Stadt, die sie bis dahin nur vom Namen her kannte.

Die Einladung zu der Hochzeit hatte bei ihr eine leichte Wehmut ausgelöst. Es mochte albern sein, aber plötzlich wurde ihr schmerzlich bewusst, dass in den elf Monaten, die sie jetzt in Ostfriesland lebte, noch kein Mensch auf die Idee gekommen war, sie zu einem solch privaten Anlass einzuladen.

Uninspiriert streifte sie durch die Geschäfte und landete, warum auch immer, bei Leffers in der Wäscheabteilung. Es war nicht anzunehmen, dass irgendwer auf der Hochzeit Nolas Dessous zu Gesicht kriegen würde, aber für den Fall der Fälle suchte sie ein nilgrünes Spitzenensemble aus, das ihren Farben schmeichelte. Nolas Haar war rot, im richtigen Licht kupferrot, es fiel in schwer zu bändigenden Locken über ihre Schultern, und im Dienst drehte sie es grundsätzlich zu einem praktischen Knoten. Ihre Haut zeigte den blassen Farbton aller echten Rothaarigen und war übersät mit Sommersprossen, die sie als Kind gehasst hatte, inzwischen aber akzeptieren konnte. Dazu grüne

Augen mit goldenen Sprenkeln, die man nur aus nächster Nähe bemerkte. Bei dem Aussehen verstand es sich eigentlich von selbst, dass ihre Mutter aus Irland stammte.

Eher zufällig fiel Nolas Blick auf einen jungen Mann, sehr groß und sehr dünn, der ungelenk an dem Ständer mit schwarzen Dessous herumhantierte. Vermutlich wollte er seiner Angebeteten etwas ganz Besonderes schenken, hatte aber keine Ahnung, welche Größe richtig war. Ein bestimmter BH schien es ihm besonders angetan zu haben, immer wieder nahm er den Bügel in die Hand und betrachtete das Wäschestück mit glänzenden Augen.

Sie überlegte ernsthaft, ihn anzusprechen, *nimm ihn doch* zu sagen, sah aber ein, dass das ziemlich schräg wirken würde. Als sie das nächste Mal aufschaute, war er verschwunden. Später entdeckte sie ihn in der Schlange vor der einzigen Kasse, er hatte also doch noch eine Entscheidung gefällt.

Nola kaufte die grüne Spitzenunterwäsche und fand wider Erwarten noch ein Kleid, das ihr auf Anhieb gefiel, mokkabraun und eng geschnitten, der Rücken bestand nur aus Spitze. Genau das Richtige für eine nichtromantische Hochzeit.

»Gerade hat jemand angerufen. Sie wollen das Geld am Freitag. Um halb fünf.«

Es rührte Margit, dass Erich so bemüht war, sich seine Anspannung nicht anmerken zu lassen, aber sie kannte ihn gut genug, um die pochende Ader an seiner Schläfe zu bemerken, die Art, wie er seine Hände rieb, dazu das ständige trockene Husten, als säße ihm etwas quer im Hals. Die Situation setzte ihm zu, und anders als Cornelius verfügte er nicht über das Nervenkostüm, so etwas durchzustehen.

»Ein Mann oder eine Frau?«, wollte sie wissen.

»Ein Mann.«

»Ein Mann?« Damit hatte sie nicht gerechnet. Andererseits wäre Silvana sehr dumm, selbst anzurufen. Erich hätte sofort ihre Stimme erkannt. »Hast du die Stimme schon mal gehört?«

Sein Lachen klang ungläubig. »Margit, du glaubst doch nicht, dass jemand aus unserem Bekanntenkreis damit zu tun hat. Außer Silvana, meine ich.« Er lehnte sich zurück und öffnete den obersten Knopf seines Hemdes und dann noch einen. »Je länger ich darüber nachdenke, umso klarer wird mir, dass Silvana einen Helfer haben muss. Allein schon die Waffe, woher soll die denn stammen? Es muss einen Komplizen geben, vielleicht jemand aus ihrer Vergangenheit.«

»Ein ehemaliger Liebhaber«, murmelte sie. »Das würde zu Silvana passen. Hast du nach einem Foto gefragt?«

»Dazu bin ich nicht gekommen. Er hat die Anweisungen in den Hörer gebellt und sofort aufgelegt. Aber im Hintergrund habe ich Babygeschrei gehört, und dann hat eine Frau gesungen: *Der Mond ist aufgegangen,* glaub ich.« Er lächelte hilflos. »Ich kann nicht beschwören, dass es Silvana war, dafür ging alles viel zu schnell. Die hatten vermutlich Angst, dass wir doch die Polizei eingeschaltet haben und das Gespräch zurückverfolgt werden kann.«

»Und was ist, wenn sie gar nicht vorhaben, uns den Kleinen zu überlassen? Wenn sie einfach nur das Geld wollen? Eine halbe Million, wir reden hier über eine halbe Million!« Auf einmal fühlte Margit sich wie eine Idiotin. Diese dreiste Forderung war bestimmt erst der Anfang. Silvana würde sie ausnehmen wie eine Weihnachtsgans, und sie würde zahlen und zahlen und zahlen und Caspar trotzdem niemals wiedersehen. »Was machen wir dann?« Ihrem Lebensgefährten fiel nichts Besseres ein, als müde mit den Schultern zu zucken. Wahrscheinlich dachte er insgeheim dasselbe, traute sich aber nicht, seine wahre Meinung auszusprechen. »Ich weiß gar nicht, wie ich die Summe so schnell zusammenkriegen soll. Könntest du was dazuschießen, sechzigtausend vielleicht?« Sie wusste selbst nicht, warum sie das sagte. Ein Test, aber was wollte sie eigentlich erfahren?

Daran, wie er die Augenbrauen hob, erkannte sie, dass ihre Frage ihm nicht behagte. Erneut hustete er hinter vorgehaltener Hand, inzwischen fiel ihr das auf die Nerven. »Sechzigtausend ... hm ... heute hat die Sparkasse schon geschlossen. Ich müsste gleich morgen früh mit Gerhard reden. Meinst du nicht, das wäre zu gefährlich? Gerhard ist so ein furchtbarer Korinthenkacker. Der würde keine Ruhe geben, bevor er nicht weiß, wozu ich bis übermorgen so viel Bargeld benötige. Ich bin mir nicht sicher, ob das klug wäre, Margit. Auf Gerhards Verschwiegenheit können wir nicht bauen.« Er schaute sie an, aber nicht wirklich, eher so, als würde er den Punkt zwischen ihren Augen fixieren. »Ich dachte, du hast so viel Schwarzgeld gebunkert.«

Wann hatte sie ihm davon erzählt? Vermutlich in der Zeit, als er hier eingezogen war, als sie geglaubt hatte, einen vollwertigen Ersatz für Cornelius gefunden zu haben. Diese Einschätzung seiner Person hatte sie bald schon revidieren müssen. Erich war Beamter durch und durch, einer, der grundsätzlich mit Netz und doppeltem Boden plante, er konnte gar nicht anders. Ein Wunder, dass er sie noch nicht beim Finanzamt angeschwärzt hatte.

»Ich muss sehen«, sagte sie zögernd, weil die Stille im Raum unbehaglich wurde. Was den Leiter der Sparkasse betraf, teilte sie im Übrigen seine Einschätzung. Obwohl Gerhard Giese sein bester Freund war, würde er eine plausible Erklärung dafür einfordern, dass Erich ausgerechnet jetzt so viel Bargeld brauchte, so kurzfristig auch noch. Jeder im Ort wusste, dass Silvana und Caspar verschwunden waren. Der Sparkassenleiter brauchte nur eins und eins zusammenzuzählen. Erich hatte vollkommen recht, es war besser für alle, wenn Gerhard nichts mitbekam. Ihre Freundinnen hatte sie ja auch nicht eingeweiht, obgleich sie von deren Verschwiegenheit überzeugt war.

»Wir müssen sehr, sehr vorsichtig sein, Schatz. Wenn die Polizei irgendwas mitbekommt, wird sie sich einschalten. Und das könnte bedeuten, dass wir Caspar nie wiedersehen.«

Die letzten Worte nahm sie kaum noch wahr. *Schatz*, wann hatte er sie zuletzt so genannt? Sie konnte sich nicht erinnern. Ja, sie mussten vorsichtig sein. Jetzt war keine Zeit für Machtspielchen. Wenn sie Caspar nicht zurückbekam, musste sie die Firma an Tineke übergeben, eine Vorstellung, die sie schaudern ließ. Wie sollte so eine selbstgerechte Antialkoholikerin wie ihre Nichte erfolgreich eine Spirituosenfabrik führen? Noch weitaus mehr ging ihr die Vorstellung gegen den Strich, dass Foline sich als Mutter der Firmenchefin aufspielen und Margits Geld mit beiden Händen zum Fenster rauswerfen würde, obwohl sie in ihrem ganzen Leben keinen Finger dafür krumm gemacht hatte. Nein, Margit wollte Caspar zurück, und sie würde jede geforderte Summe für ihn zahlen. »Ich krieg das schon irgendwie hin«, murmelte sie.

»Ich wusste es. Und sie kriegen das Lösegeld nur, wenn wir den Jungen bekommen. Darauf kannst du dich verlassen.« Erich knöpfte sein Hemd wieder zu, seine Finger zitterten leicht, und sie dachte, dass er nervös war, sehr nervös. Hoffentlich machte sein Herz die ganze Aufregung mit.

»Es war richtig, die Polizei rauszuhalten«, sagte sie entschieden. »Caspar befindet sich schließlich nicht in Gefahr. Seine Mutter wird ihm nichts antun. Sie hat sich entschlossen, ihr Kind zu verkaufen. Für eine halbe Million. Und ich habe beschlossen, diesen Preis für Cornelius' Enkel zu zahlen.«

Zuerst wirkte Erich erstaunt, dann breitete sich ein vorsichtiges Lächeln auf seinem Gesicht aus.

Für eine Fahrt nach Bad Zwischenahn war es schon zu spät, deshalb hatte Nola beschlossen, Tineke Veenstra aufzusuchen.

»Kommen Sie doch rein.« Wenn die junge Frau überrascht war über den späten Besuch der Kripo, immerhin war es schon nach acht, ließ sie es sich nicht anmerken.

Sie bewohnte ein kleines Extragebäude auf dem Gelände der alten Fabrik, das früher als Stall für die Kutschpferde der kleinen Privatmolkerei gedient hatte und danach als Unterstand für die Milchwagen, wie sie Nola auf Nachfrage erzählte.

Die Eingangstür führte direkt in einen Wohnraum mit offener Küche, von dem zwei weitere Türen abgingen, hinter denen Nola Schlafzimmer und Bad vermutete. Das, was sie sah, gefiel ihr. Parkettboden, offene Dachbalken, weiß gestrichene Wände und vor den Fenstern Vorhänge aus schwerem Leinen, die bis auf den Boden reichten. Die Wohnungseinrichtung war konsequent in Blau und Weiß gehalten, bis hin zu den Bildern an den Wänden, blaue Blumen, deren Namen Nola nicht kannte, und blassblaue Fischerboote, die umgedreht auf einem endlosen Strand lagen und sie an einen Griechenlandurlaub erinnerten. An der Wand neben der Küchenzeile hatte Frau Veenstra Teller aufgehängt, einige waren mit Sicherheit sehr alt, andere wirkten wie gerade erst gekauft, Nola erkannte Switch 3 von Villeroy und Boch, ihre Mutter benutzte das Geschirr in der Küche. Das, was das bunte Sammelsurium einte, waren die Farben, Blau und Weiß und manchmal eine Spur Türkis oder Gelb.

Insgesamt wirkte der Raum sehr aufgeräumt, aber nicht steril, es befand sich einfach nur alles an dem dafür vorgesehenen Platz. Unansehnliche Dinge wie Fotoausrüstung, Bügeleisen und Verlängerungskabel wurden in blauen Faltschachteln mit sorgfältig beschrifteten Vorderseiten versteckt. Die weißen Buchstaben mit den kleinen Kringeln als i-Punkte sahen so gleichmäßig aus wie gemalt. Die Schrift passte zu Frau Veenstra, ordentlich und doch ein bisschen verspielt.

Die junge Frau trug lässig sitzende Boyfriend-Jeans, ein weißes Shirt mit Spitzeneinsätzen, das ihr ständig über die Schultern rutschte, und keine Schuhe. Auf dem Couchtisch lag ein Buch, einer der romantischen Liebesromane von Nicholas Sparks, das Lesezeichen steckte ungefähr in der Mitte, und aus einem Korb neben der weißen Couch lugte Strickzeug hervor, eine angefangene Socke, wenn Nola sich nicht sehr täuschte. Die Musik, die energisch ausgestellt wurde, war von Ed Sheeran, eine seiner melancholischen Balladen, und Nola fragte sich, ob Tineke Veenstra um ihren Cousin trauerte oder nur gern traurige Musik hörte, so wie sie selbst an manchen Tagen.

»Ein Wasser? Oder soll ich einen Tee kochen?«

»Nein. Ich möchte Sie gar nicht lange aufhalten.«

Zur Bestätigung ihrer Worte schaute sie auf ihre Armbanduhr, und die junge Frau sagte sofort: »Ja, es ist schon spät, ich kann mir vorstellen, dass Sie gern Feierabend machen möchten.«

Frau Veenstra hatte etwas Zartes, Zerbrechliches an

sich, ganz anders als ihre Tante. »Tineke Veenstra, das klingt so holländisch«, begann Nola das Gespräch.

»Mein Vater stammt aus Winschoten. Das liegt gleich hinter der Grenze, mit dem Auto eine halbe Stunde.«

»Aha. Ich bin hier, weil ich ein bisschen mehr über Silvana Cassjen erfahren möchte. Wie Sie sich vorstellen können, suchen wir sie fieberhaft, doch bislang konnte uns noch niemand einen Tipp geben, wo sie sich aufhalten könnte. Beinahe scheint es so, als würde niemand die Frau Ihres verstorbenen Cousins näher kennen. Ungewöhnlich, finde ich. Sie haben häufiger mit ihr telefoniert.«

Erstaunt riss die Frau die Augen auf, sie waren strahlend hellblau und passten perfekt zu den weizenblonden Haaren. »Woher wissen Sie das? Überwachen Sie mein Telefon?« Die Vorstellung schien sie zu schockieren.

»Nein«, beruhigte Nola. »In so einem Fall fordern wir die Einzelverbindungsnachweise der gesuchten Person von dem Provider an. Wir überprüfen alle Nummern auf der Liste und haben unter anderem auch Ihre gefunden. Wirklich erstaunlich, mit wie wenigen Leuten Frau Cassjen in Kontakt stand.« Sie lächelte möglichst harmlos, damit Frau Veenstra sich wieder beruhigte. »Und jetzt hoffe ich, dass Sie mir ein bisschen was über Silvana erzählen können.«

Mit der Antwort ließ die junge Frau sich Zeit, zuerst setzte sie sich auf einen der beiden Sessel, schlug die Beine übereinander, beugte sich ein wenig nach vorn und umklammerte mit beiden Händen ihr Knie. Ihre Körperhaltung wirkte verkrampft, sie fühlte sich nicht wohl. »Ja«, sagte sie schließlich zögernd. »Ich kenne sie wohl besser als die meisten aus der Familie.« Als Nächstes richtete sie sich auf, bis sie kerzengerade saß, dabei rutschten ihre Hände bis zur Mitte des Oberschenkels. Auch diese Sitzposition wirkte weder entspannt noch bequem. »Silvana ist… wie kann ich das sagen, ohne dass es oberflächlich klingt?«

»Erzählen Sie einfach alles, was Ihnen einfällt. Ungefiltert. Niemand wird davon erfahren, schon gar nicht Frau Cassjen.«

Nolas Worte lösten ein schüchternes Lächeln aus. »Das sagt sich so leicht. Aber gut, ich will es versuchen. Silvana hat es nicht so leicht in unserer Familie. Die Cassjens sind ein bisschen… speziell.« Nach dem letzten Wort hatte sie eine ganze Weile suchen müssen.

Nola gefiel das Wort. *Speziell*, damit ließ sich was anfangen.

»Vor allem meine Tante ist ein Mensch, den man zu nehmen wissen muss. Ich glaube, ich kenne niemanden, der so zielstrebig ist, der so viel Power hat wie Tante Margit. Wenn sie sich etwas vornimmt, erreicht sie es auch. Sie bringt die unwahrscheinlichsten Dinge auf den Weg. Vor einem Jahr hat sie angekündigt, dass wir mit unseren Spirituosen den polnischen Markt erobern werden. Alle haben sie ausgelacht. Sie müssen wissen, dass es in Osteuropa einen eigenen Spirituosenmarkt gibt. Dort wird zum Teil sehr viel billiger produziert, als es bei uns möglich ist. Niemand hat da einen Bedarf gesehen. Aber was soll ich sagen…« Sie strahlte. »Es hat geklappt. Wir stehen kurz vor dem Abschluss einer Kooperation mit einer großen polnischen Lebensmittelkette, die unseren *Fehnbrand* und vier weitere unserer Produkte ins Programm aufnehmen will.« Ihre Augen leuchteten, sie schien wirklich ein Fan von Margit Cassjen zu sein, was Nola überhaupt nicht nachvollziehen konnte. Ganz langsam wich die Spannung aus dem Körper der jungen Frau, als würde die bloße Erwähnung ihrer Tante ihr Kraft verleihen. Sie löste die immer noch in die Oberschenkel verkrampften Hände, stützte den rechten Arm auf die Sessellehne und legte ihr Körpergewicht darauf. »Auf der anderen Seite kann meine Tante sehr hart sein, geradezu erbarmungslos. Gott, wie das klingt.« Sie lachte verlegen und vermied es, Nola direkt anzusehen. »Um auf Ihre Frage zurückzukommen: Silvana ist nicht unbedingt Margits Fall, wenn ich das mal salopp ausdrücken darf. Ihre Kleidung ist nicht richtig, die Frisur nicht, dass sie nach der Hochzeit nicht mehr gearbeitet hat, schon gar nicht, sogar die Möbel hat sie falsch ausgesucht. Und Margit gehört nicht zu den Menschen, die ihre Meinung für sich behalten.« Sie fasste an ihren Hinterkopf und strubbelte durch ihr kurz geschnittenes Haar. »Meine Tante verfügt über die Gabe, andere mit einem einzigen Wort in ihre Schranken zu weisen. Da reicht ein *Ach*, schon hat man das Gefühl, etwas völlig Idiotisches von sich gegeben zu haben. Man kann sich anstrengen, wie man will, wenn Margit einmal beschlossen hat, dass man nicht gut genug ist, wird sie ihre Meinung nie mehr ändern.«

Mit den letzten Worten hatte sie ihre eigene Situation geschildert, davon war Nola überzeugt, und sie konnte förmlich spüren, wie angestrengt die junge Frau dennoch versuchte, den Ansprüchen ihrer Tante zu genügen, was ihr nie gelingen würde.

»Frau Cassjen hat also Schwierigkeiten, sich für ihre Schwiegertochter zu erwärmen. Und Sie?«

»Ich mag Silvana ganz gern. Als Einzige, jedenfalls kommt es mir manchmal so vor.«

»Bis auf den Ehemann, nehme ich an.«

Tineke Veenstra zögerte ein paar Sekunden zu lange: »Cord mochte sie natürlich auch, er hat sie doch geheiratet. Alle anderen...« Sie zuckte mit den Schultern. »Mein Freund schätzt sie auch nicht sonderlich.«

Mein Freund. Automatisch wanderten Nolas Augen durch den Raum und suchten nach Hinweisen, dass hier zwei Menschen lebten.

»Wir wohnen nicht zusammen. Alexander ist Anwalt und lebt in Oldenburg. Er ist nur am Wochenende hier«, erklärte die junge Frau sofort, die Nolas suchenden Blick richtig zu deuten wusste. Dann stieß sie hervor: »Wenn es nicht sein muss, wechselt er kein Wort mit Silvana.« Es gelang ihr nicht, zu verbergen, dass sie mit seiner Haltung nicht einverstanden war, aber vielleicht wollte sie das auch gar nicht. »Margit verhält sich natürlich sehr viel schlimmer. Sie belässt es nicht dabei, Silvana zu ignorieren. Sie muss ständig hässliche Bemerkungen fallen lassen. *Oh, trägt man das jetzt? Warst du gar nicht beim Friseur?* Lauter solche Sachen. Durch die Schwangerschaft ist es ein bisschen besser geworden, vor allem als klar wurde, dass Silvana einen Jungen bekommt. Dass Cords erster Sohn behindert ist, wissen Sie ja sicher.«

Nola nickte. »Ja. Ich habe den kleinen Christopher schon kennengelernt.« Gott, das klang schon wieder so gönnerhaft. *Der kleine Christopher.* Aber sie konnte wohl schlecht sagen, dass Gesa Cassjen sie mehr oder weniger dazu genötigt hatte und sie sich entsetzlich fehl am Platz vorgekommen war, fast wie ein Gaffer bei einem schweren Unfall.

»Während der Schwangerschaft hat Margit ständig gefragt, ob Silvana sich ordentlich ernährt, ob sie sich genug bewegt. Ich glaube, das hat ihr ganz gut gefallen, dieses plötzliche Interesse an ihrer Person, obwohl es Margit gar nicht um sie ging, sondern um das Baby. Aber das braucht doch jeder Mensch, Liebe und Zuneigung, meine ich.« Verlegen senkte sie den Blick, beugte sich vor und schob den Roman zwei Zentimeter weiter nach rechts. Der letzte Satz schien ihr im Nachhinein unangenehm zu sein.

»Da haben Sie wohl recht«, sagte Nola schnell. Was dieser Alexander wohl für ein Typ war. Ein Anwalt, der auf weniger gebildete Menschen herabschaute. Das passte perfekt zu ihrem Vorurteil gegen Rechtsanwälte, das sie sorgsam hegte. Für Menschen, die mit dem Gesetz jonglierten, um das Beste für ihre Mandanten rauszuholen, egal, was sie verbrochen hatten, konnte Nola sich nicht erwärmen. Sie versuchte, sich Tineke Veenstra an der Seite eines solchen Rechtsverdrehers vorzustellen. Irgendwie schien das nicht zu passen.

»Wie würden Sie das Verhältnis zwischen Erich Loening und Silvana beschreiben?« Die Antwort interessierte Nola ganz besonders.

»Gute Frage, darüber muss ich tatsächlich erst nachdenken.« Frau Veenstra spitzte die Lippen und ließ pfeifend die Atemluft entweichen, dabei schaute sie hoch zur Decke. »Neutral, würde ich sagen. Er behandelt sie ganz normal, als wäre sie irgendjemand. Viel Kontakt besteht allerdings nicht, soweit ich weiß. Dazu muss ich wohl sagen, dass er Cord nicht sonderlich geschätzt hat. Wissen Sie, Erich würde ich als sehr kultivierten Menschen bezeichnen, er liest anspruchsvolle Literatur, hört klassische Musik und mag gutes Essen. Wenn er trinkt, dann teuren Cognac oder guten französischen Rotwein. Nicht gerade die Art von Leben, das Cord geführt hat.«

»Worüber reden Sie, wenn Sie mit Silvana telefonieren?«

»Meist über Klamotten, das ist ihr großes Thema.« Sie zog die Schultern hoch und lächelte entschuldigend. »Für andere Dinge interessiert Silvana sich kaum. Nur ihr Äußeres ist ihr wichtig. Ich hab ihr gezeigt, wie man strickt, aber sie war viel zu hibbelig, ständig sind ihr die Maschen von der Nadel gerutscht. Lesen ist auch nicht ihr Ding. Sie schaut viel fern, auch tagsüber, diese Daily Soaps mag sie besonders, da sieht sie zu, dass sie keine einzige Folge verpasst. Zeit genug hat sie ja.« Mit einem leisen Seufzer stand sie auf und holte eine Flasche Mineralwasser und zwei Gläser aus der Küche. »Vielleicht mögen Sie doch was trinken?«

»Gern«, schwindelte Nola, die Mineralwasser ohne Kohlensäure nicht ausstehen konnte, und genau diese Sorte hatte Tineke Veenstra auf den Tisch gestellt. Zu der jungen Frau schien das allerdings zu passen, stilles Wasser.

»Silvana kann richtig gut singen. Eine Zeit lang war sie Mitglied im Kirchenchor, aber das wurde ihr schnell zu langweilig, die Lieder und die Leute, beides. Ich glaube, sie träumt davon, eines Tages als Sängerin entdeckt zu werden.« Die Erinnerung ließ Tineke Veenstra vorsichtig lächeln. »Ein bisschen naiv, ich weiß, aber so ist Silvana. In vielerlei Hinsicht überschätzt sie sich und ihre Fähigkeiten maßlos.«

»Wusste ihr Ehemann von diesem Traum?«

»Ja. Und er fand das lächerlich. Im letzten Sommer waren die Scouts von RTL in Bremen, es ging um eine dieser Talentshows, und sie wollte unbedingt am Casting teilnehmen. Cord hat es verboten. Sie sollte es bloß nicht wagen, ihn dort zu blamieren, hat er gesagt. Silvana war sehr enttäuscht. Ich glaube, sie haben sich ganz schön gezankt, aber am Ende hat sie nachgegeben. Dann wurde sie schwanger und hat nicht mehr darüber geredet. Auf das Baby hat sie sich wirklich gefreut. Dass alles so enden musste …« Sie biss sich auf die Unterlippe. »Sie tat mir so leid. Sie durfte den Kleinen praktisch gar nicht mehr anfassen. Einfach schrecklich.«

»Wie muss ich mir das vorstellen? Lag sie die ganze Zeit im Bett, war sie verwirrt? Ich habe sie an dem Tag erlebt, als der Kleine plötzlich verschwunden war. Hat sich ihr Zustand danach verbessert?«

»Das kann ich nicht beurteilen. Ich hab sie erst danach gesehen. Man konnte mit ihr reden, ganz normal, aber sie war irgendwie verzögert, sowohl von der Sprache als auch von den Bewegungen. Das lag wohl an den Medikamenten. Cord hat den Kleinen rumgetragen, Silvana saß auf dem Sessel vor dem Fenster und hat gesungen. *Der Mond ist aufgegangen.* Keine Ahnung, warum, aber ich fand das ein bisschen unheimlich, fast wie in einem Horrorfilm.« Sie errötete, fand ihre Worte wohl etwas übertrieben. »Bitte nicht überbewerten, das war nur so ein flüchtiger Eindruck. Zwischendurch hat sie geweint, weil sie ihr Baby auf den Arm nehmen wollte und Cord es nicht erlaubt hat. Ich war ziemlich sauer auf ihn. Wir waren doch dabei, was hätte denn passieren sollen? Ich bin dann sehr bald gegangen. Danach war ich noch zweimal dort. Die Situation blieb unverändert.« Sie krauste ihre Nase. »Nein, nicht ganz. Es kam mir so vor, als würde Silvana ihre Lage langsam akzeptieren. Sie hat gar nicht mehr versucht, den Kleinen zu versorgen. Aber gesungen hat sie noch für ihn. *Das liebt er*, hat sie gesagt. Und dass er genauso musikalisch ist wie sie selbst. Cord musste natürlich gleich wieder lästern.«

»Gut. So langsam entsteht bei mir ein Bild der jungen Frau. Wissen Sie zufällig, ob Ihr Cousin eine Pistole besaß?«

»Cord? Nee, das kann ich mir nicht vorstellen. Wozu? Welcher normale Mensch braucht eine Waffe? Margits erster Mann war Jäger, sie und Cord haben ihn wohl mal auf die Jagd begleitet, aber das ist Ewigkeiten her. Onkel Cornelius ist ja schon zwanzig Jahre tot, damals war ich gerade elf und Cord um die zwanzig. Ich kann mich kaum daran erinnern. Ich kenne nur diese schrecklichen Jagdtrophäen, von denen Margit sich zu Erichs Leidwesen nicht trennen will. Sie bewahrt alles auf, was an Onkel Cornelius erinnert. Manchmal frage ich mich, wie Erich das aushält.«

»Fällt Ihnen sonst noch etwas ein?«

»Nur eine Sache. Silvana hat mal gesagt, dass es Dinge über sie gibt, die sie mir niemals erzählen würde. Wenn ich davon wüsste, würde ich sie verachten.«

»Glauben Sie, dass Ihr Cousin von diesen Dingen wusste?« Nola fiel der Eintrag in Silvanas Patientendatei ein, den ihr Mann gelöscht hatte, HWG, und ihr wurde bewusst, dass sie die wahre Silvana Cassjen immer noch nicht kannte.

»Keine Ahnung, ich weiß ja nicht mal, was sie damit andeuten wollte.« Mit beiden Händen umklammerte Tineke Veenstra ihr Glas. Sie nahm einen winzigen Schluck und stellte es wieder ab. »Ich glaube es aber nicht. So wie Cord manchmal drauf war, hätte er es bestimmt ausgeplaudert. Er hat sie gern vor anderen Leuten bloßgestellt. Mal war es ihre angebliche Kaufsucht, dann hackte er auf ihren Kochkünsten rum.«

»Hatte Silvana eine Freundin?«

»Die Nachbarin vielleicht, Elvira, sie wohnt direkt nebenan. Die beiden haben zusammen im Kirchenchor gesungen. Der Mann heißt Rüdiger, der Nachname fällt mir gerade nicht ein. Die haben wohl auch mal zusammen gegrillt. Die Nachbarn auf der anderen Seite sind ja schon älter. Ich glaube, die mag sie nicht besonders, und das beruht wohl auf Gegenseitigkeit. Sie hat mal gesagt, dass die Leute auf sie herabschauen.«

Das konnte Nola sich lebhaft vorstellen, so wie Frau Weber sich über ihre Nachbarin geäußert hatte. »Das war es. Wenn Ihnen noch was einfällt, rufen Sie mich unbedingt an. Ich mache mir Sorgen um das Baby«, sagte Nola zum Abschied.

»Ich auch«, flüsterte Tineke Veenstra, der Tränen in die Augen stiegen, die sie verstohlen abwischte.

DONNERSTAG, 6. JUNI

»Wir ziehen heute um!«, hatte Dustin heute Morgen zu Jonas gesagt, so laut, dass Philipp seine Worte mithören musste. Seither fühlte Philipp sich, als hätte jemand einen viel zu engen Helm auf seinen Kopf gepresst. Alles tat ihm weh, die Augen, die Ohren, der Hals, sogar die Beine. Und sein Herz. Dustin zog einfach weg, aber ohne ihn. Ohne die Hoffnung, dass sie wieder Freunde sein könnten, wollte Philipp nicht mehr zur Schule gehen.

»Was ist los mit dir? Bist du krank?« Die Hand seiner Mutter legte sich auf seine Stirn.

Nein, er wollte nicht krank sein. Wenn er krank war, sperrte sie ihn zu Hause ein. Er musste aber unbedingt zu Dustin fahren und ganz mutig an der Tür klingeln und fragen, wohin sein ehemaliger Freund zog. Vielleicht nach Hamburg oder Berlin oder sogar nach Amerika.

Mamas kühle Hand wanderte zurück auf den Küchentisch, wo sie sich um den oberen Rand ihres Tellers legte. »Kein Fieber. Gut, dann kann ich ja nachher zum Friseur gehen. Und du? Wenn du dich nicht wohlfühlst, bleibst du am besten hier. Wenn du magst, darfst du einen Film gucken.«

Im Wohnzimmerschrank gab es ein Fach mit Kinderfilmen, die sein großer Bruder Moritz Babyquatsch nannte und die Philipp darum nicht mehr guckte, weil er kein

Baby sein wollte. Dabei mochte er den Film von *Findus und Petterson* schrecklich gern.

»Mir geht's gut. Ich fahr ein bisschen mit dem Rad. Vielleicht ist Ole zu Hause.«

»Gute Idee, mein kleiner Liebling.«

Philipp war froh, dass Moritz am Donnerstag nach der Schule zur Nachhilfe musste. Sonst würde er ihn jetzt den ganzen Nachmittag *kleiner Liebling* nennen und sich totlachen.

Auf dem Weg zu Dustin klopfte sein Herz wie verrückt. Er hatte Angst, dass Dustin zu Hause war, und genauso viel Angst, dass er wirklich weggezogen war, und er wusste nicht, welche Angst sich schlimmer anfühlte.

In den Fenstern hingen keine bunten Tücher mehr und keine Lichterketten. Sie sahen aus wie schwarze Löcher in dem Wohnblock. Jemand hatte das Namensschild vom Briefkasten abgerissen, und als Philipp auf den Klingelknopf drückte, passierte nichts.

»Die sind weggezogen, in die Ledastraße. Die hat jetzt einen Freund.«

Als Philipp sich umdrehte, stand da eine Frau, die mindestens so alt war wie seine Oma, und er wusste gleich, dass so eine Frau ihn nicht anlügen würde.

Und jetzt? Dustin war einfach aus seinem Leben verschwunden, sein Held, sein Vorbild, und er hatte nichts zurückgelassen. Nur ein paar Erinnerungen in Philipps Kopf. »Wo ist das denn? Ledastraße?«, fragte er mit zittriger Stimme. »Ist das weit weg? In einer anderen Stadt?«

»Ach was. Du weißt doch sicher, wo der Kindergarten ist. Die wohnen genau gegenüber, hat sie gesagt, in einem gelb angestrichenen Haus.«

Natürlich kannte Philipp den Kindergarten, er lag ganz nah bei der Schule, und das Haus entdeckte er auch auf

Anhieb. Es sah nicht wirklich schön aus, weil so viele Sachen an der Straße aufgestapelt waren, auch die Couch, die vorher bei Dustin und Yvonne im Wohnzimmer gestanden hatte, und weil an einem der Fenster die Rollläden ganz schief hingen, bestimmt waren sie kaputt. Doch die bunten Lichterketten in dem Fenster neben der Haustür kannte er, genau wie die beiden Kinderräder auf dem Rasen. Eins gehörte Dustin, das andere Jonas.

Er wusste noch nicht, ob er sich trauen würde zu klingen, als die Tür aufgerissen wurde und Dustin brüllte: »Hau ab, sonst sag ich Olli Bescheid, und dann kannst du was erleben.«

»Ich wollte doch nur…«, stotterte Philipp, aber da knallte die Tür schon wieder zu, eine tiefe Männerstimme schimpfte, und ein Hund bellte wie verrückt.

So schnell es ging, stieg er auf sein Rad und fuhr davon. Ganz von selbst schlug Philipp den Weg zu dem Haus ein, wo ein Baum aus dem Dach wuchs und es keine Fenster gab, dort, wo er sich ausmalen konnte, dass Dustin immer noch sein Freund war.

Er konnte kein Auto entdecken, aber das musste nichts bedeuten. Beim letzten Mal hatte er ja auch kein Auto gesehen. Philipp kauerte sich ins Gras, die Hände um die Knie gekrallt, mit angehaltenem Atem. Er zählte bis hundertdreiundsechzig, dann stand er ganz langsam auf. Die ganze Zeit hatte sich nichts bewegt, kein Auto war auf der Straße vorbeigefahren, nur die Elstern, die in den hohen Bäumen hockten, waren wild schimpfend aufgeflogen, um sich gleich darauf wieder auf demselben Platz niederzulassen. Er war ganz allein.

Leise schluchzte er auf. Nicht nur seine Freundschaft mit Dustin war verschwunden, auch das große Geheimnis, das sie immer noch miteinander verband, hatte sich in Luft aufgelöst. Er stellte sich vor, dass Dustin ihn jetzt sehen konnte. Kaputtlachen würde er sich, weil Philipp heulte wie ein Mädchen. Und weil er so ein Schisser war.

»Ich geh da jetzt hin!«, sagte er so laut, dass er sich vor dem Klang seiner eigenen Stimme erschrak. Eine Elster antwortete mit empörtem Zetern, sonst blieb es still. Hier war niemand, er konnte ruhig nachschauen, das war keine große Heldentat, das schaffte er auch ohne Dustin. Künftig würde er ja alles ohne ihn schaffen müssen.

»Ich mach das«, flüsterte er, und dann setzte er sich in Bewegung, ganz langsam, Schritt für Schritt und immer im Schatten der hohen Bäume.

Der weißrosa blühende Busch war eine Rose, jedenfalls glaubte Philipp das, weil da ganz viele Dornen aus den langen Stielen ragten. Bei dem Versuch, die Zweige auseinanderzudrücken, pikte er sich in den Finger, so doll, dass es blutete und er schon wieder heulen musste. Nicht nur, weil das Loch im Finger wehtat, sondern auch, weil da gar nichts war. Die Frau hatte überhaupt nichts versteckt.

Philipp ging ein paar Schritte zurück, steckte den blutenden Finger in seinen Mund und überlegte. Nein, er hatte sich das nicht eingebildet, die Frau hatte wirklich etwas aus ihrer Handtasche geholt. Sie war vor dem Busch in die Knie gegangen, hatte zwischen den Zweigen rumgefummelt, und hinterher war ihre Hand leer gewesen. Erneut griff er mit beiden Händen in die Rose, er zog die stacheligen Stängel auseinander, obwohl die Dornen sich in seiner Jacke verhakten.

Plötzlich entdeckte er eine Spinne. Philipp fürchtete sich vor Spinnen. Er kreischte und machte einen Satz nach hinten, aber die Rose wollte ihn nicht loslassen, und als er sich losriss, war hinterher ein Loch im Ärmel. Jetzt war er so wütend, dass er mit dem Fuß gegen die Pflanze trat, dreimal hintereinander. Das würde die Spinne schon vertreiben. Dann suchte er sich einen Stock und stocherte damit in der Rose herum, direkt über dem Boden. Als es klackte, wusste er, dass er sich nicht geirrt hatte.

»Und?« Robert klang ungeduldig. Als würde er darauf warten, dass sie endlich zum Wesentlichen kam. »Ist das alles?«

Zum ersten Mal seit Nola hier arbeitete, hatte sie das Gefühl, dass Kriminalhauptkommissar Robert Häuser, der Leiter des Ersten Kommissariats, nicht mit ihrer Arbeit zufrieden war. Sogar Jupp, sein uralter Dackel, den er mit ins Präsidium brachte, wenn seine Frau Eva auf Dienstreise war, wirkte verdrossen. Er zog verächtlich die Lefzen hoch, ehe er sich mit lautem Seufzen zu Roberts Füßen auf den Boden fallen ließ, wo er so reglos liegen blieb, als hätte ihn soeben ein plötzlicher Herztod ereilt.

Brav spulte Nola die Ermittlungsergebnisse herunter.

»Das passt doch«, sagte Robert zufrieden. »Die Ehe war nicht so glücklich, wie alle glauben. Sie entwickelt eine Psychose, ihre negativen Gefühle dem Mann gegenüber werden zu einer Manie, vielleicht kriegt sie in einem wachen Moment sogar mit, dass er sie verlassen will – mit dem Kind.«

»Ihr seid alle so überzeugt, dass sie die Tat begangen hat. Ich bin mir gar nicht so sicher. Eine völlig apathische Frau, so haben wir sie erlebt, und so wird sie von allen beschrieben, soll mitten in der Nacht aufstehen und kaltblütig ihren Ehemann erschießen. Eine bislang nicht geklärte Frage ist, woher die Waffe stammt. Konnte die Frau überhaupt mit einer Waffe umgehen, so gut, dass sie auf Anhieb perfekt trifft?«

»Was heißt perfekt?«, moserte Robert, der jetzt sichtlich genervt wirkte. »Sie stand direkt vor ihm. Da schießt wohl niemand daneben.«

»Ja. Wenn man weiß, wie eine Pistole funktioniert.«

»Gibt es irgendwelche Anhaltspunkte dafür, dass ein Fremder im Haus war? Einbruchspuren? Verdächtige Mails? Anrufe?« Robert wollte natürlich die Schwachstelle ihres Gedankenkonstrukts finden.

»Nein«, musste Nola zugeben. »Bislang nicht. Aber vielleicht geht es um ganz was anderes. Zum Beispiel Erpressung.«

»Und wo bleibt das Erpresserschreiben?«

Resigniert zuckte Nola mit den Schultern. Robert hatte recht. Nach vier Tagen hätten die Erpresser sich längst gemeldet. Jemand hatte ganz bewusst den Urologen erschossen. Vermutlich seine Ehefrau, doch es wollte Nola einfach nicht gelingen, sich das vorzustellen. »Was, wenn sie sein Passwort nicht kannte? Dann hätte sie nicht mal gewusst, dass er ohne sie auswandern wollte. Unter diesen Umständen hatte sie kein Motiv, ihn zu töten.« Gott, das klang richtig verzweifelt.

Irritiert schaute Robert sie an. Er holte tief Luft und zwang sich ein halbwegs freundliches Lächeln ab. »Nola, pass mal auf. Du suchst an der falschen Stelle. Eine psychisch kranke Frau braucht kein Motiv, um ihren Mann zu erschießen. Häng dich nicht daran auf, eins zu konstruieren, das kostet nur unnötig Zeit. Das Motiv spielt vorerst keine Rolle. Konzentrier dich bitte einfach nur darauf, den Yaris zu finden. Das ist unsere größte Chance, den Kleinen zu retten. Hast du die Taxizentralen informiert?«

Dankbar nahm sie das Friedensangebot an. »Natürlich, die Fahrer halten die Augen offen. Ich fahre jetzt nach

Bad Zwischenahn. Dort hat sie gelebt, bevor sie nach Leer kam. Mit den Nachbarn werde ich auch noch mal reden.«

Später wollte Hilke wissen, ob Nola tatsächlich an Silvana Cassjens Täterschaft zweifelte.

»Nicht wirklich. Ich möchte nur auf diese Möglichkeit hinweisen«, sagte Nola und dachte: *Ja, nein, keine Ahnung. Ja.*

Wenn sie dieses bohrende Unbehagen in ihrem Magen doch nur ausschalten könnte, die innere Stimme überhören, die ihr einflüsterte, dass die anderen es sich zu leicht machten. Verdammt, warum schaffte sie es nicht, einfach nur das Offensichtliche zu glauben, so wie Conrad? Vielleicht war sie gar nicht geeignet für diesen Beruf, weil sie sich auf der Suche nach der Wahrheit immer wieder selbst im Weg stand. Bei den Ermittlungen durften Gefühle wie Sympathie und Antipathie keine Rolle spielen. Und doch war sie immer wieder versucht, die Menschen vor allem nach ihren persönlichen Eindrücken zu beurteilen, die keineswegs objektiv waren. Sie suchte immer nach dem, was die Leute nicht erzählten, was zwischen den Worten klang, während andere sich auf das konzentrierten, was die Leute wirklich sagten. *Das tu ich ja auch*, beruhigte sie sich selbst, *ich höre auch richtig zu.* Aber manchmal war da eben dieses Gefühl, das sogenannte Bauchgefühl, das einer wie Conrad als zu viel Fantasie abtat. Wenn sich im Nachhinein rausstellte, dass das Bauchgefühl gestimmt hatte, war man ein Held, im anderen Fall leider nur ein Spinner, der die Fakten nicht richtig interpretieren konnte. Kluge Polizisten behielten das, was ihr Bauch ihnen einflüsterte, so lange für sich, bis sie Beweise liefern konnten. Vielleicht sollte sie endlich mal lernen, nicht so vorschnell den Mund aufzureißen und sich damit angreifbar zu machen.

Der Besuch der Kommissarin gestern Abend lastete immer noch auf Tinekes Seele. Dieser Schreck, als das Gespräch auf die Verbindungsnachweise kam. Darüber hatte sie sich gar keine Gedanken gemacht. Kurz bevor es klingelte, war ihr aufgefallen, dass sie am Nachmittag einen Anruf von einer unbekannten Nummer verpasst hatte, Silvana wahrscheinlich. Im nächsten Moment stand die Polizei vor der Tür. Kein Wunder, dass sie so nervös reagiert hatte. Hoffentlich dachte die Polizistin sich nichts dabei.

Inzwischen hatte Tineke sich überlegt, dass Silvana nicht ihr eigenes Handy benutzt haben konnte, sonst hätte die Polizistin davon gewusst, weil sie Silvanas Anrufe zurückverfolgen ließ. Jetzt wünschte Tineke, sie hätte den Mut gehabt, von den Anrufen zu erzählen. Die Frau machte einen sympathischen Eindruck und schien sich aufrichtig um Caspar zu sorgen. Leider war es nicht möglich, nur eine hauchfeine Scheibe von der Wahrheit abzuschneiden, damit die nette Polizistin besser schlafen konnte.

Beinahe hätte sie laut über sich selbst gelacht. Nicht nur, dass sie sich um Silvana sorgte, jetzt tat ihr auch noch die Kommissarin leid. Warum um alles in der Welt fühlte sie sich immer für das Glück der ganzen Welt verantwortlich, bloß nicht für ihr eigenes? Das sollte sie dringend ändern, am besten gleich heute Abend. Sie würde das Wochenende mit Alexander verbringen, wie immer, und sie hatte sich vorgenommen, keinen einzigen Gedanken an Silvana zu verschwenden. Zuerst wollte sie Alexander ihr neues Kleid vorführen, und sie hoffte, dass sie ihm darin gefiel. Dann würden sie gemeinsam kochen, sie hatte schon ein vielversprechendes Rezept ausgedruckt, Wildlachs im Spinatbett, Salat und dazu kleine Kartoffelplätzchen. Nach dem Essen würden sie auf der Couch liegen und reden. Er würde die Highlights von seinen Auftritten vor Gericht schildern, sie ein paar kleine Geschichten aus der Fabrik, dann würden sie ins Bett gehen und miteinander schlafen. Am Montagmorgen würden sie um halb sieben gemeinsam frühstücken und sich voneinander verabschieden, um die Woche getrennt zu verbringen. Alles passte perfekt, nur nicht, dass sie so wahnsinnig verliebt war und sich viel mehr wünschte. An fünf von sieben Tagen sehnte sie sich nach Alexander und träumte davon, ihr Leben mit ihm zu teilen, jeden Tag, jede Nacht, jede freie Minute.

Manchmal überlegte sie, ob das Geheimnis einer guten Ehe darin bestand, dass einer von beiden den anderen mit Liebe überhäufte, jedoch nie so viel zurückbekam, dass er mit seinen Bemühungen nachlassen konnte. Falls ja, war es eine traurige Aussicht für ihr Leben, weil sie diejenige sein würde, deren überbordende Liebe alles zusammenhielt.

Ihre Gedanken kehrten zurück zu Silvana. Sie war so etwas wie die kleine Schwester, der man alles verzieh. Vor allem aber war sie der einzige Mensch auf Erden, der Tineke um ihr Leben beneidete. Wenn Tineke die Augen schloss und sich ein bisschen Mühe gab, konnte sie Silvanas Bild heraufbeschwören. Ihr unbekümmertes, etwas zu lautes Lachen, die Art, wie sie immer die Haare zurückwarf. Sie hörte sogar ihre Stimme, die immer ein wenig kratzig klang. *Eine sinnliche Stimme*, hatte Alexander mal gesagt und gemeint, die Stimme wäre verschwendet an Silvana, weil eine derart oberflächliche Frau niemals wirklich sexy sein könnte, egal, wie sie aussah oder sich gab. Von Anfang an hatte er Silvana von oben herab behandelt, sie hatten sich sogar mal darüber gestritten. Es fiel Tineke schwer, zuzugeben, dass Alexander manchmal ein eiskalter Snob sein konnte, und in solchen Momenten verstand sie nicht, weshalb sie ihn trotzdem liebte. Aber so war es nun einmal, sie konnte sich ihr Leben nicht ohne ihn vorstellen, ohne ihre langen Gespräche, ihre gemeinsamen Kochabende und ohne die Nächte, die er in ihrem Bett verbrachte.

Ähnlich wie Cord war auch Alexander der einzige Sohn eines wohlhabenden Elternhauses. Sein Vater führte eine überregional bekannte Anwaltskanzlei, und der Name Hagen Abels stand häufig in der Zeitung. Zuletzt hatte er einen großen Bauunternehmer vertreten, der nach Ansicht der Kläger die Insolvenz verschleppt und damit viele Subunternehmer und auch seine Angestellten wissentlich betrogen hatte. Dank Hagen Abels wurde er von diesem Vorwurf freigesprochen und verließ den Gerichtssaal als freier und immer noch wohlhabender Mann, während die Kläger alles verloren hatten. Nicht nur bei Tineke hatte der Ausgang des Prozesses Bauchschmerzen hinterlassen, wie sie den Leserbriefen in der Zeitung entnahm.

Alexander dagegen lobte seinen Vater für sein cleveres Vorgehen vor Gericht und die wasserdichte Verteidigung, an der die Staatsanwaltschaft sich die Zähne ausgebissen hatte. Seine klug durchdachte Strategie wäre aufgegangen, und Tineke hätte ja gar keine Ahnung, wie kompliziert und arbeitsaufwendig so eine Prozessvorbereitung wäre. »Papa hat Tag und Nacht über den Akten gebrütet.« Harmoniesüchtig, wie sie nun einmal war, hatte sie nicht auf ihrer Meinung beharrt, schließlich war es ihr größter Wunsch, ein Mitglied dieser Familie zu werden.

Nach über einem Jahr Beziehung war Tineke immer noch nicht restlos überzeugt davon, dass sie der Familie Abels als Schwiegertochter willkommen war. Falls nicht, waren Alexanders Eltern allerdings perfekte Schauspieler.

Hagen Abels hatte Erich vor Jahren bei einer Privatklage vertreten, mit Erfolg natürlich. Wie es in diesen Kreisen üblich war, hatten die beiden Familien sich auch privat kennengelernt, der bekannte Strafverteidiger und der Landrat, das passte einfach. Zwei- oder dreimal war das Ehepaar Abels in Martinsfehn zu Gast gewesen, zuletzt auf einer großen Silvesterfeier, und dort war Tineke Alexander begegnet und hatte sich gleich in ihn verliebt. Später erfuhr sie, dass er zum ersten Mal seit vielen Jahren zusammen mit seinen Eltern den Jahreswechsel feierte, mehr oder weniger aus Verzweiflung, weil seine Freundin ihn kurz zuvor verlassen hatte.

An diesem Abend hatte Margit eine Combo engagiert, die Tanzmusik spielte. Einfach schrecklich, was die Männer in den lila Glitzeranzügen aus den Songs gemacht hatten, nicht einmal *Nirvana* war vor ihnen sicher gewesen.

Irgendwann hatte Tineke es nicht mehr ausgehalten und war vor die Tür geflüchtet, in die Kälte, wo Alexander stand und rauchte und bald schon seinen Arm um sie legte, um sie zu wärmen. Alexander war der erste Mann in Tinekes Leben, mit dem sie eine feste Beziehung eingegangen war, ohne ihn wirklich zu kennen, ihr größtes Abenteuer, eigentlich sogar das einzige.

Damals hatte er sein Referendariat in Mannheim absolviert und nur die Wochenenden zu Hause in Oldenburg verbracht. Sie konnten sich nicht oft sehen, dazu war er beruflich zu eingespannt. Was sich zu Tinekes Kummer nicht wirklich geändert hatte, seit er wieder in Oldenburg lebte, wo er sechs Monate als rechtlicher Berater bei der Arbeiterwohlfahrt tätig gewesen war, bevor er als Juniorpartner in die Kanzlei seines Vaters eintreten durfte.

Die Woche über bewohnte er ein Zimmer in einer WG, wobei er immer betonte, die meiste Zeit in der Kanzlei zu verbringen, am Freitagabend setzte er sich in seinen

Wagen und fuhr zu Tineke, die ihn sehnsüchtig erwartete. Zu sehnsüchtig, wie Silvana immer betonte. In Silvanas Welt liefen die Männer den Frauen hinterher und nicht umgekehrt.

Weißt du eigentlich, was für ein Goldstück du da hast? Ein Mann mit Prinzipien, hatte Silvana mal gesagt, und ihr wissendes Lächeln hatte Tineke nicht gefallen. Schon ewig hatte sie nicht mehr daran gedacht, und jetzt fragte sie sich, was das eigentlich bedeuten sollte, ein Mann mit Prinzipien, und woher Silvana das überhaupt wissen wollte. Zuletzt hatte sie häufig spitze Bemerkungen über Alexander fallen lassen. *Lass ihn doch mal hängen, sag, du hast was Besseres vor*, hatte sie mehr als einmal vorgeschlagen und gemeint, eine kluge, finanziell unabhängige Frau wie Tineke hätte sehr viel mehr Aufmerksamkeit verdient und dass eine Beziehung nur funktionierte, wenn der Mann sich der Frau nicht zu sicher wäre. Manchmal hatte sie Silvana angerufen und ihr von den kleinen Nadelstichen der Enttäuschung berichtet, und jetzt erst fiel ihr auf, dass Silvana sie kein einziges Mal beruhigt hatte. Vielmehr ließen ihre Bemerkungen Salz in Tinekes Wunden rieseln, nicht viel, aber genug, um die Heilung zu verzögern.

Plötzlich war ihr zum Heulen zumute, doch sie biss die Zähne zusammen und schluckte die Tränen runter. Margit würde in so einer Situation auch nicht heulen. Seit dem Tod von Onkel Cornelius hatte Margit keine einzige Träne mehr vergossen, nicht mal bei der Nachricht von Cords schrecklichem Tod.

Renke hatte Nola gleich nach dem Anruf informiert. Jetzt standen sie vor dem gelben Yaris mit dem amtlichen Kennzeichen LER-SC 239, den jemand auf einem abgelegenen Feldweg abgestellt hatte, in einer Gegend, wo Fuchs und Hase sich Gute Nacht sagten. Der Wagen war nicht abgeschlossen, der Schlüssel steckte im Zündschloss, und vor dem Beifahrersitz lag ein einzelner Damenschuh aus weißem Leder in Größe 37. Niemand zweifelte daran, dass der Schuh Silvana Cassjen gehörte, auch wenn der Beweis durch die Spurensicherung noch ausstand. Die Sohle zeigte ein Muster aus Blumen, es handelte sich also nicht um den Schuh, den sie während der Tat getragen hatte. Im Auto befand sich kein Kindersitz. Nola hatte sofort danach gefragt, und Renkes Nein schien sie etwas zu beruhigen. Der Yaris war vorn kaputt. An der Delle konnte Renke mit dem bloßen Auge keine fremden Lackspuren entdecken, ein möglicher Hinweis darauf, dass kein anderes Auto in den Unfall verwickelt war.

Warum hatte Silvana Cassjen einen Schuh zurückgelassen, und wie war sie mit dem Säugling hier weggekommen?

Nola tippte mit der Schuhspitze gegen den Vorderreifen des Yaris. »Sie hat kein Handy bei sich. Sie konnte also niemanden anrufen, damit er sie abholt. Wie weit ist es von hier bis in den Ort?« Fragend schaute sie ihn an. Ihm fiel auf, wie sehr sie sich bemühte, cool zu wirken. Vor sieben Monden hätte er das noch geglaubt, aber jetzt kannte er sie gut genug, um zu bemerken, wie oft sie den Blick ins Leere richtete, auch wenn sie gleich darauf wieder kriegerisch das Kinn vorstreckte.

»Mindestens fünf Kilometer. Aber warum sollte sie den Wagen hier stehen lassen und sich zu Fuß auf den Weg ins Dorf machen, mit dem Säugling und all den Sachen, die sie für ihn benötigt? Das ergibt doch überhaupt keinen Sinn. Der Tank ist nicht leer, das haben wir schon überprüft, und der Wagen springt auf Anhieb an.« Wenn Renke ehrlich war, ergab hier überhaupt nichts einen Sinn. Doch eine psychisch kranke Frau wie Silvana Cassjen folgte wahrscheinlich einer eigenen Logik.

Wie lange der Yaris hier draußen schon parkte, ließ sich nicht mehr feststellen. Die Motorhaube fühlte sich kalt an, er konnte Stunden hier stehen oder Tage. Der Bauer hatte das Land zuletzt vor vierzehn Tagen inspiziert, er hatte Heu gemacht und anschließend Gülle aufgebracht, mehr gab es hier vorläufig nicht für ihn zu tun, wachsen musste das Gras allein. Andererseits hatte man nach Silvanas Verschwinden mit dem Hubschrauber nach dem Yaris gesucht, zuletzt am Dienstag. Der gelbe Kleinwagen wäre aus der Luft nicht zu übersehen gewesen. Demnach stand er längstens zwei Tage hier.

Silvana Cassjen hatte ihr Auto abgestellt, um zu Fuß mit dem Säugling quer über das Land zu flüchten, mit nur einem Schuh, möglicherweise eine panische Reaktion auf eine eingebildete Bedrohung, was für ihre geistige Verwirrtheit sprach.

Ein Säugling in einem Maxi-Cosy wog einiges. Renke konnte sich nicht vorstellen, dass sie zusätzlich noch Sachen für sich und den Kleinen mitschleppen konnte. Nein. Unmöglich. War eine schwer psychotische Frau überhaupt in der Lage, für sich und ihr Kind zu sorgen, möglicherweise ohne festes Dach über dem Kopf? In den letzten Nächten war es unangenehm kühl gewesen, bis auf neun Grad war die Temperatur gefallen. Konnte ein zwei Wochen altes Baby das überstehen? So ungern er sich das auch eingestand, aber aller Wahrscheinlichkeit nach war der Kleine inzwischen tot. Früher oder später würden sie auf zwei Leichen stoßen, versteckt in einem Gebüsch oder einem der zahlreichen Entwässerungsgräben. Oder das Baby befand sich in dem Kofferraum, den noch niemand geöffnet hatte. Verdammt, er wagte kaum, Nola anzusehen, aus Angst, dass sie seine Befürchtungen von seinem Gesicht ablesen konnte.

Es war Stefan, der tief durchatmete und die Hand nach dem Knopf ausstreckte, mit dem die Heckklappe sich öffnen ließ. Ihre Blicke fielen auf die schwarze Sporttasche mit dem Logo *Adidas,* und alle dachten wohl dasselbe, nämlich dass die Tasche groß genug war, um ein Neugeborenes zu beherbergen.

Nola gab einen Laut von sich, der wie ein unterdrücktes Schluchzen klang. »Bitte nicht.«

In der Sporttasche hatten sich zu Renkes großer Erleichterung tatsächlich Sportsachen befunden, eine aufgerollte Gymnastikmatte aus rotem Kunststoff, Hallensportschuhe für Damen in Größe 37 und ein Saunatuch, das nach uraltem Schweiß roch. Die erste Erleichterung war bereits wieder verflogen. Die Tatsache, dass sie in dem Kofferraum keine Babyleiche gefunden hatten, bedeutete leider nicht zwingend, dass Caspar Cornelius Cassjen noch lebte.

»Wir müssen die Gegend großräumig absuchen«, entschied Nola. »Mit Hunden und einer Hundertschaft aus Oldenburg. Und ich kann nur hoffen, dass sie nichts finden.« Sie zog die Schultern hoch und verschränkte die Arme vor der Brust, als wäre ihr auf einmal schrecklich kalt.

Ohne darüber nachzudenken, legte Renke den Arm um ihre Schultern und zog sie an sich. »Nicht aufgeben«, murmelte er in ihr Ohr. »Vielleicht ist alles ganz anders.«

»Und wie?«

»Das weiß ich auch nicht«, musste er zugeben, weil ihm keine auch nur halbwegs logische Erklärung einfallen wollte. Eine psychisch kranke Frau wie Silvana Cassjen handelte nun einmal nicht logisch. »Wenigstens hat sie den Maxi-Cosy und die Babysachen mitgenommen.«

»Ja. Oder sie hat die Sachen schon vorher entsorgt. Zusammen mit dem Kleinen«, murmelte Nola erstickt.

Ein gelber Abschleppwagen hielt mit quietschenden Reifen mitten auf der Straße. Zwei Männer in grauen Overalls mit dem Schriftzug eines großen Autohauses sprangen heraus. In ihren Gesichtern konnte man lesen, dass sie etwas Sensationelles erwarteten, mindestens eine Leiche. Einer von beiden rauchte, und Stefan brüllte ihn an, dass er es ja nicht wagen sollte, seine Kippe auf den Boden zu werfen.

»Das hier ist für uns ein Tatort, und wir brauchen keine Fremdspuren, die uns die Arbeit unnötig schwer machen!«

Der Raucher, Renke schätzte ihn auf höchstens fünfundzwanzig, wurde ganz blass. Er verschwand im Führerhaus des Autotransporters und kehrte ohne Zigarette und reichlich kleinlaut zurück. »Müssen wir Handschuhe tragen?«

»Ich bitte darum.« Stefan wies einen seiner Mitarbeiter an, sterile Einmalhandschuhe zu holen.

»Stopp!«, rief Renke, weil Nola offenbar mit den Gedanken ganz woanders war und gar nicht reagierte. »Bevor der Yaris verladen werden kann, warten wir noch auf die Hunde.«

Zehn Minuten später, die Mitarbeiter des Autohauses warteten ungeduldig in ihrem Wagen, und der ältere schimpfte, dass er die vertane Zeit in Rechnung stellen würde, hielt ein Polizeitransporter mitten auf der Straße. Zwei Kollegen stiegen aus und rissen die Heckklappe auf. Lautes Gebell machte klar, dass die Spürhunde eingetroffen waren. Jeder der Hundeführer holte seinen vierbeinigen Kollegen aus der Transportbox und leinte ihn an.

Einer von ihnen ließ seinen Mali im Inneren des Yaris schnüffeln, dann hielt er ihm den vergessenen Schuh hin. Die anderen ließen ihre Hunde so lange absitzen. Der gerade eben so hart gerügte Mann vom Abschleppunternehmen fragte bissig, warum die Hunde nicht steril eingepackt wurden. Niemand gab eine Antwort.

Der Hund schnüffelte unterdessen über den Asphalt, er lief zum Seitenstreifen, aber dort schien die Spur abzubrechen. Sein Besitzer tätschelte seinen Kopf und wollte von Renke wissen, wie frisch die Spur war. »Wenn sie älter als drei Tage ist …« Bedauernd schüttelte er den Kopf.

»Ist sie nicht«, versprach Renke. »Vorgestern haben wir hier noch mit dem Hubschrauber gesucht.«

Keinem der Hunde gelang es, die Spur weiter als bis zum Seitenstreifen zu verfolgen, und die Hundeführer erklärten übereinstimmend, dass die Gesuchte hier in ein anderes Fahrzeug eingestiegen sein musste.

Nola schien sich über diese Schlussfolgerung zu freuen, und Renke wusste auch, warum. So durften sie hoffen, dass der Säugling noch lebte. Obwohl das Verhalten der Hunde eindeutig war, veranlasste Nola, dass die gesamte Gegend noch von einer Hundertschaft der Bereitschaftspolizei Oldenburg abgesucht werden sollte.

Als Nächstes wurde der gelbe Yaris mittels einer Winde auf den Abschleppwagen gezogen. Im Innenhof des Polizeipräsidiums würden die Kriminaltechniker ihn auseinandernehmen. Nola beobachtete alles mit großen Augen, sagte aber kein Wort. Kaum dass der Abschleppwagen aus ihrem Blickfeld verschwand, sackte sie förmlich in sich zusammen. »Ich hab so ein scheißblödes Gefühl, dass wir ein totes Baby suchen.«

Renke schüttelte den Kopf. »Ich glaube, sie hat einen Helfer und ist an der Stelle, wo der Hund die Spur verloren hat, in einen anderen Wagen umgestiegen. Zusammen mit ihrem Sohn.«

»Das würde bedeuten, dass diese Person sie die ganze Zeit versteckt hielt.«

Er nickte. »Sie haben in aller Seelenruhe abgewartet, bis keine Hubschrauber mehr über dem Ort kreisen, und dann den Yaris hier draußen abgestellt.«

»Und der Schuh?«

»Könnte einfach aus ihrer Tasche gefallen sein, was weiß ich. Überleg lieber, wer dieser Helfer sein könnte.«

»Laut Handy- und Internetdaten gibt es keinen geheimnisvollen Freund. Höchstens Tineke Veenstra. Ich war erst gestern Abend in ihrer Wohnung. Unangemeldet. Keine Spur von Silvana oder gar einem Säugling. Sie wohnt ja auch praktisch neben ihrer Tante. Frau Veenstra möchte ich ausschließen.«

»Ich auch«, pflichtete Renke ihr bei. Er kannte Tineke flüchtig und stufte sie als gesetzestreue Bürgerin ein.

»Ich frage mich gerade, ob wir einen Vaterschaftstest gemacht haben. Wär ja peinlich, wenn Cord Cassjen gar nicht der Vater des Kleinen ist und wir das übersehen. Vom Büro aus rufe ich gleich mal beim LKA an. Und anschließend fahre ich nach Bad Zwischenahn. Dort hat Silvana Cassjen gelebt, bevor sie nach Leer kam, elf Monate, glaub ich. Vielleicht findet sich dort eine Spur, die uns weiterbringt. Ein ehemaliger Freund, keine Ahnung.« Inzwischen hatte sie ihren Optimismus wiedergefunden.

Margit saß an ihrem Schreibtisch und schichtete die Geldscheine übereinander. Die Tür hatten sie von innen abgeschlossen, vorsichtshalber, obwohl niemand im Betrieb es wagen würde, ohne ihr *Herein* den Raum zu betreten, nicht mal Tineke. Doch ein guter Geschäftsmann verließ sich nicht darauf, dass die Dinge immer gleich abliefen, er traf Vorsorge für alle Eventualitäten.

Geld verströmte einen seltsamen Geruch, trocken und staubig und ein bisschen scharf. Gewöhnlich fiel das gar nicht auf, man steckte die Scheine ein und holte sie wieder heraus, um sie in eine ausgestreckte Hand zu legen, doch fünfhunderttausend Euro ergaben einen ordentlichen Berg, der entsprechend ausdunstete.

Fünfhunderttausend Euro konnte man nicht so einfach von der Bank holen. So viel Bargeld hielt die Filiale in Martinsfehn nicht mal vorrätig, das Geld musste in der Zentrale bestellt werden, und hier wie dort hätten Leute sich gefragt, wozu Margit plötzlich so viel Geld benötigte. Wieder einmal beglückwünschte sie sich zu ihrer Voraussicht. Seit Jahren schon schaffte sie regelmäßig Geld beiseite, weil sie es gar nicht einsah, dem Fiskus alles in den gierigen Rachen zu stopfen. Geld, von dem das arbeitsunwillige Pack sich auf Staatskosten ein schönes Leben machte, da brauchte sie ja nur an ihre Schwägerin Foline zu denken. Die Höhe der Steuern, die sie zahlen musste, empfand Margit als Unverschämtheit. Von einem Nummernkonto in der Schweiz oder Luxemburg wollte sie nichts wissen, so etwas flog früher oder später auf, und sie hatte weder Lust auf ein Strafverfahren wegen Steuerhinterziehung noch auf die schadenfrohen Gesichter ihrer Neider. Deshalb hatte sie schon vor zwanzig Jahren damit begonnen, Bargeld in Schließfächern verschiedener Banken zu deponieren. Auch der Tresor in ihrem Büro enthielt eine beträchtliche Menge von unversteuertem Geld. Ab und an nahm sie sich die Zeit, die Notenbündel zu zählen, und sie fühlte sich jedes Mal großartig. Ein bisschen schwierig war es gewesen, als der Euro als Bargeld eingeführt wurde. Sie hatte ihr eigenes Schwarzgeld waschen müssen, was bei den Umsätzen in der Fabrik zum Glück einigermaßen problemlos vonstattenging, sogar ein wenig Spaß gemacht hatte. Neben den Banknoten enthielt der Tresor auch andere Dinge, die niemanden etwas angingen, darunter ein kleines Etui mit Rohdiamanten, die Cornelius irgendwann angeschleppt hatte, angeblich gewonnen beim Kartenspiel. Sie wusste bis heute nicht, ob das stimmte.

Gestern Nachmittag hatte Margit einen Großteil der Summe aus den Schließfächern in Oldenburg und Wilhelmshaven geholt und in ihrem Bürosafe eingeschlossen. Abends hatte sie sich mit Ruth und Anja getroffen. Sie hatten über die Trauerfeier gesprochen, wen man unbedingt einladen musste und wen nicht, gemeinsam auf Gesa geschimpft und überlegt, was die komische Annonce bezwecken sollte, dabei Lachshäppchen gegessen und sehr viel Prosecco getrunken. Am Ende war sie so beschwipst, dass sie beinahe alles verraten hätte. Doch sie hatte es geschafft, den Mund zu halten – für Caspar.

Und jetzt saß sie hier und zählte das Geld ab. Mit Daumen und Mittelfinger schnipste sie gegen einen Stapel Zweihunderter, die aufflogen und sich über den Schreibtisch verteilten. War es nicht Wahnsinn, für eine vage Hoffnung so viel zu bezahlen?

Cornelius hätte einen anderen Weg gefunden, er hätte das Geld behalten und trotzdem den Jungen bekommen, da war sie sicher. Wenn sie nur lange genug nachdachte, fiel ihr vielleicht auch noch eine bessere Lösung ein.

Tatsächlich lag kein Test vor, der belegte, dass Cord Cassjen der leibliche Vater des vermissten Säuglings war. Nola bat die Kollegen vom LKA, das sofort nachzuholen.

Die Suchaktion rund um die Fundstelle des Yaris hatte nichts gebracht. Silvana und Caspar Cassjen blieben weiterhin verschwunden, und Nola hegte keinen Zweifel mehr daran, dass sie nicht allein unterwegs waren. Jemand musste die beiden unterstützen, anders konnte es doch gar nicht sein. Sie musste noch viel tiefer in Silvanas Vergangenheit vordringen, um diese geheimnisvolle Person ausfindig zu machen. Vielleicht hatte die Geschichte ihren Anfang in Bad Zwischenahn genommen.

Das Bistro lag in der Fußgängerzone des kleinen Kurortes. Es war hell eingerichtet, weiße Flächen und sehr viel Edelstahl, und wirkte von außen blitzsauber. Drinnen war so viel los, dass Nola beschloss, erst einmal das Zwischenahner Meer anzuschauen. In einem Lokal mit Seeterrasse gönnte sie sich ein Sonnenbad bei Kaffee und Kirschkuchen. Die Frage der Bedienung, ob sie Sahne auf dem Kuchen wollte, beantwortete sie mit einem überzeugten Ja. Anschließend steuerte sie zum zweiten Mal das Bistro an, das sich inzwischen geleert hatte.

Die Besitzerin hieß Adele Dinkmöller, eine dralle Blondine um die fünfzig, die ihre üppige Oberweite durch einen knallengen weißen Pulli betonte, der am Ausschnitt mit goldenen Pailletten besetzt war. Die Frau wirkte genauso adrett wie ihr Laden. Beim Anblick von Nolas Dienstmarke biss sie sich auf die Unterlippe. »Um was geht es?«

»Es geht um Silvana Cassjen. Sie hat hier doch mal gearbeitet, richtig?«

»Ja.« Es klang zögernd.

»Kannten Sie Silvana näher?«

»Ja. Schon.« Frau Dinkmöller zog die Wörter in die Länge und hob am Ende die Stimme, sodass aus einem schlichten *Ja* eine Frage wurde. Sie war auf der Hut, wollte so wenig wie möglich preisgeben, aber auch nicht lügen.

»Frau Cassjen ist verschwunden.«

»Und warum ist das ein Fall für die Polizei?«

»Haben Sie in der Zeitung von dem Mord in Martinsfehn gelesen? Der tote Arzt ist der Ehemann von Silvana Cassjen.«

»Nein«, stöhnte die Bistrobesitzerin, und Nola hätte nicht sagen können, ob es Entsetzen war oder wohliges Erschaudern. Als sie keine Antwort gab, zählte die Frau zwei und zwei zusammen. »Sie glauben doch wohl nicht… nein, niemals. Silvana könnte keinen umbringen, schon gar nicht ihren Mann.«

»Was können Sie mir denn sonst über Frau Cassjen erzählen?«

»Sie hat mal hier gearbeitet, nicht sehr lange, ein Dreivierteljahr. Ist 'ne längere Geschichte. Ach, wissen Sie was? Ich mach ausnahmsweise 'ne halbe Stunde eher zu. Ist eh keiner hier, und ich bin schließlich der Boss.« Sie ließ den Worten Taten folgen, sperrte das Bistro ab und hängte ein Schild, auf dem *Geschlossen* stand, in die Tür. »Und jetzt gehen wir rüber in mein Büro, da ist es gemütlicher.«

Das sogenannte Büro war ziemlich schwülstig eingerichtet, ein rotes Plüschsofa, Kissen mit Leopardendruck, ein weißer Schreibtisch, der aussah, als hätte er viele Hundert Jahre in einem Schloss gestanden, was ganz sicher nicht stimmte, und ein dazu passender Aktenschrank. Der Computer war auf den Fußboden ausgelagert, er rappelte ziemlich laut, vermutlich ein defekter Lüfter. Ein alter Röhrenmonitor nahm beinahe den gesamten Platz auf dem Schreibtisch ein, für Technik schien Frau Dinkmöller nicht viel Geld auszugeben. Neben der Tastatur stand ein Kaffeebecher, weiß mit goldenem Rand. Aus einem kleinen quadratischen Kühlschrank, der unter einer weißen Spitzendecke verborgen war, zauberte die Blondine eine Flasche Sekt, die bereits angebrochen war. »Auch ein Glas, oder dürfen Sie das nicht im Dienst? Ich brauche jetzt jedenfalls ein bisschen was zur Beruhigung. Das haut mich nämlich echt um.«

Nola lehnte ab und begründete ihre Weigerung damit, heute noch nichts gegessen zu haben.

Die Bistrobesitzerin hatte keine Schwierigkeiten damit, als Einzige zu trinken. »Gut«, sagte sie, nachdem sie einen Schluck genommen und das Glas auf den Tisch gestellt hatte. »Normalerweise würde ich das keinem erzählen. Schließlich ist das Silvanas Privatsache und geht mich nichts an. Aber unter diesen Umständen…« Sie holte tief Luft. »Vor etwa fünf Jahren stand Silvana vor der Tür, ein junges Ding, noch keine zwanzig und bildhübsch. Sie hat nach einem Job gefragt. Ich hatte gerade erst eröffnet und konnte ihr nichts Großartiges anbieten. Nur einen Minijob auf 450-Euro-Basis, mehr war nicht drin. Sie musste ihr Einkommen mit Hartz IV aufstocken.«

»Und damit war sie zufrieden?«

»Nicht so wirklich. Silvana hat ein Faible für schicke Kleider und teure Kosmetika. Als ob irgendjemand sieht, wo ich meinen Lippenstift gekauft habe, in der Parfümerie oder bei Aldi. Das merkt man doch nur im Portemonnaie.« Seufzend schlug sie die Beine übereinander. »Ständig hat sie über Geldmangel gejammert. Ich hab gesagt: *Such dir einen zweiten Job, das müssen andere auch.* Tja, und eines Tages hat sie sich eine Webcam besorgt, in ihrem Schlafzimmer installiert, rote Bettwäsche gekauft und sich auf so einem Sexportal angemeldet. Keine Ahnung, wie das genau funktioniert. Ich glaub, die Männer gehen online und müssen jede Minute bezahlen. Angeblich brauchte Silvana sich nur auf ihrem Bett rumzurekeln, in Reizwäsche natürlich oder gleich ganz nackt.« So, wie Frau Dinkmöller das Gesicht verzog, glaubte sie nicht daran, dass es beim Rumrekeln geblieben war. »Im Fernsehen hab ich mal gesehen, dass die Mädchen alles tun müssen, was die Männer von ihnen verlangen. Alles, auch… na, Sie wissen schon.«

Nola, der sofort das Schlafzimmer der Cassjens einfiel, vor allem der Spiegel über dem Bett, machte ein betretenes Gesicht und nickte, was Frau Dinkmöller zu beruhigen schien.

»Immer wieder hab ich gesagt: *Wie kannst du nur? Wenn dich mal jemand auf der Straße erkennt! Oder hier in meinem Bistro!*« Inzwischen hatte die Frau sich richtig in Rage geredet. Sie sprach immer schneller und vor allem lauter. »Silvana hat nur gelacht. Ihrer Ansicht nach war alles ganz harmlos. Außerdem wäre das vollkommen anonym. Sie hätte dort einen Künstlernamen! Schöne Kunst!« Sie lachte kreischend. »Kurze Zeit später hat sie gekündigt. Zu Hause würde sie mehr verdienen. Ehrlich gesagt kann ich mir das nicht vorstellen. Sie musste nämlich genauso aufs Geld gucken wie vorher, der große Reichtum ist ganz bestimmt nicht bei ihr ausgebrochen. Auf der anderen Seite war ich nicht böse. Es mag lächerlich klingen, meinetwegen auch verklemmt, aber so etwas finde ich unappetitlich. Und hier werden immerhin Lebensmittel verkauft. Ab und an hat Silvana noch ein Baguette geholt, zum Kochen hatte sie keine Zeit mehr, weil sie ja die ganze Zeit…« Vielsagend verzog sie ihr Gesicht. »Na, Sie wissen schon. *Jede Minute zählt*, hat sie gesagt. Stellen Sie sich das bloß mal vor, den ganzen Tag auf dem Bett liegen und warten, dass ein Kerl anruft und Sie zu irgendwelchen Schweinereien auffordert. Nee, das wär nichts für mich.« Sie zupfte an ihrem Ausschnitt herum, ihr Dekolleté war inzwischen deutlich gerötet, genau wie ihre Wangen. »Irgendwann hat sie erzählt, dass sie sich mit zwei von den Typen privat getroffen hat, obwohl das in diesem

Gewerbe ein absolutes No-Go ist. Aber Silvana war ja so eine Oberschlaue, die wusste alles besser und ließ sich nichts vorschreiben. Einer war ganz nett, aber nicht ganz koscher. Was sie damit gemeint hat, weiß ich nicht. Irgendwas Perverses, nehme ich an. Ich wollte das gar nicht wissen.« Sie verzog den Mund und zuckte übertrieben mit den Schultern. »In den anderen war sie total verknallt, die ganz große Liebe. Natürlich war er verheiratet oder wenigstens in festen Händen. Er hat ihr versprochen, seine Frau zu verlassen. *Glaubst du noch an Märchen?*, hab ich gefragt, da war sie gleich wieder eingeschnappt. Natürlich hab ich recht behalten. Erst wollte der Kerl seiner Frau nicht das Weihnachtsfest verderben, dann hatte sie Geburtstag, als Nächstes stand der lang geplante Urlaub an, das Übliche. Silvana, diese dumme Nuss, hat ihm geglaubt. Wenn ich gesagt habe, *der verarscht dich doch nach Strich und Faden*, hat sie ihn sogar noch verteidigt.« Mit der flachen Hand schlug Frau Dinkmöller sich gegen die Stirn, ein bisschen zu heftig, ein roter Fleck blieb zurück. »Frauen haben so ein Gen, glaube ich, ein Blödheitsgen. Da könnte ich Ihnen Geschichten erzählen …«

Mit einem Kopfschütteln wehrte Nola ab. »Wissen Sie, wie der Verheiratete heißt, wenigstens den Vornamen?«

»Nein. Ehrlich gesagt hab ich immer weggehört, wenn sie von ihm geschwärmt hat. Ich wollte nichts hören über diesen Idioten, der es nötig hat, so ein kleines naives Mädchen anzulügen, damit sie mit ihm in die Kiste steigt. Tut mir leid, ich weiß weder, wie er heißt, noch, wo er wohnt oder wie alt er ist.« Wie selbstverständlich schenkte sie sich einen weiteren Sekt ein. »Eines Tages stand sie im Laden und hat sich verabschiedet. Sie würde nach Ostfriesland ziehen und noch mal ganz neu anfangen. Das mit der Webkamera würde sich doch nicht so richtig lohnen. Manchmal müsste sie tagelang nur warten und würde keinen Cent verdienen. Falls jemand nach ihr fragt, sollte ich sagen, dass ich nicht weiß, was aus ihr geworden ist. *Wer soll denn nach dir fragen?*, wollte ich noch wissen. Sie hat nur mit den Schultern gezuckt. Danach haben wir uns aus den Augen verloren. Irgendwann hat sie eine Karte geschickt, *wir haben geheiratet*, mit Farbfoto. Ihr Brautkleid hat mir gefallen, das muss ich zugeben, sah richtig teuer aus. Und der Mann hatte einen Doktortitel vor dem Namen. Glücklich sah sie aus. Wirklich glücklich.« Mit zusammengezogenen Augenbrauen betrachtete sie die leere Sektflasche, sichtlich erstaunt, wie schnell ihr und der Inhalt des Glases verschwunden war. Sie verzichtete darauf, eine neue zu öffnen, obwohl Nola der Vorrat im Kühlschrank nicht entgangen war.

»Könnte es sich bei dem Mann, den sie über dieses Portal kennengelernt hat, um ihren späteren Ehemann handeln?«

»Keine Ahnung. Glaub ich aber nicht. Ich würd eher vermuten, dass der gute Doktor nicht mal ahnt, womit sie früher ihr Geld verdient hat. Welcher Arzt heiratet denn so eine?«, fügte sie demonstrativ an, falls Nola nicht kapiert haben sollte, worum es ihr ging. »Wir haben noch ein einziges Mal telefoniert, kurz nachdem sie wusste, dass sie schwanger ist. Sie hat wohl jemand gebraucht, dem sie davon erzählen konnte. *Schön für dich*, hab ich gesagt, *dann ist ja alles gut*. Mehr nicht.« Sie nahm das leere Glas in die Hand und drehte es langsam hin und her. »Wissen Sie, ich glaube nicht daran, dass Menschen sich um hundertachtzig Grad drehen können. Eine wie Silvana wird immer gucken, ob es nicht irgendwo noch ein größeres Stück Torte für sie gibt, ohne dass sie sich dafür groß anstrengen muss, versteht sich.«

»Hatte Frau Cassjen eine Freundin? Irgendwen, mit dem sie sich mal getroffen hat?«

»Nee, da fällt mir niemand ein. Für junge Leute ist hier nicht viel los, da braucht man schon ein Auto, um nach Oldenburg zu fahren. Als sie mit diesem Webcam-Mist angefangen hat, durfte sie die Wohnung ja kaum noch verlassen. Davor hab ich auch keinen gesehen. Eigentlich seltsam, sie war wirklich ein hübsches junges Ding.«

»Hat sie mal von einer Waffe gesprochen? Vielleicht, weil sie sich vor einem der Männer schützen wollte?«

»Eine Waffe, hm, der Arzt wurde erschossen, stimmt's? Nee, davon ist mir nichts bekannt.« Interessiert beugte sie sich vor. »Meinen Sie, dass Silvana deshalb nach Ostfriesland gezogen ist? Weil einer sie bedroht hat?«

»Ich weiß es nicht.« Nola ließ ihre Visitenkarte zurück, und die Bistroinhaberin versprach, anzurufen, falls Silvana Cassjen sich wider Erwarten doch bei ihr meldete.

»Wie ist es Ihnen in den letzten beiden Wochen ergangen?« Immer dieselbe Frage, begleitet von immer demselben Lächeln, und nie wusste Renke, was die richtige Antwort war. Hätte der Therapeut ihn nach den Fortschritten auf seiner Baustelle gefragt, wären die Worte nur so aus ihm herausgesprudelt. Er hätte von eingerissenen Mauern erzählen können, von uralten Fliesen, die er freigelegt hatte, von dem Hörnstuhl auf dem Boden, den er von einem Fachmann aufarbeiten lassen wollte, so aber fiel ihm nichts ein, jedenfalls nichts, über das er mit diesem grauen Mann reden wollte.

»Ich hab meine Hausaufgaben erledigt«, sagte er schließlich, und er schaffte es sogar, dabei zu grinsen. Dreimal in der Woche sollte er etwas tun, das seiner verstorbenen

Frau nicht gefallen hätte, und er sollte versuchen, sich nicht gedanklich vor ihr zu rechtfertigen.

»Mögen Sie darüber reden?«

Nein, eigentlich nicht. Wenn er darüber sprach, kam es ihm so lächerlich vor. Im Grunde war das alles hier lächerlich, diese Gespräche über seinen Geisteszustand, als stünde er bereits mit einem Bein in der Psychiatrie, dieses Wühlen in seiner Vergangenheit.

»Ich hab mir neue Bettwäsche gekauft. Britta hätte sie zum Weglaufen gefunden.« Gott, war das albern. »Ich wollte unser Hochzeitsfoto aufhängen und hab es dann doch nicht getan. Und ich habe meiner Schwiegermutter nicht zum Geburtstag gratuliert.« Das Letzte ging ihm leicht über die Lippen. Ja, es hatte ihm großes Vergnügen bereitet, diesen Fauxpas zu begehen. Brittas Mutter hatte er von Anfang an nicht leiden können, und er legte keinen Wert darauf, diesen unerfreulichen Kontakt weiterhin zu pflegen. Vielmehr hoffte er darauf, dass diese Unhöflichkeit ihre Beziehung beendete. Endgültig.

Der Therapeut erkundigte sich nach Brittas Familie, endlich ein Thema, über das Renke gern und ausgiebig Auskunft gab. Und merkwürdig, während er sein Verhältnis zu Brittas weinerlicher Mutter und ihrer selbstgerechten Schwester beschrieb, begriff er, dass sie in einer Art Wettstreit standen: Wer von ihnen trauerte am tiefsten?

»Kann es sein, dass Sie eine Art Zwang verspüren, der Familie zu beweisen, dass Sie Ihrer Frau ein guter Ehemann sind, über den Tod hinaus?«

Autsch. Renke schluckte und beschloss, das auszusprechen, was kaum jemand wusste. »So muss es wohl sein. Als meine Frau starb, war ich nicht dabei. Ich hatte einen Lehrgang und hab es nicht rechtzeitig nach Hause geschafft. Ulrike war bei ihr, ihre Schwester.« Wie immer, wenn er daran dachte, wurden seine Hände feucht. »Es ging Britta schlecht, schon wochenlang. Und ja …« Er verknotete seine Finger, bis es schmerzte. »Vielleicht wollte ich insgeheim einfach mal raus, Luft holen.« Er lachte traurig. »Luft holen, ausgerechnet – meine Frau ist an Lungenkrebs gestorben.«

Der Therapeut lächelte aufmunternd. Er wirkte zufrieden, für ihn hatte sich das lange Herumbohren gelohnt, er war auf Gold gestoßen, oder besser, auf eine Information, die er lang und breit auswalzen konnte.

»Natürlich haben sie mir ewig vorgehalten, dass Britta nach mir gefragt hat und ich nicht da war. Als wäre es nicht schlimm genug für mich selbst, das auszuhalten, diese Gewissheit, dass ich das nie wiedergutmachen kann. Dass ich sie im Stich gelassen habe.« O Gott, jetzt kamen ihm doch tatsächlich die Tränen, und der Therapeut musste ein Papiertuch aus einem Spender ziehen und ihm in die Hand drücken.

»Das erklärt doch einiges, Herr Nordmann. Sie fühlen sich schuldig.«

Wütend zerknüllte er das Taschentuch. »Ich *bin* schuldig, ich fühle das nicht nur. Meine Frau musste allein sterben.«

»Nicht allein«, berichtigte der Therapeut mit sanfter Stimme. »Ihre Schwester war anwesend, haben Sie gerade gesagt. Ich nehme doch an, dass die beiden sich sehr nahestanden. Und Sie waren beruflich unterwegs und nicht zu Ihrem Privatvergnügen.«

Es folgten die Argumente, die Renke nur allzu bekannt waren und ihn doch nicht entlasteten. Niemand hatte wissen können, wann es so weit war. Man konnte nicht wochenlang am Krankenbett hocken und auf den Tod warten. Er hatte Geld verdienen müssen. Und er hatte eine kleine Auszeit gebraucht.

»Wenn Ihr bester Freund genau dasselbe erlebt hätte, was würden Sie ihm sagen?«

»Vermutlich genau dasselbe, was Sie mir gerade vermitteln wollen. Dass so etwas passiert im Leben.«

»Ja. Genauso ist es. Sie müssen lernen, sich selbst zu vergeben. Dann können Sie auch Ihre Frau loslassen. Sie hätte Ihnen mit Sicherheit verziehen. Sie waren dreizehn Jahre verheiratet, dreizehn glückliche Jahre zählen mehr als ein einziger Tag, selbst wenn es der letzte war im Leben Ihrer Frau. Wie Sie selbst gesagt haben, man kann nicht wochenlang neben dem geliebten Menschen sitzen und auf seinen Tod warten. Das ist unerträglich. Sie hätte genauso gut im Schlaf sterben können. Im Krankenhaus. Auf der Fahrt ins Krankenhaus.«

»Es war ja auch keine normale Fortbildung«, brach es aus Renke heraus. »Britta und ich hatten gemeinsam beschlossen, dass ich mich auf die frei werdende Stelle als Revierleiter in Martinsfehn bewerbe, um mich nach ihrem Tod besser um Aleena kümmern zu können. Und dafür fehlte mir dieser Lehrgang.«

Zuletzt brachte der Therapeut das Gespräch auf die verschiedenen Stufen der Trauer, und Renke musste zugeben, dass er seit Langem auf der dritten Stufe verharrte, der Stufe, in der der Zurückgebliebene verzweifelt versuchte, den Toten nicht gehen zu lassen, eine Art Traumbeziehung mit ihm zu führen und sich mitsamt seinen Erinnerungen gegen das wirkliche Leben zu verbarrikadieren.

Auf der Rückfahrt fühlte er sich merkwürdigerweise gut, geradezu erleichtert. Er suchte im Radio nach einem Stück, das ihm gefiel, er hielt beim Schlachter an und kaufte sich für den Abend zwei Rumpsteaks, die er grillen wollte, und dazu eine Schale mit Kartoffelsalat.

Tineke lag im Bett, das sie vorhin noch frisch bezogen hatte, mit ihrer Lieblingsbettwäsche, schmale hellblaue Streifen auf weißem Grund, an denen sich Glockenblumen in einem etwas dunkleren Blauton hochrankten. Eben noch war sie so müde gewesen, dass sie glaubte, notfalls im Stehen einschlafen zu können, jetzt fand sie keine Ruhe. Sie schlug die Bettdecke beiseite, tapste zum Kleiderschrank, holte das gelbe Kleid hervor und hängte es von außen vor die Tür, damit sie es vom Bett aus betrachten konnte.

Anfang Juli fand der Bremer Juristenball statt, ein großes Event, auf dem sich die Richter und Anwälte der Region trafen. Auf solche Veranstaltungen hatte Alexander nicht viel Lust, aber er musste natürlich trotzdem gehen, weil sein Vater das von ihm erwartete. Hagen Abels hatte einen sogenannten Kanzleitisch bestellt, für den er eine vierstellige Summe hinblättern musste, und er erwartete, dass Alexander und Tineke sich um 18:15 Uhr dort einfanden, rechtzeitig zum Sektempfang. Eine Stunde später würde das Essen am Tisch serviert werden. Die Menüfolge stand auf der goldumrandeten Einladung, die auf ihrem Nachttischchen lag. Im Grunde hätte sie nach dem tragischen Tod ihres Cousins absagen müssen, doch das brachte sie nicht über sich. Sie wollte diesen Abend unbedingt erleben, als die Frau an Alexanders Seite. Es war der erste Schritt in Richtung Hochzeit, auch wenn sie nicht mal zusammenlebten und Alexander keine Anstalten machte, etwas an diesem Zustand zu verändern. Er hing an seinem WG-Zimmer und wollte diese letzte Verbindung zu seiner Studentenzeit nicht aufgeben. Für Tineke stellte diese Art Leben keine ernsthafte Option dar. Abgesehen davon, dass in seiner Wohngemeinschaft gar kein Zimmer frei war, fühlte sie sich nicht wohl bei der Vorstellung, Küche und Bad mit wildfremden Leuten zu teilen. Seit sie zu Hause ausgezogen war, hatte sie immer allein gelebt. Offenbar war sie kein sonderlich geselliger Mensch und brauchte viel Zeit für sich selbst. So gesehen schienen zwei Wohnungen eine gute Lösung zu sein. Wenn da nicht die ständige Sehnsucht nach seiner Nähe wäre.

»Dieser Juristenball wird bestimmt todlangweilig, aber es gehört dazu, Bienchen«, hatte Alexander am Wochenende gemeint und Tineke geradezu angefleht, ihn zu begleiten.

Das Kleid, das sie vor zwei Wochen für diesen Abend gekauft hatte, war aus einem seidigen, hellgelben Material, das Tineke ein bisschen steif fand, schlicht geschnitten, zeitlos und wenig spektakulär, und es machte sie ein wenig blass. Alexander war enttäuscht von ihrer Wahl, das hatte sie ihm angemerkt, aber sie war nun einmal keine Margit, und sie konnte es nur schwer aushalten, wenn alle Blicke auf sie gerichtet waren.

Das erste Kleid, das sie in dem Geschäft anprobiert hatte, eine goldschimmernde Robe mit einem Wahnsinnsschlitz am rechten Bein, so hoch, dass sie farblich passende Dessous gebraucht hätte, war ihr zu gewagt erschienen, obwohl die Verkäuferin meinte, dass der Schnitt perfekt wäre für ihre Figur und Tineke ihr insgeheim zustimmen musste. Auf dem Heimweg geisterte das goldene Kleid noch eine ganze Weile durch ihre Gedanken, das Kleid und die fremde Tineke, die so mondän gewirkt hatte wie eine wohlhabende Anwaltsgattin, die Sorgen nur aus der Zeitung kannte. Gleichzeitig beschäftigte sie aber auch die Frage, wie um alles in der Welt man sich mit so einem Schlitz eigentlich hinsetzte. Nein, sie wollte nicht den ganzen Abend überlegen, ob man zu viel Bein sehen konnte und ob das Bein wohlgeformt genug war für die vielen Blicke – und doch ging ihr das Kleid nicht aus dem Kopf.

Am liebsten hätte sie Margit um Rat gefragt, aber das erschien zurzeit wenig passend. Und Margits Antwort glaubte sie ohnehin zu kennen. Eine Frau wie ihre Tante hätte das gelbe Vernunftskleid nicht mal in Betracht gezogen. Vielleicht sollte sie Alexander einfach fragen, ob ihm ein gewagteres Kleid lieber wäre. Sie tippte seine Nummer ein.

»Hey, Bienchen.« Irgendetwas in seiner Stimme störte Tineke. Für einen Moment dachte sie sogar, dass er betrunken war, Alexander, der so gut wie nie Alkohol trank.

»Ich …« Sie stockte, kam sich plötzlich unsagbar dumm vor. Wie sollte sie erklären, dass sie nicht mehr sicher war, ob das blöde gelbe Kleid das Richtige war für ihren ersten gemeinsamen Ball, dass sie sich schrecklich allein fühlte und Sehnsucht hatte, ganz banale Sehnsucht nach dem Mann, den sie liebte und der nie wirklich Zeit für sie zu haben schien. Dann hörte sie das Geräusch im Hintergrund, eine Art Jammern oder besser Schluchzen, auf jeden Fall stammte es von einer Frau. »Du bist nicht allein.«

Sie legte auf. Zu Tode erschrocken. Als Alexander sofort danach wieder anrief, nahm sie das Gespräch nicht an, und weil er keine Ruhe gab, ihre Nummer wieder und wieder anwählte, stellte sie schließlich sogar ihr Handy aus. Sie war so eine naive dumme Pute. Er lebte in Oldenburg, sie in Martinsfehn, für die Strecke brauchte man fünfundvierzig Minuten mit dem Auto, abgesehen von den Wochenenden sahen sie sich eher selten, zwei Workaholics, die in ihrer Arbeit aufgingen und deshalb Verständnis für den anderen aufbrachten und sich blind vertrauten. Bis gerade eben. Bis ein einziger Anruf ihr klarmachte, dass sie nach all der Zeit noch immer nichts mit Alexanders Leben in Oldenburg zu tun hatte, wo er eine Altbauwohnung mit einem Mann und einer Frau teilte. Wenn sie ihn fragte, warum er sich nicht nach einer anderen Wohnmöglichkeit umschaute, schließlich war er kein Student mehr und konnte sich etwas Besseres leisten, winkte er ab. »Ich bin doch kaum zu Hause.«

Die Tränen kamen ganz überraschend und so heftig, dass sie einen Schluckauf vom Schluchzen bekam. Tineke zog die Beine an, legte den Kopf auf die Knie und heulte, wie sie zuletzt als Schulmädchen geheult hatte, bis zur völligen Erschöpfung. Danach schleppte sie sich in die Küche, stellte den Wasserkocher an und brühte einen Becher Tee auf, in dem sie vier dicke Stücke Kluntjes versenkte. *Zucker ist gut für die Seele*, das sagte Margit immer, bevor sie eine Schachtel Pralinen öffnete und auf ihren Schreibtisch stellte, damit auch Tineke sich bedienen konnte. Als der Becher leer war, fühlte ihre Kehle sich nicht mehr so wund an. Tineke schleppte sich zurück ins Wohnzimmer, ließ sich auf die Couch fallen, griff nach der Fernbedienung und zappte durch die Programme, konnte sich aber auf nichts einlassen. Nicht mal der Livemitschnitt eines Konzerts der *Kaiser Chiefs*, ihrer absoluten Lieblingsband, schaffte es, sie von ihrem Kummer abzulenken.

Nola beschloss, sich ein Bier im *Tennessee Mountain* zu gönnen, um mal auf andere Gedanken zu kommen. Und nein, das hatte nichts mit Renke Nordmann zu tun oder damit, dass es sich um seine Stammkneipe handelte und die Wahrscheinlichkeit, ihn dort anzutreffen, entsprechend hoch war.

Ob das *Tennessee Mountain* die einzige Kneipe im Ort

war, wusste sie nicht, auf jeden Fall war es die bekannteste. Charlie, der Wirt, der grundsätzlich in auffälligen Cowboystiefeln herumstolzierte, hegte ein Faible für das Amerika der Vierzigerjahre. Überall hingen Filmplakate von alten Western und Bilder von Cowboys, die meisten noch in Schwarz-Weiß.

Die Musik im *Tennessee* kam ihr bekannt vor, und sie fragte sich, ob Charlie immer dieselben Songs laufen ließ oder ob sich Countrymusik immer gleich anhörte. Heute war der Wirt gut gelaunt, er nickte ihr freundlich zu und zeigte auf einen freien Hocker an der Theke. Sie nahm Platz, schlug die Beine übereinander und bestellte ein Jever. Das Publikum war überschaubar, drei junge Männer, bei denen sie nicht beschwören wollte, dass sie schon das sechzehnte Lebensjahr erreicht hatten, ein Ehepaar um die vierzig, das sich mit unbewegten Mienen über den Tisch hinweg anschwieg, und eine blonde Frau in Nolas Alter, ebenfalls allein, die mit dem Zeigefinger in ihrem Rotwein herumrührte und dann und wann einen säuerlichen Blick in Richtung der gut gelaunten jungen Männer warf. Gute Laune schien heute Abend nicht in ihr Programm zu passen. Renke war nicht anwesend, aber er wohnte auf der anderen Straßenseite. Wenn sie ihn anrief, was sie nicht vorhatte, könnte er in fünf, spätestens zehn Minuten da sein. Nola zog ihr Smartphone aus der Tasche und legte es vor sich auf den Tresen, direkt neben das Bier, das Charlie mit einem heiseren »Bitte, die Dame« hingestellt hatte.

Die Tür öffnete sich. Noch ein einsamer Nachtschwärmer, ganz offensichtlich ein Stammgast, denn Charlie zapfte, ohne zu fragen, ein Bier, das der Mann mit breitem Grinsen im Empfang nahm. Er hockte sich neben die schlecht gelaunte Blondine und quatschte sie an. »Noch nie hier gesehen«, mehr konnte Nola nicht verstehen.

Ganz tief in ihrem Inneren nahm sie dem Kerl übel, dass er die andere und nicht sie anbaggerte, dabei war er nicht mal ihr Typ. Mein Gott, was war mit ihr los? Brauchte sie so nötig männliche Anerkennung?

Die Blondine fühlte sich geschmeichelt. Sie kicherte mehrfach und klimperte übertrieben mit den Augen. Nola schaute auf ihr Handy und scrollte die Liste mit den Telefonnummern runter, bis sie bei R angelangt war, nur um festzustellen, dass sie zu feige war, die Taste zu drücken.

Sie vertrödelte die Zeit damit, den Mann und die Frau zu beobachten. Er hatte ihr einen weiteren Wein ausgegeben, der schon halb leer war, offenbar vertrug sie nicht so viel Alkohol, denn sie kippelte jetzt gefährlich auf ihrem Barhocker und kicherte ständig, was ihm nicht zu gefallen schien. Nola erwischte ihn dabei, wie er die Augen verdrehte. Als er ihren Blick bemerkte, hob er sein Bier und prostete ihr zu. Sie reagierte nicht, spürte aber, dass er trotzdem darüber nachdachte, den Barhocker zu wechseln und ihr auf die Pelle zu rücken. Erneut griff sie nach ihrem Smartphone.

»Renke.« Es klang verschlafen.

Sie fragte sich, ob er sich immer so meldete, aber dann fiel ihr ein, dass ihr Name mit Sicherheit auf seinem Display erschien. »Hi, hab ich dich etwa geweckt?« Mein Gott, jetzt kicherte sie schon genauso geistlos wie die Frau, die es spaßig fand, ihren Wein mit dem Finger umzurühren.

»Hm. Wie spät?«

»Sehr spät. Tut mir leid, alles klar. Wir sehen uns bestimmt morgen. Schlaf schön weiter.« Sie unterbrach die Verbindung, bevor ihr noch irgendwelche Peinlichkeiten über die Lippen rutschen konnten.

Sie hielt das Smartphone noch in der Hand, als Renke anrief. »Was ist denn los?«

»Ach, gar nichts. Ich sitze hier in deiner Stammkneipe und dachte, dass du vielleicht Lust hast, rüberzukommen. Ich wusste ja nicht, dass du schon im Bett liegst. Sorry.«

»Ich brauch fünfzehn Minuten.«

»Um einmal über die Straße zu gehen?«

Er lachte, und ein wohliger Schauder lief über ihren Rücken. »Ich wohne nicht mehr am Marktplatz. Bis gleich.«

Er war schon wieder umgezogen, und sie hatte keine Ahnung, wohin. Nola fragte sich, ob er diesmal seine Kartons auspacken würde und ob er immer noch so viel trank und die leeren Rotweinflaschen an der Wand aufreihte. Fünfzehn Minuten, das hörte sich nicht so an, als hätte er Martinsfehn verlassen. Sie bestellte ein weiteres Bier und beobachtete so unauffällig wie möglich, wie die Frau versuchte, den Mann für sich zu begeistern, indem sie den Finger zuerst in ihren Rotwein steckte, dann in sein Bier und zuletzt in ihren Mund, um übertrieben daran herumzulutschen. Sinnlich sah das nicht aus, eher albern, aber Nola war ja kein Mann und konnte das vielleicht gar nicht beurteilen. Der Mann, dem dieses seltsame Gebaren galt, wirkte jedenfalls nicht erotisiert.

Ein kühler Lufthauch verriet, dass die Tür geöffnet wurde. Renke. Sein kurzärmliges weißes Shirt betonte die Bräune seiner Arme, um die Schultern hatte er eine Sweatjacke geknotet, genauso blau wie seine Augen, und sie fragte sich, ob er abgenommen hatte. Nicht viel, das hatte er auch gar nicht nötig, aber er wirkte irgendwie schlanker und dabei muskulöser. Ohne zu zögern, steuerte er auf Nola zu, unterwegs taxierte er kurz die drei Jungs an dem Tisch. Ein knappes Stirnrunzeln, dann tippte er mit dem Zeigefinger auf das Zifferblatt seiner Armbanduhr.

Das, was einer der Jugendlichen von sich gab, hörte sich verdächtig nach *Scheiße, Nordmann* an. Er flüsterte mit seinen Freunden, sie leerten hastig ihre Gläser und winkten Charlie an den Tisch, um zu bezahlen. Der Wirt schien kein Problem damit zu haben, dass die örtliche Polizei ihn dabei ertappte, Alkohol an Minderjährige auszuschenken, und das nach zweiundzwanzig Uhr. Er ließ sich alle Zeit der Welt, bevor er mit seinen gelblichen Cowboystiefeln aus Schlangenhaut im Takt der Musik an den Tisch tänzelte, um zu kassieren.

»Wow, der Sheriff taucht auf, und die kleinen Jungs gehen brav nach Hause.«

»So ist es.« Renke griff nach einem Barhocker und zog ihn zu sich heran, bevor er sich lässig daraufsetzte, einen Fuß auf der dafür vorgesehenen Strebe, den anderen auf dem Boden. »Wie du siehst, ist die Welt bei uns in Martinsfehn noch in Ordnung. Die kleinen Jungs gehen nach Hause, weil sie hier nichts mehr zu suchen haben. Und die großen Jungs stehen auf der Matte, weil du angerufen hast. Willst du noch ein Bier?«

Sie überlegte kurz, wann sie zuletzt etwas gegessen hatte, und kam auf ein Stück Kirschkuchen mit Schlagsahne am Nachmittag. Seither nichts, nur zwei Bier. »Besser nicht, dann darf ich nicht mehr fahren. Ich nehm ein Wasser.«

»Wieder mal nichts gegessen?«

Sie zuckte mit den Schultern. »Nicht genug für ein drittes Bier, würde ich sagen. Aber lieb, dass du noch gekommen bist.«

»Und? Du kannst nicht abschalten, richtig?«

»Ja. Es gibt nämlich was Neues.« Sie berichtete von Silvana Cassjens Vergangenheit und dem geheimnisvollen Mann.

Er hörte aufmerksam zu, griff nach seinem Glas und drehte es geistesabwesend hin und her. »Weißt du noch, wie sie behauptet hat, dass ihr Mann nicht der Vater des Kindes ist? Was, wenn das stimmt? Am Ende handelt es sich bei dem biologischen Vater des Kindes um einen der Freier.«

Es fiel ihr schwer, Renkes Gegenwart zu ignorieren und stattdessen über seine Worte nachzudenken. »Ich hab schon an den Landrat gedacht, sie hat doch seinen Namen erwähnt. Solche Männer kommen doch aus allen Bevölkerungsschichten. Andererseits wirkt Erich Loening dafür viel zu bieder.«

»Vermutlich sind es gerade biedere, verklemmte Männer, die ihre Sexualität so anonym ausleben. Außerdem ...« Er nahm einen Schluck und stellte das Glas wieder ab. »Margit hat Haare auf den Zähnen. Vielleicht wollte er zur Abwechslung mal bestimmen, wo es langgeht.«

»Glaubst du das wirklich?«, fragte sie.

Er lachte kurz auf, bevor er sich mit einem Ellenbogen auf den Tresen stützte. »Keine Ahnung. Ist nur so eine Idee.«

»Silvana Cassjen ist gerade erst vierundzwanzig, er um die sechzig, und auf mich wirkt er nicht besonders jugendlich für sein Alter. Irgendwie kann ich mir das nicht vorstellen.«

»Geld macht schön, vor allem in Verbindung mit Macht. Auf der anderen Seite ist sie gerade mal zwei Jahre verheiratet. Ein bisschen früh, um sich in anderen Betten umzugucken.«

»Das kommt drauf an, ob eine Ehe glücklich ist oder nicht. Die Nachbarn behaupten, dass sie sich oft gestritten haben.«

Renke zuckte nur mit den Schultern. »Soll vorkommen, muss nichts bedeuten.«

Das mochte wohl stimmen. »Ist bestimmt ein blödes

Vorurteil, aber glaubst du, dass Frauen, die so einen Job machen, eher fremdgehen als andere? Ich stell mir das so vor.«

»Keine Ahnung, auf diesem Gebiet verfüge ich über keinerlei Erfahrungen, falls du das wissen möchtest.«

Jetzt grinsten beide.

»Es gefällt dir nicht, dass sie ihren Mann erschossen hat, stimmt's?« Mit dem Handrücken streichelte er sanft über Nolas Wange, und sie hatte das Gefühl, keine Luft mehr zu bekommen. »Am liebsten würdest du einen anderen Täter aus dem Hut zaubern, weil sie dir leidtut.«

»Ja, irgendwie schon.« Sie fragte sich, wie lange sie das noch aushalten konnte, ohne sich in seine Arme zu stürzen.

Genau in diesem Moment wandte er sich wieder seinem Bier zu. »Genau genommen kennst du die Frau gar nicht. Du hast ein Bild von ihr im Kopf, das nicht stimmen muss.«

»Kann sein«, musste sie zugeben.

»Sag mal, gähnst du etwa, weil ich dich langweile?«

Peinlich berührt hielt sie die Hand vor den Mund, der sich gerade ganz von selbst wieder öffnen wollte.

Renke gab dem Wirt bereits ein Zeichen. »Hey, Charlie, ich muss zahlen, bevor meine Kollegin im Stehen einschläft.« Er beugte sich zu Nola und flüsterte: »Und dann sollte ich wohl mal über meine Fähigkeiten als Entertainer nachdenken.« Sein Atem kitzelte in ihrem Ohr, ein angenehmes Gefühl.

Er brachte sie zu ihrem Auto und wünschte ihr eine Gute Nacht. Mehr nicht. Er wartete nicht mal, bis sie den Motor gestartet hatte, bevor er sich umdrehte und mit großen Schritten zu seinem dunkelgrünen Audi stiefelte.

Das war auch in Ordnung. Als Mann war Renke Nordmann tabu, das hatte Nola längst beschlossen, egal, was ihr Herz mitunter zu fühlen glaubte. Er war einfach nur ein guter Kollege, der beste, der einzige, der spätabends sein warmes Bett verließ, um mit ihr im *Tennessee* über den laufenden Fall zu sprechen. Es bestand überhaupt kein Grund, so enttäuscht zu sein.

Als Tineke wieder ins Bett gehen wollte, mit der Gewissheit, ohnehin nicht schlafen zu können, klingelte es Sturm.

Alexander. Er hatte genau vierzig Minuten gebraucht, fünf weniger als sonst, und für einen verrückten Moment glaubte Tineke, dass er gar nicht von zu Hause kam. In der linken Hand hielt er einen Bügel, auf dem ein Anzug und ein weißes Hemd hingen, in der Rechten schwarze Lederschuhe, die nagelneu aussahen, zusätzlich hatte er einen dicken Ordner unter den Arm geklemmt. »Kannst du mir bitte den Ordner abnehmen?«

Sie gehorchte mechanisch, obwohl sie sicher war, dass sie ihn eigentlich gar nicht über die Schwelle lassen wollte, und überlegte dabei, wie der Klang seiner Stimme einzuordnen war. Liebevoll? Eher nicht. Ein bisschen wütend, aber nicht allzu sehr, beleidigt, ja, das schien zu passen.

Alexander hängte den Bügel mit dem Anzug an die Garderobe, stellte die Schuhe vor ihr Schuhregal, dann griff er nach ihren Händen und suchte ihren Blick. »Ira war bei mir, ich habe versucht, sie abzuwimmeln, ist mir aber nicht gelungen. Ira will einen halbseidenen Libanesen heiraten, den sie gerade vier Wochen kennt, damit er in Deutschland bleiben kann.«

»Und das stört dich«, murmelte sie. Von Anfang an hatte Tineke ein leises Unbehagen gespürt, wenn sie an seine Mitbewohnerin dachte, und sich gefragt, wie ein Mann es schaffte, Ira jeden Tag zu sehen und sich nicht in sie zu verlieben. Die Halbinderin war Ende zwanzig, eine exotische Schönheit mit den fließenden Bewegungen einer Tänzerin und schwarzem Haar, das glänzte wie lackiert. Sie war in einer Tanzschule angestellt, wo sie klassischen Balletttanz unterrichtete. Ihre Kurse wurden vor allem von kleinen Mädchen besucht. In der Wohnung lief sie fast immer in hautengen Trikots herum, meist in Violett oder Pink, Farben, die ihr Haar leuchten ließen, dazu trug sie Stulpen und Wollsocken. Ständig machte sie irgendwelche Dehnübungen, die ihren perfekten Körper betonten, und sie ließ es so aussehen, als wäre ihr das nicht einmal bewusst. Vielleicht war es Iras demotivierender Anblick, der die Schwächen ihres eigenen Körpers deutlich machte und Tineke davon abhielt, ihre Wochenenden bei Alexander zu verbringen, und nicht, wie sie bislang angenommen hatte, ihre Abneigung, Küche und Bad mit zwei wildfremden Menschen zu teilen. Ja, sie war von Anfang an eifersüchtig gewesen auf die bildschöne Halbinderin, doch sie hatte es geschafft, dieses Gefühl zu überwinden, weil sie bisher felsenfest an Alexanders Liebe geglaubt hatte.

Ihre Frage brachte ihn zum Nachdenken. »Nein«, sagte er und strich mit der linken Hand über seine kurz geschorenen Haare. »Es stört mich eigentlich gar nicht. Sie ist halt so verdammt jung, und ich dachte …« Er hielt inne. »Leider gibt es viel zu viele Frauen, die überstürzt den falschen Mann heiraten.«

Warum hatte sie das Gefühl, dass er gar nicht mehr von Ira sprach? »Du willst sie retten.«

»Ich will, dass sie nachdenkt. Ist ja auch egal. Wenn mich wirklich etwas stört, dann, dass du einfach dein Handy ausstellst und damit jegliche Kommunikation unmöglich machst.« Jetzt war er doch böse, und sie fragte sich, warum er überhaupt gekommen war. Zum Streiten fehlte ihm die Zeit, wie der dicke Ordner deutlich machte, den sie auf das Schuhregal gelegt hatte und der eine Aura von immenser Wichtigkeit verströmte, weil auf einem gedruckten Schild stand: *Werner gegen Heimbach.* Ganz unvermittelt ließ Alexander ihre Hände los. »Ich hoffe, du hast genug Kaffee im Haus, ich muss noch mindestens zwei Stunden arbeiten.«

Die Uhr zeigte halb zwölf, er hatte ihr eine Dreiviertelstunde seiner kostbaren Zeit geschenkt, aber nicht, weil er mit ihr zusammen sein wollte. Eigentlich verstand sie gar nicht, warum er unter diesen Umständen die Fahrt auf sich genommen hatte, zumal er morgen ganz früh zurückfahren musste, mitten durch den Berufsverkehr. Sollte das als Beweis dienen, dass er nichts mit Ira hatte? Oder wollte er ihr lediglich ein schlechtes Gewissen einflößen. Ja, sie fühlte sich mies. Und wenn er die Verhandlung morgen verlor, würde sie sich noch mieser fühlen. War es das, was er bezweckte, sie kleinmachen?

»Ich koch dir Kaffee.« Ihre Stimme kratzte im Hals, weil sie mühsam ihre Tränen zurückhalten musste.

»Das ist lieb.« Sein geschäftsmäßiger Tonfall strafte seine Worte lügen.

Er setzte sich mit dem Ordner auf Tinekes Couch, schlug ihn auf und begann, wie wild hin und her zu blättern und irgendwas in sein Netbook zu tippen. Dabei sah er kein einziges Mal auf.

»Hier ist dein Kaffee.«

»Danke. Leg dich ruhig schon ins Bett, ich komme später nach.« Während er das sagte, flogen seine Augen über die dicht beschriebenen Seiten der Unterlagen, und seine Finger verharrten reglos über der Tastatur, als würde er über eine Formulierung nachdenken.

Ein paar Minuten zögerte sie noch, aber wozu wach

bleiben und jemand anschauen, der sich keine Mühe gab, seine schlechte Laune zu verbergen? Als sie im Bett lag, hörte sie ihn laut lamentieren, offenbar wollte er einen unsichtbaren Richter von der Unschuld seines Mandanten überzeugen, doch dann schlummerte sie ein, obwohl sie sich vorgenommen hatte, auf Alexander zu warten. Im Halbschlaf nahm sie wahr, dass er sich zu ihr legte, aber keinen Versuch unternahm, sie zu wecken. Er legte den linken Arm um ihren Körper, hauchte einen Kuss auf ihren Hinterkopf, und zwei Minuten später verriet sein gleichmäßiges Atmen, dass er eingeschlafen war.

FREITAG, 7. JUNI

Nola hatte verschlafen, zum zweiten Mal in dieser Woche, sie hatte wild geträumt, nicht gefrühstückt, war unterzuckert und entsprechend schlecht gelaunt. Deshalb konnte sie es kaum ertragen, dass ihr Bericht Conrads Augen aufleuchten ließ. Sie waren allein im Büro, Hilke hatte sich freigenommen. Ihr Freund Ole würde am Sonntag nach Frankreich fliegen und dort an Bord eines Frachters gehen. Der künftige Kapitän musste noch sechs Monate Fahrzeit nachweisen, um seine Ausbildung abzuschließen, und das letzte gemeinsame Wochenende wollten die beiden verständlicherweise in trauter Zweisamkeit verbringen.

»Ob die Familie darüber Bescheid weiß? Unser allseits beliebter Landrat und eine Nutte als Schwiegertochter.« Die Vorstellung schien Conrad prächtig zu amüsieren.

»Streng genommen ist sie nicht seine Schwiegertochter, sondern die seiner Lebensgefährtin. Außerdem war sie

Webcam-Girl und keine Hure, das ist ja wohl immer noch ein Unterschied«, seufzte Nola.

»Auf dem Papier. In Wahrheit tun die es alle für Geld. Glaub mir, Süße.« So, wie er grinste, stellte Conrad sich gerade vor, wie Silvana Cassjen sich vor der Kamera rekelte. »Außerdem hast du doch selbst gesagt, dass sie sich mit ein paar von den Typen getroffen hat. Wozu wohl? Zum Briefmarkentauschen?«

Nola lächelte gequält. Im Grunde machte es ja auch gar keinen großen Unterschied. Eine Schwiegertochter, die vor der Webcam posiert hatte, war bestimmt nicht die Frau, die Margit Cassjen sich für ihren Sohn vorgestellt hatte. »Ich denke nicht, dass sie informiert waren. Cord Cassjen wusste es vermutlich auch nicht. Oder glaubst du, dass er sie dann geheiratet hätte.«

»Wohl kaum. Stell dir vor, jemand hätte sie wiedererkannt.«

»Eben.«

Ungewohnt enthusiastisch sprang Conrad von seinem Stuhl hoch. »Es sei denn, Cord Cassjen war selbst einer der beiden Kunden, die sie privat getroffen hat. Soll ja auch Männer mit Helfersyndrom geben. Vielleicht wollte er sie retten.«

»Auf seinem PC hat Hilke nichts Entsprechendes gefunden«, dämpfte Nola seinen Eifer.

»Na und? Nachdem er das Objekt seiner Begierde geheiratet hatte, brauchte er ja keine anderen Frauen mehr. Denk mal an den Spiegel über dem Bett. Wer kommt schon auf so eine Idee?« Conrad grinste siegessicher. »Außerdem war er zu dem Zeitpunkt, als sie vor der Webcam gearbeitet hat, noch mit seiner ersten Frau verheiratet. Das passt doch.«

Nola zwang sich, seine Argumente genau zu durchdenken, ehe sie widersprach. »Irrtum. Die Wirtin der *Deichstube* ist sicher, dass Silvana ihren Doktor erst hier in Leer kennengelernt hat. Das stimmt ja auch mit der Aussage seiner Arzthelferinnen überein.«

Frustriert ließ Conrad sich wieder auf seinen Stuhl plumpsen. »Das kannst du nicht beweisen«, maulte er.

»Für deine Argumentation gilt dasselbe«, hielt sie dagegen. »Wir brauchen unbedingt den Namen des Sexportals. Keine Ahnung, wie lange solche Anbieter die Daten ihrer User aufbewahren, aber das ist wohl unsere einzige Chance, an die Namen zu gelangen. Da kann Hilke sich gleich am Montag dransetzen. Ich denke, damit ist sie eine Weile beschäftigt.«

»Ich kann ihr helfen«, bot Conrad sofort an.

Der Gedanke, dass ausgerechnet Conrad sich tagelang auf schmierigen Sexseiten amüsierte, und das auch noch auf Staatskosten, missfiel Nola. Doch ihr fiel kein Gegenargument ein, außer dass sie ihm das nicht gönnte.

Ein leises Pling verkündete den Eingang einer Nachricht auf ihrem PC. Das Landeskriminalamt hatte eine E-Mail geschickt. Cord Cassjen war nicht der Vater des Säuglings. Sie ärgerte sich über ihre Nachlässigkeit. Das hätte sie schon viel eher in Erfahrung bringen müssen.

Tineke brauchte nur an den Morgen zu denken, um sich unwohl zu fühlen. Alexander war aufgestanden, im Bad verschwunden und hatte sich dort mittels Hemd, Krawatte und Anzug in jemand anderen verwandelt, einen smarten Anwalt, der vor Gericht seinen Willen durchsetzen würde. Kein Wort zum Verlauf des gestrigen Abends, ein Kaffee im Stehen, ein flüchtiger Kuss auf die Wange, bis dann. Sie stellte sich vor, wie er nach der Verhandlung nach Hause raste, wo Ira ihn ungeduldig erwartete, und wie die beiden sich die Kleider vom Leib rissen und er zwischen wilden Küssen versicherte, dass Tineke nichts ahnte. Erst sehr viel später fiel ihr ein, dass der Libanese nicht in diese Story passte, aber vielleicht hatte Alexander sich den auch nur ausgedacht, um sie zu beruhigen.

Gegen Mittag, sie war gerade dabei, die Rechnungen der Lieferanten zu überweisen, meldete ihr Smartphone eine SMS.

Alles gut gelaufen, Kuss, Alexander. Gestern hätte sie sich über diese Nachricht gefreut, heute kam ihr der verrückte Gedanke, dass er sich nur bei der Wahl des Empfängers vertippt hatte und die SMS in Wahrheit für Ira bestimmt war.

Zunehmend lastete es auf ihrer Seele, dass sie der rothaarigen Kommissarin nichts von Silvanas Anruf erzählt hatte. Jetzt war es zu spät. Sie konnte unmöglich zum Präsidium fahren und sagen: *Ach, ich habe vorgestern ganz vergessen zu erwähnen, dass Silvana mich angerufen hat.* Nein. Sie musste wohl oder übel den Mund halten und hoffen, dass niemand davon erfuhr. Möglicherweise war ihr Schweigen sogar als Straftat zu werten, sie wusste es nicht genau und hatte keine Ahnung, wen sie fragen konnte, ohne sich zu verraten. Dabei war sie mit einem Anwalt liiert. *Liiert*, was für ein schreckliches Wort, das sich überhaupt nicht nach Liebe anhörte, eher nach seitenlangen Geschäftsverträgen und eiskaltem Sex in einem Hotelzimmer.

Heute war Freitag, und Alexander würde gegen Abend wiederkommen, um das Wochenende bei ihr zu verbringen, und sie wusste nicht mal genau, ob sie sich darüber freute. Liebte sie Alexander, oder fühlte sie sich so zu ihm hingezogen, weil er Margit von Anfang an gefallen hatte? *Der bringt es weit, halt ihn fest.* Daran dachte Tineke, wenn sie mal wieder enttäuscht war, dass er so wenig Zeit für sie erübrigen konnte. Alexander befand sich gerade an einem sehr wichtigen Punkt in seinem Leben, er versuchte seinem erfolgreichen Vater zu beweisen, dass ein fähiger Anwalt in ihm steckte. Dafür musste eine gute Partnerin Verständnis zeigen. Und sie war eine gute Partnerin, genau, wie sie eine gute Tochter war, eine gute Nichte und eine gute Mitarbeiterin, auf die man sich verlassen konnte.

Hatte sie sich in Alexander verliebt, weil einer wie er normalerweise unerreichbar für sie wäre? Diente er als Beweis, dass es gelungen war, ihre Herkunft hinter sich zu lassen? Heute Morgen hätte Tineke diese Frage nicht beantworten können. Sie war die Tochter von zwei lebensuntüchtigen Alkoholikern, die ihre Tage mit Jammern und Klagen über die böse Welt da draußen verbrachten. Immer trugen die andern die Schuld an ihrem Elend. Ihr Vater hatte inzwischen das Rentenalter erreicht, doch das wenige, das sich mit seinem Schrotthandel verdienen ließ, hatte nicht gereicht, um so viel in die Rentenkasse einzuzahlen, dass er jetzt davon leben konnte. Er musste wohl bis an sein Lebensende weiterarbeiten, seiner Ansicht nach ein Indiz für die soziale Schieflage in diesem Land, wo die Reichen immer reicher und die Armen lebenslang bestraft wurden. Ihre Mutter, die so gut wie nie gearbeitet hatte, schon gar nicht auf Lohnsteuerkarte, rief ständig bei Tineke an und wollte Geld leihen, Geld, das sie nie zurückzahlen würde.

Tineke spürte, dass Alexander sich daran störte, doch er schwieg, weil er den Umgang mit ihren Eltern als ihre ureigene Angelegenheit betrachtete. Diese Haltung war genauso korrekt wie er selbst, und doch wünschte sie sich manchmal einen Partner, der mit der Faust auf den Tisch schlug und sie von den ständigen Zahlungen erlöste.

Der einzige Mensch, der Foline und Henk darauf ansprach, dass ihrer Tochter das Recht auf ein eigenes Leben zustand und darauf, ihr verdientes Geld selbst auszugeben, war Margit. Sie scheute sich auch nicht, die beiden Schmarotzer zu nennen, die ihr einziges Kind nach Strich und Faden ausnutzten.

Nola hatte beschlossen, noch einmal die Nachbarn zu befragen. Vielleicht war ihnen ein Mann aufgefallen, der Silvana regelmäßig besuchte, wenn ihr Mann sich in der Praxis befand. Das Ehepaar Weber hätte so etwas bemerkt, davon war sie überzeugt. Da niemand die Tür öffnete, probierte Nola ihr Glück bei den Nachbarn auf der anderen Seite.

Auf dem Weg zur Haustür musste sie ein Dreirad und einen auf der Seite liegenden Roller umrunden. Die Frau, die die Tür öffnete und sich als Elvira Schubert vorstellte, sah aus, als hätte sie seit Tagen nicht in den Spiegel geschaut. Ihr Haar war mit einem Gummiband am Hinterkopf zusammengefasst, ziemlich unordentlich und ein bisschen schief, sie trug Jeans und ein Shirt, das diverse Flecken zierten, die meisten davon spinatgrün. Das Baby auf ihrem Arm brüllte, hinter ihrem Rücken rissen sich zwei kleine Jungen gegenseitig an den Haaren, irgendwo bellte hysterisch ein Hund. Während sie Nolas Dienstmarke misstrauisch beäugte, schaukelte sie ihr Baby hin und her und forderte gleichzeitig die kleinen Streithähne auf, endlich Ruhe zu geben. »Immer dieser Lärm. Ihr habt Neele geweckt.«

Ihr Vorwurf schien die beiden großen Brüder nicht weiter zu beeindrucken, sie setzten ihren Streit ungerührt fort, indem der kleinere dem größeren eine Holzlokomotive auf den Hinterkopf donnerte. Noch mehr Geschrei.

Die Mutter schaute sich Hilfe suchend um, und ehe Nola sich wehren konnte, hielt sie die kreischende Neele auf dem Arm, die sich untenrum verdächtig feucht anfühlte. Frau Schubert packte die Jungen und riss sie auseinander, einer musste auf der Treppe Platz nehmen und nachdenken – dieser *gute Tipp* stammte aus dem Fernsehen, wie sie erklärte –, der andere wurde mit demselben Auftrag in die Küche geschickt, dann befreite sie Nola von der kleinen Sirene, die, glücklich wieder auf Mamas Arm zu landen, ganz unerwartet verstummte und grinste, wobei ein winziger Zahn sichtbar wurde.

»Um was geht es?« Diese Frau musste Nerven haben wie Drahtseile.

Schnell, bevor das Konzert wieder einsetzte, brachte Nola ihr Anliegen vor.

Frau Schubert lachte. »Sie haben ja gerade erlebt, wie mein Alltag aussieht. Glauben Sie wirklich, dass ich Zeit habe, auf Besucher meiner Nachbarin zu achten? Tut mir leid, da kann ich Ihnen nicht weiterhelfen. Wenn ich mal eine Minute für mich habe, weil die Bagage schläft oder friedlich ist, schmeiße ich mich auf die Couch und lege die Füße hoch.« Sie pustete eine Strähne aus der Stirn. »In der Tatnacht haben wir nichts bemerkt, das habe ich Ihrem Kollegen auch schon gesagt.«

»Ich weiß.« Einzig die Webers hatten den Schuss gehört, das war Nola bekannt, und bis gerade eben hatte sie das noch sonderbar gefunden. Jetzt begriff sie, dass diese Frau nachts schlafen musste wie ein Stein, um solche Tage zu überstehen. »Was können Sie mir sonst über die Cassjens erzählen?«

»Nicht viel. Silvana und ich haben eine Zeit lang zusammen im Kirchenchor gesungen, aber ihr wurde das schnell zu langweilig. Ab und an kam sie mal auf einen

Kaffee rüber. Nicht oft, zum Quatschen hab ich keine Zeit. Wenn ich ehrlich bin, mochte ich sie nicht sonderlich, ihn allerdings noch weniger.« Sie errötete. »Das soll nicht heißen, dass sein Tod mir nicht nahegeht. Um Himmels willen, in dem Alter sollte niemand sterben. Stimmt es denn wirklich, dass Silvana ihn ...?«

»Das wissen wir noch nicht.«

»Ach so. Wie schon gesagt, sie ist nicht mein Fall, und wir haben nicht sonderlich viel Kontakt, aber für eine Mörderin halte ich sie nicht. Silvana erinnert mich immer an diese C-Promis, die man aus dem Fernsehen kennt, Sie wissen schon, was ich meine. Shopping Queen, Bachelor, Dschungelcamp und wie die alle heißen, wo diese geistlosen Blondinen mit Silikonbusen ihr Unwesen treiben. Silvana weiß, wie man steht und geht und wie man sich bückt, damit alle Kerle Stielaugen kriegen. Mein Mann war schwer beeindruckt, hing ständig am Fenster, wenn sie drüben auf dem Bau auf ihren High Heels rumgestöckelt ist. Der Haussegen hier hing ganz schön schief, das können Sie mir glauben. Bis sie zum ersten Mal den Mund aufgemacht hat. Das hat ihn kuriert.« Ihr Lachen zauberte die Müdigkeit aus ihrem Gesicht. »Ihr Geist ist, wie soll ich das sagen, im Verhältnis zu ihrer Oberweite etwas unterentwickelt.«

»Und er? War Cord Cassjen nicht eifersüchtig?«

»Und wie, er hat sie bewacht wie ein Schießhund. Silvana war immer froh, wenn er in die Praxis fuhr.« Sie deutete Nolas erstaunten Blick richtig und lachte unbekümmert. »Das stammt nicht von mir, sie selbst hat das so gesagt, nicht nur einmal. Wenn man die beiden zusammen erlebt hat, lag immer eine merkwürdige Stimmung in der Luft. Ich weiß gar nicht, wie ich das beschreiben soll, so etwas unterschwellig Aggressives. Ihr hat das allerdings keine Angst gemacht, falls Sie das jetzt denken. Im Gegenteil, es hat ihr gefallen. Meiner Meinung nach hat sie ihn sogar mit Absicht provoziert. Bei unserem Straßenfest im letzten Sommer hat er sich volllaufen lassen, ganz stumpf, das war echt peinlich. Mein Mann musste ihn nach Hause bringen, der wusste nicht mal mehr, wo er wohnt. Ich an Silvanas Stelle wäre vor Scham gestorben.«

»Und Silvana?«

»Hat die Gelegenheit genutzt und andere Männer angemacht.«

»Wen zum Beispiel?«

»Keine Ahnung, niemand im Besonderen. Sie ist aber allein nach Hause gegangen, falls Ihre Frage darauf abzielt.«

Unerwartet beschloss Neele, ihr Schreikonzert fortzusetzen. Ihr Bruder verspürte keine Lust, über sich nachzudenken, stattdessen versuchte er, Teppichboden von den Treppenstufen zu reißen, womit er auch Erfolg hatte, wie ein unschönes Ratschen verriet, und in der Küche schepperte es unheilvoll.

»Mehr fällt mir wirklich nicht ein. Ich denke, wenn Silvana regelmäßig Männerbesuch empfangen hätte, würde sich das in der Siedlung rumsprechen. Andere Leute haben ja bedeutend mehr Zeit als ich. Frau Weber zum Beispiel, die weiß über alles und jeden Bescheid. Sie ist Rentnerin und sitzt gern am Fenster.«

Das Chaos im Haus Schubert steuerte mittlerweile einem neuen Höhepunkt entgegen. Die Küchentür wurde aufgerissen, und ein heulender Junge streckte seiner Mutter die blutige Hand entgegen. Nola fiel der Radau in der Küche ein. Da war wohl etwas Zerbrechliches in Scherben gegangen. Frau Schubert ging in die Knie, das schreiende Baby immer noch auf der Hüfte, zauberte ein sauberes Taschentuch aus ihrer Hosentasche, tupfte das Blut von der Kinderhand und versicherte, dass das gar nicht schlimm wäre, während der andere Junge triumphierend ein weiteres Stück Teppich ablöste.

»Können Sie mir zufällig noch sagen, wann man die Webers am besten antrifft?« In Anbetracht des Durcheinanders fand Nola ihre Fragen selbst nervig, und sie hätte gut verstanden, wenn Frau Schubert die Geduld verloren hätte.

»Julian, du lässt das jetzt bitte sein. Guck mal, du machst die ganze Treppe kaputt.« Sie schaute den kleinen Blondschopf eindringlich an. Trotzig schob er die Unterlippe vor.

»Die Webers«, wiederholte Nola leise und leicht beschämt.

»Richtig. Die besuchen ihre Tochter in Bielefeld. Das weiß ich nur, weil sie mich gebeten haben, ein Paket für sie anzunehmen. Sie kommen Anfang nächster Woche zurück. Ein Problem hab ich noch. Wir bewahren einen Ersatzschlüssel von Cord und Silvana auf. Darf ich Ihnen den Schlüssel übergeben?«

Erich war wieder da. Ohne Geld und ohne Caspar. Er blutete aus einer Wunde am Hinterkopf und hielt sich am Türrahmen fest, weil ihm angeblich schwindelig war.

»Silvana hab ich nicht gesehen. Auch kein Auto. Da war nur ein Mann. Er trug eine Mütze mit Augenschlitz, wie ein Motorradfahrer. Dieser Verbrecher hat mich ohne ein Wort niedergeschlagen. Als ich zu mir kam, war ich allein und das Geld verschwunden. Wir haben das total unterschätzt, Margit.«

»Wir?«, kreischte sie. »Du! Du hast gesagt, ich soll mir keine Sorgen machen, du hast alles im Griff. Und jetzt?

Sollen wir vielleicht zur Polizei gehen und erklären, wie blöd wir gewesen sind? Dass wir Silvana auch noch das nötige Geld für die Flucht verschafft haben?« Mit beiden Händen griff sie in ihr Haar und zog daran, bis ihre Kopfhaut brannte. Am liebsten hätte sie ihre Haare büschelweise ausgerissen und Erich in den Mund gestopft. »Hast du Caspar überhaupt zu Gesicht bekommen?«

»Hast du mir nicht zugehört? Da war nur dieser Typ, ich hab ihn nicht mal richtig gesehen. Ehe ich was sagen konnte, lag ich am Boden. Ich war bewusstlos. Ich könnte jetzt tot sein.«

»Wieso hab ich überhaupt auf dich gehört? Keine Mutter der Welt würde ihr Kind verkaufen, nicht mal für so viel Geld. Wir hätten die Polizei einschalten müssen. Mit welchem Wagen waren die da? Hast du dir das Kennzeichen gemerkt?« So, wie Erich sie jetzt anglotzte, brauchte er nicht mal zu antworten. Er hatte sich das Kennzeichen nicht gemerkt, natürlich nicht.

»Ich habe überhaupt kein Auto gesehen, verdammt noch mal! Kapierst du das nicht? Man hat mich niedergeschlagen! Ich bin verletzt! Ich blute!«

»Du bist so ein Versager! So ein mieser, jämmerlicher Versager! Nichts kann man dir überlassen, gar nichts! Wie konnte ich nur eine Sekunde annehmen, dass du das auf die Reihe kriegst? Ausgerechnet du!«

»Ruf bitte einen Arzt, mir ist ganz komisch … mein Herz …«, stöhnte er und sackte ganz langsam vom Stuhl.

»Es tut mir unendlich leid, wirklich.« Sie hörte ihn atmen, schneller als normal, als wäre er aus der Puste oder sehr aufgeregt. »Tineke, ich … ich schaffe es heute Abend nicht. Frühestens morgen Mittag. Ich weiß, dass das blöd ist. Gerade jetzt sollte ich bei dir sein, aber ich krieg es nicht hin. Da ist noch neues Material aufgetaucht, das ich bis Montag durcharbeiten muss. Mein Vater hat es mir gerade auf den Schreibtisch gelegt.« Er schnappte nach Luft. »Irgendwie läuft es gerade nicht so gut, Bienchen. Ich wünschte …« Er brach ab und seufzte.

In vierzehn Monaten hatten sie es immer geschafft, Berufliches vom Wochenende fernzuhalten. »Ich könnte zu dir …«

»Nein!«, rief er erschrocken. »Wie soll ich arbeiten, wenn du mich die ganze Zeit anschaust? Die Versuchung wäre viel zu groß, dass ich mich mit dir und nicht mit meiner Arbeit befasse.« Falls das eine Art Kompliment sein sollte, klang es nicht sonderlich ernst gemeint. Vielleicht war nichts von dem, was er sagte, ernst gemeint, und sie hatte es bislang nur nicht gemerkt. »Morgen. Vierzehn Uhr, spätestens vierzehn dreißig, das müsste ich schaffen.«

»Danke, bemüh dich nicht. Sieht ganz so aus, als würden wir mal eine Auszeit brauchen, ein Wochenende zum Nachdenken.« Ihre Stimme klang kühl und unbeteiligt, auch wenn sie gerade das Gefühl hatte, dass der Boden sich unter ihren Füßen auftat und sie ins Bodenlose fiel.

»Nein, so ist das nicht gemeint, Bienchen. Wirklich nicht«, beeilte er sich zu versichern. »Es ist nur so wahnsinnig kompliziert im Moment. Ich weiß gar nicht, wie ich dir das alles erklären soll. Zu viel Input, tausend Dinge, die ich entscheiden muss, verstehst du? Nein, du verstehst nicht, wie solltest du auch. Sei bitte nicht sauer. Und zweifle nicht an mir, an uns. Wir beide gehören zusammen, das ist gerade die einzige Konstante in meinem Leben.«

»Mach dir keine Sorgen, ich komm schon allein zurecht, das musste ich nämlich mein ganzes Leben. Mach's gut, Alexander.« Sie legte auf, bevor sie vor lauter Tränen kein

Wort mehr rausbringen konnte. Silvana hatte ganz recht mit ihren schrägen Beziehungstipps. Die Männer sollten den Frauen hinterherlaufen und nicht umgekehrt.

Tineke stellte ihr Handy aus und nahm sich vor, es erst am Montagmorgen wieder anzustellen. Es tat gut, den Tränen freien Lauf zu lassen, sich ehrlich einzugestehen, wie enttäuscht sie war, wie groß ihre Zweifel an Alexanders Zuneigung. Als es an ihrer Bürotür klopfte, rief sie unfreundlich: »Jetzt nicht«, weil sie nicht wollte, dass irgendjemand sie so aufgelöst sah.

Plötzlich kam ihr der schreckliche Gedanke, dass Alexander aufgrund des Telefonates doch noch kommen könnte, genauso reserviert wie nach ihrem gestrigen Streit und überhaupt nicht bereit, ein offenes Gespräch zu führen. Der Gedanke machte ihr Angst, sie wollte ihm nicht begegnen, nicht jetzt. Nein, sie würde das gesamte Wochenende außer Haus verbringen. Warum sollte sie sich nicht auch mal etwas gönnen, etwas ganz und gar Überflüssiges wie zwei Tage in einem Wellnesshotel? Andere Frauen machten das andauernd. Nach kurzer Recherche im Netz wurde Tineke fündig. Die *Wohlfühloase*, wie das Hotel sich vielversprechend nannte, lag in der Nähe von Osnabrück und versprach Erholung für Körper und Seele. Sie buchte ein Zimmer und machte mit schlechtem Gewissen vorzeitig Feierabend, zum ersten Mal, seit sie für Margit arbeitete.

In ihrer Wohnung packte sie in aller Eile das Nötigste zusammen, getrieben von der Furcht, dass Alexander in der Tür stehen könnte, und brachte im Laufschritt die Tasche zu ihrem Auto. Sie klingelte drüben bei Margit, um sich abzumelden. Da niemand öffnete, steckte sie einen Zettel in den Briefkasten.

Ich bin über das Wochenende weg.
Du kannst mich telefonisch nicht erreichen.
Bis Montag, Tineke.

Als sie auf die A31 bog, brannte der Name *Alexander* bereits auf ihrer Zunge wie etwas, das dort nicht hingehörte, und die Erinnerungen an ihn fühlten sich an wie Fremdkörper in ihrer Brust, kleine, spitze Steinchen, die bei jedem Atemzug schmerzten und die sie unbedingt loswerden musste, um wieder Luft zu bekommen.

Als Jens Margit hereinführte, fiel Renke als Erstes auf, dass ihre Jacke schief zugeknöpft war und eine merkwürdige Falte über der Brust warf. Ohne ein Wort zu sagen, ließ sie sich auf den nächstbesten Stuhl fallen. Aus der Nähe betrachtet, schien Margit plötzlich um zehn Jahre gealtert zu sein, ihr Augen-Make-up war verschmiert, graue Schatten ließen die Wangen eingefallen wirken, und über den Lippen zeigten winzige Fältchen steil nach oben. Immer wieder strich sie ihr Haar zurück, und Renke fiel auf, dass einer ihrer Fingernägel abgebrochen war. Sie hatte sich nicht mal die Zeit genommen, die Kante gerade zu feilen. Außerdem roch sie nach Schweiß, so penetrant, dass er sich auf seinem Stuhl zurücklehnte, um so wenig wie möglich von ihrer Ausdünstung einatmen zu müssen.

»Was führt dich zu mir?«

»Mein Lebensgefährte liegt in der Klinik, eine Platzwunde am Hinterkopf und Verdacht auf Gehirnerschütterung«, brach es aus ihr heraus.

»Ein Unfall?«

»Schön wär's!«, schnaubte sie verächtlich. »Man hat mich erpresst. Fünfhunderttausend Euro sollte ich zahlen und dafür Caspar bekommen. Erich hat das Geld übergeben, dieser...« Sie wedelte mit der Hand durch die Luft. »Dieser hirnlose Trottel.«

»Wo ist das passiert?«

»Hinter dem Friedhof, an der Kapelle, wo die Leichenwagen immer halten, wenn sie einen Sarg bringen.« Das, was Margit jetzt schilderte, war so unglaublich, dass Renke es nicht fassen konnte.

»Das ist nicht dein Ernst, Margit. Eine gestandene Geschäftsfrau wie du. In jedem popeligen Fernsehkrimi kannst du sehen, dass eine Lösegeldübergabe ohne Polizei nicht funktioniert. Warum seid ihr nicht sofort hergekommen?« Da sie trotzig schwieg, redete er weiter. »Wie haben sich die Erpresser überhaupt mit euch in Verbindung gesetzt?«

Sie öffnete ihre Handtasche, kramte hektisch darin herum und knallte einen mehrfach zusammengefalteten Zettel auf den Tisch, den sie so heftig auseinanderrupfte, dass er an einer Seite einriss. »Keine Polizei, steht hier, und selbstverständlich haben wir uns daran gehalten.«

»Selbstverständlich.« Er gab sich keine Mühe, die Ironie in seiner Stimme zu verstecken.

»Ich sehe ja ein, wie idiotisch das war. Aber wenn man selbst betroffen ist, sieht die Welt plötzlich anders aus. Wir wollten alles richtig machen. Erich hat mir feierlich versprochen, dass er Caspar nach Hause bringt«, flüsterte sie rau. »Und ich hab mich noch über diesen ungewohnten Anflug von Heldenmut gewundert. Ja, mein Lebensgefährte hat mich beeindruckt, zum ersten Mal seit vielen Jahren.« Sie lachte bitter. »Und jetzt ist das Geld weg, der ach so kluge Erich liegt in der Klinik, und Silvana...«

Er hob die Hand, um ihren Redefluss zu unterbrechen. »Moment. Woher willst du wissen, dass deine Schwiegertochter hinter der Erpressung steckt?«

»Wer denn sonst?« Verlegen senkte sie den Blick und kratzte sich mit beiden Händen an der Stirn, wo sich sofort rote Striemen bildeten. »Versteh doch, ich musste es versuchen! Es schien die einzige Möglichkeit, ihn wiederzubekommen.« Wütend funkelte sie ihn an. »Ihr kommt ja nicht von der Stelle. Diese Kommissarin verplempert ihre Zeit mit lächerlichen Verdächtigungen, anstatt nach Caspar zu suchen. Frag nicht, wie oft ich schon den Oberstaatsanwalt angerufen habe. *Wir tun, was wir können.* Ich kann es nicht mehr hören.«

»Wir hätten zumindest verhindert, dass der Erpresser mit dem Geld verschwindet«, erwiderte Renke mit schneidender Stimme. Gemessen daran, wie blödsinnig sie und ihr Landrat sich verhalten hatten, waren ihre Vorwürfe an die Polizei eine Frechheit.

»Das Geld«, schnaubte sie. »Allen geht es nur ums Geld. Ob du es glaubst oder nicht, ich scheiß auf das Geld. Ich möchte meinen Enkelsohn zurück, Cornelius' Enkelsohn! Sein Fleisch und Blut! Er gehört zu mir!« Bei den letzten Worten schlug sie mit der Faust gegen ihren Brustkorb.

»Wie kommst du denn darauf? Du bist doch nicht seine Mutter!«

»Seine Mutter ist geisteskrank. Eine Verbrecherin. Dort kann er nicht bleiben. Ich habe schon Kontakt mit dem Jugendamt aufgenommen. In so einem Fall kann man ihr das Sorgerecht entziehen. Sobald sie auftaucht, werde ich das veranlassen. Mein Enkelsohn wird nicht im Gefängnis aufwachsen!«

In ihrer Stimme funkelte so viel Selbstherrlichkeit, dass Renke einfach widersprechen musste. »Wenn du dich da mal nicht irrst. Es ist durchaus üblich, dass weibliche Häftlinge ihre Säuglinge bei sich behalten.«

»Das werde ich zu verhindern wissen«, fauchte sie ihn an.

Ja, dachte er, *das kann ich mir lebhaft vorstellen.* »Zurück zu der Erpressung. Wie lief das Ganze überhaupt ab?«

»Jemand hat angerufen. Ein Mann. Er hat den Ort und die Uhrzeit genannt und verlangt, dass Erich allein kommt.«

Beinahe hätte er laut gelacht. Das hörte sich an wie eine Szene aus einem mittelmäßigen Film. »Ich kann es nicht glauben, Margit. Du stellst eine halbe Million Euro bereit ohne jeden Nachweis, dass der Verfasser dieses Briefs, beziehungsweise der Anrufer, überhaupt etwas mit der Sache zu tun hat? Ist dir überhaupt nicht der Gedanke gekommen, dass hier jemand die Chance gewittert hat, auf die Schnelle an viel Geld zu gelangen? Habt ihr keinen Beweis verlangt, dass Caspar sich in der Obhut dieses Anrufers befindet?« *Dass er überhaupt noch lebt*, hätte er beinahe noch gesagt, denn selbst glaubte er nicht mehr wirklich daran.

»Wir wollten ein Foto von Caspar und der aktuellen Tageszeitung verlangen. Aber der Mann hat so schnell aufgelegt, dass Erich die Forderung gar nicht mehr stellen konnte. Er hat aber ein Baby schreien gehört. Und eine Frau, die ein Kinderlied gesungen hat. *Der Mond ist …*« Abrupt brach sie ab und schlug sich mit der flachen Hand gegen die Stirn. »Gott, das ist wirklich absolut lächerlich! Warum habe ich den Quatsch auch nur eine Sekunde geglaubt?«

»Wo hast du überhaupt innerhalb von so kurzer Zeit so eine große Summe Bargeld aufgetrieben? Hat die Bank sich nicht gewundert?« Normalerweise wäre das Geldinstitut verpflichtet gewesen, bei einer derart großen Geldbewegung die Polizei zu informieren, zumal jeder wusste, dass Silvana und ihr Baby verschwunden waren.

»Das Geld stammt nicht von meinen Konten. Ich bewahre größere Summen in meinem Tresor und verschiedenen Schließfächern auf.«

»An der Steuer vorbei«, schlussfolgerte Renke. Ihm war bewusst, dass viele wohlhabende Menschen solche Schwarzgelddepots anlegten, um Steuern zu sparen. Eine halbe Million erschien ihm allerdings sehr viel. Andererseits hatte er keine Ahnung, wie viel Margit mit ihrem Schnaps verdiente.

Trotzig schob sie das Kinn nach vorn. »Und wenn schon. Ich zahle genug an den Staat, das kannst du mir glauben. Es existieren weder Nummernkonten in der Schweiz noch in Luxemburg. Ich bin Martinsfehntjerin und zahle meine Steuern vor Ort, immer schon. Da bin ich ganz altmodisch.«

Bis auf das unversteuerte Geld im Safe, dachte Renke, *eine halbe Million, wahrscheinlich noch viel mehr.* Aber dass Margit über kein Unrechtsbewusstsein verfügte und er ihre Einstellung bestimmt nicht mit ein paar ernsten Worten ändern konnte, war ihm klar. Diese Art von Belehrung konnte er sich sparen.

»Gut. Das soll jetzt nicht unser Thema sein. Wie war das Geld verpackt?«

»In einer Reisetasche aus hellem Leder.«

»Hersteller? Besondere Kennzeichen?«

»Ich glaube, sie ist von *Picard*. Ja, ich bin mir ganz sicher. Ein älteres Modell, einer der Henkel ist angerissen, und beim Reißverschluss musste ich den Zipper durch eine Büroklammer ersetzen. Deshalb benutze ich die Tasche nicht mehr.«

Renke nickte. »Vermutlich gibt es keine Aufzeichnungen über die Nummern der Scheine, richtig?«

»Richtig«, erwiderte sie und warf ihm einen genervten Blick zu. »Das hätte ja ewig gedauert. Und mal ehrlich …« Sie schniefte. »Wenn ich in der Lage gewesen wäre, so logisch zu denken, wäre das alles gar nicht passiert. Wir haben ernsthaft diskutiert, ob es Sinn macht, die Polizei einzuschalten, aber das erschien uns zu gefährlich. *Keine Polizei,* stand im Brief.«

»Was hast du denn überhaupt gedacht? Zum Beispiel über den Mann am Telefon? Du musst doch eine Vorstellung gehabt haben.«

»Ich dachte… nein, wir dachten«, verbesserte sie sich. »Dass Silvana einen Helfer hat. Einen anderen Mann. Die Ehe verlief nicht so glücklich, wie alle glauben. Silvana war eine Verschwenderin, so viel Geld, wie sie ausgab, konnte Cord mit seiner Praxis gar nicht verdienen.«

»Ein anderer Mann. Denkst du dabei an jemand Bestimmten?«

»Nein. Das rauszufinden ist ja wohl eure Aufgabe.«

Er nickte. »Genau. Leider fällt dir das recht spät ein.«

Nach Renkes Anruf hatten sie sich vor dem Klinikum verabredet. Die unglaubliche Geschichte von der geplatzten Lösegeldübergabe konnte Nola kaum glauben. Auf das, was der Landrat zu erzählen hatte, war sie wirklich gespannt. Dass der Mann so ein Idiot war, konnte sie kaum fassen. Noch weniger konnte sie allerdings fassen, dass sie unverrichteter Dinge wieder fahren mussten. Aus Sicht der behandelnden Ärzte war er vorläufig nicht vernehmungsfähig.

»Das stinkt doch zum Himmel«, schimpfte sie im Fahrstuhl. »Der *will* nicht mit uns reden. Und der Chefarzt ist wahrscheinlich sein Duzfreund, genau wie unser Oberstaatsanwalt.« Sie schlug mit der flachen Hand auf die Knöpfe, mit denen man die Etage auswählen konnte.

»Ruhig Blut, oder willst du, dass wir zwischen den Stockwerken stecken bleiben? Ist das vielleicht deine Masche, sich ledigen Männern zu nähern?«, grinste Renke. »Raffiniert, aber nicht ganz ungefährlich.«

Seine Worte und noch viel mehr sein Grinsen brachten Nola in Verlegenheit. »Ich neige zu Platzangst und würde hier drinnen durchdrehen, nur zu deiner Information. Cord Cassjen ist übrigens nicht Caspars Vater.«

»Schau mal an. Die Dame hat es also tatsächlich faustdick hinter den Ohren.«

»Weißt du noch, dass sie Erich Loening als Vater ihres Babys bezeichnet hat?«

»Sie hat seinen Namen genannt, aber nicht direkt behauptet, dass er der Kindsvater ist«, berichtigte Renke. »Zudem ist die Frau verwirrt. Ihre Aussagen sind mit Vorsicht zu genießen.«

»Was nicht bedeuten muss, dass *nichts* von dem, was sie gesagt hat, stimmt. Ein Teil kann durchaus der Wahrheit entsprechen. Warum soll er nicht der Vater sein?«

»Kann er durch Wände gehen? Glaubst du das auch?«

»Ein Teil kann stimmen, hab ich gesagt, dieser Teil natürlich nicht. Wenn er demnächst spurlos verschwunden ist, wissen wir Bescheid. Dann haben die beiden sich mit der halben Million abgesetzt. Vielleicht hat die Frau uns doch etwas vorgespielt, und sie ist in Wahrheit kerngesund.«

»Du meinst, die beiden haben das gemeinsam geplant, und sie hat ihm am Friedhof eins über den Schädel gezogen, damit er nicht in Verdacht gerät. Hm, dann hat sie aber eine verdammt harte Schlaghand. Er musste immerhin genäht werden. So eine Freundin möchte ich nicht haben.« Renke griff sich an den Hinterkopf und verzog das Gesicht zu einem schiefen Grinsen. »Deine Theorie hat einen Fehler. Du vergisst, dass ein Landrat eine sehr gute Pension bezieht. Der muss nicht straffällig werden, wenn er beschließt, mit einer anderen Frau ein neues Leben anzufangen.«

Das mochte stimmen, dennoch war Nola nicht bereit, ihre Theorie gleich wieder ad acta zu legen. »Vielleicht planen sie etwas Großes. Eine Ranch in Amerika, was weiß ich.«

Die Tür glitt beinahe lautlos auf, und eine genervt wirkende Schwester schob einen noch genervter wirkenden Mann im Rollstuhl herein. Sein unfreundliches *Moin* hatten sie vermutlich Renkes Uniform zu verdanken.

»Ich lasse seine DNA mit der des Säuglings vergleichen«, erklärte Nola. Der Mann im Rollstuhl riss die Augen auf.

»Dafür brauchst du seine Einwilligung.«

»Oder einen richterlichen Beschluss. Den krieg ich auf jeden Fall. Seine Handydaten lass ich auch auslesen.« Der Rest war nicht für die Ohren der interessierten Mithörer bestimmt, also stellte Nola sich auf Zehenspitzen und flüsterte: »Mal schauen, wo der gute Landrat so unterwegs war in den letzten Tagen. Vielleicht finden wir auf diese Weise Silvanas Versteck. Der war mir die ganze Zeit nicht geheuer. Du sollst sehen, die haben was miteinander. Vielleicht haben sie sich tatsächlich über diesen Webcam-Mist kennengelernt.«

Ein melodisches Pling verriet, dass sie im Erdgeschoss angekommen waren. Während sie die Halle durchquerten, wollte Renke wissen, wie sie das Wochenende verbringen würde.

»Ich fahr morgen früh nach Hannover. Da bin ich auf einer Hochzeitsfeier eingeladen. Den Sonntag verbringe ich mit meinen Eltern.«

»Schade. Ich wär gern noch mal mit dir ins *Tennessee* gegangen. Aber wenn du keine Zeit hast …«

Die Art, wie er das sagte und sie dabei anschaute, ließ

Nola erröten. Jetzt hatte sie gar keine Lust mehr auf die Hochzeit.

SAMSTAG, 8. JUNI

An der Kasse hatte Jutta Giese urplötzlich diese Unruhe gespürt und gewusst, dass sie sofort nach Hause fahren musste.

»Gerhard?« Sie ließ die Einkaufstasche fallen und riss die Tür zum Wohnzimmer auf. Später würde sie sich fragen, woher sie gewusst hatte, wo sie ihn finden würde.

Vor zwei Jahren hatten sie das Zimmer renoviert und nachträglich alte Eichenbalken unter die Decke ziehen lassen, mit zwei dicken Ständern, die aussahen, als würden sie tatsächlich die Deckenlast tragen. Es sah täuschend echt aus, und sie hatten schon viel Lob für diesen Einfall bekommen. Gerhard hing an einem der Balken, direkt vor dem Fenster zum Garten, als hätte er zum Schluss noch etwas Schönes vor Augen haben wollen. Er hatte sie nach dem Frühstück gebeten, ein paar Dinge zu besorgen. Jutta hatte sich ein wenig geärgert, weil er die Sachen selbst hätte erledigen können, sich aber gefügt, vielleicht weil sie ihm angesehen hatte, dass er nicht mit sich reden lassen würde. Jetzt war ihr klar, dass er Zeit gebraucht hatte, um sich in aller Ruhe umzubringen.

Ihre Tochter studierte in England. Sie würde ihr das Geld für einen Flug überweisen müssen, Laura war immer knapp bei Kasse, obwohl ihr Vater eine Sparkasse leitete. Darüber hatten sie immer Witze gemacht.

Jutta konnte sich nicht von der Stelle rühren, als hätte ihr Körper vergessen, wie das ging. Laufen. Die Arme heben. Den Mund öffnen und etwas sagen. Nichts davon kriegte sie hin. Später, viel später, entdeckte sie den Brief auf dem Tisch, eigentlich eine Postkarte mit einem Herzen aus roten Rosen, seinen letzten Gruß.

Liebste Jutta, es gibt keinen anderen Ausweg.
Ich habe gehofft, dass alles gut ausgeht. Vergeblich.
Es tut mir so leid. Dein Gerhard.

Das Werkzeug hieß Rheinische Hacke. Er hatte viel Geld dafür bezahlt, aber das hatte sich auch gelohnt. Man konnte damit unglaubliche Kräfte entwickeln. Zuschlagen und zerstören. Sie wehrte sich mit allen Kräften. Immer, wenn er glaubte, ihr den finalen Schlag versetzt zu haben, richtete sie sich wieder auf. Gerade als er ausholen wollte, um ihr einen weiteren, tödlichen Hieb zu versetzen, bimmelte sein Handy. Fluchend schleuderte er die Hacke auf den Boden.

»Nordmann.« Das, was er hörte, ließ ihn die widerspenstige Brombeerhecke vergessen, mit deren Rodung er seit zwei Wochen beschäftigt war. Hauptkommissar Renke Nordmann sparte sich auch den Hinweis, dass Samstag war und er außer Dienst. »Okay, ich komme gleich.«

Er zog die Arbeitshandschuhe aus, ließ sie einfach auf den Boden fallen und griff nach der Sweatjacke, die er vorhin über den Griff der Schubkarre geworfen hatte. Flüchtig schaute er an seinem Körper hinunter und begutachtete den Zustand seiner Hände. Auf den ersten Blick wirkten sie sauber, das musste reichen. Auf dem Revier zog er eine frische Uniform an. Er nahm die Waffe aus dem Safe, obwohl er wusste, dass er sie nicht brauchen würde.

Der Leiter der Sparkassenfiliale Martinsfehn hatte sich das Leben genommen. Am Wochenende waren die Kollegen aus Leer für sein Revier zuständig. Einer der beiden, den er noch aus seiner Zeit bei der Kripo Leer kannte, hatte ihn angerufen und gefragt, ob es irgendwelche Gerüchte über den Mann gab, die den Suizid erklären könnten, und er hatte verneint. Ganz kurz war es ihm in den Sinn gekommen, seine Arbeit fortzusetzen. Doch Gerhard Giese war nicht irgendwer. Wenn er einen Grund sah, sich im Wohnzimmer aufzuknüpfen, musste der gewichtig sein, und Renke als Dienststellenleiter wollte ihn erfahren.

Selbstmorde gehörten zum Polizeialltag, laut Statistik handelte es sich bei jedem hundertsten Todesfall um einen Suizid, Tendenz steigend. Oft ließ sich nicht mehr nachvollziehen, weshalb Menschen freiwillig aus dem Leben schieden, weil längst nicht jeder Selbstmörder einen Abschiedsbrief hinterließ. Letztlich lagen die Gründe überwiegend im privaten Bereich, Eheprobleme, eine unheilbare Krankheit oder depressive Störungen.

Renke stand in dem großzügigen Wohnzimmer der Gieses und starrte auf den Toten. Den Anblick einer strangulierten Leiche fand er immer wieder furchtbar. Das Gesicht war dunkel angelaufen, die Zunge quoll aus dem halb geöffneten Mund, die Augen schienen aus den Höhlen treten zu wollen. Ob Herr Giese wohl eine Sekunde darüber nachgedacht hatte, was er seiner Frau mit diesem Anblick zumutete? Wie immer in solchen Situationen verspürte Renke eine leichte Wut auf den Toten, der sich so rücksichtslos davongemacht hatte.

Die beiden Kollegen aus Leer schienen erfreut über sein Auftauchen. Bislang war es ihnen noch nicht gelungen, so etwas wie eine Kommunikation mit der Witwe aufzubauen, und sie hofften, dass Renke das übernehmen würde. Behutsam legte er seinen Arm um die zuckenden Schultern von Jutta Giese.

»Ich war zu spät«, wiederholte sie stoisch, und er beteuerte unentwegt, dass sie ihrem Mann nicht mehr hätte helfen können.

An dem Selbstmord konnte kein Zweifel bestehen. Gerhard Giese hatte seine Frau gebeten, ein paar Besorgungen für ihn zu erledigen. Ein Anzug musste aus der Reinigung geholt werden, ein Buch, das er gestern telefonisch vorbestellt hatte, aus der Buchhandlung. Im Geschäft hatte Frau Giese sich noch gewundert, weshalb ihr Mann sich mit Trauerarbeit auseinandersetzen wollte, jetzt wusste sie es, das Buch war für sie bestimmt. Als sie wieder nach Hause kam, hing ihr Mann bereits an dem Balken im Wohnzimmer. Sie war ganz sicher, dass er den Abschiedsbrief selbst geschrieben hatte. Die gelbe Wäscheleine mit Stahleinlage hatte sie erst vor zwei Tagen gekauft, um die brüchig werdende Leine im Garten auszutauschen. Ihr Mann wollte das am Wochenende erledigen.

»Sie sollten sich in die Küche setzen. Das hier ist jetzt wirklich nicht der Ort, an dem Sie sich aufhalten sollten.« Er schob sie mit sanfter Gewalt durch die Tür und setzte sie auf einen Stuhl, von dem aus sie ihren toten Mann nicht sehen konnte. Auf der Spüle stapelte sich das Frühstücksgeschirr von zwei Personen. Frau Giese würde nie wieder mit ihrem Mann gemeinsam eine Mahlzeit einnehmen, ihr Leben war soeben in zwei Teile zerbrochen, in vorher und nachher, ein Zustand, den Renke viel zu gut kannte. »Kann ich jemanden für Sie anrufen?«

Kopfschütteln. »Geht schon«, würgte sie hervor. »Geht schon.«

»Gut, ich lasse Sie jetzt einen Moment allein.« Er zwang sich, an seine Arbeit zu denken.

Der Hausarzt stellte den Totenschein aus, allerdings war

in so einem Fall eine Obduktion gesetzlich vorgeschrieben. Die Leiche musste also nach Oldenburg in die Rechtsmedizin transportiert werden. Ein Bestatter war bereits bestellt. Viel gab es hier nicht für ihn zu tun, er musste warten und noch mal mit der Frau reden.

Jutta Giese konnte sich keinen Grund für den Suizid vorstellen. Keine ernsthafte Erkrankung, was auch der Hausarzt bestätigte, keine finanziellen Sorgen, auch wäre ihr Mann keinesfalls depressiv gewesen, eher im Gegenteil. »Er hat so gern Witze erzählt«, schluchzte sie. Sie hatten sich auf die Zeit nach seiner Berentung gefreut, große Reisen mit dem Wohnmobil geplant. »Darüber konnten wir stundenlang reden. Gerhards großer Traum war es, einmal im Leben zum Karneval nach Rio zu fliegen. Das haben wir uns fest vorgenommen. Und einmal den Indian Summer in Kanada zu erleben.« Sie presste ihre Handflächen gegen die Wangen. »Warum hat er das gemacht? Warum? Warum?« Ihre Stimme wurde immer lauter, als könnte sie so eine Antwort erzwingen.

»Ich weiß es nicht«, sagte Renke sanft. »Es wirkt aber so, als hätte er schon länger darüber nachgedacht. Sie sagten doch, dass er das Buch gestern bestellt hat.«

»Ja. Gestern. Ein ganz normaler Tag. Ein Tag wie jeder andere.« Sie begann wieder zu weinen. »Unser letzter gemeinsamer Tag. Ich hab das nicht gewusst, er wohl. Wie konnte er nur? Wie konnte er mir das antun?«

SONNTAG, 9. JUNI

»Gib her, das ist meine, die hab ich gefunden! Arschloch!« Das war das schlimmste Schimpfwort, das der achtjährige Philipp kannte. Wenn er seinen älteren Bruder so titulierte, musste schon etwas Schwerwiegendes vorgefallen sein.

Moritz lachte nur. »Die ist nichts für dich, du Baby. Wo hast du die überhaupt her?«

»Ich hab gesehen, wie jemand sie weggeworfen hat«, schluchzte Philipp, dem klar wurde, dass sein Bruder die Pistole nicht hergeben würde. Noch nie in seinem Leben hatte er so etwas Großartiges besessen, sie gehörte ihm allein, weil er sie aus der Pflanze gezogen hatte, trotz der ekligen Stacheln und der dicken Spinnen. Abends war Mama superböse geworden, weil sein neues Shirt ganz dreckig geworden war und ein bisschen kaputt am Ärmel. *Wo warst du?*, hatte sie ihn angebrüllt, und er war so stolz, dass er sich nicht verraten und die ganze Schimpferei über sich hatte ergehen lassen.

»Wenn du sie nicht hergibst, ruf ich Mama!«

»Halt die Klappe, du Heulsuse. Wenn Mama hört, dass du eine Pistole zwischen deinen Autos versteckst, kannst du was erleben. Und behalten darfst du sie sowieso nicht.«

»Doch!«, schniefte Philipp, obwohl er nicht daran glaubte. Seine Mutter würde ihm die Pistole wegnehmen, darum hatte er sie ja in der Kiste mit den Matchboxautos aufbewahrt, ganz unten, wo niemand sie sehen konnte. Wie hätte er ahnen sollen, dass Moritz ihn beschuldigen würde, seinen roten Range Rover geklaut zu haben, was gar nicht stimmte, und dann zum Beweis die Plastikbox mit den Autos auskippte. Warum war ihm bloß kein besseres Versteck eingefallen?

»Die gehört mir, gib sie zurück!«, brüllte er verzweifelt und stürzte sich mit seinem ganzen Gewicht auf seinen älteren Bruder, der, überrumpelt von dem plötzlichen Angriff, ins Straucheln geriet, die Pistole aber nicht losließ.

Sie rangen um die Waffe. Moritz krampfte seine Finger um den Griff und versuchte, Philipp mit der Pistolenmündung gegen die Brust zu schlagen. Philipp hörte einen lauten Knall, dann war alles schwarz.

Margit hatte das Gefühl, sich langsam in ihre Bestandteile aufzulösen. Gerade hatte sie im Spiegel entdeckt, dass ihr Mittelscheitel nach links verrutscht war, und sie fragte sich, ob das eine Bedeutung haben könnte, zum Beispiel die, dass ihre innere Mitte aus dem Gleichgewicht geraten war. Ihre Strumpfhose warf beharrlich Falten über den Knöcheln, egal, wie oft sie das richtete. Ihre Fingernägel brachen ab, und die Haut auf den Oberschenkeln juckte wie verrückt, sie musste sich zusammenreißen, um sich nicht blutig zu kratzen. Heute früh hatte sie die Kaffeemaschine angestellt und vergessen, Kaffeepulver in den Filter zu geben. Aber wie sollte ein Mensch bei solchen Nachrichten auch ruhig bleiben?

Sie wanderte vor Erichs Krankenbett auf und ab, hätte ein Himmelreich für eine Zigarette gegeben oder wenigstens einen starken Kaffee, besser noch einen Schnaps. Abrupt blieb sie stehen. »Hast du es schon gehört?«

»Was?«, fragte Erich desinteressiert.

»Gerhard ist tot. Er hat sich das Leben genommen.«

Sein Mund klappte auf und wieder zu, und sie musste an einen Goldfisch denken. Das Glas mit Mineralwasser, das er gerade zum Mund führen wollte, ließ er einfach los. Es fiel zuerst auf das Kissen, wo sich sofort ein nasser

Fleck bildete, dann auf den Boden, ging aber nicht kaputt. »Sag das bitte noch mal. *Unser* Gerhard?«

Mit einem Schritt war sie an seinem Bett und zerrte das nasse Kissen unter seinem Kopf hervor, um es auf den kleinen Tisch vor dem Fenster zu werfen. »Kennst du noch einen? Ja, dein Freund Gerhard. Er hat sich aufgehängt. Jutta hat ihn gefunden, gestern, sie muss fix und fertig sein.« Gerhards Frau, eine kleine, rundliche Blondine, sammelte Kochbücher und lud gern viele Leute zum Essen ein. Sie verkörperte genau den Typ Frau, den Margit nicht ausstehen konnte. »Niemand kann erwarten, dass ich mich jetzt um Jutta kümmere, oder? Schließlich haben wir selbst einen Todesfall in der Familie, und du liegst in der Klinik. Außerdem sind das deine Freunde und nicht meine.«

»Wann ist es passiert?«, fragte er mit gepresster Stimme. Die Nachricht schien ihn wirklich zu treffen, er sah richtig grau aus, fast wie damals nach dem Infarkt.

»Gestern. Ruth hat angerufen, ihre Nachbarin putzt bei Gerhard und Jutta, und die hat es ihr erzählt. Es muss also stimmen. Glaubst du, dass er krank war? Krebs oder so? Depressiv kam er mir jedenfalls nicht vor. Oder?«

»Ich weiß es nicht.« Erich faltete die Hände, als würde er ein stilles Gebet für seinen Freund sprechen.

Margit fragte sich, was das Beten bringen sollte.

Insgeheim hatte Tineke doch damit gerechnet, dass Alexander sich am Samstag auf den Weg gemacht hatte, ganz romantisch mit roten Rosen, so wie im Kino, Rosen, die vor ihrer Haustür auf sie warteten, zusammen mit ihrem völlig übermüdeten Freund, der die Nacht in seinem Auto verbracht hatte, weil er sein Verhalten bereute und befürchtete, sie zu verlieren. Alberne Kleinmädchenträume. Keine Rosen vor der Tür, kein zerknirschter Alexander, natürlich nicht, so etwas passierte nur den anderen. Ihr Herz schrumpfte zu einem kleinen, harten Klumpen zusammen. Sie schaffte es, ihr Handy nicht anzurühren, obwohl sie die Ungewissheit, ob er auf die Mailbox gesprochen oder wenigstens eine SMS geschickt hatte, kaum aushielt. Doch wenn es sein musste, konnte Tineke sehr konsequent sein, und gerade jetzt musste sie es unbedingt sein.

Als sie die Wohnungstür aufschloss, gab es einen lauten Knall, der eindeutig aus dem Wohnzimmer kam. Vor Schreck fiel ihr die Handtasche auf den Boden. Zu ihrer Beruhigung sah der Raum aus wie immer, bis auf die Gardine, die schief hing und im Türrahmen klemmte. An der Stellung des Griffs erkannte sie, dass die Terrassentür geöffnet war. Durch das Öffnen der Wohnungstür war Zugluft entstanden und die Terrassentür zugeknallt. Solange Tineke hier lebte, immerhin drei Jahre, hatte sie noch nie vergessen, die Tür zu schließen, bevor sie die Wohnung verließ, genauso wie sie niemals versäumte, vor dem Schlafengehen Türen und Fenster zu kontrollieren.

Nachdem sie die Gardine befreit und den Türgriff nach unten gelegt hatte, versuchte Tineke, sich an den Verlauf des Freitags zu erinnern. Ein Morgen wie jeder andere, aufstehen, duschen, anziehen, frühstücken, das Bett machen und rüber in die Firma laufen. Nein, berichtigte sie sich sofort, nicht ganz, Alexander hatte hier geschlafen und vor ihr die Wohnung Richtung Oldenburg verlassen. Dennoch hatte kein Anlass bestanden, die Terrassentür zu öffnen, und sie war mehr als sicher, dass sie das auch nicht getan hatte. Am Nachmittag, nach dem schrecklichen Telefonat mit Alexander, hatte sie vom Büro aus das Hotel gebucht, sie hatte eine Stunde eher Feierabend gemacht, in aller Eile ihre Sachen gepackt und war losgefahren. Tineke ging davon aus, dass sie vor der Abreise noch mal die Position des Griffs überprüft hatte, sie konnte es aber nicht beschwören. Mit Sicherheit wusste sie aber, dass sie die Tür nicht geöffnet hatte, weder morgens noch nachmittags. Irrtum ausgeschlossen. Ihr fiel ein, dass Alexander am Donnerstag bis weit nach Mitternacht an seinen Unterlagen gesessen hatte, während sie schon im Bett lag und schlief. Falls er aus unerfindlichen Gründen die Terrassentür geöffnet hätte, vielleicht weil er Sauerstoff brauchte, um wach zu bleiben, hätte er sie wieder geschlossen. Genau wie sie war er ein gewissenhafter Mensch.

Mit einem Ruck fuhr sie herum. War sie überhaupt allein in ihrer Wohnung? Angestrengt hielt sie den Atem an, was ihr schwerfiel, und lauschte in die Stille. Sollte sie sofort die Wohnung verlassen und mit männlicher Verstärkung zurückkehren? Aber wer kam dafür infrage? Erich, der keiner Fliege was zuleide tun konnte, Ocko mit seinen siebzig Jahren oder gar die Polizei? *Ruf Margit an, mit der legt sich keiner an.* Dieser Gedanke ließ sie kichern, obwohl sie keinen Laut von sich geben wollte. Doch das Lachen sprang ihr aus allen Poren, es hüpfte in ihrem Oberkörper auf und ab, bis sie nach Luft schnappen musste. Herrgott, hier war niemand. Und doch holte sie das lange, spitze Fleischmesser aus der Küchenschublade neben dem Kühlschrank und streckte es kämpferisch nach vorn, bevor sie die Tür zum Schlafzimmer aufstieß und dort, als sie keinen Einbrecher entdecken konnte, in die Knie ging, damit sie auch noch unter dem Bett nachsehen konnte.

Anschließend inspizierte sie jeden Schrank und jede Schublade und war mehr als erleichtert, dass nichts fehlte.

Auch der Zehneuroschein, den sie für Ocko bereitgelegt hatte, weil er morgen ihren Golf durch die Waschanlage fahren sollte, lag unberührt unter der Telefonladeschale. Vielleicht hatte sie doch am Freitag die Terrassentür geöffnet und vergessen, sie wieder zu schließen, kopflos wie sie war. Oder Alexander war hier gewesen. Vor gar nicht langer Zeit hatte sie ihm einen Schlüssel nachmachen lassen. Ein Schlüssel als Zeichen ihrer Liebe, ihres Vertrauens. Wenn sie den Mut fand, würde sie den Schlüssel zurückfordern. Falls nicht, reichte es auch, das Türschloss auszuwechseln.

MONTAG, 10. JUNI

Da sollte noch mal einer sagen, dass auf dem Land nichts passiert. Der Leiter der Sparkasse hatte sich das Leben genommen. Silvana Cassjen und ihr Baby wurden immer noch vermisst. Die oberschlaue Margit Cassjen und ihr Landrat waren auf eine dubiose Lösegeldforderung hereingefallen. Der Mann lag verletzt in der Klinik, eine halbe Million Euro war futsch, und Margit tobte. Als wäre das nicht genug, hatte es gestern eine Schießerei in Martinsfehn gegeben. Zwei Kinder, Brüder, einer lag jetzt schwer verletzt im Krankenhaus. Der Kleine hatte Glück gehabt, weil die Kugel zwar in den Thorax eingedrungen war, dort aber wie durch ein Wunder keine lebensbedrohlichen Verletzungen verursacht hatte. Die Lunge war getroffen, wenn Renke das richtig verstanden hatte, aber nur ganz am Rand, und zum Glück nicht das Herz.

Dagegen erschienen die anderen Anzeigen, die heute Morgen eingingen, geradezu lächerlich. Zum wiederholten Mal hatten irgendwelche Vandalen vor einem Altkleidercontainer ihren Müll entsorgt, vor allem leere Flaschen, obwohl nur ein paar Schritte weiter mehrere Behälter für Altglas standen. Zu gern hätte Renke gewusst, was Menschen dazu bewegte, so etwas Sinnloses zu tun. Auf dem Fehn hatte es in der Nacht von Samstag auf Sonntag gebrannt. Anscheinend war es zu viel verlangt, neun Euro für eine Rolle grauer Säcke für Restmüll zu bezahlen. Immer noch gab es Leute, die ihren Abfall ohne schlechtes Gewissen mitten in der Landschaft abfackelten. Zum Glück hatte Arno Wieker, der Ortsbrandmeister, keinen Hinweis auf Sondermüll entdeckt.

Renkes Gedanken wanderten zurück zu dem angeschossenen Jungen. Die beiden Brüder lebten in geordneten Verhältnissen, und niemand konnte sich erklären, woher die Waffe stammte. Renke kannte den Vater flüchtig, er war aktiv beim Technischen Hilfswerk in Leer, ein ruhiger, besonnener Mann, der garantiert keine Waffe in seiner Wohnung aufbewahrte, dazu noch zugänglich für seine Kinder.

Vorhin hatte Renke kurz mit ihm gesprochen, er war immer noch völlig schockiert, hatte aber sofort zugestimmt, als Renke mit dem Schützen sprechen wollte. »Wir wollen doch selbst wissen, woher diese verfluchte Pistole kommt. Aus Moritz kriegen wir kein vernünftiges Wort raus.«

Moritz, der Ältere der Brüder, hatte den Schuss abgegeben, aus Versehen, wie er unter Tränen beteuerte, und er schwor Stein und Bein, dass er die Waffe zwischen den Spielzeugautos seines achtjährigen Bruders gefunden hätte.

»Ich wollte Philipp ärgern und hab seine Autokiste ausgekippt«, heulte er. »Dabei hab ich die Pistole entdeckt. Ich wusste doch nicht, dass die echt ist. Und geladen. Dachte, das ist ein geiles Spielzeug. Wie soll ich denn ahnen, dass der Kleine 'ne echte Knarre versteckt?«

Der Kleine lag noch im künstlichen Koma, im Laufe des Tages wollten die Ärzte ihn langsam aufwachen lassen. Die Operation war komplikationslos verlaufen, die Kugel befand sich auf dem Weg zum LKA, genau wie die Pistole, eine Beretta 92.

Eine Beretta 92, dafür brauchte man Neun-Millimeter-Munition. Und mit so einer Munition war Cord Cassjen getötet worden. Die Ballistiker würden herausfinden, ob es sich um dieselbe Waffe handelte. Renke war davon überzeugt. So einen Zufall konnte es einfach nicht geben, nicht in so einem kleinen Ort wie Martinsfehn.

Er stellte sich vor, dass Silvana Cassjen die Waffe nach der Tat weggeworfen und der Kleine sie gefunden hatte.

Der Junge hockte tatsächlich auf dem Schiff. Mutterseelenallein. Gestern hatte er kurz angerufen. Hannelore fand, dass er komisch geklungen hatte. Walter hatte sie natürlich wieder für verrückt erklärt. Seiner Ansicht nach suchte sie krampfhaft nach Problemen.

Walter machte sich keine Gedanken, wie immer, er wirkte richtig vergnügt. Er pfiff vor sich hin, hockte sich an die Theke in der Gaststube, zwinkerte ihr zu, und gerade schlug er vor, künftig einmal die Woche Flammkuchen anzubieten, er hätte mal wieder Lust auf was Neues.

»Was ist denn mit dir los?«, fragte Hannelore entgeistert. So aufgekratzt hatte sie ihren Mann ewig nicht erlebt, und wenn sie ehrlich war, ging ihr sein albernes Getue auf die Nerven.

»Ich hab mir was überlegt. Vielleicht sollte Thomas sich nach einem anderen Job umsehen. Was hältst du davon?

Ich glaube, das täte uns allen gut. In Wirklichkeit brauche ich doch gar keine Hilfe in der Küche, all die Jahre bin ich bestens allein klargekommen. Ursprünglich war Thomas' Anstellung als Übergangslösung gedacht, bis er was Besseres findet. Und jetzt sind es schon viereinhalb Jahre. Mal ehrlich, bei dem, was wir ihm zahlen, blutet der Betrieb langsam aus.« Abwehrend hob Walter die Hände. Er wusste, welche Worte ihr auf der Zunge lagen, und wollte sie nicht hören. »Schon klar, du warst von Anfang an nicht mit der Höhe des Lohns einverstanden. Aber er ist unser Sohn, wenn wir ihn schon beschäftigen, müssen wir ihn auch anständig bezahlen. Dazu stehe ich immer noch. Aber einmal muss es auch genug sein. Früher ging es uns sehr viel besser, da hast du wenigstens ab und zu mal gelacht.«

Hannelore zuckte müde mit den Schultern. Ja, früher war es ihnen besser gegangen, nicht nur finanziell. Aber dann hatten sie beschlossen, sich um Thomas zu kümmern, damit er nicht völlig vom Weg abkam. Sie fasste in die Tasche ihrer Strickjacke und umklammerte den Schlüssel, den sie vorhin eingesteckt hatte, den Ersatzschlüssel zu Thomas' Wohnung.

Walter würde ihren Plan nicht gutheißen, das war ihr klar. Aber sie konnte nicht anders, die Ungewissheit machte sie krank. Gestern Abend war sie zweimal explodiert, am Ende hatte Christina so heftig geweint, dass Hannelore zum ersten Mal eine Entschuldigung über die Lippen gekommen war. Gott, sie wusste ja, dass sie dem Mädchen unrecht tat, jedenfalls manchmal. Aber manchmal war Christina auch so schrecklich dumm, dass kein Mensch der Welt das ertragen könnte, und schon gar nicht jemand wie Hannelore.

»Ich muss noch mal kurz weg. Um halb zwölf bin ich zurück.«

»Bringst du uns ein Stück Kuchen mit?«

Das war ein Friedensangebot, Walter aß nicht gern Süßes, Hannelore dagegen schon.

Der Braut hatte das Glück aus den Augen gestrahlt, kein Wunder, ihr Piet gehörte zu der seltenen Spezies *charmanter und unkomplizierter Mann*. Er lachte gern und trug seine Frau auf Händen. Die beiden hatten Nola einen seiner Arbeitskollegen an die Seite gesetzt, leider frisch verknallt und ständig mit seinem Smartphone beschäftigt, um Mitteilungen mit seiner Angebeteten auszutauschen. Als der Discjockey nach dem Essen seine Anlage aufdrehte, seilte er sich ab. Tanzen wäre so gar nicht sein Ding.

Die Braut und der Bräutigam hatten nur Augen füreinander, alle anderen Gäste schienen paarweise unterwegs zu sein, und Nola, die sich plötzlich gefühlt hatte, wie eine übrig gebliebene alte Jungfer, war ziemlich früh zum Haus ihrer Eltern aufgebrochen. Sie hatte schlecht geschlafen, wirres Zeug geträumt und war gleich nach dem Frühstück aufgebrochen, zur großen Enttäuschung ihrer Mutter.

Nach einer weiteren unruhigen Nacht war sie froh, wieder an ihrem Schreibtisch zu sitzen und nicht länger über sich und ihr Leben nachdenken zu müssen, auch wenn Hilke mit total verheulten Augen ins Leere starrte und keine Anstalten machte, sich mit ihrer Arbeit zu beschäftigen, weil ihr Ole sich nun auf großer Fahrt befand.

»Mensch, Hilke, du Seemannsbraut, du hast doch gewusst, was dich erwartet«, versuchte Nola, ihre Kollegin aufzumuntern.

»So hab ich mir das aber nicht vorgestellt«, schluchzte Hilke und presste ein nasses, halb zerfetztes Papiertaschentuch gegen ihre Augen. »Und dann hat der Arsch auch noch fröhlich gepfiffen, als könnte er es kaum erwarten, in den Flieger zu steigen. Das war das Schlimmste überhaupt, ich glaube, der liebt mich gar nicht.«

»Komm, ein Typ, der beim Abschied flennt wie in Mädchen, ist doch nichts«, ließ Conrad sich vernehmen. Er schmetterte ein paar Zeilen aus dem alten Gassenhauer *La Paloma:* »...Seemanns Braut ist die See, und nur ihr kann er treu sein...«, und schaffte es beinahe, wie Hans Albers zu klingen.

»Conrad, hör sofort damit auf.« In gespielter Empörung schüttelte Nola den Kopf. Sie tätschelte Hilkes Hand und bot an, ihr einen Kaffee zu holen. »Danach geht's an die Arbeit. Und heute Abend lade ich dich zum Italiener ein.«

»Du bist so lieb«, jammerte Hilke in ihr Taschentuch.

Eine Stunde später hatte sie sich gefangen, und die Stimmung im Büro war ungewohnt friedlich. Jedes Mal, wenn Conrad *La Paloma* anstimmte, kicherten die drei. Hilke fand heraus, dass Cord Cassjen zwei Konten unterhielt, ein Geschäftskonto für die Arztpraxis, auf das sämtliche Gelder eingingen, und die Miete für die Praxisräume, die Gehälter seiner Arzthelferinnen sowie Abzahlungskredite für die Praxisausstattung bezahlt wurden. Das andere Konto war privat, und darauf sah es alles andere als rosig aus. Die Cassjens mussten einen Kredit von beträchtlicher Höhe an ein großes Möbelhaus abzahlen, und beide Autos waren geleast. Für das Haus, das zu ihrer Überraschung nicht dem Urologen, sondern seiner Mutter gehörte, wurde ein eher geringer Mietzins abgebucht. Silvana Cassjen unterhielt kein eigenes Konto, sie war finanziell total abhängig von ihrem Ehemann. »Arzt hin, Arzt her, die sind so gerade über die Runden gekommen«, schloss Hilke ihren Bericht. Kein Wunder, dass sie sich über Geld gestritten haben. So hat Silvana sich ihre Ehe bestimmt nicht vorgestellt.«

»Deshalb hat sie ihn betrogen«, sagte Nola entschieden. »*Eine wie Silvana wird immer gucken, ob es nicht irgendwo noch ein größeres Stück Torte für sie gibt*, hat ihre ehemalige Chefin aus Bad Zwischenahn gesagt. Es gibt einen zweiten Mann in ihrem Leben, einen mit mehr Geld. Nachdem Cord tot war, hat sie ihn angerufen. Er hat sie abgeholt, sie haben gemeinsam den Yaris entsorgt. Und jetzt hält er sie irgendwo versteckt.«

»Sie hat ihn angerufen?«, grinste Conrad. »Womit denn bitte, wenn ich fragen darf. Wir haben ihr Handy, schon vergessen?«

Hilke bedachte ihn mit einem nachsichtigen Blick. »Schon mal was von einem Affärenhandy gehört, du Hans-Albers-Verschnitt? Das macht man heutzutage so. Für jeden Mann ein eigenes Handy. Spart jede Menge Komplikationen.«

Begeistert klatschte Nola in die Hände. »Genau. Darum haben wir auf dem Smartphone so wenig Telefonate gefunden.« Auf einmal passte alles zusammen. Ein Handy für den kontrollsüchtigen Ehemann, ein zweites Handy für die Anrufe, von denen er nichts wissen durfte, ohne Vertrag natürlich. Aufladen ließ sich so ein Teil überall, sogar an der Tankstelle. »Sie hat damals behauptet, dass ein anderer der Vater des Babys ist. In Anbetracht ihres geistigen Zustandes haben wir das nicht ernst genommen. Jetzt wissen wir, dass es stimmt. Caspar hat tatsächlich einen anderen Vater, und wenn ihr mich fragt, handelt es sich um diesen dubiosen Landrat. Sie ruft ihn nach dem Mord mit ihrem Affärenhandy an. Er holt sie ab. Der Mann ist zwar gebunden, verfügt aber über die finanziellen Mittel, sie und den Kleinen irgendwo einzumieten. Ein Hotel, eine Ferienwohnung, zur Not ein Wohnwagen auf einem Campingplatz, was weiß ich. Wenn die Frau klug ist, schneidet sie ihre Haare ab und färbt sie dunkel.«

»Du vergisst ihren geistigen Zustand. Er könnte sie doch keine Sekunde aus den Augen lassen«, gab Conrad zu bedenken.

»Und wenn es ihr schon besser geht?« Nola war nicht bereit, diese Idee wieder aufzugeben. »Wir können ihren geistigen Zustand doch gar nicht wirklich beurteilen. Was, wenn sie uns die ganze Zeit was vorgespielt hat?«

Gerade erst hatte Nola diesen Gedanken verworfen, jetzt erschien es ihr wieder vorstellbar, dass die gesuchte Frau ihre Schwangerschaftspsychose nur gespielt hatte, um alle zu täuschen, ihren Ehemann, die Polizei und sogar den Hausarzt. Vielleicht lagen die Medikamente nur deshalb so demonstrativ in der Schublade, weil die Polizei Silvana für nicht zurechnungsfähig halten sollte. Das Verstecken des Säuglings im Nachbarschuppen, ihre komische Geschichte von dem Mann, der durch Wände gehen konnte, die Strickjacke auf dem Kopf, war das nicht alles viel zu plakativ und möglicherweise nur darauf angelegt, sich als geistig verwirrt darzustellen? Die Waffe konnte sie schon vor der Geburt besorgt haben. Wahrscheinlich hatte der Landrat ihr die Pistole zugesteckt. Im Haus seiner Lebensgefährtin gab es schließlich genug Waffen. Es dürfte ihm nicht schwergefallen sein, eine davon zu entwenden.

Einzig Hilkes Einwand, dass die Kollegen sämtliche Waffen im Haus überprüft hatten, dämpfte Nolas Optimismus ein wenig. Margit Cassjen vermisst keine Waffe, und von denen, die sie in einem Waffenschrank aufbewahrte, passte keine zu der Kugel, die sie im Körper des toten Arztes gefunden hatten. Dennoch glaubte Nola sich auf der richtigen Spur. Die Herkunft der Waffe würde sich schon noch aufklären. Wer Schwarzgeld sammelte, besaß vielleicht auch nicht registrierte Waffen. Wenn ihre Theorie stimmte, brauchte sie sich wenigstens keine Sorgen mehr um Caspar machen. Unter diesen Umständen war Silvana sehr wohl in der Lage, für ihr Baby zu sorgen. Was aus dem Kleinen wurde, wenn man sie gefunden hatte, konnte Nola sich lebhaft vorstellen: Margit Cassjen würde sich wie eine Furie auf ihn stürzen und ihn nie wieder loslassen. Egal, sollte sie.

»Du meinst wirklich, dass sie nur simuliert hat?« Conrad tippte sich gegen die Stirn. »Das geht doch gar nicht.«

»Klar geht das«, sagte Nola entschieden. »Sie spielt allen die Kranke vor, ihr Mann besorgt die Medikamente, die sie aber nicht einnimmt, warum auch, sie ist ja in Wahrheit gesund. Ich hol mir jetzt eine richterliche Verfügung, um die DNA von Landrat Loening mit der des Babys zu vergleichen. Der Typ war mir von Anfang an nicht geheuer. Bestimmt besitzt er eine Zweitimmobilie, in solchen Kreisen ist das doch üblich. Vielleicht sonnt Silvana sich gerade auf Malle und amüsiert sich köstlich über die doofe Polizei.«

»Und wozu dann diese Lösegeldgeschichte?«, fragte Hilke verwundert. »Der hat doch selbst genug Kohle.«

»Vielleicht kann er den Hals nicht vollkriegen? Soll es doch geben. Das Lösegeld stammt aus dem Vermögen seiner Lebensgefährtin, schließlich handelt es sich um ihr Enkelkind. Kann doch sein, dass der Landrat findet, er hätte nach all den Jahren an Margit Cassjens Seite eine Abfindung verdient.«

Die Vorhänge in Thomas' Wohnung waren halb zugezogen, sodass in den Räumen leicht dämmriges Licht herrschte. Alles wirkte halbwegs ordentlich und aufgeräumt, das hatte Hannelore nicht erwartet. Der Kühlschrank enthielt wenig, ein paar Flaschen Bier – seit wann trank der Junge Alkohol? –, eingeschweißten Aufschnitt, Joghurt und Margarine. Das war es. Nun gut, meistens aß er im Lokal, zu Hause musste er nur frühstücken.

Auf seinem Bett lag eine Plastiktüte von Leffers, die leer war bis auf einen Kassenbon. Damenunterwäsche, stand dort, und die Preise ließen Hannelore schlucken. Im Mülleimer unter der Spüle entdeckte sie einen weiteren Kassenbon. Thomas hatte für vierzig Euro Babykleidung gekauft, ebenfalls bei Leffers. Oje, sie musste sich setzen, weil ihr Herz plötzlich raste und vor ihren Augen kleine Punkte flimmerten. Sie hatte es gewusst, die ganze Zeit hatte sie es gewusst. Eine Mutter spürt, wenn ihr Kind in Schwierigkeiten stolperte, und genau das passierte gerade mit Thomas. Er stürzte sich kopfüber in den nächsten Mist, schlimmer noch, er steckte schon drin.

Wenn die Sachen sich noch in der Wohnung befanden, war es vielleicht noch nicht zu spät. Hektisch durchwühlte sie Thomas' Kleiderschrank und, als sie dort nichts fand, seinen Nachttisch. Sie stieß auf Pornovideos, deren Cover ihr die Schamesröte ins Gesicht trieben, fand aber weder Damenunterwäsche noch Babysachen. Was das bedeutete, war klar. Er hatte sich mit Silvana getroffen und ihr das ganze Zeug gegeben, anders konnte es doch gar nicht sein. In ihrem Nacken begann es zu kribbeln, sie war so unglaublich wütend auf den Jungen, hatte er denn sein letztes bisschen Verstand verloren? Am liebsten würde sie alles kurz und klein schlagen, gegen die Möbel treten, die Gardinen herunterreißen, die widerlichen Pornohefte auseinanderfetzen und die Schnipsel über seinem Bett verteilen. Aber sie fühlte sich viel zu erschöpft für so eine Aktion. Zudem durfte Thomas unter gar keinen Umständen erfahren, dass sie sein Geheimnis kannte. Es blieb ihr nichts anderes übrig, als dafür zu sorgen, dass die Wohnung aussah wie zuvor, bis auf die beiden Kassenbons, die steckte sie in ihr Portemonnaie, ganz hinten, zu der Chipkarte vom Großmarkt.

Auf der Rückfahrt hielt sie beim Bäcker. Drei Stück Käsesahnetorte, eins für Walter und zwei für sich selbst. Sie musste sich jetzt betäuben, ihre Wut zukleistern mit Zucker und Sahne, so viel davon in sich reinstopfen, bis ihr schlecht wurde. Hannelore saß schon im Wagen, die Hand am Gurt, als sie zurückeilte und noch zwei weitere Stücke Torte einpacken ließ.

Nachts hatte sie von Alexander geträumt, von ihm und dieser schrecklichen Ira, wie die beiden eng umschlungen vor ihrer Haustür standen und erklärten, dass Tineke leider keine Ahnung davon hätte, was Männer brauchten. Morgens hatte sie sich nach einem Blick in den Badezimmerspiegel gefragt, weshalb sie eigentlich dreihundert Euro in ihr Äußeres investiert hatte, so verheult und verquollen, wie sie jetzt aussah. Die nächste Enttäuschung erwartete sie auf ihrem Handy. Kein Anruf, keine SMS, Alexander spielte weiterhin toter Mann. Dafür hatte eine unbekannte Nummer versucht, sie zu erreichen, insgesamt dreiundzwanzigmal. Silvana. Die Anzahl der Anrufe zeigte, wie verzweifelt sie sein musste.

Im Büro folgte der nächste Tiefschlag. Margit war sauer über ihr *klammheimliches* Verschwinden. Lang und breit erklärte sie, was in Tinekes Abwesenheit passiert war und dass Erich verletzt im Krankenhaus lag.

»Das konnte ich doch nicht wissen«, murmelte sie und fühlte sich schrecklich. Ihre Frage nach Erichs Befinden ließ Margit aus der Haut fahren. Tineke musste sich anhören, dass Margits Lebensgefährte ein Versager wäre, ein jämmerlicher Waschlappen, und zu nichts zu gebrauchen.

In Anbetracht der Umstände verzichtete sie darauf, Erich zu verteidigen. Wem wäre damit geholfen, wenn sie sich bei Margit noch weiter in Misskredit brachte?

Egal, was Tineke jetzt sagte, es war verkehrt. Scheinbar stand es ihr nicht zu, so etwas wie einen eigenen Willen zu entwickeln. Die Welt verlangte nach einer fügsamen Tineke Veenstra, einer stummen Befehlsempfängerin, die es zu jeder Zeit allen recht machte. Nicht mal Alexander interessierte sich dafür, wie es in ihr aussah. Ein böser Satz genügte, damit er sie fallen ließ wie eine heiße Kartoffel. Wie gern sie ihn jetzt gehasst hätte. Aber das schien nicht zu funktionieren. *Noch nicht*, versprach sie sich selbst.

Das Telefon klingelte. Ihre Mutter beschwerte sich, dass sie das ganze Wochenende versucht hätte, sie zu erreichen. »Die Kaffeemaschine ist kaputt. Kannst du mir sagen, wovon ich eine neue kaufen soll?«

»Nein.« Sie legte einfach auf. Und als ihre Mutter erneut anrief und ganz direkt nach Geld fragte, fünfzig Euro würden ihr reichen, erklärte Tineke mit eisiger Stimme, dass sie in diesem Monat nichts erübrigen könnte. »Ich hab mir nämlich ausnahmsweise selbst was gegönnt, und das war ziemlich teuer.«

Hinterher war sie nicht sonderlich stolz, weil ihr klar war, dass sie ihre Wut auf Alexander an ihrer Mutter ausgelassen hatte. Sie prüfte, ob das Bargeld in ihrem Portemonnaie reichte, um nach Feierabend eine Kaffeemaschine zu besorgen. Dann klopfte sie an Margits Tür und entschuldigte sich ein weiteres Mal. »Kann ich irgendwas für dich tun?«

Damit, dass der Oberstaatsanwalt es ablehnte, vonseiten der Justiz einen Vaterschaftstest oder eine Überwachung der Handydaten von Erich Loening anzuordnen, hatte Nola im Leben nicht gerechnet.

»Nur weil eine psychisch kranke Frau behauptet, dass der Lebensgefährte ihrer Schwiegermutter der Vater ihres Babys ist, wollen Sie eine angesehene Persönlichkeit in den Fokus Ihrer Ermittlungen stellen, sogar zu so einer peinlichen Untersuchung zwingen? Frau van Heerden, das ist nicht Ihr Ernst. Sie wollen den Bock zum Gärtner machen, oder besser das Opfer zum Täter.«

»Ich möchte vor allem eins, den vermissten Säugling finden. Dr. Cord Cassjen ist nicht der biologische Vater. Der Vaterschaftstest war negativ.«

Dr. Peters sah ein bisschen angeekelt aus, so, als hätte Nola ihn gezwungen, in einen fauligen Apfel zu beißen. »Gut, das mag so sein. Aber daraus lässt sich doch nicht ableiten, dass die vermisste Frau ein Kind von ihrem Schwiegervater bekommen hat. Ich bitte Sie, Frau van Heerden. Dafür kommen doch wohl andere, sehr viel jüngere Männer in Betracht. Ich habe mir die Akten kommen lassen. Herr Loening, ein Mann von untadeligem Ruf und bis vor Kurzem immerhin unser Landrat, hat sich seiner Lebensgefährtin zuliebe zu einer dummen Aktion hinreißen lassen. Das Erpresserschreiben existiert, es liegt Ihnen vor, und Herr Loening wurde niedergeschlagen. Er liegt sogar in der Klinik, wenn ich recht informiert bin, und ist aus ärztlicher Sicht nicht vernehmungsfähig. Ich weiß, dass Sie sehr engagiert sind und Ihre Arbeit ernst nehmen.« Sein überhebliches Lächeln relativierte seine Worte sogleich. »Das ist lobenswert, aber diesmal haben Sie sich ein wenig vergaloppiert, meine Liebe. In Ihrer Generation mag der Begriff keine Bedeutung mehr haben, aber Erich Loening ist das, was man ganz altmodisch einen Ehrenmann nennt, und über jeden Verdacht erhaben.«

»Niemand ist über jeden Verdacht erhaben«, schnaubte

Nola. »Darf ich Sie an den Pfarrer aus Süddeutschland erinnern, der seine Ehefrau erwürgt und auf dem Grundstück verscharrt hat?«

»Lassen Sie es gut sein. Wie wäre es, wenn Sie erst einmal abwarten, bis Herr Loening sich selbst zu den Vorgängen äußern kann? Ich bin überzeugt, dass er Ihre Zweifel ausräumen wird.«

»Und das Baby?«, fuhr Nola auf. »Jede noch so kleine Spur könnte uns weiterbringen.«

»Gewiss. Aber nicht diese, das ist einfach lächerlich. Welches Motiv sehen Sie denn bei unserem ehemaligen Landrat, sich praktisch selbst zu erpressen? Geldnot? Ich könnte Ihnen von meiner Sekretärin raussuchen lassen, wie hoch seine Pension liegt, auf jeden Fall ist sie nicht unerheblich. Der Mann hätte so eine Aktion nicht nötig. Und jetzt warten Sie bitte ab, was er selbst zu der Sache sagt.«

Als Nola von Silvana Cassjens Tätigkeit vor der Webcam und der Möglichkeit, dass der Landrat ein früherer Kunde sein könnte, sprach, winkte der Oberstaatsanwalt ab. »Existiert auch nur der geringste Beweis? Nicht? Na bitte.« Er stand auf und brachte Nola selbst an die Tür, und das Tempo, das er dabei vorlegte, ließ nur einen Schluss zu, er wollte sie so schnell wie möglich loswerden. »Der Datenschutz ist ein hohes Gut, das es zu schützen gilt. Ich weiß schon, die Polizei sieht das ein wenig anders als die Öffentlichkeit. Aber das Recht des Einzelnen auf Privatsphäre dürfen wir nicht ohne gewichtige Gründe antasten. Und sollte Herr Loening wirklich der Kindsvater sein, was mir mehr als unwahrscheinlich erscheint, so geht uns das nichts an. Als Täter für den Mord an Dr. Cassjen kommt er nicht infrage. Wie Sie wissen, war er zur Tatzeit mit seiner Lebensgefährtin zusammen. Und was diese Erpressung angeht, da ist er ja wohl unzweifelhaft das Opfer. Von daher muss ich mich fragen, was Sie hier beweisen wollen.«

Unbekannt, stand auf dem Display. Silvana.

»Entschuldigung, es dauert nur einen Moment.« Die Teilnehmer des Meetings schauten erstaunt auf, es entsprach nicht Tinekes Art, auf diese Weise eine Besprechung zu unterbrechen. Doch dieses Telefonat hatte oberste Priorität, sie musste Silvana überreden, sich der Polizei zu stellen. Unbedingt. »Silvana?«

Keine Antwort. Offenbar ging ihre Fantasie schon mit ihr durch. Da war jemand ganz anderes am Apparat, wie peinlich.

»Hallo? Hier ist Tineke Veenstra. Hallo?«

Der Teilnehmer legte einfach auf. Hatte sich jemand verwählt? Die meisten Menschen würden sich in so einer Situation wenigstens entschuldigen. Bestimmt war es Silvana gewesen. Was sollte das nun wieder bedeuten? Zurück im Besprechungsraum, schaffte Tineke es nicht mehr, sich auf das zu konzentrieren, was die beiden Vertreter der Handelskette aus Polen über die geplante Sonderaktion referierten, die dazu dienen sollte, Margits Spirituosen auf dem dortigen Markt zu etablieren. Nachdem sie eine halbe Stunde lang ein interessiertes Gesicht aufgesetzt hatte, während ihre Gedanken auf ganz anderen Pfaden wandelten, verabschiedete Tineke sich von den Teilnehmern des Meetings mit Händedruck und einem halbwegs gelungenen Lächeln und wünschte den beiden polnischen Geschäftspartnern eine stressfreie Rückreise. Dann zog sie sich in ihr Büro zurück, setzte sich an den Schreibtisch, streifte ihre Schuhe ab, die urplötzlich drückten, und massierte ihre Schläfen.

Diese komische Erpressergeschichte. Alle sprachen davon, dass Silvana damit zu tun haben musste. *Wenn ihr mich fragt, sitzt die schon längst in einem Flieger in die Karibik,* hatte eine der Sekretärinnen vorhin gesagt, ganz leise, schließlich gehörte Tineke zur Familie. Sie hatte es trotzdem gehört. Und jetzt fragte sie sich, ob der merkwürdige Anruf bedeuten konnte, dass Silvana sich verabschieden wollte, im letzten Moment aber doch nicht gewagt hatte, etwas zu sagen, vielleicht aus Angst, sich zu verraten.

Das alles war so schrecklich verworren. Im Grunde genommen traute sie Silvana gar nicht zu, einen derart komplizierten Plan zu entwickeln, ein Gedanke, für den Tineke sich im selben Moment schon wieder schämte. Silvana war nicht strohdumm, höchstens ein bisschen naiv, zu naiv für so einen komplexen Plan. Wenn sie tatsächlich das Geld von Margit erpresst hatte, dann nicht allein. Irgendwer musste Erich schließlich niedergeschlagen haben. Jemand, der mit Silvana, dem Kind und einer halben Million eine Zukunft plante. Jemand, der klug sein musste, klug und vorausschauend, und der so gut aussah, dass Silvana bereit war, für ihn ihr ganzes Leben aufzugeben.

Wäre Erich Loening einfacher Arbeiter und nicht der ehemalige Landrat des Kreises Leer, hätte der Oberstaatsanwalt nicht eine Minute gezögert, die nötigen Beschlüsse auszustellen, davon war Nola überzeugt. Sie war so wütend, dass sie in ihrem Büro gegen den Papierkorb trat, der umkippte und seinen Inhalt unter ihrem Schreibtisch verteilte. Mist. Auf allen vieren sammelte sie benutzte Tempotaschentücher, verknüllte Notizzettel und Verpackungen von Schokoriegeln wieder ein.

»Was machst du denn da?«, wunderte sich Hilke, die, ohne zu klopfen, hereinplatzte, so gut gelaunt und strahlend, als hätte sie Oles Abwesenheit bereits überwunden.

»Ich spiele Verstecken«, fauchte Nola.

Offenbar war Hilke gegen schlechte Laune immun, sie kicherte und bot an mitzuspielen. »Aber erst muss ich dir was erzählen. Am Freitagnachmittag um halb fünf wurde in Martinsfehn jemand beerdigt. Exakt zu der Zeit, als unser ehrenwerter Landrat angeblich auf dem Parkplatz hinter der Leichenhalle niedergeschlagen wurde, stand dort ein Bestatter, um die Trauergäste in Empfang zu nehmen. Er hat weder den Landrat noch einen Überfall gesehen. Der Ehrenmann hat gelogen.«

Nola konnte gar nicht so schnell unter dem Schreibtisch hervorkrabbeln, wie sie wollte, sie blieb mit dem Fuß an dem Kabel hängen, das von der Tastatur zum PC führte, und riss den Stecker heraus, außerdem knallte sie mit dem Hinterkopf gegen die Tischplatte, aber nicht mal das konnte sie aufhalten. Wutschnaubend erstürmte sie Roberts Büro, wo Jupp, völlig überfordert von ihrem überfallartigen Erscheinen, wie verrückt bellte.

»Ist was passiert?« Roberts Nervenkostüm schien belastbarer zu sein als das seines Hundes. Er blickte von seinen Unterlagen auf, etwas erstaunt, aber keineswegs erschrocken.

»Allerdings.« Nola schilderte ihren Besuch bei dem Oberstaatsanwalt und dann, nicht ohne Häme, das Ergebnis von Hilkes Recherchen. »Ich bin nicht bereit zu warten, bis der *ehrenwerte* Herr geruht, mir eine Audienz zu erteilen!«

»Okay. Ich rufe Dr. Peters an, du gehst solange in dein Büro.« Robert grinste. »Normalerweise würde ich dir eine Kaffeepause nahelegen. In Anbetracht deiner Stimmung würde ich allerdings zu Baldriantee raten. Komm runter, Nola, das entwickelt sich doch sehr vielversprechend.«

»Genau«, freute sich Nola. Der Landrat a.D. hatte die Polizei unterschätzt. Von wegen Ehrenmann, er hatte Dreck am Stecken, genau, wie sie es die ganze Zeit vermutet hatte. Schade, dass sie Robert nicht begleiten durfte, gar zu gern hätte sie das Gesicht von Dr. Peters gesehen.

Immer war sie ihren eigenen Weg gegangen, egal, welche Opfer das forderte, sie hatte nie nach rechts und links geschaut, auf die, die zurückbleiben mussten. War sie zu weit gegangen, war das hier die Strafe?

Wenn ja, war sie so hart und schrecklich ausgefallen, dass Margit keine Worte dafür fand. Das Schicksal hatte ihr Caspar geschenkt, sie eine Handvoll glücklicher Tage durchleben lassen, die glücklichsten Tage seit vielen Jahren, unendlich kostbar. Und dann war dieser unbeschreibliche Schmerz gefolgt. Irgendjemand hatte ihr Caspar wieder fortgenommen. Nein, nicht irgendjemand, Silvana, die aufgrund ihrer Geisteskrankheit keinen Anspruch auf ihn erheben durfte und die ihr jetzt auch noch Geld gestohlen hatte. Dabei gehörte Caspar zu Margit, nach Cornelius war er der erste Mensch, der ihr Herz wirklich berührte, ganz tief drinnen. Cornelius' Enkelsohn, sein Erbe.

Die Lösegeldübergabe war gescheitert, Erich hatte versagt, und das machte sie rasend. Wie um alles in der Welt hatte sie nur zulassen können, dass ein anderer als sie selbst das Lösegeld übergab – auch noch Erich, dem der Junge völlig einerlei war oder, schlimmer noch, lästig? Nur weil nach Jahren mal wieder ein *Schatz* über seine Lippen gerutscht war, hatte sie sich einlullen lassen. Dabei wusste sie doch, dass sie keinem vertrauen durfte, nicht mal denen, die ihr nahestanden.

Cornelius, ihrer große Liebe, hatte sie blindlings vertraut, doch er hatte sie betrogen und seiner fetten Schwester und ihrem widerlichen Kerl heimlich Geld in den gierigen Schlund gestopft, ihr Geld. Dabei wusste er genau, dass sie den beiden keinen Cent gegeben hätte, niemals. Manchmal stellte sie sich vor, wie die drei über sie gelacht hatten, über die dumme Margit, die arbeitete wie eine Besessene, damit andere sich auf die faule Haut legen konnten. Als Foline nach seinem Tod an ihrer Tür klingelte und von Cornelius Finanzspritzen erzählte, verbunden mit dem Anspruch, weiterhin gesponsert zu werden, wollte sie ihr zunächst nicht glauben. Doch Ocko hatte es bestätigt. Ocko, Cornelius' bester Freund, dem er mehr Vertrauen geschenkt hatte als seiner eigenen Frau. Aus Rache hatte sie ein paarmal mit Ocko geschlafen, nicht, weil sie ihn auch nur im Geringsten attraktiv fand, sondern weil sie wusste, dass sie Cornelius damit tief getroffen hätte. Auch wenn er tot war, tat es gut, ihn zu verletzen.

Seither war sie auf der Hut. Während sie Cornelius noch freien Zugang zu ihren Konten gewährt hatte, bestand sie bei Erich auf der Trennung aller Finanzen. Wenn es um Geld ging, vertraute sie niemandem mehr, schon gar keinem Mann. Dennoch hatte sie Erich die Tasche mit dem Lösegeld anvertraut, damit er ihren Enkelsohn freikaufte, und nun war alles verschwunden, das Geld wie das Kind. Wie dumm sie doch war.

Margit begriff nicht, warum sie überhaupt noch ins Büro ging. Es musste an ihrem verdammten Pflichtbewusstsein liegen oder an ihrer Angst, dass jemand sie hintergehen könnte. Tineke zum Beispiel, die über beinahe alle Vollmachten verfügte. Ein lächerlicher Gedanke, trotz ihrer einunddreißig Jahre war Tineke immer noch ein kleines, unbedarftes, viel zu ehrliches Duckmäuschen, das sich nie gegen Margit auflehnen würde. Sie gehörte zu den Menschen, die andere dazu einluden, nach Herzenslust auf ihnen rumzutrampeln. Und deshalb zog Margit auch nicht ernsthaft in Erwägung, ihr die Firma zu vererben. Wie sollte jemand, der seine eigene Meinung nicht vertreten konnte und beim kleinsten Gegenwind die Segel strich, die Geschicke der Spirituosenfabrik *Cornelius C. Cassjen* lenken?

Es klopfte, und Tineke, die mal wieder Jeans trug – wie oft sollte sie noch sagen, dass sie sich ihrem Job angemessen kleiden sollte –, führte die Polizistin herein. Margit hatte die junge Frau vom ersten Moment an nicht gemocht. Frau van Heerden, sie hatte etwas Respektloses an sich.

»Ich möchte noch mal mit Ihnen über die Erpressung reden. Sie haben ausgesagt, dass die missglückte Lösegeldübergabe auf dem Parkplatz hinter der Leichenhalle erfolgte, am Freitag um halb fünf.«

»Ja.«

»Das ist nicht möglich. Um genau diese Zeit fand dort eine Beerdigung statt.«

Margit spürte, dass die junge Frau sie sehr genau beobachtete, als würde sie nur auf einen Fehler warten, auf irgendeinen Widerspruch, in den sie sich verbeißen konnte, und sie ärgerte sich über dieses unverschämte Verhalten.

»Unmöglich. Er war dort. Er wurde doch niedergeschlagen.«

»Glauben Sie mir, wir haben das sorgfältig überprüft.« Ein kühles, geradezu überhebliches Lächeln begleitete die Worte.

»Mein Lebensgefährte hat gelogen?« Margit ließ ihre Hände unter die Schreibtischplatte fallen, um sie dort unten heimlich zu falten, so fest, dass es an den Knöcheln schmerzte, ein guter Schmerz, der ihr half, die Fassung zu bewahren. »Das wollen Sie mir doch damit mitteilen.«

»Ja. Leider steht Ihr Lebensgefährte vorläufig nicht für eine Vernehmung zur Verfügung.« Die Kommissarin fummelte ein bisschen in ihren Haaren herum, nahm eine der gelben Haarklemmen heraus und befestigte sie umständlich wieder an derselben Stelle, dann hob sie den Blick und schaute Margit offen an. Ihre Augen waren von einem außergewöhnlich intensiven Grün. »Frau Cassjen, das ist jetzt ein bisschen heikel. Wir wissen mittlerweile, dass Ihr verstorbener Sohn nicht Caspars Vater ist. So etwas lässt sich durch einen DNA-Vergleich unzweifelhaft feststellen.«

Was hatte die Polizistin da gerade gesagt? Margit riss den Mund auf und fasste sich an den Hals. Auf einmal schien die Luft im Raum knapp zu werden. »Nein, niemals. Caspar ist Cords Sohn, der Enkel meines verstorbenen Mannes. Jeder, der Cornelius gekannt hat, hat das gesehen. Diese Ähnlichkeit...«

Mit zusammengepressten Lippen schüttelte die Polizistin den Kopf, so sicher, so überzeugt, dass es Margit grauste.

Doch, wollte sie schreien, *er ist Cornelius' Enkel*, aber die hässliche Wahrheit fraß sich bereits einen Weg in ihr Bewusstsein. Es stimmte. So, wie die Polizistin sie anschaute, voller Mitleid, musste es stimmen. Margit starrte auf den Schreibtisch, es kam ihr vor, als würde er sich aufbäumen, eine Welle schlagen und nach ihr schnappen.

»Ich weiß nicht recht, wie ich das sagen soll, aber aus den Andeutungen Ihrer Schwiegertochter lässt sich schließen, dass Ihr Lebensgefährte Caspars Vater sein könnte. Halten Sie das für denkbar? Oder fällt Ihnen sonst jemand...«

»Gehen Sie! Verlassen Sie sofort mein Büro! Ich will jetzt allein sein.« Margit legte die Stirn auf die Tischplatte, die so lebendig aussah, sich in Wahrheit aber keinen Millimeter bewegte, und schloss die Augen. Sie würde so verharren, bis diese schreckliche Frau endlich ihr Büro verließ.

Sie hatte Cornelius ein zweites Mal verloren.

Wenn dieser Erich Loening glaubte, dass die Aussage eines Landrats mehr zählte als die eines Normalsterblichen und deshalb nicht überprüft wurde, hatte er sich geirrt. Mit quietschenden Reifen bremste Nola in der Dahlienstraße. Bei den Webers standen alle Fenster auf Kippe, also mussten sie von ihrer Tochter zurückgekehrt sein.

Nola, die es gar nicht erwarten konnte, diesem angeblichen Ehrenmann seine Lügengeschichte um die Ohren zu hauen, rannte zur Haustür und drückte auf den Klingelknopf.

Die Tür schwang langsam auf. »Bitte?« Frau Weber schaute Nola an, als würde sie die Tür am liebsten gleich wieder zuknallen.

»Ich bin noch mal wegen Silvana Cassjen hier«, japste Nola. »Ist Ihnen mal aufgefallen, dass Ihre Nachbarin tagsüber Besuch hatte? Männerbesuch vielleicht? Möglicherweise nicht während der Schwangerschaft, sondern davor? Besonders würde mich ein schwarzes Auto interessieren, ein Mercedes.«

Das, was sie da andeutete, schien Frau Weber zu gefallen. Auf einmal kam Leben in das eben noch so abweisende Gesicht. »Sie meinen, dass Silvana ein Verhältnis hatte?« Aufgeregt wippte sie auf den Zehenspitzen.

»Das habe ich nicht behauptet. Ich habe nach regelmäßigen Besuchern gefragt.«

»Ist mir nicht aufgefallen. Der einzige Mercedes-Fahrer, den ich dann und wann mal drüben gesehen habe, ist der Lebensgefährte ihrer Schwiegermutter, dieser Landrat. Aber die kommen gewöhnlich zusammen. Er allein?« Sie überlegte kurz, schüttelte dann entschieden den Kopf. »Nee, das habe ich nie gesehen.« Sie beugte sich vor. »Ich wüsste ja zu gern, wie diese gewöhnliche Frau an so einen Mann von Welt gekommen ist.« Dass sie Margit Cassjen als gewöhnlich bezeichnete, fand Nola interessant, und dass der Landrat a.D. ihr so gut gefiel, ebenfalls. »Fragen Sie doch Elvira Schubert. Die beiden waren ein Herz und eine Seele. Elvira wohnt auf der anderen Seite, sie hat drei Kinder und ist den ganzen Tag zu Hause. Ihr Rüdiger ist Vertreter und scheint ganz gut zu verdienen.«

»Da war ich schon«, erklärte Nola freundlich.

»Und? Wusste sie was?«

»Nein.«

Daran, dass in Frau Webers Gesicht förmlich die Sonne aufging, erkannte Nola, dass jetzt etwas Interessantes folgen würde. »Dann sollten Sie mal mit Rüdiger reden. Als Elvira mit der Kleinen in der Frauenklinik lag, hing er ständig bei Silvana rum.« Voller Verachtung schürzte sie die Lippen. »Die Frau liegt im Wochenbett, und er besucht die Nachbarin. Ich weiß ja nicht...« Ihre hagere Gestalt straffte sich. »Na ja, bei denen geht es sowieso drunter und drüber. Haben Sie sich mal im Haus umgesehen? Da klebt es vor Dreck. Und die Kinder hat Elvira auch nicht im Griff. So ungezogene Gören hab ich im ganzen Leben noch nicht erlebt. Im Garten gäbe es auch 'ne Menge zu tun«, fiel ihr noch ein. Sie hob die rechte Hand und wedelte mit dem Zeigefinger vor Nolas Nase herum. »Eins kann ich Ihnen versprechen, wenn wir geahnt hätten, was hier für Leute leben, hätten wir woanders gebaut.«

Nola beschloss, niemals in so eine Siedlung zu ziehen, wo einer dem anderen in den Kochtopf guckte.

»Herr Schubert hat Frau Cassjen also tagsüber besucht, als seine Frau in der Klinik lag.«

»Herr Schubert? Von wegen!« Frau Weber lachte kreischend. »Er heißt Lienemann, Rüdiger Lienemann, und soweit ich weiß, ist er noch immer mit einer anderen Frau verheiratet. Wenn Elvira von ihrem *Mann* spricht, muss ich immer lachen.«

Ja, das konnte Nola sich lebhaft vorstellen. Sollte Erich Loening tatsächlich der Geliebte seiner Schwiegertochter sein, hatten sie sich nicht hier getroffen. Silvana wusste bestimmt darüber Bescheid, dass Frau Weber ihre Nachbarn bespitzelte.

Zuerst hörte er seltsame Geräusche, so ein aufgeregtes Vogelpiepsen, ganz schnell, aber nicht gleichmäßig. Seine Augen waren zu, doch er konnte durch die geschlossenen Lider spüren, dass es sehr hell war. Komisch war das, sehr komisch, richtig unheimlich. Philipp versuchte, sich zu erinnern. Er und Moritz hatten sich um die Pistole gezankt. Zuletzt hatte es laut geknallt. Moritz hatte ihn erschossen. Also war er tot. Bestimmt war Mama jetzt sehr traurig, Papa natürlich auch. Bei Moritz war er nicht so sicher, Moritz nannte ihn immer Schisser und Blödi, der freute sich bestimmt, dass er keinen kleinen Bruder mehr hatte.

Wenn ich tot bin, überlegte Philipp, *bin ich jetzt im Himmel. Darum ist es auch so hell. Vielleicht liege ich auf einer Wolke*. Er bewegte vorsichtig seine Finger, strich über den Untergrund, der ganz glatt war und überhaupt nicht weich und wuschelig. Nee, keine Wolke, es fühlte sich an wie ein Bettbezug. Gab es im Himmel Betten? Und warum piepste es die ganze Zeit so komisch? Vielleicht sollte er doch mal die Augen öffnen.

»Er wacht auf!«

Mama? Was machte die denn im Himmel? War sie vor lauter Kummer gestorben? Das wollte er jetzt wirklich wissen. Philipp riss seine Augen auf und schaute sich um. Er lag in einem Bett und war an lauter Kabel angeschlossen. Seine Mutter saß auf einem Stuhl. Sie sah aus, als hätte sie geweint, richtig doll geweint. Er befand sich gar nicht im Himmel, sondern in einem Krankenhaus, so wie im letzten Jahr, als man ihm die Mandeln rausoperiert hatte. Sein Hals tat diesmal aber nicht weh. Überhaupt nichts tat ihm weh.

»Philipp«, flüsterte Mama, und es klang nicht so, als ob sie böse wäre wegen der Pistole.

Die blöde Pistole! Er hatte nicht gewusst, dass man richtig damit schießen konnte. Sollte Moritz sie doch behalten. Die wollte er gar nicht mehr haben. Moritz. Wo war der überhaupt?

»Ist Moritz im Gefängnis? Weil er mich erschossen hat?« Seine Stimme hörte sich komisch an, ganz quietschig, wie Micky Maus.

»Was? Unsinn. Moritz ist zu Hause. Er ist sehr traurig. Ich soll dir ausrichten, dass es ihm leidtut und dass er dich nicht verletzen wollte. Wenn es dir besser geht, will er dir das selbst sagen.« Eine dicke Träne kullerte über Mamas Wange, sie wischte sie nicht fort. »Wir hatten solche Angst um dich, mein Liebling. Meine Güte, wo hast du bloß die Pistole her?«

Das durfte er nicht verraten, Dustin würde ihn umbringen. »Hab ich vergessen«, flüsterte er. Wenn er sich ganz doll anstrengte, konnte das mit dem Vergessen sogar klappen.

Mama nickte, sah aber nicht sehr überzeugt aus. »Die Pistole liegt jetzt bei der Kriminalpolizei. Die wollen mit dir reden. Später, wenn es dir besser geht. Hast du Schmerzen?«

»Die Kriminalpolizei? Die echte?« Wow, das war ja super. Aber dann fiel ihm wieder Dustin ein, den er so gern wieder zum Freund hätte, auch wenn er sich manchmal ein bisschen vor ihm fürchtete. Oh Mann, wenn die kommen, musste er schweigen, damit Dustin ihn nicht umbrachte. Hoffentlich kriegte er das hin. Wenn ja, könnte er Dustin davon erzählen, und dann, davon war Philipp überzeugt, würde Dustin wieder sein Freund sein.

Alle zwei Wochen am Montagabend besuchte Tineke einen Lesekreis, den die örtliche Buchhandlung ins Leben gerufen hatte. Die Mitglieder waren allesamt weiblich, meist Frauen über vierzig, Tineke mit ihren einunddreißig Jahren zählte zu den Jüngsten. Dennoch fühlte sie sich wohl hier, sie las gern und fand es spannend, sich mit anderen Lesebegeisterten über den Inhalt der Bücher auszutauschen und die Werke ihr bislang unbekannter Autoren kennenzulernen. Selten verließ sie das Treffen ohne neue Lektüre.

Die Mitglieder des Kreises, zu denen auch Gesa, Cords erste Frau, gehörte, trafen sich nach Feierabend in der Buchhandlung. Besonders gemütlich saß man nicht auf den zusammengesuchten Stühlen, dafür brauchten sie nichts zu verzehren. Einigen Frauen ging es finanziell bescheiden, für die war das wichtig. Für Getränke sorgten sie selbst. Irgendjemand stellte Mineralwasser auf den Tisch, manchmal auch eine Flasche Wein oder Sekt. Wenn eine aus dem Kreis Geburtstag hatte, brachte sie Kuchen mit oder Schnittchen. Heute hatte Vera Käsekuchen mitgebracht, der ein paar Minuten zu lange im Ofen verbracht hatte, die Oberseite schmeckte ein bisschen verbrannt, was natürlich keiner zugeben wollte, obwohl Vera damit kokettierte und immer wiederholte, dass sie einfach nicht backen könne.

Sarah wollte unbedingt das Rezept, sie sammelte alle Rezepte, derer sie habhaft werden konnte, schien aber nie etwas auszuprobieren. An ihrem eigenen Geburtstag brachte sie grundsätzlich gekauften Kuchen mit, beim letzten Mal Berliner aus der Tiefkühltruhe, die nach nichts geschmeckt hatten.

Über Bücher wurde an diesem Abend nicht diskutiert, vielmehr stand Gesa im Mittelpunkt des Interesses. Alle anwesenden Frauen wussten Bescheid über die tragischen Umstände um Cords Tod, und anders als Tineke begriffen sie auch, was das für Gesa bedeutete.

»Das heißt, du kriegst von jetzt an keinen Unterhalt mehr, richtig?«, seufzte eine der Frauen, deren Mann selbstständig war und sich mithilfe seines Steuerberaters so arm gerechnet hatte, dass er keinen Cent für sie und die drei Kinder zahlte.

»So sieht es wohl aus«, sagte Gesa leise. »Vielleicht kann ich ein paar Stunden aufstocken. Ich muss mit dem Chef reden.«

»Nach dem Tod seines Vaters steht Christopher Halbwaisenrente zu«, schaltete sich Berit ein, die Ärztin war und auch ohne Ehemann finanziell so gut abgesichert, dass sie einen Mercedes fuhr und zweimal im Jahr mit ihren beiden Söhnen in den Süden flog. »Die Rente musst du beantragen. In der Übergangszeit steht ihm Unterhaltsvorschuss zu. Die Rente berechnet sich danach, wie viel dein Ex in die Rentenkasse eingezahlt hat.«

»Das klingt doch gar nicht schlecht.« Jetzt lächelte Gesa sogar, wenn auch sehr vorsichtig.

Es bot sich keine Gelegenheit mehr für Tineke, ungestört ein paar Worte mit Gesa zu wechseln, und sie nahm sich vor, Cords Exfrau gelegentlich zu besuchen. Beim letzten Mal hatte sie eine CD mit Kinderliedern für Christopher mitgebracht. Dass der Junge Musik liebte, konnte Tineke aus seinem Verhalten nicht ablesen, doch Gesa war davon überzeugt, und weshalb sollte sie ihr nicht glauben?

Mittlerweile zeigte die Uhr halb elf, die Versammlung löste sich auf, Gesa war plötzlich verschwunden, und Tineke machte sich auf den Heimweg. Wenn das Wetter trocken war, so wie heute, ging sie gern zu Fuß. Sie verbrachte viel zu wenig Zeit an der frischen Luft. Vielleicht sollte sie sich zwingen, wieder häufiger Rad zu fahren, wie früher. Ohne Alexander würden die Wochenenden sich endlos ausdehnen, das wusste sie jetzt schon.

Die Absätze ihrer Schuhe klickten auf den Steinen des Gehweges, und das Geräusch hallte von den Hauswänden wider. Klick, klack, klick, klack, noch nie war ihr aufgefallen, wie laut man gehen konnte. Ganz automatisch bemühte sie sich, vorsichtiger aufzutreten, und nahm im selben Moment ein anderes Stakkato wahr, da lief noch jemand auf dem Bürgersteig, seltsamerweise in genau demselben Rhythmus wie sie selbst. Als Tineke stehen blieb, hörte sie noch einen einzigen, verräterischen Schritt, vermutlich war die Person so überrascht von ihrem Stopp, dass sie nicht rechtzeitig anhalten konnte. Klack. Stille. Eine schwarze, bedrohliche Stille, die furchtbare Bilder in ihrem Kopf auslöste, Szenen aus irgendwelchen Krimis, in denen Frauen im Schutz der Dunkelheit überfallen wurden, vergewaltigt, getötet. Um Himmels willen, an so etwas wollte sie jetzt nicht denken. Sie befand sich in dem kleinen Fehndorf Martinsfehn, mitten in einem Wohngebiet, hier stand Haus an Haus, sie brauchte nur laut um

Hilfe zu rufen. Aber warum, es war ja gar nichts passiert, sie hatte doch nur Schritte gehört, bestimmt führte jemand seinen Hund aus. Doch weshalb blieb diese Person jetzt stehen, genau wie sie selbst?

Tineke brauchte einen Moment, um sich zu sammeln, dann wandte sie sich um und schaute die Straße hinunter. Nichts, keine Bewegung, da war niemand, nicht mal ein Hund oder eine Katze, die ja ohnehin nicht solche Laufgeräusche verursacht hätten, die Straße lag vor ihr wie ausgestorben, und die Häuser zu beiden Seiten hüllten sich in schläfrige Dunkelheit. Heruntergelassene Jalousien, erloschene Außenlichter und kein Laut. Sie hätte beruhigt sein können, doch Tineke wusste genau, dass sie sich den Verfolger nicht eingebildet hatte.

»Hallo, ist da jemand?« Sie hatte die Worte laut herausschreien wollen, selbstsicher und ohne jedes Anzeichen von Angst, doch über ihre Lippen kam nur ein heiseres Krächzen. »Silvana?«

Keine Antwort. Nichts. Stattdessen schien die Stille sich auszudehnen, und mit ihr wuchs Tinekes Angst.

Silvana wusste von dem Lesekreis, der vierzehntägig stattfand, und sie wusste auch, dass Tineke bei schönem Wetter zu Fuß nach Hause ging. Vielleicht hatte sie auf Tineke gewartet und dann doch nicht den Mut gefunden, sie anzusprechen. Das würde zu ihr passen. Die Telefonate hatte sie ja auch so abrupt beendet, als wäre sie erschrocken über ihren Vorstoß.

Im selben Moment schepperte es laut. Ganz in der Nähe war etwas umgefallen, wie es sich anhörte, etwas Schweres aus Metall, eine Mülltonne vielleicht oder ein größeres Pflanzgefäß. Als Nächstes hörte Tineke hastige Schritte, die in der Dunkelheit verhallten. Sekunden später ging in einem der Häuser Licht an, helles, beruhigendes Licht, jemand riss die Haustür auf und brüllte: »Wer ist da? Komm raus, du Ratte!«

Ein kleiner, dicklicher Mann in einem gestreiften Bademantel hastete zur Straße und peilte in beide Richtungen, in der Hand hielt er etwas, das Tineke zuerst für einen Baseballschläger hielt, das sich bei näherem Hinsehen aber als Regenschirm entpuppte. Sein Blick fiel auf Tineke. »Haben Sie jemand gesehen? Irgendein Penner wollte bei uns einbrechen und hat dabei das Fahrrad meiner Tochter umgerissen. Der kann von Glück sagen, dass ich ihn nicht zu packen kriege.«

»Gesehen nicht, aber gehört. Da ist einer weggelaufen.« Sie deutete in die Richtung, aus der sie gekommen war.

»Da heißt es immer, auf dem Land lebt man sicher.« Die Tür fiel ins Schloss. Der Mann fragte nicht mal, ob er Tineke ein Taxi rufen sollte.

Schon war sie wieder allein, ganz allein mit ihrer Angst. Bis zu ihrer Wohnung brauchte sie mindestens zehn Minuten. Der beruhigende Gedanke, dass Silvana ihr Verfolger sein könnte, hatte sich wieder verflüchtigt. Silvana hätte sich nicht auf einem fremden Grundstück versteckt. Und wo sollte sie den Kleinen lassen, wenn sie nachts durch Martinsfehn schlich?

In diesem Moment hielt neben ihr ein großer, dunkler Wagen. »Soll ich dich nach Hause bringen?« Berit.

Vor lauter Erleichterung wäre Tineke ihr beinahe um den Hals gefallen. »Hast du jemanden gesehen? Er muss genau in deine Richtung gelaufen sein?« Mit wackeliger Stimme erzählte sie, was sie gerade erlebt hatte. Sie merkte nicht, dass ihr dabei Tränen über die Wangen kullerten. Erst als Berit ein Taschentuch aus ihrer Tasche zog und ihr die Wangen abtupfte, spürte sie, dass sie weinte. »Ich bin total hysterisch.«

»Unsinn. Ich hätte mich auch erschrocken. Dazu die Geschichte mit deinem toten Cousin und diese komische Lösegeldübergabe. Das muss man erst mal verarbeiten. Ich fahr dich jetzt heim, und nächstes Mal nimmst du deinen Wagen, okay? Ich bin sowieso nicht dafür, dass Frauen allein durch die Dunkelheit laufen. Nicht mal hier in Martinsfehn.«

Charlie, der Wirt des *Tennessee Mountain*, der einzigen Kultkneipe in Martinsfehn, freute sich, wieder einmal Renke Nordmann begrüßen zu dürfen. Er mochte Renke, sehr sogar, und er bedauerte zutiefst, dass der Leiter des Polizeireviers die Wohnung auf der anderen Straßenseite so schnell wieder aufgegeben hatte. Es hieß, er würde jetzt in einem Wohnwagen leben, auf dem Grundstück seiner lange verstorbenen Großmutter. Angeblich wollte er das uralte Fehnhaus wieder bewohnbar machen, und zwar ganz allein. Zwei Jahre hatte er für dieses Projekt angesetzt. Charlie, der so gut wie nie auf die Straße ging, kannte das Haus nicht, aber aus dem, was seine Gäste erzählten, meinte er, sich ein gutes Bild machen zu können: eine halb verfallene Bruchbude, die eine komplette Kernsanierung erforderte, bevor man dort einziehen konnte. Zugeben musste er, dass Renke die körperliche Betätigung auf seiner Baustelle guttat, er sah besser aus als im Winter, irgendwie entschlossener. Renke setzte sich auf seinen Stammplatz an der Theke und orderte ein Jever. Heute war Montag, und Charlie wusste, dass der Polizist direkt vom Training kam, Selbstverteidigung für Jugendliche, der Kurs fand in der Sporthalle statt.

Ein guter Kneipenwirt musste nicht nur Geschäftsmann sein, sondern gleichzeitig auch eine Mischung aus Sozialarbeiter und Beichtvater. Im *Tennessee Mountain* war immer was los, die Leute kamen und blieben oft länger als geplant. Und sie redeten. Vieles, das Charlie hinter dem Tresen erfuhr, war nicht für die Öffentlichkeit bestimmt. So manche Ehe in Martinsfehn hatte er gerettet, indem er heimliche Knutschereien in seiner Kneipe für sich behielt. Er verpfiff weder Schulschwänzer noch Jungs, die mit fünfzehn bereits regelmäßig Alkohol konsumierten, oder Gäste, die sich betrunken hinters Steuer setzten. Für die Kids waren die Eltern zuständig, und die Erwachsenen mussten selbst auf sich aufpassen, fand Charlie. Mancher im Dorf hielt ihn für einen Spinner, ein beinahe siebzigjähriger Ostfriese, der sich Charlie nannte, Hemden mit silbernen Kragenecken und Cowboystiefel aus Straußenleder trug und in seiner Kneipe von morgens bis abends Countrymusik laufen ließ. Charlie wusste das, und er war froh, dass man ihn in Ruhe ließ, dasselbe Recht gestand er auch allen anderen zu. Jeder sollte nach seiner Fasson glücklich werden. Charlie liebte es, am Zapfhahn zu stehen und die Ohren zu spitzen, auf diese Weise erfuhr er die unglaublichsten Dinge. Natürlich war ihm auch bekannt, dass Cord Cassjen tot war, erschossen von seiner Frau, die jetzt überall gesucht wurde. Ihr Baby hatte sie auch mitgenommen, dabei war es erst ein paar Tage alt, vielleicht auch Wochen, auf jeden Fall noch ganz klein.

Selbstredend hatte Charlie auch von der mysteriösen Lösegeldübergabe gehört. In der Zeitung wurden mögliche Zeugen gebeten, sich zu melden, es gab sogar ein Bild von der Tasche, in der das Geld sich befunden hatte. Die halbe Million war futsch, der ehemalige Landrat musste in die Klinik, und Margit, hieß es, würde toben, was er sich lebhaft vorstellen konnte.

Aber wie kam es, dass Ocko gestern dort gesessen hatte, wo jetzt der Sheriff hockte, eine Lokalrunde geschmissen und am Ende mit einem Hunderteuroschein bezahlt hatte, so neu, dass er noch knisterte? Und den Schein hatte er aus einem Bündel gezogen, das hatte Charlie ganz genau gesehen.

Ocko war hier Gast, seit Charlie die Kneipe eröffnet hatte, also ewig. Und nie in all den Jahren hatte Ocko so viel Geld bei sich gehabt. Meist reichte seine Barschaft gerade für ein oder zwei Bier, und es kam nicht selten vor, dass Charlie ihm ein paar Cent erlassen musste, weil er nicht genügend Münzen zusammenkratzen konnte, um seine Zeche zu bezahlen.

Das war komisch, verflixt komisch sogar, und Charlie überlegte ernsthaft, ob er sein oberstes Prinzip brechen und mit Renke über den Vorfall reden sollte. Auf der anderen Seite war es kein Verbrechen, mit einem Hunderteuroschein zu bezahlen. Am Ende hatte Ocko gestern die Rente seiner Mutter abgeholt und beschlossen, sich von dem Geld einen schönen Abend zu machen. Und was wäre er für ein Wirt, wenn er Leute, die eine große Zeche machten und anschließend ordnungsgemäß bezahlten, hinterher bei der Polizei anschwärzte?

Nachdenklich schob Charlie einem Gast, es handelte sich um Simon, den Sohn von Dr. Stelter, ein Bier hin, krakelte einen schrägen Strich auf seinen Deckel und überlegte. Schließlich kam er zu dem Schluss, dass am besten alles so blieb, wie es sich bewährt hatte. Er würde schweigen.

DIENSTAG, 11. JUNI

Vor einer Stunde wurde Nola von der Mitteilung überrascht, dass der ehemalige Landrat jetzt bereit wäre, die Fragen der Polizei zu beantworten. Sie hatte ihr Protokoll zu Ende geschrieben und sich dann auf den Weg ins Klinikum gemacht.

Erich Loening lag im Bett, die Wunde am Hinterkopf war mit sieben Stichen genäht worden, wie er mehrfach betonte, und der Verband verlieh ihm das Aussehen eines Kriegsverletzten. Ein Hämatom unter dem linken Auge zeugte davon, dass er nach dem Schlag mit dem Gesicht auf dem Boden aufgeschlagen war, nach der Schwellung zu urteilen, sogar ziemlich heftig.

Nola zog sich einen Stuhl ans Bett, dann bat sie Erich Loening, den Verlauf der Geldübergabe zu schildern.

Man merkte ihm an, dass er als Landrat schon unzählige Male vor die Presse getreten war, um Erklärungen abzugeben. Sein ganzes Auftreten strotzte vor Selbstbewusstsein. »Der Mann hat mich telefonisch zu einem Sonderpostenmarkt bestellt. An der Hauptstraße in Martinsfehn, der Markt steht schon seit Monaten leer. Ich sollte zum Hintereingang gehen, die Tür wäre offen.«

»Moment«, unterbrach Nola. »Ihre Lebensgefährtin hat angegeben, dass die Lösegeldübergabe bei der Friedhofskapelle stattgefunden hat.«

Ungeduldig winkte er ab, Unterbrechungen schien er nicht zu schätzen. »Ja ja, das habe ich Margit erzählt. Wissen Sie, meine Lebensgefährtin ist sehr impulsiv, und sie kann es nur schwer aushalten, die Initiative anderen zu überlassen. Ich hatte schlicht und ergreifend Angst, dass sie plötzlich auftaucht und alles verdirbt.« Sein Gesicht verzog sich in gespielter Demut. »Wahrscheinlich wollte ich ihr nach all den Jahren beweisen, dass ich kein Schreibtischtäter bin, wie sie es mir immer vorwirft, sondern ein Mann der Tat. Bedauerlicherweise war die Aktion nicht von Erfolg gekrönt. Das muss ich mir jetzt wohl bis zum Ende meiner Tage anhören.« Er seufzte und zog die Bettdecke ein wenig höher. »Ich habe den Wagen hinter den Markt gefahren, dort kann man ihn von der Straße aus nicht sehen. Der Parkplatz war leer, was ich irritierend fand. Ich bin trotzdem ausgestiegen und zu dieser Hintertür gelaufen. Um es kurz zu machen: Ein Mann sprang um die Hausecke, ich bekam eins über den Schädel, und alle Lichter gingen aus, salopp ausgedrückt. Als ich wieder zu mir kam, war der Mann verschwunden. Die Tasche mit dem Geld natürlich auch.«

»Können Sie den Mann beschreiben?«, fragte Nola, die Stift und Notizbuch in der Hand hielt.

Er nickte wie ein Lehrer, der erfreut war, die richtige Frage zu hören. »Darüber denke ich schon die ganze Zeit nach. Normal groß, dunkel gekleidet. Er hatte so eine Mütze mit Augenschlitz auf, wie Motorradfahrer sie unter dem Helm tragen. Ich hab den Kopf gedreht, weil ich eine Bewegung bemerkt habe, und er hat mir wortlos einen Schlag versetzt und aus. Er hat unangenehm gerochen, irgendwie muffig, daran kann ich mich erinnern.«

Jetzt war es Zeit, ihn aus der Reserve zu locken, fand Nola. »Ganz ehrlich, das ist doch eine hanebüchene Geschichte. Ein Erpresserbrief, ein Anruf, bei dem Sie im Hintergrund ein weinendes Baby hören, und schon sind Sie bereit, 500 000 Euro zu zahlen. Ohne den geringsten Beweis, dass Caspar sich in der Gewalt des Erpressers befindet.«

Ihre Worte ließen ihn nachsichtig lächeln. Bevor er

weitersprach, strich er die Bettdecke glatt. »Meine Lebensgefährtin. Sie hat das Geld bezahlt. Ich als kleiner Landrat a. D. könnte so eine Summe gar nicht aufbringen. Aber Caspar ist ja auch Margits Enkel. Ich dachte, dass sie selbst bestimmen soll, wie es abläuft. Hätte Margit gesagt, dass wir mit dem Brief zur Polizei gehen, hätte ich das sehr begrüßt. Sie wollte aber nicht, und ich habe mich ihren Wünschen gefügt. Meine Lebensgefährtin kann sehr überzeugend sein. Wie schon gesagt, ihr Enkelkind, ihr Geld. Ich war nur der Bote.«

»Haben Sie ernsthaft an den Erfolg dieser Aktion geglaubt?«

Darüber musste er kurz nachdenken. »Fifty-fifty«, sagte er schließlich. »Allerdings hab ich nicht damit gerechnet, dass ich niedergeschlagen werde. Da war ich wohl ein bisschen naiv. In gewisser Weise habe ich erwartet, dass gar nichts passiert, also dass ich unverrichteter Dinge mit dem Geld zurückfahren muss. Allerdings hätte ich Margit bewiesen, dass ich zur Not auch ein Held sein kann.« Mit den Fingerspitzen betastete er die Schwellung unter seinem Auge, dann verzog er das Gesicht, als würde die Berührung ihm größte Schmerzen bereiten. »Der Schuss ging leider nach hinten los.«

»Wann kam der Anruf, der Sie zum Sonderpostenmarkt bestellt hat?«

»Am Dienstagmorgen lag der Brief im Kasten, nachmittags kam der Anruf. Die Uhrzeit weiß ich nicht genau, ich schätze, fünfzehn Uhr. Meine Lebensgefährtin war drüben im Betrieb, und der Anrufer hat unsere Festnetznummer gewählt. Eine Geheimnummer übrigens, wir stehen weder im Telefonbuch, noch findet man die Nummer im Internet. Vielleicht war uns deshalb von Anfang an klar, dass nur Silvana dahinterstecken konnte.«

»Wir lassen den Anruf zurückverfolgen.«

»Sehr gute Idee.« Er schloss die Augen. »Mehr kann ich nicht zur Aufklärung beitragen, und wenn ich ehrlich sein darf, wäre ich jetzt dankbar für ein wenig Ruhe. In meinem Alter steckt man so eine Aufregung dann doch nicht so leicht weg.« Er gähnte, hielt dabei aber die Hand vor den Mund. »Morgen früh werde ich entlassen. Falls noch Fragen auftauchen, können Sie mich zu Hause aufsuchen. Die Adresse ist Ihnen ja bekannt.«

»Ich bin so gut wie fertig. Vielleicht interessiert es Sie, dass Ihr verstorbener Schwiegersohn nicht der biologische Vater des Kleinen ist. Ich habe mir zwischenzeitlich eine richterliche Verfügung besorgt. Wir lassen Ihr DNA-Profil mit dem des Babys vergleichen.«

Schon wieder dieses süffisante Lächeln. »Das Ergebnis kann ich Ihnen jetzt schon verraten, ich bin nicht Caspars Vater, diese Vorstellung ist völlig absurd.« Das klang jetzt beinahe gelangweilt, als wäre er enttäuscht von ihren Ermittlungen.

Nola wusste nicht, ob sie dem Landrat a.D. seine Geschichte glauben sollte. In ihren Augen machte der Mann einen zu gut gelaunten Eindruck, und das weckte ihr Misstrauen. Verdammt, sie musste ihn irgendwie aus der Reserve locken.

»War Ihnen bekannt, dass Silvana früher mal vor der Webcam gearbeitet hat?«

»Webcam? Sie meinen diese Frauen, die sich vor dem Bildschirm ausziehen? Tatsächlich? Nein, das wusste ich nicht. Wie schon gesagt, haben wir kaum über Persönliches gesprochen. Aber Sie sehen mich nicht überrascht. In gewisser Weise war Silvana der Typ für so etwas. War's das?«

»Ja. Für heute bin ich fertig. Sie dürfen davon ausgehen, dass wir alle Freier ermitteln, die Silvana auf der Sexseite besucht haben, auch wenn das Zeit in Anspruch nehmen wird.«

»Davon bin ich überzeugt.«

Nola blieb nichts anderes übrig, als sich zu verabschieden. Einer plötzlichen Eingebung folgend, marschierte sie schnurstracks zum Dienstzimmer, wo der Stationsarzt gerade mit zwei jungen Schwesternschülerinnen schäkerte.

»Eine Frage. Glauben Sie, dass Herr Loening sich die Wunde am Hinterkopf selbst zugefügt haben könnte?«

»Sie machen wohl Witze«, kicherte der Doktor, und die Schwesternschülerinnen giggelten aus Solidarität mit. »Das möchte ich sehen, wie einer so viel Kraft entwickeln kann, sich an dieser Stelle eine derart heftige Verletzung zuzufügen.« Er demonstrierte das, was er meinte, indem er mit dem rechten Arm eine imaginäre Waffe gegen seinen Hinterkopf schlug. Dafür musste der Arm so stark angewinkelt sein, dass jegliches Schwungholen unmöglich war. Nein, das würde nicht funktionieren.

Neben der unangebracht guten Laune gab es einen weiteren Punkt, der Nola störte. Erich Loening hatte seiner Frau einen falschen Treffpunkt genannt, und die Erklärung dafür erschien ihr ziemlich fadenscheinig. Da drängte sich doch zwangsläufig der Gedanke auf, dass der Landrat bei der ominösen Geldübergabe keine Zeugen brauchen konnte, was dafür sprach, dass er nicht die Wahrheit sagte. Was, wenn er Silvana Cassjens geheimnisvoller Geliebter war und sie ihn mit seinem Einverständnis niedergeschlagen hatte? Für so viel Geld konnte man durchaus ein bisschen Schmerz aushalten. Dazu passte allerdings nicht, dass ihn die Sache mit dem Vaterschaftstest absolut kaltgelassen hatte. Aufgrund seiner Reaktion war Nola jetzt beinahe sicher, dass der Test negativ ausfallen würde.

Wer, zum Teufel, war Caspars Vater? Und war er der Mann, der Silvana Cassjen und den Kleinen versteckte?

»Nanu, ist hier der Wohlstand ausgebrochen?«, fragte die Pflegerin überrascht, als sie die Bettwäsche mit den riesigen Sonnenblumen entdeckte, die Ocko für seine Mutter gekauft und gleich aufgezogen hatte.

Nicht nur neue Bettwäsche hatte er angeschafft, sondern auch Handtücher und himmelblaue Gardinen für das Schlafzimmerfenster. Leider waren sie viel zu lang, er würde wohl eine Schere holen und sie abschneiden müssen.

»Nee«, brummte Ocko. »Das nicht. Ich hab was verkauft, ein paar Hühner und so.«

»Aber doch nicht alle Hühner, oder?« Die Schwester nahm jede Woche zehn Eier mit nach Hause. Sie und ihr Mann legten Wert auf gute Ernährung, wie sie ihm schon tausendmal mit ihrer piepsigen Plapperstimme erklärt hatte. Sie war bestimmt schon fünfzig und zum zweiten Mal verheiratet. Ocko fragte sich, weshalb so ein dummes Geschöpf gleich zweimal einen Ehemann gefunden hatte, während er allein geblieben war.

Über solche Sachen dachte er abends nach, wenn er die beiden Schweine versorgte und anschließend die Hühner fütterte, bevor er sie in den Stall sperrte. Ein guter Ehemann würde danach wohl duschen, aber ihn erwartete ja niemand, höchstens seine kranke Mutter, deshalb sparte er sich die Mühe. Warmes Wasser kostete Geld, und davon hatte er nicht sehr viel. Es war schon vorgekommen, dass Margit die Nase gerümpft und gefragt hatte, ob ihm Wasser und Seife ausgegangen wären. Das war ihm dann doch peinlich, und er nahm es jedes Mal zum Anlass, zu Hause in die Wanne zu steigen und hinterher saubere Sachen anzuziehen. Früher hatte seine Mutter auf solche Dinge geachtet, jetzt war er selbst dafür zuständig und vergaß es regelmäßig.

Ocko führte einen Arm zur Nase und schnupperte an dem Hemd, nee, das ging noch. Er holte sich eine Tasse Tee und setzte sich an das Bett seiner Mutter. Eigentlich war ihm ja eher nach einer Flasche Bier zumute, aber das hätte er sich nicht getraut. Bier im Schlafzimmer, das würde seine Mutter nicht erlauben. Sie lag ganz still da. Für einen Fremden mochte sie so aussehen wie immer, aber er wusste, dass sie sich über die neuen Farben freute.

Bei der Waffe, mit der Moritz Kemper aus Versehen seinen jüngeren Bruder angeschossen hatte, handelte es sich tatsächlich um die Tatwaffe, mit der Dr. Cord Cassjen getötet worden war, das hatten die Ballistiker beim LKA rausgefunden. Eine Beretta 92, laut Herstellernummer Baujahr 1979. Bedauerlicherweise war sie nirgends registriert. Man hatte Fingerabdrücke von Silvana Cassjen und den beiden Kindern nachweisen können, jedoch von keiner weiteren Person, außerdem grüne Fasern. *Entweder hat man die Waffe mit einem grünen Tuch abgewischt oder sie darin eingewickelt*, stand im Bericht.

Woher stammte die Waffe, und wie um alles in der Welt waren die Kinder in den Besitz der halbautomatischen Pistole gelangt? Dank Renke, der Philipps Vater aus irgendwelchen Zusammenhängen flüchtig kannte, durften sie den Jungen in der Klinik vernehmen. Auch hier, so nahm Nola an, war es der vermisste Säugling, der die Tür für sie geöffnet hatte.

Philipp Kemper hatte kürzlich seinen achten Geburtstag gefeiert, sein hellblondes Haar war kurz geschoren bis auf den Pony, der ihm bis fast bis in die Augen fiel. Er hatte ein hübsches, ebenmäßiges Gesicht und zwei vorwitzige Grübchen, wenn er lächelte. Als Nola sich als Polizistin outete, verschwand das offene Lächeln allerdings aus seinem Gesicht. Er kniff die Augen zusammen und legte den Kopf schief. »Hast du auch einen Ausweis?«

»Selbstverständlich.« Mit ernster Miene zog Nola ihre Dienstmarke hervor und legte sie in die kleine Kinderhand. »Guck, das ist meine Dienstmarke.«

»Ist die auch echt?«

»Ich schwöre.« Feierlich hob sie die linke Hand.

»Zeig mal.« Mit krauser Nase betrachtete er die Marke von beiden Seiten. »Da ist ein Pferd drauf. Bist du eine Polizeireiterin?«

»Leider nein. Das ist das Niedersachsenpferd. So eins ist ja auch auf unserer Landesflagge.«

»Ach so. Ich dachte, du hast ein Pferd.« Sichtlich enttäuscht gab er ihr die Marke zurück. »Hier. Hast du auch eine...« Er verstummte. Der Grund war Nola sofort klar. So unbefangen, wie Kinder in dem Alter sein mussten, hatte er nach ihrer Waffe fragen wollen. Dabei war ihm der Grund seines Krankenhausaufenthaltes eingefallen, die geheimnisvolle Pistole, und er hatte beschlossen, lieber den Mund zu halten.

»Bestimmt kannst du dir denken, warum ich hier bin.«

»Nö«, sagte er im Brustton der Überzeugung.

Sie lächelte, beugte sich vor und streichelte seinen Teddy, der so abgegriffen aussah wie ein Stofftier, das unentbehrlich war für seinen Besitzer. »Wie heißt der denn?«

»Otto.«

»Oh, cooler Name. Der Vater meiner besten Freundin heißt auch Otto. Der hat aber nicht so viele Haare.«

Philipps Blick verriet, dass er sie durchschaute und

keine Lust verspürte, auf ihre plumpe Anbiederung einzugehen.

»Philipp«, zischte seine Mutter. »Beantworte die Frage, die die Frau dir gestellt hat.«

»Hab ich doch«, maulte der Kleine. »Mein Teddy heißt Otto.«

Seine Mutter schüttelte übertrieben den Kopf. »*Diese* Frage doch nicht. Ob du weißt, warum die Polizei hier ist.« Als der Junge trotzig schwieg, flüsterte sie: »Die Pistole. Wo hast du die Pistole her? Das möchten Papa und ich auch gern wissen.«

So würden sie nicht weiterkommen, das war Nola klar. Andererseits war ihr bewusst, dass es ein großes Entgegenkommen der Eltern bedeutete, diese Vernehmung im Krankenzimmer zuzulassen. Als Erziehungsberechtigte hätten sie darauf bestehen können, die Befragung auf einen späteren Zeitpunkt zu verschieben, im Beisein einer psychologisch geschulten Kraft, die überwachte, dass niemand den Jungen überforderte.

»Das ist wirklich sehr wichtig, Philipp. Und du bist der Einzige, der uns helfen kann. Magst du uns nicht verraten, wo du die Pistole gefunden hast?« Bittend schaute sie ihn an.

»Da waren immer zwei Leute, ein Mann und eine Frau«, flüsterte er. »Die Frau hat ein gelbes Auto. Und lange Haare. Blond, glaube ich. Früher war sie ganz dick, jetzt aber nicht mehr. Die machen immer das, was man macht, wenn man ein Baby kriegen will. Das Wort sag ich aber nicht.« Er wurde rot, seine Mutter ebenfalls.

»Brauchst du auch nicht. Ich weiß Bescheid«, versicherte Nola. »Und weiter?«

»Letztes Mal war die Frau allein. Sie hat telefoniert und geschimpft und komisch gesungen. Wie eine Verrückte«, sagte er und warf seiner Mutter einen vorsichtigen Blick zu. »Sie hatte was auf dem Kopf, ein Handtuch, glaub ich. Und sie hat was versteckt. Als ich noch mal hingefahren bin, hab ich nachgeschaut und die Pistole gefunden.«

»Kannst du sagen, wie alt der Mann war?« Bislang hatte Renke sich im Hintergrund gehalten, wahrscheinlich um den Kleinen nicht mit seiner Uniform einzuschüchtern. Jetzt aber stellte er sich an das Fußende des Bettes.

»Ich kenn dich. Du warst schon mal bei uns in der Schule.« Ängstlich klang das nicht, eher begeistert. Polizisten in Uniform schien Philipp weitaus spannender zu finden als eine Frau in Jeans, die nicht zur berittenen Polizei gehörte.

Renke ging sofort darauf ein. »Richtig, ich hab euch was über Sicherheit im Straßenverkehr erzählt. Zuletzt haben wir auf dem Schulhof nachgeschaut, ob die Beleuchtung an euren Fahrrädern in Ordnung ist.«

»Bei mir war alles okay«, sagte Philipp nicht ohne Stolz.

»Ich erinnere mich«, behauptete Renke und zwinkerte dem Jungen zu. »Und jetzt überleg noch mal. Wie alt war der Mann?«

»Alt«, erwiderte Philipp, ohne zu zögern.

Erich Loening, dachte Nola sofort. So, wie Silvana es behauptet hatte. Sie dachte an die merkwürdig gute Laune, die der Landrat a.D. im Krankenhaus verbreitet hatte, so, als würde er sich freuen, alle an der Nase herumgeführt zu haben.

»So wie dein Opa?«, hakte Renke nach.

Der Junge zuckte mit den Schultern. »Weiß nicht.«

»Wie dein Vater?«

Philipp spitzte den Mund und versuchte zu pfeifen, was nicht gelang. »Weiß nicht.«

»So alt wie ich?«

Jetzt nickte Philipp heftig, und Nola hätte beinahe laut gelacht.

Besonders getroffen wirkte Renke nicht, vielmehr grinste er den Kleinen verschwörerisch an. »Okay, so uralt wie ich, vielleicht ein bisschen älter oder sogar jünger, ein erwachsener Mann. Was hatte er für Haare, kannst du dich daran erinnern?«

Zuerst erwiderte der Junge Renkes Lächeln, und er sah dabei einfach hinreißend aus, dann verzog er den Mund. »Hab ich vergessen.«

»Schwarz? Blond? Weiß? Grau?«, versuchte Nola ihr Glück, aber Philipp blieb beharrlich bei seinem Weiß-ich-nicht-mehr. Ohnehin schien Renke der einzig ernst zu nehmende Gesprächspartner für ihn zu sein. Sie erfuhren, dass der Mann ein großes dunkles Auto fuhr. Er und die Frau hatten sich in einem Haus getroffen, wo ein Baum durch das Dach wuchs. Immer dienstags.

»Philipp«, sagte seine Mutter streng. »Das hast du dir ausgedacht. Genau so ein Haus gibt es in deinem Lieblingsbuch. *Der Mann, der zaubern kann.*«

»Jaaa. Aber der Baum in dem Buch hat rosa Blätter. Dieser Baum ist echt. Wirklich, Mama. Und vor dem Haus wächst eine Rose. Da war die Pistole versteckt.«

Auf die Frage, wo dieses geheimnisvolle Haus stehen würde, gab er zuerst keine Antwort, dann brummelte er: »Vergessen.«

Entmutigt wandte Nola sich ab. Die Mutter schien ihren Sohn gut zu kennen, das Haus existierte nur in seiner Fantasie.

»Hast du die Leute oft gesehen, jede Woche?«, wollte Renke jetzt wissen. »Du hast gesagt, immer dienstags.«

»Nee, nicht oft. Ich war schon ganz lange nicht mehr da. Eigentlich ...« Der Kleine biss sich auf die Lippen, und

Nola ahnte, dass er bereits mehr verraten hatte, als er wollte.

»Eigentlich…«, versuchte Renke, ihn zum Weiterreden zu bewegen.

»Philipp. Du sagst jetzt, was du weißt!« Soeben war Frau Kempers Geduldsfaden gerissen, leider, denn ihr harscher Tonfall brachte den Jungen endgültig zum Schweigen.

»Hab ich ja. Sonst weiß ich nichts.« Trotzig schob er die Unterlippe vor.

Nola musste ihren ganzen Mut zusammennehmen, um die letzte Frage zu stellen. »Hast du dort ein Baby gesehen? Vielleicht in einem Autositz?«

»Nö.« Das klang so gelangweilt, dass es sich um die Wahrheit handeln musste. Wie sollte der Kleine auch wissen, dass seine Worte Nola den Boden unter den Füßen wegzogen. Irgendwie schaffte sie es, das Gespräch zu Ende zu bringen, ohne die Fassung zu verlieren.

»Das besagt doch gar nichts«, wollte Renke sie im Flur trösten. »Der Kleine kann sich im Auto befunden haben oder in diesem komischen Haus.«

»Das es überhaupt nicht gibt«, fuhr sie auf. »Die Geschichte war doch eindeutig für seine Mutter bestimmt. Er will nicht verraten, wo er die Pistole gefunden hat, und wir können ihn nicht zwingen. Vielleicht später mal, wenn er eine Traumatherapie hinter sich hat, in hundert Jahren!«

»Ein Mann in einem dunklen Auto, damit kannst du doch schon mal was anfangen.«

»Klar, wir laden alle Männer vor, die im Umkreis von hundert Kilometern wohnen und ein dunkles Auto fahren.« Sie schniefte wütend und wischte mit der Hand über ihre Nase. »Nein, du hast ja recht. Damit lässt sich was anfangen. Silvana Cassjen hat einen Geliebten. Der Mann muss gebunden sein, sonst würden sie sich in seiner Wohnung treffen und nicht an einem Ort, wo sie von Kindern beobachtet werden können. Wahrscheinlich handelt es sich um den Vater ihres Kindes, immerhin haben sie es noch während der Schwangerschaft getrieben.«

»Getrieben?«, fragte Renke mit hochgezogenen Brauen, und dann lachten sie beide über diese Wortwahl.

»Okay, sie hatten Sex, hört sich besser an. Nach dem Tod ihres Ehemanns hat sie sich an diesen seltsamen Ort geflüchtet. Sie hat ihn von dort aus kontaktiert, mit einem Handy, das hat der Junge ja klar gesagt.« Verdammt, so wie der Junge Silvana geschildert hatte, war ihre Psychose keineswegs vorgetäuscht, und damit befand sich das Baby auch nicht in Sicherheit. Bettelnd schaute sie Renke an.

»Du kennst Martinsfehn doch wie deine Westentasche. Wo steht ein Haus mit einem Rosenbusch davor, wo ein Baum aus dem Dach wächst?«

»Ich möchte eine Aussage machen.« Margit war wieder Margit, sie trug ein königsblaues Kleid, das Material schimmerte wie Seide, und sie war perfekt geschminkt. »Vielleicht solltest du das aufnehmen.«

Renke grinste schwach. »Erzähl erst mal.«

»Gut. Dir ist sicher bekannt, dass ich noch Waffen besitze, aus der Zeit, als Cornelius noch lebte und in der Lage war, auf Jagd zu gehen. Ich brauche sie nicht, wozu, aber ich bewahre sie aus sentimentalen Gründen auf. In einem Waffenschrank, versteht sich. Alles ordnungsgemäß. Nach Cords Tod hat die Kripo alles überprüft.« Sie zupfte an ihren Haarspitzen. »Ich war aber nicht ganz ehrlich. Es gibt nämlich auch noch eine nicht registrierte Waffe, eine Beretta 92, sie liegt in meiner Schreibtischschublade, geladen. *Lag* in meiner Schreibtischschublade, muss ich wohl sagen. Sie ist nämlich verschwunden.«

»Seit wann vermisst du die Pistole?«

»Ich habe sie gar nicht vermisst. Aber nachdem mir klar geworden ist, dass Erich mich um eine halbe Million betrogen hat, hab ich nachgedacht. Erich und ich schlafen in getrennten Zimmern, ich oben, er im Erdgeschoss. Jeder hat sein eigenes Bad. Und falls du es genau wissen willst, nein, wir haben keinen Sex mehr. Seit Erich Betablocker nehmen muss, ist das vorbei. Wir laufen uns nachts also nicht über den Weg. Zu der Zeit, als Cord erschossen wurde, habe ich tief und fest geschlafen, ich hatte Migräne und etwas Starkes eingenommen, danach falle ich praktisch ins Koma. Sollte Erich weggefahren sein, hätte ich nichts mitbekommen.« Sie schlug die Augen nieder. »Als diese Kommissarin nach unseren Alibis gefragt hat, habe ich behauptet, dass wir gemeinsam ferngesehen hätten. Warum auch nicht, ich bin doch nicht davon ausgegangen, dass mein Lebensgefährte ein Mörder sein könnte. Das sehe ich inzwischen anders. Vorhin ist mir nämlich die Beretta eingefallen, dass sie frei zugänglich in meiner Schreibtischschublade liegt, und ich hab nachgesehen. Sie ist nicht mehr da. Und der Schlüssel für Cords Haus hängt im Schlüsselschrank, Erich hätte ihn jederzeit nehmen können, ohne dass es auffällt.«

Der Schlüssel interessierte Renke jetzt nicht so sehr wie die Beretta. »Wieso bewahrst du eine Waffe an so einem Ort auf?«

Die rot geschminkten Lippen verzogen sich unwillig. »Muss ich das wirklich erklären?« Fragend schaute sie ihn an, und er ärgerte sich über den herablassenden Tonfall.

»Ich bitte darum.«

»Es steht doch ständig in der Zeitung, dass wohlhabende Menschen von irgendwelchen osteuropäischen Banden überfallen und ausgeraubt werden. Vor so etwas habe ich Angst. Ich dachte, wenn mir so etwas passiert, könnte ich behaupten, dass ich Geld in meinem Schreibtisch aufbewahre, und so an die Waffe gelangen und mich verteidigen.«

Am liebsten hätte er jetzt laut gelacht. »Das ist nicht dein Ernst. Wir leben doch nicht im Wilden Westen. Ehe du die Waffe in der Hand hältst, haben die dich schon zusammengeschlagen.«

Ihr Achselzucken, das nichts anderes bedeutete, als dass seine Meinung ihr herzlich egal war, fand Renke unverschämt, doch er versuchte, seinen Ärger auszublenden, um zu begreifen, was sie eigentlich sagen wollte. »Verstehe ich das richtig? Du willst mir gerade erklären, dass dein Lebensgefährte Cord erschossen hat?«

»So ist es. Ich bin felsenfest davon überzeugt, dass Erich meinen Sohn kaltblütig erschossen hat. Anschließend ist er wieder nach Hause gekommen, und sie ist mit dem Yaris geflüchtet. Frag mich nicht, wohin, ich weiß es nicht. Seit ich erfahren habe, dass Caspar gar nicht Cornelius' Enkelsohn ist, weiß ich gar nichts mehr.« Ganz unerwartet begann sie zu schluchzen. Die ganze Zeit hatte sie keine Träne vergossen, nicht einmal beim Anblick von Cords Leiche, doch die Tatsache, dass der Kleine nicht von ihrem geliebten Cornelius abstammte, brachte sie zum Weinen.

Renke reichte ihr ein paar Taschentücher und wartete, bis sie sich beruhigt hatte. »Stell dich darauf ein, dass du Besuch von der Kripo bekommst und alles noch mal wiederholen musst.«

Heute Morgen hatte in der Zeitung gestanden, dass zwei Kinder die Tatwaffe gefunden hatten, eine halbautomatische Pistole, Fabrikat und Modell wurden in dem Artikel genannt und die Vermutung geäußert, dass es sich um die Waffe handeln könnte, mit der Dr. Cassjen erschossen wurde. Sogar ein Foto hatte man eingestellt und gefragt, ob jemand die Waffe erkannte. Renke hatte sich geärgert, dass die Kollegen so detaillierte Infos an die Presse weitergaben. So etwas kam dabei heraus. Nein, er glaubte Margit kein Wort, sie wollte sich an ihrem Lebensgefährten rächen, weil das Geld weg war und er in ihren Augen versagt hatte. Dennoch musste er Nola informieren.

»Einen logischen Fehler machst du bei deinen Überlegungen, Margit. Du behauptest, dass Erich infolge der Einnahme von Betablockern impotent ist. Wie kann er unter diesen Umständen eine Geliebte haben und sie auch noch schwängern?«

»Was, wenn er mich die ganze Zeit belogen hat? Ein ärztliches Attest musste er mir nicht vorlegen, das ist ja wohl klar. Ich bin davon ausgegangen, dass er nicht mehr kann. Aber vielleicht wollte er nicht mehr, jedenfalls nicht mit mir.« Die Verbitterung, die aus ihren Worten klang, wirkte echt.

»Dazu kann ich nichts sagen. Du bleibst also bei deinen Anschuldigungen?«

»Selbstverständlich«, zischte sie voller Empörung. »Willst du etwa behaupten, dass ich mir das alles nur ausgedacht habe?« Als sie das Revier verließ, hatte ihre Körperhaltung sich unmerklich verändert, sie trug den Kopf nicht mehr ganz so hoch, als könnte nichts und niemand sie erschüttern.

Wenn Hilke strahlte, so wie jetzt, hatte sie etwas Bedeutsames gefunden. »Rate, was Silvanas Nachbar, also dieser Rüdiger Lienemann, von Beruf ist.«

»Vertreter, das wissen wir doch schon.«

»Ja. Aber was für ein Vertreter.« Hilke klimperte übertrieben mit den Augen. »Da kommst du sowieso nicht drauf. Er ist Pharmareferent. Und Pharmareferenten führen ständig Ärztemuster bei sich, alle möglichen Medikamente. Zudem sind sie topinformiert, wenn es um die Wirkung der von ihnen vertretenen Medikamente geht.«

»Auch Psychopharmaka?«

»Auch Psychopharmaka. Gewöhnlich sind sie auf bestimmte Medikamentengruppen spezialisiert und wissen genau, worüber sie reden. Studiert haben sie in der Regel auch. Herr Lienemann, übrigens Dr. Lienemann, ist Neurobiologe. Er besucht vor allem Fachärzte für Psychiatrie, Psychotherapie und Neurologie, und zwar im Großraum Bremen, Oldenburg, Ostfriesland. Da kannst du dir wohl vorstellen, welche Pillen er im Angebot hat.«

Nola war beeindruckt. »Du bist echt gut, Hilke.«

»Ich weiß. Und jetzt überlegt mal Folgendes: Die Medikamente lagen in ihrer Nachttischschublade, nicht im Bad, wo die meisten Leute sie aufbewahren. Vielleicht hat ihr Mann ihr gar keine Tabletten verabreicht, er wollte doch gar nicht, dass es ihr besser geht, denk an seine Auswanderungspläne nach Schweden. Einen Facharzt hat er jedenfalls nicht konsultiert, das wissen wir ja inzwischen.«

Nola nickte zögernd. »Er hatte keine Ahnung, dass Caspar nicht sein leiblicher Sohn ist, sonst hätte er wohl kaum mit ihm nach Schweden gewollt.«

»Genau. Er war eifersüchtig, ahnte aber nicht, dass es wirklich einen anderen gab.« Hilke verschränkte die Arme vor der Brust. »Lass uns doch mal annehmen, dass die Medikamente im Nachtschrank von diesem Lienemann stammen. Er und Silvana hatten ganz eigene Pläne, eine gemeinsame Zukunft mit dem gemeinsamen Kind. Sie räumen den lästigen Doktor aus dem Weg und erpressen Geld von der ungeliebten Schwiegermutter. Als Neurobiologe dürfte Lienemann bestens bekannt sein, welche Symptome so eine Psychose verursacht. Er hat ihr einfach gesagt, wie sie sich verhalten soll, damit jeder sie für krank im Kopf hält. Natürlich konnten sie nicht gleich abhauen, das wäre zu verdächtig. Sie müssen warten, bis Gras über die Sache gewachsen ist. Dann verlässt er seine Elvira und startet mit Silvana neu durch.«

»In jedem Fall würde das erklären, weshalb wir im ganzen Haus kein Rezept finden konnten. Es hat nie ein Rezept existiert.« Nola stutzte. »Stopp. Alle wussten doch, dass sie Medikamente einnimmt.« Sie schloss die Augen, um sich ganz genau zu erinnern. »Allerdings hat der Psychodoktor sich über die Zusammensetzung gewundert. Wenn ich das richtig zusammenkriege, hat er gemeint, dass zwei der Mittel nicht miteinander harmonieren und eine Verstärkung der Symptome hervorrufen können. Warte mal …« Nola blätterte in ihrem Notizbuch, um den genauen Wortlaut der Aussage zu finden.

»Alle wussten, dass sie *angeblich* Medikamente nimmt«, verbesserte Hilke. »Und diese Information stammte von Cord Cassjen, sie muss also keineswegs stimmen.«

»Dann wäre sie nicht wirklich psychotisch. Oder doch?« Nola wusste nicht mehr, was sie denken sollte. Ihr fiel ein, wie der kleine Philipp Silvanas Verhalten beschrieben hatte. Demnach musste die Psychose echt sein und nicht vorgetäuscht, schließlich konnte die Frau nicht ahnen, dass da ein Junge im Gebüsch hockte und sie beobachtete.

Dennoch blieb die Tatsache, dass Silvanas Nachbar, der sie laut Frau Weber besucht hatte, als seine Partnerin mit dem dritten Kind in der Klinik lag, ausgerechnet Psychopharmaka vertrieb, höchst merkwürdig. Und weil Nola schon lange nicht mehr an komische Zufälle glaubte, bestellte sie Dr. Rüdiger Lienemann aufs Präsidium.

Es klingelte an der Tür, und Tineke zuckte zusammen. Alexander? Wer sonst? Sie bekam so gut wie nie unangemeldeten Besuch, andere Menschen würden sie sicher als Einsiedlerin bezeichnen. Kurz überlegte sie, die Tür gar nicht zu öffnen. Dann kam ihr die Idee, dass Silvana dort stehen könnte, dass sie im Schutz der Dunkelheit gekommen war, um mit Tineke zu reden, und gleich fiel ihr wieder ein, was gestern Abend passiert war. Jemand hatte sie verfolgt und ihr damit schreckliche Angst eingejagt. Ihre Knie waren butterweich, als sie zur Haustür schlich und an der Silhouette sofort erkannte, wer dort stand. Margit.

Tineke konnte sich nicht erinnern, dass ihre Tante schon mal grundlos vorbeigekommen war, wagte aber nicht, nach dem Grund zu fragen, es hätte unhöflich gewirkt. Margit sah schlecht aus, wie eine schwache Kopie ihrer selbst. Sie marschierte wortlos an Tineke vorbei ins Wohnzimmer, wo sie sich auf die Couch fallen ließ, eine Flasche *Fehnbrand* aus ihrer Tasche zog und mitten auf den Tisch stellte.

»Bei dir gibt es ja nichts Anständiges.« Ihre undeutliche Aussprache verriet, dass sie alles andere als nüchtern war.

Sogar ein Glas hatte sie mitgebracht, aber kein Kupferpfännchen. Sie war nicht in der Stimmung für das ganze Brimborium, heute wäre ein Tag, an dem sie *Fehnbrand* pur trinken müsste, richtig saufen, erklärte sie mit schwerer Zunge.

Tineke nickte pflichtschuldig. Um ihre Tante nicht ansehen zu müssen, schaute sie zur Terrassentür. Hatte sich da draußen nicht etwas bewegt? »Bist du allein gekommen?«

»Mein wunderbarer Lebensgefährte ist nicht mitgekommen, falls du das wissen willst. Der Herr Landrat liegt schon im Bett, er muss sich schonen. Warum?«

»Ich dachte gerade, dass da draußen einer rumschleicht.«

»Vielleicht Silvana, was?«, grölte Margit. »Wir können ja mal nachgucken.« Sie erhob sich, bewegte sich leicht schwankend zur Terrassentür und riss sie auf. »Hallo! Ist da jemand? Falls ja, mach dich vom Acker, wir sind nämlich bewaffnet!« Sie lachte kreischend und fuchtelte wild mit den Armen herum.

Tineke, die ihr gefolgt war, ließ den Blick über das Gelände schweifen. Draußen regte sich nichts, vermutlich waren ihre Nerven so überspannt, dass sie Gespenster sah.

»Da ist keiner«, verkündete Margit zufrieden. Sie knallte die Tür zu, ließ den Hebel hochschnellen und zog den Vorhang so heftig vor die Scheibe, dass Tineke fürchtete, die Gardinenstange könnte aus der Halterung reißen.

Anschließend fläzte ihre Tante sich wieder auf das Sofa, breitbeinig und wenig damenhaft, und schenkte sich erneut einen *Fehnbrand* ein. Zuerst verfehlte sie das Glas, sodass eine Pfütze auf dem Tisch entstand, sie korrigierte sich aber sofort. Als das Glas voll war, wischte sie mit zwei Fingern durch die übergeschwappte Flüssigkeit und leckte sie anschließend ab. Tineke widerstand dem Wunsch, aufzuspringen und einen Lappen zu holen. Margit würde das als Kritik auffassen und entsprechend beleidigt reagieren.

»Du bist ein Feigling, Tineke, das ist nicht gut für eine Frau. Merk dir das. Ich hab in meinem ganzen Leben keine Angst gehabt, und wenn doch, hat es keiner gemerkt.«

Ja, das mochte wohl stimmen. Margit gehörte zu den beneidenswerten Menschen, die sich niemals einschüchtern ließen und die keinerlei Selbstzweifel kannten. Vielleicht sollte Tineke von ihren Problemen mit Alexander erzählen. Doch ihre Tante war nicht gekommen, um zuzuhören. Sie wollte selbst etwas loswerden. Sie hätte einen schrecklichen Irrtum begangen, mehr sagte sie nicht, das wiederholte sie allerdings pausenlos. Dann, ganz plötzlich, richtete sie sich auf. »Ich muss dir was erzählen, Tineke, etwas Schreckliches. Cord ist gar nicht Caspars Vater!«

»Was?«

»Bist du schwerhörig? Cord ist nicht Caspars Vater.« Margit rutschte ganz in die Ecke des Sofas, damit sie nah genug bei Tineke saß, um ihre Hände zu packen und fest zu umklammern, so fest, dass es wehtat. »Du hast sie als Einzige von uns gemocht. Ihr habt doch bestimmt mal über so was geredet. Wer könnte der wirkliche Vater sein? Erich?«

»Wie kommst du denn darauf? Erich ist doch viel zu alt für Silvana!«, platzte Tineke heraus und entschuldigte sich sofort. »Tut mir leid, aber Silvana ist gerade vierundzwanzig und Erich über sechzig, das kann ich mir nicht vorstellen.«

»Wer dann? Es gibt doch keine anderen Männer in der Familie.«

Oh doch, es gab jemanden, und keine von ihnen sprach den Namen laut aus, vielmehr schauten sie aneinander vorbei, Tineke verlegen und Margit irgendwie triumphierend.

»Warum muss er denn aus der Familie sein?«, murmelte Tineke.

»Ja, wie dumm von mir, du hast ganz recht«, beeilte sich Margit zu versichern, den Blick fest auf den Blumendruck an der Wand hinter Tinekes Rücken gerichtet. Mit zusammengepressten Lippen goss sie ihr Glas wieder voll, diesmal ohne Unfall. Sie trank, schenkte nach und trank wieder. Dann und wann schüttelte sie resigniert den Kopf, doch sie sprach kein Wort mehr, und irgendwann sackte sie einfach zur Seite und blieb so liegen, den Mund halb geöffnet.

Tineke bettete Margits Beine behutsam auf die Couch, sie zog ihr die Schuhe aus und wunderte sich über die hässlichen Druckstellen und ein Hühneraugenpflaster am linken kleinen Zeh. Warum zwängte Margit sich in so enge Schuhe? Da musste doch jeder Schritt schmerzen. Dann holte sie eine Wolldecke aus dem Schlafzimmer und breitete sie über den schmalen Körper ihrer Tante. Margit bekam nichts davon mit, sie schnarchte, und aus ihrem Mundwinkel lief ein dünner Faden Speichel. Tineke beschloss, sie einfach schlafen zu lassen, Erich hatte sich ja bereits zu Bett begeben und würde sie nicht vermissen.

Lange Zeit blieb Tineke einfach so sitzen, starrte auf ihre Tante und fühlte leise Enttäuschung. Dort lag eine Frau, die in absehbarer Zeit ihren sechzigsten Geburtstag feiern würde und die nur noch wenig gemein hatte mit der Heldin ihrer Kindheit. Hatte dieser Besuch in Wahrheit nur dem einen Zweck gedient, sie ein weiteres Mal zu verletzen und dahin zurückzustoßen, wo sie herkam, in das verwohnte, zugemüllte Haus ihrer lebensuntüchtigen Eltern? In Wahrheit hatte Margit ihr nur eins zu verstehen gegeben, nämlich dass nur noch ein Mann als Caspars Vater infrage kam. Alexander.

Tinekes Blick fiel auf die Flasche, die ihre Tante innerhalb kürzester Zeit zu drei Vierteln geleert hatte, und sie fragte sich, ob sie auch einen Schluck nehmen sollte, einfach das tun, was alle in ihrer Familie so gern taten, saufen, bis die Welt rosarot leuchtete und alles zusammenpasste.

MITTWOCH, 12. JUNI

So viel Nachlässigkeit hätte er Margit, die gewöhnlich nichts dem Zufall überließ, im Leben nicht zugetraut. Mit großen Augen starrte Erich den Inhalt des Plastiksacks an. Ein anderer hätte an seiner Stelle wohl ein Freudengeheul ausgestoßen, ihm reichte ein süffisantes Lächeln. Ihm war klar, dass er sehr vorsichtig mit seinem Wissen umgehen musste, Margit war unberechenbar und zu allem fähig.

Erich versteckte seinen Fund im Kofferraum seines Wagens, dort war er vorerst sicher. Dann nahm er die oberste Gartenliege vom Stapel und trug sie rüber auf die Terrasse, wo er in der warmen Mittagssonne ein Schläfchen zu halten gedachte. Wenn er die Augen schloss, konnte er sich einbilden, auf der kleinen Steinterrasse in Castagneto Carducci zu liegen. Beinahe meinte er, die Nachtigall zu hören, die dort in den frühen Morgenstunden ihr trauriges und zugleich wunderschönes Lied schluchzte. Das Leben konnte einfach herrlich sein, man brauchte nur Geduld, sehr viel Geduld, und eine Frau wie Margit, die alles finanzieren würde.

Er gestattete sich, an die andere zu denken, an das Leben, das vor ihnen lag. Ein Kind hatte Erich sich nie vorstellen können, aber er wusste, dass sie nicht auf ihren Sohn verzichten würde.

Renke war in Martinsfehn aufgewachsen. Bis auf die Zeit seiner Ausbildung hatte er hier gelebt, und er meinte, jeden Stock und jeden Stein in seinem Heimatort zu kennen. Ein verlassenes Haus, wie der kleine Philipp es beschrieben hatte, war ihm nicht bekannt. Dennoch fuhr er der Reihe nach alle verlassenen Gehöfte an, um letztlich festzustellen, dass keines davon so kaputt war, dass sich ein Baum den Weg durch das Dach gebahnt hatte. Das Haus seiner Großmutter stand seit über zwanzig Jahren leer, war aber nicht annähernd so beschädigt, dass drinnen ein Baum hätte Wurzeln schlagen können. Wie viele Jahre brauchte es überhaupt, bis ein Baum so hoch gewachsen war, dass er ein Wohnhaus überragte?

Immer wieder stellte er sich die Frage, ob der Junge sich alles nur ausgedacht hatte. Auf der anderen Seite wusste Philipp Dinge, die er nirgendwo aufgeschnappt haben konnte, so hatte er die Schwangerschaft von Silvana Cassjen beschrieben, ohne zu verstehen, was er da schilderte. Ein gelbes Auto und eine Frau mit langen blonden Haaren, die früher sehr viel dicker gewesen war, ein Handtuch auf dem Kopf, natürlich musste Renke dabei an das Video aus dem Vorraum der Sparkasse denken, wo Silvana Cassjen sich eine Strickjacke um den Kopf gewickelt hatte. Ein dunkles Auto und ein Mann, etwa so alt wie er selbst, also knapp vierzig, wobei diese Aussage mit Vorsicht zu genießen war. Das musste der Junge wirklich gesehen haben. Zudem war er, wie auch immer, in den Besitz der Waffe gelangt, mit der Cord Cassjen erschossen wurde.

Ein dunkles Auto, am besten setzte er dort noch mal an. Achtjährige Jungen interessierten sich normalerweise für Autos, gut möglich, dass er dort weiterkam. Er rief Philipps Vater an und bat um die Erlaubnis, dem Jungen Bilder von Autotypen vorzulegen. Nach kurzem Zögern willigte Herr Kemper ein mit dem Hinweis, dass seine Frau bestimmt nicht begeistert sein würde.

So war es auch. Sie saß mit angesäuertem Gesichtsausdruck am Bett ihres Sohnes und wiederholte ständig, dass sie gar nicht wüsste, ob es gut wäre für den Kleinen, ständig an die Situation erinnert zu werden.

Renke lächelte stoisch und schob dem Jungen das Foto von einem schwarzen Mercedes zu, genau dem Modell, das der Landrat fuhr. »Guck mal, fuhr der Mann so ein Auto?«

»Kann sein.«

Anschließend legte er eine ganze Reihe von Modellbildern verschiedener Autohersteller vor.

»Weiß nicht, vielleicht, kann sein«, lauteten Philipps stereotype Antworten. Einen Kombi schloss er aus, ein SUV kam höchstwahrscheinlich auch nicht infrage. Daran, ob das Auto schwarz, dunkelgrau oder dunkelblau war, konnte der Junge sich nicht mehr richtig erinnern. »Eben dunkel.«

Demnach fuhr der geheimnisvolle Mann eine große, dunkle Limousine. Immerhin etwas.

»Sag mal, Philipp, wann hast du die beiden denn zum ersten Mal gesehen?«

»Das war, als wir noch Freunde waren«, sagte er und wurde im gleichen Moment dunkelrot. Offensichtlich war ihm etwas rausgerutscht, das er eigentlich für sich behalten wollte.

»Dustin!«, rief Frau Kemper empört. »Du warst mit Dustin dort, na, das hätte ich mir ja gleich denken können.« Die Art, wie sie das sagte, machte überdeutlich, dass sie nicht viel von diesem geheimnisvollen Dustin hielt.

Philipps *Nein k*lang verzweifelt. In seinen Augen glitzerten Tränen. »Ich darf das nicht verraten«, flüsterte er. »Dann bringt er mich um.«

»Philipp, das ist doch Unsinn. Der kann dich doch nicht umbringen. Dustin ist ein kleiner Junge, genau wie du. Das hat er nur so dahergeredet, weil er dir Angst machen wollte. Jetzt verstehst du vielleicht, warum Papa und ich nicht wollen, dass ihr befreundet seid. So etwas sagt man nicht, wenn man jemanden mag.« Frau Kemper lächelte ihren Sohn betont liebevoll an, erinnerte dabei aber an eine übermotivierte Lehrerin. Kein Wunder, dass der Kleine trotzig zum Fenster schaute. »An Dustin brauchst du überhaupt nicht mehr denken, ihr seid keine Freunde mehr, und du musst kein Wort mit ihm reden, wenn du nicht willst.«

»Dustin ist aber mein Freund, für immer und ewig«, schniefte Philipp, und er zerrte seine kleine Hand unter der großen seiner Mutter hervor.

»Ach, Philipp.« Sie drehte den Kopf und schaute Renke an, hilflos, wie er fand. »Dustin Raschke, seine Mutter heißt Yvonne, einen Vater scheint es nicht zu geben. Ich glaube, die wohnen in den Blöcken am Mittelweg.«

»Stimmt nicht«, flüsterte Philipp. »Die sind umgezogen.« Er wollte aber nicht verraten, wohin, nicht mal, als seine Mutter ihm ein dickes Schokoladeneis dafür versprach.

Frau Kemper griff erneut nach seiner Hand und seufzte. »Im März haben wir mitgekriegt, dass unser Philipp sich mit diesem Jungen rumtreibt, und sofort dafür gesorgt, dass das aufhört. Ich habe extra mit der Klassenlehrerin gesprochen, damit sie die beiden auseinandersetzt. Und wir haben darauf geachtet, dass die Jungs sich nachmittags nicht mehr treffen.«

Die Reaktion der Eltern konnte Renke gut verstehen. Er kannte Yvonne Raschke seit ihrem zwölften Lebensjahr. Ladendiebstähle, Alkohol, vermutlich auch Drogen, die ganze Palette. Vage erinnerte er sich an eine Schlägerei auf dem Schulhof, wo die damals Fünfzehnjährige ordentlich zugelangt hatte und zur Strafe ein Wochenende Jugendarrest absitzen musste. Irgendwann bekam sie ein Kind von einem jungen Mann, das sie allein aufzog. Polizeiauffällig war sie seitdem nicht mehr, in dieser Hinsicht tat die Mutterschaft ihr gut. Dustin hieß der Kleine also.

Was Philipp an dieser Freundschaft reizte, wusste Renke sofort. Kinder, die so behütet aufwuchsen, waren häufig fasziniert von dem bunten Chaos sozial auffälliger Familien, in denen scheinbar keine Grenzen und Verbote existierten. Wäre Philipp ein wenig älter gewesen, hätten seine Eltern es ganz sicher nicht geschafft, ihn von dieser spannenden Welt fernzuhalten. Renke würde Yvonne ausfindig machen. Er konnte nur hoffen, dass ihr Sohn Dustin sich zum Reden bewegen ließ.

Der Arzt hatte Erich geraten, möglichst viel zu ruhen und vor allem nicht zu rauchen. Seine Pfeife dampfte allerdings schon wieder fröhlich vor sich hin, dieser Mensch hatte sich überhaupt nicht in der Gewalt.

»Wenn du glaubst, dass du damit durchkommst, irrst du dich!«, stieß Margit hervor, die ihm am liebsten die Pfeife entrissen und quer durch den Raum gepfeffert hätte.

Was hatte sie nur jemals an diesem Mann angezogen? Das konnte sie einfach nicht mehr nachvollziehen. Inzwischen verabscheute sie ihn aus tiefster Seele. Allein sein überhebliches Grinsen genügte, um sie in Rage zu bringen. Worauf bildete Erich sich etwas ein? Ohne ihre Unterstützung hätte er es nie im Leben zum Landrat gebracht. Margit war es gewesen, die den damaligen Leiter des Bauamtes gedrängt hatte, seine politische Karriere voranzutreiben, etwas aus sich zu machen. Zum Dank ließ dieser eitle Selbstdarsteller bei jeder Gelegenheit durchblicken, dass er sich Margit überlegen fühlte. Dabei war ein Landrat nur ein besserer Beamter, sonst nichts. Er bekam sein Geld vom Staat und brauchte sich nicht sonderlich dafür anzustrengen, jedenfalls nicht so wie Margit, die als Unternehmerin das volle Risiko für ihr Tun trug und für die es keinen wirklichen Feierabend gab. Sie konnte sich nur beglückwünschen, dass sie Erichs zahlreiche Heiratsanträge abgelehnt hatte. Wenn er ging, dann mit leeren Taschen, genauso, wie er gekommen war. Der letzte Antrag lag allerdings schon acht oder neun Jahre zurück. Danach hatte er aufgegeben, was sie ihm heimlich ankreidete. Sein ständiges Werben und Betteln hatte ihr durchaus gefallen.

»Darf ich fragen, wovon du redest?«, fragte er desinteressiert, während er in der Fernsehzeitung blätterte.

»Ich rede davon, dass du mit Silvana unter einer Decke steckst!«, fauchte sie und stolzierte zum Fenster, um eine der fünf identischen Topfblumen, es handelte sich um weiß blühende Azaleen, einen halben Zentimeter weiter nach rechts zu rücken. Das störte sie schon die ganze Zeit. Margit hasste es, wenn die Abstände zwischen den Töpfen nicht stimmten, aber für solche Details hatte Danuta einfach kein Auge. Sie hätte keine Polin als Putzfrau einstellen sollen.

Erich nahm einen roten Stift und kreuzte in aller Seelenruhe die Filme an, die er sich anzuschauen gedachte, dabei brummelte er irgendwas Unverständliches vor sich hin.

Kurz schweiften Margits Gedanken zu der rothaarigen Kommissarin mit den grünen Augen, die einen Beweis dafür verlangt hatte, dass die Beretta aus Margits Besitz stammte, einen Beweis, den sie nicht erbringen konnte. Ihr fiel ein, dass ihre ungarische Mutter sie immer vor grünäugigen Frauen gewarnt hatte. Man durfte ihnen niemals über den Weg trauen.

»Du hast Cord erschossen!«, stieß sie hervor.

»Warum hätte ich das tun sollen?«, fragte er amüsiert, ohne den Blick von der Zeitung zu heben.

»Weil du mich mit meiner Schwiegertochter betrogen hast. Ich nehme an, dass Cord euch im Weg stand«, trumpfte sie auf. Oh ja, er durfte ruhig wissen, dass sie ihn durchschaut hatte.

Jetzt sah er sich doch genötigt, ihr seine Aufmerksamkeit zu schenken, und er grinste dabei so überheblich, dass sie sich am liebsten auf ihn gestürzt hätte, um mit den Fingernägeln sein Gesicht zu zerkratzen.

»Das ist einfach lächerlich.« In aller Seelenruhe legte er den Stift zurück auf den Tisch.

Sie lachte höhnisch. »Wen willst du überzeugen? Mich? Das wird dir nicht gelingen. Ich weiß, dass ihr euch hinter meinem Rücken vergnügt habt. Ich war nämlich in deinem Zimmer. Hier.« Wütend knallte sie die Packung mit den Kondomen auf den Tisch, die sie in seinem Bad gefunden hatte. Zwei fehlten. »Für mich hast du die bestimmt nicht gebraucht.« Sie stellte sich vor, ihn zu ohrfeigen, oder besser noch, ein Messer aus der Schublade zu reißen und in seiner grinsenden Visage zu versenken. Doch es gab andere, weitaus bessere Möglichkeiten, ihn zu vernichten. »Du hast meiner Schwiegertochter ein Kind gemacht, wahrscheinlich nicht mal mit Absicht, und meinen Sohn erschossen, kaltblütig, mit meiner Waffe! Und zusätzlich ist es dir auch noch gelungen, mir fünfhunderttausend Euro zu stehlen! Aber damit kommst du nicht durch!« Erschöpft schnappte sie nach Luft. »Ich habe der Polizei erzählt, dass die Tatwaffe mir gehört. Sie lag in meiner Schreibtischschublade, du hast sie an dich genommen und bist am Sonntagabend zu Cord gefahren, um ihn zu töten. Dabei hast du meinen Haustürschlüssel benutzt, deshalb ließen sich auch keine Einbruchspuren finden!«

Nachsichtig schüttelte Erich den Kopf. »Mit diesem Unfug warst du bei der Kriminalpolizei? Das war dumm von dir, Margit, unglaublich dumm. Aber das ist ja dein größtes Handicap, nicht wahr, Dummheit, gepaart mit blindwütiger Rachsucht. Glaub mir, das wirst du noch bitterlich bereuen.«

Wenn Margit ehrlich war, hatte sie ihren Lebensgefährten nie richtig ernst genommen, vom ersten Tag an war sie diejenige gewesen, die innerhalb der Beziehung das Zepter in der Hand hielt, und das tat sie immer noch. Aber jetzt machte er ihr Angst. Diese stählerne Kälte in seinen Augen war so ungewohnt, als säße ihr urplötzlich ein völlig fremder Mensch gegenüber, einer, der die Fäden in der Hand hielt und zu allem entschlossen war. Es kam nicht oft vor in ihrem Leben, dass sie sich unterlegen fühlte, aber jetzt war es so. Verdammt.

»Du mieser Dreckskerl«, zischte sie, und er lachte nur. »Ich bin nicht dumm, was fällt dir ein?«

»So? Liegt Japan auf dem Festland, oder handelt es sich um eine Inselgruppe? Wer hat die berühmte Hammerklaviersonate geschrieben, und warum galt sie lange Zeit als unspielbar? Wie heißt die Hauptstadt von Marokko? Komm, Margit, das wirst du doch wissen.« Er schmunzelte. »Nicht? Du enttäuschst mich. Ich sag ja, deine Bildung passt in eine Streichholzschachtel!«

Ihre Schwägerin Foline hätte jetzt Tassen und Teller durch die Küche fliegen lassen, Margit drehte sich nur um und stürzte aus dem Zimmer, sein hässliches Lachen im Rücken.

Nola hatte Dr. Rüdiger Lienemann aufs Präsidium bestellt. Sie wusste inzwischen, dass er seit elf Jahren mit einer Neurologin verheiratet war, von der er sich vor fünf Jahren getrennt hatte. Die Verbindung war kinderlos geblieben und noch nicht geschieden. Vermutlich musste er keinen Unterhalt zahlen, sodass er keinen Druck zu verspüren schien, die Scheidung einzureichen. Merkwürdig erschien ihr dieses Konstrukt trotzdem, und sie fragte sich, ob sie an Elvira Schuberts Stelle auch so leben könnte.

Rüdiger Lienemann war groß und schlaksig, das dunkle Haar war an den Spitzen blondiert und sorgfältig mit Gel frisiert. Für einen Mann roch er eine Spur zu süßlich. Es wollte Nola nicht so recht gelingen, sich ihr Gegenüber als Partner von Elvira Schubert vorzustellen. Er schien so gar nicht in das häusliche Kinderchaos zu passen. Dafür sah sie bildhaft vor sich, wie er sich über den Tresen einer Arztpraxis lehnte, um die Mitarbeiterinnen mit seinem Zahnpasta-Reklame-Lächeln von der Arbeit abzuhalten. Dr. Lienemann trug Designerjeans und ein lässiges Tweedjackett mit Flicken an den Ellenbogen. Die Ärmel waren eine Spur zu kurz, sodass seine ungewöhnlich dünnen Handgelenke sichtbar wurden, an denen die teuer wirkende Armbanduhr überdimensioniert wirkte. Möglicherweise war ihm diese kleine körperliche Schwäche bewusst, jedenfalls zog und zupfte er ständig an den Ärmeln herum. Andererseits konnte das ebenso gut ein Ausdruck von Nervosität sein.

»Ich versteh nicht ganz ... Sie haben doch schon mit meiner Lebensgefährtin ... Was soll ich noch dazu sagen?« Sein Blick irrte suchend durch das Vernehmungszimmer, fand aber keinen Punkt, an dem er zur Ruhe kam.

»Herr Lienemann, wo haben Sie Frau Cassjen kennengelernt?«

Er lehnte sich zurück und schlug die Beine übereinander, vollkommen entspannt. Dabei wurden seine Socken sichtbar, sie passten perfekt zu seinem Hemd, dessen Farbe an reife Aprikosen erinnerte, ein Farbton, der sich bei genauem Hinsehen auch in dem Tweedstoff der Jacke wiederfand. Keine Krawatte. Die beiden obersten Knöpfe standen offen und gaben den Blick frei auf eine hauchdünne goldene Kette.

»Wegen dieser Frage zitieren Sie mich her?« Ungläubig schüttelte er den Kopf. »Ich habe das Ehepaar Cassjen zum ersten Mal auf dem Rohbau gesehen. Als die Bodenplatte gegossen wurde, das muss im letzten Frühjahr gewesen sein, März, glaub ich. Wie das so ist. Man stellt sich vor, lädt die künftigen Nachbarn auf einen Kaffee ein, redet ein bisschen belangloses Zeugs. Da Sie schon mit Elvira gesprochen haben, wissen Sie ja Bescheid. Bei uns dreht sich alles um die Kinder. Damals noch zwei. Meine Lebensgefährtin war gerade wieder schwanger und hatte mit starker Übelkeit zu kämpfen. Kann sein, dass wir über Elviras Schwangerschaftsbeschwerden gesprochen haben. Vielleicht auch darüber, wie es ist, hier zu leben. Cord stammte ja aus Martinsfehn, Elvira und ich sind aus dem nördlichen Emsland zugezogen, aus Papenburg, vor allem wegen der günstigen Grundstückspreise und der relativ guten Autobahnanbindung. Als Pharmareferent bin ich ständig unterwegs, für mich ist es relativ egal, wo mein Haus steht.«

»Allgemein heißt es, dass Frau Cassjen eine sehr schöne Frau ist, die gern flirtet. Würden Sie das bestätigen?«

Diese Frage behagte ihm weitaus weniger. Er begann wieder damit, seine Ärmel lang zu ziehen, und sein Blick war jetzt auf den Tisch gerichtet, sein Strahlemannlächeln hatte er eingestellt. »Na ja ... oberflächlich betrachtet sieht sie ganz gut aus. Aber sie ist verheiratet, und ich lebe in einer festen Beziehung, falls Ihre Frage in diese Richtung zielt.« Aus dem Mund eines Mannes, der seine Ehe wegen einer anderen Frau aufgekündigt hatte, klang das nicht gerade überzeugend.

»Es stimmt aber schon, dass Sie Ihre Nachbarin mehrfach aufgesucht haben, als Ihre Lebensgefährtin mit dem dritten Kind in der Frauenklinik lag?«

Treffer. Sein Gesicht erglühte, und er brauchte ein paar Anläufe, um zu antworten. »Ich ... ja klar ... stimmt ... aber ganz harmlos, nicht, was Sie scheinbar denken.« Er räusperte sich und setzte sich ganz gerade hin. »Okay. Elvira lag mit der Kleinen in der Frauenklinik, und ich war mit den beiden Jungs zu Hause. Ja, ich war zwei- oder dreimal nebenan. Im November. Es lag Schnee, ich habe unsere Auffahrt freigeschippt und sie ihre. Und sie hat sich dabei ziemlich ungeschickt angestellt, vielleicht mit Absicht. Am Ende hat sie die Jungs mit ins Haus genommen, und ich hab ihre Auffahrt geräumt. Danach gab es Kaffee für uns und Cola für die Kinder, was meine Lebensgefährtin besser nicht erfahren sollte. Elvira macht sich ziemlich viele Gedanken über gesunde Ernährung, und Cola für Kinder geht für sie gar nicht. Ich bin da nicht so dogmatisch.« Er holte tief Luft. »Warum soll ich es verschweigen? Silvana war ziemlich flirty drauf, ich auch, aber es konnte ja nichts passieren, weil die Kinder dabei waren. Oder glauben Sie ernsthaft, dass ich fremdgehe und meine Kinder dabei zusehen lasse? Als Elvira mit der Kleinen nach Hause kam, gab es keine Besuche mehr. Sie denken wohl auch, dass alle Vertreter notorische Fremdgänger sind.«

»Die Versuchung ist sicher groß.«

»Polizisten haben in der Beziehung ja auch nicht gerade den besten Ruf«, schoss er beleidigt zurück, fand aber sehr schnell wieder zu seiner guten Laune. »Im Übrigen war sie zu der Zeit bereits schwanger, die beiden hatten uns kurz vorher davon erzählt. Sie waren wirklich begeistert von der Vorstellung, bald zu dritt zu sein. Die Schwangerschaft war auch ein Grund, ihr beim Schneeschippen zu helfen. In den ersten Monaten ist die Gefahr einer Fehlgeburt ja am größten.«

»Wussten Sie, dass Frau Cassjen vor ihrer Ehe als Webcam-Girl gearbeitet hat?«

»Was? Echt? Silvana? Nee, oder?« Rüdiger Lienemann zog die Augenbrauen hoch, dann kicherte er, und es hörte sich ziemlich gekünstelt an. »Und so eine hat Dr. Cord Cassjen geheiratet? Ich fasse es nicht.«

»Sie wussten wirklich nichts davon?«

»Ich schwöre«, beteuerte er. »Hoch und heilig. Das muss ich unbedingt Elvira erzählen. Oder darf ich das nicht?«

Nola zuckte nur mit den Schultern. Ihr war klar, dass er die Information auch ohne ihre Erlaubnis an seine Lebensgefährtin weitergeben würde. »Es wird sicher eine Weile dauern, aber wir werden alle Kunden aufspüren, die dort eingeloggt waren.«

»Tun Sie, was Sie nicht lassen können. Meinen Namen werden Sie nicht finden, falls Sie das andeuten wollten. Bevor ich auf die Idee käme, für so etwas Geld auszugeben ...«

»Darf ich fragen, wo Sie sich am Freitag, dem 7. Juni, gegen siebzehn Uhr aufgehalten haben?« Sie sagte nicht, dass zu diesem Zeitpunkt Erich Loening vor dem Sonderpostenmarkt niedergeschlagen wurde.

»Wenn es der Wahrheit dient. Ich war von Mittwoch, dem 5. Juni, bis einschließlich Freitag, dem 7. Juni, auf einem Kongress in Bremerhaven. Mit Übernachtung, zahlt alles der Konzern. Die Dozenten kamen aus ganz Europa, sämtliche Vorträge wurden auf Englisch gehalten, sehr anstrengend so etwas. Die Veranstaltung endete am Freitag mit einem gemeinsamen Fischessen um achtzehn Uhr, an dem ich zwingend teilnehmen musste. Danach habe ich mich so schnell wie möglich abgeseilt, um meine Kinder noch zu sehen. Elvira hat die Jungs extra länger aufgelassen. Moment.« Er kramte in seiner Brieftasche und zog einen zusammengefalteten Flyer heraus. »Hier ist die Tagesordnung, wie Sie sehen, habe ich selbst am Donnerstag einen Vortrag gehalten.«

»Ich werde das prüfen. So ein Flyer reicht mir als Alibi nicht aus. Hatten Sie ein Einzelzimmer?«

»Selbstverständlich. Ich bin Bezirksleiter, da darf man schon ein wenig Luxus erwarten. Ich kann Ihnen ein paar Namen aufschreiben, Kollegen, die meine Anwesenheit bei den Vorträgen und abends an der Hotelbar bestätigen können.«

»Ich bitte darum. Es gibt noch eine weitere Sache zu klären. Sagen Ihnen folgende Namen etwas?« Nola schaute auf den Zettel, den sie sich zurechtgelegt hatte, und las die Namen der Medikamente aus Silvana Cassjens Nachttischschublade vor.

»Selbstverständlich. Das sind allesamt starke Psychopharmaka. Ich könnte Ihnen was über die genaue Wirkungsweise erzählen, das ist nämlich mein Fachgebiet, aber die Details werden Sie wohl kaum interessieren. Das erstgenannte Präparat stellt mein Arbeitgeber her, die anderen stammen von der Konkurrenz. *Fixpranol*, eins der beiden Neuroleptika, steht gerade in der Diskussion, weil es zu überproportional vielen Suiziden gekommen sein soll. Wir bieten ein ähnliches Präparat an, das deutlich weniger Nebenwirkungen zeigt, wie eine große klinische Studie belegt.«

Scheiße. Darauf hatte sie überhaupt nicht geachtet. Selbstredend hatte ein Pharmareferent nur die Medikamente seines Arbeitgebers im Angebot. Ein Blick in ihre Unterlagen, ein paar Eingaben bei *Tante Google*, schon wusste Nola, dass Silvanas Medikamentencocktail von drei Unternehmen hergestellt wurde. Vor allem aber gehörte das Präparat aus Dr. Lienemanns Konzern nicht zu den beiden, deren Kombination Halluzinationen hervorrufen beziehungsweise verstärken konnte. Dennoch würde sie sein Alibi überprüfen.

Wenigstens eine Sache konnte Nola an diesem Tag positiv abschließen. Wenn es sich bei den Medikamenten nicht um Ärztemuster handelte, und davon ging sie inzwischen aus, musste irgendwer sie verschrieben haben. Nola wusste nicht genau, ob Apotheker verpflichtet waren, die eingereichten Rezepte aufzubewahren. Aber sie würde ihr Glück versuchen. In Martinsfehn gab es nur eine einzige Apotheke, und der Inhaber erinnerte sich sofort.

»Dr. Cassjen hat die Rezepte selbst ausgestellt. Mir kam das gleich merkwürdig vor. Ein Urologe, der starke Psychopharmaka verschreibt. Laut Gesetz bin ich nicht befugt, ein ordnungsgemäß ausgestelltes Rezept abzulehnen. Und Dr. Cassjen ist oder besser war Facharzt mit einer Kassenzulassung. Er hatte also die Berechtigung, jedes zugelassene Medikament zu verschreiben. Merkwürdig war die Situation dennoch. Ich habe gezögert, er hat das bemerkt und gesagt, alles wäre telefonisch mit dem Kollegen abgeklärt. Er müsse sich jetzt um Frau und Kind kümmern und hätte keine Zeit, nur wegen eines Rezepts nach Leer zu fahren. Genau genommen waren es zwei. Warten Sie.« Er verschwand in den Katakomben der Apotheke und kehrte wenig später mir zwei Fotokopien zurück. »Am Montag hat er *Fixpranol* geholt und am Mittwoch drei weitere Medikamente.«

»Vielen Dank, damit haben Sie uns sehr geholfen.«

Am Dienstag, als das Baby verschwunden war, stand Silvana Cassjen demnach bereits unter Einfluss eines Medikamentes, das wegen seiner Nebenwirkungen umstritten war. Davon hatte ihr Ehemann kein Wort gesagt.

Vielleicht, weil ihm seine Selbstmedikation vor dem zu Hilfe gerufenen Hausarzt unangenehm war, vielleicht aber auch, weil er einen perfiden Plan verfolgte, und Letzteres erschien Nola weitaus einleuchtender. Dazu passte auch, dass Cord Cassjen beide Rezepte vernichtet und damit freiwillig auf eine Kostenerstattung durch seine private Krankenversicherung verzichtet hatte. Das konnte man wohl nur so auslegen, dass er seine Spur verwischen wollte, was ihm ohne den aufmerksamen Apotheker wohl auch gelungen wäre.

Konnte es sein, dass Cord Cassjen seine Frau aus dem Weg räumen wollte, weil er herausgefunden hatte, dass Caspar gar nicht sein leiblicher Sohn war? Nein, dann hätte er wohl kaum geplant, gemeinsam mit dem Kleinen nach Schweden auszuwandern. Der angefangene Brief auf dem PC ließ sich nicht so interpretieren, als ob er von einem Rivalen wusste. Und vom Datum her hatte der Urologe das Schreiben verfasst, nachdem er seine Frau unter Psychopharmaka gesetzt hatte. In jedem Fall stammte keines der Medikamente von Rüdiger Lienemann.

DONNERSTAG, 13. JUNI

Im Präsidium erwarteten Nola neue Untersuchungsergebnisse. Der Landrat kam definitiv nicht als Kindesvater infrage. Bei dem Sonderpostenmarkt hatte die Spurensicherung geringfügige DNA und Blutspuren im Bereich des hinteren Eingangs entdeckt, die sich laut LKA dem Landrat zuordnen ließen, außerdem den verwischten Abdruck einer rechten Hand, der Größe nach einer Männerhand, aber das mussten sie noch durch die daraus gewonnene

DNA beweisen. Das Hämatom in Erich Loenings Gesicht stammte davon, dass er nach dem Schlag gegen die Tür geprallt war. Ferner ließ sich sowohl im Reifenprofil von seinem Mercedes als auch in seinen Schuhsohlen der schwarze Splitt nachweisen, mit dem der Parkplatz befestigt war. Auch hatte es am Freitagnachmittag einen Anruf von einer der letzten intakten Telefonzellen in Martinsfehn, die vor der Post stand, auf die private Geheimnummer der Familie Cassjen/Loening gegeben. Leider konnte sich keiner der Postbeamten erinnern, jemand in der Telefonzelle gesehen zu haben.

Der Landrat hatte die Wahrheit gesagt. Und er war nicht der Vater des Kindes. Er war einfach nur ein überbemühter Mann, der um die Anerkennung seiner Lebensgefährtin buhlte und sich dabei ziemlich tollpatschig anstellte.

Der Anrufer musste sich in Martinsfehn auskennen, wer sonst wusste von dem verlassenen Sonderpostenmarkt? Außerdem musste er aus dem direkten Umfeld der Familie stammen, weil er die geheime Telefonnummer kannte. Beides traf auf Silvana Cassjen zu. Sie *musste* in die Erpressung verwickelt sein, sie und ein geheimnisvoller Mann, bei dem es sich höchstwahrscheinlich um den Vater ihres Kindes handelte. Rüdiger Lienemann kam nicht in Betracht, er hatte sich zu der Zeit, als der Landrat niedergeschlagen wurde, in Bremerhaven befunden, das stand inzwischen fest.

Seit zehn Tagen befand die Frau sich bereits mit ihrem Baby auf der Flucht. Darüber, ob die Psychose echt war, möglicherweise hervorgerufen durch die Wechselwirkung der Medikamente, oder ob die Frau eine begnadete Schauspielerin war, wagte Nola keine Prognose mehr abzugeben. Dass die Beretta aus dem Besitz von Margit Cassjen stammte, glaubte sie nicht, weil es keinen Beweis dafür gab.

Auf Tinekes Smartphone war eine SMS eingegangen:

> Kannst du mir fünfhundert Euro leihen? Bitte.
> Ich hol sie bei dir ab, heute Nacht. Lass die Terrassentür auf und mach das Licht aus, damit keiner mich sehen kann.
> Niemand darf davon wissen.
> HDL Silvana

Darunter eine ganze Reihe roter Herzen. Das war so typisch für Silvana, genau wie das HDL. *Hab dich lieb.* So unterschrieb sie immer ihre SMS, wie ein Schulmädchen.

Wozu brauchte Silvana Geld, wenn sie und ihr geheimnisvoller Komplize gerade eine halbe Million Euro ergaunert hatten? Oder war alles ganz anders? War Silvana, und das würde zu ihr passen, an einen Betrüger geraten, der mit dem Geld abgehauen war und sie und den Kleinen irgendwo zurückgelassen hatte?

Tineke versuchte, sich wieder auf ihre Arbeit zu konzentrieren, doch es wollte ihr nicht gelingen. Die Vorstellung, allein in der dunklen Wohnung auf Silvana zu warten, behagte ihr nicht. War das nicht genauso wie in einem dieser unrealistischen Krimis, wo man der Hauptdarstellerin, die sich fahrlässig in allergrößte Gefahr begab, zurufen möchte: *Stopp, so dumm kannst du doch gar nicht sein!*

Immerhin war Erich niedergeschlagen worden und Cord sogar erschossen. Was mit Silvana los war, konnte Tineke nicht einschätzen. Angeblich war sie schwer psychotisch, doch am Telefon hatte sie ganz vernünftig geklungen. Inzwischen war sie überzeugt, dass es einen Mann an Silvanas Seite gab, einen skrupellosen, aber sehr klugen Mann, der vor nichts zurückschreckte. Dieser Mann hatte Cord erschossen, anders konnte es nicht sein. Nie im Leben könnte Silvana einen Mord begehen, allein die Vorstellung erschien lächerlich.

Alexander war aus ihrem Leben verschwunden, einfach so, als hätte es die gemeinsame Zeit nie gegeben. Den ganzen Tag überlegte sie, ihn anzurufen, zu fragen, ob er ihr nichts mehr zu sagen hätte. Aber sie riss sich zusammen. Ausnahmsweise wollte sie einen von Silvanas Ratschlägen befolgen. Der Mann sollte der Frau hinterherlaufen und nicht umgekehrt.

Am Wochenende hatte Erichs Freund sich umgebracht, Gerhard Giese, der Filialleiter der Sparkasse in Martinsfehn. Tineke kannte ihn kaum, sie hatte ihr Konto bei der Oldenburgischen Landesbank. Musste sie irgendwie reagieren, vielleicht eine Karte an die Witwe schreiben oder an Laura, Gieses Tochter, mit der sie zur Schule gegangen war? Das gehörte sich wohl so, obwohl Laura Mitglied der Clique gewesen war, die Tineke das Leben schwer gemacht hatte.

Nein. Ich schicke keine Karte. Und ich hole auch keine fünfhundert Euro von meinem Konto. Macht euren Scheiß allein, dachte sie plötzlich und war erstaunt darüber, wie gut sich dieser Gedanke anfühlte. Warum musste sie sich eigentlich immer um alle anderen sorgen? Wer kümmerte sich darum, wie es ihr ging? Niemand. Vielleicht sollte sie übers Wochenende ein weiteres Mal in der *Wohlfühloase* einchecken. Weg von allem.

Sie kramte in ihrer Handtasche nach der Karte mit der Telefonnummer des Hotels, als es an der Tür klopfte. Die Auszubildende legte einen Brief zur Unterschrift vor, in dem Tineke auf Anhieb drei Fehler entdeckte. Wortlos nahm sie den roten Stift aus der Konsole und kreiste die Rechtschreibfehler ein, und die Größe ihrer Kringel machte deutlich, wie sehr sie sich darüber ärgerte.

»Oh, hab ich gar nicht gesehen«, flüsterte das Mädchen verlegen. »Ich ändere das sofort.«

Normalerweise würde Tineke an dieser Stelle etwas Versöhnliches sagen, *nicht so schlimm, kann passieren*, doch heute war ihr nicht danach zumute. Heute würde sie am liebsten losbrüllen: *Ich glaube, das hat keinen Zweck mit uns. Wer Bürokauffrau werden will, sollte wenigstens die deutsche Sprache beherrschen!*

Kaum, dass die Tür geschlossen war, meldete sich Tinekes Gewissen. Die arme Kleine heulte jetzt bestimmt. Und wenn sie heulte, kriegte sie den Brief garantiert nicht fehlerfrei zu Ende, und damit war niemandem geholfen.

Sie stand schon neben ihrem Stuhl, bereit, sich für ihre schlechte Laune zu entschuldigen, doch dann setzte sie sich wieder hin. Nein, sie hatte genau richtig reagiert. Eine Auszubildende musste nicht zur Prüfung getragen werden, man durfte von ihr erwarten, dass sie sich bemühte und aus ihren Fehlern lernte, und beides war bei dem Mädchen nicht der Fall. Sie war nicht geeignet für diesen Job. Basta. Daran konnte Tineke auch nichts ändern.

Bevor sie schwach werden konnte, rief sie ihre Mails ab und öffnete das Dokument der Werbeagentur, die die Prospekte für Polen drucken sollte. Ein erster Entwurf, stand im Begleittext. Tineke wusste gleich, dass die Idee der Grafiker Margit nicht gefallen würde. Sie mochte keine blonden Männer als Werbeträger, für Margit war der typische *Fehnbrand*-Trinker so dunkel wie ihr verstorbener Cornelius. Dennoch würde sie ihr den Entwurf vorlegen. Solche Entscheidungen wurden im Team getroffen, von außen betrachtet, in Wahrheit entschied Margit allein.

Seit Margits Besuch in ihrer Wohnung empfand sie den Umgang als verkrampft. Beide vermieden es, über Privates zu sprechen, etwa über Erich, wie es ihm ging, ob er sich langsam von seinen Verletzungen erholte. Gesehen hatte Tineke ihn noch nicht, wahrscheinlich verbrachte er die Tage auf der Couch oder im Bett, um seinen Kopf zu schonen. Sie hätte ihn gern besucht, traute sich aber nicht, weil Margit das nicht recht gewesen wäre. Über Caspar sprachen sie kein Wort mehr. Seit feststand, dass er gar nicht Cornelius' Enkel war, hatte Margit ihn aus ihrem Leben katapultiert.

Wie erwartet, zerriss Margit den Entwurf der Grafiker in der Luft. »Nullachtfünfzehn«, tobte sie, »wo bleibt da der Wiedererkennungswert?, frag ich dich. Das könnte genauso gut Werbung für Leberwurst sein. Wahrscheinlich verwenden die immer die gleiche Schablone und ändern nur die Produkte. Schreib, wenn denen nichts Besseres einfällt, wechsle ich die Agentur. Selbstgerechte Stümper«, schnaubte sie auf dem Weg zur Tür. »Ich hasse diese zugekoksten Werbefuzzis.«

Das war typisch Margit und total übertrieben. Die beiden jungen Männer hatten sich erst vor Kurzem mit einer eigenen Werbeagentur selbstständig gemacht. Margit war ihnen auf einer Messe begegnet und hatte sie bis vor einer Woche noch über den grünen Klee gelobt. Mit Sicherheit nahmen die beiden keine Drogen, und sie waren äußerst bemüht um ihre Kunden, weil sie Aufträge brauchten. Es war ihr Pech, dass es Margit gerade mies ging und sie dringend einen Blitzableiter benötigte.

Tineke formulierte eine nette Mail, in der sie um männliche Models bat, die etwas verwegener aussahen, *dunkelhaarig,* setzte sie in Klammern, mit drei Ausrufezeichen dahinter. Verständlicherweise hatten die Grafiker bei einem ostfriesischen Produkt an blonde Menschen gedacht, so wie die meisten Leute. Es entspann sich ein kurzweiliger Mailaustausch, der Tineke ihre Probleme für ein paar Minuten vergessen ließ. Sie ließ sich sogar zu dem Satz hinreißen: *Frau Cassjen hat ihre ganz eigenen Vorstellungen, von denen sie auf gar keinen Fall abweichen wird.* Der Kommentar bestand aus einem grinsenden Smiley, der ihr einen Blumenstrauß entgegenstreckte. Während sie noch auf der Website der Agentur nach Fotos der Eigentümer suchte, weil es sie interessierte, wer da so nett schrieb, kam die Anfrage, ob man sich nach der Präsentation in drei Wochen zu einem Bier treffen könnte, und sie sagte einfach zu. Später stellte sie fest, dass ihr Mailpartner von der Optik her so gar nicht ihr Fall war, er war mehr als einen Kopf kleiner als sein Geschäftspartner und ein bisschen zu füllig für ihren Geschmack. Außerdem glänzten seine vollen Lippen so rosig, als hätte er sie angemalt. Einem Vergleich mit Alexander hielt er nicht stand. Sie würde trotzdem ein Bier mit ihm trinken gehen, am besten im *Tennessee Mountain.* Tineke hielt ihre Versprechen immer ein.

Inzwischen hatte die Auszubildende den Brief berichtigt. Sie sah verheult aus, und Tineke beschloss, es der Einfachheit halber zu übersehen. Schwunghaft setzte sie ihre Unterschrift unter das Schreiben. »Sie können dann Mittag machen.«

Mit einem leisen Pling kündigte sich eine neue Nachricht an. *Freu mich schon, hab gerade Ihr Foto gegoogelt.*

Diese Mail fand Tineke jetzt entschieden zu privat. Sie beschloss, nicht mehr zu antworten. Das kam davon, wenn man meinte, sich unbedingt neu erfinden zu müssen. Alexander wäre bestimmt enttäuscht, auch wenn ihn das gar nichts mehr anging.

Silvana würde ebenfalls enttäuscht sein, wenn sie ihr das Geld nicht gab. Je länger Tineke darüber nachdachte, umso wahrscheinlicher schien es, dass der unbekannte

Mann Silvana übers Ohr gehauen hatte. Bestimmt war er mit dem Geld über alle Berge und hatte die hilflose Silvana mit dem Baby zurückgelassen. Tineke sah ein, dass es niemand gab, an den Silvana sich jetzt noch wenden konnte. Sie würde wohl doch das Geld von ihrem Konto abheben und in ihrer Wohnung warten. *Ich lege das Fleischmesser auf den Tisch, dann kann ich mich notfalls verteidigen. Wenn Silvana kommt, werde ich sie überreden, endlich zur Polizei zu gehen.*

Renke hatte nicht damit gerechnet, doch Yvonne Raschke war ordnungsgemäß umgemeldet. Sie wohnte jetzt in der Ledastraße bei einem jungen Mann, der ihm ebenfalls hinlänglich bekannt war, hauptsächlich wegen kleiner Eigentumsdelikte im Rahmen von Drogenbeschaffungskriminalität.

Er bat Jens, im Auto zu warten, weil er befürchtete, dass der Anblick von zwei uniformierten Polizisten dem Jungen Angst einflößen könnte.

Zuerst wollte Yvonnes neuer Freund, der ganz offensichtlich vollkommen zugedröhnt war, ihn nicht über die Schwelle lassen. Bis er endlich den Weg frei machte, musste Renke mehrfach beschwören, dass sein Besuch Yvonne oder besser Dustin galt, und er musste darüber hinwegsehen, dass der giftig knurrende Hund, den der junge Mann mühsam am Halsband hielt, ganz offensichtlich zu der Gattung Kampfhund zählte, keine Steuermarke trug und nirgends der gesetzlich vorgeschriebene Zaun zu entdecken war.

»Yvonne, für dich!«, brüllte der junge Mann und verschwand mitsamt dem geifernden Köter hinter einer Tür, die er wohl irgendwann mal rot lackieren wollte. Entweder war ihm die Lust vergangen, oder die Farbe hatte nicht gereicht, das Ergebnis sah jedenfalls erbärmlich aus, genau wie der Rest des Flurs, dessen Wände den Eindruck erweckten, dass jemand einfach nur einen Pinsel mit senfgelben Farbresten daran abgewischt hatte.

Yvonne, die offenbar direkt aus dem Bett kam, hörte sich an, was Renke wollte. »Ist da 'ne Belohnung ausgesetzt?« Als er verneinte, verzog sie enttäuscht das Gesicht. »Hätt ja sein können. Und das ist echt wichtig, Nordmann?«

»Ja.«

»Na, meinetwegen. Dustin spielt in seinem Zimmer.« Sie riss eine der Türen auf. Ihr Sohn lag auf seinem Bett und starrte gebannt auf den Fernsehapparat. Er hatte dasselbe flache Gesicht wie seine Mutter und die gleichen nahezu farblosen, weit auseinanderstehenden Augen, die ihm etwas leicht Dümmliches verliehen, und ganz kurz geschorene Haare. Er trug weder Schuhe noch Strümpfe, und seine Füße schrien nach Wasser und Seife. »Habt ihr euch wieder vertragen?«, fragte er, ohne den Blick von der Mattscheibe zu lösen.

»Klar, du weißt ja, wie Olli drauf ist. Manchmal echt zum Kotzen. Du hast Besuch. Die Polizei.«

Dustins Kopf flog herum, und er hüpfte aus dem Bett. »Ich hab nix gemacht.«

»Das will ich hoffen«, sagte Renke grinsend. »Ich bin hier, weil ein Freund von dir im Krankenhaus liegt.« Er berichtete von Philipps Verletzung und bemühte sich dabei, möglichst viel Dramatik aus der Geschichte zu nehmen. Mit allem hatte er gerechnet, aber nicht damit, dass Dustin in Tränen ausbrach. Der Junge schluchzte jämmerlich, wischte dabei ständig mit seinem Ärmel Rotz durchs Gesicht und war kaum zu beruhigen. Immer wieder musste Renke versprechen, dass Philipp wirklich nicht tot war.

»Mensch, Nordmann«, maulte Yvonne, die im Türrahmen lehnte, die Hände in den Taschen ihrer Jeans vergraben, und alles beobachtete, aber nicht auf die Idee kam, ihren Jungen in den Arm zu nehmen und zu trösten. »Das hättest du auch ein bisschen vorsichtiger sagen können. Dustin ist erst neun!«

Renke zog ein sauberes Taschentuch aus seiner Jacke, tupfte Dustin die Tränen ab und forderte ihn auf, sich die Nase zu putzen. Der Junge nickte dankbar, trompetete in das Taschentuch und ließ sich auf die Knie fallen. Er robbte über den Boden seines Zimmers, das kaum Möbel, dafür aber Unmengen an buntem Plastikspielzeug beherbergte, eine kunterbunte Schicht, die den ganzen Teppich bedeckte, und wühlte mit beiden Händen darin herum, bis er ein rotes Feuerwehrauto fand, das Renke für Philipp mitnehmen sollte. Auf einen Zettel, den er kurzerhand aus einem seiner angeschmuddelten Schulhefte riss, krakelte er ungelenk:

Fiele Grühse von dein besten Freund Dustin. Alles Gute und Gesuntheid

Nachdem Renke von Philipps strikter Weigerung erzählt hatte, ihr großes Geheimnis zu verraten, platzte Dustin beinahe vor Stolz. Ohne zu zögern, beschrieb er den Weg zu dem geheimnisvollen Haus. Er bestätigte, dass ein Mann und eine Frau sich dort regelmäßig trafen. Zum Ficken, wie er großspurig erklärte.

Yvonne schien das Vokabular ihres Sohns nicht zu stören. »Echt? Ihr habt Leute beim Poppen beobachtet? Das hast du mir ja gar nicht erzählt. So was …« Sie lachte kurz, ging ein paar Schritte rückwärts in den Flur und zündete sich eine Zigarette an.

»Die treffen sich also jeden Dienstag?«, vergewisserte Renke sich noch mal.

»Ich glaub wohl. War nicht mehr da, seit Philipp nix mehr mit mir zu tun haben will.«

Es klang traurig, und Renke sah sich genötigt, ihm mit der Hand über den Kopf zu fahren. »Er kann nichts dafür. Seine Eltern haben das so bestimmt.«

»Hab ich mir schon gedacht. Egal«, sagte Dustin tapfer, obwohl sein Verhalten zeigte, dass ihm das Ende der Freundschaft keineswegs gleichgültig war.

Die Fotos der verschiedenen Wagentypen entlockten Dustin nur ein verwirrtes Schulterzucken. In diesem Bereich kannte er sich anscheinend überhaupt nicht aus. Und den Fahrer konnte er auch nicht beschreiben. »Ein Mann eben. So wie du oder wie Rolf. Oder wie Onkel Hermann.«

»Der ist doch schon über fünfzig«, wunderte sich seine Mutter. »Und Rolf fünfundzwanzig. Was denn nun?«

Hilflos zuckte Dustin mit den Schultern. »Ein Mann. Und die Frau war blond und fett. Und jung, glaub ich.« Alle Versuche Renkes, das Äußere des Mannes einzugrenzen, wurden mit einem *Kann sein* beantwortet. Ganz offensichtlich fanden kleine Jungs nackte Frauen weitaus spannender als nackte Männer.

Zum Schluss erklärte Yvonne noch mit wichtiger Miene, dass Kinder Geheimnisse brauchen würden. »Voll normal, dass er mir das nicht erzählt hat. Ich war auch nicht anders.«

Während der Fahrt schilderte Renke, was Dustin ausgesagt hatte. »Ein Haus steht da nicht, da bin ich mir vollkommen sicher. Nachsehen müssen wir trotzdem.«

Jens nickte, während er eine SMS an seine Freundin schrieb. Die beiden hatten sich gestritten. Sie wollte heiraten, möglichst noch vor Weihnachten, er nicht. Aber so eifrig, wie der junge Kollege jetzt tippte, hörte Renke schon im Hintergrund die Hochzeitsglocken läuten. Warum auch nicht? Seiner Ansicht nach passten die beiden sehr gut zusammen, und er hätte Jens gern den Tipp gegeben, sich nicht so zu zieren. Man traf nicht oft auf eine Frau, bei der alles passte. Bis vor einem Jahr hätte er sogar gesagt, dass es nur einmal im Leben passierte. Aber seit er Nola begegnet war, wusste er, dass das nicht stimmte. Man konnte sich ein zweites Mal verlieben, genauso heftig und wild wie beim ersten Mal, wenn auch nicht mehr so unbeschwert. Wie kam er überhaupt auf die Idee, anderen Ratschläge für ihr Liebesleben erteilen zu wollen, er traute sich doch selbst nicht, auf sein Herz zu hören, also hielt er den Mund und tat so, als würde er nichts mitbekommen.

Bei dem Gebäude, das die beiden Jungs so großzügig als Haus bezeichnet hatten, handelte es sich um einen ehemaligen Schafstall, so niedrig, dass ein groß gewachsener Mensch darin den Kopf einziehen musste. Eine Wand bestand aus weißem Kalksandstein, zwei aus verwittertem Holz, und nach hinten war der Unterstand offen. Das konnte man von der Straße allerdings nicht sehen. Irgendjemand hatte mit grüner Farbe ein Fensterkreuz auf die gemauerte Wand gepinselt und damit für die Kinder den Unterstand in ein Haus verwandelt.

Die Aussage, dass ein Baum durch das Dach wuchs, stellte sich als maßlos übertrieben heraus. Tatsächlich hatte sich auf der Teerpappe, mit der der Stall gedeckt war, einiges an Grünzeug angesiedelt, hauptsächlich Gras. Das Größte, was Renke ausmachen konnte, war eine mickrige Birke, höchstens dreißig Zentimeter hoch, die aufgrund von Nährstoffmangel niemals zu einem Baum heranwachsen würde.

Er parkte den Audi an der Straße. Weil es seit Wochen nicht geregnet hatte, hoffte er auf Reifenspuren. Tatsächlich entdeckten sie Abdrücke von Autoreifen. Jens zückte sein Handy und machte ein Foto, aber beiden war klar, dass die Spur mit Gips ausgegossen werden musste. Bei der Pflanze, die Philipp als Rose bezeichnet hatte, handelte es sich um ein wild wucherndes Brombeergebüsch. Rosarote Blüten und Stacheln, das stimmte wenigstens.

»Schicke Villa«, grinste Jens. »Ob die zu vermieten ist? Na ja, aus seiner Sicht hat der Junge die Wahrheit gesagt. Ein Haus, ein Baum auf dem Dach und eine Rose. Alles da.«

»Wie man's nimmt. In meinen Augen ist Philipp Kemper ein ganz schlechter Zeuge. Mich hat er zum Beispiel als alten Mann bezeichnet.«

Ihre Witzelei konnte nicht darüber hinwegtäuschen, wie aufgeregt sie waren. Niedergedrücktes Gras verriet, dass jemand mit einem Auto hinter das vermeintliche Haus gefahren war. Der Stall war nicht riesig, doch der Yaris hätte wohl dreimal reingepasst. An einer Stelle war die Querverlattung kaputt, und das noch nicht lange, wie die helle Farbe des Holzes an der Bruchstelle verriet. Bei näherem Hinsehen entdeckten sie gelbe Lackspuren.

»Die ist hier voll reingebrettert«, vermutete Renke. »Darum war der Yaris vorn kaputt.«

Man musste schon ein sehr schlechter Autofahrer sein, um gegen die Wand zu fahren, oder nicht mehr Herr seiner Sinne, wie es bei Silvana Cassjen wohl der Fall gewesen war.

Jens, der sich bückte, um die Stelle näher zu betrachten, nickte. »Ein Wunder, dass sie hier heil angekommen ist.«

Unterdessen schaute Renke sich weiter um. Bis auf die Wand aus Kalksandstein war der Stall aus rauem Holz zusammengezimmert. In den Brettern hatten sich kleine Büschel von Schafwolle verfangen, vermutlich hatten die

Tiere sich dort gescheuert. Der Boden bestand aus gestampftem Lehm, vermischt mit altem Schafkot, der immer noch einen strengen Geruch verströmte, und es gab absolut nichts, das man als Sitzgelegenheit, Bett oder Tisch hätte nutzen können.

»Hier kann sie sich nicht versteckt haben, oder? Allein schon der Gestank«, flüsterte Jens, und Renke zuckte mit den Schultern.

»Sie wird mit dem Kleinen in dem Wagen übernachtet haben«, sagte er schließlich. Er bückte sich und hob etwas auf, ein Bonbonpapier, das aussah, als würde es noch nicht lange dort liegen. Ein Fruchtbonbon. Mehr, das auf die Anwesenheit von Silvana Cassjen oder irgendeinem anderen Menschen schließen ließ, konnten sie auf den ersten Blick nicht entdecken. »Auf jeden Fall brauchte sie von hier aus nicht durch den Ort, um an die Stelle zu gelangen, wo wir den Yaris gefunden haben.«

Er war wieder da. Und er sah schrecklich aus, richtig abgemagert, dabei war er doch sowieso schon viel zu dünn.

»Was machst du denn hier?« Es klang unfreundlicher, als sie es meinte, Hannelore war ja froh, ihn wieder in ihrer Nähe zu wissen, hier in Leer, wo sie ihn jederzeit in seiner Wohnung besuchen konnte.

Thomas schob den Unterkiefer vor, wie er es schon als kleiner Junge gemacht hatte, wenn ihm keine Antwort einfiel. »Hab mich auf dem Boot gelangweilt.«

Er holte einen Vorbinder aus dem Schrank, schlug ihn aus und band ihn um. Dünn wie er war, reichten die Bindebänder dreimal um seine Taille. Hannelore fiel gleich auf, dass er die linke Hand schonte, der Verband sah aus, als hätte er ihn seit Tagen nicht gewechselt. »Zeig mal her.«

Er wusste gleich, was gemeint war, und streckte ihr bereitwillig den Arm entgegen. Sie meinte, Erleichterung in seiner Miene zu erkennen, fast schon demütige Dankbarkeit.

»Tut ziemlich weh. Ich muss morgen wohl mal zum Arzt.«

»Allerdings.«

Mit zusammengebissenen Lippen ließ er über sich ergehen, dass sie die Wundauflage von der nässenden Stelle zupfte. Hannelore musste dabei ein bisschen Gewalt anwenden, weil das Verbandsmaterial und das Wundsekret miteinander verklebt waren, und einmal schrie Thomas kurz auf. Als sie es endlich geschafft hatte, blutete die Stelle. Es sah schrecklich aus. »Ich mach dir sofort einen Termin beim Arzt, so kann das nicht bleiben. Du brauchst Antibiotika.«

Kein Widerspruch, nur ein mattes Nicken. Die Kassenbons von Leffers fielen ihr ein, die jedes Mal, wenn sie ihr Portemonnaie öffnete, die Angst neu entfachten. Heute sah Thomas aus wie ihr kleiner Junge, der Unglücksrabe, der Pechvogel, der keine Kinderkrankheit ausgelassen hatte und keine Erkältung, der einzige ihrer drei Jungs, dem es gelungen war, sich in vier Jahren Grundschulzeit dreimal den Arm zu brechen, immer den rechten.

»Wie war es auf dem Schiff? Du siehst richtig verhungert aus. Als Koch«, fügte sie schnell hinzu, damit es nicht so offensichtlich war, dass sie ihn aushorchen wollte.

»Langweilig war es. Und kochen für einen allein macht keinen Spaß. Ich hab mir nur Brote geschmiert. Hab richtig Appetit auf ein schönes Schnitzel mit Pommes und Salat.«

»Und sonst?«, fragte sie möglichst beiläufig.

»Nichts. Ich hab viel ferngesehen. Normalerweise komm

ich ja nicht dazu. Eigentlich wollte ich auch mal in die Kneipe, aber ich hab den Hintern nicht hochgekriegt, du kennst mich ja.«

Wenn sie nur wüsste, wie sie das Gespräch auf Silvana bringen könnte, ohne dass er aus der Haut fuhr.

Gerhard hatte in der Sparkasse einen Brief hinterlegt, in dem er seine Verfehlungen gestand. Wer von den Angestellten seinen Mund nicht halten konnte, würde man wohl nie herausfinden. Doch inzwischen wusste jeder im Dorf Bescheid. Erich wurde in dem Schreiben scheinbar nicht erwähnt. Dennoch war es an der Zeit, Margit reinen Wein einzuschenken. Es würde nicht lange dauern, bis seine Beteiligung an der Immobiliengesellschaft publik wurde, und dann würde sie es ohnehin erfahren. Alles brauchte sie natürlich nicht zu wissen, nur die Dinge, die die Polizei ihm nachweisen konnte.

Während er von der Fehlinvestition berichtete, von den Gerüchten, dass Gerhard Kundengelder veruntreut und im Angesicht der drohenden Revision wahrscheinlich die Nerven verloren hatte, entwich das letzte bisschen Souveränität aus Margits Gesicht.

»Du bist so ein grenzenloser Vollidiot, ich fasse es nicht. Und jetzt? Ihr habt euch doch strafbar gemacht, verdammt noch mal, und dann auch noch so ungeschickt, dass alles ans Tageslicht kommen muss.«

»Moment. Gerhard hat sich strafbar gemacht, er hat die Umbuchungen vorgenommen, falls die Gerüchte überhaupt stimmen. Ich habe nichts damit zu tun.«

»Typisch Politiker.« So unerwartet, dass er nicht ausweichen konnte, schlug sie mit der flachen Hand vor seinen Brustkorb. »Du glaubst wohl, dass du dich überall rauswinden kannst!«

»Bist du verrückt«, keuchte er und dachte an die beiden Stents. Was, wenn ihre Lage sich durch diesen Stoß verändert hatte? »Willst du mich umbringen?«

»Warum nicht? Wenn ich mir vorstelle, dass ich den Rest meines Lebens mit so einem Vollidioten verbringen soll. Ich fasse es nicht.« Sie stürzte zum Tisch, drückte den Rest ihrer Zigarette im Aschenbecher aus und verbrannte sich dabei die Finger. »Scheiße«, fluchte sie und ließ ein paar weitaus kräftigere Schimpfwörter folgen. »Du brauchst einen Anwalt. Sprich mit Alexanders Vater. Vielleicht ist es klug, wenn du selbst zur Polizei gehst. Wie ich dich kenne, bist du ganz offiziell als Mitinhaber dieser Pleitefirma eingetragen.«

»Selbstverständlich. Wie soll das sonst funktionieren? Wir sind gleichberechtigte Teilhaber.«

»Dann musst du doch von seinen Umbuchungen gewusst haben!«, kreischte sie und hämmerte mit der geschlossenen Faust auf die Tischplatte. »So blöd kannst doch nicht mal du sein. Hast du nie in die Bücher geschaut?«

»Nein«, sagte er sanft. »Ich hab mich voll und ganz auf Gerhard verlassen, er war schließlich der Fachmann. Ich habe bezahlt, was mir möglich war. Der Rest kam von Gerhard, und ich habe nicht gefragt, woher. Der Leiter einer Sparkassenfiliale, so hab ich gedacht, wird irgendwo Geld angelegt haben.«

Schnaufend atmete sie aus und zündete sich eine neue Zigarette an. »Gut. Ich kaufe Jutta ihre Firmenanteile ab und werde Gesellschafterin mit 75 Prozent, die anderen 25 Prozent kannst du behalten. Dann stelle ich einen Geschäftsführer ein, der die Firma aus den roten Zahlen holt. Borkum!«, schimpfte sie. »Wie blöd muss man sein, um so ein Projekt an die Wand zu fahren.«

»Das ...« Er schluckte mühsam die Galle runter, die gerade in seine Speiseröhre hochbrodelte, und räusperte sich. »Das ist wirklich sehr großzügig von dir, Margit. Ich hoffe, du weißt, worauf du dich da einlässt, das wird teuer.«

»Ich habe einen fähigen Steuerberater. Der kennt alle Tricks.« Sie strich die Haare hinter die Ohren. »Glaub bloß nicht, dass ich das für dich tue, Erich. Ich tue es für mich.« Mit den Fingerspitzen strich sie über ihre Wangen und wiederholte noch mal: »Für mich, für meine Firma. An dem Namen Cornelius C. Cassjen darf kein Dreck kleben, nicht mal, wenn ich das nicht zu verantworten habe. Im Übrigen bist du mir fünfhunderttausend Euro schuldig. Ich hoffe, dass diese Immobiliengeschichte mir das Geld zurückbringt, nicht heute, nicht morgen, aber in zehn Jahren.«

Er verspürte keine Lust darauf, sich ein weiteres Mal zu verteidigen, und war froh, dass sie eine Flasche *Fehnbrand* aus dem Kühlschrank nahm und sich ein Glas einschenkte, wie so oft in letzter Zeit ohne den ganzen Feuerzauber. Der Schnaps würde sie beruhigen. Eine ganze Weile starrte Margit mit zusammengezogenen Brauen in das Glas, dann zuckte sie mit den Schultern und kippte den Inhalt auf einmal herunter, beließ es aber bei dem einen Glas, was Erich ein wenig wunderte. »Unter diesen Umständen werde ich doch zu Jutta fahren. Ich werde sagen, dass ich mich ihr verbunden fühle, schließlich habe ich ebenfalls einen Toten zu beklagen. Und dann werde ich die Rede auf diese Immobiliengesellschaft bringen.«

Er ließ eine winzige Pause. »Nein. Wenn du so kurz nach seinem Tod davon anfängst, denkt Jutta sofort, dass du sie übervorteilen willst.«

Seine Worte ließen sie vor Zorn erröten, dennoch war sie realistisch genug, ihm zuzustimmen. In Martinsfehn galt Margit als kalte, raffgierige Geschäftsfrau, die notfalls über Leichen ging, das wusste sie genau, und gewöhnlich schmeichelte ihr das sogar. Im letzten Jahr hatte sie schlichtweg abgelehnt, als man ihr die Mitgliedschaft im Lions-Damenclub in Leer antrug, weil es ihr im Traum nicht einfiel, ihr sauer verdientes Geld zu verschenken. Leute, die karitativ tätig waren, hielt sie für übergeschnappt, und sie scheute sich auch nicht, das laut auszusprechen. Die beiden Damen, die gekommen waren, um die frohe Kunde zu überbringen, dass man sie gern aufnehmen würde, waren ziemlich verschnupft gegangen.

»Es scheint mir auch klüger, wenn jemand anderes ihr den Grund für Gerhards Selbstmord mitteilt«, fuhr er fort. »Am besten die Polizei. Wir sollten uns vorläufig bedeckt halten.«

Herrgott, fühlte sich das gut an. Der Pleitebunker auf Borkum interessierte ihn schon längst nicht mehr, und nach diesem zugegeben etwas unangenehmen Gespräch war er ihn endgültig los. Sollte Margit ihn in eine Goldgrube verwandeln, so wie ihre verdammte Spritfirma. Er durfte es jetzt nur nicht verderben. Also sagte er in genau dem unterwürfigen Ton, den Margit brauchte, um sich mächtig zu fühlen: »Oder was denkst du?«

Schon glaubte sie, dass er ihr die Entscheidung überließ. Herrlich.

Erich war kein herzloser Mensch, im Gegenteil. Dass Gerhard, den er zu seinen besten Freunden zählte, sich das Leben genommen hatte, tat ihm aufrichtig leid. Doch Gerhards Freitod war für ihn ein Geschenk, ein unverdientes Geschenk, wie er zugeben musste. Niemand konnte beweisen, dass er von den Veruntreuungen gewusst hatte. Er würde sich damit rausreden, dass er Gerhard vertraut hatte, und er würde damit durchkommen, da war er sicher.

Daran, dass seine Lebensgefährtin den Karren wieder

aus dem Dreck ziehen würde, zweifelte Erich nicht eine Sekunde. Mithilfe ihres Steuerberaters, der alle legalen und auch ein paar illegale Tricks kannte, würde die Gesellschaft in absehbarer Zeit schwarze Zahlen schreiben und bald schon die fetten Gewinne einfahren, auf die er und Gerhard gehofft hatten. Leider vergeblich. Aber gut, sollte Margit doch an ihrem Geld ersticken, ihm reichte die Aussicht, wieder liquide zu sein und irgendwann ein Viertel der Erträge einzusacken.

Erich schwor sich, dass der Freitod seines Freundes nicht umsonst gewesen sein sollte. Er würde ihn zum Anlass nehmen, sein Leben neu zu ordnen. Sobald Gras über die Sache gewachsen war, würde er in die Toskana gehen, nach Castagneto Carducci, in das Haus, das er von seinem Onkel geerbt hatte. Er würde sich von Margit trennen und endlich mit der Frau zusammenleben, die ihn glücklich machte. Ein sauberer Schnitt, das war schon lange überfällig.

Später, Margit war im Keller verschwunden, um sich wieder unter ihr Heimsolarium zu legen, klingelte sein Handy. *Sie* war dran. »Du sollst mich doch nicht anrufen«, schimpfte er leise. Er verstand ja, dass sie seine Stimme hören wollte, ihm ging es nicht anders. »Lass uns bitte vernünftig sein. Wir sehen uns heute Abend.« Er beendete das Gespräch. Nicht auszudenken, alles würde jetzt noch auffliegen, so kurz vor dem Ziel.

Heute Abend war Margit mit ihren Freundinnen verabredet, zu Hause fiel ihr die Decke auf den Kopf, hatte sie behauptet, und er hatte verständnisvoll genickt und sich vorgenommen, die Gunst der Stunde nutzen.

Ocko hatte Milchreis gekocht, und wie jedes Mal war er angebrannt. Es würde Ewigkeiten dauern, bis er den Topf wieder sauber geschrubbt hatte. Wie schön war es doch gewesen, als seine Mutter noch für die Mahlzeiten zuständig war. Ihr war nie so etwas passiert.

Er schaufelte die Hälfte der weißen Pampe auf einen Teller, streute Zucker darüber und aß stillschweigend. Dann trug er den leeren Teller zur Spüle, ließ Wasser darüberlaufen und füllte den brauchbaren Rest in eine kleine Schale.

»Jetzt gibt es Abendessen, Milchreis«, verkündete er. Es war komisch, wenn man der Einzige im Haus war, der sprach. Alles, was Ocko sagte, kam ihm zu laut vor, doch wenn er flüsterte, konnte seine Mutter ihn nicht verstehen.

Geduldig löffelte er die weiße Pampe in den offenen Mund, und er meinte, Dankbarkeit in ihren trüben Augen zu lesen, deren Farbe sich über die Jahre verändert hatte. Das strahlende Blau war verblasst, als hätten Tränen die Farbe ausgewaschen. Seit sie hier lag, waren ihre Augen immer feucht, man konnte denken, dass sie ständig weinte. Traurig fand er das. So sollte kein Mensch alt werden.

»Ist so viel passiert in letzter Zeit«, sagte er, mit Absicht so leise, dass sie nicht alles verstehen konnte. »Und jetzt mach ich mir Sorgen um die kleine Tineke. Wenn die doch bloß auf mich hören und einen Hund anschaffen würde. Im Tierheim haben die viele wachsame Hunde, steht jede Woche in der Zeitung.« Er schob einen weiteren Löffel in das zahnlose Loch und drehte ihn leicht, damit der Milchreis nicht am Gaumen haften blieb. »Die jungen Leute wissen alles besser, haben ja studiert. Die wollen nicht hören, was unsereiner weiß. Margit ist auch nicht mehr bei Sinnen, du würdest sie gar nicht wiedererkennen.«

Seine Mutter hatte Margit nie gemocht. *Die taugt nicht viel,* hatte sie immer gemeint. Und dass Margit ihm nicht guttäte. Damals war er selbst noch jung gewesen und hatte, genau wie jetzt Tineke, auch nicht auf die Älteren hören wollen.

Als der Teller leer war, holte er einen Waschlappen und säuberte seiner Mutter den Mund. Dann schlug er die Bettdecke beiseite und wechselte ihre Windel. Sie mochte das nicht, manchmal gab sie ein unwilliges Grunzen von sich, meist schloss sie einfach die Augen. Ocko konnte das verstehen, er war ein Mann und sie eine Frau, dazu noch seine Mutter. Sie schämte sich vor ihm. Jedes Mal, wenn er seine Mutter windelte, bereute er, nicht geheiratet zu haben. Das hier müsste eine Frau erledigen. Nicht, dass es ihm etwas ausmachte, aber seiner Mutter war es unangenehm.

Danach las er etwas aus der Zeitung vor, das machte er jeden Abend, immer nur die Nachrichten aus dem Landkreis Leer, alles andere interessierte sie nicht, weil sie in ihrem ganzen Leben nie weiter als bis nach Leer in die Stadt gekommen war. Dahinter fing für sie die Fremde an. Die Zeitung war vom Vortag, er kriegte sie immer von Margit geschenkt, und für seine Mutter spielte es keine Rolle, wie alt die Nachrichten waren. Stockend begann er zu lesen. In der Nähe von Remels sollte ein Hähnchenmaststall gebaut werden. Es hatte sich schon eine Bürgerinitiative dagegen gebildet. Nee, damit, dass man Vögel in Käfige sperrte, war Ocko auch nicht einverstanden. Seine eigenen Hühner spazierten auf dem Hof herum, und der Hahn weckte ihn jeden Morgen mit seinem heiseren Krähen. Der letzte war noch lauter gewesen, da hatten sich sogar mal die Nachbarn beschwert. Er war im Topf gelandet.

Während er vorlas, dass irgendwo ein Auto aufgebrochen worden war, schlief seine Mutter ein. Er brach mitten im Artikel ab und deckte sie sorgfältig zu.

In der Küche nahm er sich ein Bier aus dem Kühlschrank, viel war nicht mehr da, er musste morgen einkaufen. Der komische Sparkassenleiter hatte sich aufgehängt. Jetzt war seiner Frau wohl das ewige Grinsen vergangen. Immerzu musste er an die kleine Tineke denken. Da war was mit ihrem Freund passiert, der kam nicht mehr, und jetzt hockte sie ganz allein in ihrer Wohnung, und um sie herum passierten seltsame Dinge. Was war das für ein Mann, der sein Mädchen in so einer Zeit im Stich ließ? Obwohl die Müdigkeit ihn ständig gähnen ließ, fand Ocko keine Ruhe. Als er es nicht mehr aushielt, holte er Schuhe und die Jacke aus dem Flur und zog sich an. Es mochte komisch sein, aber er würde erst in Ruhe schlafen können, wenn er sich vergewissert hatte, dass bei Tineke alles in Ordnung war.

Sein Hollandrad war uralt, und die Pedale quietschten bei jedem Runtertreten, er sollte sie wohl mal wieder ölen. Wenn er sich anstrengte, so wie jetzt, konnte Ocko sich selbst schnaufen hören. So war das, wenn man alt wurde, nichts funktionierte mehr reibungslos. Man ächzte und stöhnte, und überall zog und ziepte es. Sein Körper kam ihm vor wie eine Maschine, die nicht mehr viel taugte, ausgeschlagene Lager, stumpfe Zahnräder und seltsame Geräusche.

Er hörte einen Steinkauz. Unglück sollte das bringen, und Ocko wusste auch, warum. Wenn man sich auf den schrillen Ruf konzentrierte, hörte man deutlich: *Komm mit, komm mit.* Die Alten hatten gemeint, dass der Vogel die Stimme des Todes war. *Komm mit*, was für ein Unsinn. Der Kauz nistete am Friedhof, schon seit Jahren, und war jeden Abend deutlich zu hören, so viel Unglück konnte es gar nicht geben in einem Dorf wie Martinsfehn und auch nicht so viele Tote.

Kurz vor dem Fabrikgelände kam ihm ein dunkler

Wagen entgegen, den Fahrer konnte er nicht erkennen, weil das grelle Licht der Scheinwerfer ihn blendete, sodass er die Augen zusammenkneifen musste. Bei Margit war alles dunkel, halb zwölf, da schliefen die meisten Leute. Früher war sie nicht so früh ins Bett gegangen, da hätten sie in so einer milden Frühsommernacht im Backhaus gesessen und es sich gut gehen lassen, Ocko, Cornelius und Margit, aber da hatte er beim Fahrradfahren auch noch nicht geschnauft wie ein Walross. Er stieg ab und schob das Rad an dem Fabrikgebäude vorbei durch die schwarze Nacht. Warum auch immer, bemühte er sich, keine Geräusche zu verursachen. Mit einem Blick sah er, dass nirgends ein BMW mit Oldenburger Nummernschild parkte, überhaupt konnte er kein Auto entdecken. Wie befürchtet, war Tineke ganz allein, und das gefiel ihm nicht. In ihrer Wohnung brannte kein Licht, aber ihr Wagen stand im Carport. Alles schien still und friedlich, Ocko hätte nach Hause fahren und ein weiteres Bier öffnen oder bei Charlie vorbeischauen und einen der großen Scheine anbrechen können. Aber er lehnte sein Rad gegen eine Mauer und schlich auf Zehenspitzen über den Firmenparkplatz zu dem umgebauten Wagenschuppen, in dem Tineke wohnte, und versuchte, in ihre Fenster zu schauen. Vergeblich, sie hatte die Vorhänge zugezogen. Gleichzeitig ärgerte er sich, weil das hier gar nicht seine Aufgabe war. Warum passte dieser Schnösel aus Oldenburg nicht selbst auf seine Freundin auf? Stattdessen musste Ocko mit seinen siebzig Jahren durch die Dunkelheit radeln, ohne Licht, weil die Birne seit Ewigkeiten kaputt war, mit Rheuma in der linken Schulter und einem schmerzhaften Ziehen im linken Knie.

FREITAG, 14. JUNI

Tineke hatte gestern das Geld von der Bank geholt und auf dem Rückweg einen Döner in Stehen genossen, mit schlechtem Gewissen, weil das Fleisch ganz bestimmt nicht von artgerecht gehaltenen Tieren stammte, und darauf achtete sie normalerweise strengstens. Zurück in ihrer Wohnung, hatte sie auf Silvana gewartet, aber nicht lange.

Um halb neun war ihr das untätige Rumsitzen plötzlich unerträglich geworden, und ihr Wunsch, Silvana zu unterstützen, oder besser, auf den richtigen Weg zu bringen, im Nirgendwo verpufft. Zuerst hatte sie ernsthaft darüber nachgedacht, zu Margit zu gehen und ihr von Silvanas Anrufen zu erzählen, dann aber ganz spontan entschieden, stattdessen ihre Eltern zu besuchen, mit dem Rad, das hatte sie schon ewig nicht mehr gemacht. Damit Silvana sie nicht erreichen und dadurch ihren Entschluss ins Wanken bringen konnte, hatte sie ihr Handy einfach ausgestellt. Auch Alexander nahm sie so die Möglichkeit, sich mit ihr in Verbindung zu setzen, aber das würde ja ohnehin nicht mehr passieren. Schluss. Aus. Vorbei. Unterwegs hatte sie sich selbst das Versprechen abgenommen, künftig nur noch ihre eigenen Interessen zu verfolgen. Im Herbst, so nahm sie sich vor, würde sie drei Wochen in die USA fliegen, davon träumte sie schon lange. Heutzutage konnte man als Frau auch allein verreisen. Margit hatte schon vor vierzig Jahren nur das getan, was sie wollte.

Ihre Mutter hatte vor dem Fernsehapparat gekauert, vor sich eine XXL-Tüte mit Kartoffelchips, aus der sie sich pausenlos bediente. Ihr Vater war damit beschäftigt gewesen, auf dem Küchentisch etwas auseinanderzuschrauben, ein Kühlaggregat, wie er erklärte, und Tineke hatte sich gefragt, in wie vielen Küchen es so penetrant nach Altöl stank, ohne dass sich jemand daran störte. Ihre Eltern hatten beide getrunken, wie immer, das war der Grund, warum sie diese Art von Besuchen normalerweise vermied. Doch gestern Abend hatte sie gefragt, ob sie über Nacht bleiben dürfe.

Keiner hatte wissen wollen, warum, ihre Mutter war in der Werbepause die Treppe hochgestiegen, um saubere Bezüge auf das Bett in ihrem alten Zimmer zu legen. »Beziehen musst du selbst, mein Film geht gleich weiter«, hatte sie gebrummelt, bevor sie wieder im Wohnzimmer verschwand.

Im ersten Moment hatte Tineke sich über diese Gleichgültigkeit geärgert und überlegt, ob sie nicht wieder nach Hause fahren sollte, aber dann war sie doch geblieben und hatte erstaunlich tief und fest geschlafen, zwischen Bügelwäsche, die schon so lange dort oben lag, dass sie völlig eingestaubt war, und zerlesenen Heftchenromanen, die ihre Mutter immer paketweise auf dem Flohmarkt kaufte und die den scharfen Geruch von feucht gewordenem Papier verströmten.

Zum Frühstück hatte ihr Vater Brötchen von der Tankstelle geholt. Ihre Mutter lobte die neue Kaffeemaschine, und Tinekes Blick glitt verschämt zur Seite, als ihre Eltern sich gleichzeitig mit dem ersten Kaffee einen Genever gönnten.

»Ist was Besonderes?«, wollte ihr Vater wissen und starrte auf das Aggregat, das er einfach beiseitegeschoben hatte, um Platz auf dem Tisch zu schaffen für drei Frühstücksbretter, dieselben, die schon in Tinekes Kindheit benutzt wurden. Auf ihrem Brett strahlte eine verblasste Prinzessin, und ihr fiel plötzlich ein, dass ihr Vater das Brett vor Urzeiten aus Holland mitgebracht hatte.

»Erzähl, Meisje«, forderte er sie auf, und in seiner Stimme klang etwas Warmes, Zugewandtes, das sie schon lange nicht mehr gehört hatte. Meisje, so wurde sie früher genannt, als kleines Mädchen, und zu ihrer Überraschung kamen ihr sofort die Tränen. Die Worte sprudelten nur so heraus, sie musste sich wohl endlich mal alles von der Seele reden. Nicht das von Silvana und der Geldforderung, die sie inzwischen unverschämt fand, das ging niemanden etwas an, sie sprach über Alexander und seinen unerklärlichen Rückzug.

Ihr Vater nickte, schob dann und wann ein »Hm« zwischen ihre Worte und pustete in seinen Kaffeebecher. »Weißt du, Meisje, ihr jungen Leute wollt viel zu viel auf einmal. Ganz viel Geld, einen tollen Job und einen Partner, der ebenfalls ganz viel verdient, damit ihr euch alles leisten könnt.«

Gern hätte sie jetzt gesagt, dass das nicht stimmte, aber das wäre gelogen.

»Sei mal ehrlich, Meisje, willst du die Firma wirklich übernehmen? Ganz tief hier drinnen?« Mit der geballten Faust schlug Henk Veenstra sich gegen seinen mächtigen Brustkorb.

»Natürlich will sie das, warum hat sie sonst studiert?«, kreischte ihre Mutter. Sie warf sich über den Tisch und riss an Tinekes Hand, genauso unsanft wie früher. »Lass dir nichts von deinem Vater einreden. Der Mann ist ein Versager, eine einzige Enttäuschung. Willst du so enden wie ich?«

Ihr Vater sagte nichts, lächelte nur still vor sich hin wie einer, der nicht wusste, wie er sich wehren sollte.

Vor Mitleid war ihre Kehle wie zugeschnürt. »Papa ist kein Versager«, brachte sie schließlich hervor. »Er lebt so, wie er leben möchte. Das macht ihn glücklich.«

»Und ich? Was ist mit mir, mit meinen Träumen? Meinst

du, das hier gefällt mir? Überall Schrott und ausgebaute Teile?« Ihre Mutter war aufgesprungen und versuchte, das Aggregat vom Tisch zu stoßen, doch ihr Vater hielt es mit beiden Händen fest.

»Lass das, Foline. Da steckt 'ne Menge Geld drin.«

»'ne Menge Geld!«, äffte sie ihn nach. »Was ist bei dir 'ne Menge Geld? Zehn Euro, fünfzehn oder sogar zwanzig? Wahnsinn, Henk, ich bin beeindruckt!« Erschöpft von ihrem Ausbruch, ließ sie sich auf ihren Stuhl zurückplumpsen, dabei entstand ein trauriges Geräusch, als die Luft aus dem gepolsterten Kunststoffsitz entwich. »Du weißt gar nicht, wovon du redest. Viel Geld, das sind tausend Euro oder zehntausend. So viel, dass man sich alles kaufen kann, hörst du?« Mit der Handkante fegte sie Krümel vom Tisch. »Das wünsche ich mir, reich sein!«

»Wie Margit«, seufzte ihr Mann, während seine Finger mit den schwarz geränderten Nägeln liebevoll über das Metall glitten. Er hob den Kopf. »So ist es doch. Du willst wie Margit sein. Aber das wirst du nicht schaffen, Foline, nie.« Seine Stimme klang, als wäre er den Tränen nahe. »Weißt du noch, was Cornelius immer gesagt hat? Dass Margit am liebsten das ganze Dorf kaufen würde? Gelacht hat er darüber, über Margit und ihr ewiges Streben nach mehr. Ja, dein Bruder hat dir Geld zugesteckt, heimlich, aber nicht, weil du ihm so viel bedeutet hast, er wollte nur seiner Margit eins auswischen. Das ist alles. Mehr steckte nicht dahinter. Und jetzt ist die Geldquelle versiegt. Na und, wir kommen doch über die Runden. Musstest du schon mal hungern oder im Kalten sitzen?« Als Tinekes Mutter erneut mit ihrer Litanei ansetzen wollte, winkte er ab. »Unsere Tochter ist hier, sie möchte uns ihr Herz ausschütten, also halt endlich mal die Klappe.« Dann stand er auf und schenkte sich seinen Kaffeebecher wieder voll. »Und jetzt zu deinem Alexander, Meisje. Willst du so einen Scharlatan als Mann?«

Erschrocken schaute Tineke ihren Vater an. Wusste er mehr über Alexander als sie selbst?

»Alle Anwälte sind Scharlatane«, fügte er als Erklärung hinzu, vielleicht weil ihm ihr entsetzter Gesichtsausdruck aufgefallen war. »Die verteidigen jeden, auch die, die Dreck am Stecken haben. Davon leben sie ja. Dabei bist du doch immer so für Gerechtigkeit gewesen. Ärztin wolltest du mal werden und nach Afrika gehen und den kleinen Negerkindern helfen.«

»Oder Tierpflegerin.« Tineke musste die Tränen weglachen, die ihr in die Augen steigen wollten, und sie verkniff sich den Hinweis, dass der Ausdruck *Neger* heutzutage tabu war. Ihr Vater meinte es nicht böse.

Wie hatte sie nur vergessen können, wie fürsorglich Henk Veenstra sein konnte, nicht nur zu alten Maschinen, sondern auch zu seiner einzigen Tochter. Fürsorglich und viel zu schwach, um sich gegen seine Frau zu behaupten.

Tineke betrachtete den Tisch, die Tassen mit dem Muster aus winzigen Streublümchen waren an den Rändern bereits angeschlagen. Sie hatte ihrer Mutter das Kaffeeservice zu Weihnachten geschenkt, vor gerade mal sechs Monaten, und es hatte fast zweihundert Euro gekostet. Foline ging nicht sorgsam um mit ihren Sachen, vor allem nicht, wenn sie wütend war oder betrunken. Im Grunde lohnte es gar nicht, so viel Geld für sie auszugeben. Doch Tineke brachte es nicht fertig, Dinge zu verschenken, die ihr selbst nicht gefielen. Dabei wusste sie genau, dass ihre Mutter alles kurz und klein schlug, wenn sie einen ihrer Tobsuchtsanfälle bekam, sie würde auch vor dem Blümchengeschirr nicht haltmachen.

»Ich könnte mal was Schickes zum Anziehen gebrauchen«, maulte ihre Mutter jetzt und zerrte an ihrem verwaschenen Pullover herum, der irgendwann mal gelb gewesen sein musste, bevor sie ihn zu heiß gewaschen und verfärbt hatte.

Tineke kamen die fünfhundert Euro für Silvana in den Sinn, und sie dachte, dass sie das Geld genauso gut ihrer Mutter geben könnte. Sie hatte sich ja schon damit abgefunden, dass sie die Scheine nie wiedersehen würde. Doch ehe sie antworten konnte, schlug ihr Vater mit der Faust auf den Tisch. Das kam höchst selten vor und war ein Zeichen dafür, dass er nicht mehr weiterwusste.

»Hör auf, Foline. Schämst du dich nicht, ständig deine Tochter anzubetteln? Du weißt, dass ich das nicht haben will. Margit hat ganz recht, geh arbeiten, wenn du was brauchst.«

Tineke sah schon das Geschirr fliegen, doch ihre Mutter zuckte nur mit den Schultern. So früh am Morgen war ihr Alkoholspiegel noch zu niedrig, um auszurasten.

»Ich muss jetzt los. Margit kann Unpünktlichkeit nicht ausstehen.« Tineke war froh, als sich die abgeschrammte Haustür hinter ihr schloss, und gleichzeitig schämte sie sich für das Gefühl der Erleichterung.

»Ich möchte eine Aussage machen.«

Erstaunt schaute Nola von ihrem Schreibtisch hoch, wo sich mal wieder ungezählte Zettel türmten, die abgearbeitet werden mussten. Vor ihr stand Tineke Veenstra, sie trug ein kniekurzes Kleid, das sie blass aussehen ließ. In ihren hellblauen Augen funkelte trotzige Entschlossenheit. Das Chaos auf Nolas Schreibtisch entlockte ihr einen fassungslosen Blick, aber gleich darauf hatte sie sich wieder in der Gewalt.

Das, was sie erzählte, war unglaublich. Es passte nicht

zu der überkorrekten jungen Frau, etwas derartig Wichtiges zu verschweigen.

»Ich habe Ihnen die Daten der Anrufe und die ungefähren Uhrzeiten aufgeschrieben. Silvana hat ihre Rufnummer unterdrückt, aber Sie können das sicher rauskriegen. Zuletzt kam gestern eine SMS, hier, ich habe sie nicht gelöscht. Ich hab das Geld von der Bank geholt und gewartet, aber plötzlich bekam ich so ein komisches Gefühl, eine Mischung aus Angst und Wut. Ich hab gedacht, wenn ich ihr Geld gebe, unterstütze ich eine mögliche Straftäterin, das geht endgültig zu weit. Darum hab ich bei meinen Eltern übernachtet.« Sie schluckte. »Silvana tut mir so leid. Ich kann mir einfach nicht vorstellen, dass sie Cord erschossen hat. Vielleicht ist das ja dumm, keine Ahnung.« Sie begann zu weinen, ganz leise.

»Da kann ich Ihnen leider nicht widersprechen.« Nola sah keine Notwendigkeit, die Tatsachen zu beschönigen. Frau Veenstra hatte wichtige Informationen für sich behalten und damit die Ermittlungsarbeit behindert. »Anhand der Nummer hätten wir Frau Cassjen längst ausfindig machen können, sie und vor allem das Kind, um das ich mir wirklich Sorgen mache.«

Für einen Moment sah es aus, als würde Tineke Veenstra vom Stuhl rutschen. Sie fiel nach vorn und musste sich an der Tischplatte abstützen.

»Tief Luft holen«, sagte Nola, und die junge Frau gehorchte.

Als sie sich wieder beruhigt hatte, berichtete sie von merkwürdigen Ereignissen. Jemand hatte sie spätabends verfolgt, bis ein Anwohner auf der Bildfläche erschienen war und den Verfolger offenbar vertrieben hatte. Am nächsten Abend hatte sie eine Bewegung im Garten gesehen, zum Glück war ihre Tante zu Besuch, und am letzten Wochenende war möglicherweise jemand in ihre Wohnung eingedrungen. »Meinen Sie …?«

Nola nickte. »Ich fürchte, ja. Silvana Cassjen und ihr mutmaßlicher Partner scheinen keinerlei Skrupel zu kennen.«

Ihre Worte entlockten Tineke Veenstra einen unterdrückten Aufschrei. »Ich hab doch gar nichts getan«, wisperte sie.

Inzwischen tat sie Nola leid. Welchen Sinn sollte es machen, sie erneut auf die möglichen Folgen ihres Schweigens hinzuweisen? Immerhin hatte die Frau sich eines Besseren besonnen, und ihre Angaben würden die Ermittlungen voranbringen. »Sie haben also nur einmal mit Silvana gesprochen, ganz am Anfang. Was hat sie gesagt? Überlegen Sie bitte ganz genau.«

»Die Tabletten, die Cord ihr verabreicht hat, hätten so etwas wie Halluzinationen bei ihr ausgelöst. Kaugummi im Kopf, hat sie wörtlich gesagt. Dass sie in der Mordnacht aufgewacht ist und eine Pistole neben ihr im Bett lag. Cord war tot, und sie ist mit Caspar geflüchtet. Und dann hat sie noch gemeint, sie hätte etwas Dummes getan und *ihn* angerufen.«

»Wen?«

»Keine Ahnung. Ich habe gefragt, da hat sie aufgelegt.«

»Vielleicht ist der Mann dazugekommen und wollte nicht, dass sie telefoniert. Möglicherweise aus Angst, dass sie seinen Namen oder ihren Aufenthaltsort verrät.«

Nolas Worte schienen eine weitere Erinnerung bei der jungen Frau freizusetzen. »Ja«, rief sie aufgeregt. »Das hat sie gesagt, dass sie nicht telefonieren soll.«

»Wirkte sie ängstlich? Eingeschüchtert?«

Mit gerunzelter Stirn betrachtete die junge Frau ihre Hände. »Das kann ich nicht sagen, wirklich nicht.« Sie hob den Blick und schaute hilflos Nola an. »Ich war so überrascht. Ich weiß nicht mehr, was sie wortwörtlich gesagt hat. *Kaugummi im Kopf*, das hat sich bei mir eingeprägt, und dass sie nicht telefonieren soll.«

Nola nickte. »In Ordnung. Ich will Ihnen keine Angst machen, aber könnten Sie für ein paar Tage anderweitig übernachten, nur zur Vorsicht?«

»Bei meinen Eltern.«

»Das wäre gut. Andererseits weiß Silvana sicher, wo Ihre Eltern wohnen. Wie ist es mit Ihrem Freund, der wohnt doch in Oldenburg, das fände ich noch besser.«

Erneut füllten die hellblauen Augen sich mit Tränen. »Wir haben uns getrennt. Manchmal merkt man erst in so einer Situation, dass man sich auf den Partner nicht verlassen kann.«

Nola nickte. Ihr Vorurteil gegen Anwälte wurde mal wieder voll und ganz bestätigt. »Dann schlafen Sie bitte bei Ihren Eltern. Dort sind Sie wenigstens nicht allein.«

Als die junge Frau fort war, überkam Nola eine seltsame Ruhe. Anhand der Handynummer würden sie den Aufenthaltsort von Silvana Cassjen orten können. Alles würde sich klären.

Hilke hatte mächtig Druck gemacht, und es war ihr gelungen, die gesuchte Nummer zu ermitteln und in Rekordzeit eine Liste der von dort geführten Telefonate zu bekommen.

Die nervöse Anspannung im Raum war beinahe mit den Händen greifbar. Allen war klar, dass die Ergebnisse der Verbindungsnachweise endlich den Durchbruch bringen konnten. Robert, Conrad und Hilke saßen am Tisch, während Nola zu nervös war zum Sitzen.

»Zunächst einmal ist das Handy nicht neu, Frau Cassjen

benutzt das Ding seit knapp sechzehn Monaten, also seit dem letzten Februar. Ein Prepaidhandy, logisch, ihr Mann sollte ja nichts davon wissen. Man bedenke…« Hilke, die ihre Rolle zu genießen schien, ließ eine wirkungsvolle Pause. »Sie war zu dem Zeitpunkt gerade mal neun Monate verheiratet. Wenn ihr mich fragt, handelt es sich um ein klassisches Affärenhandy. Bis zu ihrem Verschwinden hat sie damit nur zwei Nummern angerufen, ein weiteres Prepaidhandy, keine Ahnung, wem es gehört, da bin ich noch dran, und einen gewissen Thomas Stockmeyer, wohnt in Leer in der Nähe vom Bahnhof. Die unbekannte Nummer hat sie mit Abstand am häufigsten angewählt, manchmal mehrfach täglich.«

»Ihr Lover«, sagte Nola sofort, und niemand widersprach. »Jetzt wird es spannend«, fuhr Hilke fort. »Am Sonntag nach dem Mord hat sie nicht telefoniert, am Montag auch nicht, erst am Dienstag. Wir erinnern uns: In der Nacht von Montag auf Dienstag hat sie versucht, Geld abzuheben, vergeblich. Erst hat sie mit Tineke Veenstra gesprochen, dann mit Thomas Stockmeyer und zuletzt mit dem Lover. Am Mittwochnachmittag ein vergeblicher Anruf bei Tineke Veenstra. Danach erst mal Funkstille.«

»Der Akku war leer«, mutmaßte Nola. »An das Handy hat sie vielleicht gedacht, nicht aber an ein Ladegerät.«

»Kann sein. Am Freitag war es jedenfalls wieder aufgeladen. Da hat sie kurz vor Mitternacht bei Thomas Stockmeyer angerufen. Das Gespräch hat nicht mal eine halbe Minute gedauert. Danach hat sie es bei Tineke Veenstra probiert, am Samstag und Sonntag auch noch, immer vergeblich. Insgesamt dreiundzwanzigmal. Liest sich, als wäre sie ziemlich verzweifelt gewesen.«

»Das Handy war ausgeschaltet, weil Frau Veenstra nicht für ihren Freund erreichbar sein wollte«, warf Nola ein.

Robert schien ähnlich zu denken. Sein »passt« klang zufrieden. »Silvana war nervös, konnte niemand erreichen und wollte unbedingt mit Tineke sprechen. Du hast ja gesagt, dass sie sich relativ nahestanden.«

»Ja. Vielleicht wollte sie sich verabschieden. Sie und ihr Lover hatten gerade eine halbe Million ergaunert.« Nola schüttelte unwillig den Kopf. »Und nicht mal eine Woche später bittet sie Tineke um fünfhundert Euro? Was ist da schiefgegangen?«

Robert zuckte mit den Achseln. »Besteht da überhaupt ein Zusammenhang? Dafür gibt es keinen Beweis.«

Ja. Möglicherweise müsste man die Lösegeldgeschichte getrennt betrachten.

»Eins noch«, meldete Hilke sich wieder zu Wort. »Silvanas Handy war immer in Martinsfehn eingeloggt, bis auf den vergeblichen Anruf am Mittwoch nach dem Mord, da hat sie aus Sandhatten telefoniert. Das liegt hinter Oldenburg. Die Fahrtzeit von Martinsfehn nach Sandhatten über die A28 beträgt etwa fünfzig Minuten.«

»Den Yaris hatte sie nicht mehr zur Verfügung, ihr Lover muss sie also hingebracht haben«, murmelte Nola. »Warum Sandhatten?«

»Irgendwo muss sie ja sein«, gab Hilke zur Antwort. »Warum nicht Sandhatten?«

Ja, irgendwo mussten Silvana und das Baby sein. »Noch was …« Nola berichtete, dass möglicherweise jemand am Wochenende in Tineke Veenstras Wohnung eingedrungen war und dass sie am Montagabend im Dunkeln verfolgt wurde. »Dann die seltsame Aufforderung, allein in der dunklen Wohnung zu warten.«

»Dass jemand ihr Böses will, kann ich mir nicht vorstellen«, sagte Robert, nachdem er eine Weile nachgedacht hatte. »Warum? Mir fällt kein Grund ein. Da klingt es schon wahrscheinlicher, dass Silvana wirklich Geld braucht, was bestätigen könnte, dass sie gar nichts mit der Lösegeldgeschichte zu tun hat.«

»Vielleicht war Silvana am Wochenende in Tinekes Wohnung und hat dort auf sie gewartet. Vergeblich, Tineke war ja in einem Wellnesshotel. Ich habe sie gebeten, vorläufig bei ihren Eltern zu schlafen, ist mir sicherer. Falls Silvana noch mal Kontakt aufnimmt, wird sie sich bei mir melden.«

»Gut. Sagt dir der Name Thomas Stockmeyer was?«, fragte Robert.

»Allerdings. Seinen Eltern gehört die *Deichstube* an der Bremer Straße. Dort hat Silvana vor der Ehe gearbeitet. Hilke, schau mal, was du über ihn finden kannst.«

Spielerisch Hilke legte zwei Fingerspitzen an die Stirn. »Aye, aye, Sir. Wird erledigt.«

»Und was ist mit dieser unbekannten Nummer?«, hakte Nola nach. Sie zweifelte nicht daran, dass es sich bei dem Besitzer um Silvanas geheimnisvollen Lover handelte.

»Bislang negativ. Wenn wir Pech haben, ist es ein nicht registriertes Prepaidhandy, jedenfalls haben wir noch keinen Treffer. Lässt sich nicht orten, scheint abgeschaltet zu sein, genau wie ihres.«

»Entweder, sie müssen nicht mehr telefonieren, weil sie zusammen sind, oder ihnen ist klar geworden, dass man die Nummern über den Kontakt zu Frau Veenstra zurückverfolgen kann.«

»Es gibt noch eine dritte Möglichkeit. Wenn der Typ schlau ist, hat er einfach zwei neue SIM-Karten besorgt, prepaid natürlich. Er scheint ja ziemlich gerissen zu sein.« Conrads Einwurf erstaunte Nola. Insgeheim hatte sie ihm unterstellt, dass er überhaupt nicht zuhörte, weil er auf seinem Stuhl hing, als würde er jeden Moment einnicken.

»Mit Rüdiger Lienemann hat sie übrigens auch mal telefoniert, genau zweimal«, fiel Hilke noch ein. »Ist aber schon 'ne Weile her, und die Gespräche waren sehr kurz.«

»Wann war das?«

»Vor fünf Monaten.«

»Also zu einer Zeit, in der sie bereits regen Kontakt mit der unbekannten Nummer pflegte. Schade. Sonst hätte man denken können, dass er der Besitzer des Affärenhandys ist. Ich werde trotzdem noch mal mit ihm reden. Und mit Thomas Stockmeyer natürlich auch. Am wichtigsten bleibt allerdings der Teilnehmer mit der unbekannten Nummer.«

»...der sich überwiegend vor Ort eingeloggt hat, also in Martinsfehn. Und ziemlich oft in Oldenburg. Von Oldenburg nach Sandhatten sind es... Moment...« Hilke tippte auf ihrem Tablet-PC ein paar Befehle ein. »Dreiundzwanzig Kilometer, eine knappe halbe Stunde mit dem Auto.«

»Ich möchte mit Ihrem Sohn sprechen. Ist das möglich?« Nola fand nicht, dass sie unfreundlich oder gar einschüchternd klang, doch Frau Stockmeyer sprang förmlich rückwärts, als hätte Nola sie körperlich attackiert.

»Thomas?«, flüsterte sie mit wackliger Stimme. »Warum denn?«

»Würden Sie einfach meine Frage beantworten?«

»Ja. Natürlich. Er ist in der Küche. Soll ich ihn holen?«

»Das wäre sehr nett.«

Christina, der Name der Bedienung hatte sich bei Nola eingeprägt, schaute mit offenem Mund ihrer Chefin hinterher, die ein wenig humpelte und mit dem Rücken der linken Hand über ihre Augen wischte.

Es vergingen ein paar Minuten, in denen sowohl Nola als auch Christina erwartungsvoll auf die Schwingtür zur

Küche starrten. Nola fragte sich bereits, ob Thomas Stockmeyer gerade durch einen Hinterausgang verschwand, als die Tür sich bewegte und zuerst ein junger Mann erschien und gleich dahinter Frau Stockmeyer, die ihn förmlich vor sich herschob.

Thomas Stockmeyer trug ein weißes T-Shirt, eine schwarzweiß gewürfelte Hose und eine bodenlange Schürze voller Flecke. Beim Gehen schlurften seine Füße über den Boden, und seine langen Arme mit den riesigen Händen schlenkerten vor und zurück. Nola wusste sofort, wo sie ihn schon mal gesehen hatte, bei Leffers in der Wäscheabteilung, wo er mit glänzenden Augen den schwarzen Spitzen-BH angeschaut hatte. Der junge Mann war bestimmt zwei Meter groß und sehr hager. Auf einem langen Hals, der von einem überdimensionalen Adamsapfel entstellt wurde, saß ein unverhältnismäßig kleiner Kopf. Platt gedrückte Haare, die darauf schließen ließen, dass er in der Küche eine Kopfbedeckung trug, rotblond und reichlich dünn und ein ebenso dünner, fusseliger Bart, der vermutlich sein fliehendes Kinn verdecken sollte. Dafür hätte der Bartwuchs allerdings deutlich kräftiger ausfallen müssen. Mit einem leisen Seufzer setzte er sich gegenüber von Nola auf die Bank, seine Mutter nahm ebenfalls Platz.

»Sie möchten mit mir reden?« Sein linkes Handgelenk war verbunden, und der blütenweiße Verband schien an der blassen Gestalt förmlich zu leuchten, als wäre er künstlich illuminiert. Die dünnen Arme, die aus dem kurzärmeligen Shirt hervorschauten, erinnerten Nola an Bilder von magersüchtigen Mädchen. Etwas Tragisches ging von ihm aus, er wirkte wie ein Mensch, der kaum noch die Kraft zum Weiterleben aufbrachte.

»Wenn Sie Thomas Stockmeyer sind, ja.«

Er nickte, erhob sich ein paar Zentimeter von der Bank,

gab Nola die Hand und bot ihr einen Kaffee an, den sie allerdings ablehnte. Ein Kaffee in der *Deichstube* konnte nicht schmecken, davon war sie überzeugt.

»Es geht um Silvana Cassjen«, begann sie das Gespräch. »Herr Stockmeyer, was können Sie mir über Frau Cassjen erzählen?«

»Ich hab Ihnen doch schon alle Fragen über Silvana beantwortet. Mein Sohn hat keine Zeit, der muss wieder in die Küche. Wie soll mein Mann das allein schaffen? Christiiina! Tisch vier, träumst du schon wieder, Mädchen?«, trompetete Frau Stockmeyer quer durch die Gaststube. »Mein Gott, nun geh doch mal einen Schritt schneller!«

Möglichst unauffällig hielt Nola die Hand gegen ihr Ohr. Die arme Christina hastete mit hochrotem Kopf zu besagtem Tisch, wo eine ältere Frau bereits ungeduldig winkte.

»Ja, bitte?«, hörte Nola.

»Ich will zahlen.«

»Frau Stockmeyer? Zahlen.« Hilflos schaute Christina herüber.

Mit einer gemurmelten Entschuldigung erhob sich die Gasthausbesitzerin, vergaß aber nicht, ihren Sohn ein weiteres Mal an seine Pflichten zu erinnern, was ihn nicht sonderlich zu interessieren schien, denn er reagierte nicht.

Er wartete, bis sie sich ein paar Schritte entfernt hatte, dann begann er zu reden. »Auf jeden Fall ist Silvana nicht so, wie meine Mutter sie sicher beschrieben hat. Silvana hat sich mit ihrer Familie zerstritten und ist mehr oder weniger aus Trotz nach Bad Zwischenahn gezogen. Hat sich wunder was darunter vorgestellt und war enttäuscht. Irgendwas ist da auch gewesen, mit einem Mann, glaub ich, aber darüber wollte sie nicht reden. Wir haben uns im Internet kennengelernt, wie das so ist. Ich hab ihr dann vorgeschlagen, nach Leer zu ziehen. Meine Mutter hat gerade mal wieder eine Bedienung gesucht. Hier wechselt ständig das Personal. Raten Sie mal, warum.« Er gab ein trauriges Lachen von sich und blickte vielsagend zu seiner Mutter, die Christina gerade eine Standpauke hielt. »Silvana war ziemlich einsam. Die Arbeitszeiten in der Gastronomie sind nicht förderlich für ein normales Privatleben. Sie und ich waren mal aus. Sie wusste, dass ich viel für sie empfinde. Aber…«

»Aber?«

»Ist irgendwie nix draus geworden. Ich hab ihr meine Liebe gestanden, und sie hat gesagt: *Ach, Tommy.* Mehr nicht. Ich hab schon kapiert, was das heißen soll. Dass sie mich mag, aber nicht liebt. Ich war ihr zu jung. Hat ganz schön wehgetan. Aber so ist das Leben.« Sein Zeigefinger kratzte auf der Tischplatte hin und her, er lächelte betrübt und schaute rüber zur Bedienung. »Christina findet mich gut. Beruht leider nicht auf Gegenseitigkeit. Ich weiß, wie es sich anfühlt, wenn Gefühle nicht erwidert werden, so gesehen tut Christina mir leid. Ich hab schon überlegt, ob ich mal mit ihr was trinken gehe. Aber davon wird's ja auch nicht besser. Oder?« Fragend schaute er Nola an. Die Augen waren das einzig Bemerkenswerte an dem jungen Mann, tiefgrau und eingerahmt von langen, mädchenhaft geschwungenen Wimpern.

»Nein, das sollten Sie wirklich nicht tun«, beantwortete Nola ganz automatisch die Frage. »Wie ging es mit Ihnen und Silvana Cassjen weiter?«

»Sie hat ihren Arzt kennengelernt. Der war ausgesprochen besitzergreifend, hat hier immer zu Abend gegessen und jeden ihrer Schritte verfolgt. Ein paar Monate nach der Hochzeit hat sie gekündigt. Meine Mutter war froh und ich irgendwie auch. Es hat mich gequält, sie immer vor Augen zu haben und zu wissen, dass dieser Arzt alles kriegt, was ich mir wünsche. Dabei war sie nicht mal richtig in ihn verliebt.«

»Wie kommen Sie denn darauf?«

»Das hat sie mir selbst erzählt. *Tommy,* hat sie gesagt. *Das ist genau das, was ich immer gesucht habe. Ein Mann, der mir ein schönes Leben bieten kann. So eine Chance kriegt man nur einmal. Da spielt es doch keine Rolle, ob er mein Typ ist oder nicht.*« Mit zwei Fingern massierte er seinen Adamsapfel. »Von Liebe hat sie kein Wort gesagt, es ging ihr nur ums Geld. Hat mich irgendwie enttäuscht.«

»Wann hatten Sie zuletzt Kontakt zu Frau Cassjen?«

Er atmete lautstark ein und wieder aus und hob den Blick zur Decke, als müsste er erst darüber nachdenken. »Um die Weihnachtszeit. Ich hab in der Stadt Geschenke gekauft, sie auch. Silvana hat mir von dem Baby erzählt, dass sie sich darauf freut. Sah aber gar nicht so aus. Ich wollte wissen, wie ihr das Leben als Frau Doktor gefällt. Zuerst hat sie nur mit den Schultern gezuckt und gesagt: *Frag bloß nicht.* Aber dann hat sie doch ein bisschen was erzählt. Dass ihr Doktor krankhaft eifersüchtig ist, dass er sie am liebsten zu Hause einsperren würde, dass er geizig ist und ein Säufer. Sie wollte mir Bilder zeigen von ihrem neuen Haus, aber ich hab abgelehnt. Interessiert mich doch gar nicht, wie die wohnen.« Plötzlich sprang Thomas Stockmeyer auf. »Ich muss in die Küche, bevor mein Vater sauer wird.«

Nola kam es vor, als würde er die Erinnerung an Silvana Cassjen nur schwer aushalten können. Aber sie konnte ihn jetzt noch nicht gehen lassen. »Moment noch. Oder möchten Sie lieber ins Präsidium kommen, da hätten wir mehr Ruhe?«

»Nein.« Es klang richtig erschrocken.

Nachdem Frau Stockmeyer kassiert hatte, kehrte sie schnurstracks zurück. »Thomas. Jetzt reicht es aber, dein Vater kriegt gleich einen Anfall, wenn du nicht an deine Arbeit zurückkehrst«, fuhr sie ihren Sohn an, doch Nola spürte, dass der Ausbruch in Wahrheit ihrer Person galt. Frau Stockmeyer wagte allerdings nicht, sie verbal anzugehen, und ließ ihren Ärger an Thomas aus. »Du wolltest eine Zigarettenpause machen und keinen Kurzurlaub.«

»Ich werde von der Polizei vernommen, Mama, das ist wichtig.«

»So ist es. Und wir wären gern ungestört.« Nola bedachte Frau Stockmeyer mit einem kühlen Blick, bevor sie sich wieder Thomas zuwandte. »Sie haben gesagt, dass Sie Silvana Cassjen über das Internet kennengelernt haben. Darf ich fragen, wie?«

Brennende Röte stieg über seinen Hals in die Wangen auf. Er wartete, bis seine Mutter weit genug entfernt war, um nicht mithören zu können. »Dürfen Sie nicht, das ist privat«, blaffte er dann und begann, an seinem Verband herumzufummeln.

»Ich glaube, ich weiß es. Es war ein Portal, wo man für Geld Frauen kontaktieren kann, die vor einer Webcam posieren. Wir wissen, dass Silvana so etwas gemacht hat.«

»Na und, ist doch nicht verboten!«

»Nein«, sagte Nola freundlich. »Das habe ich auch nicht behauptet. Sie haben Silvana dort kennengelernt und sich auch privat mit ihr getroffen, stimmt's?«

Sein erschrockener Gesichtsausdruck reichte Nola als Antwort.

»Sie waren nicht der Einzige. Silvana hat mindestens einen weiteren Mann auf diesem Weg kennengelernt. Die beiden hatten lange Zeit ein Verhältnis. Allerdings war er gebunden und nicht bereit, seine Beziehung zu beenden.«

»Weiß ich. Schlachter war der Typ. Hat sie nur ausgenutzt. Seinetwegen ist sie doch weg aus Bad Zwischenahn, weil sie das alles hinter sich lassen wollte.«

»Ist ihr das gelungen? Alles hinter sich zu lassen.«

»Scheint so. Sie hat nie wieder ein Wort über ihn verloren. Das war vorbei. Und den Job vor der Webcam hat sie auch aufgegeben. Hat gesagt, so was würde sie nie wieder machen.«

»Okay. Ich möchte Sie um den Namen des Portals bitten.«

Gleichgültig zuckte er mit den Schultern. »Nützt Ihnen sowieso nichts, es existiert seit mindestens drei Jahren nicht mehr. *Privatmaus.com* hieß der Laden, war ziemlich klein. Es gab nur vier oder fünf Mädchen, und Silvana war die Hübscheste. Trotzdem hat sie kaum was verdient.«

»Wie hat sie sich dort genannt?«

»Sillygirl.«

Nola notierte sich die Namen, *Privatmaus* und *Sillygirl*, in ihren Ohren hörte sich beides ziemlich albern an. »Noch mal zu Ihrer Aussage, dass Sie Silvana zuletzt in der Vorweihnachtszeit gesehen haben.« Sie rutschte auf ihrem Stuhl ganz nach vorn und reckte das Kinn vor, um den Abstand zwischen ihren Gesichtern zu verringern. Dabei ließ sie Thomas Stockmeyer nicht aus den Augen. »Stimmt das wirklich?«

Er senkte den Blick, sagte aber mit fester Stimme: »Ich schwöre.«

»Lieber nicht. Ich glaube Ihnen nämlich nicht.«

»Müssen Sie ja wohl.« Trotzig hob er den Kopf.

Nola lächelte matt. »Sie unterschätzen meine Möglichkeiten. Ich weiß, dass Sie in regelmäßigem Kontakt zu Silvana standen. Sie kannten die Nummer des Handys, das sie vor ihrem Mann versteckt hielt, und haben mit ihr telefoniert, ungefähr einmal im Monat.«

Er wurde blass und spielte an seinem Verband herum, offenbar zu heftig, denn einmal verzog er das Gesicht. »Okay, das stimmt. Kann ich wieder an die Arbeit?«

»Ganz bestimmt nicht. Ich möchte wissen, worüber Sie mit Silvana gesprochen haben.«

»Das war nichts Besonderes. Ich wusste gar nicht, dass sie vermisst wird. Sie hat mich angerufen und wollte quatschen. Dass ihr Baby da ist, dass sie sich freut, lauter so Kram. Ich hatte gerade keine Lust, mit ihr zu telefonieren, und hab die meiste Zeit nur zugehört.«

Nola seufzte. »Herr Stockmeyer, Sie sagen mir nicht die Wahrheit. Es stand groß in der Zeitung, was passiert ist. Außerdem war ich hier und habe mit Ihrer Mutter geredet. Sie wussten genau, dass Silvana von der Polizei gesucht wurde.«

Bei Nolas Worten wurde der junge Mann noch blasser, als er ohnehin schon war. »Nein«, versicherte er. »Ich lüge nicht.«

»Dem muss ich leider widersprechen. Silvana hat Sie nach dem Mord an ihrem Mann angerufen. Sie haben daraufhin Sachen für sie gekauft, schwarze Spitzenunterwäsche zum Beispiel, bei Leffers, dafür gibt es Zeugen.« Anders konnte es nicht sein, also preschte Nola einfach vor.

Er seufzte abgrundtief und ergab sich in sein Schicksal. »Ja. Okay. Sie hat mich angerufen, weil ich ihr helfen sollte. Sie hielt sich in so einem komischen Stall in Martinsfehn versteckt. Aber mir ist auf die Schnelle nicht eingefallen, wo ich sie und den Kleinen unterbringen könnte. Ich hab versprochen, dass ich mir bis Freitag was einfallen lasse. Später ist mir das Segelboot meiner Eltern in den Sinn gekommen, da ist ja nie einer, das wäre für 'ne Zeit gegangen. Ich hab mir Urlaub genommen und bin am Freitag mit dem Wagen raus zu diesem komischen Unterstand gefahren, um sie abzuholen. Sie war nicht da. Niemand war da.« Er schluckte. »Sie hat mich mal wieder an der Nase rumgeführt, wie immer. Seither hab ich nichts mehr von ihr gehört.«

»Sie lügen schon wieder. Silvana hat Sie am Freitag um kurz vor Mitternacht angerufen.«

»Davon weiß ich nichts, ehrlich. Vielleicht hat sich jemand verwählt. Ja, ich glaube, so war es, jetzt fällt es mir wieder ein. Da hat einer angerufen und gleich wieder aufgelegt.«

Nola glaubte ihm kein Wort. »Sie waren verabredet und haben Silvana nicht angetroffen. Warum haben Sie nicht gefragt, was los ist?«, bohrte sie nach. »Wo sie sich befindet, warum sie nicht am Treffpunkt wartet? Ich an Ihrer Stelle hätte das gemacht. Sie kannten ihre Nummer doch.«

Müde zuckte er mit den Schultern. »Wozu? Damit sie mir wieder neue Lügen auftischt? Von anderen Männern erzählt? Oder sagt: *Nicht böse sein, Tommy, du kennst mich ja.*«

»Wissen Sie, was ich glaube? Sie waren gar nicht am Freitag verabredet, sondern am Samstag. Und Freitagnacht hat Silvana den Termin noch mal bestätigt.«

»Das stimmt nicht«, sagte er resigniert.

»Hat sie am Telefon von einem anderen Mann gesprochen?«

Er zupfte an seinem Verband herum, dann schaute er Nola unglücklich an. »Nein. Sie hat gesagt, dass sie allein ist mit dem Baby, dass ihre Geldkarte nicht mehr funktioniert und dass sie Hilfe braucht.«

»Und da haben Sie sofort alles arrangiert. Ist Ihnen gar

nicht die Idee gekommen, dass Sie sich möglicherweise mit einer Mörderin einlassen? Immerhin wird sie doch gesucht.«

»Das war mir egal. Ihr Mann hat sie mies behandelt. Dieses Handy, das sie für unsere Anrufe benutzte, musste sie vor ihm verstecken. So kann man doch nicht leben. Ich hab mir vorgestellt, dass sie und ich …« Er schniefte. »Dass wir zusammen was Neues anfangen.« Langsam hob er den Kopf, in seinen Augen glänzten Tränen. »Meine Mutter ist genauso schlimm wie Silvanas Ehemann. Die möchte auch jeden meiner Schritte kontrollieren. Da hab ich gedacht, sie und ich …«

»Und der Kleine«, warf Nola vorsichtig ein.

»Ja. Und ihr Baby. Wir hätten doch eine Familie sein können. Ich wollte mir einen anderen Job suchen, weit weg von Leer und meiner Mutter. Aber wie üblich hat Silvana es gar nicht ernst gemeint. Es ging ihr mies, und da ist ihr auf die Schnelle kein Besserer eingefallen als der doofe Tommy. Fünf Minuten später hat sie sich wahrscheinlich an einen erinnert, der ihr mehr bieten kann als ein kleiner Koch. So ist Silvana eben.«

Nachdenklich betrachtete Nola den jungen Mann. »Was haben Sie anschließend gemacht? Nachdem Ihnen klar war, dass Silvana nicht kommen würde?«

»Ich bin allein zum Schiff gefahren, schließlich hatte ich Urlaub. War schwer genug, die paar freien Tage bei meiner Mutter durchzusetzen.«

Allein auf einer Segeljacht. Nola spürte, dass die Haare auf ihren Armen sich aufstellten. Eine günstigere Gelegenheit, unbemerkt eine Leiche loszuwerden, gab es nicht. Und das Motiv hatte der junge Mann ihr gerade auf dem Silbertablett serviert. Die Frau, für die er alles tun würde, nahm ihn nicht ernst und nutzte ihn aus. »Sind Sie allein rausgesegelt?«

Er lachte trocken. »Wohl kaum. Das würde mein Vater nie erlauben, ich hab auch gar keinen Sportbootführerschein. Nein, das Boot liegt im Jachthafen von Westeraccumersiel, und ich hab es mir an Bord gemütlich gemacht.«

»Ich möchte mich gern mal auf dem Schiff umsehen, geht das?«

Erschrocken riss er die Augen auf, dann schüttelte er heftig den Kopf. »Auf keinen Fall. Ich hab keinen Schlüssel, und ich will ganz bestimmt nicht, dass Sie mit meinem Vater reden. Der würde das sowieso nicht dulden, fremde Leute auf der *Hansebrau*t, da stellt er sich ziemlich an.«

Wenn sein Vater genauso drauf war wie seine Mutter, und davon ging Nola aus, brauchte sie einen Durchsuchungsbeschluss für den Kahn. Sie würde den Teufel tun und Thomas Stockmeyer vorwarnen, damit er irgendwelche Beweise verschwinden ließ. »Ist nicht so wichtig. Waren Sie schon mal in Sandhatten? Liegt hinter Oldenburg.«

»Noch nie gehört.«

»Was ist das für eine Wunde an Ihrem Handgelenk?«

»Darüber möchte ich nicht reden«, sagte er zuerst, überlegte es sich dann aber anders. »So etwas nennt man Autoaggression. Selbstverletzung. Ich zerbeiße meine Haut, wenn ich unter emotionalem Stress stehe. Idiotisch, ich weiß.«

Emotionaler Stress, weil Silvana ihn erneut versetzt hatte oder weil er die Zurückweisungen nicht länger ertragen und sie im Affekt getötet hatte?

»Hatten Sie ein sexuelles Verhältnis mit Silvana Cassjen?«

Ihre Worte ließen ihn nach Luft schnappen, er wurde zuerst knallrot, dann wich die Farbe aus seinem Gesicht, und zurück blieb fahle Blässe. »Nein«, stöhnte er und klopfte mit der rechten Hand auf seinen Verband.

Nola bat ihn trotzdem um einen Abstrich seiner Mundschleimhaut für eine DNA-Analyse, und er willigte sofort ein. Demnach hielt er sich nicht für Caspars Vater, und wenn ihr Instinkt sie nicht völlig verlassen hatte, war er das auch nicht. Vermutlich hatte er noch nie mit einer Frau geschlafen.

»Könnten Sie mir eine Wegbeschreibung von diesem Stall geben, in dem Sie mit Silvana verabredet waren?«

Schon nach wenigen Worten wusste sie, dass es um den Schafstall ging, den Renke ausfindig gemacht hatte, den Ort, an dem Silvana Cassjen sich mit ihrem Lover getroffen hatte.

»Ich möchte Sie bitten, Montagmorgen aufs Präsidium in der Georgstraße zu kommen. Sagen Sie den Kollegen an der Pforte, dass ich Sie erwarte.« Nola legte ihre Karte in die riesige Hand, die feucht war von Schweiß, dabei fand sie es in der *Deichstube* keineswegs sonderlich warm, und sie dachte, dass diese Hand bestimmt heftig zuschlagen konnte.

Ocko wollte gerade den Rasenmäherkorb leeren, als Margits Hand sich um seinen Oberarm klammerte.

»Komm rein.«

Er wunderte sich, dass ihre Stimme so angespannt klang, folgte ihr aber ins Haus, ohne zu fragen, was so wichtig war, dass er seine Arbeit unterbrechen musste.

»Du musst etwas für mich tun«, stieß sie in der Diele hervor. »Ich bezahle dich, das ist kein Problem. Du weißt, dass ich eine reiche Frau bin. Nenn mir eine Summe. Tausend Euro, fünftausend… oder eine monatliche Rente.«

Während er ihr mit gesenktem Kopf in die Küche hinterhertrottete, dachte er an die Tüte, die er letzte Woche in der Garage entdeckt hatte und die inzwischen verschwunden war. So viel Geld auf einmal hatte Ocko noch nie gesehen. Ein paarmal hatte er einfach hineingegriffen und eine Handvoll Scheine rausgeholt. Er war sicher gewesen, dass niemand etwas bemerken würde. Die Scheine waren nicht ordentlich gebündelt, sondern lagen wild durcheinander, als hätte jemand sie hastig in den schwarzen Plastiksack gestopft. Er hatte das Nötigste angeschafft, damit seine Mutter sich ein bisschen wohler fühlen konnte, und unter seiner Matratze lagen noch 3480 Euro. Inzwischen war er zu der Erkenntnis gelangt, dass das Geld mit der geplatzten Lösegeldübergabe zu tun haben musste, Ocko kapierte allerdings nicht so recht, wie das alles zusammenhing. Hatte Margit das Geld versteckt oder der Landrat? Das würde er wohl nie rauskriegen.

Jedenfalls war diese Einnahmequelle versiegt, und er bereute längst, nicht mehr genommen zu haben. Aber jetzt bot Margit ihm Geld an, weil er etwas für sie erledigen sollte, etwas, das ihr verdammt wichtig sein musste. Ganz kurz dachte Ocko, dass er unter diesen Umständen auch andere Dinge von Margit verlangen könnte, zum Beispiel, dass sie noch mal mit ihm schlief, so wie damals, und dass sie dabei wieder diese rote Unterwäsche tragen müsste. Aber er wusste gar nicht, ob er das noch konnte, und falls nicht, würde Margit ihn hinterher gnadenlos verspotten. »Was soll ich denn machen?«

»Schließ erst mal die Tür.« Das, was sie dann sagte, ließ ihn erblassen. »Was ist?«, blaffte sie, weil er keine Antwort gab.

»Weiß nicht, ich glaub nicht, dass ich das will, Margit. Was, wenn meine Mutter davon erfährt?«

Ihr Lachen klang wild und ein bisschen irre. »Deine Mutter? Spinnst du? Die kriegt doch überhaupt nichts mehr mit!«

»Das denkst du. Alle denken das. Nur weil sie nicht

mehr sprechen kann, heißt das doch nicht, dass sie nichts mehr versteht. Mama und ich können uns prima verständigen.« Ocko schaute auf seine Hände, die schmutzig waren von der Gartenarbeit, die aber noch nie so etwas Böses getan hatten, und er fragte sich, ob sie hinterher noch genauso aussehen würden wie jetzt, wie ganz normale Hände.

Margit war seinem Blick gefolgt. »Los, überleg nicht lange. Denk lieber an das Geld.«

Seine Mutter würde so etwas nicht tun, das war mal sicher. Sie war nämlich ein guter Mensch, und gute Menschen machten solche Sachen nicht. Davon, dass er selbst auch ein guter Mensch war, war Ocko nicht überzeugt. Aber das, was Margit da von ihm verlangte…

»Nee. Das kann ich nicht. Mag sein, dass ich ein Säufer bin, der nie sonderlich viel Lust hatte zum Arbeiten, aber damit will ich nichts zu tun haben.«

Margit lachte wie eine Verrückte. Und dann hob sie den Arm, ganz langsam, und richtete eine Pistole auf sein Gesicht, eine Walther, Ocko erkannte sie sofort, Cornelius hatte sie bei der Jagd gern für den Fangschuss genutzt. »Und wenn ich jetzt einfach abdrücke? Was wird dann aus deiner Mutter?«

Nun war sie wirklich durchgedreht. Er dachte an Cornelius. Der wäre nach vorn gesprungen und hätte ihr die Waffe aus der Hand geschlagen. Sein Freund Cornelius hatte sich vor nichts und niemandem gefürchtet. Ganz anders als Ocko, der spürte, wie seine Knie weich wurden und dass er kurz davor war, sich in die Hose zu pinkeln. Alles Mögliche hatte er sich für sein Lebensende vorgestellt, aber nicht, dass Margit, seine heimliche Liebe, ihn stumpf abknallte.

»Lass mich überlegen«, krächzte er, und als sie die Waffe sinken ließ. »Ich könnte wohl was zu trinken brauchen.«

Wortlos steckte sie die Walther in die Tasche ihrer Strickjacke, dann holte sie eine Flasche *Fehnbrand* aus dem Kühlschrank. »Du weißt ja, wo Gläser stehen.«

Ja, das wusste Ocko ganz genau. Und er stellte gleich zwei Gläser hin, die Margit so voll goss, dass der Schnaps überschwappte und über ihre Finger lief.

»Auf Cornelius«, rief er aus, in der Hoffnung, dass der Name ihr half, bei Verstand zu bleiben.

»Auf Cornelius und die gute alte Zeit«, wiederholte sie feierlich. »Wir sind die Einzigen, die noch da sind, Ocko.«

Eine halbe Stunde später standen sie immer noch in der Küche, die Flasche war halb leer, und Ocko fiel das Denken schwerer.

»Gut«, stöhnte er, weil er an seine Mutter dachte, die ohne ihn verloren war. »Ich mache es.«

Als Nola wieder im Präsidium ankam, lagen Name und Adresse des Besitzers der unbekannten Prepaidnummer auf ihrem Schreibtisch. Marvin Stuck, geboren am 12.12.1991, wohnhaft in Aurich. Ein Einundzwanzigjähriger, drei Jahre jünger als Silvana Cassjen, das passte nun überhaupt nicht in ihr Täterprofil. Sie stand schon in der Tür, als ihr einfiel, dass sie sich auf keinen Fall allein auf den Weg machen sollte. Da Conrad sich bereits in das freie Wochenende verabschiedet hatte, klopfte sie bei Robert, der gerade Feierabend machen wollte. Er griff zum Telefon, und wenig später stand ein uniformierter Kollege in der Tür.

Marvin Stucks Anblick fand Nola mehr als erstaunlich. Der junge Mann fiel unter die Rubrik Länge mal Breite mal Höhe. Er war stark übergewichtig, dabei höchstens einen Meter fünfundsechzig groß, und niemand würde ihn als groß und schlank bezeichnen. Der junge Mann passte eindeutig nicht zu der Beschreibung der Kinder.

Beim Anblick ihres Begleiters in Polizeiuniform grinste er. »Hab ich was verbrochen?«

Das gute Gewissen in Person, dachte Nola und grinste einfach mal mit. »Das wissen wir noch nicht. Es geht um Ihr Handy.« Sie las die Nummer von ihrem Zettel ab.

»Nee. Moment. Noch mal«, sagte er irritiert. Dann schüttelte er den Kopf. »Das ist nicht meine Nummer.« Er griff in die Gesäßtasche seiner Jeans und holte das neueste Samsung Galaxy hervor. Seine kurzen Finger huschten erstaunlich flink über die Oberfläche. Als ein leises Pling ertönte, hielt er ihr das Display hin. »Hier, das ist meine Nummer.«

»Sie sind aber als Eigner eines Prepaidhandys mit der eben genannten Nummer registriert.«

Seine Stirn legte sich in nachdenkliche Falten. »Prepaid, sagen Sie. Ja. So ein Teil hatte ich mal, ein Nokia. Hab ich aber vertickt.«

»Wann und an wen?«

»Ist damit ein Verbrechen verübt worden?« Er meinte das sicher als Witz, doch als Nola keine Miene verzog, sagte er peinlich berührt: »Oh. Hm. Klingt jetzt doof, aber ich weiß nicht, an wen. Letztes Jahr hab ich Abi gemacht. Im Vorfeld liefen diverse Aktionen, um Geld für unsere Abifete aufzutreiben. Wir wollten nämlich unbedingt Livemusik. Bloß 'ne Coverband, aber die kostet auch schon richtig Kohle. Na ja, das interessiert Sie wohl weniger. Wir hatten beim Tag der offenen Tür an unserer Schule einen Flohmarktstand. Jeder aus dem Jahrgang musste fünf Teile beisteuern. Bei mir war dieses Handy dabei. Ich brauchte das Ding nicht mehr, weil ich von meiner Mutter ein Samsung übernehmen konnte. Das Nokia wurde dort verkauft. Und ich hab null Check, an wen. Ich war gar nicht dabei. Wir haben uns nämlich am Stand abgewechselt. Mehr kann ich leider nicht sagen.«

Mist. »Ist es möglich, heute noch rauszukriegen, wer das Nokia verkauft hat?«

Er lachte ungläubig. »Sie sind ja lustig. Da herrschte ein ständiges Kommen und Gehen. Ein Abijahrgang, das sind echt viele Leute. Ich weiß nicht mal mehr, wer da am Stand mitgemacht hat und wer nicht.« Er zog die Mundwinkel runter.

Der Hinweis des uniformierten Kollegen, dass man Handys nicht weiterkaufen durfte, ohne die persönlichen Daten des Käufers an den Provider weiterzugeben, beeindruckte ihn wenig. »Klar, so sollte es sein, aber daran hält sich doch kein Mensch.«

Als Nola ihn aufforderte, die Namen der Mitschüler aufzulisten, die an der Flohmarktaktion beteiligt waren, reagierte er genervt, traute sich aber nicht, abzulehnen. »Keine Ahnung, ob da jemand fehlt und wo die jetzt sind.«

»Das kriegen wir schon raus«, versicherte Nola, obwohl sie keineswegs überzeugt war.

SAMSTAG, 15. JUNI

Renke traute seinen Augen nicht, als er die Zeitung aufschlug. Auf Seite drei schaute ihm ein blonder Junge entgegen. Dustin. Sein Lächeln ließ sich am ehesten als treuherzig bezeichnen, wenn man gehässig sein wollte, auch als dümmlich. Der neunjährige Dustin, so entnahm er dem Artikel, hatte die vermisste Frau, die vermutlich ihren Ehemann erschossen hatte, und ihren mutmaßlichen Komplizen mehrfach gesehen. Seither traute das *arme Kind* sich kaum noch vor die Tür, aus Angst, dem Mann zu begegnen. Der Redakteur, Tom Meinhard, wer sonst, nannte das

Kind schwer traumatisiert, und er sparte nicht mit Seitenhieben auf die Polizei, der es nicht mal gelungen war, anhand dieser Zeugenaussage ein Phantombild zu erstellen.

Ferner erfuhr der geneigte Leser, dass Dustin sich nichts so sehnlich wünschte wie ein eigenes Notebook, damit er sich zu Hause in seinem Zimmer beschäftigen könnte. Seine Mutter, Yvonne Raschke aus Martinsfehn, ein Foto zeigte die mehrfach gepiercte junge Frau, die sich um einen leidenden Gesichtsausdruck bemühte hatte – vergeblich, was an ihrer schrillen Frisur liegen mochte oder der nietenbesetzten Lederjacke, die den Eindruck von unterschwelliger Aggressivität vermittelte –, wäre vor Kurzem arbeitslos geworden und könnte ihrem Sohn seinen verständlichen Wunsch nicht erfüllen. Falls jemand ein funktionstüchtiges Notebook oder ein Tablet-PC übrig hätte, könnte er die Adresse der beiden bei der Redaktion erfragen.

Wenigstens fand sich in dem Artikel kein Hinweis auf Philipp Kemper. Renke war klar, dass Yvonne den Hinweis auf den zweiten Jungen keineswegs aus Rücksicht verschwiegen hatte, sondern weil sie die vermeintliche Berühmtheit allein für ihren Dustin beanspruchte, ohne an die Folgen zu denken.

In seiner Wut setzte er sich in seinen Audi und fuhr direkt zu Yvonne, wo er so lange auf den Klingelknopf drückte, bis der Hund sich heiser gebellt hatte und sein wütender Besitzer die Tür aufriss. »Geht's noch? Schon mal auf die Uhr geguckt?«, fuhr er Renke an. Es war halb elf.

»Wo ist Yvonne?«

Renke meinte, so etwas wie Erleichterung im Gesicht des jungen Mannes zu erkennen, weil sein Besuch nicht ihm galt, sondern seiner Freundin. Er wollte lieber gar nicht wissen, wie viel Dreck dieser Olli am Stecken hatte.

Yvonne schien direkt aus dem Bett zu kommen. Aus winzigen Augen blinzelte sie Renke an. »Was ist denn jetzt los?«

Ohne große Vorrede fragte er, ob sie völlig den Verstand verloren hätte, und wedelte dabei mit der Zeitung vor ihrem Gesicht hin und her. »Der Komplize einer mutmaßlichen Mörderin, wie er hier genannt wird, freut sich sicher, dass du ihm den Namen des Zeugen über die Zeitung mitgeteilt hast! Echt clever, Yvonne, bist 'ne richtig gute Mutter!« Ursprünglich hatte er gar nicht vorgehabt, so laut zu brüllen, aber er konnte sich nicht beherrschen. Renke war stinkwütend.

Es dauerte ein paar Minuten, bis der Sinn seiner Worte die junge Frau erreichte, man konnte förmlich sehen, wie sie kapierte und dann die Augen aufriss. »Aber da… da steht doch gar nicht drin, wo… ich mein, wo wir wohnen«, stotterte sie.

»Wenn er nicht komplett bescheuert ist, und davon gehe ich aus, kriegt er das anhand deines Namens problemlos raus!«

»War sowieso nicht meine Idee.« Yvonne fasste sich an den Hals, ihre kurzen Fingernägel waren schwarz lackiert. »Ollis PC ist verreckt, und er hat gemeint, so kommen wir umsonst an einen Neuen.« Sie drehte sich auf dem Absatz um und stürmte durch den Flur. »Olli, du Arsch! Wenn meinem Kleinen was passiert, kannst du was erleben, dann stech ich dich ab. Oder deinen dämlichen Köter! Hab ich nicht gesagt, dass das 'ne Scheißidee ist?«

Renke schloss leise die Tür, seine Wut war verraucht, nicht völlig, aber jetzt war sie auszuhalten.

Er setzte sich in den Wagen und rief Nola an. Sie befand sich auf dem Weg ins Präsidium und hatte den Artikel schon gelesen.

»Hast du nicht frei?«, wunderte Nola sich, als sie ins Büro kam und Hilke an ihrem Arbeitsplatz entdeckte.

»Na und, du doch auch. Hab's zu Hause nicht ausgehalten. Ohne Ole ist die Wohnung so leer, ich musste einfach für ein paar Stunden raus, und Shoppen ist immer gleich so teuer. Da hab ich mir überlegt, dass ich ein paar Dinge abarbeiten kann. Und du wirst staunen.« Sie strahlte. »Thomas Stockmeyer ist nicht ohne. Er hat Koch gelernt, nicht im Betrieb seiner Eltern, sondern im Krankenhaus, aber die Prüfung nicht gemacht. Eine Kollegin hat ihn angezeigt, weil er sie mehrfach beim Umkleiden beobachtet hat, einmal stand er sogar zu Hause vor ihrem Schlafzimmerfenster. Sie hat die Anzeige zurückgezogen, nachdem er gekündigt hat. Seither arbeitet Herr Stockmeyer im Betrieb seiner Eltern.«

»Und Mutti bewacht ihn wie ein Schießhund«, murmelte Nola. Deshalb benahm die Frau sich so sonderbar, sie hatte Angst, dass ihr Sohn wieder Frauen nachstellte. »Sonst noch was?«

»Allerdings. Es gab noch einen weiteren Vorfall. Er hat über längere Zeit eine junge Frau in der Altstadt beobachtet. Bis ihr Freund und ein paar seiner Kumpels ihn auf frischer Tat ertappt und in die Mangel genommen haben. Die sind nicht gerade zimperlich mit ihm umgegangen. Trotzdem hat Stockmeyer auf eine Anzeige verzichtet, anders als die junge Frau. Es kam zu einer Verhandlung, und er wurde zu gemeinnütziger Arbeit und einer Therapie verurteilt. Er wohnt jetzt allein in der Nähe vom Bahnhof und fährt einen schwarzen Passat, eine Limousine. Das war's. Jetzt erzähl du mal, was der für ein Typ ist.«

Nola berichtete von der Befragung am Vortag. »Ich denke, er hat sich ziemlich in sie verguckt, zuletzt aber auch gespürt, dass sie ihn nur ausnutzt. Von den Telefonaten her würde das durchaus passen, nur ein einziger Anruf am Mittwoch. Am selben Tag hab ich ihn bei Leffers gesehen, er hat schwarze Reizwäsche gekauft.«

»Was hast du denn in der Reizwäscheabteilung gemacht?« Hilkes wissendes Grinsen verriet, was sie sich gerade vorstellte.

Nola wurde rot. »Quatsch! Ich brauchte was anderes.«

»Schon klar.« Hilke grinste immer noch.

»Zurück zu unseren Ermittlungen. Angeblich waren sie für Freitag verabredet, aber das muss ja nicht stimmen. Komischer Vogel, irgendwie traurig. Sex hatten die beiden eher nicht, und seine DNA hat er freiwillig abgegeben.«

»Eigentlich passen die beiden gut zusammen. Ein Voyeur und ein Webcam-Girl. Sie zeigt sich gern, und er guckt gern zu.«

»Ob das für eine Beziehung reicht? Nur gucken?«, lachte Nola. »Schwanger wird man davon jedenfalls nicht.« Sie öffnete ihre Handtasche, legte ihr Notizbuch auf den Tisch und schaute nach, wie das Boot der Familie Stockmeyer hieß. *Hansebraut*, richtig. »Thomas Stockmeyer hat eine eigene Wohnung. Ich sehe keinen Grund, weshalb die beiden sich zum Poppen vor dem Stall treffen sollten. Das war ein anderer… Pass auf, wenn du schon hier bist, könntest du mir einen großen Gefallen tun und sofort einen Durchsuchungsbeschluss für das Boot und seine Wohnung besorgen. Dafür, dass er sie in dem Stall nicht angetroffen hat, haben wir nur seine Aussage. Möglicherweise hockt sie die ganze Zeit auf diesem Kahn. Oder sie lebt nicht mehr, und er hat sie längst über Bord geworfen, sie und den Kleinen. Sag mal, wer hat eigentlich Bereitschaft?«

»Conrad.«

»Scheiße.«

»Ich habe hier einen Durchsuchungsbeschluss für die Wohnung Ihres Sohns und Ihr Boot«, sagte die Rothaarige und hielt ihr irgendeinen Wisch unter die Nase, den sie ohne Brille sowieso nicht lesen konnte.

»Und warum?« Hannelore nahm im Augenwinkel wahr, dass Christina mit der Hüfte gegen einen Tisch knallte und alle Gläser auf dem Tablett überschwappten, fühlte sich jedoch nicht in der Lage, darauf zu reagieren. Weil sie nichts sagte, ging Christina einfach weiter, als wäre nichts passiert.

»Ist doch nicht schlimm«, hörte Hannelore den schmierigen Möller von Tisch sieben, und eine von den alten Weibern pflichtete ihm bei, bestimmt die Aufgedonnerte von Tisch vier. Christina kicherte albern, und Hannelore ließ es geschehen, sollen die Alten sich doch mit Christina solidarisieren.

»Warum?«, wiederholte sie ihre Frage, weil die Polizistin keine Antwort gab.

»Wir wissen inzwischen, dass Silvana nach ihrem Verschwinden telefonischen Kontakt zu Ihrem Sohn aufgenommen hat. Sie hat einen Platz für sich und das Kind gebraucht. Ihr Sohn wohnt allein. Und er war auch allein auf dem Boot.«

»Sie glauben, dass unser Thomas …?« *Bitte nicht. Das kann er uns doch nicht antun.*

»Mit Glauben kommt man in meinem Beruf nicht weiter, Frau Stockmeyer. Ich möchte ausschließen, dass Frau Cassjen sich dort aufhält oder zeitweise aufgehalten hat.«

»Aber Thomas …«

»Ihr Sohn ist in der Vergangenheit mit dem Gesetz in Konflikt geraten. Zwei Anzeigen wegen Voyeurismus, eine davon wurde zurückgezogen, nachdem er den Betrieb verlassen hat.«

Gott, das wurde ja immer schlimmer. Hatte die Polizei nichts Wichtigeres zu tun, als in uraltem Dreck zu wühlen? »Woher wissen Sie das? Das gilt nicht als Vorstrafe, hat man uns gesagt.«

»Das stimmt auch, aber solche Vorgänge bleiben im Bundeszentralregister gespeichert. Für die Ermittlungsbehörden sind diese Einträge von Bedeutung, das werden Sie doch verstehen, gerade bei Straftaten mit sexueller Relevanz.«

»Uns hat man aber gesagt, dass solche Dinge wieder aus dem Strafregister gelöscht werden«, sagte sie trotzig. »Er hat niemandem etwas angetan. Das war ein Missverständnis.«

»Darüber möchte ich jetzt wirklich nicht mit Ihnen diskutieren«, erklärte die Kommissarin kühl und ein bisschen herablassend, wie Hannelore fand, und sie fragte sich, ob sie sich so ein Benehmen von der jungen Frau gefallen lassen musste. Sie könnte ja ihre Mutter sein. Respekt und Höflichkeit waren dieser Generation anscheinend fremd.

»Vielmehr bin ich hier, um zu fragen, ob wir einen Schlüssel für seine Wohnung bekommen können. Wir wollen nichts beschädigen. Vielleicht möchte Ihr Sohn ja auch dabei sein.«

»Fragen Sie ihn selbst, er ist in der Küche.«

Urplötzlich stand Christina vor ihr, und sie fragte sich, was sie von dem Gespräch mitbekommen hatte. »Frau Stockmeyer, Sie sehen gar nicht gut aus. Soll ich Ihnen einen Kaffee bringen?«

»Als hätte ich Zeit für eine Pause!«, fuhr sie das Mädchen an. Aber dann ließ sie sich doch auf einen Stuhl plumpsen, weil es sich anfühlte, als würden ihre Beine nicht mehr zu ihr gehören, nicht mal den Knöchel konnte sie spüren, dabei war er wieder angeschwollen. Vielleicht war das ihr letzter Tag in der *Deichstube.* Wenn die Polizei Spuren von Silvana in der Wohnung entdeckte, war alles aus. Dann war sie die Mutter eines Mörders. Bestimmt war das Baby längst tot, wie sollte so ein Würmchen denn überleben ohne eine anständige Mutter, die wusste, wie man für ein Kind sorgte? Sie dachte an die Kassenbons in ihrem Portemonnaie. Die konnte die Polizei schon mal nicht finden, und eine leere Plastiktüte von Leffers war doch nicht verdächtig. Das, was auf den Kassenzetteln aufgelistet war, befand sich nicht mehr in der Wohnung, sie hatte ja überall nachgeschaut. Silvana. Für Hannelore war sie ein Monster, ein blondes, langbeiniges Monster, das den Kerlen den Kopf verdrehte. Gegen so eine war man als Mutter machtlos.

Eine Frau, die ihren eigenen Mann erschossen hatte. Welcher Mensch war in der Lage, so eine Tat auszublenden und sich in diese Frau zu verlieben? Doch nur einer, der selbst nicht richtig war im Kopf, einer, der Frauen beim Ausziehen belauerte und sich dabei … das war so eklig. Wieso war aus ihrem niedlichen kleinen Thomas so einer geworden? Sie verstand es einfach nicht. Und sie wollte auch nichts damit zu tun haben. »Warten Sie, ich hol Thomas aus der Küche.«

Wenn sie geglaubt hatte, dass der Junge eine Reaktion zeigte, sich irgendwie verriet, hatte sie sich getäuscht. Er zuckte nur mit den Schultern, total gleichgültig, und wollte wissen, was das bringen sollte.

»Wir möchten herausfinden, ob Frau Cassjen sich in Ihrer Wohnung oder auf dem Boot befindet oder in der Vergangenheit befunden hat.«

»Von mir aus, Sie werden nichts finden«, sagte er lahm. »Kann ich wieder in die Küche?«

»Nein«, sagte die Polizistin, und dann wollte sie wissen, ob Thomas eine Tineke Veenstra kennen würde, sie wäre mit Silvanas Doktor verwandt und würde ebenfalls in Martinsfehn leben. Thomas verneinte, aber Hannelore wusste nicht, ob es stimmte. Die Polizistin wirkte jedenfalls nicht überzeugt.

Später kam Walter und setzte sich zu ihr. Jeglicher Optimismus war verpufft, alt sah er aus. »Was denkst du?«

Wortlos holte sie ihr Portemonnaie und legte die beiden Kassenbons auf den Tisch. »Die hab ich in seiner Wohnung gefunden. Die Sachen, die draufstehen, aber nicht.«

Er fragte nicht, wann sie in Thomas' Wohnung gewesen war und warum, er seufzte nur und murmelte: »Und jetzt? Mehr konnten wir doch nicht für ihn tun, oder?«

»Nein.« Sie lehnte ihren Kopf gegen seine Schulter, die sich nach all den Jahren immer noch wie ein sicherer Ort anfühlte, obwohl sie sich schon ewig nicht mehr körperlich so nah gekommen waren. »Ich wünschte, du hättest recht behalten.«

»Ich auch«, murmelte er und strich ungelenk über ihren Rücken. »Wenn das wirklich stimmt, hören wir hier auf. Dann kommt sowieso keiner mehr zum Essen, bloß noch Gaffer.«

Sie nickte. »Wir könnten was anderes pachten, ein Bahnhofslokal.«

»Oder eine große Reise mit dem Boot machen, einfach nur segeln, irgendwohin.«

»Auf dem Boot, wo er …?« Sie schüttelte den Kopf, nein, das war unvorstellbar. Wenn das stimmte, würde sie den Kahn im Leben nicht mehr betreten.

Ganz unerwartet legte Walter den Arm um ihre Schulter, es fühlte sich komisch an und gleichzeitig ganz vertraut. »Wir könnten ein anderes Boot kaufen, eins mit Motor. Du hast ja sowieso keinen Spaß am Segeln, und ich werd langsam zu alt dafür. Ein Motorboot, das wäre schön. Damit schippern wir durch die Gegend, ganz gemütlich. Das machen viele Rentner.«

Hannelore wusste nicht, ob ihr das gefiel, ganz allein mit Walter, so hatten sie noch nie gelebt, aber alles schien besser als das, was jetzt war.

Der Hafenmeister, ein unfreundlicher Mann, der den Besuch der Polizei als persönliche Beleidigung aufzufassen schien, konnte sich sofort an Thomas Stockmeyer erinnern. »Klar, er war seit langer Zeit mal wieder hier. Den kenn ich noch als kleinen Jungen.« An eine blonde Frau oder einen Säugling konnte er sich nicht entsinnen. »Nee, das wär mir aufgefallen. Ich sitz hier den ganzen Tag in meiner Bude, an mir kommt keiner vorbei, ohne dass ich was mitkriege.« Aufgefallen war ihm allerdings, dass der Thomas viel Zeugs auf das Boot geschleppt hätte, was, wusste er nicht. »Befand sich alles in Einkaufstüten. Hab mich gefragt, ob der hier einziehen will. Aber der ist nur ein paar Tage geblieben, praktisch ein verlängertes Wochenende, von Freitag bis Mittwoch, hat mutterseelenallein auf der Jacht gehockt, hier im Hafen.«

Anders als Conrad, der mit glänzenden Augen die Jachten bestaunte, konnte Nola dem Wassersport nicht viel abgewinnen.

Die *Hansebraut* gefiel ihr allerdings, vor allem unter Deck. Auf Hochglanz poliertes Holz in einem warmen Rotbraun, helle Polster und frisch bezogene Betten in einem kleinen Raum hinter der Kajüte wirkten wie eine Einladung, sich hinzusetzen, das sanfte Schaukeln des Bootes zu genießen, am besten mit geschlossenen Augen, oder besser noch, die Segel zu setzen und dem Alltag zu entfliehen. Vorsichtig fuhr Nola mit der Hand über die Sitzkissen, keine blonden Haare, aber das wäre ja auch zu einfach gewesen.

Das Boot wirkte sehr ordentlich und aufgeräumt, bis auf das Geschirr und einen Eimer mit Putzmitteln waren die Schränke leer. Keinerlei persönliche Gegenstände, vielleicht aus Angst vor Diebstahl. Ob Silvana Cassjen und ihr Baby sich hier aufgehalten hatten, musste die Spurensicherung klären. Mit dem bloßen Auge konnte Nola keinen Hinweis entdecken.

Als sie das Boot verließen, kam ihnen der Hafenmeister entgegen. »Mir ist noch was eingefallen. Am Samstagabend hab ich in meiner Bude übernachtet, Stress mit meiner Alten, kommt schon mal vor.« Er verzog den Mund. »Konnte nicht schlafen und hab die halbe Nacht draußen gesessen. Gegen drei ist was ins Wasser gefallen, etwas Großes, das hört man ja. Ein Mensch, hab ich gedacht, und bin sofort hin. Hab mit meiner Taschenlampe die Wasseroberfläche abgeleuchtet, aber da war nichts. Thomas stand an Deck. *Hast du das auch gehört?*, hab ich gerufen, und er hat *Ja* gesagt und dass er auch nichts sehen kann. Schon komisch. Ich hab mir dann gedacht, wenn einer ins Wasser fällt, wird er ja um Hilfe rufen, planschen, was weiß ich. Es war aber total still.«

Nola bedankte sich und hielt Conrad, der mit schnellen Schritten Richtung Parkplatz wollte, am Ärmel fest.

»Mal angenommen, Thomas Stockmeyer hat die Frau und den Kleinen getötet und ins Wasser geworfen«, sagte sie leise.

Sie merkte, dass Conrad geradezu verzweifelt nach Argumenten suchte, um ihr das, was sie jetzt plante, auszureden.

»Eine Leiche geht nicht einfach unter. Es sei denn, man beschwert sie mit was Schwerem.«

»Was wir nicht ausschließen können. Also Taucher.«

Nola hielt ihr Handy bereits in der Hand. Die Polizeitaucher mussten in Oldenburg angefordert werden. Die Wartezeit würde sie mit einem leckeren Fischessen überbrücken, wann kam sie schon mal an die Küste?

Vorhin hatte Nola sich noch über die schroffe Art des Hafenmeisters geärgert, jetzt war sie dankbar für seine konsequente Bärbeißigkeit. Er stand am Eingang des Bereichs, in dem nur Mitglieder des Segelklubs Zutritt hatten, und ließ keinen durch, der sich nicht als Schiffseigner oder Polizist ausweisen konnte. Nola hörte ihn mit Tom Meinhard, dem Redakteur des *Leeraner Anzeigers,* streiten. Selbst fiel es ihr oft schwer, sich den aufdringlichen Schreiberling vom Hals zu halten, der Hafenmeister hatte damit überhaupt kein Problem.

»Das hier ist Privatbesitz, können Sie nicht lesen?«, blaffte er.

Als Meinhard seinen obligatorischen Spruch über das Recht der Allgemeinheit auf Information absonderte, hieß es nur: »Interessiert mich nicht. Ich bin dafür verantwortlich, dass hier kein Fremder aufs Gelände kommt. Haben Sie eine Ahnung, was hier für Werte im Wasser liegen? Also Abmarsch.«

Von Tom Meinhards Gesicht hätte Nola am liebsten ein Erinnerungsfoto geschossen. Überhaupt hatte sie mit ihm ja noch ein Hühnchen zu rupfen. Sie verfolgte ihn zu seinem Wagen, einem altersschwachen Mazda, und brüllte ohne Vorwarnung los. In Anbetracht ihrer Wut darüber, dass Meinhard mit seinem Artikel möglicherweise ein neunjähriges Kind in Gefahr gebracht hatte, fand sie ihre Ausdrucksweise noch sehr manierlich. Der Reporter eher nicht, er meinte verschnupft, dass er es nicht nötig hätte, sich von einer frustrierten Polizistin beleidigen zu lassen. Beide drehten sie gleichzeitig um und stapften in die entgegengesetzte Richtung.

Die Polizeitaucher der Bereitschaftspolizei Oldenburg waren mit einem Transporter mit grünem Anhänger angereist, der die komplette Ausrüstung enthielt und gleichzeitig als Umkleidekabine diente. Während die Männer ihre blauschwarzen Neoprenanzüge anzogen, besprach Nola das Vorgehen mit dem Einsatzleiter. Kurz darauf ließen die ersten beiden Taucher sich vom Steg aus ins Wasser gleiten. Gesichert mit dicken roten Seilen, verschwanden sie im trüben Hafenwasser, während die nächsten beiden Taucher sich bereit machten.

Um nichts in der Welt hätte Nola es über sich gebracht, in der lautlosen Schwärze des Hafenbeckens zu verschwinden, abhängig von einem Sauerstoffgerät und einer roten Sicherungsleine. Sie versuchte, ihre Nervosität zu unterdrücken, indem sie *Tetris* auf ihrem Smartphone spielte. Conrad machte es sich auf einem Klappstuhl bequem, den der Hafenmeister extra für ihn angeschleppt hatte, die beiden schienen sich hervorragend zu verstehen. Sie rauchten, schauten grinsend zu ihr rüber, und sie wollte gar nicht wissen, was Conrad gerade über sie erzählte.

Nach vierzig Minuten, der Einsatzleiter machte bereits Andeutungen, dass er darüber nachdachte, die Suche abzubrechen, rief einer der Männer: »Die haben was!«

Zwei Helme tauchten auf. Einer der beiden Taucher spuckte das Mundstück aus und rief: »Wir brauchen Hilfe, der Sack ist verdammt schwer!«

Alle stürzten zum Wasser, jemand legte sich auf den Bauch und streckte die Hände aus, neben ihm kniete sich der Einsatzleiter auf den Steg. Gemeinsam hievten sie einen blauen Müllsack aus dem Wasser.

»Messer her.« Die Stimme des Einsatzleiters war heiser vor Aufregung.

»Der liegt noch nicht lange im Wasser«, hörte Nola einen der Taucher sagen. »So, jetzt wird es ernst.« Der Einsatzleiter öffnete vorsichtig die Tüte und wollte hineingreifen.

»Handschuhe«, sagte Nola. »Wer weiß, was da drin ist.«

»Wollen Sie selbst?«

Eigentlich nicht. Andererseits hatte sie als Einzige bereits Einmalhandschuhe übergezogen. »Klar.« Sie griff ins Innere des blauen Plastiksacks und atmete erleichtert aus, weil sie nichts ertasten konnte, das sich wie ein menschlicher Körper anfühlte. Nacheinander holte sie ein rotes Nachthemd, schwarze Spitzenunterwäsche, schwarze, halterlose Strümpfe, noch eingepackt, einen Jogginganzug, zwei weiße T-Shirts, Babykleidung und einen Teddybären hervor, mehrere Trinkflaschen und drei Blisterpackungen mit Saugern, außerdem Windeln für Neugeborene und eine Tube mit Creme. Zuletzt ein paar Pflastersteine, die verantwortlich waren für das Gewicht.

»Die hat er vorn am Parkplatz ausgebaut!«, empörte sich der Platzwart, der unbemerkt näher gekommen war, vermutlich in der Hoffnung, eine zerstückelte Leiche zu sehen. »Hab mich schon gefragt, welcher Idiot hier Pflastersteine klaut!«

Die Anspannung, die sie eben noch alle gespürt hatten, entlud sich in Gelächter und albernen Bemerkungen.

»Ich denke, er war mit Silvana Cassjen verabredet. Sie war aber nicht da, genau, wie er es ausgesagt hat. Darum hat er alles, was er ihr und dem Baby schenken wollte, entsorgt. Aber das sollte er uns wohl noch mal selbst erzählen.«

SONNTAG, 16. JUNI

Gestern Abend hatte Renke noch angerufen. »Du musst mal abschalten und auf andere Gedanken kommen. Dieser Fall frisst dich auf, Nola. Bei uns ist morgen Flohmarkt. Wir treffen uns um halb zehn vor dem Revier, da kannst du deinen Wagen stehen lassen. Parkplätze sind an diesem Tag nämlich Mangelware.« Er hatte aufgelegt, bevor sie eine Ausrede finden konnte.

Jetzt war Nola froh darüber. Sie liebte Flohmärkte, und dieser hier war sehr viel größer als erwartet. Über mehrere Kilometer reihten sich die Verkaufsstände aneinander, und die Kennzeichen der parkenden Autos verrieten, dass die Leute von weit her angereist waren, um den Martinsfehntjer Flohmarkt zu besuchen. Heute wollte sie keine Polizistin sein. Heute war sie einfach nur eine junge Frau, die den Tag mit einem netten Kollegen verbringt, ganz ohne Hintergedanken, wie sie sich auf der Hinfahrt immer wieder versichert hatte. Eine Frau in einem kurzen Jeansrock, deren nackte Beine sich über die Sonne freuten. Nolas Blick glitt über Geschirr aus den Siebzigern, teilweise schon angeschlagen, eine ganze Korona von Babypuppen, von denen keine ihr Herz erweichen konnte, gebrauchte Bücher für zwei Euro das Stück, ein Garderobenständer voller Handtaschen und jede Menge Spielsachen.

Als Renke anhielt, um eine verbeulte Milchkanne genauer unter die Lupe zu nehmen, und Nola nichts davon bemerkte und einfach weitergehen wollte, fasste er nach ihrer Hand und ließ sie auch nicht mehr los. »Ehe du mir verloren gehst.«

Hand in Hand verwandelte sich der Flohmarkt in den

schönsten Ort der Welt, was daran liegen konnte, dass die andere Hand Renke Nordmann gehörte. Dann entdeckte Nola auch noch eine alte Bank mit geschwungenen Beinen und zwei Schubladen unter der Sitzfläche. Sie zog Renke hinter sich her.

»Die gefällt mir. Was soll sie kosten?«

Der Verkäufer verschränkte die Arme vor der Brust, musterte Nola von oben bis unten und brummelte: »Hundert.«

»Hundert Euro?«, fragte sie ungläubig, obwohl sie sicher war, sich nicht verhört zu haben.

»Was denn sonst, Hühnereier oder was?«

Renke lachte spöttisch. »Das wäre wohl eher angemessen. Dreißig, und wir nehmen das Teil gleich mit.« Lässig stieß er mit dem Fuß gegen die Bank. »Die geht demnächst in die Knie. Dreißig ist eigentlich immer noch viel zu viel. Hier ist das Holz total durch.« Er zeigte auf die Mitte der Sitzfläche, die sich bei genauem Hinsehen durchbog.

»Ihr müsst die Bank ja nicht nehmen«, maulte der Verkäufer.

»Eben.« Mit breitem Grinsen zog Renke Nola weiter.

»Hey, ich will die Bank wirklich«, beschwerte sie sich.

»Du kriegst sie auch, keine Sorge. Aber nicht für hundert Euro. Hundert Euro«, prustete er. »Der Kerl und ich wissen, dass das viel zu viel ist. Kein Mensch außer dir würde das bezahlen.« Er legte den Arm um ihre Hüfte. »Wir drehen jetzt 'ne Runde, essen was, und dann bummeln wir gemütlich zurück.«

»Und die Bank ist weg.«

»Die Bank wartet auf dich. Keine Angst.«

Er war so felsenfest überzeugt, dass Nola beschloss, ihm zu glauben, obwohl sie am liebsten zurückgelaufen wäre, um die Bank zu kaufen, bevor ein anderer ihr das

Schmuckstück wegschnappen konnte. »Wenn sie weg ist, bin ich sauer.«

»Für hundert Euro kannst du dir so ein Teil in neu kaufen.«

»Alte Sachen gibt es nicht in neu. Es ist ja gerade das Abgeschrabbelte, Verbrauchte, das mir gefällt.«

In gespieltem Entsetzen riss er die Augen auf. »Betrifft das etwa auch deinen Männergeschmack? Findest du mich *abgeschrabbelt und verbraucht*?«

Darauf würde sie bestimmt nicht antworten. »Ich hab Durst. Gibt es hier was zu trinken?« Er lachte, weil er ihr Ablenkungsmanöver sofort durchschaute.

»Da vorn gibt es Bratwurst, Bier und nichtalkoholische Getränke. Und Eis.«

»Okay, ich nehme alles. In genau der Reihenfolge.«

»Wenn du so viel isst, kannst du dir sowieso keine Bank für hundert Euro leisten.«

»Na, jetzt ist aber mal gut. Du fragst mich doch ständig, ob ich genug gegessen habe.« Lachend näherten sie sich dem Imbisswagen.

Auf den Bierzeltgarnituren davor waren fast alle Plätze besetzt. Nola fiel auf, wie beliebt Renke im Ort war, er wurde ständig freundlich begrüßt, und die Leute rückten bereitwillig zusammen, damit er und Nola sich setzen konnten. Und noch etwas war nicht zu übersehen, sie selbst wurde mit großer Neugierde gemustert.

»Du bleibst hier sitzen, und ich hol uns was zu essen. Bier und Bratwurst, das Eis kommt später.«

Während er sich in die Warteschlange reihte, sprach die Frau, die neben Nola saß, sie an. »Sind Sie auch Polizistin?«

»Ja.«

»Hier bei uns?«

»In Leer, bei der Kriminalpolizei.«

Als Renke zurückkam und einen Plastikteller mit einer Bratwurst und einem halben Brötchen vor sie stellte, zwitscherte Nolas Nachbarin: »Na, so möchte ich auch mal verwöhnt werden.«

Um nicht antworten zu müssen, ließ Nola ihren Blick durch die Reihen schweifen und entdeckte ein bekanntes Gesicht. Im selben Moment landeten zwei Plastikbecher mit Bier neben den Tellern, und Renke zwängte sich neben sie auf die Bank, so nah, dass sein Oberschenkel sich an ihren presste und ihre Schultern sich berührten. Sie brauchte nur den Kopf zu drehen, um in sein Ohr zu flüstern. »Siehst du den Mann in dem roten Shirt? Auf der Bank ganz außen? Das ist Rüdiger Lienemann.«

»Der Pharmareferent?«

»Genau der.« Rüdiger Lienemann saß an einer der Bierzeltgarnituren, rechts ein Sohn, links ein Sohn und auf dem Schoß Neele, mit der er sich ein Schokoladeneis teilte. Als einer der Brüder aufspringen wollte, hielt er ihn am Shirt fest. Dass seine Tochter ihn mit Schokoladeneis beschmierte, schien ihn nicht im Geringsten zu stören. Er wirkte völlig entspannt. Jetzt näherte sich Elvira Schubert, die drei Plastikbecher in der Hand hielt, für jeden der blonden Jungs einen, den dritten stellte sie vor ihren Mann. Sie rutschte neben ihn, rettete den Becher vor den neugierigen Händen ihrer Tochter und gab ihrem Mann einen Kuss auf die Wange, bevor sie ein Papiertaschentuch aus ihrer Handtasche zog und damit zuerst das Baby und dann seinen Vater notdürftig säuberte. Eine glückliche Familie.

Wenig später brachen sie auf. Die Kleine wurde in einen Buggy gesetzt, der Kleinere der Jungen landete auf den Schultern seines Vaters, der andere musste sich mit der Hand seiner Mutter begnügen, die den Kinderwagen schob. Ein Hund kam auch zum Vorschein, eine flippige Promenadenmischung, die unter dem Tisch gelegen haben musste und jetzt ungestüm an der Leine zog, die Herr Lienemann lässig um sein Handgelenk wickelte. Offenbar beschwerte sich jetzt der Junge, der laufen musste, denn Herr Lienemann sagte: »Da vorn wechseln wir, versprochen. Dann darfst du auf meine Schulter, und Julian muss laufen.« Dabei kniff er seine Frau spielerisch in den Hintern.

»Und was ist so Geheimnisvolles an den Leuten, dass du den Blick gar nicht abwenden kannst?«, wollte Renke wissen, während er gleichzeitig mit den Fingerspitzen eine verirrte Haarsträhne aus ihrem Mundwinkel zupfte.

»Ich hatte den Eindruck, dass der Mann nicht zu seiner Partnerin passt, konnte ihn mir nicht als Familienvater vorstellen. Er kam mir zu geschniegelt vor. Überhaupt nicht wie einer, der sich von klebrigen Kinderfingern anfassen lässt.«

»Und jetzt glaubst du, dass er als Täter nicht infrage kommt, weil er so nett zu seiner Kindern ist.«

»Natürlich nicht«, beeilte sie sich zu versichern, fühlte sich aber dabei ertappt, ein weiteres Mal persönliche Eindrücke wichtiger als kalte Fakten zu nehmen. »Sagen wir mal, er verhält sich anders als erwartet, was nicht heißen soll, dass er unschuldig ist. Im Gegenteil. Ich habe ihn morgen aufs Präsidium bestellt. Silvana hat ihn zweimal von ihrem Affärenhandy aus angerufen, ist aber fünf Monate her.«

»Wow. Zweimal vor fünf Monaten. Ich glaube, wir haben den Täter«, grinste Renke.

»Hey, hast du nicht gesagt, dass alles Berufliche heute tabu ist?« Nola wollte gerade nach dem versprochenen Eis fragen, als ihr Smartphone sich meldete. »Das Präsidium, Mist«, ärgerte sie sich. »Moin, was gibt es?«

Das, was der Kollege ihr mitzuteilen hatte, ließ den wunderschönen Tag auf einen Schlag ergrauen. »Wo genau? Martinsfehn, alte Kieskuhle? Welche Straße muss ich in meinen Navi eingeben?«

Renke nahm ihr das Smartphone einfach aus der Hand. »Moin, Renke hier, welche Höhe? ... Wen habt ihr schon informiert? Okay, wir sind unterwegs.« Dann forderte er Nola auf, die Bratwurst mitzunehmen und unterwegs zu essen. »Wer weiß, wann wir wieder was kriegen.« Im Vorbeigehen knallte er dem Trödler fünfzig Euro für die Sitzbank in die Hand. »Du hast Glück. Wir müssen weg, sonst würde ich nicht so viel dafür bezahlen. Aber sie will das Teil nun mal haben.«

»Frauen.« Der Dicke grinste zufrieden und stopfte den Schein in ein Kellnerportemonnaie, das er mit einer Kette an seinem Gürtel befestigt hatte. Er versuchte gar nicht erst, sich seine Freude über den Fünfziger nicht anmerken zu lassen.

Renke forderte Nola auf, die Bank am hinteren Ende anzuheben. »Wir bringen sie erst mal zu meinem Wagen.« Sie drängelten sich durch die Menschenmasse, eine mühsame Angelegenheit, weil sie sich gegen den Strom bewegten und nicht jeder Platz machen wollte. Vor dem Revier angelangt, öffnete Renke den Kofferraum seines Audis. Er klappte die Rückbank um, dann schoben sie die Bank hinein. »Und jetzt los, wir nehmen deinen Wagen.«

Nola wunderte sich ein wenig, bei ihrer letzten gemeinsamen Fahrt in ihrem roten Mini hatte er sich permanent über die angebliche Klapperkiste lustig gemacht. Aber gut.

Auf Schleichwegen, die wahrscheinlich nur alteingesessene Martinsfehntjer kannten, lotste Renke sie zu der alten Kieskuhle, wo sie bereits von einem Gewitter aus flackernden Blaulichtern erwartet wurden. Die Kollegen von der Bereitschaftspolizei waren vor Ort, genau wie das Team der Spurensicherung und Valentin, der Nola einen finsteren Blick zuwarf, als sie und Renke gemeinsam aus ihrem Auto stiegen. Stefan von der Spurensicherung dagegen grinste wissend.

Nola tat so, als würde sie nichts davon mitbekommen, sie fragte sich aber insgeheim, ob Renke das beabsichtigt hatte, als er den Mini als Fahrzeug vorgeschlagen hatte. Sie wühlte ein Gummiband aus ihrer Tasche, um ihre Haare zu bändigen und deutlich zu machen, dass sie jetzt im Dienst war und sich jede private Bemerkung verbat.

Vor einer halben Stunde hatte jemand eine männliche Leiche auf dem Gelände der seit Jahren stillgelegten Kieskuhle entdeckt. Unterwegs hatte Renke ihr erzählt, dass das gesamte Areal vor drei oder vier Jahren an einen Privatmann verkauft worden war, für wenig Geld, weil die Gemeinde Martinsfehn kein Interesse gezeigt hatte, den Baggersee zu übernehmen. Schließlich gab es bereits einen Badesee vor Ort, das Kreihenmeer, und zwei Anlagen dieser Art konnte die kleine Gemeinde nicht unterhalten. Als einziger Interessent hatte der Käufer den Preis ordentlich drücken können.

»Klar, ich müsste alles einzäunen, aber das kostet ein Vermögen«, erklärte er jetzt Renke, während er hektisch an seiner Zigarette zog und sich gleichzeitig mit der linken Hand über die kahle Stirn wischte, auf der dicke Schweißperlen glänzten. »Das hab ich damals leider nicht einkalkuliert. Das gesamte Areal hat um die drei Hektar, rechnen Sie sich das mal aus. Und ohne Zaun… Sie sehen ja selbst.« Mit der brennenden Zigarette zeigte er Richtung Wasser. »Ständig kippen irgendwelche Idioten hier ihren Müll ab, am besten stelle ich gleich einen Container auf, dann spare ich mir das Bücken. Jugendliche feiern wüste Partys und lassen ihre leeren Pullen zurück, und jetzt das! Ein Toter. Nee, mir reicht es, das können Sie mir glauben. Wenn meine Frau das hört…« Er schnaubte voller Empörung.

Renke nickte pflichtschuldig. »Am besten warten Sie in Ihrem Wagen, bis die Kripo Zeit hat, mit Ihnen zu reden. Oh, da kommt meine Kollegin schon.« Sein Lächeln bei Nolas Anblick mochte in Anbetracht der Umstände unpassend sein, doch sie konnte nicht anders, als ebenfalls zu lächeln.

»Ihr scheint euch ja richtig zu freuen über die Leiche«, moserte der Mann. »Nichts zu tun bei euch, oder was?«

Auf so eine Bemerkung würde Nola gar nicht erst reagieren. Sie forderte den Mann auf, alles zu erzählen, was ihm einfiel.

»Zuerst hab ich nur den Wagen gesehen. Hab gedacht, der ist bestimmt geklaut. Als ich näher kam, hab ich ihn entdeckt. Tot, das war mir gleich klar. Das war's schon.« Er hob beide Hände. »Mehr kann ich nicht sagen. Ich war zuletzt vor drei Wochen hier, und da hat er noch nicht da gelegen.«

»Wohnen Sie in Martinsfehn?«, wollte Nola wissen.

»Nee, in Wilhelmshaven, muss jedes Mal 'ne Stunde fahren. Die Kuhle hab ich billig geschossen, wollte Forellen züchten, aber den Plan hab ich wieder aufgegeben. Ob Sie es glauben oder nicht, ein stabiler Zaun, mindestens eins achtzig hoch, mit Betonfundament, kostet mehr als das ganze Gelände. Das kann ich mir schlicht und ergreifend nicht leisten. Meine Frau ist sowieso schon sauer, dass ich so viel Geld verpulvert habe.«

»Okay«, sagte Nola freundlich, die sein Zaunproblem nicht sonderlich berührte. »Mein Kollege nimmt Ihre Personalien auf. Dann brauchen wir noch Fingerabdrücke und eine DNA-Probe, weil Sie den Wagen angefasst haben. Danach können Sie fahren.«

Der Tote lag mit dem Gesicht nach unten im Sand, direkt vor seinem Wagen. Das graue Haar am Hinterkopf war blutdurchtränkt und ließ auf eine schwere Verletzung schließen. Vor ihnen lag Erich Loening, vermutlich erschlagen.

Nola ging neben der Leiche in die Knie und ärgerte sich über ihren kurzen Jeansrock, der für so eine Position absolut nicht geeignet war, zum Bücken allerdings noch weniger. Sie stieß einen resignierten Seufzer aus und konzentrierte sich auf den Toten. Aus der Nähe sah die Verletzung übel aus. Ihrer Ansicht nach hatte da jemand mehr als einmal zugeschlagen. Und der Landrat hatte versucht, sich zu wehren, denn die rechte Hand wies ebenfalls eine Verletzung auf. Sie hob den Kopf, suchte Valentins Blick, der gerade in seinen Overall stieg, und zeigte auf den Hinterkopf des Landrats. »Die Todesursache?«

»Vielleicht darf ich den Toten erst mal untersuchen?« Er ließ sich neben ihr auf die Knie sinken und flüsterte: »Heute früh bietest du ja sehr erfreuliche Einblicke. Schade, dass du nicht allein gekommen bist. Der Bulle ist also nur ein Kollege. Und darum seid ihr zusammen in deinem Auto hier.«

Nola spürte, dass sie errötete. »Wir waren auf dem Flohmarkt«, erklärte sie würdevoll und fragte sich sofort, warum sie sich überhaupt rechtfertigte.

»Und?«, hörte sie Renke ungeduldig fragen.

»Ein bisschen Geduld, wenn ich bitten darf«, lautete Valentins Antwort.

Nola erhob sich wieder, zog ihren Rock runter und stellte sich neben Renke.

»Was denkst du?«, wollte sie wissen. Ehe er antworten konnte, fiel ihr eine wichtige Frage ein, die sie Valentin stellen musste. »Kann das eine Frau gewesen sein?«

»Weiß ich noch nicht, Nola. Lass mich doch erst mal in Ruhe meine Arbeit erledigen. Zaubern kann ich auch nicht.«

»Schade.«

»Wir schauen uns mal um«, erklärte Renke mit fester Stimme. Dann fragte er Stefan, ob sie Schleifspuren entdeckt hätten.

»Nein. Bis jetzt nicht. Aber wir haben das hier gefunden.« Der Leiter der Spurensicherung hielt einen angekohlten Holzknüppel in die Höhe. »Daran kleben Blutreste und Haare, eindeutig. Dahinten haben wir die Reste eines Lagerfeuers entdeckt, da liegen noch mehr solche Knüppel rum.«

Die Tatwaffe. Demnach war der Landrat hier erschlagen worden. Mit einem Stück Holz, das der Täter aus den Resten eines alten Lagerfeuers gezogen hatte.

»Sieht nicht nach Vorsatz aus«, murmelte Nola. »Ein Streit, der eskaliert ist. Fragt sich nur, wer daran beteiligt war und warum ausgerechnet hier.« Sie faltete die Hände und presste sie unter ihr Kinn. »Ich schau mir mal den Wagen an.«

»Finger weg!«, schimpfte Stefan. »Du wirst ja wohl warten können, bis wir uns den Wagen vorgenommen haben.«

Da blieb ihr wohl nur ein Blick durch die leicht getönten Scheiben. Bis auf ein Jackett auf dem Beifahrersitz konnte sie von außen allerdings nichts entdecken. »Lass mich einen Blick in den Kofferraum werfen«, bettelte Nola, und Stefan ließ sich tatsächlich erweichen und öffnete die Klappe. Der Kofferraum war leer.

»Der Täter ist mit seinem eigenen Wagen gekommen. Sie waren hier verabredet, und die Wahl des Ortes kann nur bedeuten, dass niemand sie sehen durfte. Silvana und ihr geheimnisvoller Lover. Aber was haben die beiden mit Erich Loening zu schaffen?«

»Und warum sollten sie ihn erschlagen?«, entgegnete Renke.

»Weiß ich noch nicht.« Nola legte den Kopf in den Nacken und schaute hoch in den blauen Himmel, die Sonne blendete, und sie musste die Augen zusammenkneifen, ein schöner Tag, viel zu schön für einen Mord. »Diese komische Lösegeldgeschichte…«

Der Ruf eines Kollegen unterbrach ihre Überlegungen. »Ich hab was!« Triumphierend hielt er einen blauen Schnuller hoch.

Genau so einen Beruhigungssauger hatte Silvana ihrem Sohn in den Mund gesteckt. Das konnte nur eins bedeuten, nämlich dass der kleine Caspar noch lebte, dass er hier am Tatort gewesen war und unbemerkt seinen Schnuller verloren hatte. »Der geht sofort zum LKA«, ordnete sie an. »Die sollen nach DNA von Caspar Cassjen suchen.« Und dann drückte sie Renkes Hand. »Er war hier. Er lebt noch. Das glaubst du doch auch, oder?« Er erwiderte ihren Druck, sagte aber nichts.

Ein weiteres Mal suchte Nola mit den Augen das Gelände ab. »Vielleicht haben sie sich die ganze Zeit hier draußen versteckt.«

»Glaub ich nicht«, sagte Renke. »Wie du siehst, gibt es weder Gebäude noch sanitäre Anlagen.«

»Wir brauchen Spürhunde.« Sie hielt ihr Telefon bereits in der Hand, ließ es aber wieder sinken, formte mit den Händen einen Trichter und trompetete: »Wie sieht es mit anderen Wagenspuren aus?«

Die Antwort klang wenig ermutigend. »Unzählige«, brüllte Stefan. »Hier scheint viel los zu sein.«

Nola seufzte. Auf keinen Fall würde Silvana sich an einem Ort verstecken, wo tagsüber Müll abgeladen wurde und abends wilde Feten stattfanden.

Inzwischen hatte Valentin die Leiche untersucht. »Der Mann dürfte etwa achtundvierzig Stunden tot sein. Eine schwere Schädelverletzung, bei der Knochenteile ins Hirn eingedrungen sind, dürfte die Todesursache sein. Abwehrverletzungen an der rechten Hand. Ich gehe davon aus, dass die Leiche nach dem Tod noch bewegt wurde. Alles Weitere morgen um acht im Institut.«

Es war kurz nach zwanzig Uhr, als Renke bei Margit Cassjen klingelte. Sie trug Leggins, ein weites Shirt, dicke Socken und hatte sich offenbar gerade abgeschminkt. Ihr Gesicht glänzte von Fett, und ein breites Stoffband hielt ihr Haar aus der Stirn. »Du schon wieder?«

Mit sehr viel Mühe überging er diese Unhöflichkeit. Er brachte schlechte Nachrichten mit und wollte sich nicht schon im Vorfeld mit Margit zanken. »Darf ich hereinkommen?«

»Meinetwegen, aber nur in die Küche.« Margit Cassjen ging voraus und setzte sich an den Küchentisch, auf dem ein leerer Kaffeebecher stand, direkt neben einer aufgeschlagenen Illustrierten und einer Lesebrille. »Bitte.« Mit der rechten Hand, in der sie eine brennende Zigarette hielt, deutete sie auf einen leeren Stuhl, dabei gestikulierte sie so heftig, dass Asche auf die Zeitung herabrieselte, die sie mit leisem Fluchen beiseitefegte.

»Wir haben deinen Lebensgefährten gefunden. Er ist tot.« Renke sagte das lauter als nötig. Irgendwie schien Margit nicht der Mensch zu sein, der Wert auf Anteilnahme legte.

»Und wie…?« Ohne die Miene zu verziehen, drückte sie ihre Zigarette im Aschenbecher aus, dann kratzte sie sich wenig damenhaft am Kinn.

»Er wurde erschlagen, von hinten.«

»Erschlagen.« Margit schürzte die Lippen, nickte, nahm einen Kugelschreiber, der auf einer Illustrierten lag, und tippte ihn rhythmisch gegen die Innenfläche ihrer linken Hand.

»Möchtest du nicht wissen, wo wir ihn gefunden haben?«

»Doch. Natürlich. Wie du vielleicht merkst, stehe ich ein bisschen neben mir. Mein ganzes Leben scheint sich gerade aufzulösen. Und ich kann nichts daran ändern. Nichts. Ich fühle mich wie ein Tennisball, auf den jeder nach Belieben eindreschen darf.« Sie lächelte verzerrt und bohrte die Spitze des Kugelschreibers in ihre Handfläche, so tief, dass es beim Zusehen schmerzte. »Ich höre…«

»Seine Leiche wurde hier in Martinsfehn entdeckt, auf dem Gelände der stillgelegten Kieskuhle, zusammen mit seinem Wagen. Der Rechtsmediziner nimmt an, dass er seit zwei Tagen dort liegt, und so, wie es aussieht, wurde er auch dort getötet.«

Bei seinen Worten zeigte Margit keine Regung, ihr Gesicht blieb eine starre, gelblich glänzende Maske. Irgendwann fiel ihr wohl ein, dass sie etwas sagen sollte. Ihr *schrecklich* hörte sich allerdings nicht so an, als ob sie es ernst meinte. Ein nachgeschobenes »So kann es gehen« schien da viel eher von Herzen zu kommen. Sie atmete hörbar ein und wieder aus. »Ich vermute, dass du eine andere Reaktion erwartet hast, dass ich zusammenbreche und vor lauter Schluchzen kein Wort mehr hervorbringe. Aber ich bin ein ehrlicher Mensch, Renke, das solltest du eigentlich wissen. Erich und ich, das ist vorbei. Endgültig.

Er hat sich für Silvana entschieden. Mich wollte er abstreifen wie einen ausgelatschten Schuh. Weshalb sollte sein Tod mich unter diesen Umständen berühren?« Sie legte den Kugelschreiber zurück auf den Tisch. »Wir alle haben Silvana unterschätzt. Für sie sind wir nur Puppen, die sie nach ihrem eigenen Gutdünken tanzen lässt. Wenn sie uns nicht mehr braucht, werden die Fäden einfach abgeschnitten. Erst Cord, dann Erich...« Sie begann wieder damit, die Haut an ihrem Kinn mit den langen Nägeln zu malträtieren. »Aber am Ende muss Silvana büßen. Das müssen wir alle. Büßen. Ich hätte mich niemals mit Erich einlassen dürfen. Er war schwach, viel zu schwach für eine Frau wie mich.«

Für einen Moment fragte Renke sich, was einen Menschen dazu bewegen konnte, im Angesicht des Todes so selbstgerecht daherzureden. Offenbar gelang es ihm nicht ganz, seine Fassungslosigkeit zu überspielen, denn Margit warf ihm einen verächtlichen Blick zu.

»Meine Reaktion überrascht dich wirklich. Ja, ich bin ein harter Mensch, mich wirft so leicht nichts aus der Bahn. Und wenn ich etwas sage, egal, unter welchen Umständen, dann meine ich das auch so. Erich hat sich sein jämmerliches Ende redlich verdient. Er und Gerhard hatten zusammen eine Firma, eine Immobiliengesellschaft, total überschuldet. Ich habe mich bereit erklärt, dieses Pleiteunternehmen zu sanieren. Willst du wissen, warum?« Ihre Schultern schnellten nach oben. »Weil ich eitel bin und nicht mit einem Pleitier zusammenleben wollte. Jetzt allerdings... Soll Jutta sich doch damit abplagen, die erbt ja die Hälfte der Firma, nehme ich an. Ob die das allerdings schafft...« Sie lachte kurz auf. »Weißt du, was ich jetzt möchte? Vergessen. Einfach alles vergessen. Ich weiß nicht, wer für Erichs Beerdigung verantwortlich ist. Vermutlich fällt mir das zu, wir haben ja lange genug zusammengelebt.« Als sie Renkes erstaunten Blick bemerkte, sagte sie schnell: »Ich rede nicht von Geld, darum geht es mir nicht. Ich rede von der ganzen Zeremonie. Die Vorstellung, dass ich so tun müsse, als würde ich um den Mann trauern, der mich so niederträchtig betrogen hat. Aber das schaffe ich schon, keine Sorge, ich habe ganz andere Dinge in meinem Leben geschafft.«

»Nach der Schätzung des Gerichtsmediziners ist dein Lebensgefährte seit etwa zwei Tagen tot, also seit Freitag. Wann hast du ihn zuletzt gesehen?«

»Am Freitag. Gegen Mittag, die genaue Uhrzeit kann ich dir nicht nennen. Er hat mich davon in Kenntnis gesetzt, dass er mich verlassen wird, wegen einer anderen Frau. Silvana, das ist ja wohl klar, auch wenn er sich geweigert hat, ihren Namen auszusprechen. Er ist der Vater ihres Kindes, stimmt's?«

Renke schüttelte den Kopf. »Mir war nicht klar, dass man dich noch nicht informiert hat. Erich war nicht Caspars Vater.«

Seine Worte ließen Margit erstarren. »Nicht?«, flüsterte sie schließlich tonlos. »Wer dann? Und was hat Erich damit gemeint, dass sein Leben jetzt *richtig* anfangen würde? Er wollte nach Italien gehen, da gehört ihm so eine kleine verfallene Hütte. Aber nicht allein. Mit einer Frau, das hat er sogar zugegeben.« Mit zittrigen Fingern zündete sie sich eine Zigarette an und nahm zwei tiefe Züge. »Gut, hab ich gesagt, dann geh. Am besten sofort. Ich bin dann rüber in die Firma, und als ich zurückkam, war er weg.«

»War dein Lebensgefährte häufiger in Oldenburg?« Nach wie vor hatte Nola ja nicht klären können, wer der Besitzer des geheimnisvollen Prepaidhandys war. »Oder Sandhatten?«

»Sandhatten sagt mir nichts. Aber Erich ist gern nach Oldenburg gefahren, um durch die Innenstadt zu bummeln oder irgendwelche Konzerte zu besuchen. Im Gegensatz zu mir hatte er ja Zeit im Überfluss, und Leer war dem Herrn Landrat zu provinziell.«

»Ich muss dich fragen, was du am Freitag gemacht hast.«

»Werde ich schon wieder verdächtigt? Wird das jetzt zur Gewohnheit?« Margit lachte trocken und legte ihre halb gerauchte Zigarette auf den Aschenbecher. »Nach dem gemeinsamen Mittagessen, bei dem er mir von seinen Trennungsabsichten erzählt hat, bin ich in die Firma geflüchtet. Tineke kann das bestätigen. Wir haben beide länger gearbeitet, bis halb sechs, wir stellen gerade eine Werbekampagne für die Adventszeit zusammen. Als ich nach Hause kam, ist mir gleich aufgefallen, dass Erichs Wagen nicht in der Garage stand. *Gut,* dachte ich, *das war's. Kurz und schmerzlos, soll mir recht sein.* Den Abend wollte ich verständlicherweise nicht allein verbringen, also habe ich meine Freundinnen angerufen, die Namen kann ich dir aufschreiben. Wir waren um neunzehn Uhr beim Griechen und nach dem Essen noch im *Tennessee.* Charlie wird sich bestimmt erinnern. Gegen halb zwölf bin ich nach Hause gefahren.« Mit einem tiefen Seufzer erhob sie sich, und ihr Blick Richtung Tür forderte Renke unmissverständlich zum Gehen auf. Als er nicht reagierte, schoss ihre Hand nach vorn, und Renke war gezwungen, sie zu ergreifen. »Danke, dass du mir die Nachricht persönlich überbracht hast. Jetzt wäre ich wirklich gern allein.«

Er überlegte, noch nach Leer zu fahren und die Sitzbank vom Flohmarkt bei Nola abzugeben. Andererseits hatte er sich vorgenommen, die morsche Sitzfläche zu stabilisieren, damit das Teil nicht beim ersten Benutzen zusammenkrachte.

Er wählte ihre Nummer, sie saß noch an ihrem Schreibtisch und war sehr neugierig auf seinen Bericht. »Ich weiß nicht, ob ich ihr glaube, ich lass das alles checken«, sagte sie am Ende und wünschte ihm nach kurzem Zögern eine gute Nacht.

»Eigentlich hatte ich mir diesen Abend ganz anders vorgestellt«, sagte er leise.

»Ich auch.«

»Morgen Abend muss ich meine Jungs trainieren. Selbstverteidigung.«

»Ich weiß«, sagte sie sanft.

MONTAG, 17. JUNI

»Wenn ich gewusst hätte, dass du auf Machobullen stehst, wäre ich nicht so nett zu dir gewesen«, sagte Valentin zur Begrüßung.

Nola lächelte nur. Über Renke wollte sie nicht reden, nicht mit Valentin, der sich jetzt seiner Arbeit zuwandte. Während er den Toten untersuchte und die Ergebnisse in sein Aufnahmegerät diktierte, ließ sie ihre Gedanken schweifen. Wie der Tag wohl ohne den Leichenfund verlaufen wäre?

»Träumst du?«

»Nein. Was hast du gerade gesagt?«

»Dass dieser komische Holzknüppel nicht die Tatwaffe sein kann. Passt nicht zu dem Verletzungsmuster. Der Täter hat eindeutig einen Hammer benutzt und damit achtmal auf den Schädel eingeschlagen. Als Ergebnis sehen wir eine unglaubliche Zerstörung, acht Lochfrakturen, die die gesamte Schädelplatte zertrümmert haben. Ein neunter Schlag hat die rechte Hand getroffen, nur oberflächlich, der Landrat muss versucht haben, sich vor den Schlägen zu schützen. Später, und das finde ich höchst merkwürdig, kam noch dieser Knüppel zum Einsatz. Die Holzsplitter befinden sich allerdings nur an der Wundoberfläche.« Er wartete nicht ab, bis Nola sich einen Reim darauf machte, sondern redete gleich weiter. »Deutliche Hämatome unter den Achseln, an den Waden, stärker noch an den Fersen, Abschürfungen und Hämatome.«

»Die Leiche wurde also transportiert.«

»Genau. Jemand hat den Mann unter die Achseln gefasst und über den Boden gezogen, in Anbetracht der Hämatome sogar ein ganzes Stück. Und noch etwas, die Totenflecke verraten, dass der Mann in sitzender Position gestorben und noch eine ganze Weile so verblieben ist.«

»Tatort und Fundort stimmen nicht überein. Der Täter wollte aber, dass es so aussieht. Er hat sich einen Knüppel gesucht, damit auf den Toten eingeschlagen und die vermeintliche Tatwaffe anschließend liegen lassen. Todeszeitpunkt?«

»Freitag zwischen zwölf und sechzehn Uhr. Genauer möchte ich mich nicht festlegen, weil ich nicht weiß, wo die Leiche sich in den ersten Stunden befunden hat. Er hat ungefähr einer halben Stunde vor seinem Tod zu Mittag gegessen. Wenn wir den Zeitpunkt der Mahlzeit kennen, kann ich das noch genauer eingrenzen.«

»Okay, ich werde seine Lebensgefährtin fragen.«

Jutta Giese, die Witwe des Sparkassenleiters, zitterte am ganzen Körper. Sie knallte eine Reisetasche aus hellem Leder auf Renkes Schreibtisch. »Die hab ich in der Garage gefunden. Und ich verstehe nicht, was das bedeuten soll.«

Renke erkannte auf den ersten Blick, dass es sich um die Tasche handelte, in der das Lösegeld sich befunden hatte. Der Originalzipper am Reißverschluss war durch eine Büroklammer ersetzt und einer der beiden Henkel angerissen und notdürftig mit Klebeband repariert, wie Margit es beschrieben hatte.

»Hast du schon reingeguckt?«, fragte er.

»Ja. Schau bitte selbst.«

»Moment.« Er holte ein Paar steriler Handschuhe, bevor er den Reißverschluss aufzog.

»Muss man das? Ich hab keine Handschuhe angezogen«, flüsterte Jutta, und er murmelte irgendwas Beschwichtigendes.

Die Tasche war bis zur Hälfte mit klein geschnittenem Zeitungspapier gefüllt, darüber befand sich eine dünne Schicht aus losen Geldscheinen, die im Leben keine fünfhunderttausend Euro ergaben, nicht mal zehntausend, wenn er das richtig einschätzte. Er versuchte zu verstehen, was das bedeutete, musste aber gleichzeitig Jutta davon abhalten, mit der Stirn auf seinen Schreibtisch zu knallen.

»Das kann doch nicht sein«, schluchzte sie. »Gerhard war doch kein Erpresser. Sag mir, dass ich mich irre.«

»Lass uns abwarten«, sagte er ganz ruhig, vermied aber, ihr dabei in die Augen zu sehen. »Erst mal muss die Tasche spurentechnisch untersucht werden.«

Gerhard Giese, ein unscheinbarer Mann Ende fünfzig, verheiratet und Vater einer erwachsenen Tochter, die irgendwo im Ausland studierte, hatte das Verschwinden des Säuglings genutzt, um sich aus seiner finanziellen Notlage zu befreien. Aber wo war das fehlende Geld geblieben?

Dustin hatte am Wochenende in der Zeitung gestanden. Warum, war Philipp nicht so richtig klar, aber er hatte das Foto gesehen. Seine Eltern waren böse gewesen, sie hatten laut über Dustins Mutter geschimpft, sie würde aus allem Profit schlagen, was immer das bedeuten sollte. Danach hatte seine Mutter ihm wieder einen langen Vortrag gehalten, dass Dustin kein Umgang für ihn wäre, er solle sich von ihm fernhalten, und Philipp hatte genickt, um sich nicht zu verraten.

In Wirklichkeit waren sie nämlich wieder Freunde, Geheimfreunde diesmal. In der Schule spielten sie nicht mehr miteinander, damit die Lehrerin nichts merkte und bei Philipps Eltern anrief. Dafür trafen sie sich heimlich am Nachmittag, aber nicht mehr bei dem Haus hinter dem Betonwerk, dort war es ihnen jetzt zu unheimlich. Sogar Dustin gab zu, dass er sich an dem Ort gruselte. Er hatte ein neues Versteck ausfindig gemacht, den Parkplatz am Altersheim. Dort gab es hinter den Bänken, wo nie einer saß, ein Gebüsch, in dem sie sich ein Lager eingerichtet hatten, gut versteckt zwischen dichten Zweigen. Dustin hatte eine alte Babydecke als Sitzgelegenheit besorgt, und Philipp brachte Kekse mit oder Obst, das er zu Hause heimlich stibitzte. Sie nannten den Ort Camp, das hörte sich gut an, erwachsen und auch ein bisschen gefährlich, aber nicht so, dass man sich fürchten musste.

In der Schule stand Dustin heute im Mittelpunkt, alle wussten von dem Zeitungsartikel. Marie, die immer alles besser wusste, behauptete, dass Dustin auf dem Foto total blöd aussehen würde. Zur Strafe versetzte er ihr einen Tritt gegen die Wade. Marie heulte wie eine Sirene. Leid tat sie Philipp nicht. Erstens war es gemein, so etwas zu sagen, und zweitens wusste jeder, dass man sich mit Dustin besser nicht anlegen sollte.

»Wenn du petzt, kannst du *richtig* was erleben!«, zischte Dustin, und Marie versicherte unter Tränen, dass sie den Mund halten würde. Vor lauter Heulen hatte sie einen Schluckauf bekommen. Ein bisschen tat sie Philipp jetzt doch leid. Dustin tat ihm allerdings auch leid. Er ging nicht mehr gern nach Hause, weil er den neuen Freund seiner Mutter nicht ausstehen konnte. *Der Olli ist richtig fies*, sagte er immer und guckte ganz traurig. Der fiese Freund hatte einen Hund, der Dustin manchmal anknurrte. Vor ein paar Tagen hatte er Dr. Snuggles, die netteste von den drei Ratten, totgebissen und halb aufgefressen. Armer Dustin.

Nach der Schule hatte Philipp plötzlich ein komisches Gefühl, so ein Prickeln im Nacken, als würde ihn jemand beobachten. Als er sich umdrehte, war da aber niemand, nur ein schwarzes Auto, das langsam auf den Parkplatz vor dem Drogeriemarkt rollte. Er war schon ein paar Schritte gegangen, als ihm einfiel, dass der Mann, an den er lieber nicht mehr denken wollte, auch ein schwarzes Auto gefahren hatte. Kurz überlegte er, zurückzulaufen und das Auto genauer anzugucken. Aber er traute sich nicht. Außerdem tauchte jetzt auch Moritz auf, sein großer Bruder, der ihn manchmal von der Schule abholte, nicht freiwillig, sondern weil Mama es so wollte. Eigentlich war das doof, aber heute war Philipp froh darüber.

Rüdiger Lienemann machte einen gut gelaunten Eindruck. Hemd und Socken schimmerten heute in dezentem Blaugrau, das Tweedjackett war dasselbe wie beim letzten Besuch.

»Na, wie hat es Ihnen auf dem Flohmarkt gefallen?«, fragte er statt einer Begrüßung, er hatte sie also auch gesehen. »Darf ich fragen, weshalb Sie mich schon wieder herzitiert haben?«

»Natürlich. Wir haben herausgefunden, dass Silvana Cassjen für Gespräche, von denen ihr Mann nichts wissen durfte, ein Prepaidhandy benutzt hat. Ihr Name steht auch auf der Anrufliste. Deshalb habe ich Sie noch mal eingeladen.«

Unwillig verzog er das Gesicht. Nola fiel auf, dass er sich beim Rasieren geschnitten hatte, ein winziges hautfarbenes Pflaster klebte unter dem Kinn. »Ich habe es befürchtet.«

»Was?«

»Dass Sie irgendwann auf die Telefonate stoßen. Ja, Silvana hat mich angerufen. Zweimal, glaube ich.«

»Richtig. Jetzt frage ich mich natürlich, warum Sie mir das verschwiegen haben.«

»Ernsthaft? Sie kennen die Antwort doch. Wenn ich zugegeben hätte, dass Silvana mich angerufen hat, wäre ich für Sie doch gleich verdächtig gewesen, und Elvira hätte zwangsläufig davon erfahren.« Er drehte an seinem Uhrenarmband, hörte aber auf, als er Nolas Blick bemerkte. »Da war nichts zwischen uns. Ich weiß das, und Sie werden es auch noch rauskriegen. Es mag sich kitschig anhören, aber meine Familie ist mir das Wichtigste auf der Welt. Ich möchte meine Partnerin nicht verlieren. Sie nicht und auch nicht meine Kinder. Als Scheidungskind weiß ich, wie es sich anfühlt, wenn der Vater nicht mehr zum Leben gehört. Das möchte ich meinen Kindern ersparen.« Auf einmal wirkte er sehr ernst. »Darum habe ich geschwiegen. Wie ich Sie einschätze, wissen Sie inzwischen auch, dass ich mit einer anderen Frau verheiratet bin. Andrea ist Neurologin, war Neurologin, muss ich jetzt leider sagen. Elvira hat bei ihr als Arzthelferin gearbeitet. So haben wir uns kennengelernt. Ich fühlte mich schon eine ganze Weile nicht mehr glücklich in meiner

Ehe. Andrea war sehr ehrgeizig und wollte partout keine Kinder, ich dagegen unbedingt. Elvira ist ganz anders.« Er lächelte versonnen. »Viel weicher, weiblicher, emotionaler, eben so, wie ich mir eine Frau vorstelle. Da ist es einfach passiert. Ich habe Andrea um die Scheidung gebeten, und sie hat zwei Tage später versucht, sich das Leben zu nehmen.« Abrupt hielt er inne, als wäre er nicht in der Lage, weiterzusprechen, und als er seine Rede schließlich doch fortsetzte, klang seine Stimme dunkel und sehr viel weniger selbstsicher. »Damit rechnet doch kein Mensch! Eine völlig unabhängige Frau, erfolgreich im Beruf, die nimmt sich doch nicht das Leben, nur weil ihr Mann sie verlässt.«

»Wie?«, fragte Nola leise.

»Mit starken Neuroleptika. Sie saß ja gewissermaßen an der Quelle. Ich hab sie gefunden und den Notarzt gerufen, leider nicht früh genug. Andrea liegt im Wachkoma, schon fünf Jahre. Selbstverständlich kann ich mich unter diesen Umständen nicht scheiden lassen. Es mag entsetzlich klingen, aber wir warten auf ihren Tod, damit wir heiraten können. Ich besuche sie einmal die Woche, lasse mich von ihren Geschwistern beschimpfen, aber ich reiche nicht die Scheidung ein. Elvira versteht das, sie ist ein sehr warmherziger Mensch. Wir sind trotzdem glücklich.«

»Mag sein. Aber nun zu Silvana Cassjen. Sie haben miteinander telefoniert, einmal sieben und einmal elf Minuten.«

»Ja. Um ihr zu sagen, dass sie mich in Ruhe lassen soll. Die Frau war völlig verrückt, sie hat mir Liebesbriefe unter den Scheibenwischer geklemmt, stand vor der Tür, wenn Elvira bei der Chorprobe war. Mehrfach hat sie versucht, mich auf der Auffahrt abzufangen. Ich musste ganz schön deutlich werden, um sie loszuwerden.«

»Weiß Ihre Partnerin davon?«

»Um Himmels willen, nein. Elvira hatte anfangs große Schwierigkeiten, sich auf eine Beziehung mit einem verheirateten Mann einzulassen, dazu noch mit dem Ehemann ihrer Chefin, die sie sehr geschätzt hat. So ein Verhalten passt nicht zu ihrer Vorstellung von Moral und Anstand. Dazu hat ihre Mutter ihr die ganze Zeit eingeredet, dass jemand, der betrügt, eines Tages selbst betrogen wird. Völliger Blödsinn. Man kann die Sache auch genau andersherum betrachten. Eine Liebe, die so viele Widerstände überwindet, muss besonders stark sein. Dennoch glimmt bei Elvira so ein Fünkchen Misstrauen, und die Tatsache, dass ich als Pharmareferent viel unterwegs bin, ist da nicht sehr förderlich. Auf gar keinen Fall wollte ich riskieren, dass aus dem Funken ein Flächenbrand entsteht. Deshalb hab ich den Mund gehalten. Es gab ja auch nichts zu gestehen.«

»Sie sind also nicht der Mann mit dem dunklen Auto, der sich immer dienstags mit Frau Cassjen getroffen hat, in einem alten Schafstall hinter dem Betonwerk?«

»Selbstverständlich nicht. Ich liebe Elvira und meine Kinder. Das würde ich nie aufs Spiel setzen.«

»Ich möchte Sie um eine DNA-Probe bitten.«

»Warum?«

»Damit ich Sie als Vater des vermissten Kindes ausschließen kann.«

»Ich bin seit sechzehn Monaten sterilisiert. Drei Kinder sind genug, auch wenn Elvira immer von vier Kindern geträumt hat. Somit kann ich unmöglich der Vater sein. War's das?« Er schob den Stuhl zurück und erhob sich. »Selbstverständlich werde ich Ihnen die Bescheinigung meiner Vasektomie reinreichen.«

Selbstverständlich schien eines seiner Lieblingsworte zu sein. Aber so sicher, wie er auftrat, musste es wohl stimmen. Wer war der Vater des Babys? Von den Männern, die für Nola in Betracht kamen, war inzwischen keiner mehr übrig.

Es klopfte, und Renke stürmte herein. »Guck dir das an.« Er stellte eine Tasche auf ihren Schreibtisch.

Nola hatte Renke gebeten, sie zu Jutta Giese zu begleiten.

»Giese war im Besitz der Tasche mit dem Lösegeld. Er wird allerdings wohl kaum die Scheine rausgenommen und dafür zerschnittenes Zeitungspapier reingelegt haben.«

Renke nickte zustimmend. »Der Selbstmord kann nur bedeuten, dass er weder ein noch aus wusste. Und das dürfte daran gelegen haben, dass sich zu seinem Entsetzen keine halbe Million in der Tasche befand.«

»Dann hat Margit Cassjen nicht die ganze Summe in die Tasche gesteckt.« Es schien für Nola die einzig logische Erklärung.

Inzwischen hatten sie ihr Ziel erreicht, einen weißen Walmdachbungalow. Renke zog den Autoschlüssel ab. »Kann ich mir nicht vorstellen. Nicht zu diesem Zeitpunkt. Dass Cord gar nicht Caspars Vater ist, hat sie ja erst später erfahren. Und der Kleine war ihr heilig, das hätte sie niemals gewagt.«

Daran, dass Jutta Giese aus tiefster Seele um ihren Mann trauerte, konnte wohl niemand zweifeln. Sie sah furchtbar aus, blass, verweint, und ihre Hände zitterten so stark, dass sie sich an sich selbst festhalten musste. »Morgen kommt unsere Laura aus England.« Sie bot Tee an, machte aber keine Anstalten, ihn zuzubereiten.

Die Wohnküche verriet die passionierte Hobbyköchin, meterweise Kochbücher, überall standen Gläser mit Gewürzen herum, und an einem Gitter über dem Herd hingen diverse Pfannen aus Kupfer und Eisen, die alle benutzt aussahen.

Als Nola um ein Foto ihres Mannes bat, beschrieb die Witwe Renke, wo im Wohnzimmerschrank die Alben aufbewahrt wurden. »Ich habe den Raum noch nicht wieder betreten, das schaffe ich nicht. Bring das rote Album mit, es muss ganz rechts stehen.«

Als Renke zurückkam, schob sie Nola das Fotoalbum zu. »Suchen Sie eins aus, ich kann das gerade nicht.«

Auf die Frage, ob ihr Mann eine Verbindung nach Oldenburg hatte, nickte sie. »Ja, da steht die Hauptzentrale. Als Filialleiter hatte er häufiger dort zu tun.« Die Frage nach Sandhatten beantwortete sie mit einem Schulterzucken. »Ich hab eine ungefähre Ahnung, wo das liegt, mehr aber nicht.«

Nachdenklich blätterte Nola in dem Album. Gerhard Giese sah aus wie ein harmloser älterer Herr. Schütteres graues Haar, eine wenig kleidsame Goldrandbrille, etwas übergewichtig und alles andere als attraktiv. Beim besten Willen konnte sie sich nicht vorstellen, wie er sich mit Silvana vor diesem Schafstall vergnügte.

»Ich kann es immer noch nicht begreifen«, flüsterte Frau Giese, ihre Stimme klang rau vom vielen Weinen. »Gerhard war so ein verantwortungsvoller, grundehrlicher Mensch. Und jetzt soll er Kunden betrogen haben. Von der Immobiliengesellschaft hat er mir kein Wort erzählt.« Sie schluchzte leise. »Erich hat er doch auch mit ins Verderben gerissen. Wie konnte er nur?« Ihr Schluchzen wurde lauter, hörte aber abrupt auf. »Wenn er der Erpresser war, muss er ja auch Erich niedergeschlagen haben, oder?«

»Das ist noch nicht bewiesen, aber wir müssen wohl davon ausgehen«, sagte Renke vorsichtig.

»Gott, was wird Erich dazu sagen? Die beiden sind doch schon ewig befreundet.«

Offenbar wusste die Frau noch gar nichts vom Tod des Landrats. Mit leiser Stimme setzte Nola sie davon in Kenntnis, mit dem Ergebnis, dass Jutta Giese erneut in Schluchzen ausbrach und immer wieder »Nein, nein, nein!« kreischte, bis sie keine Luft mehr bekam. Nola sprang auf und füllte ein Glas mit Leitungswasser. »Trinken Sie einen Schluck.«

Es dauerte eine Weile, bis die Frau wieder in der Lage war, etwas zu sagen. »Was mach ich jetzt nur?« Sie strich ihre blonden Haare aus der Stirn. »Vor allem mit dieser verfluchten Firma? Wem gehört die jetzt überhaupt, Renke?«

»Dazu kann ich nichts sagen. Du solltest dich anwaltlich beraten lassen.« Fragend schaute er Jutta Giese an. »Glaubst du, dass Erich wirklich nicht wusste, woher das Geld stammt, das die Immobiliengesellschaft vor dem Konkurs bewahrt hat?«

»Ja, davon bin ich überzeugt. In Gelddingen hat er Gerhard blind vertraut. Gerhard hat sich manchmal lustig darüber gemacht, dass es für ihn ein Leichtes wäre, Erich zu betrügen.« Sie stutzte, als wäre ihr jetzt erst bewusst geworden, was sie da gesagt hatte. »Denkst du, dass er Erich auch betrogen hat?«

»Davon ist uns nichts bekannt«, antwortete Nola an Renkes Stelle. »Falls ja, werden wir es rauskriegen. Das Dezernat für Wirtschaftskriminalität befasst sich mit den Konten Ihres Mannes und in dem Zusammenhang auch mit den Konten dieser Gesellschaft.«

»Was soll nur aus mir werden?«, murmelte die Frau. »Am besten verkaufe ich alles und geh ins Ausland. Falls mir überhaupt noch was zum Verkaufen bleibt.«

Für den Mord an Cord Cassjen kam der Sparkassenleiter nicht als Täter in Betracht. Er hatte an dem Sonntagabend gemeinsam mit seiner Frau das Kino besucht, und nach dem Film waren die beiden noch bei ihrem Lieblingsitaliener essen gewesen. Sowohl die Kinokarten als auch die Restaurantrechnung, auf dem Bon stand die Uhrzeit, steckten noch in seiner Brieftasche.

»Er bewahrt immer alles auf«, jammerte Frau Giese. »Manchmal hab ich das Portemonnaie heimlich geleert, bevor es aus allen Nähten platzte.« Von einem Prepaidhandy wusste die Witwe nichts. Eine Affäre mit Silvana Cassjen fand sie abwegig. »Er ist nie ohne mich ausgegangen, hat immer pünktlich Feierabend gemacht, und ich konnte ihn jederzeit telefonisch in der Bank erreichen. Nein. Das ist unmöglich. Er fand Silvana vulgär, genau wie ich, wir haben oft darüber gesprochen. Uns war völlig schleierhaft, wie Cord auf diese Frau reinfallen konnte.«

Nola würde dennoch einen Vaterschaftstest veranlassen, ahnte aber schon, dass Gerhard Giese nicht Caspars Vater war.

»Wer dann?«, fragte sie im Auto. »Wie hängt das alles, verflucht noch mal, zusammen?«

»Und wer ist jetzt um eine halbe Million Euro reicher?«

»Keine Ahnung. Aber weißt du, was komisch ist? Erich Loening hat behauptet, während des Telefonats mit dem Erpresser hätte er im Hintergrund ein Baby weinen gehört. Und eine singende Frau. Angeblich hat er dabei an Silvana gedacht.«

»Und?«

»Ich hab mir die Telefonzelle noch mal angesehen. Viel Platz ist da nicht. Angenommen, die Erpresser hätten beide daringestanden. Dann hätte Erich Loening das Baby sehr deutlich hören müssen, genau wie die Stimme der Frau.«

»Vielleicht ist zufällig eine Frau mit einem schreienden Säugling vorbeigekommen.«

»Eine Frau, die so laut auf der Straße singt, dass man sie durch die geschlossene Tür einer Telefonzelle hören kann?« Nola lachte ungläubig.

Renkes nachdenklicher Gesichtsausdruck verriet, dass er jetzt auch ins Grübeln kam. »Stimmt.«

»Erich Loening hat gelogen, das denkst du doch auch, oder?«

Renke nickte. »Aber weshalb sollte er so etwas erfinden, wenn er nicht selbst in die Geschichte verwickelt ist? Die Erpressung muss ein Ding zwischen ihm und Gerhard Giese gewesen sein. Silvana hat irgendwie davon erfahren und einen Anteil am Lösegeld verlangt.«

»Treffpunkt alte Kieskuhle«, murmelte Nola. »Aber da wurde er laut Obduktion nicht getötet.«

»Silvana und der geheimnisvolle Mann an ihrer Seite haben ihn dort abgelegt, um ihre Spur zu verwischen. Dabei ist ihnen nicht aufgefallen, dass Caspar seinen Schnuller verloren hat.«

Margit saß an ihrem Schreibtisch und starrte ins Leere. »Gibt es was Neues? Habt ihr was über Erichs Tod rausgefunden?«

Renke schüttelte den Kopf und zeigte auf den Stuhl ihr gegenüber. »Darf ich?«

»Natürlich.« Sie räusperte sich und machte den Rücken gerade, so als hätte sie sich plötzlich daran erinnert, wer sie war, die Eigentümerin einer florierenden Firma und die reichste Frau in Martinsfehn. »Also ...«

In knappen Worten berichtete er von dem Fund der Tasche. »Geradeaus gefragt, befand sich wirklich so viel Geld darin?«

»Selbstverständlich. Aus welchem Grund sollte ich lügen? Wenn ich gewusst hätte, was ich heute weiß, hätte ich keinen Cent bezahlt, das kannst du mir glauben. Damals war ich sicher, dass Caspar der leibliche Enkelsohn von Cornelius ist und damit der rechtmäßige Firmenerbe. Nie hätte ich es gewagt, den Erpresser zu verärgern. Die Erpresserin. Silvana«, verbesserte sie sich. »Erich und ich waren überzeugt, dass sie dahintersteckt. Für mich war es eine Art Geschäft, ich wollte ihr den Kleinen abkaufen.« Sie legte beide Hände flach auf die Tischplatte, beugte sich so weit vor, dass sie ihr Gesäß ein wenig anheben musste, und schaute Renke in die Augen. »Das Geld war mir nicht wichtig, wahrscheinlich hätte ich auch das Doppelte bezahlt.« Kurz dachte sie über ihre Worte nach. »Ja, das wäre er mir wert gewesen.« Sie ließ sich zurückfallen.

»Jetzt nicht mehr? Jetzt ist sein Leben weniger wert?« Die Frage war ihm einfach über die Lippen gerutscht, und er ärgerte sich darüber, weil er annahm, dass Margit auf diesen schlecht versteckten Vorwurf verschnupft reagieren würde.

Aber so war es gar nicht. Sie zuckte nur mit den Schultern. »Das verstehst du nicht. In meiner Situation schien Caspar die Lösung aller Probleme zu sein, ein Geschenk des Himmels. Ich habe keine eigenen Kinder und damit auch keinen rechtmäßigen Erben für die Firma und mein Vermögen. Selbst schuld, ich weiß, aber für Kinder konnte ich mich nie erwärmen. Cord ist mir damals schrecklich auf die Nerven gefallen. Ich war froh, wenn er in der Schule war oder bei Freunden. Später habe ich mein Verhalten bereut. Aber da war nichts mehr zu retten. Immerhin habe ich das Haus für die beiden bauen lassen, meine Art der Wiedergutmachung.« Sie lächelte flüchtig. »Und dann habe ich Caspar gesehen, und es war, als würde ich in Cornelius' Augen schauen, einfach unbeschreiblich. Als wäre Cornelius von den Toten auferstanden.« Als Renke spöttisch grinste, verzog sie den Mund. »Ja, lach mich ruhig aus. So habe ich gefühlt. Ich war glücklich, überglücklich.« Ihre Stimme drohte zu versagen, doch sie fing sich wieder. »Jetzt weiß ich, dass alles Einbildung war, verzweifeltes Wunschdenken. Ein wildfremdes Kind, die Mutter eine psychisch kranke Verbrecherin, der Vater Gott weiß wer. Ich werde wohl alles an Tineke vererben müssen. Aber erst nach meinem Tod, und ich habe vor, hundert zu werden.«

Das Lachen, das sie offensichtlich erwartete, blieb Renke im Hals stecken. »Du bleibst also dabei, dass sich fünfhunderttausend Euro in der Tasche befunden haben.«

»Allerdings. Und abgesehen von meiner Person gibt es nur zwei Menschen, die die Gelegenheit hatten, einen Teil der Scheine zu entfernen. Mein Lebensgefährte und Gerhard, beide sind jetzt tot. Such dir einen aus. Ich war es jedenfalls nicht. Wenn du mich fragst, ist das Geld bei Silvana gelandet, fragt sich bloß, wie sie das geschafft hat.« Ihre Augen wurden groß und kugelrund. »Am Ende ist Gerhard der Vater.«

»Wer weiß.«

»Wie auch immer...« Sie tippte mit dem Zeigefinger auf das Ziffernblatt ihrer goldenen Armbanduhr. »In fünf Minuten erwarte ich einen wichtigen Kunden.« Die Audienz war beendet.

DIENSTAG, 18. JUNI

Als Nola ins Büro kam, lag auf ihrem Schreibtisch ein brauner Umschlag mit ihrem Namen. Er enthielt die ärztliche Bescheinigung, dass Rüdiger Lienemann sich vor sechzehn Monaten einer Vasektomie unterzogen hatte. Als Caspars Vater schied er endgültig aus.

Auch die ersten Laborwerte vom LKA waren eingetroffen. Die Fingerabdrücke von Gerhard Giese stimmten mit denen an der Tür des Sonderpostenmarktes überein, an der Tasche hatte man ebenfalls seine Spuren nachgewiesen. Zudem hatte Stefan in dem Reifenprofil seines Wagens den Splitt gefunden, der auf dem Parkplatz aufgebracht war. Herr Giese hatte seinen Freund niedergeschlagen, und Nola bezweifelte stark, dass Erich Loening ihn nicht erkannt hatte.

Eine weitere Nachricht ließ ihr Herz freudig klopfen, an dem blauen Schnuller hatte das LKA DNA-Spuren von Caspar Cornelius Cassjen gefunden. Egal, welche verworrenen Pläne die Erwachsenen auch verfolgten, der Kleine lebte, und sie würde ihn finden.

Gestern Abend hatte seine Mutter sich geweigert zu essen. Sie hatte die Lippen zusammengepresst und ihn angestarrt, wie früher, und Ocko war sich wie ein kleiner Junge vorgekommen.

»Das Geld können wir doch gebrauchen!«, hatte er irgendwann trotzig gesagt, ein bisschen zu laut, weil er so aufgeregt war und sich so schlecht fühlte.

Seine Mutter hatte das Gesicht zur Wand gedreht und ihn nicht mehr angeschaut, den ganzen Abend nicht mehr. Als er zur Nacht die Windel gewechselt hatte, lag sie mit geschlossenen Augen da, wie tot, und plötzlich fürchtete er, dass sie in der Nacht sterben könnte, weil sie seine Gegenwart nicht mehr ertrug.

Kein Wunder, dass Ocko keinen Schlaf gefunden hatte. Heute früh war er an ihr Bett getreten. »Ist gut, Mama, ich geh zur Polizei«, hatte er versprochen und sich gefreut, dass sie sich wieder füttern ließ. Die Schwester kam eine halbe Stunde zu spät. Sie meckerte über die Teeflecken auf dem Nachthemd seiner Mutter. Am liebsten hätte er sie vor die Tür gesetzt.

Als sie fort war, flößte er seiner Mutter noch eine Tasse Tee ein, sie brauchte jetzt besonders viel Flüssigkeit. Er wusste ja gar nicht, ob und wann er wiederkommen würde. Die Telefonnummer des Pflegedienstes nahm er mit, und er versteckte einen Haustürschlüssel unter der löchrigen Fußmatte. Dann machte er sich auf den Weg.

Martinsfehn mochte nur ein unbedeutendes kleines Dorf sein, ein winziger Punkt auf der Landkarte, doch für Ocko bedeutete Martinsfehn Heimat. Gerade jetzt im Juni, wo alle Bäume in sattes Grün getaucht waren, die Pfingstrosen in voller Blüte standen und die gelbe Azalee hinter dem Haus so stark nach Honig duftete, dass ihm jedes Mal ein bisschen schummrig im Kopf wurde, wenn er daran vorbeiging. Sein Garten würde ihm fehlen. Dieses Stück Erde, wo er von seiner Mutter gelernt hatte, wann es Zeit war, Kartoffeln zu legen und wann Erbsen, und dass die weißen Buschbohnen nur so eben mit Erde bedeckt sein durften, damit sie das Läuten der Kirchenglocken hören konnten. Verstohlen wischte er sich über seine Augen.

Vor dem Revier stellte er umständlich sein Fahrrad ab, auf einmal war ihm ganz schlecht, so, als hätte er etwas Verdorbenes gegessen, aber das war bloß die Angst. Er dachte an seine Mutter, die jetzt allein im

Haus war, vielleicht bis zu ihrem Tod. Aber sie hatte es ja so gewollt.

Ocko holte tief Luft, dann drückte er die Klingel und fragte nach Renke Nordmann, der war hier der Chef und in Martinsfehn geboren. Einer aus dem Dorf konnte ihn vielleicht verstehen.

»Ich hab da was angestellt, Renke. Am Freitag«, setzte er an, und dann redete er sich alles von der Seele.

Die Kollegen aus Martinsfehn hatten Margit Cassjen vorläufig festgenommen und ins Präsidium gebracht. Sie saß auf ihrem Stuhl, ein Bein über das andere geschlagen, und spielte mit einem ihrer Goldringe, beinahe gelangweilt. Nola begann die Vernehmung mit den üblichen Angaben für das Protokoll, dann sagte sie: »Frau Cassjen, Sie stehen unter dem dringenden Verdacht, Ihren Lebensgefährten getötet zu haben. Er saß in seinem Zimmer am Schreibtisch, und Sie haben ihn von hinten mit einem Hammer erschlagen. Laut Obduktion wurde neunmal zugeschlagen, Sie müssen sehr wütend gewesen sein.«

»Ich kenne diesen absurden Vorwurf bereits und werde mich ohne Anwalt nicht dazu äußern.« Seelenruhig zog Margit Cassjen den Goldring ab und steckte ihn auf einen anderen Finger.

»Das ist Ihr gutes Recht. Uns liegt allerdings eine glaubhafte Zeugenaussage vor, und meine Kollegen untersuchen gerade Ihr Haus, Ihre Firma und Ihre Bankfächer. Eins steht schon mal fest, im Arbeitszimmer Ihres Lebensgefährten ist sehr viel Blut geflossen. Sie haben versucht, die Spuren zu beseitigen, aber bei Blut ist das praktisch unmöglich. Laut Obduktionsbericht ist Herr Loening eine halbe Stunde nach der gemeinsamen Mittagsmahlzeit gestorben. Vermutlich ist er in sein Zimmer gegangen und hat sich dort an den Schreibtisch gesetzt. Sie sind ihm gefolgt und haben ihn von hinten erschlagen. Anschließend haben Sie die Leiche zurückgelassen, in sitzender Position, wie wir anhand der Totenflecken wissen, und sind in die Firma gegangen. Am späten Nachmittag haben Sie Ocko Tammen Geld geboten, damit er Ihnen bei der Beseitigung Ihres toten Lebensgefährten hilft. Gemeinsam haben sie den Leichnam in Loenings Mercedes gelegt, der praktischerweise in der Garage stand, die vom Haus aus zugänglich ist. Die Leiche kam auf die Rückbank und Ocko Tammens Fahrrad in den Kofferraum. Dann sind Sie zu der Kieskuhle gefahren, Sie mit Ihrem Wagen, Herr Tammen mit dem Mercedes. Sie haben die Leiche vom Rücksitz gezerrt, den Wagen stehen lassen, und Herr Tammen ist mit seinem Rad heimgefahren. Vorher hat er noch auf Ihre Anweisung hin einen Holzknüppel gesucht und damit auf den Hinterkopf des Toten eingeschlagen. Sie haben unterdessen Caspars Schnuller deponiert, um den Verdacht auf Ihre Schwiegertochter zu lenken. Caspar hatte bei Ihnen ja sein zweites Zuhause, irgendwo lag noch ein benutzter Schnuller rum, der in Ihren Plan passte.« Nola lächelte kühl. »Im Anschluss waren Sie mit Ihren Freundinnen essen und danach auf einen Absacker in der Kneipe.«

Wie nicht anders zu erwarten, stritt Margit Cassjen alles ab. Sie behauptete, dass Ocko Tammen den Mord begangen hatte. Aus alter Freundschaft hätte sie sich verpflichtet gefühlt, ihm bei der Beseitigung der Leiche zu helfen. »Ich verstehe selbst nicht, warum ich nicht sofort die Polizei benachrichtigt habe. Ocko tat mir einfach leid, und Erich wollte mich ja sowieso verlassen. Es war grauenhaft, aber was sollten wir tun?« Margit Cassjen schluckte, überlegte und fügte noch an, dass sie an dem Abend zu viel getrunken hätte. »Ich war gar nicht mehr Herr meiner Sinne und hätte auch nicht Auto fahren dürfen. Mein Anwalt wird auf verminderte Schuldfähigkeit plädieren.«

»Ihr Versuch, die Tat einem anderen in die Schuhe zu schieben, wird Ihnen nicht helfen. Ocko Tammen arbeitet in Ihrem Garten, mehr oder weniger regelmäßig. Aber nicht um die Mittagszeit, da muss er sich um seine pflegebedürftige Mutter kümmern, und das macht er sehr gewissenhaft. Vor fünfzehn Uhr fängt er nie an, und da war Ihr Lebensgefährte bereits tot. Außerdem sehe ich gar kein Motiv bei Herrn Tammen.«

Margit Cassjen presste die Hände gegen ihre Wangen. »Ocko ist seit jeher in mich verliebt. Lächerlich, ich weiß, aber so ist es nun mal. Ich habe ihm von Erichs Verrat erzählt, ich war ja völlig verzweifelt. Da ist er rausgelaufen, hat den Hammer geholt und auf Erich eingeschlagen. Alles ging so schnell, ich konnte nichts machen.«

»Nette Geschichte, aber wenig überzeugend. Sie haben Ocko Tammen Geld geboten, sogar eine monatliche Rente, wenn er Ihnen hilft, die Leiche zu beseitigen.«

»Blödsinn, wie käme ich dazu.«

»Ganz einfach. Sie mussten die Leiche loswerden, und dafür brauchten Sie Unterstützung. Wen hätten Sie sonst fragen sollen? Da blieb doch nur der gute alte Ocko, der Ihnen tatsächlich ziemlich zugetan ist.«

»Warum sollte ich Erich töten? Nur weil er mich verlassen wollte? Es gibt Schlimmeres.«

»Sie haben in der Garage einen Großteil des Lösegeldes gefunden, und Ihnen war sofort klar, was das bedeutete. Ihr Lebensgefährte hat das Geld vor der angeblichen Übergabe aus der Tasche genommen. Jemand wie Sie kann es sicher nur schwer ertragen, betrogen zu werden, nicht wahr?«

»Ich weiß gar nicht, wovon Sie reden.«

»Ocko Tammen hat die Tüte mit dem Geld zufällig in der Garage entdeckt und ein Paar Scheine rausgenommen. Um die viertausend Euro, mehr hat er sich nicht getraut. Ein paar Tage später war alles verschwunden. Sie haben die Tüte an sich genommen. Die ganze Zeit hab ich mich gefragt, weshalb Sie so sicher sind, dass Herr Loening Sie betrogen hat, jetzt weiß ich es.«

»Das ist kompletter Blödsinn«, schnaubte sie wütend. »Abgesehen davon, dass ich meinen Wagen rein- und rausfahre, betrete ich die Garage nicht, und ganz bestimmt räume ich dort nicht rum. Dafür habe ich eine Putzfrau.«

»Ich lasse Sie jetzt in Untersuchungshaft bringen. Vielleicht nutzen Sie die Zeit bis morgen zum Nachdenken.«

Es war unglaublich, welche Flüche Margit Cassjen ausstieß, als die Handschellen sich um ihre Gelenke schlossen.

In Erich Loenings Kleiderschrank hatte die Spurensicherung einen Schlüssel entdeckt, der mit Klebeband an der Rückwand befestigt war. Ein kleiner Schlüssel mit einer eingravierten Sieben. Nola musste sofort an ein Schließfach am Bahnhof denken, und sie behielt recht. In dem Fach Nummer sieben war die Polizei auf einen unscheinbaren, nagelneuen Koffer aus blauem Gewebe gestoßen, der jetzt vor ihnen stand.

»Das Geld, wetten?« Conrad schaute in die Runde, niemand wollte gegenhalten, nicht mal Nola, die eigentlich davon überzeugt war, dass Margit Cassjen die Scheine an sich genommen hatte.

»Dann lasst mal sehen.« Stefan rieb sich die Hände. »Wir rechnen also mit annähernd einer halben Million.« Der Koffer war mit einem einfachen Zahlenschloss gesichert, das sich mithilfe einer Zange leicht knacken ließ.

Er enthielt einen grauen Plastiksack, wie er im Landkreis Leer für Restmüll verwendet wurde.

Umständlich knotete Robert das rote Plastikband auf, dann zog er mit beiden Händen die Öffnung auseinander. »Tja, da haben wir uns wohl geirrt, Leute. Die Tüte enthält Kleidung. Frauenkleidung. Was sagt uns das?«

Conrad grinste. »Herr Loening hatte noch ein Geheimnis.«

»Zeig mal her«, forderte Nola. Sie zog das oberste Kleidungsstück, ein rotes, leicht verfilztes Wollkleid, heraus. »Größe 36, Escada, zu klein für einen Mann und sauteuer.«

»Silvanas Kleider?«, schlug Robert vor.

»Auf keinen Fall, viel zu damenhaft. Ich würde mal sagen, die Klamotten gehören Margit Cassjen. Die Größe stimmt und die Preisklasse ebenfalls. Ich werde ihre Nichte bitten, die Sachen zu identifizieren. Bleibt die Frage, warum Loening getragene Kleidung seiner Lebensgefährtin in einem Schließfach aufbewahrt und den Schlüssel so sorgfältig versteckt.«

Stefan, der unterdessen weitere Kleidungsstücke aus dem Sack gezogen und sorgfältig inspiziert hatte, schüttelte den Kopf. »Nee, die Frage stellt sich nicht.« Er hielt ein paar dunkelbraune Verlourslederpumps mit glatter Ledersohle in die Höhe. Einer der Schuhe war übersät mit dunklen Sprenkeln. »Das dürfte eingetrocknetes Blut sein. Das auch.« Er deutete auf eine blassgrüne Strickjacke. Der rechte Ärmel zeigte ebenfalls verdächtige Flecken. »Da der Landrat die Tüte logischerweise *vor* seinem Tod versteckt haben muss, kann es sich nicht um sein Blut handeln.«

»Scheiße, ich bin eine Vollidiotin.« Nola spürte, dass sie dunkelrot anlief. »Wer hatte ein Motiv, Cord Cassjen aus dem Weg zu räumen? Die Frau, die unbedingt seinen Sohn aufziehen wollte, seine Stiefmutter. Eine Frau, die nicht nur Waffen besitzt, sondern auch damit umgehen kann. Vielleicht hat er ihr von seinen Auswanderungsplänen erzählt, und sie wollte das verhindern. Anschließend hat sie die Kleider mit den belastenden Spuren entsorgt. Ihr Lebensgefährte hat den Altkleidersack, warum auch immer, gefunden, die richtigen Schlüsse gezogen und musste deshalb sterben.«

»Dann hat sie also zwei Menschen getötet, ihren Stiefsohn und ihren Lebensgefährten.« Conrad stieß einen leisen Pfiff aus. »Eiskalt, die Dame.«

Inzwischen hatte Stefan den gesamten Inhalt des Altkleidersackes auf dem Tisch entleert. »Hier, guckt euch das an.« Er hielt ein Pistolenhalfter aus grünem Stoff in die Höhe, die Waffe fehlte. »Das dürfte aus der Zeit vor dem Zweiten Weltkrieg stammen. Schade drum, so ist es nicht mehr viel wert.« Damit meinte er den halb verblassten Schriftzug *Beretta*, den jemand nachträglich mit einem Kugelschreiber angebracht hatte. Mit etwas Glück würden die Spezialisten vom LKA beweisen, dass die grünen Fasern an der Tatwaffe von dem Halfter stammten.

Nola versuchte, sich den Verlauf der Nacht vorzustellen. »Sie besitzt einen Schlüssel für das Haus, ihr ist bekannt, dass ihr Stiefsohn sich abends regelmäßig die Kante gibt, und sie weiß, dass die ungeliebte Schwiegertochter unter starken Beruhigungsmitteln steht und schläft wie ein Stein. Sie und ihr Lebensgefährte teilen nicht mehr das Bett, sie kann also unbemerkt das Haus verlassen. Nach der Tat legt sie die Waffe auf das Bett der schlafenden Schwiegertochter. Am nächsten Morgen fährt sie mit ihrem Lebensgefährten in die Dahlienstraße, schließlich hat ihr Sohn nicht, wie abgesprochen, den Kleinen gebracht. Sie rechnet damit, die schlafende Schwiegertochter samt Schusswaffe im Schlafzimmer vorzufinden. Damit hätte der Kleine praktisch ihr gehört. Aber Silvana und das Baby sind verschwunden. Kein Wunder, dass sie getobt hat«, murmelte Nola. »Aber wo ist das Geld geblieben und wo Silvana Cassjen?«

»Das Geld liegt wieder im Tresor, und Silvana ist weg«, brummte Conrad. »Abgehauen mit ihrem Lover. Lass sie laufen, Mädchen, die ist noch mal davongekommen.«

»Auf keinen Fall. Ich weiß nämlich, wer der geheimnisvolle Lover ist.« Nola zwinkerte Hilke zu, der es gelungen war, die ehemalige Abiturientin ausfindig zu machen, die vor nunmehr sechzehn Monaten das Nokia-Handy auf dem Schulflohmarkt verkauft hatte. Die junge Frau konnte sich sehr gut an den Käufer erinnern.

»Um halb vier in unserem Camp«, flüsterte Dustin, obwohl sie allein waren und niemand mithören konnte. Philipp nickte.

Danach trennten sich ihre Wege. Philipp wurde heute wieder von Moritz abgeholt, und der würde sofort petzen, wenn er ihn mit Dustin erwischte. Seit er seinen kleinen Bruder angeschossen hatte, wenn auch aus Versehen, nutzte er jede Gelegenheit, um Philipp eins auszuwischen. Wahrscheinlich war das seine Art, Philipp den Ärger heimzuzahlen, den er seinetwegen erleiden musste. Taschengeldsperre und Verbot, mit seinen Freunden ins Kino zu gehen, zählten dazu und ein sehr ernstes Gespräch, das Papa mit ihm geführt hatte.

Seit ein paar Tagen war Dustin zu Fuß unterwegs, sein Rad hatte einen kaputten Reifen, und seiner Mutter fehlte das Geld für einen neuen. Bei seinem Ranzen war seit Längerem ein Riemen gerissen, deshalb hing das ganze Gewicht auf einer Schulter. Wenn Philipp darüber nachdachte, musste Yvonne ziemlich arm sein. Bei denen war immer etwas kaputt.

Dustin lief ein ganzes Stück vor ihm. Es gehörte zu ihrem Spiel, dass er sich kein einziges Mal nach Philipp umdrehen durfte. Die ganze Zeit presste er sein Handy ans Ohr, wahrscheinlich telefonierte er mit seiner Mutter. Philipp hätte auch gern ein eigenes Handy, aber seine Eltern meinten, dass er dafür zu klein wäre. Dafür war sein Ranzen heil, und wenn an seinem Rad ein Reifen kaputt war, kaufte sein Vater sofort einen neuen. Er fragte sich, was besser war, ein heiles Fahrrad oder ein Handy, und entschied sich für das Handy.

Auf der Straße fuhr ein schwarzes Auto, ziemlich langsam, genau so eins hatte der komische Mann gefahren, da war Philipp ziemlich sicher. Er kickte eine platt getretene Coladose vom Weg und freute sich, dass sie bis zur anderen Straßenseite flog. Plötzlich quietschten Reifen, und der Wagen fuhr mit Vollgas davon. Komisch. Noch komischer fand Philipp, dass Dustin plötzlich verschwunden war. Eben noch hatte er seinen Freund vor sich laufen sehen, jetzt war er weg. Philipp rannte zu der Stelle, wo Dustin auf geheimnisvolle Art und Weise verschwunden war. Keine Spur von seinem Freund, doch auf dem Bürgersteig lag sein Handy. Als Philipp es aufhob, hörte er eine Frauenstimme. »Was ist, Dustin, sag doch was? Kein Akku mehr?« Dann knackte es, und das Handy war dunkel.

Philipp begriff sofort, dass etwas Schlimmes passiert war. Der Mann in dem schwarzen Auto hatte seinen besten Freund mitgenommen. Vielleicht wollte er ihn umbringen, so was machten Verbrecher doch. Und wenn der Mann Dustin umgebracht hatte, würde er als Nächstes Philipp holen.

Er hatte keine Ahnung, was er jetzt machen sollte. Seine

Mutter hatte ihm verboten, noch mal mit dem Polizisten zu reden. Nordmann hieß er, Kommissar Nordmann, das hatte er sich gemerkt. Die Polizisten waren die Guten und die Verbrecher die Bösen, komisch, dass seine Mutter ihm trotzdem verboten hatte, mit Kommissar Nordmann zu sprechen. Angeblich würde er davon schlechte Träume kriegen, aber das stimmte gar nicht.

Philipp kannte das Polizeirevier, es war nicht weit entfernt. Er stieg auf sein Rad und trat kräftig in die Pedale, er musste sich beeilen, es ging doch um seinen besten Freund.

Dass man bei der Polizei klingeln musste, hatte er nicht erwartet, aber so war es. Er drückte auf den Knopf, bis jemand den Summer betätigte und ihn einließ.

»Ich will zu Kommissar Nordmann«, sagte er zu der Frau in Uniform. Es war nicht dieselbe, die ihn im Krankenhaus besucht hatte, die mit den Sommersprossen und der goldenen Marke mit dem Pferd. Er würde Kommissar Nordmann sagen, dass der Wagen zwei Auspuffrohre hatte und beim Anfahren ganz laut röhrte. Und dass es ein BMW war, er hatte das blau-weiße Schild ganz deutlich gesehen. Sogar die letzten beiden Nummern auf dem Kennzeichen hatte er sich eingeprägt, eine Eins und eine Fünf.

»Frau Schubert, wo ist Ihr Lebensgefährte?«

Elvira Schubert, deren Shirt heute mit orangen Flecken besprenkelt war, offenbar hatte es Karotten für Neele gegeben, schwieg zunächst. Sie schaute ihre Tochter an, die ihren Blick strahlend erwiderte, dann Nola. »Warum?«

»Das würde ich nicht so gern hier draußen besprechen.«

Achselzuckend machte Elvira Schubert den Weg frei. Sie schloss die Haustür und drehte den Schlüssel zweimal um, dann schob sie sich an Nola vorbei und öffnete die

Küchentür, wie ein rotes Keramikschild verriet, auf dem ein altmodischer Henkeltopf und zwei gekreuzte Kochlöffel abgebildet waren.

Die beiden Jungen saßen am Tisch und tuschten, zumindest versuchten sie es. Der größere hatte einen bunten Kreis zustande gebracht und so viel Wasser dabei verwendet, dass sein Blatt sich bereits wellte. Bei dem kleineren hatte es nur zu Strichen gereicht, die vom Papier auf den Tisch führten.

»Sehr schön habt ihr das gemacht«, sagte Frau Schubert ganz automatisch. »Ihr wascht jetzt eure Hände, dann dürft ihr raus.«

»Yeah!«, grölte der Große, sprang hoch und riss dabei den Plastikbecher mit Wasser um. Die Flüssigkeit schwappte über das Bild seines Bruders, der kreischend nach seinem Wasserbecher griff und ihn mit so viel Schwung über das Kunstwerk seines großen Bruders kippte, dass das meiste auf dem Tisch landete, von wo aus es auf den Fußboden lief.

»Raus mit euch!« Elvira Schubert klang, als würde sie jeden Moment platzen. Sie bestand nicht mehr auf Händewaschen, sondern riss nur die Tür zur Terrasse auf, wo Nola eine Sandkiste entdeckte, in der es vor lauter Plastikspielzeug keinen Platz zum Buddeln und Burgenbauen gab.

»Mit Hausschuhen?«, fragte der Große verwundert.

»Ja. Und jetzt raus.« Als Nächstes stopfte Frau Schubert ihr Baby rigoros in den Hochstuhl. Sie riss eine Schublade auf, holte eine Packung Butterkekse heraus und drückte der Kleinen einen halben Keks in die Hand. Dann holte sie eine Rolle Haushaltspapier aus dem Schrank, zupfte ein paar Blätter ab und presste sie in die Wasserpfützen auf und unter dem Tisch. Aufräumen schien sie zu beruhigen. »Was ist mit meinem Mann?«

Sie sagte *Mann* und nicht Lebensgefährte, und es klang angriffslustig.

»Sie wirken sehr aufgebracht«, sagte Nola vorsichtig. Beim letzten Mal hatte sie Elvira Schubert um ihr Nervenkostüm beneidet, heute schien nicht viel davon übrig geblieben zu sein. Sie kam ihr vor wie jemand, der kurz vor einer Explosion stand.

»Mein Leben ist anstrengend, das sehen Sie ja wohl. Da kann man schon mal ungehalten reagieren. Außerdem bin ich schwanger. Da fährt man manchmal aus der Haut. Die Hormone.« Sie lächelte entschuldigend. »Was kann ich also für Sie tun?«

»Moment mal. Sie sind schwanger? Hat Ihr Lebensgefährte sich nicht vor sechzehn Monaten sterilisieren lassen?«

»Ja. Das stimmt. Allerdings zählt Rüdiger zu den wenigen Männern, wo es nach der Operation zu einer spontanen Rekanalisation gekommen ist, die Samenleiter also wieder durchgängig sind. Ich glaube, die Wahrscheinlichkeit liegt bei eins zu tausend.« Sie stockte. »Jetzt möchte ich auch mal eine Frage stellen. Woher wissen Sie von Rüdigers Vasektomie?«

»Es geht um Silvana Cassjen. Wir suchen immer noch den Vater des Babys. Cord Cassjen war es nämlich nicht.« Scheiße, wie sollte sie einer schwangeren Frau beibringen, dass der Vater ihrer Kinder sie betrogen hatte? »Frau Schubert, wir haben Grund zu der Annahme, dass Ihr Lebensgefährte ein sexuelles Verhältnis mit Ihrer Nachbarin unterhielt. Über ein Prepaidhandy, von dessen Existenz Sie wahrscheinlich gar nichts wissen, standen die beiden ständig in Kontakt. Wir gehen davon aus, dass sie sich jeden Dienstag getroffen haben.«

»Nein. Ganz bestimmt nicht.« Sie nahm das nasse Haushaltspapier in die Hand und presste es so fest zusammen, dass es tropfte. »Dienstags ist mein Mann immer in Oldenburg, ein regelmäßiges Meeting aller Pharmareferenten. Rüdiger ist Gebietsmanager. Anschließend fährt er nach Papenburg zu seiner schwer kranken …« Sie zögerte kurz, sprach es dann aber aus. »Zu seiner schwer kranken Frau. Sie liegt im Wachkoma, und er fühlt sich nach wie vor für Andrea verantwortlich. Abends kommt er immer pünktlich nach Hause, sodass er den Jungs noch etwas vorlesen kann. Das ist ihm sehr wichtig.« Sie ließ ihren Blick durch die Küche gleiten. »Alles hier ist ihm wichtig, wir sind ihm wichtig, die Kinder, unsere Beziehung. Ich glaube Ihnen kein Wort.«

»Die Treffen fanden am frühen Nachmittag statt. Es gibt einen Zeugen.«

»Doch nicht etwa diesen Jungen.« Ihr Lachen klang verzweifelt. Mittlerweile hatte sie das nasse Haushaltspapier völlig zerrupft. »Diese Leute wollen doch nur Vorteil aus der Sache ziehen. Rüdiger hat mich gebeten, bei der Zeitung anzurufen und nach der Adresse zu fragen. Bei uns steht noch ein ausgemustertes Netbook rum, sein Konzern ist immer sehr großzügig mit neuen Geräten, und unsere Kinder sind noch zu klein für einen eigenen Computer. Ihm tat der Junge leid, er fand, dass er sympathisch aussieht, im Gegensatz zur Mutter. *Dem könnten wir was Gutes tun*, hat er gesagt. Das ist so seine Art. Rüdiger hat immer Angst, dass andere ihn für arrogant halten, Sie wissen schon, guter Job, dickes Auto, großes Haus, da werden viele Menschen neidisch. Die Webers zum Beispiel, ich weiß genau, was die hinter meinem Rücken über mich reden.« Sie reckte ihr Kinn nach vorn. »Wir haben drei Kinder, und er ist immer noch mit einer anderen Frau verheiratet. Na und …«

»Moment mal. Ihr Lebensgefährte kennt Dustins Adresse?« Nola hatte diese Mitteilung in Elviras Redeschwall erst jetzt erfasst.

»Ja. Aber das Netbook liegt noch hier. Ich hatte bislang keine Zeit, es bei den Leuten vorbeizubringen. Rüdiger wollte das gar nicht selbst machen.« Elvira Schubert schluckte. »Das, was Sie hier andeuten, ist völlig absurd. Rüdiger liebt Kinder über alles. Er wäre gar nicht in der Lage, diesem Jungen etwas anzutun.« Wütend hob sie den Kopf, ihre Augen sprühten vor Zorn. »Das wollten Sie mir doch gerade mitteilen, dass Rüdiger die Adresse braucht, um einen lästigen Zeugen aus dem Weg zu räumen, richtig?« Sie lachte affektiert. »Selbst wenn es so wäre, und ich möchte betonen, dass das für mich außerhalb jeder Vorstellungskraft liegt, dann würde mein Mann sich doch nicht offiziell nach der Adresse des Jungen erkundigen. Das wäre doch idiotisch.«

»Das kommt darauf an, wie verzweifelt er ist«, sagte Nola leise. »Schlimmstenfalls kommen Gewalttäter auf die Idee, mögliche Zeugen auszuschalten. Verdeckungstat nennen wir das. In jedem Fall wäre es sehr schlau, eine Frau anrufen zu lassen, um die Adresse des Jungen zu erfahren. Das wirkt sehr viel unverdächtiger, wie Sie zugeben müssen.«

»Das Netbook liegt noch oben in seinem Zimmer, haben Sie mir nicht zugehört?«

»Schon gut«, sagte Nola beschwichtigend.

Elvira Schubert schwieg, ihre Augen waren auf die kleine Neele gerichtet, die mit Hingabe an ihrem Keks lutschte.

Nolas Handy klingelte. Renke.

Die Polizei hatte Margit verhaftet, sie stand unter dem dringenden Verdacht, sowohl Cord als auch Erich umgebracht zu haben. Die Beweise sollten erdrückend sein. Das Allerschrecklichste für Tineke war, dass sie ihrer Tante diese Morde durchaus zutraute. Kurz nachdem die Nachricht ihre Runde im Dorf gemacht hatte, stand Tinekes Mutter vor der Tür. »Wenn du hier alles übernimmst, könnten wir uns ja schon mal nach einem anständigen Haus umgucken. Du ziehst natürlich bei Margit ein. Warum sollte das Haus jahrelang leer stehen? Davon wird es auch nicht besser.« Es hatte Tineke einige Anstrengung gekostet, ihre Mutter aus der Tür zu komplimentieren.

Ihr Handy bimmelte, die Nummer war ihr fremd. Am liebsten hätte sie gar nicht abgenommen. »Tineke Veenstra.«

»Hallo, Tineke, hier ist Hagen Abels.« Alexanders Vater. Er räusperte sich, fand wohl nicht den richtigen Anfang für die Worte, die er sich vorher überlegt hatte. So ging es zurzeit den meisten Menschen, die sie traf. Niemand wagte es, sie auf die schrecklichen Dinge, die um sie herum passierten, anzusprechen. Tineke wusste auch nicht, wie sie da helfen sollte. Sie konnte nur schweigen und warten.

»Tineke, zu deiner persönlichen Tragödie will ich gar nicht viel sagen, da fehlen mir wirklich die Worte. Es tut mir wahnsinnig leid. Ich hoffe, du verstehst, dass ich die Verteidigung deiner Tante ablehnen musste. Wenn du allerdings Unterstützung brauchst...« Was er für diesen Fall anbot, sprach er nicht aus. Vielmehr wurde seine Stimme plötzlich geschäftsmäßig. »Ist Alexander bei dir?«

»Nein. Ich habe ihn seit dreizehn Tagen nicht gesehen.« Sie hatte wirklich und wahrhaftig die Tage mitgezählt.

»Oh, das ist ja seltsam. Ich bin davon ausgegangen, dass er seinen Urlaub bei dir verbringt.«

Darauf erwiderte Tineke nichts. Sie verspürte nicht die

geringste Lust, ihre Beziehungsprobleme ausgerechnet mit Alexanders Vater zu diskutieren.

»Also nicht. Hm.« Er ließ eine kleine Pause, hoffte wohl, dass Tineke etwas sagen würde. Aber was? Sie wusste es nicht.

»Weißt du, da ist etwas Merkwürdiges passiert, und ich frage mich, was das bedeutet. Alexander war seit letztem Montag nicht mehr in der Kanzlei, fast zwei Wochen, angeblich brauchte er mal Urlaub. Heute Morgen sollte er eigentlich vor Gericht stehen, eine eminent wichtige Strafsache. Um es kurz zu machen: Mein Sohn hat sich eine Stunde vorher bei meiner Sekretärin krankgemeldet.« Die Art, wie er *mein Sohn* aussprach, machte überdeutlich, wie sehr er sich über Alexander ärgerte, was Tineke gut verstehen konnte. »Wir mussten die Verhandlung absagen. Eine peinliche Angelegenheit, wie du dir sicher vorstellen kannst. Zu Hause ist er nicht, hat diese Ira gesagt. Wenn ich ihn anrufe, nimmt er gar nicht erst ab, oder er drückt mich weg. Ich weiß, du hast jetzt andere Dinge im Kopf. Aber könntest du mir erklären, was da los ist?«

»Tut mir leid, dazu kann ich nichts sagen«, flüsterte sie heiser. »Ich hab ihn weder gesehen noch gesprochen.«

Sein »Oh« klang so überrascht, dass sie sich genötigt sah, eine Erklärung hinterherzuschieben und von einer vorübergehenden Krise zu reden. Sie versprach, sich zu melden, sobald sie etwas hörte. Nach dem, was Hagen Abels gerade gesagt hatte, war Alexander seit ihrem letzten Beisammensein nicht mehr in der Kanzlei erschienen, dabei hatte er behauptet, in Arbeit zu ersticken. *Zu viel Input, tausend Dinge, die ich entscheiden muss.* Alles gelogen.

Interessiert mich nicht, dachte sie trotzig. *Ich habe genug eigene Probleme.*

Nola beendete das Telefonat. »Dustin ist verschwunden. Der Junge, dem Sie ein Netbook bringen wollten. Seit zwei Stunden. Er wurde nach der Schule entführt. Ein Zeuge hat einen schwarzen Wagen gesehen, einen BMW mit Sportauspuff.«

»Wissen Sie, wie viele BMWs mit Sportauspuff es gibt?«, warf Elvira Schubert trotzig ein. »Das ist doch kein Beweis.«

»Nein. Aber ein weiteres Puzzlesteinchen, das zu den anderen passt. Das Kennzeichen des Wagens endet auf die Ziffern eins und fünf, genau wie bei Ihrem Lebensgefährten. Meine Kollegen haben versucht, ihn über sein Handy zu erreichen, vergeblich. Wir können das Handy nicht mal orten. Er hat es ausgestellt und den Akku entfernt. Das macht man nicht ohne Grund, Frau Schubert. Bei seinem Arbeitgeber heißt es, er hätte sich freigenommen, weil eines seiner Kinder krank ist.«

Wortlos stand Elvira Schubert auf. Sie ging mit zögernden Schritten zur Terrassentür, öffnete sie und rief: »Ihr sollt euch nicht mit Sand bewerfen, wie oft soll ich das noch sagen? Julian, hör auf, sonst musst du auf die Treppe.«

Das, was die Jungen erwiderten, konnte Nola nicht verstehen. Sie versuchte, Neeles Aufmerksamkeit auf sich zu richten, indem sie die Kleine anlächelte und mit den Augen zwinkerte. Neele fand ihren Keks allerdings interessanter als die fremde Frau, die so komische Grimassen zog.

Elvira Schubert schloss die Tür, drehte sich um und schüttelte den Kopf. »Ich will das nicht glauben.«

»Kann ich verstehen«, versicherte Nola leise. »Aber ...«

»Ich hab schon kapiert, was Sie mir da mitteilen wollen. Er arbeitet nicht, und wie Sie sehen, sind die Kinder kerngesund. Selbst habe ich auch schon versucht, ihn zu erreichen, vergeblich.« Sie stützte sich mit beiden Händen auf den Küchentisch und ließ sich ganz langsam auf einen Stuhl sacken. »Er ist so komisch in letzter Zeit. So nachdenklich. Gestern wollte er unbedingt Neele ins Bett bringen, das macht er sonst nie. Fast eine Stunde ist er in ihrem Zimmer geblieben und hat hinterher gemeint, sie sähe so hübsch aus im Schlaf, genau wie ich.« Sie zog die Unterlippe zwischen die Zähne und ließ sie langsam wieder rausrutschen. »Nein«, sagte sie dann. »Niemals. Rüdiger könnte keinem Kind etwas zuleide tun.«

»Wo könnte er sein?«, fragte Nola eindringlich. »Frau Schubert, das ist wirklich wichtig. Unter Umständen können Sie das Leben eines Kindes retten.«

»Ich weiß es nicht!«, fuhr sie auf. »Wenn das, was Sie da behaupten, stimmt, kenne ich den Mann, von dem ich gerade das vierte Kind erwarte, gar nicht. Woher soll ich wissen, wie er in so einer Situation reagieren würde?«

»Ein Ferienhaus, ein Boot, ein Wohnwagen«, schlug Nola vor.

»Besitzen wir nicht. Aber...« Sie seufzte schwer. »Andrea, also seiner Frau, gehört ein kleines Wochenendhaus in der Nähe von Oldenburg. In Sandhatten, mitten im Wald, sie hat es von ihren Eltern geerbt. Ich kenne es, weil wir uns früher dort getroffen haben, bevor er Andrea verlassen hat.« Sie wurde rot. »Ich weiß, was Sie jetzt denken. Aber das stimmt nicht, er ist kein Frauenheld. Rüdiger und ich, das ist etwas ganz Besonderes. Wir wollen beide dasselbe vom Leben, eine große, glückliche Familie. Rüdiger ist die Liebe meines Lebens, egal, wie abgedroschen das auch klingen mag. Und er liebt mich genauso, das weiß ich, so etwas spürt man. Wenn da was mit Silvana war, ist es von ihr ausgegangen, nicht von ihm.«

Nola verzichtete auf eine Erwiderung. Inzwischen tat

die Frau ihr nur noch leid. Die Erwähnung des Ortes Sandhatten ließ alle Alarmleuchten in ihrem Kopf rot aufglühen lassen. »Könnten Sie mir beschreiben, wie ich zu dem Ferienhaus komme?«

Während Elvira Schubert den Weg auf einen Zettel malte, kamen ihr die Tränen. »Da, wo alles angefangen hat, darf es nicht enden, oder?«

»Hoffentlich nicht«, sagte Nola und drückte ihre Hand. »Gibt es jemand, der sich um Sie kümmern kann?«

»Nein, ich habe ja meine Kinder. Da bleibt mir gar keine Zeit zum Nachdenken. Bekomme ich Bescheid, wenn Sie ihn ...«

»Ja. Und sollte er hier auftauchen, möchte ich Sie dringend bitten, mich unverzüglich anzurufen.« Nola spürte, dass Frau Schubert ihre Visitenkarte am liebsten gar nicht angenommen hätte. »Dustin hat auch eine Mutter, die sich um ihn sorgt, leider sehr zu Recht. Bitte vergessen Sie das nicht.«

Es gab keine wirklich guten Menschen auf dieser Welt, bloß B-Ware mit kleinen oder größeren Fehlern. Margit hatte Cord und Erich ermordet. Tinekes Mutter konnte es gar nicht erwarten, Margits Geld zu verprassen. Silvana, die überhaupt nichts mit Cords Tod zu tun hatte, war immer noch spurlos verschwunden und mit ihr das Baby. Alexander war ebenfalls weg.

Plötzlich schien es ganz logisch, dass Silvana und Alexander ein Paar waren. Tineke stellte sich die beiden vor, Arm in Arm, und es tat höllisch weh. Silvana musste bei Alexander sein, in seiner WG. Wegen ihrer Psychose konnte er sie nicht allein lassen, deshalb ging er nicht mehr in die Kanzlei. Tineke fiel das Schluchzen im Hintergrund ein, bei ihrem vorletzten Telefonat. Alexander war mitten in der Nacht zu ihr gekommen, um ihr eine Lügengeschichte aufzutischen. Nicht Ira war bei ihm gewesen, sondern Silvana. Vermutlich hatten die beiden sich längst abgesetzt, mit ihrem gemeinsamen Baby. *Ein Mann mit Prinzipien,* hatte Silvana ihn genannt. Welche sollten das wohl sein?

Margit hatte ihr über einen Anwalt die Leitung der Firma angeboten, und Tineke hatte um Bedenkzeit gebeten, obwohl ihr klar war, dass sie annehmen würde. Irgendwer musste das *Spirituosenwerk Cornelius C. Cassjen* schließlich weiterführen. Aber sie würde nicht in Margits Haus einziehen. Am besten suchte sie etwas Hübsches in Leer, vielleicht auf der Nesse, eine Wohnung mit Blick auf den Hafen, als Geschäftsführerin konnte sie sich das ja leisten.

»Ich mach heute früher Feierabend«, rief sie ihrer liebsten Kollegin zu, die ihren eigenen Platz einnehmen sollte, sobald sie in Margits Büro umgezogen war.

Nola fuhr direkt zum Revier Martinsfehn. Von dort aus ging es mit Renke und Jens Stiller weiter Richtung Sandhatten. Während der Fahrt organisierte sie telefonisch Verstärkung. Blaulicht und Martinshorn sorgten dafür, dass sie permanent die linke Spur benutzen konnten, und Renke holte aus dem Wagen alles raus, was der Motor hergab.

Sie sprachen kaum ein Wort, Renke musste sich auf das Fahren konzentrieren. Als sie den Rand des Naherholungsgebietes erreichten, schaltete er sowohl das Blaulicht als auch das Martinshorn ab. Auf keinen Fall wollten sie Rüdiger Lienemann vorwarnen und damit eine Stressreaktion auslösen.

Hier draußen gab es keine Straßennamen, nur mehr oder weniger gut befestigte Wege, die einzig von Anwohnern befahren werden durften, wie selbst gemalte Schilder verkündeten. Sie mussten sich auf die Angaben von Elvira Schubert verlassen.

Nola hatte gar nicht gewusst, dass so viele Leute ein Wochenendhaus mitten im Wald ihr Eigen nennen durften. »An dem blauen Briefkasten links«, las sie von ihrem Zettel ab, und Renke nickte. »Wenn ihre Angabe stimmt, sind es von hier aus noch zweihundert Meter. Wir sollten zu Fuß gehen, oder?«

Sie stellten den Wagen vor die Einfahrt eines Hauses, bei dem alle Läden geschlossen waren, und schlugen sich neben dem Weg in die Büsche. Falls Rüdiger Lienemann die einzige Zuwegung im Blick behielt, sollte er sie nicht sehen. Einmal blieb Nola an einer Baumwurzel hängen, sie stolperte, landete auf den Knien, und Renke half ihr wieder hoch. Wenige Meter später blieb er stehen. »Da ist es.«

Die Holzhütte sah aus, als hätte sie dringend einen neuen Anstrich nötig. Die Holzläden vor den Fenstern waren mit Vorhängeschlössern gesichert. Kein Auto.

»Mist«, flüsterte Nola. »Wir sind zu spät. Oder wir haben uns geirrt.«

Alexanders BMW parkte an der Straße, er musste also zu Hause sein. Wollte sie wirklich mit ihm reden, hören, dass er längst mit einer anderen glücklich war, dass er gerade sein neues Leben mit ihr aufbaute? Wild entschlossen drückte Tineke auf den Klingelknopf. Zuerst öffnete niemand, und sie fragte sich, warum sie nach vierzehn Monaten Beziehung keinen Schlüssel für Alexanders Wohnung besaß und warum ihr das nie seltsam vorgekommen war. Dann schwang die Tür auf, und Ira ließ sie herein. Ihr schwarzes Haar war zu einem dicken Zopf geflochten, den sie zu einer Art Krone aufgesteckt hatte.

»Hey.« Mehr sagte sie nicht, aber sie machte einen

Schritt beiseite, keinen normalen Schritt, sondern eine anmutige Tanzbewegung, damit Tineke eintreten konnte. »Keine Ahnung, ob Alexander da ist, ich hab ihn heute noch nicht gesehen.«

Tineke fragte sich, ob Ira so lügen konnte, wie sie sich bewegte, geschmeidig und ohne jedes Zögern. Die Antwort würde sie gleich erfahren.

Ohne zu klopfen, öffnete sie seine Zimmertür. Alexander lag im Bett, auf dem Rücken und mit offenen Augen. Sie sah auf einen Blick, dass er sich seit Tagen nicht rasiert hatte, vielleicht auch nicht geduscht, denn es roch ziemlich streng in dem kleinen Raum mit den zugezogenen Gardinen. Vor allem aber war er allein. »Wo kommst du denn her?«, fragte er erschrocken.

»Warum liegst du im Bett? Solltest du nicht heute Morgen vor Gericht stehen? Was ist los?« Als er sich einfach zur Wand drehte, wortlos, redete sie weiter. »Dein Vater hat mich angerufen. Er wollte wissen, wo du bist. Ira hat dich am Telefon verleugnet. Warum?«

Mit einem Ruck drehte er sich zurück. »Ach, Bienchen, wenn du wüsstest…« Er lachte, und es klang verzweifelt.

Am liebsten wäre sie davongelaufen. Vierzehn Monate lang hatte sie ein Phantom geliebt, einen Mann, der gar nicht zu existieren schien. Nichts war so, wie es schien. Wie Alice im Wunderland war sie in ein Loch gefallen und in einer völlig absurden Welt gelandet, in einer Welt, wo eins und eins nicht mehr zwangsläufig zwei ergaben. Ihr Leben entpuppte sich als ein Kartenhaus, das gerade einstürzte.

»Was ist los?«, fragte sie erneut, und es war ihr egal, dass ihre Stimme sich klein und jämmerlich anhörte. Sie fühlte sich klein und jämmerlich, warum sollte sie das verbergen. »Hat es mit Silvana zu tun? Ist es das, was du mir nicht sagen kannst? Du und Silvana?«

»Silvana?« Alexander seufzte schwer, dann richtete er sich stöhnend auf, schlug die Decke beiseite und setzte sich breitbeinig auf die Bettkante. Er trug nur Boxershorts, und sie fragte sich, wie oft Ira ihn schon so gesehen hatte, Ira oder Silvana, wahrscheinlich schon tausendmal häufiger als sie selbst, die geglaubt hatte, Alexanders Freundin zu sein. Aber welche Rolle spielte das noch? Sie war gekommen, um die Wahrheit zu hören, und danach würde sie gehen, für immer, und sich in drei Wochen mit einem unattraktiven Werbegrafiker treffen, weil sie es tröstlich fand, dass sich überhaupt noch jemand für sie interessierte.

Alexanders Hände zitterten, als er nach einer Schachtel Zigaretten griff, die auf dem Nachttisch lag, neben einem Feuerzeug und einem überfüllten Aschenbecher. Vor einem Jahr hatte er mit dem Rauchen aufgehört, um seine Kondition zu steigern. Ein Ausdauersportler benötigt das größtmögliche Lungenvolumen, hatte er erklärt. Er hatte versäumt, ihr mitzuteilen, dass sich das geändert hatte. Er rauchte also wieder. Vielleicht brauchte er die Zigarette »danach«, wenn er mit Silvana geschlafen hatte.

Er nahm einen tiefen Zug, dann noch einen, und als er ihren entgeisterten Gesichtsausdruck bemerkte, drückte er die Zigarette hastig wieder aus. »Entschuldige. Du magst das nicht, ich weiß.«

Ist doch nicht mehr wichtig, wollte sie sagen, aber sie konnte ihre Lippen nicht mehr bewegen.

»Ich bin nicht der Mann, für den du mich hältst. Ich habe dich angelogen, schon eine ganze Weile, und es tut mir unendlich leid.«

Als sie näher kamen, entdeckten sie hinter der Hütte den Wagen, eine schwarze BMW-Limousine 530i mit Sportauspuff und dem Kennzeichen LER-RL 515. Sie hatten Rüdiger Lienemann gefunden.

Jens wollte gleich losstürmen, doch Renke hielt ihn zurück. »Lass uns erst überlegen, wie wir vorgehen. Wenn wir anklopfen, könnte ihn das in Panik versetzen und zu einer Kurzschlusshandlung verleiten. Wir sollten auf die Verstärkung aus Oldenburg warten. Das kann nicht mehr lange dauern.«

»Und was, wenn er in genau dieser Sekunde dabei ist, Dustin zu töten?«, warf Nola ein, die am liebsten auf der Stelle losgestürmt wäre. »Meiner Ansicht nach wird Lienemann versuchen, pünktlich zu Hause zu sein, so als wäre alles wie immer. Dann bleibt ihm nicht mehr viel Zeit. Es ist halb sechs, und er braucht eine knappe Stunde für den Heimweg.«

»Fünfundvierzig Minuten«, murmelte Jens. »Das Ding fährt zweihundertfünfzig Stundenkilometer Spitze.«

Renke winkte ab. »Das müssen die Verkehrsverhältnisse erst mal zulassen. Lasst uns näher rangehen, vielleicht kann man irgendwas erkennen.«

In diesem Moment öffnete sich die Tür. Rüdiger Lienemann kam heraus, und er trug den leblosen Jungen auf dem Arm. Am schrecklichsten fand Nola die Arme des Kindes, die hin und her pendelten, als wäre er eine Puppe.

Tineke war überhaupt nicht mehr sicher, ob sie Alexanders Geständnis hören wollte. Aber woher sollte sie die Kraft nehmen, sich umzudrehen und das Zimmer zu verlassen? Sie fühlte sich wie gelähmt, hilflos, ausgeliefert. Mit weit aufgerissenen Augen stand sie da, bereit, sich von seinen Worten schlagen zu lassen.

»Ich…« Er zögerte und griff erneut nach einer Zigarette, die er ansteckte und gierig rauchte. »Ich habe viele Menschen enttäuscht, aber die anderen sind mir egal. Du bist die Einzige, die zählt, und du wünschst dir einen Rechtsanwalt, einen Mann, der dir ebenbürtig ist, einen Macher.« Sein Mund verzog sich zu einem traurigen Lächeln. »Das hast du auch verdient, Bienchen. Eine Frau, die ihr Studium als Jahrgangsbeste abgeschlossen hat und die eines Tages eine große, gut gehende Firma übernehmen wird. Aber ich bin nicht dieser Mann. Ich bin Alexander, der sich mit viel Mühe durch das Jurastudium quälen musste, weil sein Vater es von ihm verlangt hat. Der in die verdammte Kanzlei eingetreten ist, obwohl er das alles verabscheut, der jetzt affige Anzüge trägt, eine völlig beknackte Frisur und vor Gericht Leute verteidigt, die er am liebsten in den Arsch treten würde. Ich bin eine einzige Illusion, und ich halte das nicht länger aus. Ich bin kein Anwalt. Ich hasse das, was ich tue, und ich hasse mich, weil ich mich selbst verleugne. Weißt du, was ich machen möchte? Etwas Stinknormales, total Spießiges, keine Ahnung, was das sein könnte. Ich wünsche mir Kinder, ein Häuschen im Grünen und ein Familienleben, das diesen Namen verdient. Und Zeit, ganz viel Zeit.« Er stand auf und kam langsam auf sie zu. »Ich wollte dir das schon ganz lange sagen, aber ich hab mich nicht getraut. An dem Wochenende, du weißt schon, da bin ich abends noch zu dir gefahren. Ich wollte endlich alles gestehen. Aber du warst nicht da, und je länger ich gewartet habe, umso klarer wurde mir, dass ich es nicht kann. Ich bin dann wieder gefahren.«

»…und hast die Terrassentür nicht geschlossen«, flüsterte Tineke.

»Tatsächlich? Kann sein, ich hab auf der Terrasse geraucht. Tut mir leid.«

Bestimmt wunderte er sich, dass Tineke lachte, einfach nur lachte, dass sie sich in seine Arme warf und lachte und gleichzeitig weinte, ihn Idiot nannte und Liebster und wieder Idiot. Als er sie fragte, ob sie sich vorstellen könnte, mit ihm etwas Neues zu beginnen, ganz weit weg, merkte sie erst, wie sehr sie sich wünschte, dass ihr jemand die Last dieser verdammten Firma von den Schultern nahm.

Als Renke ihn aufforderte, den Jungen auf den Boden zu legen, hob Rüdiger Lienemann den Kopf. Sein Gesicht war tränenverschmiert, und es fiel Nola schwer, den smarten Pharmareferenten zu erkennen.

Beim Anblick der Polizisten lächelte er schwach, und Nola fand, dass er erleichtert wirkte. Er ließ sich auf die Knie sinken und bettete den Jungen behutsam auf den Boden, der übersät war mit braunen Tannennadeln, die einen herben Geruch verströmten.

»Ich habe ihm eine Überdosis Diazepam gegeben. Er atmet noch, aber der Puls ist schon bedrohlich abgefallen. Rufen Sie den Notarzt, er braucht dringend ein Antidot und wahrscheinlich vorübergehend eine künstliche Beatmung. Bitte schnell, es kommt auf jede Minute an.«

»Ich übernehme das.« Nola versuchte gar nicht erst zu verstehen, weshalb man auf die Idee kommen konnte, ein Kind zu töten, um es im nächsten Augenblick unbedingt retten zu wollen. Während sie telefonierte, drehten die Männer Dustin auf die Seite, er sah ganz grau aus, und seine Atmung ließ sich kaum noch ertasten, genau wie sein Puls. Hoffentlich schaffte der Notarzt es rechtzeitig.

Jens wollte dem Mann Handschellen anlegen, doch Renke winkte ab. »Später.«

Rüdiger Lienemann machte nicht den Eindruck, als ob

er fliehen wollte. Die ganze Zeit murmelte er vor sich hin: »Ich wollte das alles doch gar nicht.«

»Sie wollten es nicht, haben es trotzdem getan.« Es gelang Nola nicht, Mitleid zu empfinden.

»Ja. Um meine Familie zu schützen.«

»Wo finden wir Silvana Cassjen und das Baby?«

Zu einer Antwort kam es nicht mehr, weil Renke plötzlich aufschrie. Bei dem Jungen hatte die Atmung ausgesetzt.

Schnell drehte Lienemann das Kind auf den Rücken, er griff an die Stirn und legte Dustins Kopf in den Nacken, dann hielt er ihm die Nase zu, presste seine Lippen auf den Mund und blies Atemluft ein, dabei prüfte er mit der linken Hand, ob der Thorax sich hob. Nola kannte das alles aus der Theorie, zweimal Atemspende, dreißigmal Herzmassage, aber sie hatte ihr Wissen noch nie in der Praxis anwenden müssen und war heilfroh, dass Lienemann so beherzt handelte. Nach drei Minuten übernahm Renke die Atemspende, nach weiteren drei Minuten Jens, dann folgte wieder Rüdiger Lienemann. Der Junge sah blass aus, aber nicht zyanotisch, und Nola hoffte, dass er das alles ohne Schaden überstehen würde.

Als der Notarzt eintraf, die siebzehn Minuten kamen Nola wie Stunden vor, wurde es hektisch. Jemand rief: »Sofort intubieren! Schnell!« Ein anderer riss irgendwelche Verpackungen auf, ein Dritter legte eine Infusion an. Fünf Minuten später sorgte ein transportables Beatmungsgerät dafür, dass der Junge mit Sauerstoff versorgt wurde. Der Notarzt hatte das Medikament gespritzt, das Lienemann ihm genannt hatte, und ein kleiner Monitor dokumentierte, dass der Herzschlag des Kindes sich langsam normalisierte.

Jens hatte Rüdiger Lienemann inzwischen Handschellen

angelegt. Nola fand, dass er unnötig grob dabei vorgegangen war, doch sie konnte ihn verstehen. Dieser Mann hatte gerade versucht, ein neunjähriges Kind zu töten. Endlich konnte sie ihre Frage wiederholen. »Wo finden wir Silvana Cassjen und ihr Baby?«

Sie bekam keine Antwort. Nachdem er sich so engagiert an der Rettung des Kindes beteiligt hatte, hüllte Rüdiger Lienemann sich in beharrliches Schweigen.

Der Leichenspürhund schlug schon nach kurzer Zeit an. Ein paar Beamte nahmen die Holzdielen der Außenterrasse hoch. Dann trugen sie vorsichtig die Erde ab. Renke hoffte schon, dass der Hund sich geirrt hatte, dann aber schimmerte etwas Helles in dem dunklen Boden, so leuchtend weiß, dass es nicht unter die Erde gehören konnte. Sein Mund wurde trocken, und die Haut schien sich über seinen Knochen zu straffen.

Niemand sagte etwas. Die Kollegen räumten die Erde jetzt noch behutsamer beiseite. Nach und nach legten sie eine zusammengerollte Bettdecke frei, weiß und hellblau gestreift mit aufgedruckten Teddybären.

Renke kniete sich hin. Er musste sich zwingen, den Blick nicht abzuwenden, als jemand die Decke an einer Seite auseinanderzupfte, weil er ahnte, eigentlich sogar wusste, was die Decke enthielt. Nola wusste es ebenfalls, sie stöhnte leise und ging ein paar Schritte zurück, als ließe sich so etwas Schreckliches aus der Ferne besser ertragen.

Sie hatten Caspar Cornelius Cassjen gefunden, und sie waren zu spät gekommen. Viel zu spät.

Nachdem alles fotografisch dokumentiert war, wickelte Stefan vorsichtig die Decke auseinander. Jemand hatte den Kleinen hübsch angezogen und ihm ein Büschel weißer

Blütenstängel in die winzigen Hände gedrückt, Salomonsiegel, wenn Renke sich nicht sehr täuschte, der wuchs hier überall. Zusammen mit dem toten Kind hatte dieser Jemand eine Spieluhr in Form eines Mondes und ein weißes Lamm aus Teddystoff in die Decke gewickelt und begraben.

Es sah aus, als wäre der Kleine noch gar nicht lange tot. Aber Renke war bekannt, dass die Verwesung unter der Erde erheblich langsamer voranschritt als an der frischen Luft, bis zu achtmal langsamer, wenn er sich recht entsann. Es hing mit der gleichmäßig kühlen Temperatur und dem Ausschluss von Sauerstoff zusammen. Zudem hatte die Decke, die vermutlich synthetische Fasern enthielt und an den Kanten sorgfältig nach innen geschlagen war, verhindert, dass sich Insekten in den toten Körper fressen konnten. Doch die Bestimmung des Todeszeitpunkts war die Sache des Rechtsmediziners.

Hinter Renke putzte Nola sich die Nase, laut und sehr energisch, ein Zeichen dafür, dass sie mit den Tränen kämpfte. Wenn er sich jetzt umdrehte und sie ansprach, würde sie die Fassung verlieren, und ihm war klar, dass ihr das nicht gefallen würde. Also schaute er stur auf das tote Baby.

Soweit er das beurteilen konnte, ohne den Kleinen auszuziehen, gab es keinerlei äußere Verletzungen an dem Säugling. Möglicherweise hatte Silvana Cassjen ihn im Schlaf erstickt.

Zögernd kam Nola näher, sie ging neben ihm in die Hocke und fuhr mit dem Zeigefinger der rechten Hand über das Gesicht des Kleinen. Für einen Moment sah sie aus, als wollte sie doch noch in Tränen ausbrechen, aber gleich hatte sie sich wieder in der Gewalt. »Das war seine Mutter, oder?« Ihre Stimme klang ein klein weniger dunkler als gewöhnlich. Am liebsten hätte er sie jetzt in den Arm genommen und ihr ins Ohr geflüstert, dass sie sich keine Vorwürfe machen dürfte.

»Oder sein Vater«, sagte er stattdessen leise. »Oder beide zusammen.«

Eine Weile dachte sie über seine Worte nach. »Ja, das könnte ich mir auch vorstellen. Dass sie so eine Art Zeremonie daraus gemacht haben. Eine Bestattung für ihr gemeinsames Kind, weil keine Möglichkeit bestand, ihn offiziell zu beerdigen. Vielleicht ist er ja eines natürlichen Todes gestorben.«

Ja, dachte er, *das hättest du gern, Nola.* Renke glaubte das nicht eine Sekunde. Er war überzeugt, dass einer der beiden das Kind getötet hatte. Silvana, da war er fast sicher.

Offensichtlich fiel es Nola schwer, sich vom Anblick des Kleinen zu lösen, er musste sie am Handgelenk hochziehen. »Komm, das reicht. Du hast genug gesehen. Wir sollten uns lieber Gedanken machen, wo die Frau abgeblieben ist.«

Loriot, der auf Leichengeruch konditionierte Riesenschnauzer, meldete keinen weiteren Fund. Im Innenraum des BMWs schlug er ebenso wenig an wie im Kofferraum, was nicht bedeuten musste, dass in dem Wagen keine Leiche transportiert wurde, wie der Hundeführer geduldig erklärte, während er den schwarzen Kopf seines vierbeinigen Kollegen tätschelte. »Eine Leiche, die nicht blutet, müsste mindestens vier Stunden in dem Wagen gelegen haben. Der Hund nimmt nämlich den Geruch wahr, der beim Verwesungsprozess entsteht.«

Nola starrte auf den Boden und trat von einem Fuß auf den anderen, als ginge das alles hier sie nichts an. Renke erinnerte sich an ihr strahlendes Lächeln, als sie an dem Baggersee den blauen Schnuller gefunden hatte, der scheinbare Beweis, dass der kleine Caspar noch lebte.

»Wir müssen das ganze Gebiet absuchen lassen. Morgen«, sagte er leise, und sie nickte mechanisch, sagte aber kein Wort.

Als Nola nach Hause kam, dekorierte ihre Nachbarin Liliane gerade die Schaufenster ihres Handarbeitsgeschäfts neu. Vor einem weißen Liegestuhl mit blauem Bezug aus Segeltuch türmte sie Wollknäuel in allen erdenklichen Blauabstufungen auf, Sommer pur. Bei Nolas Anblick ließ sie den türkisblauen Garnstrang, den sie gerade in der Hand hielt, fallen. Sie kletterte rückwärts aus der Dekoration und öffnete die Ladentür. »Wie siehst du denn aus? Ist was passiert?«

Nola berichtete von dem Fund des toten Babys. Die ganze Zeit war es ihr gelungen, sich zusammenzureißen, doch jetzt brachen alle Dämme, und sie konnte die Tränen nicht mehr zurückhalten. »Ich hab wirklich gedacht, dass er noch lebt«, schluchzte sie. »Dabei war er schon die ganze Zeit tot.«

»Oh nein. Du Arme. Weißt du was, du kommst jetzt mit zu mir. Ich koche uns was Schönes, wir trinken ein Glas Wein, heulen 'ne Runde zusammen, und du schläfst in meinem Gästezimmer. So lasse ich dich auf gar keinen Fall allein.« Mit beiden Armen zog sie Nola an ihren weichen Busen, wo es angenehm nach Sandelholz duftete. »Überleg nicht lange, das machen wir so. Ich warte hier, und du holst schnell ein Nachthemd und das, was du morgen früh im Bad brauchst.«

Nolas erster Weg führte ins Wohnzimmer, sie öffnete die oberste Schublade der Kommode, holte die Babyschuhe und den Schnuller heraus und legte sie auf ihren Schreibtisch. »Es tut mir leid«, schluchzte sie. »Ich konnte dich nicht rechtzeitig finden…« Heulend stopfte sie Zahnbürste, Zahnpasta und Schlafsachen in eine Baumwolltasche und verließ mit hängendem Kopf das Haus. Gut, dass sie jetzt nicht allein sein musste.

Während ihre Nachbarin Nudeln kochte und dazu eine Soße aus Joghurt, Mohn, Kirschtomaten und herrlich duftenden Kräutern zubereitete, redete Nola sich alles von der Seele. Sie war enttäuscht von sich selbst, wusste aber nicht, was sie hätte besser machen können.

Um Viertel vor zehn, sie hatten die köstlichen Nudeln gegessen und gerade die zweite Flasche Wein geöffnet, klingelte Nolas Handy. Zuerst wollte sie gar nicht rangehen. »Auch eine Polizistin hat mal Feierabend!«, erklärte sie mit erhobenem Zeigefinger, aber weil der Anrufer nicht aufgab, schaute sie schließlich doch auf das Display. Renke.

»Hey, ich steh vor deiner Haustür. Dein Auto ist da, aber du machst nicht auf. Muss ich mir Sorgen machen?«

»Ich bin bei meiner Nachbarin, die ist ganz lieb zu mir und bemuttert mich. Morgen ist alles wieder gut. Versprochen!«

»Okay. Dann bin ich beruhigt. Grüß sie schön von mir, sie soll gut auf dich aufpassen. Schlaf schön, Nola van Heerden.«

Als Nola es endlich geschafft hatte, sich aus der Wolldecke zu wickeln und zur Haustür zu laufen, sah sie nur noch die Rückleuchten von Renkes Audi. Sie wollte gerade wieder ins Haus gehen, als sie Bremsen quietschen hörte und der Wagen mit Vollgas zurückpreschte. Renke setzte den Audi in die letzte freie Parklücke, sprang heraus und nahm sie wortlos in die Arme. »Ich würde dich viel lieber selbst trösten«, flüsterte er in ihr Ohr. »Darf ich?«

Liliane, die die Aktion verfolgt hatte, drückte Nola die Tasche mit den Übernachtungsutensilien in die Hand. »Sieht gar nicht mal so übel aus, dein Polizist«, raunte sie ihr zu. »Ich glaub, heute bin ich nicht mehr gefragt.«

Und dann standen sie allein vor Nolas Haus, und sie war so aufgeregt, dass der Schlüssel aus ihren zittrigen Händen rutschte und Renke, der ganz ruhig war, ihn aufhob und ins Schloss steckte. Im Flur nahm er sie einfach in den Arm, flüsterte, dass sie alles richtig gemacht hätte, und gleich kamen ihr wieder die Tränen. Er hörte sich geduldig ihre Selbstvorwürfe an und streichelte dabei über ihren Rücken. »Du musst dir überhaupt nichts vorwerfen. Immerhin hast du heute einem neunjährigen Jungen das Leben gerettet, schon vergessen?« Er hauchte einen Kuss auf ihre Schläfe und hielt sie fest, bis die Tränen versiegt waren. Dann verkündete er, noch nichts gegessen zu haben, inspizierte mit der größten Selbstverständlichkeit zuerst ihren Kühlschrank, dann ihr Weinregal und erklärte, dass sie mal vernünftig einkaufen müsste. Einen Mann könnte sie von ihren Vorräten nicht ernähren. Er riss eine Blisterpackung Schnittkäse auf und verteilte die Hälfte des Inhalts auf der letzten Scheibe Schwarzbrot, die er mit wenigen Bissen verschlang. Als Nächstes fragte er nach einem Flaschenöffner und zwei Gläsern.

»Ich sollte besser nichts mehr trinken«, murmelte Nola, die das Gefühl hatte, dass sich alles in ihrem Kopf drehte, ganz langsam und durchaus angenehm.

Renke lachte nur und entschied sich für den Grauburgunder. »Ein Glas schaffst du schon noch. Öffner?«

»In der zweiten Schublade.« Als sie die Gläser aus dem Schrank holte, blieb er direkt hinter ihr stehen. Sie konnte seine Körperwärme spüren und auch, dass er keinen Schritt zurückwich, als sie sich umdrehte. Er nahm ihr eins der Gläser aus der Hand und schenkte beide ziemlich voll, sie stießen an, tranken einen Schluck, und Nola wusste nicht, wohin mit ihrem Blick, während er sie unentwegt anschaute, mit Augen, deren klares Blau sie immer wieder verblüffte.

Gott, warum war sie so nervös, sie war vierunddreißig Jahre alt, geschieden, und seit ihrer ersten Begegnung ging Renke Nordmann ihr nicht aus dem Kopf. Sie hatte ihn lachen sehen, weinen, sie hatten sich heftig gestritten und wieder versöhnt, sie hatte mit Seife *Arschloch* auf seinen Badezimmerspiegel geschrieben, sie hatten einander gerettet und wieder verloren. Nola wusste, wie es sich anfühlte, wenn er sie in den Armen hielt und küsste, und sie wollte genau das wieder fühlen und noch viel mehr.

Sein Mund verzog sich zu einem schiefen Lächeln, das sie unwiderstehlich fand, er stellte sein Glas auf die Arbeitsplatte, nahm Nola das Glas aus der Hand und stellte es daneben. »Der Leichendoktor ist es nicht, das hab ich inzwischen kapiert. Gibt es einen anderen in deinem Leben, der mich für das, was ich jetzt tun werde, umbringen wird?« Die Antwort wartete er nicht ab, er zog sie an seinen Körper und küsste sie voller Leidenschaft.

Nola hatte das Gefühl, ins Bodenlose zu fallen und gleichzeitig aufgefangen zu werden. Begierig, seine nackte Haut zu fühlen, verkrallte sie ihre Hände in seinem Shirt und zerrte es nach oben. Er griff sich in den Nacken, löste für einen kurzen Moment seine Lippen von ihrem Mund und zog das Hemd über seinen Kopf. Der Anblick seines Oberkörpers ließ sie nervös kichern, kein Gramm Fett, nur harte Muskeln. Wow. Sie wollte ihn, sofort, unbedingt, sie hielt es nicht mehr aus, er fühlte sich so unglaublich gut an, und er roch, wie ein Mann für Nola riechen musste. Sie flüsterte lauter verrückte Sachen in sein Ohr, und Renke murmelte irgendwas über Sommersprossen, die ihn verrückt machen würden, über eine kleine rote Katze, was sie nicht wirklich begriff, und dass er schon ewig auf diesen Augenblick warten würde, und streifte dabei das Shirt von ihrer Schulter, damit er sie auch dort küssen konnte.

Ohne sich loszulassen, erklommen sie die Treppe, einmal stieß Nola mit der Hüfte gegen das Geländer, den Schmerz nahm sie kaum wahr, egal, alles war egal, nur das nicht, was gerade passierte. Sie wankten in ihr Schlafzimmer, wo sie auf das Bett fielen und sich mit Fingern, die vor Ungeduld zitterten, die restlichen Kleider herunterzerrten.

»Lass mich«, murmelte er, als sie ihren BH aufhaken wollte. Er drehte sie auf den Bauch, löste die Häkchen, fuhr mit den Fingerspitzen an ihrer Wirbelsäule empor und drehte sie wieder zurück. Einen Moment schaute er sie nur an, bewundernd und voller Zärtlichkeit, dann flüsterte er: »Wunderschön«, und liebkoste ihre Brüste mit der Zunge, so lange, bis sie ihn anflehte, sie dort anzufassen, wo sie ihn endlich spüren wollte. Als er leise lachte und seine Hand zwischen ihre Beine glitt, war es immer noch nicht genug, sie stieß ein heiseres *Bitte* hervor und bog sich ihm entgegen, weil sie ihn ganz und gar in sich aufnehmen wollte.

Hinterher küssten sie sich, wieder und wieder, und schliefen eng ineinander verschlungen ein. Gegen Morgen wachte Nola auf, weil sie Renkes Lippen auf ihrer Schulter spürte, unendlich sanft und zärtlich. Ohne Worte schliefen sie ein zweites Mal miteinander. Diesmal schaute sie ihn die ganze Zeit an, sie suchte in seinem Gesicht nach dem Beweis, dass er dasselbe fühlte wie sie selbst, dieses unbeschreibliche Gefühl von Glück, doch er sah einfach nur aus wie ein Mann kurz vor dem Orgasmus, verschwitzt, angestrengt und ein bisschen weggetreten. Danach hielt er sie in den Armen, ihren Kopf an seine Schulter gepresst, als hätte er Angst, sie zu verlieren. Als sie das nächste Mal erwachte, war er angezogen. Er küsste flüchtig ihre Wange und flüsterte, dass er losmüsste, weil sein Dienst um sieben Uhr begann.

Erst später fiel ihr auf, dass er etwas mitgenommen hatte: den Schnuller und die blauen Babyschuhe.

FREITAG, 21. JUNI

Nola kam sich vor wie eine liebeskranke Schülerin. Ständig kontrollierte sie ihr Handy in der Hoffnung, dass eine private Nachricht von Renke eingegangen war. In Gedanken zerlegte sie die Nacht in alle Einzelheiten, untersuchte jedes seiner Worte mit dem Zentimetermaß des Argwohns, *wunderschön*, was bedeutete das schon, aber er hatte dabei so liebevoll gelächelt. Das hatte er wirklich. Und er hatte die Babysachen eingesteckt, damit sie sich nicht länger mit dem Anblick quälte.

Während der Obduktion lehnte Nola mit geschlossenen Augen an der Wand. Allein der Anblick des winzigen Körpers auf dem großen Aluminiumtisch und die Vorstellung, was Valentin damit anstellen würde, reichten aus, damit ihr schlecht wurde.

»Gestern war er genau einen Monat alt.« Sie wusste selbst nicht, warum es ihr wichtig war, das laut zu sagen.

Als Reaktion auf ihre Worte hob Valentin kurz die Augenbrauen, dann konzentrierte er sich wieder auf seinen Job.

»Der Magen-Darm-Trakt ist so gut wie leer, und er wirkt

stark dehydriert. Eine Unterkühlung lag vermutlich auch vor.« Mit dem Handgelenk fuhr er über seine Stirn. »Vor zwei Wochen sind die Temperaturen gegen Morgen bis auf fünf Grad gefallen. Wenn er wirklich in einem halb offenen Stall untergebracht war…« Er seufzte traurig. »So ein kleiner Organismus ist sehr empfindlich. In jedem Fall gibt es keinerlei Anzeichen für körperliche Gewalt.«

Nola fiel ein, wie sie an dem Abend nach Caspars Verschwinden auf ihrer Terrasse gefroren hatte. Und der Kleine musste die ganze Nacht in diesem zugigen Unterstand verbringen oder in einem ungeheizten Auto. »Warum hat sie ihn nicht vernünftig gefüttert?«

»Ich stelle mir vor, dass sie ihn gestillt hat. Flaschen und Babynahrung habt ihr nicht gefunden, und Frischwasser stand ihr nicht zur Verfügung. Ohnehin hätten die hygienischen Verhältnisse die Zubereitung von Babynahrung nicht zugelassen. Bevor sie verschwunden ist, hat sie ein paar Tage lang nicht gestillt, richtig?«

»Stimmt. Wegen der Psychopharmaka. Er war ja auch tagsüber bei der Großmutter.«

Valentin nickte zufrieden. »Siehst du. Ihr Körper dürfte wenig bis gar keine Muttermilch produziert haben, und das bisschen, das Caspar bekommen hat, enthielt höchstwahrscheinlich Medikamentenrückstände. Der Kleine wird viel geschlafen haben, und sie hat das fehlinterpretiert und geglaubt, dass er satt ist. Beim ersten Kind stellen Mütter sich oft ein bisschen dämlich an.« Er hob den Kopf und zupfte den Mundschutz herunter. »Ich glaube nicht, dass er sehr gelitten hat. Wahrscheinlich hat er die meiste Zeit vor sich hin gedämmert. Irgendwann hat das Herz ausgesetzt.«

Wenn das ein Trost sein sollte, dann fand Nola ihn reichlich jämmerlich.

Für die Bestimmung des genauen Todeszeitpunktes hatte Valentin zur Sicherheit noch die Meinung eines Kollegen aus der Rechtsmedizin der Berliner Charité eingeholt. »Unserer Ansicht nach lag der Junge ziemlich genau zwei Wochen unter der Erde, und er wurde nicht lange nach seinem Tod begraben.«

»Dann wäre er drei oder vier Tage nach seinem Verschwinden gestorben.«

»So ist es. Die toxikologischen Ergebnisse sind noch nicht da. Ich lasse gezielt nach Substanzen suchen, die in Antidepressiva und ähnlichen Präparaten vorkommen.«

Hätte Silvana ihren Sohn zu Hause gelassen, würde er noch leben. Vielleicht war das am schlimmsten, diese völlige Sinnlosigkeit seines Todes.

Conrad sah aus, als hätte er die Nacht durchgefeiert und heute Morgen einen großen Bogen um das Bad gemacht. Er trug dasselbe Hemd wie am Vortag, und das war gestern schon nicht mehr sauber gewesen. Mit der rechten Hand forkte er mehrfach ungeschickt durch sein graues Haar.

»Du und dein verdammter Optimismus!«, stieß er plötzlich hervor. »Wie kann jemand in deiner Position nur so naiv sein? War doch von Anfang an klar, dass es keine Hoffnung für den Kleinen gibt. Eine Irre! Und die soll für ein Baby sorgen! Aber du musstest ja allen einreden, dass er noch lebt!« Wütend starrte er Nola an. »Eine Träumerin wie du sollte wirklich was anderes arbeiten.«

Eigentlich sollte sie sich an seine unsinnigen Angriffe gewöhnt haben, doch Conrads Worte trafen genau dort, wo es richtig schmerzte. Vielleicht gelang es ihr darum nicht, sich zusammenzureißen.

»Was hätte ich tun sollen? Nichts? Jede Aktion schon vorher miesreden? Mich abends volllaufen lassen und morgens so abgerissen zum Dienst erscheinen wie du? Abwarten, ob die Lösung vom Himmel fällt oder einer der Kollegen so blöd ist, meine Arbeit zu erledigen? Die Frage ist doch wohl, wer von uns beiden den falschen Job hat! Glaubst du, die Welt braucht einen Polizisten, der saufen muss, um seinen Job zu ertragen?«

Hilke, die die Auseinandersetzung atemlos verfolgt hatte, schaute Nola vorwurfsvoll an. Ja, sie hatte eine Grenze überschritten, das war ihr bewusst, aber sie konnte jetzt nicht einlenken.

Conrad wollte etwas sagen, überlegte es sich jedoch anders. Er stürzte aus dem Büro und knallte die Tür hinter sich zu. Und Nola fühlte sich mies.

Den ganzen Tag schon starrte Renke auf sein Handy. Nola ließ nichts von sich hören. Wahrscheinlich wäre das auch sein Part, er müsste jetzt eine überschwängliche SMS schreiben, Worte finden für das, was er fühlte. Immer wieder dachte er an diesen Moment, als er ihren wunderschönen Körper endlich nackt gesehen hatte. Perfekt, gesund und nicht entstellt von Narben wie der seiner toten Frau. Eine Sekunde lang hatte er sich geschämt für seine Gedanken und noch viel mehr für das, was er empfand, doch im nächsten Augenblick hatte er sie berührt, und von da an gab es kein Zurück. Jetzt erst begriff er, weshalb der Therapeut von einer Beziehung abgeraten hatte. Er hasste sich dafür, dass er nicht so hundertprozentig glücklich war, wie Nola es verdient hätte, und gleichzeitig fragte er sich, wie er ihr gestern Abend hätte widerstehen sollen. Nein, er würde nicht zum Friedhof fahren und rote Rosen auf Brittas Grab stellen, er hatte sie nicht betrogen, eine tote Frau konnte man nicht betrügen. Erneut nahm er das Handy zur Hand und legte es wieder zur Seite. Kein

Anruf. Keine SMS. Er würde den Abend damit verbringen, den Schutt aus der ehemaligen Küche in den Container zu karren, den der Unternehmer hoffentlich heute früh aufgestellt hatte.

Und er war heilfroh, als jemand eine Anzeige erstatten wollte, eine junge Frau, jemand hatte sie gestern Abend verfolgt, als sie vom Handballtraining nach Hause ging. »Ich hab an der erstbesten Tür geklingelt, da ist er abgehauen.«

Das war die dritte Anzeige dieser Art innerhalb von zwei Wochen. Irgendeiner verfolgte junge Frauen, die zwischen zweiundzwanzig und dreiundzwanzig Uhr allein im Ort unterwegs waren. Er würde die Kollegen aus Leer bitten, nachts eine Extrarunde durch Martinsfehn zu fahren, und vielleicht, wenn er mal wieder unter Schlaflosigkeit litt, selbst mit dem Rad nach dem Rechten schauen.

Gegen Abend fand er sich doch auf dem Friedhof wieder, er stellte Blumen auf das Grab, aber keine roten Rosen. *Du würdest sie mögen, sie ist was Besonderes.*

Die Nacht in Untersuchungshaft hatte Rüdiger Lienemann zugesetzt. Bläuliche Schatten unter seinen Augen ließen ihn älter aussehen und auch ein bisschen krank, vermutlich hatte er kaum geschlafen, wie die meisten Menschen, die zum ersten Mal in ihrem Leben in einer Zelle übernachten mussten, allein mit dem Wissen um das, was sie hierhergeführt hatte. Dennoch versuchte er sofort, das Gespräch zu dominieren.

»Ich möchte Elvira sehen.«

»Haben Sie gestern nicht telefoniert?«

»Doch, aber das reicht mir nicht. Ich möchte sie sehen.«

»Das habe ich nicht zu entscheiden. Wenden Sie sich an den zuständigen Richter. Das hier ist eine polizeiliche

Vernehmung. Sie wollten gestern ein neunjähriges Kind töten. Warum?«

»Das stand doch in der Zeitung, der Junge hat mich und Silvana an diesem Schafstall gesehen.«

»Deshalb bringt man niemand um, schon gar kein Kind.«

Müde zuckte er mit den Schultern. »Wenn Sie meinen. Sie haben eine Frage gestellt, und ich habe geantwortet.«

»Wo ist Silvana Cassjen?«

»Ich habe nicht die geringste Ahnung. Und es interessiert mich auch nicht. Ich möchte mit Elvira sprechen.« So, wie er jetzt die Arme verschränkte und die Lippen aufeinanderpresste, erinnerte er Nola an ein trotziges Kind.

»Das liegt nicht in meiner Entscheidungsgewalt. Sie behaupten also, nicht zu wissen, wo Silvana sich aufhält.«

Die Antwort bestand aus einem angedeuteten Nicken.

»Das Gespräch wird aufgezeichnet, und ich möchte Sie bitten, sich verbal zu äußern.«

»Ich weiß es nicht«, zischte er böse.

»Wann haben Sie Silvana zuletzt gesehen?«

»Vor der Geburt des Kindes, an das genaue Datum kann ich mich nicht erinnern.«

Nola stieß einen tiefen Seufzer aus. Wenn das so weiterging, würde sie morgen früh noch hier sitzen ohne nennenswertes Ergebnis. »Das stimmt doch nicht, Herr Lienemann. Sie waren mit Silvana und dem gemeinsamen Kind in Sandhatten.«

»Wie kommen Sie denn darauf?«

»Wir haben Caspars Leiche unter den Terrassendielen Ihres Ferienhauses gefunden. Der Kleine ist vor zwei Wochen gestorben und wurde unmittelbar danach dort eingegraben. Wir gehen davon aus, dass Sie ihn dort versteckt haben.«

»Davon weiß ich nichts. Er ist tot?« Seine schauspielerischen Fähigkeiten waren nicht der Rede wert, Nola glaubte nicht eine Sekunde, dass er nichts von dem Tod des Babys gewusst hatte.

»Wo ist Silvana Cassjen?«

»Ich weiß es nicht, wie oft wollen Sie das noch hören? Ich. Weiß. Es. Nicht.« Seine Mundwinkel senkten sich herab, als würde er sich langweilen, doch er war nicht wirklich so cool, wie er vorgab. Mit der linken Hand kratzte er unablässig über den rechten Handrücken, während sein Oberkörper sich kaum merklich vor- und zurückwiegte.

»Natürlich wissen Sie es. Ich wiederhole meine Frage: Wo befindet sich Silvana Cassjen?«

Er biss sich auf die Unterlippe und schwieg.

Nola seufzte. »Ich weiß nicht, was Sie mit Ihrem Schweigen bezwecken. Ich kann Ihnen aber versprechen, dass es Ihnen nichts nützen wird. Wir haben herausgefunden, dass Sie Eigentümer eines Nokia-Handys mit einer Prepaidkarte sind. Moment…« Sie las die Nummer von ihren Unterlagen ab. »Sie haben sich das Handy vor sechzehn Monaten auf einem Schulbasar besorgt, den Sie mit Ihrer Lebensgefährtin und damals noch zwei Kindern besucht haben. Nachdem Sie Ihre Lebensgefährtin zum Auto geschickt haben, sind Sie noch mal allein zurückgekommen, um das Handy zu kaufen. Die junge Dame, die das Nokia verkauft hat, wird Sie im Laufe des Tages identifizieren. Über dieses Handy standen Sie in permanentem Kontakt zu Silvana Cassjen, auch nach dem Mord an ihrem Ehemann. Die Auflistung der Gespräche liegt uns vor. Wir gehen davon aus, dass Sie Silvana und den Kleinen nach Sandhatten gebracht haben. Dort war Silvanas Prepaidhandy nämlich am Mittwoch, den 5. Juni eingeloggt. Das war in etwa die Zeit, in der Caspar gestorben ist und unter der Terrasse begraben wurde.«

Ihre Worte entlockten ihm nur ein Schulterzucken.

»Wir lassen gerade Ihren BMW untersuchen. Ich bin davon überzeugt, dass wir Spuren von Silvana und dem Kind entdecken. Wir werden auch beweisen, dass Sie Caspars Vater sind. Wie man hört, ist Ihre Lebensgefährtin ja wieder schwanger, die Vasektomie hat also nicht den gewünschten Erfolg gebracht.« Sie lächelte kühl. »Egal, ob Sie den Mund aufmachen oder nicht, da kommen Sie nicht raus. Selbst wenn wir Silvanas Leiche nicht finden sollten, haben Sie keine Chance. Es gibt zahlreiche Beispiele, wo Gewalttäter nur aufgrund von Indizien verurteilt wurden.«

Mit den Augen verfolgte Rüdiger Lienemann eine Fliege, die an der Wand hochkrabbelte. Nola wollte gerade aufgeben und ihn in die Zelle zurückbringen lassen, als er seine Taktik änderte.

»Okay. Ja. Ich hatte ein Verhältnis mit meiner Nachbarin. Schon als sie und Cord das Grundstück besichtigt haben, hat es zwischen uns geknistert. Ein paar Tage später hat Silvana meine Handynummer rausgefunden und mich angerufen. Ob ich Lust auf einen Kaffee hätte. Den Rest können Sie sich wohl denken, beim Kaffeetrinken ist es nicht geblieben. Wir haben uns Zweithandys zugelegt, damit wir uns ungestört verabreden konnten. Als Elvira wieder schwanger wurde, wollte ich die Sache beenden. Vergeblich. Silvana hat sich an mir festgesaugt wie ein Blutegel. Ich habe sie angefleht, mich in Ruhe zu lassen, immer wieder, aber sie hat mich nicht losgelassen.« Er schluckte schwer und griff sich an die Kehle. »Glauben Sie mir, ich wollte das überhaupt nicht mehr. Silvana war die treibende Kraft, von Anfang an.«

»Dass man einen Mann zum Sex zwingen kann, hab ich noch nie gehört. Jeden Dienstag an diesem Schafstall, das klingt wirklich nicht nach Zwang.«

Darauf wusste Rüdiger Lienemann keine Antwort.

»Erzählen Sie über Sandhatten«, forderte Nola ihn auf.

»Ich habe Silvana und Caspar in die Hütte gebracht. Am Mittwochmorgen, auf der Fahrt zu meinem Kongress in Bremerhaven. Unterwegs hab ich alles besorgt, was nötig war, Lebensmittel, Windeln und so weiter. Silvana musste solange im Auto warten. Ich hab die beiden abgesetzt und bin gleich weitergefahren. Zu diesem Zeitpunkt hat er noch gelebt, das müssen Sie mir glauben. Das nächste Mal war ich am Dienstag dort, also sechs Tage später, eher ging es nicht. Silvana war verschwunden, mit allen Sachen. Ich gestehe, dass ich irgendwie erleichtert war. Das war's.«

»Und Sie haben nichts mehr von ihr gehört, nehme ich an.«

»Richtig.«

»Tut mir leid, das glaube ich Ihnen nicht. Wo soll sie denn sein? Eine psychisch kranke Frau, ohne Geld, ohne Auto? Kein Mensch hat sie gesehen. Wissen Sie, was ich glaube?« Nola lehnte sich nach vorn und fixierte den Mann. »Sie haben Ihre Geliebte umgebracht und die Leiche irgendwo entsorgt.«

»Glauben können Sie, was Sie wollen. Sie müssen es beweisen.« Kalt lächelnd lehnte er sich auf dem Stuhl zurück und verschränkte die Arme hinter seinem Nacken. So posierte ein Sieger oder einer, der sich dafür hielt. »Ich habe alles gesagt. Freiwillig.«

Ärgerlich schüttelte Nola den Kopf »Oh nein. Sie haben gut aufgepasst und genau das zugegeben, was wir ohnehin beweisen können. Das reicht mir nicht, Herr Lienemann. Ich möchte die ganze Geschichte hören.«

»Das haben Sie bereits. Sie können mir vorwerfen, dass ich eine polizeilich gesuchte Frau vor dem Zugriff der Justiz bewahrt habe, aus blankem Eigennutz, ja. Und Sie können mir vorwerfen, dass ich einen neunjährigen Jungen entführt und vergiftet habe. Allerdings bin ich auch derjenige, der maßgeblich für seine Rettung verantwortlich ist, ohne mein Zutun hätte der Notarzt nicht so schnell das richtige Antidot spritzen können. Ich habe weder Caspar getötet noch seine Mutter. Und ich weiß nicht, wie die Babyleiche unter meine Terrasse gekommen ist.«

»Verstehe«, stieß Nola wütend hervor. »Sie glauben, dass Sie auf diese Art glimpflich davonkommen. Aber wir werden Ihnen den Mord an Silvana Cassjen nachweisen. Die Leiche kann sich ja nicht in Luft aufgelöst haben.«

»Viel Erfolg.«

Offenbar war er überzeugt, keinen Fehler gemacht zu haben. Oder die Frau lebte tatsächlich noch, was Nola sich kaum vorstellen konnte. Sie ließ Rüdiger Lienemann abführen.

Robert hatte dem Team ein dickes Lob ausgesprochen. Nolas Einwand, dass sie Caspar nicht hatte retten können, ließ er nicht gelten. »Dafür hat Dustin überlebt. Er ist schon wieder bei Bewusstsein, hab ich gehört.« Mit einem aufmunternden Lächeln schaute er sie an. »Wie man hört, hat der Oberstaatsanwalt dir Blumen geschickt. Sein Freund Loening war doch nicht der Ehrenmann, für den er ihn hielt.«

Tatsächlich stand auf ihrem Schreibtisch ein Sommerstrauß in leuchtend bunten Farben, in dem eine Karte mit einer ausschweifenden Entschuldigung steckte. Freuen konnte sie sich nicht so recht darüber, weil sie gehofft hatte, dass die Blumen von Renke stammten.

»Komm, Nola, das ist ein großer Erfolg. Für euch alle.« Wohlwollend ließ Robert seinen Blick über die Anwesenden gleiten, Hilke errötete sanft, Conrad verneigte sich leicht.

»Was habt ihr gegen ihn in der Hand?« Die Rede war von Rüdiger Lienemann.

Hilke, sichtlich erfreut über Roberts Lob, antwortete sofort. »Wir haben sein Alibi für die Zeit, in der Caspar gestorben ist, überprüft. Er war auf dieser Tagung, dafür gibt es jede Menge Zeugen. Abends stand er an der Bar, genau wie die anderen, allerdings nicht so lange. Einer sprach davon, dass Lienemann neuerdings schwächeln würde, sonst wäre er immer einer der Letzten.«

»Er hatte ja auch noch viel vor«, brummte Conrad, der immer noch sauer auf Nola war und ihr ständig giftige Blicke zuwarf, was Robert hoffentlich nicht auffiel. Nola legte keinen Wert darauf, den Leiter des Ersten Kommissariats in ihre Auseinandersetzung reinzuziehen.

Robert nickte. »Von Bremerhaven nach Sandhatten fährt man sechzig Minuten. Und in Sandhatten hatte er viel zu tun. Allein dieses Grab unter der Terrasse …«

Mit einem resignierten Seufzer winkte Nola ab. »Hab ich auch gedacht. Die Tiefgarage des Hotels ist videoüberwacht, und die Bänder werden immer einen ganzen Monat aufbewahrt, zum Glück. Sein BMW hat die Garage definitiv nicht vor Freitagabend verlassen, und sein Smartphone, also das offizielle, war die ganze Zeit in Bremerhaven eingeloggt. Das inoffizielle wurde seit besagtem Mittwoch nicht mehr benutzt und lässt sich auch nicht orten.«

»Hm. Das wundert mich jetzt.« Ratlos zupfte Robert an seiner Strickjacke herum, dann konzentrierte er sich auf die Karte auf dem Whiteboard. Bremerhaven und Sandhatten waren markiert. »Er hat Silvana und den Kleinen in die Hütte gebracht und ist anschließend nach Bremerhaven weitergefahren.« Mit dem Zeigefinger fuhr er die Strecke entlang. »Das Seminar begann um zwölf. Um fünfzehn Uhr hat Silvana versucht, von Sandhatten aus Tineke Veenstra zu erreichen. Da muss sie also noch gelebt haben. Wer, außer Rüdiger Lienemann, konnte wissen, dass sie dort ist?«

Ratlose Gesichter und keine Antwort.

Wie so häufig versuchte Conrad, die Situation mit einem schlechten Witz aufzulockern. »Vielleicht hatte er einen Helikopter dabei.«

»Ich lach mich gleich tot«, fauchte Nola. »Du wirst es nicht glauben, aber ich habe sogar überprüft, ob er mit der Bahn gefahren sein könnte. Unmöglich. Wenn man nach Sandhatten will, heißt der nächste Bahnhof Sandkrug. Von Bremerhaven nach Sandkrug fährt man zwei Stunden, und vom Bahnhof müsste er zu dem Waldgebiet noch eine Stunde laufen.« Sie stutzte. »Hey, was ist mit einem Leihwagen? Der Typ ist so gerissen, vielleicht hat er sich einen Leihwagen genommen. Hilke, das musst du sofort überprüfen. Ohne Vorlage seines Personalausweises kriegt er nirgends ein Auto.«

Ocko mähte Margits Rasen, aus reiner Gewohnheit und auch, weil er froh war, an der frischen Luft zu sein und nicht in einem Gefängnis. Damit hatte er fest gerechnet, dass er den Rest seiner Tage hinter dicken Mauern und vergitterten Fenstern verbringen musste. Aber so war es nicht gekommen. Renke hatte ihn wieder nach Hause geschickt und gemeint, für eine Haftstrafe würde das, was er getan hatte, nicht ausreichen, vor allem, weil er am Ende alles gestanden hatte. »Du musst dich doch um deine Mutter kümmern.«

Das Geld hatte er abgeben müssen, schade, aber die

Gardinen und die Bettwäsche mit den Sonnenblumen waren ihm geblieben.

Margit saß im Gefängnis, und die kleine Tineke führte jetzt die Firma. Das Haus stand leer, und Ocko fragte sich, was daraus werden sollte, ob Tineke dort einziehen würde mit ihrem komischen Anwalt. Der war nämlich wieder aus der Versenkung aufgetaucht. Sein schwarzer BMW stand den ganzen Tag neben Tinekes weißem Golf, und bei dem Anblick musste Ocko immer an ein Brautpaar denken.

Er bückte sich und klinkte den Auffangkorb aus, um ihn in der Schubkarre zu entleeren. Niemand bezahlte ihn dafür, dass er den Garten in Ordnung hielt, er machte es für sich selbst, weil er nicht wollte, dass alles verkam, schließlich pflegte er Cornelius' Garten seit über vierzig Jahren.

Komisch, er stellte sich immer vor, dass sein alter Freund im Himmel saß, wahrscheinlich auf einem Barhocker, mit einem Glas *Fehnbrand* in der rechten Hand und einer Zigarette in der linken, und von oben auf alles herabschaute, was in Martinsfehn passierte. Eingreifen konnte er natürlich nicht, sonst hätte er Margit wohl davon abgehalten, all die schlimmen Dinge zu tun. Margit, ach ja, da hätte er ruhig mal seiner Mutter glauben sollen. Margit taugte nicht viel, sie sah einfach nur wunderschön aus, innen war sie aber schlecht und verdorben, ein fauler Apfel. Cornelius hatte das gewusst, *Frau ohne Herz* hatte er sie heimlich genannt, und Ocko hatte das nie so richtig verstanden. Cornelius war ein kluger Mann gewesen.

Gleich bei der zweiten Autovermietung in Bremerhaven wurde Hilke fündig. Von dort bis zu Rüdiger Lienemanns Hotel waren es nur wenige Minuten zu Fuß. Er hatte sich für einen Jeep Renegade entschieden, ein Automodell mit

Allradantrieb, das sich auch für unwegsames Gelände eignete.

Der Leihwagen war von Mittwochmittag bis Freitagmittag gebucht, scheinbar hatte Lienemann die Mittagspausen genutzt. Zum Glück war der Jeep zwischenzeitlich nicht mehr in die Vermietung gegangen, das Modell schien nicht sonderlich beliebt, was an dem hohen Spritverbrauch liegen konnte, wie der junge Mann an der Rezeption ihnen erklärte.

Zurzeit wurde der Wagen spurentechnisch untersucht. Stefan meinte, mit bloßem Auge erkennen zu können, dass sich Waldbodenreste im Reifenprofil befanden. Blut ließ sich dagegen nicht nachweisen, dafür aber blonde Haare auf dem Teppich im Kofferraum. Der Leichenhund, den sie ein weiteres Mal angefordert hatten, schlug sofort an. Nola erinnerte sich an die Aussage des Hundeführers, dass eine Leiche, die nicht blutete, mehrere Stunden in einem Auto liegen musste, damit der Hund den Verwesungsgeruch aufnehmen konnte. Demnach hatte Lienemann die tote Silvana im Kofferraum des Renegade transportiert, aber wohin? Laut Kilometerzahl konnte er zweimal in Sandhatten gewesen sein, plus fünfzig Kilometer. Tagsüber hatte er am Kongressprogramm teilgenommen, ihm standen also nur die beiden Nächte zur Verfügung.

Mit gerunzelter Stirn betrachtete Hilke die Karte. »Wenn er zweimal dort war, hat er beim ersten Mal den Kleinen begraben und beim zweiten Mal Silvana umgebracht, ihre Leiche geholt und irgendwo auf dem Rückweg versteckt. Das schränkt das Gebiet ziemlich ein. Andererseits«, seufzte sie, »gibt es zig Möglichkeiten, eine Leiche auf der Länge von hundert Kilometern loszuwerden.«

»Es war dunkel, und er kannte sich dort nicht aus«, murmelte Nola. »Ich glaube, er war nur einmal in Sandhatten. Als er festgestellt hat, dass der Kleine tot ist, ist er ausgerastet und hat Silvana umgebracht. Erdrosselt wahrscheinlich, weil wir kein Blut gefunden haben. Er hat das Baby begraben und die Leiche in den Kofferraum gelegt und mit nach Bremerhaven genommen. In der nächsten Nacht hat er zweihundertfünfzig Kilometer verfahren, um die Tote wegzubringen. Warte mal, wie weit ist es von Bremerhaven nach Papenburg?«

»Moment.« Hilkes Finger flitzten über das Display ihres Tablets. Einhundertdreiundzwanzig Kilometer, passt. Wieso ausgerechnet Papenburg?«

»Da hat er mit seiner ersten Frau gelebt. Ergo muss er sich dort auskennen. Zeit, die Leiche zu zerteilen oder etwas ähnlich Abartiges damit anzustellen, hatte er nicht.« Nola schnipste mit den Fingern. »Ich sag euch, die Leiche befindet sich in Papenburg. Einmal hin und zurück sind ziemlich genau zweihundertfünfzig Kilometer.« Fragend schaute sie Conrad an. »Wie sieht es da aus? Was gibt es da? Ich war noch nie in Papenburg.«

»Weiß ich doch nicht«, blaffte er.

Okay, es musste wohl sein. Nola holte ganz tief Luft. »Pass mal auf. Du hast mich blöd angemacht, und ich habe mich revanchiert. Jetzt wissen wir, was wir voneinander halten. Dabei sollten wir es belassen. Oder willst du ewig die gekränkte Diva spielen?«

Zuerst schnaubte Conrad beleidigt, dann knurrte er: »Du bist persönlich geworden und hast mich beleidigt.«

»Ich habe nichts gesagt, was ich dir nicht schon an anderer Stelle vorgeworfen hätte. Du trinkst zu viel, und das schlägt sich auf deine Arbeitsmoral nieder.« Bevor er sich verteidigen konnte, redete sie schnell weiter. »Und ich wünsche mir bei jeder Ermittlung ein Happy End und bin bereit, sehr viel dafür zu investieren. Ist das wirklich schlimm?«

Ihre Worte entlockten Conrad ein müdes Schulterzucken und dann ein knurriges: »Geht so. Kann ganz schön nerven.« Dann gab er sich einen Ruck. »Papenburg ist eine stinknormale Stadt, viele Kanäle, ein Hafen, der sich Seehafen nennt und an der Ems liegt, eine große Werft, die gigantische Kreuzfahrtschiffe baut, die kaum durch den Fluss passen, darüber hast du ja wohl schon mal gelesen. Ist echt Millimeterarbeit, die Riesenpötte da durchzusteuern.«

Gut, damit wäre der Status quo wieder erreicht. Nola erinnerte sich an Zeitungsbilder, die aussahen, als würden die Schiffe mitten durch die Wiesen fahren. Das war jedes Mal das reinste Volksfest. »Ob er die Tote ins Wasser geworfen hat?«

»Unwahrscheinlich. Die meisten Wasserleichen kommen irgendwann an die Oberfläche. Dann glaube ich schon eher, dass er sie in Stücke gehackt und anschließend vergraben hat.«

»Das schafft man nicht in einer Nacht. Aber wer weiß, vielleicht liegt der Leichnam irgendwo gut versteckt, und jedes Mal, wenn er seine erste Frau besucht, möglicherweise auch nur angeblich besucht, schnippelt er ein bisschen daran rum.« Nola wusste, welch unerträglicher Geruch beim Verwesungsprozess freigesetzt wurde, und schüttelte sich. »Ich glaub, das würde seine Elvira riechen, oder?«

Während Conrad nicht auf die Frage reagierte, stimmte Hilke zu. »Glaub ich auch. Ist die nicht wieder schwanger? Da soll man doch besonders geruchsempfindlich sein. Bei meiner Schwester war das jedenfalls so.«

Ohne weitere Beweise würden sie nicht weiterkommen, das war Nola klar. »Passt auf, wir machen Folgendes …«

Aufgrund der Schwere der ihr zur Last gelegten Straftaten sah Margits Anwalt keine Aussicht für eine Aussetzung der Untersuchungshaft bis zur Verhandlung, dennoch würde er auf ihren Wunsch den Antrag stellen. Immerhin hatte sie eine Firma zu leiten, und es konnte nicht im Interesse des Steuerzahlers liegen, dass das Spirituosenwerk *Cornelius C. Cassjen* vor die Hunde ging und die Angestellten ihren Arbeitsplatz verloren.

Wenigstens hatte Margit Anspruch auf eine Einzelzelle, und sie durfte ihre privaten Sachen anziehen, die Tineke an der Pforte der Justizvollzuganstalt abgegeben hatte. Das Gesetz erlaubte nur einen Besuch in zwei Wochen, was sie in Anbetracht ihrer Situation lächerlich fand, aber da war wohl nichts zu machen. Vorgestern war Tineke hier. Margit hatte sie aufgefordert, die Geschäfte weiterzuführen. *So wie du es bei mir gelernt hast. Die großen Entscheidungen werden wir hier gemeinsam besprechen, und sobald das hier überstanden ist, werde ich meinen Platz wieder einnehmen.* Es folgten ein paar Anweisungen für Geschäftsabschlüsse, die demnächst anstanden. Ganz am Ende stellte sie in Aussicht, ihre Firma an Tineke zu vererben. Eines Tages.

Und jetzt hielt sie diesen Brief in den Händen und konnte einfach nicht glauben, was darin stand.

Liebe Margit,
vielen Dank für das Vertrauen, das Du in
mich setzt. Lange Zeit habe ich mir das gewünscht.
Inzwischen aber ist mir klar geworden, dass ich
die Firma weder leiten noch erben möchte.
Es käme mir so vor, als würde ich damit Deine
Taten gutheißen oder wenigstens verstehen,
und das tue ich nicht.

Alexander und ich werden gemeinsam fortgehen.
Es wird Zeit, dass wir unser Leben nach unseren eigenen Vorstellungen gestalten.
Dein Anwalt weiß Bescheid, er rät zu einem Verkauf und wird sich mit Dir in Verbindung setzen.
Aber das wirst Du wohl, wie alles im Leben, allein entscheiden.
Ich wünsche dir, dass Du einen Weg findest, mit Deiner Schuld zu leben.
Deine Tineke

Was wusste ein Mädchen wie Tineke von Schuld? Von Verantwortung? Von Liebe?

SAMSTAG, 22. JUNI

»Sie haben einen Fehler gemacht, Herr Lienemann. Nein, mehrere Fehler«, verbesserte Nola sich sofort. »Der Jeep Renegade zum Beispiel…«

Ihre Worte ließen Rüdiger Lienemann, der nach zwei Tagen Untersuchungshaft längst nicht mehr so smart wirkte, erblassen. Damit, dass sie auf den Trick mit dem Mietwagen gekommen waren, hatte er nicht gerechnet.

»Ziemlich schlau, aber nicht schlau genug. Überhaupt neigen Sie dazu, die Polizei und ihre Möglichkeiten zu unterschätzen. Das toxikologische Gutachten liegt inzwischen vor. Im Blut des kleinen Caspar wurde eine hohe Dosis einer Substanz nachgewiesen, die schwer psychotische Patienten ruhigstellt. So ein Medikament findet sich in der Produktpalette Ihres Arbeitgebers und stand Ihnen damit praktisch zur freien Verfügung. Wir gehen davon aus, dass der Kleine das Medikament über die Muttermilch aufgenommen hat, was wiederum bedeutet, dass Sie Silvana ziemlich außer Gefecht gesetzt haben. Verständlich. Die Frau bedeutete eine ernst zu nehmende Gefahr für Sie und Ihre Beziehung. Eine Hütte mitten im Wald. Silvana hat ihr Handy dort nur ein einziges Mal benutzt, am Mittwochnachmittag. Die Nachbarn haben weder sie noch den Kleinen gesehen, sind aber sicher, dass in der Zeit die Fensterläden geschlossen waren, von außen mit Vorhängeschlössern gesichert, genau wie die Tür. Silvana wäre eingesperrt gewesen. Sie behaupten, Kleidung und Lebensmittel gekauft zu haben, Windeln. Das Baby lag in einem Maxi-Cosy. Wo ist das alles geblieben?«

»Weiß ich nicht.«

»Dazu das fachmännische Aufnehmen und Wiederverlegen der Terrassendielen. Das war jemand, der so etwas schon mal gemacht hat. Sie haben seinerzeit diese Terrasse selbst gebaut, das habe ich klären lassen. Mein Kollege behauptet, dass da einer am Werk war, der wusste, wo er die Bretter lösen muss, damit nichts beschädigt wird. Soll ich weiterreden? In der Woche nach Ihrem Kongress war Ihr offizielles Smartphone in Sandhatten eingeloggt, etwa eine Stunde lang. Einer der Anwohner kann sich erinnern, an diesem Tag Ihren BMW gesehen zu haben. Von dort aus sind Sie nach Papenburg zu Ihrer Ehefrau gefahren, über die B 401. In Friesoythe hat jemand beobachtet, wie um die Mittagszeit ein schwarzer BMW an der Straße hielt und ein Mann ausstieg, um einen Maxi-Cosy zu einem Sperrmüllhaufen zu stellen. Der Sitz war nahezu neu, der Zeuge hat sich darüber gewundert und den Babysitz später ins Haus geholt. Seine Tochter ist schwanger, und er wollte ihn aufheben. Raten Sie mal, wessen Fingerabdrücke wir auf dem Tragegriff sichern konnten.

Eine Personenbeschreibung liegt uns auch vor. Sie glauben ja nicht, auf wen sie passt.«

Rüdiger Lienemann hob den Kopf und schaute Nola aus tränenfeuchten Augen an. »Wissen Sie, was es für ein Gefühl ist, den eigenen Sohn zu begraben?«

»Sie reden von Caspar?«

»Ja, als ich ihn gesehen habe, wusste ich sofort, dass er von mir ist. Er sah aus wie Julian und Nils, das genaue Ebenbild. Meine Nase, die dunklen Haare, alles stimmte überein. Elvira hätte das sofort erkannt. Das hätte sie mir nie verziehen.«

In seinem Blick lag tiefste Verzweiflung, aber Nola war nicht sicher, ob das gespielt war oder echt. »Silvana hat mich angerufen, zwei Tage nachdem Cord tot war. Ich hab gleich gemerkt, dass da was nicht stimmte mit ihr. Beim zweiten Anruf war es noch schlimmer, da war sie völlig durchgeknallt.« Seine Hände ballten sich zu Fäusten, die er in schnellem Rhythmus gegeneinanderschlug. »Sie war völlig irre im Kopf, hat überall Gespenster gesehen. Schrecklich. Ich sollte ihr helfen. Was blieb mir anderes übrig?« Er griff sich an die Stirn und seufzte. »Ich hab sie und den Kleinen an dem Schafstall abgeholt, wir haben den Yaris abgestellt und sind mit meinem Wagen weiter nach Sandhatten gefahren. Ich hab ihr was zur Beruhigung geben, das ist richtig, aber nur eine geringe Dosis, sie musste ja meinen Sohn versorgen. Wenn sie in meiner Abwesenheit mehr von dem Zeug genommen hat, ist das nicht meine Schuld.« Er probierte ein Lachen, das misslang, und legte beide Hände um seinen Hals. »Als ich Mittwochnacht zurückkam, saß sie auf einem Stuhl. Der Kleine lag auf ihrem Schoß. *Guck, wie süß er schläft*, hat sie gesagt. Ich hab gleich gesehen, dass er nicht mehr lebt, er war schon ganz kalt. Silvana hat gesungen: *Der Mond ist aufgegangen*, immer wieder. *Hör auf*, hab ich sie angebrüllt, *dein Sohn ist tot!* Aber sie hat gelächelt und weitergesungen. Ich wusste nicht, was ich machen soll. Die Ohren hab ich mir zugehalten, weil ich ihren Gesang nicht ertragen konnte. Irgendwann habe ich beschlossen, den Kleinen zu beerdigen.« Er sagte beerdigen und nicht begraben. »Haben Sie schon mal versucht, ein Loch in Waldboden zu graben?« Er lachte trocken. »Aussichtslos. Überall Wurzeln, da kommt man mit dem Spaten nicht rein. Schließlich hab ich die Bretter von der Terrasse hochgenommen.« Er hob den Kopf. »Caspar hat ein anständiges Grab verdient, einen weißen Engel neben dem Grabstein, so macht man das doch, wenn Säuglinge sterben. Ich hab mir einen Spruch überlegt: *Ein Stern kam, leuchtete und kehrte um.* Für die Kosten komme ich natürlich auf, er war ja mein Sohn.«

Seine Worte ließen Nola frieren. »Und Silvana?«

»Woher soll ich das wissen? Ich war in dieser Nacht nicht mehr in der Hütte. Erst wieder an dem Dienstag, also fast eine Woche später. Sie war weg, hat nur die Babysachen und den Autositz dagelassen. Ich hab alles entsorgt.« Genau wie beim letzten Mal arbeitete er alles, was Nola beweisen konnte, in sein Pseudogeständnis ein.

»Das glaube ich Ihnen nicht. Sie haben Silvana getötet und die Leiche mit dem Renegade entsorgt, vermutlich in der Nacht von Donnerstag auf Freitag. Freitagmittag haben Sie den Wagen zurückgebracht. Da wir nirgends Blut finden konnten, nehme ich an, dass Sie Ihre Geliebte erdrosselt haben, vielleicht, weil Sie den Gesang nicht länger aushalten konnten.«

Er schnaubte verächtlich. »Hören Sie mir überhaupt zu? Ich habe Silvana nicht umgebracht. Ich habe niemanden getötet. Ich bin kein Mörder.«

Darauf ging Nola nicht ein. »Nach Silvanas Tod haben Sie Ihr Handy benutzt. Sie haben die zuletzt angewählten Nummern angerufen, aber nichts gesagt, vermutlich wollten Sie nur wissen, mit wem Silvana Kontakt aufgenommen hatte. Dann haben Sie Tineke Veenstra aufgefordert, mit fünfhundert Euro in der dunklen Wohnung zu warten. Wollten Sie noch einen Mord begehen?«

»Unsinn«, fuhr er sie an. »Der Name sagt mir überhaupt nichts. Silvana ist verschwunden, mitsamt ihrem Handy und allen Sachen. Keine Ahnung, wer sie abgeholt hat, aber zu Fuß ist sie bestimmt nicht unterwegs, da haben Sie recht. Und ich habe nichts mit ihrem Verschwinden zu tun.«

»Zu diesem Zeitpunkt war Silvana schon tot, davon sind wir überzeugt. Und niemand anderes als Sie konnte diese SMS verschicken.«

»Können Sie das auch beweisen?«

Es fiel Nola schwer, sein Grinsen zu ertragen. »Haben Sie Frau Veenstra am Montag, dem 10. Juni, spätabends verfolgt?«

»Wie bitte?« Er lachte ungläubig. »Abends bin ich zu Hause bei meiner Familie. Es sei denn, ich muss aus beruflichen Gründen auswärts schlafen, das war am 10. Juni aber nicht der Fall. Nein, ich habe diese Frau nicht verfolgt, warum auch?«

»Ganz einfach. Weil Sie Angst hatten, dass Silvana ihr verraten hat, wer in Wahrheit Caspars Vater ist. Unter diesen Umständen würde Ihre Zukunft von Tineke abhängen. Sobald sie den Mund aufgemacht hätte, wäre alles aufgeflogen und der Mord an Silvana umsonst gewesen.«

»Sie haben wirklich eine lebhafte Fantasie. Sie sollten Romane schreiben.« Rüdiger Lienemann konnte nicht ahnen, dass er sich mit dieser Aussage endgültig disqualifizierte. Doch Nola schwor sich in dieser Sekunde, ihn zu überführen, und wenn es zwanzig Jahre dauerte.

»Ich werde im Anschluss zu Ihrem Haus fahren, mit einem Durchsuchungsbeschluss. Was werden wir finden?« Erwartungsvoll schaute sie ihn an.

So unerwartet, dass sie vor Schreck zusammenzuckte, schlug er mit der Hand auf den Tisch, der sie trennte. »Muss das sein? Können Sie Elvira nicht in Ruhe lassen? Sie ist schwanger, verdammt noch mal, und hat Anspruch auf Schonung. Sie wollen mich auf dem Rücken meiner Familie weichklopfen!«

Nolas Einwand, dass die Hausdurchsuchung in so einem Fall absolut üblich und notwendig für ihre Arbeit wäre, ließ er nicht gelten. Vielmehr erklärte er, von jetzt an kein Wort mehr zu sagen, und sie ahnte bereits, dass es sich keineswegs um eine leere Drohung handelte.

Nola fühlte sich nicht sonderlich gut, als sie an der Haustür klingelte, den Durchsuchungsbeschluss in der Hand und hinter sich die Kollegen in Uniform, die das Haus durchkämmen würden. Sie schlug Elvira Schubert vor, solange mit den Kindern spazieren zu gehen, doch die Frau weigerte sich. Stattdessen saß sie mit unbewegter Miene am Küchentisch, die kleine Neele auf dem Schoß, und starrte ins Leere. Die beiden Jungen waren ungewohnt still, sie drückten sich vor der Terrassentür herum, der Große kicherte verlegen, der Kleine sah aus, als würde er mühsam die Tränen zurückhalten. Selbst der Familienhund wirkte eingeschüchtert, er klemmte die Rute ein und suchte Schutz bei seiner Besitzerin und bellte kein einziges Mal.

So schnell kann eine unbeschwerte Kindheit enden,

dachte Nola. Sie wagte kaum, die Jungen anzusehen oder ihre Mutter, die Neele so eng an sich presste, als hätte sie Angst, einer der Beamten könnte ihr die Kleine entreißen und in einen der Kartons stopfen, die sie dabeihatten, um alles, was ihren Verdacht erregte, einzupacken.

Nur um irgendwas zu sagen, erklärte sie Frau Schubert, dass sie ihren Lebensgefährten besuchen könnte. »Einmal in vierzehn Tagen, das ist gesetzlich geregelt.«

»Das habe ich ganz bestimmt nicht vor.« Elvira Schuberts Stimme klang kratzig, als wäre ihre Kehle wund von stundenlangem Weinen. Was mochte es für ein Gefühl sein, sich derart in dem Menschen getäuscht zu haben, mit dem man sein Leben teilte?

Auf den ersten Blick fand sich nichts, was ihnen bei den Ermittlungen weiterhalf. Lienemann hatte dafür gesorgt, dass seine Partnerin nichts im gemeinsamen Haushalt entdecken konnte, das seine Leidenschaft für Silvana Cassjen verriet. Vielleicht würde sein PC noch ein paar Geheimnisse preisgeben. So recht daran glauben mochte Nola allerdings nicht.

Als die Kollegen die dürftige Ausbeute zu dem Bulli trugen, rang Nola nach Worten, um sich angemessen zu verabschieden. »Es tut mir wirklich sehr leid. Ich hoffe, es gibt jemand, der jetzt für Sie da ist.«

»Ich habe keine Zeit zum Trauern. Die Kinder brauchen mich.«

Inzwischen war es halb fünf, Nolas freies Wochenende konnte beginnen, und sie schwor sich, keinen Gedanken an ihre Arbeit zu verschwenden, nicht vor Montagmorgen. So viel Leid, so viel verbrannte Erde, dieser Fall war einer der schlimmsten, an denen sie je mitgearbeitet hatte, und sie wusste nicht mal, ob die Beweise ausreichen würden, um Rüdiger Lienemann des Mordes zu überführen. Er hoffte, glimpflich davonzukommen, indem er den Mund hielt, und mit dem richtigen Anwalt an seiner Seite könnte er damit sogar Erfolg haben. Ohne Silvanas Leiche würde es schwer werden.

Vielleicht war es eine gute Idee, ins *Tennessee* zu fahren, in der Hoffnung, den Menschen zu treffen, bei dem sie sich jetzt gern ausheulen würde. Andererseits war ihr Bedarf an Enttäuschungen gedeckt. Dass Renke sich immer noch nicht gemeldet hatte, konnte nur bedeuten, dass er sich mal wieder in sein Schneckenhaus zurückgezogen hatte, in dem es nur Platz gab für ihn und seine tote Frau. Nein, ins *Tennessee* sollte sie besser nicht. Stattdessen könnte sie Hilke zu einem Besuch im Irish Pub zu überreden. Vor Hilke lag ja auch ein langes einsames Wochenende.

Gleich fünf, seufzend schaute Renke auf seine Armbanduhr. Wie lange wollte er eigentlich noch warten? Seine Aktion kam ihm plötzlich lächerlich vor. Er stand vor Nolas Haustür, neben sich die Flohmarktbank, die sie scheinbar völlig vergessen hatte, und zwei prall gefüllte Einkaufstaschen. Wie er Nola kannte, war sie sowieso sauer. Zwei Tage Funkstille und dann so tun, als wäre nichts. Sie würde ihm das Gemüse um die Ohren hauen, eine Vorstellung, die ihn grinsen ließ. Als er das letzte Mal eine Frau für sich gewinnen wollte, war er gerade einundzwanzig gewesen und hatte nicht eine Sekunde am Erfolg seiner Bemühungen gezweifelt. Zwei Jahre später war Britta seine Frau geworden. Inzwischen hatte er alle Menschen verloren, die ihm etwas bedeutet hatten, und es fiel ihm schwer, noch einmal sein Herz zu öffnen. Ja, er wollte mit Nola zusammen sein, unbedingt, er fürchtete aber gleichzeitig, sie früher oder später zu enttäuschen. Wie sagte man einer Frau, dass man wahnsinnig verliebt war, aber nichts versprechen konnte?

In diesem Moment hielt der rote Mini auf der anderen Straßenseite. Müde sah sie aus, erschöpft, und bei seinem Anblick auch nicht gerade erfreut. Ihr »Hallo« klang frostig.

»Du bist sauer«, seufzte er. »Aber ich musste mich erst mal sortieren. Gib mir ein bisschen Zeit, Nola. Es ist ja nicht so, dass ich nicht pausenlos an dich gedacht hätte ...« Er bückte sich und hob eine Leinentasche auf, oben schauten Lauchstangen und zwei Flaschenhälse heraus. »Ich hab für uns eingekauft. Wie ich dich kenne, sieht es in deinem Kühlschrank immer noch trostlos aus. Heute Abend werde ich uns was Leckeres kochen, ich hoffe, du magst Fisch. Und morgen gibt's zum Frühstück Eier und Speck.«

Im Flur setzte er zu einer umständlichen Erklärung an, was er mit der Bank angestellt hatte, damit sie sich jetzt ungefährdet daraufsetzen konnte, Winkel hatte er von unten angeschraubt und eine diagonale Verstärkung angebracht, doch offensichtlich interessierte Nola das genauso wenig wie der Inhalt der Einkaufstasche oder das geplante Abendessen.

»Willst du wissen, wie ich mir diesen Abend vorstelle?« Sie stellte sich auf Zehenspitzen und schnupperte an seinen Hals, dann schob sie sein Shirt hoch und murmelte: »Das brauchst du heute nicht mehr.«

DREI MONATE SPÄTER …

Die blonde Frau stand an der Reling und schaute auf das Meer. Es war so windig, dass sie ihr Haar mit einem Tuch zusammenhalten musste.

»Machen Sie Urlaub?«, hatte ihre Kabinennachbarin gefragt, und sie hatte geheimnisvoll gelächelt. »Ja. Zwei Wochen Sonne und Meer, um endlich mal wieder auszuspannen. Mein Mann musste kurzfristig arbeiten, leider.«

Mein Mann, das sagte sie gern, auch wenn es nicht stimmte. Erich lebte nicht mehr, und mit ihm waren alle Träume von einer gemeinsamen Zukunft in dem toskanischen Dorf gestorben.

Wenigstens das Geld war ihr geblieben, 489 570 Euro. Erich hatte davor gewarnt, das Geld auf ein Konto einzuzahlen, heutzutage, hatte er ihr erklärt, durfte man nicht mit großen Kontobewegungen auffällig werden, schon gar nicht, wenn das Geld offiziell als verschwunden galt. Bei ihrem letzten Treffen hatten sie sich die gemeinsame Zukunft in leuchtenden Farben ausgemalt, in Italien wollten sie leben, in einem kleinen Dorf, wo Erich ein Haus gehörte. Der letzte Abend war überschattet von Selbstvorwürfen, er litt darunter, dass sein scheinbar so genialer Plan aus dem Ruder gelaufen war. Die Möglichkeit, dass sein bester Freund sich das Leben nehmen könnte, war ihm nicht in den Sinn gekommen. Die ganze Zeit hatte er gemeint, Gerhard würde sich schon irgendwie aus der Affäre ziehen. Ein tragischer Irrtum, der ihn sehr belastete, aber auch darin bestärkte, ein neues Leben zu beginnen, ihr gemeinsames Leben. Doch dazu war es nicht mehr gekommen.

Ohne Erich kam ein Leben in Italien nicht mehr in Betracht. Sie hatte sich für Portugal entschieden, Sonne und Meer und ein Job in einem Hotel, das hauptsächlich von deutschen Reiseveranstaltern gebucht wurde.

Sosehr sie sich auch anstrengte, es wollte ihr partout nicht gelingen, sich ihre ehemalige Schwiegermutter als eine von vielen inhaftieren Frauen vorzustellen, in monotoner Einheitskleidung und eingebunden in ein starres Zeitschema, das andere diktierten. Tineke und ihr Alexander wohnten jetzt in der Nähe von München. Tineke wollte noch mal studieren, Psychologie, davon hatte sie schon immer geträumt, und wenn einer aus dieser kranken Familie es verdiente, dass seine Träume wahr wurden, dann Tineke.

Vor drei Wochen hatte die Polizei endlich die Leiche von Cords zweiter Frau gefunden. Ihr Mörder hatte sie in der Nähe von Papenburg in einer verlassenen Fabrik versteckt. Ein ehemaliger Nachbar, stand in der Zeitung, Silvanas Geliebter und der Vater des Babys. Es hieß, seine Frau wäre aus allen Wolken gefallen, schwanger sollte sie auch sein, mit dem vierten Kind, die Ärmste. Am Ende waren es doch immer die Frauen, die die Zeche zahlen mussten.

Gesa warf einen Blick auf die Uhr, halb elf, sie musste zurück in die Kabine. Auf Anraten des Hausarztes hatte sie Christopher leicht sediert, trotzdem wollte sie ihn nicht so lange allein lassen. *Mein Goldjunge,* nannte sie ihn neuerdings, weil im Rollstuhl das ganze Geld versteckt war. Vor ihnen lag ein neues Leben, und die Vorstellung, dass ausgerechnet Margit alles bezahlte, auch wenn sie nichts davon ahnte, ließ Gesa laut auflachen. Am Ende gab es doch so etwas wie Gerechtigkeit.